BEN-HUR

BEN-HUR

UNA HISTORIA DEL CRISTO

CAROL WALLACE

Basada en la novela de **LEW WALLACE**

Tyndale House Publishers, Inc.
Carol Stream, Illinois, EE.UU.

Visite Tyndale en Internet: www.tyndaleespanol.com y www.BibliaNTV.com.

Visite la página web de Carol Wallace: carolwallacebooks.com.

Visite la página web de la película: www.benhurmovie.com.

TYNDALE y el logotipo de la pluma son marcas registradas de Tyndale House Publishers, Inc.

Ben-Hur: Una historia del Cristo

Fotografía de la autora © 2015, Jim Anness. Todos los derechos reservados.

Fotografía de la piedra travertino en la portada © silverspiralarts/Adobe Stock. Todos los derechos reservados.

Fotografía de la plancha de metal en la portada © Andrey Kuzmin/Adobe Stock. Todos los derechos reservados.

Fotografía del trasfondo dorado en la portada © Hillman/Adobe Stock. Todos los derechos reservados.

Fotografía de la baldosa de mármol en el interior © Gray wall studio/Adobe Stock. Todos los derechos reservados.

Diseño de la portada y del interior del libro: Nicole Grimes

Traducción al español: Mayra Urízar de Ramírez y Adriana Powell Traducciones con Marcelo Valdéz y Virginia Powell

Publicado en asociación con Dupree/Miller & Associates, Inc.

El texto bíblico sin otra indicación ha sido tomado de la *Santa Biblia*, Nueva Traducción Viviente, © Tyndale House Foundation, 2010. Usado con permiso de Tyndale House Publishers, Inc., 351 Executive Dr., Carol Stream, IL 60188, Estados Unidos de América. Todos los derechos reservados.

Ben-Hur es una obra de ficción. Donde aparezcan personas, eventos, establecimientos, organizaciones o escenarios reales, son usados de manera ficticia. Todos los otros elementos de la novela son productos de la imaginación de la autora.

Library of Congress Cataloging-in-Publication Data

Names: Wallace, Carol, date, author. | Wallace, Lew, date. Ben-Hur.
Title: Ben-Hur, una historia del Cristo / Carol Wallace.
Other titles: Ben-Hur, a tale of the Christ
Description: Carol Stream, Illinois : Tyndale House, [2016] | "Basada en la novela de Lew Wallace."
Identifiers: LCCN 2015040074 | ISBN 9781496413031 (sc : alk. paper)
Subjects: LCSH: Jesus Christ—Fiction. | Tiberius, Emperor of Rome 42 B.C.-37 A.D.—Fiction. | Bible. New Testament--History of Biblical events—Fiction. | Rome—History—Tiberius, 14-37—Fiction. | GSAFD: Christian fiction. | Historical fiction.
Classification: LCC PS3573.A42563 B4618 2016 | DDC 813/.54—dc23
LC record available at http://lccn.loc.gov/2015040074

Impreso en los Estados Unidos de América

Printed in the United States of America

22 21 20 19 18 17 16
7   6   5   4   3   2   1

En memoria de mi padre, William Noble Wallace, el historiador de la familia

Agradecimientos

Fue mi sobrino Tom Burns quien me impulsó a leer *Ben-Hur* en su forma original. John Kilcullen de LightWorkers Media luego hizo algo de magia y me presentó a Mark Burnett y Roma Downey, productores ejecutivos de la espléndida nueva película.

Agradezco a mi agente Emma Sweeney por sus lúcidos consejos, y a Jan Miller y Lacy Lynch de Dupree/Miller & Associates por encontrar el lugar apropiado para el proyecto.

Estoy profundamente agradecida con el equipo de Tyndale House: con Karen Watson y Jan Stob en lo referente a las adquisiciones; con Dean Renninger y Nicole Grimes en el departamento de arte; con Ruth Pizzi por los mapas; con Caleb Sjogren, Danika King y Sarah Mason Rische, genios de la edición de textos; con Midge Choate, quien nos ayudó a cumplir con los plazos; y con Cheryl Kerwin y Katie Dodillet por correr la voz acerca del libro. Fue un encanto especial trabajar con la editora Erin Smith, quien fue meticulosa, chistosa, tenaz e increíblemente veloz.

El estudio y museo de General Lew Wallace en Crawfordsville, Indiana, fue un recurso importante para nuestro libro; por lo tanto, todos estamos agradecidos con el director, Larry Paarlberg, y con la directora asociada, Amanda McGuire.

Richard Bayless me regaló el final cuando me hizo una sugerencia casual: una muestra más de su generosidad.

Mi esposo, Rick Hamlin, como siempre, me ha apoyado y me ha animado de manera incansable y, además, práctica. Dependo de su opinión en muchos aspectos.

Mi padre, William Wallace, autor al igual que su bisabuelo Lew, un devoto de la historia americana, se habría deleitado al ver este libro.

Prefacio

Tal vez usted se crió con *Ben-Hur*. Tal vez su familia veía la película cada Pascua. Tal vez haya visto los videos cortos de las carreras de cuadrigas en los programas de premiación de la televisión; claro que pueden ser vistos en YouTube. En este momento tal vez haya una imagen en su cabeza del logo de la película de 1959, esas inmensas letras de piedra que decían: *Ben-Hur*.

Yo también me crié con *Ben-Hur*, pero de una manera diferente porque mi tatarabuelo escribió el libro original. *Ben-Hur* se publicó en 1880 y, por más de cincuenta años, fue la novela más vendida de Estados Unidos. Eso significaba que había copias del libro en todos los rincones de nuestra casa porque constantemente nos regalaban el libro.

Sin embargo, eso no significaba que leíamos la novela. Como familia, nos encantaba leer y con gusto devorábamos cualquier cosa que tuviera páginas, pero *Ben-Hur* era un desafío demasiado grande. Parecía lógico que en la obra habría una historia en algún lugar; ¿por qué otra razón habría sido adaptada para el teatro y el cine? Simplemente no podíamos encontrar la emoción oculta en la prosa pasada de moda de Lew Wallace.

Hace poco tomé un libro antiguo con tapa dura color azul oscuro (con una dedicatoria fechada 1892 en el interior de la tapa) y me senté a leerlo con seriedad. Tuve que hacer un esfuerzo, lo reconozco. El argumento es muy lento y el diálogo obviamente se escribió para que sonara clásico. Los personajes maldicen en latín, por ejemplo. Además, las descripciones del escenario y del paisaje se extienden más de lo necesario. En 1880, antes de que la mayor parte del Oriente

Medio hubiera sido fotografiada, esos detalles eran nuevos y exóticos. Ahora solo interrumpen la acción.

De todas maneras, finalmente comprendí el atractivo duradero de *Ben-Hur*. El libro es apasionante y conmovedor. Lew Wallace, un abogado y autor de Indiana, se sintió inspirado a escribir la novela como una exploración de su fe cristiana. Las aventuras del heroico Judá Ben-Hur dramatizan las opciones morales y espirituales que se presentaban con tanta insistencia en los inicios del cristianismo. En la novela original, la famosa carrera de cuadrigas es, sin duda, la escena más emblemática. Pero se extiende solo por once páginas y aparece cuando se han leído dos tercios del libro, lo cual significa que hay mucho más acerca de la historia de nuestro héroe. El corazón y el alma de Judá Ben-Hur están en juego.

Como escritora, pude ver el potencial en el libro tan amado de mi tatara-buelo. Podría ser actualizado con algunos recortes, unos nuevos arreglos, más profundidad para los personajes femeninos, un ritmo más rápido y lenguaje contemporáneo.

Por lo tanto, aquí les presento un nuevo relato vivaz de una historia que ha entretenido e ilustrado a millones de lectores de todo el mundo por más de 125 años.

Carol Wallace

Cuando finalmente me ponga la bata y las pantuflas de un anciano

y me siente a ayudar al gato a mantener cálido el hogar,

consideraré que Ben-Hur fue mi mejor desempeño.

LEW WALLACE, 1885

«Sábado por la noche», un dibujo original
realizado por Lew Wallace.

PRIMERA PARTE

CAPÍTULO 1

ASOMBRO

¿Era este el lugar?

Suspiró y se acomodó, lo cual el camello tomó como señal para detenerse. ¿Suspiró también el camello?

No. El camello se mantuvo quieto con una paciencia perfecta en la cima de una cuesta escarpada. El viento seco y caliente hacía brotar sonidos intermitentes de las campanillas de su arnés. Mientras Baltasar se mantuvo sentado sin moverse en el *houdah*, le llegaron otros sonidos: el ruido de piedras por el último paso del camello, la esquina aleteante del toldo del *houdah*. ¿Algo más?

El viento mismo. Solamente eso.

Baltasar tapó el sol de sus ojos y los entrecerró tratando de divisar algo en la expansión delante de él. Era erróneo decir que no había nada allí. El suelo se elevaba y caía ligeramente. Los espinos crecían pegados a la tierra. El color del terreno arenoso cambiaba de marfil a gris y luego a marrón rojizo, teñido por los minerales de las rocas que el viento había reducido a arena a lo largo de miles de años.

Este no era el lugar. El camello comenzó a moverse de nuevo, obedeciendo una señal que Baltasar no le había dado.

Hizo un esfuerzo para no volver a suspirar mientras el camello avanzaba lentamente. Trató de no hacerse preguntas. Trató de no pensar en la soledad del desierto y en la naturaleza implacable del cielo del mediodía. Trató de no preocuparse por el agua. El agua siempre había aparecido en este viaje. Se materializaban extraños charcos de agua, intactos: una vez, hasta un odre de cuero, rodando como si alguien acabara de dejarlo caer. Al principio había sido precavido, desmontando y probando cada provisión nueva en caso de que estuviera salada o contaminada, pero el agua siempre estaba limpia y dulce. Y fresca.

Nadie sabía mejor que un egipcio el valor del agua dulce y fresca en el desierto.

Si había confirmación en medio de este viaje lunático, era el agua. Baltasar había hecho las mejores preparaciones posibles para el viaje, y el camello cargaba suficientes provisiones para ambos. El agua era el problema sin solución, y él había emprendido el viaje sin tener una idea clara de cómo la encontraría. Eso se debía a que en realidad no sabía adónde se dirigía. Solamente... hacia el norte.

Tampoco lo sabía ahora, mientras el sol comenzaba a descender de su pico vertical descarado. Solo sabía que se había sentido impulsado, y aún se sentía así. Pensó que tal vez estaba viajando para encontrar algo. Solamente esperaba reconocerlo cuando lo viera.

✳ ✳ ✳

Tres días después, la vegetación había cambiado de arbustos espinosos a ondas repetitivas de dunas de arena. Él y el camello habían caminado fatigosamente por un lecho de río seco en el cual resplandecía una franja ancha de agua cristalina. Había visto una sola palmera. Luego de que la pasaron, Baltasar se había dado vuelta varias veces para convencerse a sí mismo de que realmente estaba allí. Algunos hombres enloquecían en el desierto. Tal vez él era uno de ellos. Sin embargo, al mismo tiempo comenzó a sentir expectación. Algo estaba por suceder, y pasaría pronto. El desierto había estado cubierto de niebla esa mañana, y ahora, mientras el sol se elevaba, Baltasar sintió algo nuevo en las abundantes corrientes de aire que lo rodeaban. Oteó el horizonte... nada. Sin embargo, el camello parecía estar más alerta.

Cuando el sol estaba exactamente encima, el camello se detuvo, como lo había hecho todos los días, y se arrodilló, desplomándose con su torpeza habitual. Baltasar descendió con esfuerzo del *houdah* cubierto con un baldaquín y caminó alrededor del camello, sintiendo que la arena firme y caliente se deslizaba bajo sus pies mientras el sol castigaba sus hombros. Desató la carga y alimentó al camello; luego utilizó un poco de agua del odre para remover la arena de los ojos del camello. Este era otro misterio: a pesar de los días interminables en el desierto, ni él ni el camello parecían estar fatigados. Baltasar había viajado antes; sabía cómo una espina podía causar una infección y cómo el sol podía resecar la piel. Sin embargo, el pelo del camello todavía estaba blanco y la giba aún estaba sólida a pesar de las raciones deficientes. Baltasar mismo se sentía fuerte y saludable, a pesar de que cruzar el desierto a su edad era un proyecto absurdo.

Ahora comenzó a desempacar la tienda. Hasta entonces había estado satisfecho con el abrigo que le proveía el *houdah*. Por las noches dormía al lado del camello, aunque tenía la sospecha de que al camello no le agradaba. Sin embargo, durante todo el trayecto, el camello parecía ser inmune a sus dudas, pensó Baltasar. A pesar de lo extraña que pareciera la tarea que él estaba realizando, el camello creía en ella de todo corazón.

O tal vez era su imaginación. Aún así levantó la tienda. Para cuando hubo extendido la tela roja con blanco sobre la vara central y la hubo asegurado en la arena, su sombra lo seguía como una cáscara negra sobre el suelo. Sin embargo, continuó trabajando. Bajo la mirada atenta del camello, sacó cestas de mimbre y las colocó sobre la alfombra que había tendido bajo la sombra de la tienda. Había dátiles y granadas, cordero ahumado, pan sin levadura y tres odres pequeños de vino.

Tres. Comida y bebida para tres. Allí, en medio del desierto. Eso, también, era parte de la obsesión. Baltasar había sabido desde el principio que se reuniría con otros dos. Allí. En la misma misión. Por lo menos, alguna vez lo había creído. Al principio. Y al parecer ahora también.

Salió de la tienda. Todo estaba listo. Eran el lugar y la hora, pensó. Había emprendido el viaje en fe. Se tapó el sol de los ojos y miró hacia el oriente. El sol quemaba a través del kufiya estampado que envolvía su cabeza y del algodón blanco de su largo *kameez* asegurado con una faja. Retiró la vista, y luego volvió a mirar hacia el oriente. Había una muesca en el horizonte. Una mota oscura, ¡oh, muy pequeña!

Luego, súbitamente, ya no era tan pequeña. Ni tan oscura. Era otro camello blanco que llevaba a otro hombre. De repente, Baltasar sintió que se debilitaban sus rodillas y sintió que un escalofrío recorría su cuerpo a pesar de la brisa caliente y seca. Entonces, ¿era verdad? Por un momento se sintió conmovido e incluso le provocó nauseas. De alguna manera entendió que su mundo acababa de ser alterado por una fuerza completamente nueva. Era verdad, él había obedecido a la insensatez al embarcarse solo en esta misión indefinida, pero había guardado para sí un hilo de escepticismo. Y de fatalismo; si debía morir en el desierto, que así fuera, si así lo había dispuesto el Dios que todo lo sabe.

NOMBRES TRADICIONALES DE LOS REYES MAGOS

Aunque la Biblia no especifica cuántos reyes magos visitaron a Jesús, ni menciona sus nombres, la tradición de los tres hombres llamados Baltasar, Melchor y Gaspar proviene de dos manuscritos antiguos: un documento griego del siglo VI y un texto de origen irlandés del siglo VIII o IX, el cual se le atribuye (probablemente por error) a Beda el Venerable.

Sin embargo, la vista del hombre montado en un camello que se acercaba desde la distancia era asombrosa. Baltasar miró para otro lado, con la falsa esperanza de que el hombre se desvaneciera de alguna manera. Parecía que el toque de Dios no era algo reconfortante. Y era persistente, además; porque había aparecido otra mota que se movía, esta vez desde el norte.

Cuando los dos viajeros convergieron en la tienda de Baltasar, solamente los camellos estaban impasibles. Se aceptaban los unos a los otros como pares, magníficos transportes del desierto. Cualquiera de ellos habría causado admiración en los mercados desde Cartago hasta Damasco; los tres, con sus *houdah*s principescos y arneses resplandecientes, eran dignos de un emperador. A diferencia de los camellos, los hombres parecían ser presa de las mismas emociones abrumadoras: asombro y temor y gratitud, junto con el despertar de una esperanza gloriosa.

El primero que llegó descendió del camello, cruzó sus manos sobre el pecho e inclinó la cabeza en una actitud de oración evidente antes de acercarse a Baltasar. Parecía hindú, debido a que tenía puesto el turbante y las sandalias rojas de cuero características de las tierras del Oriente. Los dos se volvieron para mirar de frente al tercer hombre que había llegado, cuya piel clara y cabello dorado lo identificaban como griego. Los tres se abrazaron formalmente, y Baltasar guió a sus dos invitados a la tienda, donde les lavó los pies y las manos conforme a la costumbre de los buenos anfitriones. Luego se sentaron, mirándose los unos a los otros. Después de un momento de duda, todos inclinaron la cabeza para bendecir la comida, y dijeron:

—Padre Dios, lo que tenemos viene de ti. Acepta nuestra gratitud y bendícenos para hacer tu voluntad.

Luego levantaron la mirada y sus ojos se encontraron, desconcertados. Cada hombre había usado su propia lengua, desconocida para los otros. Sin embargo, se habían entendido mutuamente a la perfección. Baltasar sintió nuevamente el toque helado de lo verdaderamente extraño.

El hindú se llamaba Melchor; el griego, Gaspar. Cada uno de ellos había tenido la misma experiencia que Baltasar: una búsqueda espiritual de toda la vida, el estudio intenso, y finalmente, el llamado místico. Melchor lo puso de esta manera:

—Vi una luz y escuché una voz que me dijo que la redención para la humanidad era inminente.

Gaspar asintió.

—Y luego la voz, ¡tan dulce!, dijo que junto a otros dos vería al Redentor —Los ojos de los tres hombres se encontraron—. Y que el Espíritu me guiaría para encontrarlos —Extendió las manos hacia ellos—. Estuve siguiendo una luz y me guió hacia ustedes.

Baltasar se sentó en cuclillas y miró fijamente hacia la tela recogida que rodeaba la vara de la tienda, adonde el sol de la tarde brillaba a través de los pliegues.

—Yo creí, pero no confié. Nuestro Señor es más grande incluso de lo que yo sabía —Bajó la mirada y continuó—. Me pregunto... todos hemos hablado de la luz. ¿Deberíamos continuar nuestro viaje de noche? Será más fresco para los camellos.

—Y creo que seremos muy bien guiados —respondió Gaspar.

Melchor asintió.

—La estrella que vi alumbraba tan brillantemente como el sol.

Entonces, luego de que se puso el sol, desarmaron el pequeño campamento y cada hombre montó su imponente camello blanco. Las bestias parecían felices de estar juntas; caminaban más rápido que nunca en la noche iluminada por la luna. Era emocionante, pensó Baltasar. El aire fresco soplaba sobre su rostro, y el sonido de los pasos de los otros camellos lo hacía sentirse gozoso. Era una bendición enorme no estar solo.

De repente, delante de él, a una altura no superior a la cima de una colina baja, apareció el destello de una llama inmensa. Detrás de él sonaron los gritos de Gaspar y Melchor; luego, dio un grito ahogado al igual que ellos cuando vio cómo la llama parpadeó y estalló. En su lugar brillaba una estrella descomunal. Y Gaspar dijo:

—Verdaderamente Dios está con nosotros.

CAPÍTULO 2

EL CAMINO A BELÉN

Los reyes magos vieron la estrella. La esposa de José de Nazaret, de quince años de edad, vio tantas personas y tan variadas que quedó atónita. Estaba sentada sobre un asno pequeño y polvoriento al lado de la Puerta de Jope en Jerusalén, y a través del velo que cubría su rostro observaba lo que hacían los habitantes de Jerusalén. Gritaban, cantaban, susurraban. Los hombres avanzaban rápido, rengueaban o caminaban furtivamente; a veces algunos pasaban en pares, murmurando. Las mujeres cargaban canastos y cántaros. María podía percibir pocas voces individuales en la multitud, pero solamente podía entender a la mitad de las personas. Las otras hablaban en idiomas que nunca había escuchado.

Le echó un vistazo a José, su tío, quien ahora era su esposo. Estaba parado al lado de la puerta, con los ojos entrecerrados por el sol e inclinado sobre su cayado. La rienda que guiaba al burro colgaba de su mano.

¿Qué estaban esperando? María no lo sabía. Una jaula de pájaros le llamó la atención: una estructura amplia y aireada tejida de mimbre, cargada sobre la espalda de un hombre alto, llena de trozos de colores brillantes y resplandecientes, aves que nunca antes había visto. Siguió la jaula con la mirada hasta donde sus ojos se lo permitieron. El burro de repente se movió debajo de ella, y ella se aferró a la negra melena erizada mientras dos altos soldados romanos pasaron a su lado pisando al mismo ritmo sin que se dieran cuenta; sus capas de color escarlata ondulaban detrás de ellos. José murmuró algo y acortó la distensión de la rienda, pero no valía la pena quejarse. Los romanos hacían lo que querían. María consideró preguntarle por qué estaban esperando en la puerta. No le tenía miedo a su nuevo esposo. Él se veía amable. Sin embargo, hablar parecía dolerle.

El bebé pateó y María puso una mano sobre su vientre; luego se olvidó de la patada cuando sus ojos se posaron sobre un vendedor ambulante que estaba al otro lado de la calle. A través de un hueco entre la multitud pudo ver las frutas que estaban acomodadas sobre la tosca tela cuadrada: higos y dátiles y uvas y... La multitud se cerró antes de que pudiera estar segura, pero pensaba que también había visto naranjas. Aún no estaba tan caluroso, pero el sol estaba comenzando a calentar con más intensidad. ¡Naranjas! Se le hizo agua la boca. Le echó un vistazo a José. Él miraba fijamente hacia un punto indefinido, con los ojos desenfocados.

Menos mal. No tenían dinero para frutas. Y ella estaba en deuda con José, ahora y para siempre. ¿Quién más se hubiera hecho cargo de una jovencita embarazada? La mente de María se encogió por el dolor del pensamiento. Aún después de los meses que habían pasado, todo era demasiado extraño. Era mejor simplemente aceptar el hecho: iba a tener un bebé. Y José, quien se había comprometido con una novia virgen, reconocería al niño como suyo. Él había tenido un sueño, le dijo a ella. En un sueño le habían dicho que debía hacerlo.

Tal vez ella también había tenido un sueño. Tal vez eso era todo, esa luz y esa voz y ese impulso a decir sí. *Sí* a pesar del misterio, *sí* a pesar del temor. *Sí* a pesar del escándalo y el pánico absoluto de sus padres. José también había dicho que sí, y aunque podría ser aburrido y era muy viejo, ella lo amaba por eso.

Por lo tanto, no le preguntaría por qué estaban esperando, y no miraría hacia donde estaba el vendedor de frutas, y sonreiría cada vez que José la mirara. Él nunca le había pedido que le explicara lo que había sucedido. Ella tampoco le iba a pedir una explicación. En algún momento lo entendería.

Y no pasó mucho tiempo hasta que se dio cuenta de que estaban esperando a una caravana. El viaje a Belén no era largo y el camino iba directo hacia allí. María pensaba que podrían haber ido solos. Pero José era cauto. Ella ya se había dado cuenta de eso. El tumulto que había en la Puerta de Jope lo había intranquilizado, y al sentirse así, quería compañía para este viaje que ya era bastante singular. Por lo tanto, se quedaron allí y esperaron, y finalmente un pequeño grupo de viajeros pasó por la puerta y José se puso en marcha para unirse a ellos. Eran personas entre las cuales su esposo se sentía cómodo, personas del campo, precavidas y vestidas con sencillez, todas cumpliendo el mismo mandado. Algunas estaban resignadas. Otras estaban resentidas. ¡Esta demanda de Roma! ¡Cómo se atrevían los romanos a ordenar a todos los hombres de Judea que regresaran a su lugar de nacimiento para ser censados! ¡Y también el impuesto! ¡El impuesto era perverso! Los judíos no pagaban impuestos. Tal vez en Jerusalén hubiera personas que no pertenecían al pueblo escogido, pero en el campo, en aldeas como Nazaret, por ejemplo, ¿qué era Judea sino un pueblo de judíos? Lo cual generaba la pregunta: ¿era esto una provocación deliberada? ¿Era el impuesto simplemente la primera expresión de una campaña contra los judíos?

Hubo murmullos y las voces se levantaron, pero José caminaba con firmeza guiando al burro por el camino, el cual era apenas un poco más que un camino de herradura. El burro escogía cuidadosamente dónde pisar, pero aun así, María era sacudida de un lado al otro. De vez en cuando José le echaba una mirada con las cejas levantadas. Ella siempre le sonreía, pero se daba cuenta de que cada vez con más frecuencia su mano se dirigía a su vientre. Había algo nuevo que superaba el movimiento habitual del bebé. Su piel parecía contraerse, como la piel de un caballo cuando espanta a una mosca. Luego pasaba, y ella se preguntaba si realmente había sucedido.

Para cuando llegaron a la posada, ella sabía. El grupo no se había detenido al mediodía para descansar; de todos modos, no había refugio. Era mejor continuar el viaje a través del paisaje rocoso e irregular que asarse debajo del caliente cielo blanco. José en silencio le ofreció a María un puñado de dátiles, pero ella los rechazó. Sí bebió el agua que le dio. Trenzó su cabello como una soga larga y lo levantó debajo de su velo por un momento, con la esperanza de que un poco de aire le acariciara la nuca. Pero tuvo que aferrarse de nuevo al cuerno de la montura de madera y luego de eso no volvió a atreverse a soltarlo porque un calambre se apoderó de su espalda, y cuando pasó, ella entendió que el bebé estaba por nacer.

Miró hacia donde estaba la posada. Habían dormido en una la noche anterior en los alrededores de Betania. No era más que un cercado alrededor de un pozo, pero proveía lo que los viajeros necesitaban: agua y seguridad en el camino. Ahora, sin embargo, el horizonte acababa de disolverse en una neblina color ámbar. Ella puso sus manos sobre sus ojos. Luego, con impaciencia, se levantó el velo y trató de elevarse en la montura. Lo único que podía ver eran rocas y polvo y algunos espinos. Se calmó y acomodó su velo nuevamente. La situación no era tan mala. Solamente le dolía un poco la espalda de vez en cuando. El sol estaba comenzando a descender en el cielo. No, no era tan mala la situación.

✳ ✳ ✳

José estaba preocupado. El camino estaba más lleno de gente de lo que esperaba. Se suponía que más personas en el camino significaban más personas en Belén, y más personas en la posada. Menos espacio para él y su esposa y su pequeño burro. Por el rabillo del ojo vio un movimiento de María y se dio vuelta para mirarla. Acababa de empujar su velo hacia atrás, para ver más adelante, supuso. Su cabello resplandecía bajo el sol. Como una especie de metal, pensó, mientras la observaba. Ella hizo una mueca ligera y volvió a cubrirse la cabeza con el velo. Todavía tenía las manos de una niña. José miró su propia mano que sostenía la rienda, encallecida y áspera. Había perdido la mitad de la uña del dedo pulgar con un escoplo algunas semanas antes y el lugar aún se veía en carne viva. Contempló una vez más a su joven esposa y la vio cerrar los ojos por un instante. Su mano se dirigió a la parte baja de su espalda. Cuando ella abrió los ojos, se dio cuenta que él estaba mirándola y le sonrió ligeramente. Con valor.

—No falta mucho —le dijo, acercándose al burro—. ¿Estás...? —Hizo una pausa—. ¿Estás incómoda?

—Sí —admitió ella—. Pero no demasiado.

—¿Es por el bebé? —le preguntó abruptamente. Ella había sido muy estoica hasta ese momento. Él no lo había pensado... ¿el bebé? ¿Ahora?

—¿Ahora? —preguntó.

María asintió con la cabeza, con los ojos en la crin del burro:

—Creo que tal vez, sí.

Él entrecerró los ojos y miró fijamente hacia adelante tal como lo había hecho ella. Luego evaluó a las personas que estaban a su alrededor, a las cuales no había observado hasta ahora. Detrás caminaba un hombre de mediana edad con un cayado. A su lado marchaba una mujer de gran envergadura montada en un burro más grande que el de María. Todo lo relacionado con la pareja era grande y nuevo: su vestimenta, la montura del burro, los canastos colgados detrás de la mujer.

En unos pocos segundos José había hecho los acuerdos: María se quedaría con la pareja mientras él se adelantaba y trataba de conseguir un lugar donde pudieran dormir. Cuando se dio vuelta una vez más para evaluar la situación, vio que la matrona se inclinaba para hablar con María. Se tranquilizó.

Pero cuando finalmente llegó a la posada, sintió que desfallecía.

José de Nazaret era un hombre humilde. Era un carpintero de una pequeña aldea ubicada en las colinas cerca del mar de Galilea. Hacía mesas, bancos y corrales para las ovejas. Conocía la veta de la madera y sabía cómo se usaban las herramientas, pero nunca se había dicho ser perspicaz cuando se trataba de las personas. Sin embargo, admiraba a su joven esposa. Esto que le había acontecido era desconcertante. Ella había jurado que era casta. Él le había creído. Sin embargo, estaba embarazada, lo cual era imposible si era virgen. Decía que el bebé sería el Redentor. Y parecía creerlo. Ella afirmaba que un ángel se lo había dicho.

A él también lo había guiado un ángel. Esa era la razón por la cual se había casado con ella. Pero había sido más fácil aceptar esas cosas en su pueblo, entre sus parientes. José se había sentido intranquilo cuando partió de Nazaret. No le agradaba la ansiedad que generaba un viaje. Todos los días se preguntaba dónde dormiría y si podría comprar comida para sí mismo y para María. De todas maneras, María parecía estar tranquila. Aceptó lo que le sobrevino. Se mostraba entusiasta ante las cosas nuevas y hacía preguntas. Era paciente y valiente a la vez.

No quería decepcionarla, entonces se deslizó entre la multitud que se había reunido en la puerta de la posada. Podía ver que era un buen lugar. Las paredes eran sólidas y elevadas, y también eran bastante extensas. Normalmente habría lugar para muchos. Sin embargo, el censo había atraído a muchísimas familias. Cuanto más se acercaba a la puerta, más le costaba moverse. Había muchos burros, algunas mulas e incluso algunos camellos entre la multitud.

—¡Nunca permitirán que entren con un camello! —escuchó que exclamaba una mujer mientras él pasaba a su lado.

—Escuché que no dejan entrar a nadie, con o sin camello —le respondió alguien, pero José no vio al que había hablado. Las personas se amontonaban más densamente, pero no avanzaban en lo absoluto. José pisó estiércol fresco y se resbaló. Se aferró al brazo de un hombre corpulento para no caerse, y el hombre se volvió hacia él con furia, pero José ya se había apartado con una determinación que lo sorprendió.

Por fin, llegó a la puerta. Delante de ella había un semicírculo empedrado y polvoriento que estaba delimitado por una soga extendida sobre el piso. Un hombre pequeño con un fleco de barba estaba sentado en un gran tronco de madera de cedro, mirando fijamente a la multitud. Un perro estaba sentado a su lado rascándose la oreja. Una lanza con la punta brillante estaba en el suelo cerca de él.

Con un último esfuerzo José se abrió paso hasta llegar al espacio vacío y lo cruzó para acercarse al hombre sentado sobre el tronco. Este debía ser el mayordomo, el administrador de la posada, quien estaba a cargo.

El hombre miró a José:

—No hay lugar —dijo.

José movió la cabeza y se miró los pies polvorientos.

—La paz de Yahveh esté con usted —dijo.

—Que lo que da vuelva a usted —respondió el mayordomo—. Y cuando vuelva a usted, que sea multiplicado para usted y su familia.

Concluido el saludo ritual, repitió: —No hay lugar.

José volvió a mover la cabeza. No se desviaría de lo que tenía que decir.

—Soy de Belén —expresó.

El perro dejó de rascarse y se sentó erigido, observándolo.

—Como todas las personas que están esperando afuera —respondió el mayordomo. No se había movido, pero sus ojos brillaban.

—Soy un descendiente de David. Esta es la casa de mis padres —continuó José.

No se estaba jactando. Era probable que no hubiera una piedra o un ladrillo o un pedazo de madera en la posada que perteneciera a la época del reinado de David, que había concluido hacía mil años. Pero había habido una morada en ese lugar, y los descendientes de David habían vivido allí.

El mayordomo lo miró.

—Rabí —dijo— aquí no rechazamos a las personas. Mucho menos a los del linaje de David. Pero no hay lugar ni para extender una esterilla. Todas esas personas vinieron con su misma misión. Todas deben registrarse en Belén. Y ayer llegó la caravana de Damasco que se dirige a Egipto con docenas de camellos.

—Podemos dormir en el patio —sugirió José—. No somos personas lujosas; no insistimos en tener un techo y cuatro paredes.

—El patio está lleno con las mercaderías de la caravana. Quizás a usted le agradaría dormir sobre los fardos de seda, pero los mercaderes no lo permitirían.

El mayordomo se paró y dijo:

—Venga conmigo. Le mostraré que no hay lugar ni para recostar la cabeza.

—No es para mí —dijo José, sin moverse del lugar—. Yo podría dormir en las colinas. Hay tantas personas reunidas aquí, podríamos turnarnos de guardia. Estoy seguro de que no nos pasaría nada. Pero mi esposa... —Luchó con las palabras por un momento—. Es la hija de Joaquín y Ana, de Belén. ¿Los conoció?

—Sí —dijo el mayordomo—. Eran buenas personas. Pero eso no cambia la situación.

—Mi esposa está embarazada —dijo José precipitadamente—. Creo que podría dar a luz en cualquier momento —Levantó la mirada y se encontró con los ojos del mayordomo por primera vez—. No puede tener al niño afuera en las colinas.

—No —asintió el mayordomo—. Sabe, debería haber dicho eso al principio. Ahora no puedo rechazarlo. Vaya y traiga a su esposa. Encontraré algún lugar.

Entonces José volvió a sumergirse en la multitud, sin tener en cuenta los murmullos mientras se abría paso hacia donde estaba María. Temía que fuera incluso más difícil volver a la entrada con ella y el burro. La multitud había crecido. Pero la mayoría de los que estaban esperando se hicieron a un lado cuando vieron a la joven montada en el pequeño burro. Era tan joven y era tan evidente que estaba embarazada. Su velo se había deslizado, dejando al descubierto su cabello, y ella estaba demasiado preocupada como para acomodarlo. José se dio cuenta que estaba aferrándose fuertemente a la montura de madera con sus manos de niña. Sus ojos tenían unas ojeras muy oscuras. Las quejas y el resentimiento murieron en los labios de las personas cuando la vieron.

El mayordomo estaba esperando en la puerta. El perro, que había ignorado a José, levantó los ojos para mirar a María y movió la cola. El mayordomo trató de obligarlo a quedarse atrás para que cuidara la puerta, pero el perro lo siguió trotando cuando el mayordomo se dirigió por el camino empedrado hacia el amplio patio. El mayordomo miró hacia atrás, pero la multitud que estaba en la puerta no se había movido y se mantuvo detrás de la soga tendida en el piso.

El sol estaba descendiendo, y las sombras se reunían en los rincones y entre los bultos que estaban en el piso. Se habían encendido fuegos esparcidos en diferentes lugares, los cuales elevaban al aire un humo cargado de resina. Una flauta de madera sonaba con las notas lastimeras de una melodía que penetraba el zumbido y el susurro de las voces. Un burro rebuznó, y alguien se rió en algún lado.

—Tendrá que ser en la cueva —dijo el mayordomo a José en voz baja.

—Le estamos muy agradecidos —respondió José—. Será mejor que el patio, teniendo en cuenta que...

—Sí —respondió el mayordomo, con una voz que sonaba insegura mientras pasaban al lado de un camello que escupía a su dueño—. Me imagino que sí. Vamos por aquí.

Mucho tiempo antes, la posada había tomado la forma de un recinto apoyándose de un peñasco alto de piedra caliza. Era un lugar ideal para los pastores, debido a que un manantial fiable les proveía agua y el peñasco los protegía de los depredadores. En los mil años que habían pasado desde que las ovejas de David habían descansado allí, habían levantado la pared a una altura superior, habían convertido al manantial en un pozo, y habían decorado las cuevas en la roca con fachadas como las de viviendas. Tenían puertas pero no ventanas. El mayordomo abrió la puerta más grande y los invitó a entrar con un gesto como pidiéndoles disculpas.

—Oscurecerá pronto. ¿Tienen una lámpara?

José negó con la cabeza mientras miraba a su alrededor. La piedra blanquecina aprovechaba la luz que entraba por la puerta. Era grande y seca. Cierto que había algunas telarañas en las esquinas. Pero no hacía mucho que el piso había sido barrido. El burro ya estaba forcejeando para acercarse a la pila de heno que había contra una de las paredes de la cueva.

—Enviaré a alguien con una lámpara —dijo el mayordomo mientras José levantaba a María de la montura—. Y con agua —añadió—. Hay suficiente combustible allí, astillas y algo de leña.

Señaló el lugar con el dedo. Se dirigió hacia la puerta, observando a María mientras ella se aferraba vacilante a José.

—También dejaré al perro —agregó y se deslizó hacia afuera; luego volvió a meter la cabeza por la puerta—. Pienso que es probable que también quede un poco de grano en el establo —dijo—. El burro puede comerlo.

CAPÍTULO 3
GLORIA

Aún había pastores en las colinas que rodeaban Belén. Ellos nunca habían estado en la posada y evitaban la ciudad lo más posible. Pero conocían todos los senderos de las colinas. Sabían en qué huecos se acumulaba el agua de las escasas lluvias. Sabían cuándo sus ovejas habían pastado y arrasado con todo el alimento del terreno, y entonces se ponían las hondas sobre los hombros, tomaban sus cayados, y partían a nuevas pasturas.

La tarde en que María y José llegaron a la posada cerca de Belén, un grupo de pastores trepaba hacia una planicie encajada entre los pliegues de unas colinas. Agua helada chorreaba en un arroyuelo, y las ovejas corrieron estrepitosamente por el lecho para beber.

Los pastores no hablaban mucho. Uno de ellos barrió las cenizas fuera del círculo ennegrecido de la fogata. Otro restallaba los matorrales, quebrando ramas secas que usaría para avivar el fuego. Un tercero subió una cuesta que estaba detrás de la planicie para vigilar la entrada del valle. Para la puesta del sol, los hombres greñudos y sus bestias greñudas habían comido y bebido agua, y los perros se apiñaban a las orillas del círculo de luz que emitían las llamas. El centinela ciñó su manto de lana alrededor de su cuerpo y se sentó en un peñasco para montar guardia hasta que la luna comenzara a menguar.

Pero esa noche, a pesar de que el aire estaba quieto, el cielo estaba extraño. Al principio las estrellas se mantuvieron en su lugar, girando lentamente y titilando. El centinela caminó de un lado al otro para mantener el calor corporal. Cuando escuchó aullar a un chacal, fue a ver qué estaba pasando, aunque sabía que las ovejas estaban a salvo. Finalmente se acercó al fuego cuando llegó al fin de su turno. La luz, naturalmente, estaba más brillante, pero su brillo era demasiado. Había un resplandor por todos lados. Podía ver las ovejas, una a una, con tanta claridad como si fuera de día. Los perros se levantaron y comenzaron a gemir. El centinela sintió un escalofrío, la misma clase de temor que se apoderaba de su cuerpo cuando veía un leopardo o una serpiente venenosa. Sus rodillas se aflojaron y dijo con un graznido a los otros pastores:

—¡Despierten!

Los perros comenzaron a ladrar. Las ovejas también se despertaron, y ningún pastor duerme cuando sus ovejas están balando. Ellos se sentaron parpadeando, sorprendidos, y tomaron sus hondas.

—¿Qué ocurre? ¿Un león? —preguntó uno de ellos.

—¡El cielo está en llamas! —gritó el centinela.

La luz se hizo tan intensa que tuvieron que cubrirse el rostro con las manos.

Luego todos los animales se callaron. Los pastores estaban agrupados, en cuclillas y temblando, cuando escucharon la voz. Después, nunca podrían ponerse de acuerdo en lo que habían visto: ¿Había un hombre? ¿Resplandecía? ¿Había seres celestiales en el aire? Sin embargo, todos escucharon las mismas palabras: «No tengan miedo. Les traigo buenas noticias que darán gran alegría a toda la gente. ¡El Salvador —sí, el Mesías, el Señor— ha nacido hoy en Belén, la ciudad de David! Y lo reconocerán por la siguiente señal: encontrarán a un niño envuelto en tiras de tela, acostado en un pesebre».

Ninguno se movió. La voz no volvió a hablar. El resplandor permaneció hasta que la luz comenzó a titilar y parpadear. Luego escucharon un coro de voces que no pertenecían ni a los hombres ni a las mujeres: «Gloria a Dios en el cielo más alto y paz en la tierra para aquellos en quienes Dios se complace». Cantaron el mensaje una y otra vez, gradualmente desvaneciéndose con la extraña luz. Finalmente estuvo oscuro de nuevo y el fuego parpadeaba con un color naranja, y las ovejas con un murmullo comenzaron a dormirse de nuevo. Sin embargo, los perros, quienes se habían acercado al fuego y se sentaron pegados a los hombres, seguían temblando y gimiendo.

Dijo un pastor:

—La ciudad de David. ¿Qué es eso?

—Belén —respondió otro—. Allí, al otro lado de la colina.

—¡Hay un pesebre en la posada! ¡Lo he visto!

—Debemos ir —susurró el centinela, aunque no había tenido la intención de decirlo.

Hubo un cuchicheo, y uno de los pastores se puso de pie de un salto.

—Debemos hacerlo.

—Pero... ¿abandonaremos a las ovejas?

—Abandonaremos a las ovejas —afirmó el hombre que se había parado—. Esto es obra de Dios. Él cuidará a las ovejas.

Mientras los pastores descendían apresuradamente de la colina hacia la posada, se dieron cuenta de que todas las criaturas estaban trastornadas. Las aves normalmente silenciosas se trinaban mutuamente y los matorrales susurraban por causa de los pequeños roedores que suelen paralizarse cuando una persona se acerca. En poco tiempo divisaron la posada, con inusuales antorchas encendidas en las esquinas y en la puerta. El hombre que montaba guardia detuvo a los pastores, cerrándoles el paso con una lanza.

—¿Qué quieren? —les preguntó con rudeza.

—Queremos ver al bebé que está en el establo —comenzó a decir uno de los pastores.

—¿El bebé? —repitió el guardia—. ¿Y qué de la luz?

—¡Oh sí, vimos la luz! —exclamó otro pastor—. Todos la vimos. Y también escuchamos al ángel. ¡A todos los ángeles!

—¿Escucharon ángeles? —dijo el guardia—. No hubo ángeles aquí. ¡Pero la luz! ¡Era como si fuera de día, como el sol!

—Así fue —afirmó un pastor—. Despertó a los perros y a las ovejas.

—Y a los camellos y a todos los hombres y mujeres que estaban allí adentro— asintió el guardia, señalando con el pulgar hacia el patio de la posada—. Pero nosotros no escuchamos nada. ¿Alguien les habló? ¿En medio de la luz?

—Alguien o algo —comenzó a decir un pastor—. Todos lo escuchamos decir: "No tengan miedo. Les traigo buenas noticias que darán gran alegría a toda la gente. ¡El Salvador, sí, el Mesías, el Señor, ha nacido hoy en Belén, la ciudad de David! Y lo reconocerán por la siguiente señal: encontrarán a un niño envuelto en tiras de tela, acostado en un pesebre".

Cuando hubo terminado, los otros pastores estaban repitiendo el mensaje con él.

—Déjenos entrar a ver el pesebre en la cueva —sugirió un hombre que tenía un vellón envuelto alrededor de la cintura—. Volveremos y le contaremos si es verdad.

—¿Cómo lo sabrán? —preguntó el guardia—. Y el Redentor ¿cómo podría ser un bebé?

—Lo sabremos —dijeron todos los pastores con seguridad—. Acabamos de ver una visión. Todos la vimos. Debe ser verdad.

Entonces pasaron en fila por el patio, sin siquiera tener en cuenta a los camellos y a la multitud de personas. Cuando llegaron a la cueva, José estaba apoyado contra la puerta, mirando fijamente a la oscuridad.

—¿Está aquí el bebé? —preguntó uno de ellos con ansiedad.

José lo miró y asintió sin sorprenderse.

—Está aquí.

Se movió a un costado y levantó una lámpara, y luego los invitó a entrar a la cueva. María, cubierta con un manto a rayas, descansaba sobre una pila de paja. José levantó la lámpara y los pastores vieron el pesebre. Allí estaba el bebé.

Era tan solo un bebé. No tenía nada de lo majestuoso ni mágico que ellos podrían haber esperado. No resplandecía como el ángel que les trajo el mensaje. Estaba acostado con los ojos cerrados y respiraba con suavidad.

El pastor con el vellón llevó sus manos hacia su cintura y lo desató. Levantó el vellón para que José lo viera.

—¿Puedo poner esto sobre el bebé? —preguntó—. Es de una oveja que murió la semana pasada. Está limpia y es abrigadora.

José miró a María, quien asintió con la cabeza y sonrió ligeramente. Todos observaron mientras las manos grandes y torpes del pastor asentaban los suaves rizos de lana sobre el bebé, con la piel hacia arriba. Él inclinó la cabeza por un instante antes de alejarse del pesebre. Uno a uno, con reverencia, todos los pastores hicieron lo mismo.

Mientras atravesaban nuevamente la puerta que conducía al patio de la posada, uno de los pastores exclamó: «¡Gloria a Dios en las alturas!». El resto repitió el estribillo, al principio en voz baja.

Entonces, un camellero que atizaba las brasas del fuego dijo:

—¿Por qué están tan felices? ¿No los aterrorizó la luz?

Los pastores se lo explicaron y luego se lo explicaron a los vecinos. Su historia se dispersó por todo el patio, de un grupo a otro. Durante el resto de la noche, una procesión creciente de personas desfiló sigilosamente hasta la puerta de la cueva. El bebé siguió durmiendo, calientito en su pesebre.

* * *

Doce días después, tres inmensos camellos blancos llegaron a la Puerta de Damasco en Jerusalén e inmediatamente fueron rodeados por una multitud de curiosos y ociosos. Los camellos en general eran comunes, pero estos eran tan grandes y tenían arneses y monturas tan complejos que todos sentían la necesidad de admirarlos y hacer comentarios. Y aunque hombres de diferentes nacionalidades pasaban por Jerusalén a diario, no acostumbraban viajar en un grupo mixto. Baltasar, Melchor y Gaspar se veían como lo que eran: un egipcio, un hindú y un griego. Cada uno tenía los rasgos, el color y la vestimenta característicos de su raza. Cuando desmontaron y hablaron entre sí, cada uno en su idioma nativo, se levantó un murmullo entre la multitud.

La puerta estaba custodiada por soldados romanos. Uno de ellos se abrió paso a codazos entre la multitud y clavó su lanza tan cerca de los pies de Baltasar que una nube de polvo se levantó sobre ellos.

—¿Quiénes son ustedes? —preguntó el romano—. ¿Qué hacen en Jerusalén?

Todos los que observaban se dieron cuenta de que la manera de conducirse de Baltasar era diferente a la del romano; sin embargo, el egipcio no hizo ningún esfuerzo para ser imponente.

—Estamos buscando al que nació rey de los judíos —le explicó, como si fuera una respuesta normal.

HERODES EL GRANDE

Herodes el Grande fue nombrado rey de Judea por Roma y reinó del 37 al 4 a. C. Aunque tenía ascendencia judía, y a pesar de que se le podría aplaudir por reconstruir el templo en Jerusalén, los judíos sentían poco aprecio por su líder despiadado. Herodes constantemente estaba preocupado por perder su posición, y sus sospechas y celos resultaron hasta en los asesinatos de varios de sus hijos y en la ejecución de su esposa Mariamne. Sus acciones cuando los sabios le contaron sobre su búsqueda de un nuevo Rey están de acuerdo con su carácter.

El romano estaba confundido.

—¿Se refiere a Herodes?

—Herodes fue designado rey por el César. No buscamos a Herodes.

—Él es el único rey de los judíos.

—Pero los tres vimos la estrella del rey que estamos buscando —le explicó Baltasar—. Queremos encontrarlo y adorarlo.

El romano dejó su bravata de lado, y un sentido de inquietud y curiosidad la reemplazó.

—No tengo idea de quién podría ser. Deberían entrar a la ciudad y preguntar en el templo. O tal vez incluso consultar al mismo Herodes. Si hay otro rey de los judíos, Herodes debe saber quién es.

Naturalmente, ya se había reunido una multitud. Baltasar podía ver las cabezas que se juntaron y podía escuchar el murmullo oculto detrás de las manos. La sorpresa se desparramó entre la multitud, y también la confusión. Mientras se apartaba de la puerta, les dijo a Melchor y a Gaspar:

—La noticia viajará rápido.

✳ ✳ ✳

Y así fue. Las mujeres que fregaban las ropas en el río escucharon la noticia. Los niños que cuidaban las cabras la escucharon y se olvidaron de todo menos del relato sobre los tres camellos gigantes. En el templo, el docto consejo del sanedrín escuchó la noticia de boca del mismo Herodes, quien se sentía inquieto. *Él* era el rey. Él era judío; él gobernaba Judea; él era el rey de los judíos. Era verdad que gobernaba por Roma, pero Roma gobernaba todo. Roma era una realidad, así como el sol.

Herodes quería saber dónde podría estar ese nuevo rey. Según el relato, el rey era un niño, lo cual no podía ser correcto. Sin embargo, no sería difícil deshacerse de un bebé, si se podía encontrar al bebé indicado. El sanedrín decía que las Escrituras mencionaban a un Rey que nacería en Belén, la ciudad de David. David, el rey pastor de hacía mil años, Herodes pensó con enfado. Los judíos nunca se olvidaban de las viejas historias. Los barcos y las legiones romanas cubrían kilómetros y kilómetros de mar y tierra, pero los judíos todavía hablaban de la cuidad de David como si eso importara.

Entonces llegó al palacio una descripción de los tres hombres con sus camellos. Ellos eran más preocupantes que los rumores acerca de un niño rey. Cada uno de estos viajeros era obviamente un hombre acaudalado y culto, de importancia en su propia tierra. Pero ¿por qué se preocuparían un griego, un hindú y un egipcio por este supuesto rey de los judíos? Ellos no pertenecían al pueblo escogido.

Así que Herodes convocó a los visitantes misteriosos, y no lo tranquilizaron. El egipcio le dijo con calma y firmeza:

—Hay un solo Dios todopoderoso, y es él quien nos envió aquí. Cada uno de nosotros vio una estrella, y cada uno de nosotros conoció al Espíritu. Se nos dijo que encontráramos a este rey, que lo adoráramos y que le contáramos a todos acerca de él. Por lo tanto, eso es lo que estamos haciendo.

Herodes había tenido experiencias con los fanáticos religiosos, quienes por lo general eran excitables, pero este trío era asombrosamente calmado y directo. No hicieron ningún esfuerzo por convencerlo, lo cual era extrañamente persuasivo. Y también se dio cuenta de que cada uno de ellos hablaba en su idioma nativo, pero, a pesar de eso, se entendían entre ellos. No había manera de explicar eso. Todo el incidente perturbaba a Herodes. En el mejor de los casos estaba causando mucho de qué hablar. En el peor... ¿quién podía saberlo? Un imperio extenso siempre tenía agitaciones, y era muy difícil mantener unida a Judea con solamente un rey.

—Si realmente hay un nuevo rey —preguntó finalmente—. ¿Qué hará?

—Salvarnos a todos de nuestras maldades —respondió Baltasar con firmeza.

—Entonces, están buscando al Redentor, al Cristo.

—Así es, su majestad.

Después de eso, Herodes los despidió con regalos. Ellos encontrarían al bebé. Él les pidió que se lo informaran cuando lo hicieran. Era solamente un bebé. Los bebés morían con frecuencia.

✳ ✳ ✳

Era de noche cuando los tres viajeros dejaron el palacio de Herodes y se dirigieron a la posada en donde tenían la intención de pasar la noche. Pero después de estar acostados un corto tiempo al aire fresco, Baltasar se dio cuenta de que no podía dormir. Se apoyó sobre el codo y vio que Gaspar estaba sentado erguido, observando el cielo.

—¿Qué ves? —susurró.

—Creo... ¡Mira! —Gaspar señaló con el dedo.

Melchor también levantó la cabeza y los tres hombres miraron detenidamente el cielo.

Melchor se puso de pie de un salto, sin mirar a sus compañeros.

—¡Está allí! ¡Debemos irnos!

No hubo discusión. Despertaron a sus camellos y cargaron sus *houdahs*, luego partieron de la posada y se dirigieron al camino que María y José habían transitado poco tiempo atrás. Baltasar se encontró inclinándose hacia adelante, tratando de instigar al camello para que se apurara. La estrella resplandecía de una manera especialmente brillante, bañando el paisaje hostil con un resplandor que eliminaba totalmente los colores. Todo era blanco o negro, con sombras definidas y silencio por todas partes. Era como si los tres fueran los únicos seres vivientes en un mundo congelado.

✳   ✳   ✳

El guardia de la posada de Belén los vio desde lejos. Primero vio la luz, demasiado grande y brillante para ser una antorcha. Luego vislumbró los camellos, que se deslizaban casi silenciosamente sobre sus patas grandes y mullidas. Tan pronto como estos se detuvieron en la puerta y se arrodillaron, los tres hombres descendieron de sus *houdahs* y uno de ellos preguntó:

—¿Nació aquí un niño hace poco? ¿En un pesebre?

El guardia apenas tuvo tiempo de girar y apuntar antes de que los hombres metieran a sus camellos por la puerta y se dirigieran hacia la multitud que estaba en el patio y luego más adentro hacia la cueva, en donde, durante días, diferentes clases de personas habían llegado para ver a este bebé. Había habido música rara y un desfile constante de pastores, quienes a veces traían un cordero o un cabrito. Después del nacimiento del niño el cielo en realidad no volvió a oscurecerse, como si una estrella nueva estuviera revoloteando sobre la cueva. Y aunque la caravana había continuado su viaje hacia Egipto, el patio de la posada estaba más lleno que nunca con los visitantes que habían venido al censo. O con los curiosos que habían escuchado sobre el nacimiento del niño. Las personas decían que él era el Redentor. El propio guardia había ido a la cueva con frecuencia. El bebé era un niño como cualquier otro; la madre y el padre eran personas cotidianas. Aun así, una vez que uno los veía, se quería quedar con ellos. Las personas que habían visto al niño eran más amables. Eran atentas las unas con las otras. Desde el nacimiento del niño, las personas en la posada se habían vuelto ordenadas y colaboradoras.

Entonces el guardia abandonó la puerta, lo cual estaba estrictamente prohibido. Siguió a los tres viajeros a través del patio. Un nubio de elevada estatura, al ver que dejaba su puesto, preguntó:

—¿Va a la cueva? ¿Le gustaría que vigile la puerta por usted?

Sin decir ni una palabra, el guardia le entregó su lanza.

La luz parecía más brillante que nunca, como si una bola de fuego frío estuviera suspendida sobre la posada. Cuando llegó a la cueva, los camellos esta-

REGALOS DE LOS REYES MAGOS

Los regalos de los reyes magos eran dádivas comunes a la realeza de su época. Para los cristianos, también simbolizan aspectos de Cristo: el oro, su realeza; el incienso, su sacerdocio y su divinidad; y la mirra, su muerte y entierro.

ban de rodillas mientras los viajeros revolvían sus *houdahs*. Luego los hombres se pusieron de pie, erizados, y el guardia vio que se habían puesto sus túnicas más elegantes. El turbante del hindú tenía engarzada una joya inmensa, y el egipcio tenía puesto un collar pesado y reluciente. Cada uno de los hombres llevaba un regalo, y se miraron entre sí antes de ingresar a la cueva.

El guardia los siguió. Luego de estar expuesto a la luz brillante y misteriosa de afuera, apenas podía ver lo que estaba adentro, pero parecía que no había cambiado. Había una pequeña lámpara. María estaba sentada sobre un montón de pieles de oveja, regalos de los atónitos pastores. El bebé estaba recostado sobre su falda, un poquito más grande y un poquito más gordito. José estaba parado detrás de ellos, observando mientras los tres hombres entraban y se arrodillaban.

¿Dijeron algo? Si lo hicieron, ¿cómo podría entender el niño? ¿Cómo podría ver los regalos? El guardia se hacía estas preguntas con frecuencia más tarde. Pero había una luz, estaba seguro, una especie de resplandor. Recordaba que el vestido del líder era de un color escarlata profundo e intenso. Y que colocó un cofre sobre el piso de tierra delante del niño. De alguna manera, el guardia supo que era oro.

Los otros hombres también pusieron sus regalos sobre el piso. Uno de ellos debía ser incienso, porque su perfume llenó el aire de la cueva. Pero lo que el guardia recordaría por el resto de su vida era la manera en que los tres hombres se arrodillaron con sus manos cruzadas, perfectamente quietos, mientras contemplaban al niño. Y por un instante intemporal, el único movimiento en la cueva eran las lágrimas que brillaban mientras rodaban por las mejillas de los hombres.

Extensión del Imperio romano
en el 20 d. C.

BRITANIA

GERMANIA

GALIA

IMPERIO ROMANO

DALMACIA

DACIA

Mar Negro

ITALIA

Tarraco
Valencia
Palma

CERDEÑA

Roma
Miseno

MACEDONIA

Tesalónica

GALACIA

ASIA

Éfeso

Iconio

ACAYA

Corinto   Atenas

Antioquía

Cartago

ÁFRICA

SIRIA

CHIPRE

CRETA

Sidón
Damasco

JUDEA

Mar Mediterráneo

Cirene

Alejandría

Jerusalén

EGIPTO

0   500   1000 millas

0   500   1000   1500 km

SEGUNDA PARTE

CAPÍTULO 4

JUVENTUD

Era temprano. El patio seguía en sombras y el aire fresco todavía no había evaporado el agua derramada por los jardineros. Judá Ben-Hur dio un brinco sobre un charco al pie de la gran escalera. A los diecisiete años era demasiado mayor para andar saltando como un niño, pero no podía contener su entusiasmo. ¡Mesala había regresado! Judá llegaría muy temprano al encuentro, pero no le importaba. Quería salir del palacio antes de que alguna de las mujeres lo viera y le preguntara adónde iba.

Pero...

—Judá —llamó Amira, su antigua niñera, apareciendo de las cocinas—. ¿Adónde vas tan temprano?

—A ningún lugar —dijo—. Afuera.

—¿Tu madre lo sabe? ¿Cuándo regresarás?

Le miró el rostro moreno, arrugado bajo el velo.

—No, no lo sabe. Estaré afuera todo el día.

Sabía que había sonado hosco, de modo que se inclinó y le besó la mejilla.

—Mesala ha vuelto, Amira, y voy a recibirlo. Regresaré a casa al atardecer.

Antes de que ella pudiera decir una palabra, retiró el brazo de la mano que lo sujetaba y se deslizó por la puerta recortada en el enorme portón, saludando a su paso a Sadrac, el portero.

Ese siempre había sido el plan. Mesala era romano, de una familia rica y poderosa. Su padre era destacado en Jerusalén desde hacía años como cobrador de impuestos. Roma gobernaba sus estados satélites con la ayuda de los ciudadanos más fuertes, de manera que el príncipe Itamar de la casa de Hur, comerciante y mercader con flotas de barcos y almacenes en todo el Oriente, había conocido al padre de Mesala. Entonces los muchachos se hicieron amigos. Habían pasado muchos días juntos, explorando Jerusalén, construyendo hondas, contándose historias. A los catorce años, Mesala había sido enviado de regreso a Roma para completar su educación. Cinco años después estaba de regreso, y ahora Ben-Hur se arrojaba por las calles angostas para saludarlo. Corrió entre las secciones de sol y de sombra sintiendo la diferencia de temperatura unos pocos pasos más adelante. Cuando se acercaba a los jardines del palacio, aminoró la marcha. No quería encontrarse con Mesala mientras respiraba con dificultad.

Pasó una carreta, dejando nubes de polvo, y Ben-Hur dio un paso atrás hacia la entrada de una casa, sacudiéndose su túnica de lino blanco. Se miró la manga, donde Amira le había apretado el brazo, pero las arrugas seguían marcadas en la magnífica tela. Se encogió de hombros y se dijo que Mesala no las notaría.

Minutos después llegó al lugar del encuentro, un banco de mármol cerca de una piscina en los jardines del palacio. Los jardines estaban vacíos a esa hora del día; el sol se derramaba sobre las terrazas de mármol y las palmeras arrojaban sombras largas. Nada de Mesala. Ben-Hur se sentó en el banco. ¿Sería una piedrecilla lo que le molestaba en la sandalia? Movió los dedos. Tal vez una espina. Aflojó la correa de la sandalia y sacó el pie. Pero antes de que pudiera encontrar la espina, oyó los pasos de Mesala en la gravilla y se puso de pie para ver a su amigo.

¡Ahora era un hombre! La diferencia entre sus edades siempre había sido significativa. Dos años es una eternidad cuando un amigo tiene doce y el otro catorce. Ben-Hur sabía que él también había cambiado. Había crecido, se había desarrollado, le había cambiado la voz. El rostro que veía en el espejo de bronce pulido ya no era el de un niño. ¡Pero Mesala! Se veía urbano en su túnica de lana fina con borde rojo. Más alto y robusto. Bronceado por el sol, pero engalanado con elegancia. Mientras se abrazaban, Ben-Hur percibió el aroma de un ungüento exótico. Luego Mesala alejó un poco a su amigo para poder mirarlo. Ben-Hur se sintió repentinamente torpe, parado en un solo pie y con la sandalia en la mano.

—¡Aquí estamos de nuevo! —dijo efusivamente Mesala y se sentó en el banco—. Ven, siéntate. Quita esa piedrecilla de tu sandalia y ponte cómodo.

Judá se sentó y extrajo la larga espina que se había clavado entre la correa y la suela. Se la mostró a Mesala:

—Supongo que los caminos pavimentados de Roma están siempre perfectamente limpios.

—Siempre —Mesala asintió con la cabeza—. Tenemos esclavos que los limpian. Podrías caminar descalzo sin problema.

Luego cambió su semblante:

—Judá, lamenté mucho la muerte de tu padre. Era un hombre bueno.

—Gracias —respondió Judá, mirándose las manos sobre el regazo—. Lo era. Lo extrañamos mucho.

—Estoy seguro que toda Judea lo extraña. ¿Cómo ocurrió?

—Una tormenta en el mar —dijo Ben-Hur—. No hubo sobrevivientes, pero parte del naufragio terminó en la costa cirenaica. Luego hubo informes de una tempestad repentina. Algunos dijeron una tromba.

—¿Hace cuánto fue?

—Tres años ahora —respondió Ben-Hur.

—¿Y tu madre?

—Todavía lo llora.

—¿Y qué de la pequeña Tirsa? ¿Cuántos años tiene ya?

—Quince.

—¡Una jovencita, entonces! Seguro que es muy bonita.

Ben-Hur asintió:

—Lo es, pero no lo sabe. Todavía es casi una niña.

—Sin embargo, es tiempo de pensar en el matrimonio —dijo Mesala—. ¿Ha escogido tu madre un esposo para ella?

—Todavía no. Creo que mi madre quisiera su compañía por un tiempo más.

—Porque tú, mi amigo Judá, ¿estás pensando salir al mundo pronto?

—Ah, no lo sé —dijo Ben-Hur para ganar tiempo—. No es fácil. Mi madre no dice nada, pero creo que le gustaría que comience a pensar en los negocios de mi padre. Tenemos un administrador, pero mi padre trabajó duro. Alguno de la familia debería interesarse.

—Y así mantener la lluvia de siclos —dijo Mesala sarcásticamente.

Judá lo miró sorprendido.

—Bueno —continuó Mesala—, todo el mundo sabe lo mucho que les gusta el dinero a los judíos.

Judá sintió que enrojecía pero logró responder:

—¡Eso es absurdo! Especialmente viniendo del hijo de un cobrador de impuestos. ¿Acaso no recuerdas a tu padre con sus cajas fuertes llenas de monedas y sus libros de contabilidad?

Mesala guardó silencio por unos momentos y luego dijo:

—Tienes razón. He estado afuera demasiado tiempo. Esas no son cosas que se deben decir en Jerusalén.

—Ni para pensarlas, supongo —agregó Judá.

—Claro que no —dijo Mesala poniéndose de pie—. Caminemos. He olvidado lo fuerte que es el sol aquí.

Judá rápidamente se abrochó la sandalia y se puso de pie de un salto.

—¿Cómo es Roma? —preguntó—. Como ciudad, quiero decir.

—Tendrás que ir a verla por ti mismo alguna vez —le dijo Mesala—. No hay nada mejor en el mundo. No solamente porque es bella, aunque lo es. Tiene construcciones magníficas nunca vistas.

—¿Mejores que el templo?

—El templo que comenzó a construir Herodes aquí está bien para una capital provincial con una religión primitiva —empezó Mesala.

—No —dijo Judá deteniéndose—. ¿Recuerdas? No puedes decir eso.

—¿Lo de la capital provincial —preguntó Mesala—, o lo de la religión primitiva?

Palmeó a Judá en el hombro y le dio un pequeño empujón para obligarlo a seguir andando.

—Está bien, lo lamento. Es simplemente la forma en que hablan todos en Roma.

—Eso no significa que sea correcto o verdadero —argumentó Judá.

Pensó que podía sonar malhumorado, por lo que agregó:

—Soy tu amigo, por lo que sé que no significa nada cuando lo dices. Pero si alguno te oyera... Aquí hay sentimientos fuertes contra los romanos. Debes tener cuidado.

—Está bien —dijo Mesala con tranquilidad—. ¿Dónde podemos ir? ¿Al bazar?

—Sí, claro —respondió Judá—, aunque no estará mucho más fresco.

—Por lo menos habrá sombra —dijo Mesala.

Caminaron en silencio durante algunos minutos. Judá observaba a Mesala, comparando a su viejo amigo con el hombre que caminaba a su lado. Finalmente dijo:

—¡Ya sé lo que es! ¡Caminas diferente!

Mesala se echó a reír, y por primera vez Judá reconoció al joven que había conocido.

—¡Eso es justamente lo que recuerdo de ti! —dijo—. ¡Eres tan observador!

Judá se encogió de hombros, pero le gustó saber que Mesala tenía una opinión sobre él.

—Bueno... espero que no te hayas ofendido.

—No si me explicas a qué te refieres.

—Ah, nada importante. Pero caminas... —Judá se irguió y echó los hombros hacia atrás—. Como un soldado, supongo.

—¡Bien hecho! ¡Adivinaste sin que te lo dijera!

—¿Qué? ¿Has entrado al ejército?

—Así es —dijo Mesala—. ¿Recuerdas? Siempre quise hacerlo.

—Lo recuerdo —respondió Judá—. Convertíamos en armas todo lo que encontrábamos.

—Especialmente espadas. Tú podías hacer una espada de casi cualquier cosa. ¿Recuerdas esas hojas enormes? ¿Unas cosas ásperas como cuero, del techo de tu palacio?

Judá se rió.

—Que cortamos en forma de espada, sí. Y luego el viejo Sadrac, el portero... a propósito, aún sigue allí... nos ayudaba a darles firmeza. ¿Con qué era? ¿Astillas de madera?

—Sí, ¡porque estaban arreglando el portón! —concluyó Mesala—. ¡Eran letales! Mira, todavía tengo una cicatriz.

Extendió el brazo, que tenía una delgada línea de piel más pálida que surcaba la mitad de la distancia entre el hombro y el codo.

—La única vez que tuve suerte —dijo Judá—. ¿Es todo lo que esperabas, el ser soldado?

—Lo es —afirmó Mesala—. El ejército romano es algo glorioso. Aun mejor de lo que había soñado.

—Las armas son de verdad, en cualquier caso.

—Armas de verdad, entrenamiento de verdad, oficiales de verdad. ¡Y verdaderas oportunidades, Judá! Verás: exploraré; conquistaré nuevas tierras para el Imperio. Cuando lo logre, ¡gobernaré toda Siria! Y podrás sentarte a mi derecha, mi viejo amigo. —Tomó el brazo de Judá mientras dejaban los jardines del palacio en dirección al bazar—. Eso es lo que realmente me enseñó Roma: a tener ambición. Por los dioses, ¡el mundo entero allá afuera! ¿Sabías que hay lugares en el norte donde llueve todo el tiempo y los nativos se pintan de azul? Hay romanos allí, construyendo caminos y sometiendo a esos hombres salvajes. Y en las montañas de arena al sur de Libia, dicen que hay ciudades construidas íntegramente de oro. ¿Por qué no habrían de pertenecerle también a Roma?

Judá comenzó a sentirse incómodo nuevamente.

—¿Y por qué *habrían* de pertenecerle a Roma?

—Para comenzar, por el oro. Roma puede hacer mejor uso del oro que una horda de bárbaros. Y el gobierno romano trae beneficios: la ley. Caminos. Construcciones. Agua. Protección contra tribus bélicas. Ya sabes sobre la *Pax romana*.

—¿Pero qué pasa si la gente no la quiere? —preguntó Judá—. Esa paz romana. Aquí, por ejemplo. Jerusalén no está habitada por salvajes. Aquí había una ciudad cuando Roma era todavía un pantano.

—Judá, no tienes idea —refutó Mesala, sacudiendo la cabeza—. Jerusalén es solo un reducto de civilización. Ni siquiera uno importante. ¿Qué tienen aquí? El templo. Las montañas áridas. Las tribus pendencieras. La doctrina de esto y el mandamiento de aquello. Hombres inclinados sobre libros, haciendo correr los dedos sobre columnas de esa escritura al revés, mascullando sobre este profeta y aquella ley, sacudiendo sus barbas: eso es lo que producen los judíos. Nada de arte, ni música, ni baile, ni retórica, ni competencias atléticas; ningún nombre de grandes líderes o exploradores. Solamente tu dios anónimo y sus profetas lunáticos.

—¿Lunáticos? —protestó Ben-Hur.

—Bueno, toda esa tontería sobre zarzas que arden y mares que se dividen...

—¡Y esto viene de un hombre cuyo pueblo convierte a sus propios gobernantes en dioses!

—Gobernar Roma y el Imperio es una tarea para dioses —respondió Mesala fríamente—. Si te quedas en Jerusalén, terminarás como un rabino corto de vista, jorobado de tanto agacharte sobre tus libros. Ahora puedo verlo, Judá. No hay nada más aquí para un muchacho como tú.

Judá se apartó el brazo de Mesala y dio un paso atrás. Estaban al borde de una calle angosta, con altos muros a ambos lados y el ruido constante de las carretas que pasaban.

—Entonces, ¿por qué regresaste? —le preguntó a Mesala—. ¿Por qué sencillamente no te quedaste en Roma?

Para su sorpresa, Mesala enrojeció. Judá no estaba seguro al principio porque una carreta tirada por bueyes pasó cerca y su sombra cruzó el rostro de Mesala, pero una vez que pasó, Judá vio claramente la evidencia del bochorno de su viejo amigo.

—Mi padre me quería aquí —dijo Mesala secamente—. Me mandó buscar. Siempre hay nuevas cohortes que vienen de Roma. Él lo organizó.

Judá lo estudió.

Mesala continuó con más soltura:

—Mi madre estaba preocupada. Quiere que esté cerca durante unos meses. No se sabe adónde me enviarán después. Estoy seguro de que tu madre también se preocupa por ti.

—No —respondió Judá—. No creo que lo haga.

—Probablemente no le has dado motivos —respondió Mesala, y Judá se sorprendió del tono amargo de su voz—. Siempre fuiste un chico estudioso, respetuoso de las leyes. De hecho, un judío típico.

Mientras lo decía, observó a Judá con franca malicia en los ojos. Parecía esperar una reacción.

Pero Judá estaba demasiado desconcertado para responder. ¿Era esta la misma persona que había sido su amigo? Mesala había estado continuamente en el palacio de Hur. Bromeaba con Tirsa; la madre de Judá, Noemí, había cantado para él. Incluso los sirvientes lo querían, aunque Judá ahora recordaba que Amira siempre se había mantenido distante. ¿Habría percibido algo en el carácter de Mesala que no le agradaba?

El silencio entre ellos se prolongó; luego Mesala giró sobre sus talones y comenzó a apartarse. Pero antes de dar tres pasos, se volvió:

—Estaba ansioso por verte hoy, pero veo que no podemos ser amigos. Mi padre me lo advirtió. Dijo que ahora sería diferente, y estaba en lo cierto.

Hizo una pausa. Judá esperaba que su amigo dijera algo de lamento, una amistad perdida... algo amable. En lugar de ello, Mesala continuó:

—El nuevo procurador llega hoy. ¿Lo sabías? Seguramente detestas eso. Oír las tropas marchando alrededor de tu vieja casa en ruinas, verlos llenar las calles de un canal al otro con sus armas relucientes. Tendrás que esperar, a veces varios minutos, hasta que terminen de pasar frente a tu puerta antes de poder salir. Así es la vida en Jerusalén en estos días. Y ¿sabes, Judá?, ya no vives en los gloriosos días de Salomón y su templo. Vives *hoy en día* bajo el reinado de Augusto César y sus sucesores.

Judá se quedó quieto, convirtiendo su rostro en una máscara. Mesala se alejaba. Déjalo ir. Ignóralo; hazlo desaparecer. Reaccionar solamente lo detendría. Mesala lo miró unos segundos más, luego dio media vuelta y se marchó. El sol brilló sobre su cabello negro y su manto de gasa azul.

Mesala dio vuelta en una esquina y se perdió de vista. Judá se quedó al costado del camino, apoyado contra un muro, mirando al suelo, hasta que un niño pasó con un rebaño singularmente grande de cabras. Las cabras lo empujaron fuera del camino.

CAPÍTULO 5

EL DESASTRE

Judá Ben-Hur no volvió directo a su hogar. En el palacio de la familia Hur había demasiados pares de ojos femeninos agudos que notarían su estado de ánimo. Y necesitaba pensar, de manera que siguió caminando.

¿Tendría razón Mesala? ¿Era Jerusalén una ciudad provinciana? ¿O era un fuerte para el pueblo elegido? ¿Podrían ambas cosas ser ciertas, tal vez? De todas maneras, ¿qué tenía de malo ser una ciudad provinciana? Él, Judá, no había viajado. Había visto el mar una vez, antes de la muerte de su padre. Habían ido juntos a Jope a visitar uno de los barcos de su padre, y a Judá le había fascinado el agua que se extendía más allá del horizonte. Pero a los ojos de Mesala, Jope casi no importaba. Judá conocía los mapas. Sabía que Roma estaba en el centro del mar Interior. Mesala soñaba con luchar y explorar en las fronteras lejanas del Imperio romano. Judá casi podía imaginarlo: hombres extranjeros en climas asombrosos, domados por el yugo romano. Había algo de verdad en las palabras de Mesala: Jerusalén formaba hombres para el estudio, no para la guerra. ¿Siempre estaría mal luchar?

Judá deambuló por su ciudad toda la tarde, mirando y pensando. Llegaron a dolerle los pies, de manera que se detuvo y se sentó por un rato sobre un bloque a medio tallar, observando a los albañiles que trabajaban en el templo. El aire estaba lleno de polvo y del eco de los martillazos, mientras los sacerdotes y los fieles pasaban cuidadosamente por los senderos desde y hacia el santuario. Sintió hambre y compró algunos higos en un puesto en la calle. Caminó hasta la Puerta de Damasco para ver entrar a una caravana de camellos, seguida de varios rebaños de cabras de pelo largo. Un comerciante que estaba cerca de la puerta tenía la piel de un león colgada de un bastidor de madera, y un perro escuálido le ladraba a la piel. Sentía las manos pegajosas y le corría el sudor por la espalda. Se volvió en dirección a su casa, pensando en las fuentes del patio y en beber un vaso de agua fresca a la sombra.

¿Por qué estaba tan diferente Mesala? ¿Siempre había sido tan seguro de sí mismo? ¿Siempre había sido tan cruel? Judá se sentía mucho más pequeño ahora que cuando había dejado el palacio de Hur esa mañana. También Jerusalén se veía más pequeña. Casi podía sentir cómo se encogía bajo sus pies, reduciéndose de la Ciudad Santa a un puesto de mercaderes sin salida al mar, ¡o a un juguete de Roma! Y los romanos estaban por todas partes con sus cascos relucientes y sus faldas cortas de tiras de cuero que se movían al ritmo de su paso.

Cuanto más se acercaba a su casa, más soldados romanos llenaban las calles. Mesala como soldado: Ben-Hur podía imaginarlo fácilmente. Mesala era alto y fuerte; ya tenía un aire de mando. Un oficial pasó al lado de Ben-Hur, empujándolo con el hombro contra la esquina de un edificio, sin siquiera mirar atrás. El polvo cegó los ojos de Ben-Hur por un momento y lo único que pudo ver fueron vagas figuras marrones salpicadas de puntos del rojo romano. Cuando se le aclaró la vista, vio que había grupos de soldados que estaban convergiendo hacia la Torre Antonia, la gran fortaleza imperial. Mesala le había dicho que el nuevo procurador agregaría otra cohorte a los legionarios ya emplazados en esa guarnición. Judá había oído esas noticias días antes sin tener reacción. Ahora, sin embargo, lo hicieron enojar.

El crepúsculo se estaba convirtiendo en noche cuando Judá llegó finalmente al palacio familiar. Abrió el portillo silenciosamente, esperando entrar sin ser visto, pero desde luego eso no era posible. El viejo portero Sadrac se inclinó y lo saludó, y apenas había corrido el pestillo de la puerta cuando Amira apareció por una esquina con un cántaro y una toalla. Señaló en dirección del banco bajo que estaba cerca de la caseta del portero, y Judá se sentó. Extendió primero las manos, y Amira vertió agua sobre ellas. Había sido endulzada con hierbas y avivada con limón, observó Judá. Luego Amira se inclinó y tomó el cuenco que siempre estaba junto al portón. Judá se quitó las sandalias y permitió que Amira le lavara los pies, aunque el limón le hacía arder las ampollas.

—¿Qué es esto? —preguntó Amira, mientras sus dedos recorrían la herida de la espina.

—Nada. Una espina.

Ella lo miró. Si Judá hubiera estado mirándola, habría observado que la expresión de Amira se suavizaba. Había estado preparada para reprenderlo, pero la mirada distante del muchacho la detuvo.

—Tu madre está en la azotea —dijo en cambio—. Déjame traerte algo para cenar.

—No, gracias —respondió él—. Me cambiaré la túnica y enseguida subiré a ver a mamá.

—Un hombre necesita comer —afirmó Amira, secándole los pies. Se puso de pie y se inclinó para vaciar el cuenco, pero Judá se le adelantó. Levantó el cuenco y arrojó el agua en el jardín detrás de sí. Un coro de graznidos indignados le indicó que había perturbado a los pájaros que anidaban allí por la noche. Amira tomó el cuenco de sus manos y dijo:

—Ve con ella, Judá. Ha estado preocupada.

✳ ✳ ✳

Para cuando Ben-Hur llegó a la glorieta de la azotea del palacio, su madre, Noemí, sabía todo lo que se podía saber. Judá había salido del palacio temprano, había estado afuera todo el día y había regresado cansado y sombrío. Noemí se recostó en el acolchonado diván, agradecida por la oscuridad. Sería más fácil para Judá contarle sus problemas si no podía verle el rostro. Por enésima vez se preguntó cómo habría manejado a Judá su esposo, Itamar. ¡Su hijo era un muchacho con tanta energía y tanto potencial! Con seguridad no era simplemente su amor de madre lo que la hacía pensar que Judá podía ser un gran hombre. Pero ¿podía un judío ser grande en la Jerusalén romana?

Tal vez ese no era el problema de Judá. Solo tenía diecisiete años. Sus tutores lo elogiaban; era amable con su hermana, y se mantenía atento en el templo. Quizás tenía algo de fiebre. Pero cuando Noemí oyó los pasos de su hijo sobre las baldosas de la azotea, comprendió que el problema era algo más que lo puramente físico.

No se movió de su rincón en la penumbra, iluminado solamente por una pequeña lámpara sobre la mesita baja. Puso una voz indefinida:

—Buenas noches, Judá. ¿Puedes sentarte conmigo un rato? Creo que este debe ser el lugar más fresco de Jerusalén.

Judá arrastró un enorme almohadón por las baldosas y se sentó en el piso junto al diván.

—Posiblemente tengas razón, madre —respondió—. He recorrido gran parte de nuestra ciudad hoy.

—¿Y a qué se debe eso? —preguntó ella.

En lugar de una respuesta, un largo suspiro. Noemí tomó un abanico y lo desplegó, dejándolo luego a su lado sobre el diván.

Judá se estiró y tocó las plumas con la punta de los dedos.

—Vi a Mesala hoy —le dijo.

—¿Tu antiguo amigo? ¿El muchacho romano?

—Ya no es un muchacho —dijo.

—Es cierto. Tiene... a ver, ¿tres años más que tú?

—Dos.

No dijo nada más y se volvió, mirando en otra dirección. Ambos se quedaron mirando el jardín de la azotea, donde la luna que se asomaba bañaba de plata los grupos de pequeñas palmeras y el agua que burbujeaba suavemente en la fuente. Tres ranas habían iniciado su rítmico canto, y una corriente de aire trajo a la glorieta el aroma de las flores nocturnas de jazmín.

—Él regresó a Roma, ¿verdad? —dijo finalmente Noemí para romper el silencio entre ellos.

—Por cinco años —respondió Judá.

—¿Y qué piensas de él?

—Ahora es completamente romano. Desdeñoso. Piensa que nada es bueno si no viene de Roma.

—Los romanos son arrogantes —afirmó Noemí—. ¿Y qué hará ahora que está en Jerusalén?

—Es un soldado.

Volvió a caer el silencio. Noemí esperó unos minutos. Agitó el abanico para mover el aire.

Judá volvió a suspirar.

—Madre, ¿qué haré *yo*?

—¿A qué te refieres?

—Los hombres judíos debemos tener una profesión. ¿Debo dedicarme a ser un estudioso, un comerciante o un granjero?

—¿Quieres hacer alguna de esas cosas?

—No.

Otra pausa.

—¿Y hacerte cargo del negocio de tu padre? ¿Te atrae eso?

—¿Es eso lo que debería hacer, madre? ¿Sería útil así?

Noemí cerró el abanico, alineando las plumas entre sí.

—¿Es eso lo que buscas?

—Sí —afirmó Judá—. Quiero ser útil.

Pero ella percibió algo en el tono de su voz que contradecía sus palabras.

—¿Ninguna otra cosa?

Judá se inclinó hacia el diván y apoyó la cabeza sobre las rodillas de su madre.

—¡Hay tantas limitaciones en la vida de un judío! —exclamó—. Si fuera un escultor, no podría esculpir un atleta o un héroe. Si fuera un filósofo, solo podría pensar y escribir sobre nuestra relación con Dios. ¿Acaso no podemos tener curiosidad?

—¿Qué quieres saber?

—¡Quiero saber qué es lo que no sé! —le dijo—. ¡Quiero sorprenderme! El mundo es grande y Jerusalén es pequeña, pero no me está permitido mirar más allá.

Noemí estaba segura de que escuchaba la voz de Mesala en las palabras de su hijo. Esa amistad siempre la había preocupado, pero hasta cierto punto también había visto su valor. Tanto ella como su esposo, mientras vivía, habían comprendido la necesidad de mezclarse con los romanos y otros gentiles. Mesala había sido arrogante

EL ESTADO POLÍTICO DE JUDEA

Por un tiempo, Judea había disfrutado de algo de independencia y, aunque Herodes el Grande era un tirano, por lo menos era judío. Sin embargo, a partir del 6 d. C., Roma deshizo la realeza, y Judea se convirtió en un estado satélite bajo la autoridad de un legado romano en la provincia de Siria. Para empeorar el asunto, el funcionario local no tenía permitido establecerse en Jerusalén. Esto era una deshonra para los judíos, muchos de los cuales añoraban un nuevo rey que se levantaría para reafirmar su reinado independiente.

AUGUSTO CÉSAR

Gayo Octavio, a quien
se le conoce y recuerda
como Augusto César,
fue el fundador y primer
emperador del Imperio
romano. Bajo su reinado,
la paz reinaba dentro
del imperio en sí, pero
continuamente estaban en
guerra para expandir las
fronteras e incluir a Egipto
y porciones del norte de
África, Hispania y Germania,
entre otras tierras. Cuando
Augusto murió en el 14
d. C., su hijo adoptado,
Tiberio, se volvió emperador
y nombró a Valerio Grato
como procurador de Judea.

de niño, pero siempre había sido respetuoso de la fe de los antepasados. Ahora, aparentemente, había dejado atrás esa cortesía básica. Peor aún, ella había oído rumores acerca de él. Se decía que lo habían mandado buscar porque había caído en malas costumbres en Roma. Una fuente decía que era el juego; otra, las mujeres. Ambas podían ser ciertas, o ninguna. Noemí se reservó el juicio.

—Mesala siempre fue ambicioso —comentó ella, manteniendo un tono de voz neutral—. ¿Qué planes tiene?

—Quiere conquistar nuevas tierras para Roma. Lo tiene todo planeado. Exploración, conquistas, ascensos. Quiere gobernar toda Siria.

—Lo que implica gobernar Judea.

—Esa es su ambición —dijo Judá con amargura—. Dijo que yo podría compartir su suerte y su gloria.

—¿Y cómo respondiste a esa sugerencia?

—No supe qué decir.

Judá se puso de pie y salió de la glorieta. Su madre podía ver su silueta iluminada por la luna junto a la fuente, donde había comenzado a cantar un ruiseñor. Noemí quería acercarse a él y estrecharlo entre sus brazos, pero eso ya era cosa del pasado.

Judá dio algunos pasos y se inclinó sobre el parapeto de baldosas, mirando hacia abajo a la calle. Hacia la izquierda, el bulto de la Torre Antonia impedía la vista de las estrellas. Se detuvo allí por unos momentos con la vista sobre la fortaleza.

—Están ocupados esta noche. Mesala dijo que el nuevo procurador, Valerio Grato, ha instalado allí otra cohorte de soldados. Por lo que entiendo, Mesala podría estar de servicio esta noche —le contó a su madre, volviendo al recinto de la glorieta.

—Grato hará su entrada ceremonial mañana —le informó Noemí—. El desfile pasará justo frente a nuestra puerta.

—Los romanos en toda su gloria —dijo—. Con sus tambores y plumas y caballos y espadas y lanzas.

Deambuló por la glorieta por unos momentos, tocando objetos que le eran tan familiares como sus propias manos: un jarrón de bronce, la pátera de oro sobre la mesa de mármol, el chal de su madre.

Finalmente volvió adonde Noemí y se sentó, esta vez junto a sus pies sobre el diván.

—¿Cuál es nuestra gloria?

—Que Dios nos haya preferido a nosotros —le respondió ella inmediatamente—. ¡Piensa en ello, Judá! Intenta captar la idea como si nunca antes la hubieras oído. Como te ha dicho tu amigo, el mundo está lleno de tribus y naciones. Pero nuestro Dios es el único Dios verdadero, y nosotros, los judíos, somos el pueblo que él ha salvado y amado. El *único* pueblo. No puedo dejar de pensar que, comparado con el favor de Dios, una espada es insignificante.

Judá permaneció en silencio tratando de asimilar la idea.

—Si Dios prefiere a los judíos, ¿por qué permite que otra gente nos persiga? ¿Por qué Jerusalén está invadida de romanos?

—¿Estás cuestionando la sabiduría del Dios todopoderoso? —dijo bruscamente Noemí.

—Supongo que sí —respondió él lentamente—. Sé que es malo hacerlo. Pero... ¿no se nos permite preguntarnos esas cosas? Ni siquiera estoy pensando en mí mismo. Nosotros, la familia Hur, no tenemos de qué quejarnos. Pero durante miles de años los judíos han sufrido insultos, dominación, incluso esclavitud. Parece una manera dura de mostrar favor.

—Sí, entiendo cómo podrías sentirte de esa manera —concedió Noemí—. Supongo que todos lo hacemos de vez en cuando. Tal vez debas ir al templo y pedirle a Simeón que te lo explique. El punto es que nosotros, como pueblo, hemos perdurado durante esos miles de años, preservando nuestras Escrituras y nuestros valores. Hemos sobrevivido a los egipcios y a los babilonios, y con seguridad sobreviviremos a los romanos. Otros pueblos adoran a muchos dioses. O convierten a sus gobernantes en divinidades, como lo hacen los romanos. Nosotros los judíos tenemos un pacto con el único Dios. Sabiendo eso, no hay nada más que podamos desear.

Noemí hizo una pausa. Un rayo de luz de luna daba en las manos de su hijo, entrelazadas sobre su rodilla levantada. Todavía tenía los nudillos desproporcionados de un muchacho cuyos músculos no habían crecido a la par de sus huesos. Se golpeaba un dedo contra otro sin pensar, y ella sabía que estaba tratando de asimilar lo que le había dicho.

Era tan joven. A veces le costaba recordarlo.

—Si pudieras hacer cualquier cosa —dijo ella, poniéndole suavemente la mano sobre el hombro—, si pudieras tener absolutamente cualquier ocupación, ¿cuál sería?

La mano huesuda de Judá cubrió completamente la de su madre.

—Sería soldado.

—Como tu amigo Mesala —dijo Noemí de manera inexpresiva.

—No, ya lo venía pensando. Pero no quería decírtelo.

—¿Por qué?

Judá se volvió y le sonrió con la dulzura que siempre le había traspasado el corazón.

—Porque ninguna madre quiere que su hijo tome las armas. Eso lo comprendo.

—Pero toda madre quiere que su hijo cumpla sus ambiciones —respondió ella, devolviéndole la sonrisa—. Nunca te impediría hacer algo que te importa. Y el pueblo elegido de Dios necesita soldados tanto como estudiosos.

Judá le apretó la mano y luego la soltó.

—Me hubiera gustado hacer que mi padre se sintiera orgulloso —dijo suavemente.

Ella a su vez le dio una palmadita al hombro antes de quitar su mano.

—Lo sé. Muchas veces pienso lo orgulloso que él estaría de ti. Tenlo por seguro —Bajó las piernas del diván y recogió su abanico y su velo—. Creo que está ya lo suficientemente fresco para dormirme en mi cuarto. ¿Y tú?

—Me quedaré aquí por ahora. ¿Podrías pedirle a Amira que me despierte mañana antes de que comience el desfile?

—Dudo que puedas dormir durante la conmoción —dijo Noemí con ironía—, pero enviaré a Amira por si acaso.

✳ ✳ ✳

Pero, a la mañana siguiente, no fue ninguna de esas mujeres quien despertó a Judá. En lugar de eso, comprendió que estaba soñando, y en su sueño sonaba un arpa. Al comienzo era el rey pastor David; luego, de alguna manera, su padre estaba escuchando al rey David; pero finalmente supo, sin abrir los ojos, que estaba despierto y que su hermana, Tirsa, era quien tocaba la música. Permaneció acostado un largo tiempo, sintiendo una débil brisa en los pies. Intentó adivinar la hora por el calor que le caía sobre las rodillas; el sol entraba inclinado en la glorieta y llegaba al diván solo temprano por la mañana.

—Sé que estás despierto —dijo Tirsa, mientras seguía tocando—. Cerraste la boca. Hiciste bien, porque había una mosca zumbando y te la hubieras tragado.

—No. Eso es imposible —respondió él.

—¿Cómo lo sabes?

—Porque incluso dormido, parezco una apuesta estatua viviente y nunca tendría la boca abierta. Creo que esa cuerda está desafinada —agregó—. Con los ojos cerrados puedo escuchar mejor... Esa. No, la otra.

Tirsa puso la palma sobre las cuerdas para silenciarlas.

—Están todas perfectamente afinadas. Pero debes levantarte. Hay una inmensa multitud de gente en la calle.

En un instante, Judá estuvo de pie y caminó al borde de la azotea. Se volvió para echarse agua de la fuente en la cara y el cuello, dejando franjas mojadas en su arrugada túnica.

Llegó hasta el parapeto y miró hacia abajo. Tirsa estaba en lo cierto: la calle ya estaba abarrotada. Podía ver turbantes y velos y gorros tipo fez y toda clase de sombreros comunes en las calles de Jerusalén, empujados contra los edificios por relucientes cascos romanos.

Entonces se escuchó un sonido nuevo en medio del parloteo suave de la multitud. Primero llegó la rítmica marcha de los soldados, seguida de una fanfarria de trompetas, a la vuelta de la esquina, pero no lejos. Tirsa se había venido al lado de su hermano, todavía con el arpa en las manos.

—¡Un desfile tan temprano en la mañana! —dijo.

—Probablemente para evitar problemas —le dijo Judá, estirándose para ver por encima del parapeto de baldosas—. Trajeron más soldados a la torre. Tal vez esperan algún tipo de levantamiento.

—Voy a buscar a mamá.

Tirsa se alejó, dejando un débil y dulce aroma de jazmín en el aire. Judá la buscó para hacerle una broma por el nuevo perfume, pero ya estaba demasiado lejos para oír por el ruido que venía de la calle. Solo vio su delgada figura en un vestido verde claro y el delicado velo a rayas que flotaba tras ella.

Se volvió hacia el espectáculo abajo. Era imposible no admirar las tropas romanas. Los guardias alineados en la calle estaban de pie a una distancia exacta unos de otros, inmóviles a pesar de la creciente multitud. Para entonces, las azoteas de todo el alrededor también hervían de público. El pueblo de Jerusalén tenía curiosidad por su nuevo procurador. El sonido percutor de las pisadas fue creciendo mientras que el murmullo de la gente se fue perdiendo a medida que se avistaron las tropas. Primero, el estandarte, escarlata y dorado, sujeto a una lanza muy larga con un águila en la punta. El portador del estandarte marchaba adelante solo, marcando el ritmo del desfile. A medida que daba sus pasos calculados, la multitud se fue acallando.

Detrás de él venían los hombres. Judá estaba tan acostumbrado a la presencia romana en Jerusalén que había olvidado el mensaje de poder que expresaba el espectáculo en la calle abajo. Había tantos soldados marchando hombro a hombro y en hileras tan próximas que si uno de ellos tropezaba, el siguiente caería encima de él inmediatamente. Cuando una pierna daba un paso adelante, todas las demás lo hacían. Se movían como una única criatura gigante, y en cada rostro había una misma expresión vaga de confianza y concentración que les daba facciones aparentemente similares.

¡Y cómo relucían bajo ese sol sesgado de la mañana! Los rayos del sol producían destellos donde caían sobre los cascos, las puntas de las lanzas, las corazas y las hebillas. Judá pasó la vista desde la cohorte escarlata y roja que pasaba a la multitud de espectadores, la mayoría de ellos andrajosos, silenciosos y atemorizados.

Hubo una interrupción en la marcha continua de los hombres. Curiosamente, la multitud permaneció en silencio mientras el sonido de los pasos se debilitaba, de modo que cuando sonaron las trompetas, el impacto fue como el de un trueno. Uno, dos, tres trompeteros dieron la vuelta a la esquina desde la fortaleza, seguidos de otro estandarte y una unidad de caballería montada en caballos negros iguales. Judá se volvió para mirar las escaleras que subían de la planta baja con la esperanza de ver a Tirsa y a su madre. A Tirsa le encantaban los caballos.

Después de la caballería pasó una pequeña guardia de soldados muy fuertemente armados que llevaban no solamente lanzas y espadas, sino también grandes escudos curvos. Judá los miró con cierta envidia. En una batalla podían unirse en una pequeña y apretada formación, cubiertos completamente por sus escudos por arriba y a cada costado, pero erizados de terribles puntas de lanza. Se preguntó cuánto pesarían los enormes escudos. ¿Cuánto tiempo podía marchar un hombre con ese peso?

Estaba tan absorto que al comienzo no notó el ruido de la multitud. Un murmullo había ido creciendo a partir del silencio y luego se hizo un zumbido y después hubo abucheo. El orden de la marcha dejaba un espacio entre la guardia y el hombre montado a caballo que ahora estaba doblando la esquina. El espacio ceremonial hacía que fuera más fácil verlo, más fácil para que sus súbditos lo reconocieran. Iba sentado a horcajadas sobre un inmenso semental zaino, controlando fácilmente la bestia con una mano en las riendas. Su armadura era dorada, la sudadera era púrpura, y en lugar de un casco portaba una corona de laureles.

De manera que este era Valerio Grato, el nuevo procurador, comprendió Judá. Y al mismo momento, una voz de entre la multitud gritó:

—¡Fuera los romanos! —lo que inmediatamente fue apoyado por vítores.

La atmósfera cambió en un abrir y cerrar de ojos. El espacio alrededor de Valerio Grato desapareció a medida que los guardias lo rodearon, levantando sus escudos para formar una valla móvil. El ritmo del desfile aumentó. De los espectadores provinieron más gritos, seguidos de silbidos.

—¡Tirano! —gritó una mujer, lanzando su sandalia.

No alcanzó al procurador, pero impactó directamente en la grupa de su caballo. El animal dio un respingo y comenzó a brincar de costado, dispersando a los guardias antes de que Valerio Grato pudiera controlarlo. La multitud comenzó a gritar de júbilo, y llovían misiles sobre los soldados: media docena de calzado, una calabaza podrida, el contenido de un orinal. Grato tenía el ceño fruncido cuando pasó frente al palacio de los Hur.

Judá se inclinó hacia adelante. Cuando pasara la guardia tal vez podría ver cómo llevaban los soldados los escudos, ¿tendrían dos asas en el interior? Al estirarse tocó una baldosa del parapeto que se movió bajo su mano.

La baldosa se precipitó hacia abajo. El ángulo del parapeto era ideal para lanzarla al vacío. Mientras Judá miraba boquiabierto, la baldosa cortó el aire e impactó contra la frente de Grato.

Todas las cabezas se voltearon. Cada hombre y mujer tuvo una vista clara del joven en la azotea del palacio con su mano todavía extendida. Los dedos apuntados comenzaron a señalarlo; sonaron gritos. Grato, a quien le corría la sangre por el rostro, se encogió y cayó al suelo. Su caballo se paró en dos patas detrás de él con un relincho desesperado. Los guardias formaron la escuadra, algunos de pie y otros inclinados con sus escudos para cubrir al procurador.

Judá no podía moverse. Estaba paralizado. La mano finalmente se deslizó a un lado, pero todo el mundo la había visto. Debió haber dado la impresión de que él había arrojado la baldosa. ¡Y el procurador estaba tirado en el suelo! ¿Habría muerto?

El caparazón de escudos se abrió y los guardias dieron un paso atrás. Grato se sentó. La sangre le surcaba el rostro, pero gritó algunas órdenes y rápidamente volvió a montar sobre su caballo. Tomó una esquina de su manto escarlata para limpiarse la cara. Un soldado levantó la corona de laureles de la tierra y la sacudió antes de entregársela al procurador.

A medida que el desfile avanzaba, Judá vio que diez soldados se apartaron de la cohorte. En la multitud detrás de donde habían estado, un rostro familiar levantó la vista hacia él. Por un instante sus ojos se encontraron con los de Mesala; luego vio a su antiguo amigo escabullirse y cruzar la calle justo frente a una unidad de caballería.

En el mismo momento, un gran estrépito sacudió la azotea. Todos los pájaros alzaron el vuelo graznando, y un chillido subió desde el primer piso.

Judá corrió por el jardín de la azotea y bajó las escaleras.

—¡Tirsa!, ¡madre! —llamó, saltando los escalones de dos en dos.

Oyó otro estrépito y un alarido antes de llegar al patio. Decenas de soldados romanos habían roto el portón. Estaban por todas partes, gritando, con las espadas desenvainadas. Los sirvientes se apiñaban atemorizados en una esquina, estrechándose entre ellos y mirando el cuerpo del anciano portero que yacía en un charco de sangre. Su mano cortada, con los dedos apretados contra la palma, estaba a metros de su muñeca hasta que uno de los soldados la levantó con impaciencia y la arrojó en la artesa de riego.

Pero Judá Ben-Hur no se dio cuenta. Su atención estaba centrada en el espantoso cuadro de su madre y su hermana, presas de los romanos. Su mirada se encontró con la de su madre. Estaba pálida como la ceniza y tenía los ojos muy abiertos. Parecía no percatarse de su brillante cabello suelto y descubierto sobre los hombros, ni del hilo de sangre que le corría por el pómulo. No habló, pero con la mirada transmitió a su hijo un fiero mensaje: *«Sé valiente. No nos olvides. Recuerda a tu padre. Recuerda a tu Dios»*.

✳ ✳ ✳

Noemí habría dicho las palabras en voz alta, pero sabía que el hombre que la sujetaba podía cortarle la garganta. Una rápida mirada de reojo a Tirsa, que estaba a su lado, le indicó que estaban al borde de un abismo de violencia. El hombre que sujetaba a su hija había enroscado su cabello rojizo alrededor de su puño. Los brazos desnudos de la niña ya tenían contusiones, y tenía el vestido, roto. Noemí se volvió para mirar a su hijo.

—¿Qué es todo esto? —llamó Judá—. ¿Quién está a cargo? ¿Por qué han entrado aquí a la fuerza?

Un soldado alto con una cresta de plumas en el casco entró por el portón destruido, conduciendo un caballo negro.

—Yo estoy al mando —respondió—. ¿Quién eres, muchacho? ¡Alguien de esta casa ha asesinado al procurador!

—¡Pero yo lo vi volver a montar y seguir cabalgando! —protestó Judá.

A Noemí le dio un vuelco el corazón. Su hijo acababa de entregarse.

—Y yo te vi arrojarle una baldosa —se oyó decir a alguien.

Mesala pasó entre los escombros del portón. Noemí lo miró horrorizada. El joven romano, amigo de su hijo, apenas se reconocía en ese hombre arrogante.

—¡Mesala! —exclamó Judá contento—. Tú puedes explicar. Solo me incliné sobre el parapeto, quería ver los escudos. Mi mano golpeó una baldosa suelta. Fue un accidente.

Mesala miró al oficial al mando.

—¿Lo ve? —dijo—. Ha confesado.

—Pero es solo un muchacho —protestó el oficial.

Mesala se irguió en toda su estatura.

—Muchacho u hombre, tiene suficiente odio como para matar. Veo que tienen a su madre y a su hermana. Es toda la familia.

—¡Pero, Mesala! —exclamó Judá—. ¡Sabes que jamás haría algo así!

—¿Eso crees? —respondió su antiguo amigo.

Le hizo una seña con la cabeza al oficial a cargo y se volvió sobre sus pasos. Noemí miró el rostro de Judá, y en ese instante observó el fin de la juventud de su hijo. Los ojos de Judá siguieron a su antiguo amigo sin dar crédito a lo que veía. Se irguió, luchando contra los brazos de los soldados que lo sujetaban. Miró a su madre. Ella intentó poner todo su amor y su aliento en su mirada, pero no se atrevió a hablar.

Judá se volvió al oficial al mando.

—Libere a mi madre y a mi hermana, por lo menos —dijo, y en su voz había un matiz que su madre nunca había escuchado; hablaba como un hombre a otros hombres—. Sé que el Imperio romano está basado en la ley. La ley les mostrará que no he hecho nada malo. Fue un accidente y el procurador vivirá.

Sin responderle a Judá, el oficial dijo:

—Encadenen al muchacho.

Cruzó el patio hasta donde estaban Noemí y Tirsa, todavía sujetas por soldados. Las examinó, luego dio un paso atrás para mirar a su alrededor lo que podía ver del palacio. Los sirvientes y el personal seguían apiñados en un rincón, con los ojos muy abiertos y aferrándose los unos a los otros. De la calle más adelante llegó otra fanfarria de trompetas y una serie de órdenes gritadas.

—Tú —ordenó el oficial, señalando al hombre que sujetaba a Tirsa—, suéltale el cabello. Llevaremos a las mujeres a la Torre Antonia.

Miró a los sirvientes y ordenó:

—Alguno de ustedes traiga una capa para la niña.

A Noemí le dijo:

—Recoge tu cabello y cúbrelo. Saldremos a la calle. No deben verte así.

Noemí se soltó de los brazos de su captor y rápidamente se recogió el cabello en un nudo. Se había puesto un prendedor de oro en la faja, así que lo desabrochó y lo utilizó para sujetarse el cabello. Alguien le arrojó a los hombros un trozo de tejido gris tosco con el que se cubrió la cabeza, sin saber de dónde provenía.

—Ahora —ordenó el oficial—, ¡seis hombres escolten a las mujeres!

En un instante estaban rodeadas, y Noemí se volvió, pero no vio otra cosa más que hombros anchos con armaduras y capas rojas. Judá... ¡Se había perdido de darle una última mirada a su hijo!

—¡Señor! —exclamó, estirando la mano hacia el oficial—. ¿Podría decirle adiós a mi hijo?

—No —respondió con indiferencia—. No te gustará verlo en cadenas.

—¿Qué harán con él? —preguntó, casi gritando.

—Las galeras —dijo—. ¡Andando!

Pero Noemí no pudo andar. Se había desmayado.

CAPÍTULO 6

AGUA

Dos días después, alrededor del mediodía, un decurión con su comando de diez jinetes llegó desde la dirección de Jerusalén a un pequeño pueblo. Unas pocas casas de techo plano se extendían a lo largo de un camino angosto donde piedras y estiércol de ovejas estaban uno al lado del otro encima del polvo picado. En la lejanía, al otro lado de un valle cubierto al azar de campos y huertas, estaba el azul brillante del Mediterráneo.

Nazaret era tan insignificante que la aparición de cualquier extraño atraía a todos los habitantes a presenciar el espectáculo, incluso bajo el calor del día. Desde luego, los nazarenos temían y despreciaban a los soldados romanos de capa roja, que descollaban sobre ellos desde el lomo de sus enormes caballos y hacían ruido con sus armaduras, gritando en su lengua incomprensible, asustando a los niños. Pero la curiosidad también es fuerte. Y al parecer, los romanos traían a un prisionero.

Estaba rodeado de los caballos, atragantado por la nube de polvo ocre que levantaban los cascos. Tropezó hacia adelante, sin percatarse de la mirada de los aldeanos. Tenía las manos atadas a la espalda, con una cuerda que un legionario montado sujetaba descuidadamente. Sus rodillas ensangrentadas mostraban las veces que se había caído en el camino, pero parecía indiferente al dolor, como parecía ser indiferente a su espalda quemada por el sol, al polvo, a la amenazadora proximidad de los cascos de los caballos y a la mirada de los nazarenos.

Era evidente que los romanos se encaminaban al pozo. Los caballos necesitaban agua. Los aldeanos se agruparon en un conjunto irregular detrás de ellos, hablando etre sí en voz baja. ¿Quién sería el prisionero? ¿Qué podría haber hecho para justificar semejante guardia? ¿Adónde lo llevaban?

—Es muy joven —dijo una madre.

—Es muy apuesto —dijo su hija.

A uno de los legionarios se le ordenó sacar agua, a lo que obedeció rápidamente, pasándole una jarra de cerámica a sus compañeros y llenando un bebedero para los caballos. El prisionero, ignorado, se derrumbó en el suelo pedregoso y quedó desplomado con la cara contra la tierra. Los aldeanos se miraban unos a otros con creciente incomodidad. ¿Deberían ayudarlo? ¿Se atreverían a hacerlo? Luego uno de ellos dijo:

—¡Miren, ahí viene el carpintero! Él sabrá qué hacer.

Un anciano había pasado la curva del camino. Bajo su turbante, su largo cabello blanco se juntaba con la barba que le caía sobre el pecho, cubriendo parcialmente su gruesa túnica gris. Llevaba un juego de herramientas rudimentarias: un hacha y un serrucho que parecían demasiado pesadas para un hombre de su edad. Al acercarse al pozo se detuvo y puso sus herramientas sobre el suelo por un minuto.

—¡Rabí José! —llamó una mujer, corriendo hacia él—. ¡Hay un prisionero! ¡Ven a preguntarles a los soldados por él! Nos preguntamos quién es, qué ha hecho y adónde lo llevan.

El rostro del rabino no tuvo expresión, pero luego de un momento se alejó de sus herramientas y se acercó al oficial.

—Que la paz del Señor sea contigo —dijo con calma.

—Y la paz de los dioses contigo —respondió el decurión asintiendo.

—¿Vienen de Jerusalén?

—Sí.

—El prisionero es muy joven —comentó el rabino.

—Solo en edad —le contó el oficial—. Es un criminal empedernido.

—¿Qué ha hecho?

—Es un asesino —respondió el oficial sin apasionamiento, mirando al prisionero.

El joven seguía tirado con los ojos cerrados, mientras que a su alrededor los aldeanos murmuraban entre sí con los ojos muy abiertos.

—¿Es un hijo de Israel? —continuó el rabino.

—Es un judío —dijo el romano—. No comprendo todas sus tribus, pero viene de una buena familia. ¿Tal vez has oído hablar de un príncipe de Jerusalén llamado Itamar de la casa de Hur? Vivió en los días de Herodes y murió hace algunos años.

El rabino asintió.

—Lo vi una vez.

—Este es su hijo.

Los ojos de los aldeanos se abrieron aún más. ¿Cómo podía este joven, poco más que un niño, ser un asesino? ¿Cómo podía este cautivo desaliñado ser el heredero de un príncipe? Los susurros se convirtieron en comentarios mascullados y el decurión levantó la voz.

—Hace dos días, en las calles de Jerusalén, casi mató al noble procurador Valerio Grato al lanzarle a la cabeza una baldosa desde la azotea del palacio de su familia. Ha sido sentenciado a las galeras.

Por primera vez se conmovió la compostura del rabino. Sus ojos volvieron rápidamente a la figura acurrucada en el suelo y dijo al decurión:

—¿Mató a ese Grato?

—No —respondió el oficial—, si lo hubiera hecho, no estaría vivo.

Se acercó al joven y con su pie calzado con sandalia lo hizo rodar sobre su espalda. Una de las cejas del joven se había partido y la sangre formaba una costra sobre el ojo. Tenía los labios resecos, tenía la boca a medio abrir y respiraba superficialmente.

—Será un buen remero —dijo el romano, encogiéndose de hombros.

Miró alrededor a sus hombres, que respondieron a su mirada retirando los caballos del bebedero y preparándose para montar.

Pero, de repente, hubo otro hombre entre ellos. También era joven, de la edad del prisionero, con cabello largo como el del rabino y un notorio aspecto de dignidad. Había llegado en silencio detrás de José y había dejado su propia hacha con las otras herramientas. Ahora levantó el jarro que estaba en el borde del pozo. Sin siquiera mirar a los romanos, lo llenó de agua y se arrodilló en el polvo. Deslizó el brazo bajo los hombros del prisionero y le acercó el jarro a los labios. El oficial tomó aire como si fuera a decirle que se detuviera, pero de alguna manera no dijo nada.

El prisionero abrió los ojos. El joven carpintero metió al jarro el dobladillo de su manga y limpió suavemente la sangre del ojo de Ben-Hur. Los dos jóvenes intercambiaron una larga mirada; luego el prisionero volvió a beber. Revitalizado, se sentó, y la mano del carpintero pasó de los hombros al polvoriento cabello. Dejó su mano allí por un largo momento, lo suficiente como para decir o escuchar una bendición, aunque ninguna palabra rompió el silencio. Ben-Hur volvió a mirar a los ojos de su ayudador y pareció recibir un mensaje. Restaurado, se puso de pie.

El joven carpintero devolvió el jarro al borde del pozo, recogió las herramientas, y luego se paró al lado del rabino, aparentemente sin percatarse de que todos miraban cada uno de sus movimientos. El decurión se encontró tomando la cuerda que sujetaba las muñecas de Ben-Hur y guiándolo hacia el caballo más grande. Con un gesto, ordenó que el prisionero fuera a la grupa con uno de los soldados. La tropa comenzó a andar en silencio, y los nazarenos se dispersaron en silencio.

Esa fue la primera vez que Judá Ben-Hur se encontró con el hijo de María.

CAPÍTULO 7

CLAUSURADO

asaron los días. Allá en Jerusalén, la población se apaciguó. Después del desfile de Valerio Grato, se había castigado a suficientes hombres como para restablecer la calma. Se acabaron los gritos y nadie arrojaba objetos, solo había un hosco silencio cuando las tropas romanas marchaban por la ciudad. La herida en la cabeza de Grato sanó.

El palacio de Ben-Hur había sido sellado. En ambos portones se habían clavado letreros que decían: *Propiedad del emperador*. Los arrendatarios y los sirvientes habían sido despachados y cualquier cosa de valor —el ganado, las provisiones, las joyas— se habían llevado a la Torre Antonia para ser vendidos o enviados al emperador.

Pero una tarde, cuando una sombría capa de nubes escondía la puesta de sol, Mesala caminaba por un callejón que bordeaba el palacio y puso la mano sobre una puerta disimulada. Se abrió silenciosamente, y él entró.

Siguió el corredor que tenía por delante y salió a un gran patio central donde se detuvo un tiempo, mirando a su alrededor. Se había comenzado a juntar polvo. Las hojas de las palmeras con aspecto de cuero yacían donde habían caído. Las fuentes estaban secas y cada arbusto se había marchitado, perdiendo sus flores.

Cruzó el patio hasta el portón de entrada y se detuvo donde se había parado aquel día. Ni él estaba seguro de por qué había venido. Solo para verlo, supuso. Para ver qué había sido del palacio de la poderosa familia Hur. Lo que le ocurría a los judíos que desafiaban a Roma.

Las mujeres habían sido arrastradas hacia afuera a pocos pasos de donde él estaba ahora. La pequeña Tirsa estaba llorando bajo la capa, pero Noemí se había detenido por un momento y lo había mirado. Volvió a sentirlo, esa impresión cuando sus ojos se encontraron. ¿Qué había sido? ¿Odio? Quería creer que era eso. Dolor, tal vez. Temor, desde luego. Temor sería lo normal. Pero a veces se preguntaba si esa mirada no había sido de desprecio.

Recordar esa mirada siempre le producía deseos de moverse, de manera que cruzó el patio y subió corriendo las escalinatas. Recorrió las habitaciones que había conocido de niño, donde la familia cenaba y se reunía y dormía. Los muebles seguían allí, aunque dañados. Había fragmentos de objetos en algunas esquinas: trozos de cerámica, la pata de una mesa. Siguió más adentro, a las habitaciones de los sirvientes, donde no había nada que fuera apropiado para el emperador. Allí los soldados habían destrozado lo que quedaba. Un banco, una caja. La ropa de cama estaba apilada en las esquinas, donde ya estaba comenzando a despedir mal olor. Seguramente habría ratones. Y ratas.

¿Le pareció oír un correteo? Estaba oscuro en la escalera que conducía a la azotea. ¿Una escabullida? ¿Una pisada?

Desde luego que no. Salió a la azotea. Cualquier pisada sería la suya. Las puertas estaban trabadas y selladas. Nadie que no fuera él sabría de la pequeña puerta postigo. Los sirvientes habían sido despedidos y enviados fuera de Jerusalén.

El jardín de la azotea lucía peor que el patio. Siempre había habido varios jardineros ocupados allí, cortando las flores viejas, quitando la maleza y podando ramas. Mesala miró el estanque de baldosas, ahora lleno de fango que apestaba. Los peces, claro. Habían muerto y se estaban pudriendo.

Los árboles seguían llenos de pájaros, y sus excrementos salpicaron el suelo en aros alrededor de los troncos. Una bandada de loros se había apropiado de una de las palmeras y volaba en círculos a su alrededor, chirriando y graznando. Mesala cruzó la azotea para mirar hacia la calle.

Comprendió que por eso había venido. Quería ver dónde lo había hecho Judá.

Estaba oscureciendo y la calle estaba desierta excepto por un par de judíos que pasaban, tomados del brazo, con las cabezas juntas y sus kipás meneándose al mismo ritmo. Nada parecido a aquella mañana de sol radiante y las hileras de soldados que marchaban en líneas rectas doradas y rojas. Judá seguramente debía haber tenido un buen panorama desde allí.

¿Dónde se había parado? Mesala se acercó al borde. ¿Aquí? Se inclinó para ver la Torre Antonia. ¿Tal vez un poco más cerca? Dio un paso al costado.

Detrás de él, una bandada de vencejos se elevó al cielo y voló en círculo, luego volvió a asentarse sobre el techo de la glorieta.

Se inclinó sobre el parapeto como lo había hecho Judá. Se apoyó sobre una mano. Faltaba una baldosa en la hilera. Se movió un poco, inclinándose más hacia adelante. Sintió que la áspera terracota se movía bajo la palma de su mano y, antes de que se diera cuenta, la baldosa se desprendió y salió volando. Segundos más tarde oyó que se partía.

Nadie se volvió para mirar. Apretó la mano nuevamente y cayó otra baldosa. Y otra.

Qué estúpido permitir que tu casa se deteriore, pensó. Alguien podría herirse. Volvió la espalda a la calle y miró a través del jardín donde los árboles ahora se recortaban contra el cielo.

¿Habría arrojado Judá esa baldosa? Probablemente no.

Cruzó la azotea hacia las escaleras, pateando al suelo un banquillo mientras pasaba. En el interior de la glorieta alguien había roto las almohadas de los divanes. Las plumas marrones y blancas se habían escapado y volado por todas partes. Debajo de ellas había algo que brillaba y Mesala se inclinó. Lo levantó: era una horquilla para el cabello. La mordió: era de oro puro. Bueno, eso sí valía algo. Le debía un poco de dinero a una persona. Qué lástima que él entendía cómo funcionaba el dinero, pero a él no le funcionaba. No como a otros. No como a la familia Hur.

Después de un segundo, arrojó la horquilla al estanque. Había visto una vez más esa mirada de desprecio en el rostro de Noemí.

Bajó corriendo las escaleras con pie firme y se deslizó por la puerta postigo.

TERCERA PARTE

CAPÍTULO 8

A FLOTE

Muy temprano, una mañana de septiembre tres años después, el tribuno romano Quinto Arrio caminaba con dos amigos por el amplio rompeolas en Miseno, en el mar Tirreno, no lejos de Neápolis. El sol todavía no había roto el horizonte, pero ante él, el cielo resplandecía rosado detrás de las siluetas de los mástiles de la flota romana. El aire remolineaba con el fuerte aroma del nardo egipcio que ardía desde la escolta que portaba antorchas. A la izquierda de Arrio, Léntulo se tambaleó levemente y se pegó contra la antorcha que estaba más cerca. Arrio extendió su brazo y estabilizó el codo de Léntulo.

A su otro lado, su amigo más sobrio, Cayo, dijo:

—Apenas has tenido tiempo para acostumbrarte a estar en tierra. Por lo menos deberías permanecer en Miseno hasta que hayas recuperado lo que perdiste anoche.

—Obviamente, la diosa Fortuna solo favorece a Quinto Arrio en el mar —dijo Léntulo entre dientes.

—Bueno, de cualquier manera, está siendo buena conmigo esta mañana —respondió Arrio—. Miren, el viento de occidente ha traído mi barco.

Dejó caer los brazos de sus compañeros, salió del círculo de antorchas

PERSONAL NAVAL ROMANO

La marina romana nombraba a *duumviri navales* según fueran necesitados para equipar una flota.

Un *praefectus classis* (prefecto de la flota) estaba a cargo de una flota naval.

Cada escuadrón, probablemente compuesto por diez naves, estaba bajo un *nauarchus*. Naves individuales estaban al comando de un *trierarchus* y un centurión. Otros oficiales incluían al *optio* (el subcomandante), el *gubernator* (el timonel), el *proreta* (el vigía), el *medicus* (el doctor en la nave) y el *celeusta* (el supervisor de los remeros). Lew Wallace optó por usar el término poético *hortador* para el jefe de los remeros, mismo que marca el tiempo.

Una nave romana también tenía varios *nautae* (marineros) y *remiges* (remeros). A los remeros a menudo se les pinta como esclavos de una galera, pero la mayoría en realidad eran hombres libres, aunque a los esclavos se les obligaba a servir cuando había una escasez de personal.

e inhaló profundamente el aire del mar. Una ráfaga de viento tiró de la corona de mirto que llevaba puesta y distraídamente la sostuvo en su cabeza mientras miraba hacia el puerto. Rozando el agua azul, con su vela que se veía rosada a la luz del amanecer, se acercaba una galera dorada por los primeros rayos. Las dos filas de remos se sumergían, salían, se detenían... y luego se volvían a sumergir en el agua resplandeciente.

—Se mueve como un ave —dijo Arrio suavemente.

—¿Y hacia dónde saldrás volando en tu nuevo mandato? —preguntó Cayo, cubriéndose los ojos del sol por la brillantez repentina mientras el enorme sol dorado aparecía completamente en la bahía.

—Nos dirigimos al Egeo —respondió Arrio, todavía mirando el barco.

Léntulo, que había estado vomitando al agua de la bahía, se enderezó y se limpió la boca.

—¿Por qué ir tan lejos por gloria, Arrio? ¿Por qué no te quedas aquí con nosotros y tomas un comando más fácil?

Arrio volteó su rostro hacia sus amigos.

—Porque esto es lo que el emperador necesita. Hay una flota de piratas crimeos que está acosando a los mercaderes de granos en los mares orientales. De hecho, han huido del mar de Mármara al Egeo. Cien galeras salen hoy de Rávena para ponerlos bajo control, y yo me uniré a ellos en la Astrea. Como su comandante.

Señaló al barco que todavía se dirigía hacia ellos a toda velocidad.

—Bueno, ¡eso *sí* que es un honor! —exclamó Cayo—. Y luego nos enteraremos que te ascenderán a duunviro.

Arrio miró a su amigo intensamente, y luego sacó un rollo de su toga. Lo entregó sin una palabra. Cayo lo desenrolló y dejó que Léntulo leyera las palabras en voz alta:

«Sejano a C. Cecilio Rufus, duunviro:

»César ha escuchado buenos reportes del tribuno Quinto Arrio, especialmente de su valor en los mares occidentales. Él desea que Quinto sea transferido al Oriente, donde dirigirá la flota en contra de los piratas que han aparecido en el Egeo».

Mientras tanto, Arrio observaba cómo se acercaba la galera. Lanzó al aire el amplio extremo de su toga que tenía una cinta púrpura y, unos segundos después, una bandera roja se desplegó en la popa de la nave. Varios hombres subieron a la jarcia y tomaron la enorme vela mientras la proa de la nave cambiaba de dirección. El ritmo de los remos aumentó para que se acercara con fuerza al amplio embarcadero de piedra, directamente hacia Arrio y sus amigos. Él observó la maniobra con satisfacción: la respuesta instantánea del barco a su señal, su velocidad y su eficiencia sugerían que se desempeñaría bien en la batalla.

Léntulo le dio unos golpecitos en el codo con el rollo enrollado.

—Ya no podemos bromear en cuanto a tu grandeza futura, Arrio —dijo—. Obviamente ya eres grande. ¿Qué otras sorpresas tienes para nosotros?

Arrio volvió a introducir el rollo en su toga y dijo:

—Ninguna. Mis órdenes detalladas están a bordo en un paquete sellado. Pero si ustedes piensan hacer ofrendas en cualquiera de los altares hoy, oren a los dioses por un amigo en el mar, en alguna parte cerca de Sicilia.

Volvió a mirar hacia el puerto y tapó el sol de sus ojos.

A medida que la galera se apresuraba hacia el rompeolas, sus detalles se volvían más claros. La proa cortaba el agua tan rápidamente que lanzaba a cada lado olas que se alzaban casi hasta la cubierta, dos veces la altura de un hombre por encima de la superficie del agua. Las líneas del casco eran largas, bajas y empinadas, que sugerían velocidad y amenaza. Los tres hombres que observaban sabían, como lo sabría cualquier enemigo, que la velocidad y la maniobrabilidad no eran las únicas armas de la nave: extendiéndose de la proa estaba el pico acorazado, una clase de lanza submarina que se usaría en la batalla para atacar y penetrar en los cascos de los barcos enemigos.

Pero por supuesto, eran los remos lo que definía la galera, mientras continuaban brillando intermitentemente en el sol de la mañana. Ciento veinte de ellos se movían como uno, cortando el mar e impulsando el barco precipitadamente hacia adelante. Pronto más detalles fueron visibles: las costuras sobre la única gran vela cuadrada, las cubiertas y los soportes que mantenían recto el único mástil, el puñado de marineros tendidos de la vara para arrizar la vela, el solitario hombre armado en la proa. Las salpicaduras regulares cuando los remos cortaban el agua eran audibles, junto con el golpe rítmico que les daba a los remeros su velocidad. Uno de los portadores de antorchas jadeó cuando la galera se acercó aún más a una velocidad precipitada.

Entonces, ya pasado el punto en que la colisión con el rompeolas parecía inevitable, el hombre de la proa levantó su mano. De repente, todos los remos volaron a una posición vertical, se equilibraron por un momento en el aire y cayeron directamente hacia abajo. El agua burbujeó a su alrededor y cada madera de la galera se sacudió cuando su ímpetu se detuvo. Otro gesto de la mano y, de nuevo, los remos se elevaron, aletearon y cayeron. Pero esta vez, los de la derecha cayeron hacia la popa e impulsaron hacia adelante, en tanto que los de la izquierda cayeron hacia la proa y tiraron hacia atrás. Tres golpes, y la galera dio un giro, luego se estabilizó suavemente, al costado del rompeolas.

Léntulo, todavía un poco ebrio, comenzó a aplaudir, pero Cayo lo silenció cuando sonó una trompeta en la cubierta. De las escotillas salió una tropa de soldados marinos con brillantes cascos y petos de bronce, armados con jabalinas y escudos. Más soldados corrieron descalzos a lo largo de la cubierta y salieron en desbandada hacia los penoles. Los amigos de Arrio lo entendieron: ese era el saludo de bienvenida de su nueva tripulación. En tanto que él estaba parado entre ellos, con la fresca brisa que le agitaba el cabello, él ya no era su afable compañero de apuestas. Se quitó la corona de la cabeza y se la entregó a Cayo.

—Si regreso, buscaré venganza con los dados. Pero si no destruyo a los piratas, no me volverán a ver. Cuelga esta corona en tu atrio hasta que sepas de mi destino.

Una pasarela había aparecido con la misma eficiencia silenciosa que parecía gobernar al nuevo comando de Arrio, y su tripulación lo esperaba, preparada para hacer un saludo.

—Que los dioses vayan contigo, Arrio —dijo Léntulo.

El tribuno asintió con la cabeza y se volteó para subir por la pasarela. Cuando su pie tocó la madera, más trompetas sonaron, y en la popa de la nave se elevó una bandera púrpura, la insignia del comandante de la flota.

Quinto Arrio había pasado toda la noche en la mesa de dados, arriesgando su oro con poco éxito, a pesar de sus ofrendas frecuentes y generosas a los altares de la diosa envelada Fortuna. Sin embargo, en el mar puso menos confianza en ella. Sabía que su vida dependía ahora de sus oficiales y su tripulación, así que, tan pronto como hubo leído sus órdenes e instruido al piloto que estableciera su curso, inspeccionó su comando. Caminó por la cubierta de popa a proa, con ojos expertos que evaluaban cada nudo del aparejo y cada gesto de los hombres que manejaban la vela.

Arrio habló con el comandante de los marineros, con el experto de suministros, con el experto de las máquinas de pelea, con el jefe de los remeros, con el experto en navegación. Aunque no les había mencionado el hecho a sus amigos, este comando era más que un honor: también era muy peligroso. Como Arrio lo había visto una y otra vez, el más pequeño error o defecto en el equipo hundiría a un barco en la batalla. La flota pirata que aterrorizaba a la navegación en los mares del oriente seguramente estaba bien equipada y bien tripulada. La suerte, que la diosa envelada repartía, definitivamente jugaría un papel. Pero Arrio estaba seguro de que la preparación y disciplina romanas, tan evidentes a bordo de la Astrea, inclinarían la balanza hacia la victoria.

Al mediodía, la galera se deslizaba en el mar cerca de Paestum, con el viento que todavía llegaba del occidente. Habían colocado un altar en la cubierta de la proa, rociado con sal y cebada. Arrio solemnemente hizo ofrendas a Jove, a Neptuno y a todas las deidades del océano; oraba por éxito y encendía incienso para que sus oraciones se dirigieran al cielo. Pero aun mientras realizaba el ritual, se dio cuenta de que su mente vagaba hacia abajo, a las filas de remeros.

En las galeras remaban esclavos. Eran hombres que provenían de todas partes del Imperio romano. Tal vez los habían capturado en batalla o habían tratado de escapar de un amo cruel. La mayoría había estado en conflicto con la ley, y era una práctica romana poner a esos criminales a trabajar en lugar de simplemente ejecutarlos. Pocos hombres sobrevivían en las galeras más de un año o dos, pero valía la pena alimentarlos durante ese tiempo. La marina romana era responsable de mantener la paz en el mar Interior y más allá. El trabajo no se podía hacer sin la velocidad y confiabilidad de las galeras; los vientos podían cambiar o menguar, pero los hombres con remos siempre podían mantener un barco en su curso. Si morían, se les reemplazaba; había suficientes esclavos.

Cuando el sol pasó el zenit y el color del mar se puso de un azul más oscuro,

Arrio recapituló mentalmente lo que había visto. Su barco era nuevo, estaba bien abastecido y bien equipado. Sus oficiales y marinos parecían capaces. Los marinos, como soldados de alta mar, no podían evaluarse hasta que participaran en una batalla, pero Arrio había pasado suficiente tiempo entre hombres que peleaban como para saber que estos eran guerreros con experiencia. Aun así, nada de eso importaría si la galera no podía desplazarse velozmente y con precisión bajo las peores condiciones. Así que, después de una mirada al cielo brillante, Arrio bajó de la cubierta y entró a la cabina principal.

Era el corazón del barco, un compartimento de veinte metros de largo por nueve de ancho. Los rayos de sol que penetraban en forma de cuadro por las escotillas enrejadas de la cubierta proporcionaban lo poco de luz que llegaba abajo. Justo en el centro de la popa, el inmenso mástil penetraba el espacio, rodeado de soportes circulares encrespados por hachas, lanzas y jabalinas.

Pero el olor fue lo que impactó a Arrio, que había estado respirando el aire fresco del mar en la cubierta. Se sobresaltó por un instante, ¿cómo podía haberlo olvidado? Sesenta hombres sucios, que sudaban mientras tiraban de los inmensos remos en turnos de seis horas; sin espacio, sin tiempo para las necesidades corporales; sin agua, sin descanso. El hedor era abrumador.

Al extremo de la popa, frente a los esclavos, estaba sentado el hortador, o jefe de remeros, en una plataforma baja, golpeando el ritmo de los remos sobre su mesa con un gran martillo cuadrado. Arrio se dirigió hacia él y miró de un lado al otro las espaldas de los remadores. Los músculos se movían por debajo de la piel mientras cada hombre jalaba su enorme aspa a través del agua, la giraba en posición horizontal y la bajaba de nuevo para introducirla en la próxima ola. Era una batalla constante entre el hombre y la materia, la madera y el agua, el barco y el mar.

Más allá de la plataforma del jefe, elevado por un grupo de gradas, estaba el alojamiento propio del tribuno, separado de los remeros por un pasamanos dorado y amueblado elegantemente con un sillón, una mesa y una silla acolchonada. Volteando la cara hacia los esclavos, Arrio se recostó con sus piernas extendidas frente a él.

El jefe de remeros ignoró la presencia de su comandante y siguió golpeando el ritmo. Como en otros birremes, los remeros estaban en filas escalonadas, algunos sentados y otros de pie, para que cupieran en el casco tantos hombres, y remos, como fuera posible. El arreglo se duplicaba en la cabina inferior con otros sesenta hombres. Todos se movían juntos, extendiéndose hacia adelante, jalando, volteando los remos, sumergiéndolos; movimientos incesantes y automáticos, hacia adelante y hacia atrás, como un enorme telar.

El Imperio romano comprendía la mayor parte del mundo conocido, y cada parte de él estaba representada en las bancas de la galera: británicos y crimeos, libios y escitas, godos y lombardos. Los colores de piel corrían la gama entre los colores de tinta y de leche, aunque estaban marcados con tejido cicatrizal y heridas de látigo. Arrio vio cabellos tan pálidos como el lino y tan oscuros como las alas de un cuervo; barbas largas y enredadas y mejillas que casi ni tenían vello.

Todos habían aprendido diferentes idiomas cuando eran niños, y pocos podrían haber hablado entre sí en cualquier ambiente, pero la conversación no era parte de la vida del esclavo de una galera. Para él no había nada más allá de su remo y su banca. Remaba hasta más allá del agotamiento; los turnos cambiaban y vorazmente comía sus raciones, y luego dormía tanto como se le permitía. No tenía ningún nombre; solo se le conocía por su número de asiento. Al esclavo se le llevaba a la galera como a su tumba; dejaba atrás su identidad.

Pero mientras Arrio estaba sentado tranquilamente y sus ojos deambulaban por las bancas, observó diferencias entre los hombres. Unos cuantos habían

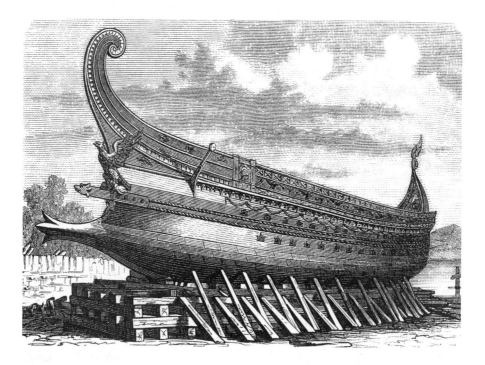

Un dibujo de una galera romana del primer siglo con una proa de pico acorazado.

comenzado a demacrarse por enfermedad o por hambre, y pronto morirían. Sus cuerpos serían lanzados por la borda y otros hombres los reemplazarían como número 33 o número 8. Si la próxima batalla salía bien, pensó Arrio, los piratas más fornidos que capturaran podrían reemplazar a algunos de los esclavos más débiles.

Hubo una revisión momentánea en el movimiento del barco, y la mirada de Arrio voló al nudo del patrón, al remo sin operario donde un pequeño remero pelirrojo se había desplomado de repente sobre la cubierta. Un remo suelto podía ser una calamidad: podía enredar a los demás, golpear el mar y cambiar el curso del barco, pero Arrio vio que un hombre de cabello oscuro atrapó la barra larga en tanto que, de alguna manera, mantenía el control de su propio remo. En un instante, el cuerpo flácido del esclavo caído fue arrastrado a un lado y una escotilla se abrió desde abajo. Un hombre alto y delgado, de piel dorada y con una trenza negra larga, se colocó en la banca y tomó el remo. En cuestión de segundos, toda la compañía se restauró al unísono.

Arrio siguió examinando a la compañía de esclavos. En la baja luz, sus ojos eran atraídos aquí y allá por un rayo de luz sobre un hombro que brillaba de sudor, o por unos dientes que destellaban en una mueca mientras un esclavo tiraba de su remo a través de una ola más. El chirrido regular de los remos se traslapaba con el rítmico crujido, mientras el jefe de los remeros seguía martillando el ritmo. La tripulación, para Arrio, era una unidad: 120 esclavos que formaban una herramienta que propulsaba su galera hacia el oriente, a la batalla que les esperaba. Aun así, se dio cuenta de que otra vez miraba a un hombre, al esclavo que había rescatado el remo desviado. La banca del hombre estaba cerca de la plataforma de Arrio, y cada vez que empujaba el mango de su remo, su rostro se movía hacia una columna de luz que brillaba desde la cubierta arriba. Se mantuvo allí un instante, mientras sus muñecas giraban el enorme cilindro de madera para posicionar el aspa y bajarla exactamente en forma perpendicular al agua; luego se inclinó hacia atrás, y mientras tiraba, los músculos de sus brazos y pecho se ondulaban.

Era muy joven, de apenas veinte años, y alto. Unos rizos negros se mantenían apartados de sus ojos y de sus hombros con un trapo sucio, en tanto que sus mejillas y su mentón se veían oscurecidos por un crecimiento irregular de barba. Se movía con una especie de gracia económica, y Arrio observó la delgadez que revelaba cada músculo de su torso.

Tuvo que haber sentido la mirada de Arrio sobre él, porque la mirada de sus ojos oscuros se cruzó con la del tribuno. Con un sobresalto, Arrio se dio cuenta de que el joven era judío, algo inusual en las galeras. Por su parte, el esclavo parecía igualmente sorprendido, porque vaciló y su gracia lo abandonó por un instante. Se detuvo por demasiado tiempo, dejó caer el remo medio horizontalmente y dio solo medio braceo, pero se recuperó. Mantuvo sus ojos en sus manos después de eso.

¿Qué hacía él en las galeras?, se preguntó Arrio. Bajo el gobierno romano, los judíos generalmente eran arduos trabajadores y cumplían la ley. La mirada de Arrio pasó una vez más por las filas llenas de remeros. Ninguno parecía estar muy por encima de los animales. Pero la mirada momentánea de ese hombre reveló un espíritu vivaz y... ¿quizás algún tipo de juicio en sus ojos?

Una voz gritó desde la cubierta, y Arrio subió las gradas para responder. El aire salado, revuelto por la fuerte brisa, nunca había olido tan bien. A la distancia, una nube oscura del monte Etna veteaba el azul vivo del cielo. Arrio respondió la pregunta del maestro de navegación y estableció el curso nuevo; luego permaneció en cubierta por las siguientes horas, mientras la galera se desplazaba por el estrecho de Mesina y rodeaba la costa de Calabria. De vez en cuando, se preguntaba acerca del joven esclavo judío, pero cuando regresó a la cabina, el turno había cambiado y el joven no estaba a la vista.

CAPÍTULO 9
UN ESCLAVO

Tres días después, la Astrea se dirigía velozmente hacia el oriente en las aguas del mar Jónico. Arrio quería alcanzar a la gran flota romana antes de llegar a la isla de Citera, por lo que había pasado la mayor parte de los días intermedios en la cubierta, ayudando al experto en navegación a sacar la mayor velocidad posible con la combinación de vela y remos. Periódicamente descendía a la cabina para descansar o consultarle al jefe de remeros. A veces el joven judío estaba en su remo, y a veces no. Finalmente, incapaz de contener su curiosidad, preguntó:

—¿Qué sabe del esclavo que se sienta en la banca 60?

—Excelencia, en el transcurso de un día podrían ser varios hombres. ¿A cuál se refiere?

—Al joven judío —respondió Arrio.

El hortador asintió con la cabeza.

—Pensé que podría ser él quien le llamó la atención. Él es nuestro mejor remero.

—¿Nada más que eso?

—Recuerde que el barco solo tiene un mes y todos somos nuevos en él. El esclavo trabaja duro; puedo decir eso. Una vez me pidió que lo cambiara diariamente del lado derecho al izquierdo. Él cree que los hombres que reman solamente de un lado llegan a deformarse. Y en una tormenta repentina o en una batalla, podría ser importante cambiar a los hombres de un lado al otro. Él cree que deberían estar igualmente fuertes al remar en cualquier lado del barco.

Arrio asintió con la cabeza, impactado por la idea.

—Podría tener razón. ¿Algo más?

—Hace mucho esfuerzo por mantenerse limpio. Algunos de ellos... —El hortador sacudió la cabeza—. Bien podrían ser bestias.

Arrio ignoró eso.

—¿Sabe algo de su pasado? ¿Por qué está aquí?

El jefe de remeros encogió los hombros.

—Con el debido respeto, señor, usted debe recordarlo: son esclavos. Reman, mueren, los lanzamos por la borda. Lo único que sé de cualquiera de ellos es cuán bien tira de su remo.

—Bueno, tengo curiosidad acerca de este —insistió Arrio—. Cuando tenga su próximo descanso, envíemelo. Solo.

Dos horas más tarde, Arrio estaba en la cubierta, parado en la popa. Era un momento de calma. Un marinero hacía guardia en el penol, pero varios más dormían a la sombra de la vela. El remero salió de la escotilla y caminó silenciosamente hacia Arrio, pero hizo una pausa por un instante para ver a su alrededor el cielo azul y la vela tensamente arqueada.

Cuando se acercó, inclinó la cabeza y dijo:

—Me dijeron que usted quería verme. Señor.

Antes de hablar, Arrio examinó al joven, que, con la luz deslumbrante del Mediterráneo, era aún más extraordinario. El mismo Arrio no era pequeño, pero el remero lo sobrepasaba. No llevaba puesto más que un taparrabos harapiento, y sus rizos negros enredados caían sobre sus ojos. Aun así, estaba parado recto, meciéndose sin dificultad con el balanceo del barco, con un aire sereno que sorprendió al tribuno. En sus años de acción naval había conocido esclavos que estaban enojados, sombríos, resentidos, maliciosos, aterrorizados y tan profundamente acongojados que apenas se veía una chispa de humanidad en sus ojos. Este hombre, en contraste, lo miraba directamente con una curiosidad cautelosa. Su cuerpo era joven, pero su rostro mostraba las marcas de un dolor de mucho tiempo, o ira.

—El hortador dice que eres su mejor remero —comenzó Arrio, sorprendido por sentirse un poco en desventaja.

—Él es amable —respondió el esclavo sin expresión.

Lo dijo con cortesía, pero no muy profunda. La ira hervía no muy debajo de la superficie.

—¿Has hecho mucho servicio? —continuó Arrio.

—Como tres años.

—¿Todos ellos con los remos?

—Cada día —respondió el remero, haciendo énfasis en cada palabra por igual.

—¿De veras? —exclamó Arrio—. Pocos hombres sobreviven más de un año.

El remero hizo una pausa y miró a Arrio a los ojos antes de responder.

—Señor, el hortador me dijo que usted es un tribuno, que se llama Quinto Arrio, y que ha sido un oficial naval. Por lo que, naturalmente, usted tiene alguna idea de nuestra vida.

Arrio se sorprendió de que le hablara casi como a alguien igual, pero asintió con la cabeza para estimular al remero.

—El espíritu puede mejorar la resistencia —continuó el joven—. He visto que algunos hombres débiles sobrevivieron cuando otros hombres que eran físicamente más fuertes se debilitaron y murieron.

No dijo nada más, pero la implicación era lo suficientemente clara: él había decidido vivir.

—¿Estoy en lo correcto al pensar que eres judío? —preguntó Arrio.

—Lo soy —dijo el joven—. Mis antepasados eran hebreos antes de que Roma siquiera existiera.

—Y exhibes el orgullo de ellos —respondió Arrio, sorprendido.

—El orgullo siempre es más fuerte en cadenas.

—¿Y qué causa tienes tú para el orgullo?

—Que soy judío —respondió simplemente el remero.

Arrio sonrió.

—Nunca he estado en Jerusalén, pero he oído hablar de sus príncipes. Incluso conocí a uno. Era un negociante marítimo. Era rico, culto y tan orgulloso como cualquier rey.

Arrio miró a otro lado por un momento, a las olas espumosas que velozmente se dirigían a la proa, regularmente espaciadas a lo largo del agua que centelleaba.

—¿Cuál es tu posición en la vida?

—Mi posición —dijo el joven con un tono sarcástico en su voz— es la posición de un esclavo de galera. Soy un esclavo de galera —repitió.

Miró a la distancia, como lo había hecho Arrio, y el viento fuerte y firme casi le arrebató la voz.

—Mi padre era un negociante marítimo y era rico y culto. Probablemente pasó por el Estrecho de Mesina docenas de veces. Frecuentemente pienso en él, en su cubierta con su valiosa carga, navegando en estos mares donde yo tiro de un remo. Mi madre siempre decía que él era un invitado frecuente de Augusto en Roma.

La brisa lanzó sus rizos hacia atrás desde su rostro, y por un instante cerró los ojos con fuerza.

—¿Cómo se llamaba?

—Itamar, de la casa de Hur.

—¿Eres hijo de Hur? —exclamó Arrio—. ¿Cómo es posible? ¿Cómo llegaste a ser esclavo?

No hubo respuesta por un rato largo. Arrio observó que Ben-Hur respiró profundamente, luego otra vez, en un esfuerzo por controlarse. Esas manos grandes se empuñaron, pero su voz se oía calmada cuando miró hacia Arrio y dijo tranquilamente:

—Me acusaron de asesinar al procurador Valerio Grato en Jerusalén.

—¿Ese fuiste tú? —Arrio se dio cuenta de que había dado un paso atrás, alejándose del remero, y se paró más recto para compensarlo—. En Roma no se habló de nada más durante días. Me enteré de la noticia en un barco, en el mar Ibérico.

Los dos hombres, el mayor y el menor, el tribuno y el esclavo, se quedaron callados, cada uno reconsiderando al otro. Para Arrio, el cabello caído y la barba descuidada, los músculos prominentes y los pies descalzos ahora parecían disfrazar a un hombre distinto, al hijo del mercader principesco que había conocido una vez. Observó los rasgos finos y se dijo a sí mismo que podía ver al padre en el hijo, en tanto que Judá, por su parte, se dio cuenta de que no hablaba con un comandante sino con un hombre que había sabido de su familia en otra vida completamente distinta. En una vida real.

Arrio habló primero.

—Pensé que la familia Hur se había desvanecido de la tierra.

Los ojos de Ben-Hur volaron hacia su rostro.

—¿Pero no ha oído nunca nada de mi madre y mi hermana? A ellas se las llevaron por lo que yo hice...

—Nada —respondió Arrio.

Ben-Hur se había acercado un poco, sus enormes manos encallecidas tocaron la capa de Arrio donde había caído del hombro del tribuno. Esa sensación momentánea de amenaza se había ido y el romano sintió un impulso de simpatía.

Ben-Hur tenía que haber sido poco más que un adolescente delgaducho cuando llegó a las galeras. Arrio sabía que la justicia romana era dura y veloz, como debía ser, para controlar el enorme imperio alrededor del mar Interior. Aunque no lo había considerado desde el punto de vista de los que no eran romanos.

El joven bajó la mirada hacia sus manos y dejó caer la fina tela púrpura, dando medio paso atrás. Pero siguió hablando, como si no pudiera detenerse, con un nuevo tono de desesperación.

—Han pasado tres años, y cada hora una vida entera de miseria, una vida entera en un foso sin fondo, donde el único alivio es estar aturdido por el trabajo. En todo ese tiempo no he sabido nada de mi familia, ni un susurro —Sacudió la cabeza—. Sé que el mundo me ha olvidado, y a veces parece que me lo merecía. Eliminado como si la familia de Hur, los príncipes de Israel, nunca hubiera existido. ¡Todo por mi acción! Pero... —Apartó la mirada de Arrio y entrecerró los ojos para mirar hacia la luz mientras trataba de controlar sus emociones—. Es posible que yo haya sido olvidado, pero yo no puedo olvidar —continuó más suavemente—. Mi padre había muerto, yo era el jefe de la familia, y mi madre y mi hermana fueron arrastradas, mirando hacia atrás, suplicando, esperando que yo las ayudara.

Miró a Arrio a la cara con una expresión desolada.

—No tengo que contarle las muchas maneras en que la muerte llega a las galeras. Se puede morir en la batalla, de hambre, de agotamiento, por una plaga, en un incendio. He visto a hombres caer de sus remos y ahogarse en unas cuantas pulgadas de agua de sentina. Los he visto flagelados hasta morir por un hortador malvado, y los he envidiado —Miró hacia abajo, a las palmas de sus manos y se las frotó—. Sí llegamos a ser como animales, sabe. Pero estos años habrían sido más tolerables si en realidad yo fuera la bestia bruta que ve el hortador. Entonces no recordaría los ojos de mi hermana sobre mí cuando dos soldados romanos la levantaron del suelo y la arrastraron hacia un destino que yo... —Dejó de hablar, y luego agregó casi como un susurro—: Me alegraría saber que mi madre y Tirsa están muertas. Dos mujeres protegidas a la misericordia de... Y todo por mi culpa.

—¿Y admites ser culpable? Ese fue un crimen capital —señaló Arrio abruptamente.

El rostro de Ben-Hur se endureció.

—No, no lo admito. Por el Dios de mis padres, juro que soy inocente.

Arrio se alejó de él y dio unos pasos hacia la proa, luego miró hacia atrás.

—¿Y te declaraste inocente en el juicio?

—No hubo juicio.

—¿Qué? La ley romana… —comenzó Arrio—. ¿Ninguna acusación? ¿Ningún testigo? ¿Quién emitió el juicio?

Ben-Hur encogió los hombros.

—Me encadenaron las manos y me arrastraron a una celda en la Torre Antonia. No vi a nadie. Nadie me habló. Al día siguiente, los soldados me llevaron al puerto, y desde entonces he tirado de un remo.

—¿Y podrías haber demostrado tu inocencia?

—¡Fue un accidente! Yo estaba en el techo, observando a la procesión, cuando Grato entró a la ciudad. Me incliné y desprendí una baldosa. Se cayó, y Grato se cayó. Aunque, ¡qué forma más ridícula de tratar de matar a alguien! A plena luz del día, rodeado de sus soldados, todos completamente armados. ¡Y yo tenía tanto que perder! Tribuno, usted entiende estas cosas. Roma gobierna con la cooperación de gente como mi padre. Teníamos una gran propiedad. Yo apenas era un muchacho. ¿Por qué iba a arruinar una buena vida?

—Pero ¿hay alguna prueba? ¿Quién estaba contigo?

—Nadie. Mi hermana, Tirsa, acababa de irse —respondió Ben-Hur, mirando hacia abajo a la cubierta—. Ella tenía quince años. Muy dulce. Bonita. Inocente. No conocía nada fuera de nuestro mundo; nunca salía del palacio sin mi madre o una sierva. No puedo imaginarla sobreviviendo la cárcel —Miró a Arrio directamente—. Señor, ya que usted es un tribuno, ¿podría averiguar? —Pero él había dicho demasiado; lo supo inmediatamente. Había llegado muy lejos—. No —dijo—. Claro que no. Lo siento.

Arrio todavía lo miraba sobriamente. Estaba impactado con la historia de Ben-Hur. Se había pasado la vida al servicio de Roma y creía en el Imperio. Sabía que sus leyes eran estrictas, pero también sabía que el gobierno romano llevaba orden y prosperidad a las tierras a las que sometía. Si el judío decía la verdad, y todos sabían que los esclavos mentían, toda una familia había sido destruida para expiar lo que podría haber sido un accidente.

—Suficiente —dijo él—. Regresa abajo.

Ben-Hur inclinó la cabeza ante el tribuno y se fue. Después de unos cuantos pasos en silencio se volteó y dijo:

—Pero le suplico que recuerde que solamente le pedí noticias de mi familia. No le pedí nada para mí.

Arrio lo vio atravesar la cubierta, desplazándose con la soltura de un atleta natural. ¡Qué competidor sería en la arena! Tenía el equilibrio, la resistencia, la fortaleza mental y la fortaleza física para ser un gladiador invencible.

—¡Espera! —gritó Arrio y lo siguió—. ¿Qué harías si fueras libre?

Ben-Hur entrecerró los ojos.

—No se burle de mí, tribuno. Yo sé que moriré como esclavo.

—No, es una pregunta seria.

—Entonces no descansaría nunca hasta que mi madre y Tirsa regresaran a la vida que ellas conocían. Les debo todo lo que perdieron; lo recuperaría de alguna manera. Nuestro palacio, nuestros barcos, nuestros socios de negocios, nuestras bodegas, nuestros fardos de seda y barriles de especias, hasta la última horquilla de oro para el cabello de mi madre, las recuperaría. Y cuidaría a esas mujeres día y noche más fielmente que cualquier esclavo.

—¿Y si descubrieras que están muertas?

No hubo respuesta por un rato mientras Ben-Hur contemplaba las tablas limpias de la cubierta. Luego suspiró y dijo:

—La noche antes del accidente, yo había tomado una decisión, y sería la misma hoy. Me entrenaría como soldado. Y en todo el mundo, solo hay un lugar para aprender esa profesión, incluso para un judío.

—¡En una palestra romana! —exclamó Arrio.

Ben-Hur sacudió su cabeza.

—En un campamento militar romano.

—Necesitarías aprender el uso de las armas —comentó Arrio.

PALESTRA

Tomando prestada una práctica griega, los romanos utilizaban una palestra de manera muy similar a cómo la gente de hoy utiliza una membresía del gimnasio: para ejercicio e interacción social. Los hombres podían entrenarse en deportes como la lucha, el boxeo y la jabalina. A diferencia de un *ludus* de gladiadores, sin embargo, la palestra no era designada una escuela de entrenamiento; más bien, les permitía a los hombres romanos incorporar la salud física y el atletismo a su vida diaria.

Entonces avistó a un marinero que estaba lo suficientemente cerca como para oírlo. Se había dejado llevar. Como comandante del barco, no tenía por qué discutir el futuro ni siquiera con este extraordinario esclavo de galera. El hombre era su mejor remero. El barco tenía que llegar a Citera y unirse a la flota romana tan pronto como fuera posible, y no se podía tratar a ningún hombre más que como a un elemento de una máquina de pelea.

Pero no pudo resistirse a agregar:

—Solo piensa en esto. No puede haber gloria para un soldado que no sea ciudadano romano, y eso es imposible para un judío. Pero un gladiador, de cualquier origen, puede ganarse la honra, la riqueza y el reconocimiento del emperador. Vuelve a tu banca ahora y toma tu remo. No reflexiones en esta conversación. Es el fruto de un momento ocioso.

Pero Judá Ben-Hur bajó de la cubierta con una pequeñísima chispa de esperanza en su corazón.

CAPÍTULO 10

CADENAS

El sol se desplazaba a lo largo de la superficie lapislázuli del Egeo, y lanzaba franjas resplandecientes donde el viento rompía las olas. A la distancia, los velos de neblina flotaban sobre una isla u otra, pero la gente de Naxos, desde la cima de su colina, dirigió su vista hacia el sur, adonde la flota romana estaba reunida. Nunca había habido semejante vista en todos los años de los habitantes observadores de la isla, dueños de barcas, acostumbrados al mar. Las galeras navegaban en formación precisa; cuatro se dirigían al oriente, una al lado de la otra, luego giraban al norte igual que una cantidad de filas de caballería, y cada fila de galeras cambiaba de dirección en el mismo punto. Las banderas y los banderines se extendían de los mástiles, pero aun más extraordinaria era la precisión implacable de los remos que llevaban a cada barco hacia adelante.

—¡Son muchos! —gritó un pastor, sin aliento por correr a la cima.

Se tapó los ojos del sol poniente y contó las columnas que todavía se deslizaban hacia él:

—¿Van a matar a los piratas?

—O los matarán a ellos —respondió su vecino.

—Tiene que haber montones de ellos —continuó el primer hombre, y sumó con sus dedos los barcos que entonces veía con la popa frente a él.

—Cien. Y la flota pirata, según dicen, tiene la fuerza de sesenta. Birremes y trirremes, dos y tres filas de remadores.

—Entonces ganarán los romanos.

—Los piratas son verdaderos forajidos; tú lo sabes. Comen hombres allá arriba, más allá del Bósforo. Comen bebés para ayudar a que les crezcan sus barbas.

—Dicen por ahí que todo enemigo come bebés. Y los romanos no permitirán que un montón de corsarios ladrones se les acerquen. Usarán esas galeras para atacar y hundir a los barcos piratas; luego derramarán aceite en el agua y los incendiarán.

—Había olvidado lo del aceite. ¿Lo has visto alguna vez?

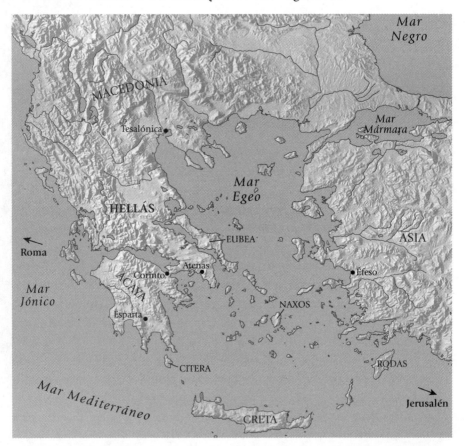

—No, solo he oído de eso. Igual lo de comer bebés. Probablemente no es cierto. Mira, el sol se está poniendo.

La luz se ponía cada vez más roja; el rango de los rayos disminuía. Solo quedaban tres columnas más de velas para rodear la marca invisible y girar hacia el norte.

—Vámonos. Odio esta ladera después del anochecer.

—Pero yo acabo de llegar —protestó el pastor.

—¿Qué más verás cuando el sol se haya puesto? —preguntó su amigo mientras se iba.

—Me gustaría ver la batalla, ¿a ti no? —preguntó el pastor cuando bajaban por el angosto sendero.

—Sí, pero he oído que los piratas se dirigieron al norte. Si yo fuera el jefe pirata, entraría al canal que está entre Eubea y Grecia. Hay muchas ciudades ricas allí; la flota puede moverse de una a la otra y atacar mientras avanza.

—¿Y tú qué sabes de las ciudades ricas, de Grecia y de los ataques? —dijo el pastor burlándose.

—Por lo menos he estado fuera de esta isla —replicó su amigo—, y una vez una tormenta nos empujó hasta allá en el norte. Justo por las Cícladas, hasta Atenas. La bahía allí, según me dijeron, se estrecha y va hasta arriba en la costa, justo como una franja de agua. La flota atacante se puede esconder de los romanos.

El pastor no respondió por un rato mientras atravesaba una peña abruptamente inclinada.

—El problema con el refugio es que también puede ser una trampa —dijo—. Pasa todo el tiempo con las ovejas. Ellas vagan hacia una hondonada, se sienten protegidas y a salvo, pero no pueden salir. Tal vez eso les pase a los piratas también.

—Qué suerte sería para los romanos si así fuera —coincidió su vecino.

✳ ✳ ✳

Cuando Arrio se enteró de la noticia de que la flota pirata, en efecto, se había desplazado hacia el canal entre Eubea y Grecia, estuvo seguro de que la diosa Fortuna le sonreía. Podía dividir su flotilla, estacionar la mitad de ella en el extremo sur y enviar la otra mitad al norte, hacia Termópilas, para atrapar a los piratas como lo había descrito el pastor de Naxos.

Una vez que la flota había pasado a Naxos, salió la orden de emplear toda la velocidad posible hacia el noroccidente, haciendo desfile entre las islas agrupadas del Egeo hasta que el monte Ocha se viera negro y elevado contra el cielo crepuscular. Cuando se dio la señal, la flota descansó sobre sus remos mientras unas pequeñas embarcaciones se dirigieron de un barco al otro, asegurándose de que cada uno de los capitanes entendiera sus órdenes. Arrio dirigiría un grupo a la boca del canal, mientras el resto del escuadrón se iría hacia el norte a lo largo de la costa de Eubea y luego giraría al sur en el canal para atrapar a los saqueadores entre las dos fuerzas romanas. No habría escape para los piratas.

✳ ✳ ✳

Mientras tanto, Ben-Hur y los demás esclavos permanecieron en sus bancas, tirando de sus remos. Nadie les hablaba. Nadie les explicó adónde iban ni por qué. Nadie mencionó la enorme y ordenada flota que se desplegaba en formación detrás de ellos, cada galera impulsada por sus numerosos esclavos. La noche cayó y el ritmo establecido por el hortador no disminuyó, pero un nuevo aroma descendió por el pasadizo desde la cubierta: incienso. Ben-Hur cerró sus ojos por un momento, y dejó fuera el resplandor de la cabina y el rostro impasible del hortador. ¡Incienso! Eso significaba que se había erigido el altar en la proa y que el tribuno había hecho un sacrificio. En cada barco donde Ben-Hur había tirado de su remo, ese había sido el primer paso en la preparación de una batalla.

En las bancas que lo rodeaban percibió un nuevo estado de alerta. La batalla perpetua con el remo mantenía ocupada cada parte del cuerpo; no había forma siquiera de voltearse y darle un vistazo a algún compañero remero. Pero a medida que jalaba el aspa de su remo a través del agua oscura afuera del casco, oyó palabras sueltas susurradas a lo largo de las bancas, a medida que los remeros entendían el futuro que tenían por delante. Para un marinero, o para uno de los marinos que estaban a bordo, una batalla significaba lucha, peligro, emoción, gloria, heridas o muerte. Para el esclavo de una galera, había aún más en juego. Si el barco era capturado, los esclavos también cambiaban de manos. Podrían tener un nuevo amo, para bien o para mal. Incluso podrían ser liberados. Por otro lado, durante la batalla, a cada esclavo se le encadenaba a su banca. Si el barco se hundía o si se incendiaba, los hombres que habían tirado de los remos sufrían el mismo destino que los tablones del casco. Eso era lo que todos temían más, la impotente zambullida en el mar, encadenados a las maderas. Descender más y más, batallando por aire, en el agua cada vez más oscura… Ben-Hur tuvo escalofríos y trató de redirigir sus pensamientos. ¿Acaso no le había dicho a Arrio que anhelaba la muerte? Entonces, ¿por qué se encogía ante su potencial proximidad?

Pronto un marinero llevó linternas a la cabina y las colgó en los postes que le daban apoyo a la cubierta. Los marineros bajaron las escaleras trotando silenciosamente y comenzaron a ensamblar las máquinas de batalla, las catapultas livianas y un puente de abordaje. Se entregaron lanzas y jabalinas, así como gavillas de flechas. Se aseguraron las corazas de pecho y los cascos. Finalmente, sacaron de la bodega unas grandes jarras de aceite, junto con unos canastos de fajos de algodón que se remojarían en él, se encenderían con fuego y se lanzarían al enemigo.

Pero el peor momento para los esclavos todavía estaba por llegar. Ben-Hur siguió con la mirada al tribuno cuando se retiró a su plataforma, donde su casco y su armadura estaban listos. Un soldado llegó a las gradas de abajo y extendió una llave grande; Arrio vio la llave y asintió con la cabeza. El soldado caminó hacia adelante, entre las filas de esclavos que estaban detrás de Ben-Hur y comenzó a engrilletarlos. Las cadenas hacían un ruido metálico y la llave hacía un clic distintivo cuando cada círculo pesado de hierro se ajustaba alrededor de un tobillo. Ben-Hur trató de no contar mientras el soldado se acercaba cada vez más: dos clics para cada remero, tres a cada lado del pasillo, diez filas de popa a proa. Miró a Arrio, quien se abrochaba el cinturón de su espada y aflojaba la espada en su vaina.

En ese momento, Ben-Hur se alegró de su remo. Sintió el grano del roble, que se había alisado con sus manos en el corto mes desde que el barco había zarpado. A medida que tiraba del largo astil de madera a través del agua, presionando el mango hacia abajo y levantándolo para liberarlo, pensó en el peso de plomo en su centro y cómo eso contrarrestaba la longitud del astil. Había un momento en cada ciclo de movimientos en el que el largo cilindro estaba perfectamente equilibrado. Ben-Hur se enfocó en eso, tratando de ver, en su imaginación, el instante en el que el remo colgaba sin peso en el escálamo, con el aspa paralela al agua, antes de que él girara sus muñecas y lo sumergiera y tirara de él. Era un movimiento que había hecho tan frecuentemente que rara vez estaba consciente de ello, pero esa noche, con el incienso del altar flotando en la cabina, el traqueteo de las armas que se llevaban hacia la cubierta y el ruido metálico de los grilletes que se acercaba cada vez más, trató de pensar solamente en su remo.

Trató de no tener esperanzas. Arrio había sido descuidado al hablar con él. Como comandante, no debía haberle prestado atención a un simple esclavo. Como humano, no debía haberle mencionado el futuro a un hombre que podría ser encadenado a una banca, sin esperanza de escapatoria. Ben-Hur sintió que la ira surgía en él y también una amargura que le era familiar desde sus primeros días como esclavo de galera. Él creía que los había dominado.

En contra de su voluntad, miró otra vez al tribuno, que entonces yacía en su sillón con los ojos cerrados. El soldado con las llaves estaba al lado de Ben-Hur cuando Arrio se levantó e hizo una señal. El soldado se apartó y dejó las cadenas y los grilletes sobre los tablones, a la par de la banca.

No había cambiado nada. Sin embargo, él no estaba encadenado. Ben-Hur siguió remando, batallando con su gran astil de roble a través del mar oscuro y salado, tratando de no sentir esperanzas. Todavía era uno de los 120 esclavos que trabajaban para impulsar a un barco frágil hacia la batalla en contra de un enemigo que él no podía identificar ni imaginar. En la cubierta, los hombres afilaban sus dagas y las puntas con púas de sus lanzas. Uno gritó cuando una jarra de aceite se inclinó, amenazando derramarse. Arrio se envolvió en su túnica a unos cuantos metros de distancia y descansó mientras pudo, pero los demás hombres estaban alertas y aprehensivos. Al mismo tiempo, Ben-Hur se sentía un hombre nuevo. El tribuno romano lo había distinguido y lo había reconocido como un individuo. Seguramente el Dios de sus padres le estaba sonriendo ahora.

Pero a medida que las horas pasaban, la sensación de buena fortuna de Ben-Hur disminuyó. En una batalla los esclavos de una galera eran más que nunca un recurso para los romanos: su habilidad de maniobrar un barco con precisión y velocidad podría cambiar la corriente del combate. Aun así, en esos momentos tenían más incentivo que nunca para tratar de escapar. Los largos meses de trabajo rutinario podían aplastar cualquier iniciativa en ellos, pero cuando eran expuestos al peligro mortal, el instinto animal se apoderaba de ellos y correrían cualquier riesgo para sobrevivir. Esclavizados por Roma, eran enemigos de Roma tan ciertamente como los antagonistas que caían sobre ellos, que incluso podían ser sus compatriotas. Para esclavos y amos por igual, la batalla amenazaba el equilibrio del poder. Por ese motivo, las cadenas. Y mientras los preparativos continuaban, el sentido de peligro aumentaba en cada hombre. La armadura de piel de toro se colgó a los lados del barco, pero ¿qué protección daría si embestían el casco? Se colocaron cubetas de agua cerca de los tanques de aceite y las bolas de fuego, y se extendió una red sobre la cubierta. Los marinos tenían sus escudos, corazas y cascos. Pero el enemigo estaba preparado de manera similar. El peligro más grande, un peligro que los soldados nunca enfrentaban sobre la tierra, estaba en el agua que los rodeaba, el enemigo de piratas y romanos por igual.

Los esclavos, tanto los remeros como la tripulación de auxilio, estaban amontonados debajo de la cubierta, rodeados de guardias, y solo llevaban puesto sus taparrabos harapientos y sus cadenas. El barco se meció de repente y hubo gritos en la cubierta que rápidamente se desvanecieron. Ben-Hur pensó que escuchaba un ruido nuevo y apenas perceptible, tal vez el aparejo de otra galera o el ruido de sus remos que estaban cerca. La Astrea había sido la única nave en el mar cuando Arrio lo llamó a la cubierta, pero ahora parecía que se había unido a una flota. Como tribuno, Arrio sería el comandante a cargo y Ben-Hur sabía que la nave tendría el banderín púrpura de su comando. Eso la hacía un blanco prominente.

A una señal de la cubierta, los remeros detuvieron la galera y luego volvieron a remar lentamente. El ritmo lento y el silencio de arriba parecía una advertencia; cada hombre tensó sus músculos. Incluso el barco parecía contener la respiración.

De repente sonaron trompetas arriba con un acorde pronunciado, dominante. El hortador respondió martillando en su tabla resonante, y los remeros empujaron hacia adelante. Sumergieron sus remos profundamente y tiraron con todas sus fuerzas. La galera dio un salto hacia adelante tan rápido que todos los que estaban de pie se tambalearon. Antes de que hubieran recuperado su equilibrio, un coro de trompetas sonó desde atrás de los remeros, pero fue amortiguado y se mezcló con lo que podría ser un clamor de voces.

Una brazada más; entonces, un poderoso golpe dio en el barco. Los hombres se cayeron, luchando por levantarse, pero los esclavos en las bancas se aferraron a sus remos y se esforzaron para seguir moviendo el barco hacia adelante. Hubo un gemido tremendo, el sonido de un raspado y un momento infinitamente largo en el que cada hombre tiró de su remo hasta que lo curvó; finalmente, la galera salió a toda velocidad hacia adelante, más rápido que nunca, dejando atrás un coro inhumano de alaridos.

Terror, agonía, madera pulverizando madera, metal que se topaba con carne, miembros destrozados, una confusión infernal de ruidos e imágenes más allá del casco del barco, pero dentro de él, no había nada que ver aparte de las filas ordenadas de esclavos que tiraban de sus remos y sus reemplazos que estaban de pie, preparados. Aun así, los hombres estaban horrorizados. Tenían los ojos en blanco y los ceños fruncidos. Puede que la muerte y la destrucción que la Astrea acababa de repartir fuera invisible para ellos, pero aun así era muy real. Peor aún, en cualquier momento, ellos podrían sufrir lo mismo. Afuera, más gritos, más trompetas; Ben-Hur sintió golpes y estruendo debajo de la quilla. Algo se rompió. Algo puntiagudo raspó toda la longitud del casco. Un rugido largo y burbujeante aumentaba cada vez más y luego se detuvo abruptamente con un golpe. Cada hombre a bordo se imaginó un cráneo encontrándose con el timón del barco.

En ese instante, la galera quedó libre, desplazándose velozmente otra vez, y gritos de alegría surgieron desde la cubierta. La Astrea, con su pico letal, había hundido un barco enemigo. Pero no hubo tiempo que perder; los soldados bajaron corriendo la pasarela y comenzaron a sumergir fajos de algodón en las jarras de aceite, luego las pasaban, goteando, de regreso a la cubierta. Hubo clamor arriba y una palabra de advertencia, seguida de ovaciones: la catapulta había encontrado a su enemigo.

Ben-Hur lanzaba firmemente su remo, escuchando el tumulto. Pudo descifrar el sonido vibrante de las cuerdas de los arcos, el chirrido de las máquinas de asalto, y pensó que no muy lejos, el hurtador de otro barco gritaba mientras establecía el ritmo de los remeros. La Astrea osciló de repente tan pronunciadamente que los remos de estribor ya no alcanzaban al agua. La madera gimió y los soldados en la cubierta aclamaron, pero también se oían alaridos más vagamente, junto con el chillido de un cabrestante. Una galera enemiga había llegado al alcance de los garfios de la Astrea y estaba siendo elevada por su proa, dejando caer hombres y armas al agua mientras se elevaba. Hacia arriba, cada vez más arriba, Ben-Hur había visto la grúa de altamar en acción en otro barco. El brazo de la grúa se extendería a toda su longitud, colgando la embarcación enemiga por encima de la superficie del agua como un pez en un anzuelo, y finalmente la soltaría y dejaría caer la galera verticalmente al agua, que se precipitaría al entrar en su casco y la hundiría. Cada hombre a bordo moriría.

El ruido los rodeó totalmente, ruido y algo peor. A los soldados heridos los cargaban por la pasarela, sacándolos de la batalla. Sus gemidos y gritos tan cerca, la sangre que corría por debajo de las bancas y la carne destrozada de sus heridas quedaba sin atención, mientras los esclavos seguían remando y la batalla continuaba arriba. Otras galeras habían lanzado bolas de fuego y un humo amarillento entró a la cabina de los remeros. Llevaba el aroma inquietante de carne que se asaba, y más de un hombre se puso pálido. Habían remado a través de los restos de una galera que ardía, donde los esclavos habían muerto encadenados a sus bancas.

—Oh, dioses, permítanme ahogarme en lugar de eso —susurró un hombre detrás de Ben-Hur.

—¡Silencio! —gritó el soldado que estaba más cerca.

Con un estruendo, el barco se detuvo. Los remos se sacudieron con fuerza en las manos de los remeros mientras ellos caían de las bancas, y un ruido de pisoteos en la cubierta se ahogó rápidamente con un rechinamiento largo y profundo contra el casco que podía sentirse tanto como oírse. La galera había chocado contra otro barco y las dos naves estaban trabadas en un abrazo violento. El mazo del hortador hizo pausa, y cuando comenzó de nuevo, apenas se podía escuchar por el estruendo del enfrentamiento y los rugidos que surgieron desde arriba.

Pero los golpes regulares del mazo sobre la mesa de madera no pudieron restablecer el orden. Algunos esclavos miraban hacia arriba como si pudieran ver la batalla a través de los tablones de madera de la cubierta; otros dirigieron sus ojos a su alrededor en busca de escapatoria, olvidándose de los grilletes en sus piernas. Otro soldado bajó por la escotilla, pero esta vez, Ben-Hur vio que no era romano. Una barba negra espesa y piel pálida dividían su rostro a la mitad, en tanto que su escudo estaba hecho de piel de toro y mimbre. ¿De dónde había llegado?

De repente, Ben-Hur lo comprendió: los habían abordado. El casco presionado contra la Astrea pertenecía a los piratas. Por el alboroto de arriba, el combate era cruento. Entonces se oyó una secuencia de gritos fuertes y aullidos, y pies que corrían. Tres soldados romanos fueron impulsados parcialmente hacia abajo a la cabina, y después se recuperaron y empujaron hacia arriba otra vez, y todo el tiempo el hortador seguía martillando el ritmo para los remeros.

Pero ningún esclavo tocó su remo. El pánico había superado a la disciplina. Ben-Hur miró alrededor de la cabina y vio que cada hombre pensaba solo en sí mismo y en cómo podía escapar o sobrevivir. Y arriba, ¿qué había pasado con Arrio? Una aguja helada de miedo pasó por la mente de Ben-Hur. Arrio lo había visto como un hombre, no como un esclavo. ¿Y si el tribuno estaba muerto o herido? ¿Y si los piratas bárbaros lo habían capturado?

Ben-Hur ya estaba en movimiento antes de finalizar su pensamiento. Arrio lo había dejado desencadenado, un hecho que podía salvarle la vida. Pero todavía era un esclavo. Si Arrio había muerto, nunca sería otra cosa. Si Arrio vivía, podría tener un futuro. Mientras subía a saltos las gradas, vio una vez más la imagen que lo había perseguido por tanto tiempo: su madre y su hermana arrastradas por los soldados romanos mientras él gritaba. Su madre desmayada como muerta, su hermana dando alaridos, sus captores inexpresivos; no podría borrar nunca esa imagen sin la ayuda del comandante romano.

Alcanzó a ver un cielo rojo y tenebroso. Su mano tocó la cubierta y se deslizó en una capa horrible de aceite y sangre. El aire estaba denso con ceniza, y le ardían los ojos y la garganta. Con otro paso hacia arriba vio barcos por todos lados, destrozados o incendiados. Muy cerca, los hombres batallaban en un tumulto sin sentido, hacia adelante y hacia atrás con rugidos y lamentos, demasiado cerca como para usar sus armas.

Entonces su punto de apoyo se derrumbó de repente. Parecía que la cubierta se elevaba y se hacía pedazos. En un instante impactante, el casco se dividió en dos, y como si hubiera estado al acecho, el mar silbó y burbujeó sobre los tablones destrozados. Saltó sobre los hombres y las armas, el mástil y la vela, tragándose todo, y Ben-Hur solo percibió oscuridad.

CAPÍTULO 11

EL MAR EN LLAMAS

El agua lo succionó hacia abajo en un remolino implacable; lo golpeó contra palos y desechos. Sus pulmones le ardían cada vez peor. Una corriente inusual lanzó violentamente sus talones por encima de su cabeza. Estaba a punto de darse por vencido a la presión, de abrir su boca al líquido que le ardía, cuando su cabeza salió a la superficie y respiró aire en vez de agua.

Le ardían los ojos; los tenía nublados por la sal y el aceite que flotaban en la superficie. No podía encontrarle sentido a lo que veía. Un resplandor brillaba intermitentemente encima de la oscuridad. Una enorme área negra se cernía sobre él, bloqueando la luz irregular, y entonces lo impactó tan fuerte en la cabeza que vio estrellas y se hundió por un instante. Pero en un gesto más rápido que el pensamiento, sus largos brazos de remero se extendieron al borde de la masa flotante. Su mano se rasgó con un clavo y encontró dónde aferrarse mejor. Después de un par de respiraciones entrecortadas, levantó su torso sobre los escombros y se tendió con su rostro sobre la madera húmeda, vomitando. A su alrededor oía gritos, explosiones, chisporroteos y silbidos, un grito de agonía y el constante chapoteo del agua contra la madera a la que se había aferrado.

Una mano se levantó y le agarró la muñeca, seguida de un rostro pálido barbado. El hombre le gritó algo y blandió una daga en forma de medialuna. Judá vio que su propia mano se extendió hacia adelante, le arrebató la daga de la mano al hombre, y se la lanzó al rostro. Antes de que se diera cuenta, el hombre se había hundido en un remolino de burbujas teñidas de rojo, y Ben-Hur se miró la mano, que todavía tenía la daga. ¿Acababa de matar a un hombre? ¿Tan rápidamente y sin pensarlo? Había sangre en su mano. Había quebrantado uno de los mandamientos. ¿Pero qué otra cosa podría haber hecho?

Se volteó sobre su espalda y vio el cielo, jadeando. A su derecha, no lejos, un barco ardía y las sombras negras de los soldados caían retorciéndose desde la cubierta al mar, mientras los esclavos de la galera daban gritos abajo. Una mano le agarró el tobillo y otro rostro lo miró con un ojo azul y el otro que colgaba de una cavidad roja brillante sobre el pómulo. Ben-Hur levantó la daga curva y la mano lo soltó. Descendió una nube de humo tan acre que él tosió convulsivamente. Aislado por unos cuantos segundos, emergió en medio de una batalla campal en la superficie del mar. Los romanos con sus dagas daban hachazos furiosos contra unos piratas con sus escudos de mimbre que estaban aferrados a un pedazo de mástil y a la mayor parte de una vela. Ambos grupos de hombres lo vieron, se voltearon y trataron de aferrarse a su pedazo de tabla, distraídos momentáneamente de su batalla.

En ese instante, Ben-Hur comprendió su posición. Él era el enemigo de todos. La suerte, que estaba de su lado por primera vez, le había dado un pedazo de madera que podía mantenerlo vivo en el barullo apestoso de la batalla naval, pero solo si se aferraba a ella y repelía a todos los demás. Sacó sus piernas del agua y las metió debajo de él; una mirada por encima de su hombro le hizo ver una ola enorme que se aproximaba. La montaña de agua estaba salpicada de escombros. Ben-Hur divisó un cilindro liso que flotaba en primer plano en la ola y, tan rápido como un relámpago, aseguró su daga entre sus dientes.

Los años en la banca habían agudizado sus reflejos. Sus ojos y su cuerpo habían reconocido un fragmento de un remo y se preparó para su peso, para que cuando sus manos se cerraran alrededor del astil de roble, sus piernas y tronco aceptaran el peso que le daba el plomo del centro. Uno de los romanos tenía un brazo encima de la tabla, y Ben-Hur se volteó para dejar caer el remo con fuerza sobre él. El brazo se quebró y el hombre gimió mientras se deslizaba de regreso al mar. El gemido se detuvo cuando se hundió.

Pero no hubo descanso. Un ruido nuevo de agua en torrente y un significativo golpe continuo llegó de la derecha. El velo de humo se desprendió y apareció una galera de dos cubiertas dirigiéndose hacia Judá. Él se lanzó hacia abajo para tratar de remar en su tabla. El fragmento de remo no tenía aspa, por lo que se lo metió debajo del abdomen y usó sus manos ahuecándolas para mover el agua. La galera se acercó, lanzando con su proa olas altas arqueadas. En la cubierta, la armadura romana brillaba, y reflejaba luz de las áreas de aceite que ardían en el agua. El ritmo del hortador se apresuró, y Ben-Hur se dio cuenta de que él lo obedecía, remando al ritmo para escapar de la amenaza que se apresuraba. El pico de hierro hacía que el agua burbujeara delante de la proa, y Ben-Hur metía sus manos tan profundo como podía en el agua, jalando con el mismo esfuerzo que había hecho en la banca de los remeros apenas hacía unos minutos.

El pico pasó por debajo de él y su suerte se mantuvo; la proa tocó ligeramente el extremo de la tabla y lo lanzó al costado dejándolo, en el momento más extraño de esa noche sombría, yaciendo sobre su tabla, deslizándose a la par del barco, entre el casco elevado y las aspas de los remos. Arriba de él, las siluetas borrosas de los remos se giraban de atrás para adelante a medida que los esclavos jalaban; a su lado, las aspas se sumergían y volteaban, una remada, dos, tres... Y la galera se fue, dejando una estela lustrosa en el agua negra.

Ben-Hur se desplomó en la superficie de su tabla, jadeando. Yació temblando por un largo minuto. Cerca y lejos, oía el estrépito de la batalla: golpes secos y choques, gritos, gemidos, chapoteos. Apenas se percató del ruido metálico amortiguado cuando su tabla golpeó otro objeto flotante, pero oyó un gemido después y levantó la cabeza. Tenía que estar alerta. Su valiosa tabla podría mantenerlo vivo durante la noche, pero cada hombre en el mar que todavía pudiera pensar habría tenido la misma idea. Los hombres sobrepasaban a las tablas; podían botarlo al mar en cualquier momento. Dio un vistazo al agua.

Había un romano que se estaba hundiendo a su lado, con una túnica roja que ondeaba alrededor de su rostro. El casco se metió debajo de la superficie. Una coraza con un estampado complejo nadó hacia arriba y se cayó hacia abajo. El rostro salió a la superficie y la boca se abrió. Judá sintió que su mente se movía lentamente cuando el rostro bajó al agua otra vez. Espera... Extendió una mano. Ese rostro... Sus manos se extendieron y tocaron la túnica. La jaló. El cuerpo se dio vuelta. La túnica se desprendió de la coraza. Las puntas de sus dedos tocaron la parte de atrás del casco, y apoyándose en la tabla, logró darle vuelta al cuerpo y sacar el rostro otra vez al aire.

Era Arrio. Los dedos de Ben-Hur eran más listos que su cerebro y buscaron el broche de la correa del casco. La desató y la retiró y dejó que el bronce pulido se hundiera en las profundidades. Entonces se inclinó un poco más, tratando de agarrar las hebillas de la coraza. Una hebilla, dos; batalló con el cuero empapado para sacar el metal martillado. Todo ese grabado, todos esos adornos, la grandeza del Imperio, nada más que un brillo débil que siguió al casco hacia las tinieblas. Ahora Arrio era solo un hombre, solo carne y hueso igual que Ben-Hur. Fue bastante fácil agarrarlo por debajo de sus axilas. Sacó la cabeza del tribuno romano fuera del mar. Un tirón más y sus hombros descansaron en la tabla de Ben-Hur.

Todo había tardado menos de un minuto, y los dos hombres estaban medio sumergidos sobre la tabla, navegando más bajo en el agua. Ben-Hur se permitió unas cuantas respiraciones profundas para recuperarse, y luego jaló a Arrio un poco más cerca. ¡Arrio! ¡El único hombre de la Astrea que lo había visto como un ser humano! ¡El único hombre que valía la pena salvar, entre los cientos que flotaban a su alrededor en agonía! Ben-Hur miró el rostro pálido del romano; puso su oído encima del pecho de Arrio. El corazón palpitaba; el hombre respiraba. ¡Qué suerte que la singularidad de la corriente hubiera llevado a Arrio a la balsa improvisada de Ben-Hur! ¿O era que su Dios todavía cuidaba de él?

A la derecha, la galera que casi había atropellado a Ben-Hur había atravesado a un barco pirata y los ruidos de la batalla se oían en el agua: estruendos y choques, gritos y gemidos. Los piratas emitieron un grito de guerra alto y rítmico que estremeció la noche. Arrio tosió y resolló al lado de Ben-Hur, y luego vomitó agua del mar. Ben-Hur lo puso de lado para que el vómito corriera hacia el mar y se volteó a mirar los barcos que combatían, justo a tiempo para ver las llamas que subían por la vela y el aparejo del barco pirata.

En un instante, el barco romano también estaba en llamas. Los marineros que estaban estacionados en el aparejo golpeaban frenéticamente las llamas que lamían la vela. En la cubierta, los soldados en pareja lanzaban barriles de aceite por la borda. El hortador daba gritos tan fuertes que Ben-Hur casi podía entender las palabras: les ordenaba a los esclavos que retrocedieran sus remos y que se alejaran del enemigo. Los barcos estaban trabados por sus garras y el pico de hierro, pero ahora debían apartarse o hundirse juntos. Ben-Hur no podía retirar la vista. Si la llama llegaba al aceite, todo se acabaría. Ambos barcos se quemarían, tal vez hasta explotarían. Se dio cuenta de que la tabla estaba demasiado cerca de la batalla y se volvió a acostar para alejarla.

La advertencia llegó como un rayo de luz y un ruido como de una ráfaga de viento; luego, el trueno ensordecedor de la explosión. Ben-Hur se lanzó sobre el pecho de Arrio para protegerlo de restos volantes. Extendió sus brazos y se aferró a las orillas de la tabla tan fuerte como pudo, esperando cualquier cosa que el agua hiciera. Se fueron para abajo, cubiertos una vez más por una ola.

Pero la ola retrocedió con un tirón largo y succionador, y dejó a Ben-Hur y a Arrio en su lugar. Allí donde habían estado los barcos ahora había una fogata flotante, iluminando la noche a su alrededor con un enorme círculo naranja brillante. Ben-Hur sintió un movimiento debajo de él y miró hacia abajo. Los ojos de Arrio se estaban abriendo.

Se retiró del pecho del romano pero mantuvo su agarre en su brazo; podría haber otra explosión. Arrio sacudió su cabeza levemente y murmuró algo. A la luz de los barcos que ardían, Ben-Hur vio entonces que el cabello gris de Arrio se estaba oscureciendo en una parte por encima de su oreja. Oscureciéndose rápidamente, mientras una herida se volvía a abrir. Ben-Hur palpó suavemente y encontró las orillas abiertas de la piel. El hueso que estaba debajo parecía no haberse dañado, pero había un tajo largo que sangraba rápidamente.

Ben-Hur miró a su alrededor en un círculo. Reinaba el caos. La superficie del agua estaba salpicada de formas negras que subían y se hundían. Aquí y allá podía distinguir un brazo, un pie, un trozo de músculo al azar, pero no permanecían a flote. El fuego crujía y siseaba mientras, por todos lados, hombres heridos gemían y gritaban. El olor acre del fuego le dio paso a corrientes de olor de carne que se cocinaba. A una distancia más lejana, Judá creyó ver otros destellos. La escena de muerte y destrucción ante él debía estar repitiéndose en todo el angosto estrecho de mar.

¿Y qué vendría después? Miró a Arrio, inconsciente otra vez. ¿Sobreviviría la noche? ¿Al día siguiente? ¿Y si los piratas ganaban y lo capturaban? Por Arrio probablemente pedirían un rescate. Él, Ben-Hur, seguiría siendo un esclavo. ¿Y si los romanos ganaban? Arrio regresaría a Roma... Ben-Hur se detuvo. ¿Y si no los descubrían? Eso era mucho más probable. Los vencedores de una batalla naval trataban de recoger sobrevivientes, pero eso podía tardar días. Arrio no sobreviviría durante días.

Sin embargo, hacía calor, se dijo Judá. Había oído de hombres lanzados a un mar tan frío que en unas horas simplemente se dormían y se hundían. Él no haría eso. Su fortuna, su Dios, lo había puesto sobre ese pedazo de madera y le había enviado al único hombre que podía cambiar su vida. ¡Tenía que haber alguna razón para eso!

CAPÍTULO 12

A LA DERIVA

En las horas siguientes, los barcos se consumieron hasta la línea del agua y el fuego se apagó. Los gritos de los esclavos moribundos se detuvieron, aunque un hedor a quemado permanecía en el aire. El viento se apagó y el agua se tranquilizó. El humo se evaporó en el cielo y las estrellas aparecieron. Una o dos veces, un destello distante brilló en el horizonte y después se desvaneció mientras la batalla continuaba en la distancia.

Ben-Hur sabía que la noche casi se había acabado cuando las aves marinas regresaron. Una por una y luego en grupos volaban alrededor de los restos flotantes mientras el cielo se aclaraba. Para cuando el horizonte estuvo pálido, flotaban en la superficie, mirando y picoteando lo que pudiera flotar. Judá trató de convencerse que buscaban restos de las raciones de los marineros, pero eso fue más difícil de creer después de que una mano pasó flotando, solo para que la recogiera un pelícano que se precipitó desde el cielo y salió a la superficie con un par de dedos que sobresalían de su pico. Después de fijar sus pequeños ojos amarillos y brillantes en Ben-Hur, el ave dio un poderoso aleteo y se elevó hacia el cielo. Dejó un poderoso olor a pescado. Unos segundos después, la mano cayó de regreso al agua, rechazada por el ave.

Cuando el sol estaba muy por encima del horizonte, Arrio habló. Balbuceó primero, despertando a Judá que cabeceaba. Volteó la cabeza de un lado al otro y se encogió.

—Espere; tenga cuidado. Está herido —dijo Ben-Hur, y puso su mano en la ceja de Arrio.

El tribuno lo miró con el ceño fruncido, cerró los ojos y volvió a quedar inconsciente.

Un poco después, Ben-Hur miró hacia abajo y vio que Arrio lo examinaba en silencio. Cuando la mirada de Judá se cruzó con la de él, el tribuno sonrió irónicamente.

—Parece que mi suerte como comandante se acabó. Hasta aquí llegaron mis ofrendas al altar de la Fortuna. ¿Qué pasó?

—Los piratas hundieron la Astrea —respondió Ben-Hur—. Yo subí a la cubierta precisamente cuando el barco se quebró en dos y todo cayó al agua. Esta tabla estaba cerca, por lo que me aferré a ella y poco después lo encontré a usted. Eso es todo. Excepto que si yo hubiera estado encadenado a la banca como los demás esclavos, habría muerto. Así que le debo mi vida.

—Y yo te debo la mía porque me recogiste, así que estamos a mano —Arrio se encogió los codos y trató de levantar la cabeza, pero cerró los ojos y se volvió a acostar—. ¿Me golpeé la cabeza?

—Seguramente sí. Tiene un gran tajo allí, arriba de la oreja.

—Siempre dicen que el agua salada es buena para las heridas —respondió Arrio—. ¿Viste algo más de la batalla?

—Una galera romana fue derribada junto con un barco pirata no lejos de la Astrea, pero usted debe haber visto eso. Fue antes de que nos hundiéramos. Muy tarde ayer en la noche todavía había combates a la distancia, pero no pude distinguirlos. Los escombros no me dicen mucho.

—¿Ningún barco visible en los alrededores?

—Ni una vela.

Arrio se quedó callado por un largo rato.

—Creo que nos rescatarán —dijo—. El estrecho es angosto. Es fácil para un barco hacer una búsqueda rápida de costa a costa.

Su voz se oía tenue y frecuentemente tenía que detenerse para respirar.

—Tal vez no debería hablar —dijo Ben-Hur.

—No, tengo que hacerlo... —su voz menguaba.

Se mantuvo inmóvil y luego visiblemente se armó de fortaleza—. Costillas rotas, creo —Se pasó una mano por su costado—. Sí, aquí y aquí. Siéntelas.

Judá vaciló. Una cosa era manipular al Arrio inconsciente, arrastrarlo del agua y examinar sus heridas. Pero el hombre que hablaba... Tres años en las galeras no se desvanecían tan rápidamente. Arrio todavía era el tribuno, el que hablaba latín, el que usaba rojo, el que daba las órdenes.

También el que entendía.

—Dije eso no como un amo al esclavo —agregó Arrio—. Creo que la noche que acabamos de soportar borró todo eso.

Ben-Hur asintió con la cabeza y extendió sus manos grandes sobre el pecho de Arrio. Trató de ser delicado, pero aun así, Arrio se puso rígido cuando Ben-Hur le tocó el esternón.

—¿Puede respirar? —preguntó Ben-Hur.

—No tan bien como siempre —admitió Arrio.

—Entonces debemos esperar que nos rescaten —dijo Ben-Hur.

Verdaderamente, las heridas de Arrio no importaban. De todas formas morirían de sed o inanición en unos cuantos días. Arrio habló levemente de barcos que llegarían a rescatarlos, pero Ben-Hur sabía que eso no era probable. Esa era la diferencia entre un tribuno y un esclavo: el tribuno todavía podía esperar que la suerte estuviera de su lado.

Arrio se recostó, pero sus manos se movían a su lado. Parecía estar midiendo los bordes de la madera en la que Ben-Hur y él estaban. Había una sonrisa en sus labios.

—En realidad eres el hijo del príncipe Itamar de la casa de Hur, ¿no es cierto? —preguntó.

—Por supuesto que lo soy. ¿Por qué mentiría en cuanto a eso? —respondió Judá.

—Sabes que conocía bien a tu padre —dijo Arrio—. Éramos buenos amigos. Él no habría tardado en ver el chiste en esto.

—¿Qué chiste podría haber aquí? —preguntó Ben-Hur.

—¿Sabes sobre qué estamos? Es parte de una banca de remero. A veces los dioses se burlan de nosotros de esta manera.

—Sus dioses, no el mío —dijo Ben-Hur—. No olvide que soy judío.

—Por supuesto —dijo Arrio—. Debería haberlo recordado.

—Mi Dios no se burla.

—No —coincidió Arrio—. Pero los míos son famosos por eso.

Hubo silencio entre los hombres por un momento. El sol se elevó más. El calor aumentó. Ben-Hur sentía que su piel se secaba y que la sed comenzaba. Había tenido sed y hambre antes, pero se preguntaba cómo toleraría Arrio la incomodidad. Como un soldado romano, sin duda.

—Estoy agradecido por lo que hiciste —dijo Arrio repentinamente—. Sé

ANILLO CON EL SELLO OFICIAL

Las culturas de la antigüedad usaban sellos para identificar y confirmar la propiedad de documentos, frascos, paquetes y hasta tumbas. Un documento sellado con un anillo tenía toda la autoridad de su amo.

que al salvarme pusiste tu propia vida en peligro. No hay mucho espacio en esta banca, y nuestro peso combinado podría hundirla.

—No podía dejarlo... —comenzó Ben-Hur.

Arrio levantó una mano.

—No. Permíteme terminar. Quítame el anillo de mi dedo.

Estiró su mano derecha hacia Judá. El anillo era un enorme sello de oro con una piedra labrada en el centro.

—Toma, póntelo. Si no sobrevivo, puedes llevarlo a mi villa en Miseno. El encargado te dará cualquier cosa que le pidas cuando le digas cómo lo obtuviste.

Ben-Hur tomó aliento para hablar, pero Arrio siguió hablando:

—Si vivo, por supuesto, puedo hacer más por ti. Te liberaré. Y te enviaré de regreso a Jerusalén si quieres. Puedo ayudarte a encontrar a tu familia, o por lo menos, a descubrir qué les pasó.

Judá comenzó a responder otra vez, pero Arrio sacudió su cabeza.

—Es lo mínimo que puedo hacer. Tengo valor para el Imperio, y no he pedido mucho por mi servicio a través de los años. No tengo hijos ni esposa. Me dará gusto servir al hijo de mi viejo amigo el príncipe Hur.

Ben-Hur observó a Arrio, que entonces yacía con los ojos cerrados. La mano con el resplandeciente anillo de oro descansaba sobre su pecho. El sol resplandecía sobre el amarillo rico y brillante del metal mientras Arrio respiraba.

—Toma el anillo —dijo Arrio.

Levantó su mano, y Ben-Hur deslizó el anillo de su mano y se lo puso en su propio dedo índice.

—Pero tengo una petición —dijo Arrio. Respiró dos veces más—. Tal vez sabes que los romanos no debemos sobrevivir a nuestros éxitos. ¿Todavía no ves ninguna vela?

Ben-Hur se tapó los ojos y revisó el horizonte a su alrededor.

—Tal vez haya una vela al norte, pero podría ser una nube.

—Pronto lo sabremos. Y si es una vela, tendremos que esperar a ver si es romana. Si no lo es, soy hombre muerto.

—Usted tiene valor como rehén, ¿verdad?

—Eso no ocurrirá —dijo Arrio, y su voz se oía más clara y más confiada—. Esa es la promesa que quiero de ti. Júramelo por los dioses...

—Por Dios —dijo Ben-Hur, interrumpiéndolo—. Mi Dios, no sus dioses.

—Por tu Dios —continuó Arrio—, que si un barco pirata nos alcanza antes que uno romano, me empujarás de esta balsa y dejarás que me ahogue.

—No —dijo Ben-Hur instantáneamente y comenzó a quitarse el anillo del dedo—. El regalo de la vida es de Dios. No nos toca a nosotros quitarla.

—¿Has matado a un hombre alguna vez? ¿Tal vez anoche en la oscuridad y el fuego, mientras tratabas de salvar tu propia vida?

Ben-Hur no respondió inmediatamente, pero recordó la nube roja de sangre en el mar cuando miraba que se hundía el hombre al que había matado.

—Sí, lo hice —dijo Ben-Hur finalmente—. Pesará en mi contra, lo sé. Pero no lo voy a ayudar a hacer eso.

Arrio suspiró.

—Me haces recordar a tu padre. Él también era obstinado. ¿No ves la vergüenza para mí, como romano, por someterme al cautiverio? ¡El éxito y la honra lo son todo para nosotros!

—Pero no para nosotros, tribuno. Tenemos leyes. Yo le salvé la vida, por lo que soy responsable de ella. Tome el anillo.

—¿Y si yo te lo ordenara?

—No puede hacerlo. Justo ahora, no soy esclavo. Podría llegar a serlo otra vez. Creo que sí es una vela lo que está al norte. Sé que los piratas me pondrán de regreso en la banca. Pero en este momento no tengo que obedecer su orden y decido no honrar su petición. Justo ahora soy un judío que obedece sus leyes. Así que le devuelvo su anillo.

Se lo quitó y se lo ofreció.

Arrio sacudió su cabeza y Judá abrió su mano. No hubo respuesta de Arrio. Así que Ben-Hur inclinó su mano y el anillo cayó en el agua turbia. Brilló por un segundo, y luego desapareció.

—Eso fue un error —dijo Arrio—. Ahora no puedo hacer nada por ti si muero.

—Tribuno, usted ya me ha mostrado más amabilidad de lo que podría imaginar. Por tres años no he sido nada más que un animal para cada una de las personas que conocí —Hizo una pausa—. No, hubo otro: un hombre de mi edad que me dio agua en Nazaret, dos días después de todo lo que ocurrió. Pero desde ese momento, nada, hasta que usted me habló de mi familia. ¿Cómo podría matarlo después de eso?

—Sabes que no necesito tu ayuda para morir —dijo Arrio—. Simplemente puedo deslizarme de la banca. Será más fácil a medida que pase el día.

—¿Entonces por qué me lo pidió?

—Es la costumbre romana —dijo Arrio encogiéndose los hombros—. Y la griega. Cuando Sócrates quería morir, alguien le dio la cicuta.

Ben-Hur sacudió la cabeza.

—Eso no tiene nada que ver conmigo. Y creo que sabremos antes del final del día cuál será nuestro destino. *Hay* una vela, y se dirige a nosotros.

La noche anterior había parecido larga, pero no había sido nada comparada con esa mañana. Arrio estaba demasiado malherido como para hacer algo más que yacer de espaldas, preocupado. El orgullo evitaba que bombardeara a Ben-Hur con preguntas, pero estaba inquieto y agitado. Ben-Hur estaba desesperado por una mejor vista de la nave distante, pero la banca empapada era demasiado angosta e inestable como para permitirle levantar su cabeza muy por encima de la línea del agua. Eso hizo surgir otro problema: si el barco se acercaba, ¿cómo podrían Ben-Hur y Arrio asegurarse de que los vieran? Ben-Hur lamentaba haber dejado que la coraza y el casco de Arrio se hundieran cuando rescató al hombre; el sol que brillara sobre su metal golpeado podría haber atraído las miradas hacia ellos.

Pero ¿si llegaba el barco equivocado? Ben-Hur miró a Arrio, que entonces estaba acostado con los ojos cerrados. ¿Estaba más pálido que antes? ¿Sobreviviría siquiera el día?

—Tribuno, ¿cómo puedo distinguir un barco romano de los corsarios?

Arrio se veía sorprendido.

—¿No lo sabes?

—La única vez en que fui a la cubierta fue para transferirme de un barco a otro

—le recordó Ben-Hur—. Lo único que conozco está dentro del casco del barco. Y todos los barcos que he visto son romanos.

—Los barcos romanos siempre llevan un casco en la punta del mástil —respondió Arrio—. ¿Y... ves alguna bandera?

—Todavía está demasiado lejos.

—Las banderas significarían que es un barco romano celebrando la victoria.

—Entonces esperaré que eso sea lo que aparezca. —Ben-Hur miró hacia abajo al tribuno—. Pero tardará un poco de tiempo. ¿Podemos rasgar su túnica para cubrirle el rostro del sol? Va a ser despiadado. Y le será más fácil aguantar la sed si está cubierto.

LA SANTIDAD DE LA VIDA

La ley judía protege y venera la vida, y los eruditos judíos tradicionalmente consideran que tanto el suicidio como el asesinato son pecados muy graves. En Roma, por el contrario, los suicidios eran comunes y, en general, aceptables. Los romanos consideraban que el suicidio era una muerte mucho más honorable que una ejecución.

Arrio levantó el borde de su túnica y trató de rasgarla.

—Eres más fuerte que yo. Ve qué puedes hacer.

—Ya que he rehusado quitarle la vida, todavía me siento responsable de usted —dijo Judá con una leve sonrisa.

Se inclinó para tirar del borde. Estaba tejida finamente, sin costuras, y no cedía. Ben-Hur trató de rasgarla con sus dientes, pero la fina orilla se resistía.

—Tejido romano —dijo Arrio—. Con el propósito de durar para siempre. Como el Imperio.

—Sería una lástima que la prenda sobreviviera a quien la usó —dijo Ben-Hur.

—Eso está en las manos de los dioses ahora —respondió Arrio y cerró sus ojos.

Quizás se durmió. Quizás solo quería retirarse. Ben-Hur no podía culparlo. Sus probabilidades de sobrevivir se veían mal. En el agua alrededor, solo veía escombros. La destrucción gobernaba: tablones quemados, cuerdas deshilachadas, mástiles destrozados. Mucho del material que flotaba no se podía identificar, aunque algo de eso tenía que ser humano. Finalmente todo se pudriría y se hundiría. O los carroñeros del mar se lo tragarían, desde arriba o por debajo de la superficie. Con ese pensamiento, Judá tuvo que evitar sacarse los pies del agua. Eso alteraría el equilibrio precario de la banca y le daría a Arrio el final que parecía querer.

Ben-Hur se preguntó si quería morir. Todavía no, por supuesto. No había sobrevivido tres años como esclavo de galera para permitir que esta oportunidad se le escapara. Aun así, había algo impresionante en cuanto a la resolución de Arrio. Ben-Hur admiraba la noción de que un hombre pudiera controlar su propio destino. La elección entre el éxito y la inexistencia parecía razonable. Incluso atractiva. Pero no era lo que hacía el pueblo escogido.

Levantó su cabeza tan alto como se atrevió. La galera en la distancia todavía se dirigía hacia ellos, pero él no podía identificar ningún rasgo específico. ¿Cómo eran las galeras bárbaras? Habría sido útil si tuvieran características distintivas, como velas con rayas o cascos de colores brillantes. Ben-Hur pensó que también sería útil en la batalla poder diferenciar a un enemigo de un aliado en el caos de una flota en acción.

Se volteó y examinó el horizonte otra vez. Se había levantado una brisa que picaba la superficie del agua, produciendo pequeños oleajes, y cuando la banca alcanzó la cima de una ola, vio una vela que se acercaba desde la otra dirección. Mucho más cerca que la galera que él y Arrio habían visto, y se acercaba a ellos a cierta velocidad.

Tocó el hombro del tribuno.

—Tribuno, hay una vela más cerca de nosotros. Podría ser romana, pero no puedo verla bien.

Arrio levantó su cabeza.

—¿Dónde?

—Allá... justo detrás de usted.

—No me atrevo a moverme —respondió el tribuno—. Me siento débil. No necesitaba pedirte que me empujaras de nuestra banca —agregó—. Creo que puedo lograr mi muerte por mi propia cuenta.

El mástil era apenas visible en la cresta de cada ola. Seguía acercándose y se veía más de la vela cada vez que la banca se elevaba con una ola. Pero no había nada que le dijera más a Judá. Si la galera seguía su curso, pasaría muy a su derecha, y probablemente no los verían a él y a Arrio. Valdría la pena hacer el esfuerzo si hubiera una oportunidad de rescate a la mano. ¿Y si el barco le pertenecía a piratas? Ben-Hur miró hacia abajo, a sus enormes manos encallecidas. Se veía como un esclavo de galera y volvería a serlo. Arrio... El tribuno estaba acostado con sus ojos cerrados y la boca abierta, y rodaba levemente a medida que la banca se deslizaba en cada ola pequeña. Su piel ya estaba enrojecida por el sol y la herida encima de su oreja brillaba. Quizás todavía estaba sangrando.

¿Aprovechar la oportunidad? ¿Hacer el esfuerzo de hacerle señas al barco más cercano o esperar al más lejano? Ese también podría pertenecer a los piratas. Ben-Hur se dio cuenta de que la cuestión era si trataba de alcanzar un barco antes o después, y antes era la opción más obvia. Comenzó a dar patadas, suavemente al principio, para ver cómo respondía la banca. Era un movimiento regular, por lo que Arrio yacía inmóvil. Se deslizó hacia el agua para ver si eso ayudaba; la banca parecía elevarse levemente, pero él podía ver menos. ¿Podría mantener su curso? ¿Podría dirigirla de alguna manera?

Pateó más. Parte de su mente observó que no estaba tan fuerte como siempre. O quizás era que sus piernas no eran tan fuertes como sus brazos. Pero para tirar de un remo, uno tenía que afianzarse con las piernas. Cuando el hortador golpeaba el ritmo para un ataque, los hombres se levantaban de la banca con cada remada, y ponían todo el peso de su cuerpo en los remos. Debería estar más fuerte. No estaban yendo a ninguna parte. Se deslizó cuidadosamente de regreso a la banca para obtener los pocos centímetros de altura que le permitirían ver un poco más de la vela. ¿Estaban más cerca? ¿Estaban ellos en el curso de la galera?

Una ola más grande se dirigía hacia ellos. Arrio estaba profundamente dormido, o quizás inconsciente; su cabeza giraba de un lado al otro a medida que la banca se movía. Ben-Hur agarró el hombro de Arrio cuando la banca subió con la ola; sería demasiado fácil que el tribuno se ahogara ahora, cuando el rescate podía estar a la mano. La ola los levantó lo suficientemente alto para aliviar a Ben-Hur: la galera todavía se dirigía hacia ellos. Pero había algo perturbador en cuanto a la vista. ¿Estaba la vela lo suficientemente llena? Ben-Hur no sabía nada de la mecánica de la navegación. Eso se les dejaba a los hombres de la cubierta. Tal vez era normal.

También faltaba algo, el golpe firme del mazo del hortador. ¿No debería ser audible?

La siguiente ola los elevó aún más alto y trajo más de la vela de la galera a la vista. Era romana, determinó Ben-Hur. No podía decir por qué lo pensaba, tal vez algo en cuanto a la vela blanca y limpia y el... ¿Era eso un casco en la parte de arriba del mástil? Ben-Hur entrecerró los ojos, deseando que sus ojos se lo dijeran. Había algo, sin duda, una forma redonda que no parecía pertenecer allí.

Cada ola llevaba al barco más cerca, pero Ben-Hur se sintió más desconcertado cuando vio más de la vela. ¿Estaba floja? ¿Podrían los expertos marineros romanos dejar que el viento se escapara? Miró hacia atrás por encima de su hombro para revisar el curso de la galera original que habían avistado. No la vio, pero otra ola dejó ver la tela del barco más cercano, que colgaba en una curva floja... Sin tripulación.

¡La galera debía estar vacía de hombres! ¿Cómo podía ser? ¿Era una trampa? Ben-Hur rechazó el pensamiento. ¿Trampa para quién? Aun así, había algo extraño en cuanto al barco que flotaba sin dirección. Pronto pudo ver la cubierta vacía, después la fila de remos, abandonados como un puñado de paja en ángulos trastornados.

—No tiene banderas —dijo la voz de Arrio.

—No —coincidió Ben-Hur—. Tampoco tripulación. ¿Por qué?

—Por muchas razones —dijo Arrio—. Lesiones, muertes, la mayoría de los hombres llevados a otro barco. Podría haber una tripulación mínima a bordo.

—Ellos nunca dejarían las velas arriba y los remos afuera —objetó Ben-Hur.

—A menos que sea parte de una artimaña —dijo Arrio con un suspiro—. ¿Y la otra galera? ¿La primera?

—Todavía allá. Todavía muy lejos.

—¿Podría un centinela de aquel barco ver a este otro?

Ben-Hur sacudió la cabeza.

—No lo sé. No sé qué tan lejos se puede ver desde arriba de un mástil.

—No, claro que no. —Después de una pausa, Arrio agregó—: Una gran distancia.

¿Y entonces qué? Se preguntaba Ben-Hur. ¿Debía tratar de alcanzar la galera vacía? ¿Habría alguna ventaja en eso? Miró el barco, imaginándose a sí mismo trepando al casco de alguna manera... Pero Arrio estaba demasiado débil. Era imposible.

La galera que estaba más lejos podría llegar a investigar esta otra. Si era un barco romano, todo estaría bien. Si no, se habrían puesto en peligro. Estiró el cuello otra vez. ¿El barco más lejano se estaba...? Sí. Como remador, él lo sabía. El ritmo de los remos había tomado velocidad. Los vio, apenas unas chispas distantes en el sol cuando las aspas giraban en las olas. Rápido. Alguien había ordenado velocidad.

Probablemente no pasó una hora. Probablemente menos de la mitad de eso antes de que la galera distante alcanzara a la más cercana. Y, en el camino, había respondido al saludo de Ben-Hur. Resultó que ambos barcos eran romanos. El distante había llegado a investigar al que estaba vacío, y había encontrado a los dos hombres a la deriva en el mar.

CAPÍTULO 13

ROMANO

Fue difícil trasladar a Arrio al barco. Uno de los remeros lo reconoció como el tribuno y comandante de la flota, y por respeto, los marineros estaban demasiado tímidos como para agarrarlo y sacarlo de la banca empapada. Judá tuvo que hacerse cargo, extendiéndose desde la borda con sus largos brazos y usando su enorme fuerza para levantar al romano y depositarlo en el fondo del barco.

—¿Y quién eres tú? —dijo el capitán del barco—. Pareces un esclavo de galera.

—Él me salvó la vida —susurró Arrio—. Demuéstrenle respeto.

No habló más, y los hombres remaron en silencio de regreso a la galera.

Fue un momento extraño para Ben-Hur cuando subió a la cubierta del barco. En unos instantes, un auxiliar de cabina se acercó a él con una túnica. Pronto hubo comida y calentaron agua para que él y Arrio pudieran lavarse el agua salada. Llamaron a un sanador para que viera la herida de Arrio y él insistió en frotar ungüento en las cortadas de las manos de Ben-Hur. El sanador vio sus callos y miró el rostro de Judá, pero no hizo preguntas. Para entonces, todos sabían que tenían que tratar a Ben-Hur como el protegido de Arrio. Él podía oír al hortador debajo de la cubierta. A veces en la noche, lo escuchaba, y se

CORONA DE LAUREL

Los romanos y los griegos utilizaban una corona de hojas de laurel para representar el honor de la victoria, tanto marcial como atlética.

El término ha sido incorporado en el lenguaje actual en expresiones tales como «dormirse en los laureles» o en honores tal como el de poeta laureado.

sacudía con el golpe, con el chirrido de los remos. Era extrañamente difícil dormir en un sillón, y frecuentemente se enrollaba en una manta y se quedaba dormido en el suelo.

Arrio se recuperó rápidamente de su herida y tomó el mando del barco. Cuando se reunieron con la flota, él y Judá se trasladaron a la galera más grande, a una trirreme, e izaron su bandera. Desde el barco nuevo dirigió la acción que capturó a toda la flota pirata. Ben-Hur estaba fascinado al ver cómo dirigía tanto a hombres como barcos. Para cuando toda la flota romana y sus barcos capturados regresaron a Miseno, los dos hombres habían pasado horas discutiendo filosofías de guerra y liderazgo. Cuando bajaron por la pasarela hacia la playa de Miseno, había una comodidad y un afecto obvios entre ellos. Después del saludo oficial, las trompetas, los trofeos, los discursos y las presentaciones, dos hombres se quedaron para saludar a Arrio con afectuosos abrazos y risas. Uno de ellos tenía una corona de laurel que intentó colocar en la cabeza de Arrio.

—No, Cayo —dijo Arrio riéndose—. El hombre que merece el laurel es este; lo conocerán de ahora en adelante como el joven Arrio, porque voy a adoptarlo como mi hijo. Él me pescó después de que la Astrea se hundió y me mantuvo en un pedazo de madera hasta que nos rescataron.

—Pues entonces aquí estás —dijo

Cayo, y se volteó hacia donde estaba Ben-Hur—. Tal vez podrías inclinar tu cabeza. No puedo alcanzarte. Solo Arrio tendría la suerte de que lo rescataran de un barco en llamas.

Ben-Hur sonrió y se colocó la corona de laurel en su cabeza con una mano. Pero cuando pasaron por un altar a Fortuna, atrajo la mirada de Arrio y se la quitó de la cabeza. Arrio asintió con la cabeza y vio cómo Ben-Hur colocaba el tributo en el altar.

* * *

Resultó ser que el gesto era típico del joven. Arrio había sabido desde su primera reunión que era inteligente, pero este joven protegido tenía una misteriosa percepción de lo que se esperaba de él. Él observaba, escuchaba y actuaba con un perfecto sentido del tacto. Habló poco hasta que hubo dominado el estilo del latín que se hablaba en la casa de Arrio. Reanudó su educación y estudió mayormente en griego, como otros hombres de gran conocimiento. Se vistió como romano. Seguió el estilo de adoración de Arrio. Con el tiempo, Arrio lo adoptó y a él se le conocía en toda Roma como el joven Arrio.

Arrio no era dado a examinar los motivos de los hombres, pero de vez en cuando se preguntaba por qué el exesclavo se había quedado con él. ¿Por gratitud? ¿Por obligación? ¿Por ambición? ¿O simplemente porque no tenía

LA ADOPCIÓN ROMANA

La adopción de niños varones era común entre las familias poderosas de Roma, no como un acto afectuoso, por lo general, sino para fomentar beneficios políticos y financieros a través de alianzas y herencias. No había un sentir de vergüenza ni confidencialidad, y los hijos adoptivos gozaban de una conexión tanto con su familia original como con la adoptiva. Bien se sabe que Julio César adoptó a Gayo Octavio, quien llegó a ser el primer emperador de Roma y comenzó una tradición de sucesión imperial por medio de la adopción.

adónde ir? Cuando acababan de regresar a Roma, Arrio naturalmente había preguntado acerca del destino de la familia Hur, pero no recibió ninguna información desde Jerusalén, e incluso una investigación privada solo llegó a un punto muerto. Así que, tal vez, para este hijo suyo tardío, la vida romana era tan buena elección como cualquier otra.

Ciertamente hacía buen uso de sus oportunidades. Los dos hombres se dieron cuenta de que la gratitud mutua podría ser la base de una amistad. Arrio frecuentemente hablaba de su posición en el gobierno romano y Ben-Hur le ponía atención. Poco tiempo después, pasaba muchas horas cada día en la conocida palestra romana, donde entrenaban soldados para la batalla o la competencia atlética. Que de cualquier manera era simplemente la batalla ritualizada.

Para el orgullo y placer de Arrio, Ben-Hur llegó a ser conocido como un competidor feroz y luchador diestro. Tenía hambre de conocimiento. A sus horas en la palestra les agregaba semanas en los campamentos militares, observando, y finalmente se unió a las filas de los oficiales jóvenes. Lo admiraban, pero no simpatizaban con él especialmente. Él sonreía muy poco y rara vez reía.

Arrio pensaba que si no hubiera sido por los caballos, Ben-Hur habría llegado a ser un hombre duro a temprana edad. Jerusalén no era una ciudad ecuestre: era demasiado seca, demasiado congestionada, y los judíos se sentían más familiarizados con los burros. Pero el ejército romano dependía de su caballería, y Ben-Hur resultó ser un jinete natural. Tenía un comportamiento tranquilo y recibía cada caballo nuevo con aire de curiosidad respetuosa. Aprendió a montar y a conducir, y pronto adquirió el nivel de habilidad que esperaba de sí mismo, que era el dominio completo. Y eso no sorprendió a Arrio, porque creía que el interés de Ben-Hur en los animales alimentaba algo esencial en el joven. Otros conductores bajaban de sus cuadrigas y le lanzaban las riendas a un mozo, pero Ben-Hur siempre caminaba con sus caballos hasta que estaban tranquilos y los dirigía a pie para observar su trote, su respiración, su comunicación mutua. A veces tomaba los cepillos y él mismo los cepillaba. La tranquilidad de los establos y el simple placer táctil de inclinarse sobre el bulto cálido de un caballo le daban la sensación reconfortante de un universo benigno. Él nunca lo relacionó con la comodidad y la rutina que había conocido en el palacio Hur en Jerusalén.

Por lo demás, observaba y aprendía. Adquirió habilidades mortales. Mantenía sus oídos abiertos a la mención de Mesala, cuya carrera militar parecía estar estancada, ya que lo habían transferido de un puesto remoto a otro. Cinco años pasaron de esta manera, y cuando Arrio murió, le dejó su inmensa propiedad a Ben-Hur. Tardó varios meses en poner en orden la herencia, y durante ese tiempo, Ben-Hur hizo sus preparativos. Puso un capataz en la villa de Arrio en Miseno. Cortésmente rechazó las sugerencias de que buscara un cargo político; evidentemente, la gente había olvidado que era judío y que nunca podría ser un ciudadano romano. Y un día, simplemente desapareció de Roma. Había pasado cinco años aprovechando al máximo el entrenamiento militar romano. Ahora, por primera vez desde que Valerio Grato se había desplomado al suelo afuera del palacio Hur, era libre. Así que tomó un barco y se dirigió al oriente. Su padre tenía un administrador de negocios en Antioquía, un puerto donde los caminos de seda y de especias del Oriente se encontraban con las playas del mar Interior. Este Simónides podría tener noticias de Noemí y Tirsa. Era un largo camino por recorrer por una esperanza muy leve.

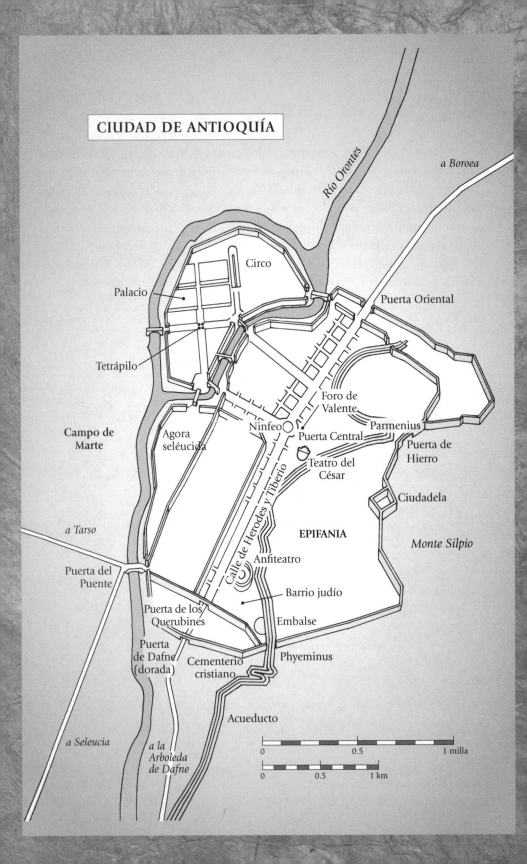

CIUDAD DE ANTIOQUÍA

Río Orontes

a Boroea

Circo

Palacio

Puerta Oriental

Tetrápilo

Foro de
Valente

Campo de
Marte

Agora
seléucida

Ninfeo

Parmenius

Puerta Central

Puerta de
Hierro

Teatro del
César

Ciudadela

a Tarso

EPIFANIA

Monte Silpio

Puerta del
Puente

Anfiteatro

Calle de Herodes y Tiberio

Barrio judío

Puerta de los
Querubines

Embalse

Puerta
de Dafne
(dorada)

Cementerio
cristiano

Phyeminus

Acueducto

a Seleucia

a la
Arboleda
de Dafne

0   0.5   1 milla

0   0.5   1 km

CUARTA PARTE

CAPÍTULO 14

QUEBRANTADO

E ster se dio cuenta de que sería un buen día para su padre. Él nunca se quejaba, pero no podía controlar el matiz gris que adquiría su piel cuando sus heridas lo molestaban. No admitía que sentía dolor, por supuesto, y una vez que se recuperó completamente de la segunda golpiza, nunca le permitió cuidarlo. Pero ella sabía todo lo que le pasaba. Él había estado inconsciente cuando lo trajeron de regreso la segunda vez y durante varios días estuvo a punto de morir mientras ella, los sirvientes y los sanadores hacían todo lo posible para restaurar su cuerpo quebrantado. En ese tiempo, ella tuvo la impresión de que él estaba decidiendo si viviría o no. O posiblemente estaba esperando ver de dónde vendrían las fuerzas que le permitirían vivir. La mayor parte del tiempo, ella pensaba que esa fuerza era la ira que se encendía como una llama pequeña y feroz en lo más profundo de su ser.

Por lo tanto, los días en que los sirvientes rodaban su silla al patio interior y sus ojos negros resplandecían, ella estaba feliz. Durante esos días él comía un poco más. Tal vez permitiría que ella lo sacara al balcón que miraba hacia el río Orontes para contemplar los barcos de su flota que estaban anclados abajo. Para complacerla, tal vez hasta cerraría los ojos y descansaría a media tarde, durante

111

las horas sofocantes cuando en todo Antioquía lo único extenuante que hacían las personas era mover un abanico lentamente. Tal vez incluso le haría algunas bromas ligeras.

En este día, uno de sus barcos había regresado del otro extremo del mundo con una carga impresionante de especias. Cuando Ester empujó la silla especial con ruedas de su padre hasta su oficina, su asistente Maluc ya estaba allí, acomodando una serie de pequeñas cajas de marfil sobre una inmensa mesa de trabajo. Hubo mucho olisqueo de los diversos polvos marrones y leonados, y muchas exclamaciones sobre la pureza y la frescura. Las esencias de canela y cúrcuma comenzaron a encubrir los olores comunes a algas y lodo que la brisa arrastraba desde el lecho del río.

El negocio no era la preocupación principal de Ester. Mientras su padre y Maluc revisaban un manojo de papeles, ella caminaba por la casa, desde la azotea hasta el sótano. Su preocupación era sencilla: la comodidad y la salud de su padre. El cuidado de la casa no era una tarea fácil cuando se vivía sobre un depósito al lado de un muelle. Pero Simónides podía sentarse en el balcón a mirar las cajas, los fardos y los barriles que se trasladaban del depósito de un barco que acababa de llegar al inmenso almacén, y ver cómo partían de nuevo sobre carretas o camellos o en pequeños barcos hacia los puertos del mar Interior. En un día especialmente bueno, él incluso permitía que lo cargaran hasta abajo por las escaleras y que lo acomodaran suavemente en un pequeño bote para que Maluc lo condujera entre los barcos que se balanceaban anclados en el río. Él afirmaba que podía deducir mucho acerca de sus capitanes observando el estado del casco de sus barcos.

Por lo tanto, Ester luchaba contra el polvo y el desorden, el ruido y los olores. La satisfacción de su padre cada vez que llegaba uno de sus barcos era su recompensa. Cuando regresaban de un viaje de negocios, colgaban pequeñas banderas amarillas en el mástil para indicar desde lejos que habían tenido éxito. Ester no podía recordar la última vez que uno de los barcos de su padre regresó sin la bandera amarilla. Una vez escuchó la broma que hizo uno de sus competidores acerca de esto en el mercado: «Sus camellos solamente se mueren de viejos, sus barcos nunca se hunden y sus esclavos nunca lo engañan».

Eso era verdad. Pero él nunca volvería a caminar, ni viviría un solo día sin sentir dolor. Ester pensaba que los éxitos comerciales de su padre no eran una gran consolación. Sin embargo, sentía una admiración inmensa por él. Había mantenido su secreto la primera vez que lo golpearon, aunque los romanos lo habían dejado sangrando e inconsciente. Meses más tarde habían regresado. La madre de Ester le había rogado y suplicado a su esposo que rindiera el secreto. Ester no escuchó la respuesta; en esa época era apenas una adolescente merodeando afuera de la puerta de la habitación de sus padres, pero sabía de qué se trataba. Su padre era el apoderado de los bienes de su dueño. Se los entregaría al heredero y a nadie más.

Mientras ella descendía por las escaleras al patio, en donde los esclavos estaban sacudiendo las alfombras, a Ester le gustaba pensar que haría lo mismo que su padre. Pero ¿quién podría decir cuándo se le acabaría el valor? Y ¿quién querría pasar por esa clase de prueba?

Ella se apresuró afanosamente del patio a la cocina, y luego volvió de la cocina a la azotea, en donde su padre trabajaba en una casa pequeña rodeada por un jardín que no se veía desde el barullo de los muelles. Exprimió algunas naranjas y vertió el jugo para su padre y para Maluc, sirviéndolo con un plato de dátiles y otro de almendras blanqueadas. Ella y Maluc tenían un acuerdo: Maluc comería, con la esperanza de que Simónides por reflejo hiciera lo mismo. Hasta ahora solamente el asistente había engordado, pero Ester no se rendía fácilmente.

Volvió a descender las escaleras apresuradamente dirigiéndose al depósito, en donde habían visto ratas en uno de los oscuros rincones. Caminó sin pensar entre los pasillos de barriles y las estanterías, los rollos de telas y las bolsas de granos. En una de las esquinas un esclavo estaba recogiendo una pila de granos de pimienta con un papel, girando para estornudar para no perder ninguna de las preciosas semillas.

Casi chocó con el hombre. Él deambulaba lentamente, mirando hacia todos lados con evidente fascinación, cuando ella dio la vuelta de un alto montón de alfombras apiladas. Ella saltó hacia atrás, sorprendida, y en ese mismo momento sintió dos manos grandes sobre sus hombros, que la sostenían.

—¡Perdóneme! —dijo una voz profunda—. No encontré a nadie a quién preguntarle...

Ester se soltó y preguntó:

—¿En qué puedo ayudarlo?

—Me dijeron que encontraría a Simónides aquí —respondió el extraño.

Ella miró hacia la entrada del depósito en donde el guardia debería estar parado.

—¿No había nadie en la reja? —dijo ella—. ¿Nadie en la puerta?

—No, pero muchos hombres estaban reunidos en el muelle. Parece que algo salió mal con la descarga. Había un burro en el agua.

En ese momento apareció el guardia, seguido por media docena de obreros, y Ester asintió con la cabeza. Se apartó un poco más del extraño y lo miró bien por primera vez.

—Esta es la casa de Simónides. ¿Me podría decir quién lo busca?

Era alto, este hombre, y muy atractivo. Sus ojos y cabellos oscuros sugerían que era judío; su manto de lino delicadamente tejido y sus sandalias de cuero suave indicaban que tenía dinero.

—Perdóneme —dijo el hombre—, pero prefiero contarle los detalles a Simónides. Es complicado.

Ester dudó. Su padre detestaba tener desconocidos en su oficina. Afirmaba que los romanos todavía lo espiaban para descubrir la fortuna de su amo. Pero el hombre que estaba delante de ella no parecía romano.

—Entonces venga conmigo —dijo ella, y lo guió hacia las escaleras.

Mientras subían, Maluc descendía y se detuvo en el descanso para dejarlos pasar. Miró a Ester con las cejas levantadas; ella siguió subiendo sin prestarle atención. Se dio cuenta de que el hombre que la seguía no respiraba con dificultad, a pesar de que la mayoría de los invitados decían que la escalera era pronunciada y larga.

Su padre debió haber escuchado un par de pasos extra, desconocido para él. Cuando Ester y el extraño entraron a la oficina de la azotea, la silla de Simónides estaba en el centro de la habitación, debajo del amplio tragaluz de mica púrpura. Ester estaba mirando cuando su padre vio el rostro del hombre que estaba detrás de ella, y por un instante se puso más pálido de lo habitual, mientras su mano se ceñía sobre un pliegue de su pesada manta de seda. Pero se repuso de inmediato.

—¿Quién es este hombre? —preguntó ligeramente.

Luego de acompañar al extraño hasta la azotea, Ester se dirigió hacia donde estaba el asiento de su padre. Se paró detrás y puso una mano sobre su hombro caído. En la habitación había una tensión que ella no entendía. El hombre alto miraba fijamente a su padre con una especie de anhelo.

—Soy el hijo de Itamar de la casa de Hur, un príncipe de Jerusalén —dijo, y Ester sintió que el cuerpo de su padre se sacudía—. La paz de nuestro Dios sea sobre usted y los suyos.

—Y la paz sea con usted —respondió Simónides con voz calma—. Ester, ¿una silla para el joven?

Ella tomó un taburete de sándalo con incrustaciones de madreperla y se movió para colocarlo cerca del hombre, pero él se lo tomó de las manos y lo colocó a una distancia respetuosa de su padre. No se sentó.

—Me disculpo por venir de una manera tan inesperada —dijo—. Llegué a

Antioquía anoche. Mientras navegábamos el río, pasamos al lado de uno de sus barcos, y uno de los pasajeros me habló mucho acerca de usted. Por lo tanto, como usted indudablemente conocía a mi padre... —su voz vaciló.

—Desde luego que conocí al príncipe Hur —dijo Simónides—. Por favor, ¿quisiera sentarse? Y, Ester, ¿le servirías un vaso de vino a nuestra visita?

Ella se dirigió a una mesa cercana y llenó con vino una copa de plata, la cual extendió al joven. Pero él se mantuvo de pie y no bebió.

—¿Estoy en lo correcto al pensar que usted manejaba los negocios de mi padre?

Simónides hizo una pausa antes de responder. Ester había regresado a su lado, mirando hacia el visitante. Ella observó que el hombre observaba detenidamente el rostro de su padre como si este pudiera darle la respuesta de un enigma.

—Es verdad que me hacía cargo de los negocios del príncipe Hur —dijo Simónides.

—¿Todavía lo hace?

—¿Por qué quiere saberlo?

El hombre se veía desconcertado.

—Porque soy el hijo de Itamar. Si usted estuvo a cargo de los asuntos de mi padre...

—¿Entonces todo le pertenece a usted ahora? —interrumpió Simónides—. No se imagina que usted es la primera persona que hace ese reclamo, ¿o sí?

Ester se acercó más a la silla de su padre. Su voz, que normalmente era tan clara y aplomada, había subido un poco de tono.

—El príncipe dejó una fortuna considerable cuando murió —continuó Simónides—. Y cuando la desgracia cayó sobre la familia, los romanos quisieron apoderarse de ella. Ellos... —Simónides se detuvo, pero con un gesto señaló hacia su silla y su cuerpo torcido—. Ellos quisieron obligarme a decirles en dónde estaba toda la fortuna —continuó—. Dos veces.

El visitante miró la copa que tenía en la mano y con dos zancadas la puso en la mesa junto a la jarra.

—Perdóneme —dijo—. Por supuesto que no lo sabía. Estuve en Roma por muchos años. Cometí un error. Me doy cuenta que parece que vine a reclamar el dinero de mi padre, pero en realidad no es así. Fui adoptado por un tribuno romano quien me hizo su heredero. Ya tengo riquezas. Solamente vine para averiguar si sabe algo de mi familia.

—¿Qué familia? —preguntó Simónides con curiosidad impasible.

—Cuando los romanos vinieron y me llevaron, también se llevaron a mi madre y a mi hermana, Tirsa. Pero a mí me mandaron a las galeras. Y mi familia parece haber desaparecido por completo.

—¿A las galeras?

—Ese día, el día de nuestra desgracia... —Hizo una pausa—. Debería explicarle. Yo estaba en la azotea de nuestro palacio en Jerusalén, mirando mientras el nuevo procurador entraba. Me apoyé en una baldosa, la cual se soltó y golpeó al procurador. Apenas tuvo una leve herida, pero sus guardias entraron al palacio y nos llevaron presos a todos. A mí me enviaron al mar. No sé qué les pasó a mi madre y a mi hermana.

—¿Qué pasó con el palacio? —preguntó Simónides—. ¿Quién se apoderó de él?

—El emperador lo confiscó. Pude averiguar eso. Aparentemente está deshabitado.

El extraño hizo una pausa y miró alrededor de la habitación por unos segundos, como si se hubiera olvidado la razón por la cual estaba allí.

—Perdóneme —dijo—. No entiendo. Si usted es Simónides, y si sirvió al príncipe Itamar de Hur... ¿Por qué usted no...? Yo soy el hijo del príncipe —dijo el hombre, cruzando las manos sobre su pecho.

Ester estaba conmovida. Él parecía muy desconcertado, incluso herido. Pero ella no dijo ni una palabra. En asuntos de negocios, su padre siempre tenía la palabra.

—¿Tiene alguna prueba? —preguntó Simónides moderadamente.

El hombre dejó caer sus manos a los costados y lo miró fijamente. Era evidente que no había pensado acerca de eso.

—No —dijo, moviendo ligeramente la cabeza.

Ester casi podía verlo considerando las posibilidades.

—Arrio... Él me conoció como esclavo de la galera. Ya había estado sirviendo tres años. No tenía nada. Ni siquiera ropa. Y antes de eso, ellos me llevaron...

—¿Nadie puede dar fe de lo que dice?

La voz de Simónides aún sonaba gélida, y Ester comenzó a impacientarse con él. ¿No podía ver que este hombre estaba angustiado?

—No —respondió—. No. No tengo a nadie de esa época. Si pudiera encontrar a mi familia, por supuesto... Tal vez los sirvientes de nuestro palacio en Jerusalén, pero se habrán dispersado, estoy seguro. Los que no fueron asesinados por los romanos.

—Bueno —dijo Simónides secamente—, es lamentable. Y le tengo simpatía. Pero verá, no puedo arriesgarme. Itamar de la casa de Hur dejó una fortuna inmensa. Los romanos tomaron lo que pudieron: barcos, acciones comerciales y almacenes. Pero no pudieron encontrar el oro. Un negocio de ese tipo debe poseer una gran cantidad de diferentes monedas, en diversos lugares. Si supiera en dónde están, y no estoy diciendo que lo sé, las transferiría solamente al verdadero heredero de la casa de Hur. Los romanos —agregó— todavía están buscando el oro. Sé que eso es un hecho.

El hombre grande finalmente se sentó, de repente, sobre el pequeño taburete.

—Por supuesto —dijo—. Entiendo eso.

—Y también hay algo más —agregó Simónides— Tal vez no haya pensado en esto tampoco —Respiró profundamente y enderezó su espalda tanto como pudo—. El príncipe Itamar era mi amo. Yo era su esclavo. Mi hija, Ester, también es una esclava. Como usted sirvió en las galeras, tal vez pueda entender esto mejor que la mayoría de los hombres que vienen a este lugar desde Roma. Pero piense acerca de esto: si un verdadero heredero de la casa de Hur realmente sobrevivió, sería mi dueño. También sería el dueño de mi hija, quien es todo lo que me queda de mi familia. Sería el dueño de mi casa, mi depósito, de cada uno de mis barcos y de todo lo que contienen, hasta el último clavo. Sin mencionar a cada uno de *mis* esclavos. Por lo tanto, como verá, no es tan simple. Me está pidiendo que le dé todo. Y yo no sé quién es usted.

El extraño se quedó sentado en su lugar por un rato largo. Luego asintió con la cabeza y se puso de pie despacio.

—Sí. No había pensado en eso.

Su rostro se veía perplejo. Se inclinó cortésmente y dijo:

—Perdóneme. Tendré que pensar...

Parecía que perdía el hilo de sus pensamientos, y su voz se fue apagando. Entonces continuó:

—Tendré que pensar en algo. ¿Podría visitarlo de nuevo si se me ocurre alguna solución?

—Por supuesto —dijo Simónides, y esta vez a Ester le pareció escuchar un tono de compasión en su voz—. Estoy aquí siempre.

El hombre más joven se quedó quieto por unos segundos, perdido en sus pensamientos. Ester sentía que casi podía ver cómo se recuperaba de la conmoción que le había causado el recibimiento. Entonces se enderezó y se dio la vuelta para retirarse.

Luego de haber dado algunos pasos, se volvió.

—La paz sea con usted y los suyos —le dijo a Simónides e inclinó la cabeza—. Le agradezco que haya hablado conmigo.

—Y la paz sea con usted —respondió Simónides.

Mientras el sonido de los pasos del hombre se desvanecía en las escaleras, Ester se dio la vuelta para mirar a su padre.

—¿Por qué fuiste tan cruel con él? —preguntó—. ¿Y tan severo?

Para su sorpresa, el rostro de su padre estaba radiante.

—Amada Ester, solamente porque era necesario que lo fuera. Debo estar completamente seguro. Si ese joven es quien creo que es, encontrará la manera de probar su identidad. Pero me impresionó muchísimo cuando entró. Es la viva imagen de su padre.

—¿No podrías haber sido más compasivo?

—Ven aquí —dijo—. A mi lado. Siéntate.

Ella corrió el taburete que había usado el hombre y se sentó a los pies de su padre. Él le tomó ambas manos en las suyas y ella sintió sus dedos torcidos.

—He estado esperando que llegara este día. Nunca pensé que realmente llegaría, pero todo lo que he hecho durante los últimos ocho años fue con la esperanza de vivir el momento que acaba de pasar. ¡Todo! —Soltó las manos de Ester y entrecruzó las suyas.

Ester se inquietó al ver que un par de lágrimas descendían por sus mejillas, pero él se las limpió.

—Es difícil de asimilar —dijo—. Nunca creí de verdad que el joven Judá podría haber sobrevivido. ¡Lo que debe haber sufrido ese hombre!

—¿El joven Judá? —repitió Ester—. Él no te dijo cómo se llama.

—Su padre hablaba siempre de él. Estaba muy orgulloso del muchacho.

Ester comenzó a protestar de nuevo.

—Pero...

—No —la interrumpió su padre, moviendo la cabeza—. Piensa, Ester. Si ese hombre es quien creo que es, es tu dueño. Y el mío, y dueño de todo lo que vemos aquí y en la planta baja y afuera en el muelle y en la bahía y tan lejos como los mares occidentales. *Él es tu dueño.* No me preocupo por mí mismo. Si es realmente Judá Ben-Hur, mi trabajo ha terminado. Pero, por tu bien, debo asegurarme de que sea el hijo de su padre tanto en carácter como en apariencia. Llama a Maluc. Lo enviaré detrás del joven Judá. Él es nuevo en Antioquía. Espero que visite la Arboleda de Dafne. Difícilmente hay una prueba más efectiva de la fibra moral de un hombre.

CAPÍTULO 15

MUCHOS DIOSES

Ben-Hur descendió las pronunciadas escaleras tan rápido como pudo y pasó entre las cosas en el depósito hasta llegar a los muelles. Sin pensar, atravesó las angostas calles abarrotadas, alejándose de la costa. Alejándose de los olores, del chirrido de los cascos contra los muelles, del estrépito de los aparejos y del coro constante de gritos y de los cuerpos semidesnudos de los esclavos que cargaban y descargaban las cargas. De todo lo que le recordara sus propios años de esclavitud. Cuando su único escape era el recuerdo de su familia.

Continuó andando, caminando sin dirección pero con rapidez. Caminando para no pensar. Echando un vistazo a las calles, analizando las multitudes. Antioquía era el centro de comercio de este extremo del mar Interior. Los caminos de la seda desde el Oriente terminaban aquí, en el puerto del río Orontes. Ben-Hur estaba acostumbrado al bullicio y a las multitudes de Roma, pero Antioquía tenía un sabor diferente, una gama de colores más rica. Sombreros ribeteados con piel pasaban a su lado, junto con turbantes y pañuelos y kipás. Aquí una manga color magenta, allá una túnica negra voluminosa. Todos los hombres absortos, dedicándose a sus propios asuntos.

¿Y cuál debería ser *su* propio asunto? se preguntó Ben-Hur. ¿Cuál debería ser su próximo paso? ¿Cómo podía probar quién era?

No podía culpar a Simónides, se dijo a sí mismo; sin embargo, de todos modos su pulso se aceleró por la ira. ¿Acaso su palabra no era suficiente? ¿Era este el fin de sus esperanzas?

Entonces vino a su mente la imagen de la hija. La hija: también una esclava. *Su* esclava, si lograba probar su identidad. Discreta, con voz dulce, competente. Tenía una voz hermosa. Y ojos verdes. Su padre había quedado lisiado por proteger la propiedad de la familia Hur. Lisiado por los romanos.

Sin notarlo, Ben-Hur alargó su tranco. En más de una ocasión le dio un empujón a alguna persona en la multitud, pero una mirada a su rostro intimidante sofocaba cualquier protesta. Se dio cuenta de que estaba apretando fuertemente los puños y se obligó a relajarlos. ¡Él y Simónides tenían tanto en común! ¿Por qué no lo reconocería el hombre?

Continuó caminando, ahora más despacio. Las calles se habían abierto, y se encontraba en una avenida recta pavimentada, digna de Roma, con balaustradas que separaban los carriles para los peatones, las cuadrigas y los hombres a caballo. Las avenidas mismas estaban adornadas con una colección de estatuas de mármol y en la distancia se levantaba una colina verde coronada por un templo.

La multitud a su alrededor también había cambiado. No eran individuos empeñados en hacer negocios, sino grupos de fiesta. Había cantos. Algunos danzaban. Flautas y tambores y campanillas competían entre sí. Un par de niñas pasaron rozándolo, vestidas con nada más que una o dos capas de gasa rosada, llevando dos cabras tan blancas como la nieve. Por supuesto: se encontraba en camino a la famosa Arboleda de Dafne.

Había escuchado sobre él en Roma. A veces los jóvenes en la palestra hacían alarde de los días interminables que pasaban allí, cantando, bebiendo y confraternizando con las siervas de los templos. Aparentemente no había límites para los placeres allí. Se contaban historias sobre los que nunca regresaron porque habían escogido dedicar sus vidas al servicio de este o aquel dios. La arboleda estaba dedicada a Apolo, pero se adoraba a todo el panteón romano, así como a algunas de las deidades más antiguas: los espíritus de la madera y del agua. Se decía que Pan merodeaba por allí con sus sátiros. Se festejaba a Baco.

Baco, el dios del vino. Pan, quien guiaba a sus seguidores a aventuras salvajes, sin restricciones para satisfacer todos los deseos. ¿Cómo sería eso?

Nada parecido a las galeras, Ben-Hur pensó violentamente. No como los años oscuros, despiadados y sin esperanza cuando estuvo en el remo. Sus ojos se posaron sobre un toro blanco que estaba delante de él, cargado con canastos de mimbre llenos de uvas. Un niño rubio regordete lo montaba cómodamente, exprimiendo las uvas en una copa dorada y ofreciéndola a todos los que pasaban.

Incluso en Roma, Ben-Hur había vivido una vida moderada. Una vida varonil, con horas de entrenamiento militar para aumentar su habilidad con las armas, luchando siempre para lograr mayor fortaleza. Las conversaciones en la mesa de Arrio habían sido serias. El dominio de Roma del mar Interior, el gobierno de las colonias, las tácticas navales, los problemas de abastecimiento para las tropas, el financiamiento de las expediciones: estos eran los temas que Arrio disfrutaba. Algunas personas sentían que Roma se estaba deslizando hacia la decadencia, pero la Roma de Arrio era rígida y honesta. Antioquía parecía ser lo opuesto.

El camino hacia la arboleda terminó en una llanura exuberante cubierta con hierbas de un color verde extremadamente intenso. Ben-Hur levantó los ojos hacia los árboles altos y vio docenas que no podía nombrar. Algunos florecían con colores rosa brillante o blanco. Una brisa fresca esparcía un aroma intensamente dulce, casi demasiado pesado para ser agradable. Los arroyos serpenteaban entre los árboles, haciendo pausa para juntarse en los estanques o descendiendo bruscamente en cascadas ingeniosas. Un joven que tenía puesto solamente un taparrabos salió corriendo de un claro, seguido por tres muchachas de cabello largo que llevaban guirnaldas de flores. Ellas chillaban; él se reía. Lo atraparon y se derribaron para formar una pila de extremidades resplandecientes. El joven levantó la mirada y llamó la atención de Ben-Hur:

—¡Ven y únete a nosotros!

¿Y por qué no? ¿Qué más había para hacer? Ben-Hur continuó caminando pero seguía haciéndose preguntas. ¿Quién lo sabría si lo hacía? ¿Qué pasaría si él pasara una tarde revolcándose sobre esa hierba suave? ¿Qué pasaría si una muchacha con pelo dorado tocara la lira para él y lo alimentara con uvas? ¿Qué pasaría si dormía sobre musgo, se levantara a la hora del crepúsculo, seguía a Pan? ¿A quién le importaría?

A nadie. No conocía a nadie en Antioquía y, aparentemente, nadie lo conocía a él. Simónides había sido el último eslabón con su familia. Simónides rehusaba reconocerlo como Judá Ben-Hur. ¡Suficiente, entonces! Suficiente de la honestidad romana, la paciencia judía y la fe en el futuro. A su alrededor, las multitudes se disolvían en los senderos serpenteantes, se desvanecían entre los árboles, se unían a las danzas. Si no era reconocido como Judá Ben-Hur, ¿entonces quién era él? ¿Y por qué se mantendría fiel a la fe de sus padres? ¡Diez mandamientos!

¿Cuántos había quebrantado, de todas maneras, mientras vivía como un romano? Adorando a muchos dioses, ignorando el día de descanso... y matando. Había matado sin dudar, flotando sobre esa banca resbaladiza en el mar ardiente.

Por lo tanto, ¿por qué no disfrutar lo que se ofrecía tan abiertamente aquí? ¿Por qué privarse de estos placeres desplegados con tanta libertad y aparentemente tan naturales?

Se apartó del camino. La hierba estaba suave debajo de sus sandalias, mullida como un cojín pero fresca. Un árbol de cidra se elevaba delante de él, su corteza suave envuelta alrededor de un tronco que de forma natural tomaba el aspecto de un asiento. De repente, Ben-Hur se sintió cansado. La tensión del viaje desde Roma, la ansiedad por encontrar a Simónides, su decepción, todo lo inundó. La hierba a su alrededor estaba moteada de sol y sombra; el aire se movía lo suficiente como para crear una corriente agradable contra su piel. Se sentó debajo del árbol, estirando por delante sus largas piernas. Un vistazo hacia arriba le mostró las flores, los frutos y pequeños fragmentos de cielo azul a través del follaje. Se recostó y en cuestión de segundos se quedó dormido.

✳ ✳ ✳

Maluc había observado todo. El joven podría ser o no ser el joven príncipe Hur; como fuera, era conspicuo sin darse cuenta. Siguiéndolo de cerca, Maluc había visto que los transeúntes miraban al joven con curiosidad, admiración y más. Las mujeres en particular no podían apartar sus ojos de él.

No solo eso: Maluc también leyó las emociones del hombre en la forma en que caminaba. Primero enojado, desconcertado, desesperado por alejarse, sin rumbo fijo. Luego tranquilizándose, resignado, con más curiosidad acerca de lo que lo rodeaba. Y ahora, en la Arboleda de Dafne... Bueno, el joven estaba cediendo, ¿verdad? Era casi graciosa la forma directa en que miraba fijamente. Uno podría pensar que nunca había visto a una mujer desnuda. Y se había alejado de tal manera de la pareja que estaba sobre la alfombra de piel de tigre que parecía que estaba conmocionado.

A algunas personas les afectaba la arboleda de esa manera. Todos los placeres estaban disponibles bajo la apariencia de rendirles culto a los dioses. Con razón el joven se había quedado dormido. Era una forma de rechazar la tentación. Y no era una mala idea hacerlo dado el calor del día. Por lo tanto, Maluc hizo lo mismo, recostándose sobre la hierba a pocos metros de distancia.

Las trompetas los despertaron a ambos. Maluc se sentó despacio, acomodándose el kipá sobre su cabeza y estirando su túnica sobre sus rodillas. El joven lo estaba mirando fijamente, sorprendido.

—Perdóneme —dijo Maluc—. Vi un hombre de mi fe durmiendo debajo de un árbol y me pareció una idea acertada. La paz sea con usted.

—Y también con usted —respondió el hombre—. ¿Escuchó las trompetas? ¿O estaba soñando?

Mientras hablaba, sonaron de nuevo, una fanfarria aguda.

—Las oigo igual que usted —dijo Maluc—. Y sonarán una vez más.

—¿Para qué? ¿Un sonido militar en un lugar como este?

—Es un llamado al estadio —Maluc se puso de pie y se sacudió la túnica—. Hemos dormido durante el tiempo más caluroso del día. Ahora que está más fresco, empezarán las competencias.

—¿Qué clase de competencias?

Maluc quedó impresionado por la agilidad con la que el hombre se paró, casi de un salto.

—Las cuadrigas. ¿Es su primera visita al bosque?

—Sí, es mi primera vez. ¿Sabe cómo llegar al estadio?

—Por supuesto. Vivo en Antioquía. Me llamo Maluc, y soy un mercader. Me encantaría que me acompañara.

—Soy Judá —dijo el hombre alto—. Desde hace cinco años he vivido en Roma, donde aprendí a conducir; así que por supuesto tengo curiosidad por sus caballos orientales.

Se dirigieron al estadio a través de una faja de cipreses en un área abierta entre dos colinas. El sol de la tarde bañaba de dorado la mitad de la pista de tierra, mientras que los dos pabellones para los espectadores estaban situados a la sombra.

—Está diseñado conforme a las líneas romanas —dijo Judá, sorprendido.

—Oh, sí. Creo que las medidas las tomaron del circo Máximo. Estamos lejos del centro del Imperio aquí, pero el estilo de los romanos predomina.

—Veo que sí —comentó Judá mientras una cuadriga tirada por cuatro caballos uno al lado del otro entraba al circuito de la pista—. ¿Conducen cuatro caballos? Los conductores deben ser habilidosos —agregó.

—Deporte romano, reglas romanas —dijo Maluc encogiendo los hombros—. Mire, ahí vienen los otros equipos. Vayamos a sentarnos.

Así que los dos hombres buscaron un par de asientos altos en una de las tribunas, desde donde podían ver el circuito completo de la pista. Maluc observaba a Judá, quien estaba concentrado completamente en los equipos; sus ojos iban de un equipo al otro, comparando, admirando, dudando. Algunos trotaban; otros caminaban. Uno de los conductores saltó a la pista para ajustar el arnés sencillo, y luego caminó despacio al frente de su equipo, modificando una rienda aquí y un cabestro allá, sacando un puñado de crin que estaba por debajo del collarín del caballo.

—Esos grises son demasiado tranquilos —dijo Judá—. Y demasiado grandes. Caballos militares, quizás, entrenados para el campo de batalla. Lo suficientemente fuertes para cargar a un hombre armado, lo suficientemente firmes para soportar la batalla. Pero no serán rápidos ni ágiles.

Mientras terminaba de hablar, un nuevo equipo entró al estadio y comenzó a trotar por el borde de la pista.

—¡Pero esos caballos! —exclamó Judá—. Por favor, mírelos. Esos son verdaderos caballos árabes. No creo que ni el mismo emperador tenga mejores caballos.

Incluso Maluc, quien con frecuencia pasaba muchos días sin ver un caballo, pudo apreciar lo magníficos que eran. Todos eran alazanes perfectamente a la par, con pelaje marrón oscuro que se oscurecía a un matiz negruzco en las patas y el hocico; parecían casi demasiado pequeños para la tarea. Pero lo que les faltaba en altura lo compensaban con las curvaturas de sus músculos: los cuellos generosamente arqueados, los pechos profundos, los cuartos traseros redondeados: todo hablaba de un poder comprimido, mientras que su pelaje reluciente y las largas crines no cortadas indicaban una condición perfecta.

Sin duda, era muy difícil contenerlos. El conductor se mantenía apuntalado al piso de la cuadriga, manteniendo en su mano las riendas tensas con las puntas enrolladas alrededor de su cuerpo; pero, a pesar de la forma en que los sujetaba, los dos caballos internos comenzaron a galopar suavemente. Uno de los de afuera se les unió; uno todavía trotaba, y luego también cedió. En un abrir y cerrar de ojos los cuatro estaban galopando, pero sus trancos no coincidían. El conductor se inclinó hacia atrás un poco más, tirando de las riendas con todo su peso. Aun así no pudo controlar la velocidad. En la pista, las cuadrigas más lentas se separaron. Judá abandonó a Maluc y bajó corriendo las tribunas hacia la soga que colgaba de dos jabalinas verticales que marcaban el límite de las tribunas. Los alazanes desenfrenados giraron en la curva. Ahora sus trancos coincidían, devorando el camino, pero el conductor era completamente incapaz de dominarlos.

—¡Aiiiieeee! —se oyó una voz desde el otro lado del estrado—. ¡Detengan esos caballos!

Judá miró rápidamente hacia el lugar y vio una figura pequeña, un árabe con barba blanca vestido con una túnica negra.

—¡Vayan! Vayan hacia sus cabezas —le gritó al grupo de hombres que estaban a su alrededor—. ¡No lograrán pasar la segunda curva!

En un instante, media docena de jóvenes fuertes habían corrido hacia la pista, abriéndose en abanico a lo ancho de la misma.

—¡Se matarán! —exclamó Maluc, llegando al lado de Judá.

—No, mire —respondió el hombre más alto—. Lo conocen.

El hombre más pesado, un sujeto robusto de pelo corto, vestido de blanco, había atrapado la brida de uno de los alazanes de afuera. Corriendo a su lado por unos segundos, quebró el impulso de la fuga. En un instante, cada uno de los caballos tenía un hombre corriendo al lado, luego trotando, hablando palabras relajantes.

Cuando la cuadriga llegó a la altura del lugar en donde había estado sentado el anciano, él había descendido a la pista. Se paró delante del equipo, y todos los otros hombres retrocedieron. Uno a uno los caballos se acercaron a él, ya completamente tranquilos, y frotaron sus cabezas contra su pecho, acariciando sus hombros con el hocico. Él le habló a cada uno con calma y recorrió con sus manos sus patas esbeltas. Luego retrocedió. Los caballos no se movieron, pero lo miraron atentamente.

Luego el dueño de los caballos caminó hacia la cuadriga, donde el conductor se encontraba en el piso, jadeando. Su brazo izquierdo, con el cual había sostenido las riendas, colgaba suelto como si se hubiera dañado. Escarbaba con un dedo del pie la huella dejada por un casco.

Nadie pudo oír lo que el árabe le decía, pero Maluc y Judá estaban lo suficientemente cerca como para ver que el rostro del conductor enrojecía. Asintió con la cabeza, le entregó el látigo al árabe y se alejó. El árabe chascó sus dedos y uno de sus hombres saltó a la cuadriga, sacando a los caballos con un paso decoroso.

—¿Quién es ese hombre? —preguntó Judá—. ¿Algún jefe de una tribu del desierto?

—Exactamente —respondió Maluc—. El jeque Ilderim. Él controla un vasto territorio más allá de Moab, junto con una inmensa cantidad de camellos y los accesos a los oasis importantes. Como podrá imaginarse, es rico... ah, enormemente rico. Sus caballos son legendarios; sus linajes se remontan a los establos del primer faraón. Los caballos viven en la misma tienda del jeque, y los trata casi como a sus propios hijos.

—¿Y conoce al desafortunado conductor?

—No. Los jinetes romanos a veces llegan aquí con la esperanza de ganarse la vida corriendo carreras. La mayoría de ellos son veteranos de guerra. Y hablando de romanos, ahí hay otro.

Incluso a la distancia se podía ver que era romano. ¿Tal vez por el dorado de la cuadriga? Ciertamente esos eran los únicos caballos con las crines y colas recortadas, lo cual les daba una apariencia severa, casi artificial, como la de una escultura caracoleando sobre un fresco. Los dos del medio eran negros, los de afuera eran blancos como la nieve, y todos tenían cintas rojas y amarillas atadas al pelo corto de sus crines. Los aplausos habían comenzado en las tribunas mientras la cuadriga se acercaba. El bronce de los ejes de las ruedas destellaba, mientras que cada radio de las ruedas estaba hecho de colmillo de elefante. La caja de la cuadriga estaba tejida con ramas de sauce enchapadas en oro, lo cual Judá estaba admirando cuando algo acerca del conductor le llamó la atención. ¿Su postura? ¿La posición de sus hombros? Manejaba con facilidad, equilibrándose con el movimiento de la cuadriga ligera, su fina túnica roja de lana ondeaba alrededor de sus rodillas. Con un golpecito de su largo látigo, instigó a los caballos a trotar y luego a un galope sostenido.

Fue cuando la cuadriga tomó la curva y se dirigió directamente hacia él que Judá vio el rostro del conductor. Era Mesala.

CAPÍTULO 16
UNA DAMISELA

¡Mesala! Judá no podía apartar los ojos del hombre. De cabello oscuro, atractivo y esbelto, guiaba a sus caballos de una manera casi negligente. Sin embargo, también tenía un aire de mando como si tuviera puesta una corona de laurel invisible. La multitud continuó aplaudiendo, y ahora, mientras su equipo pasaba por la tribuna galopando lentamente, muchos se levantaron y corearon su nombre: «¡Me-sa-la! ¡Me-sa-la!».

—Este hombre es muy favorito aquí —observó Judá, satisfecho de que su voz sonara casual.

—Así parece —respondió Maluc—. Otro romano adinerado. ¿Qué piensa de sus caballos?

—Son impresionantes. Veo que él también tiene árabes, aunque es una lástima que les corte las melenas y las colas. Es un buen conductor. La cuadriga es en cierto modo ostentosa.

—Ostentosa. ¡Una buena manera de decirlo! Digna del mismo Apolo —murmuró Maluc.

Pero en ese momento, uno de los hombres del jeque Ilderim salió a la pista vacía y gritó hacia las tribunas:

—¡Hombres del Oriente y del Occidente, tengo un mensaje del jeque Ilderim! Acaban de ver sus hermosos alazanes. Pudieron ver que el conductor no los pudo controlar. El jeque busca un nuevo conductor para la carrera que se llevará a cabo en seis días. Como premio ofrece riquezas incalculables. Compartan la noticia con todos los hombres de Antioquía: el hombre que crea que puede controlar a los Hijos del Viento debe presentarse ante el jeque Ilderim el Generoso.

La multitud reaccionó con un murmullo, pero Maluc se dio cuenta de que, por el contrario, su nuevo amigo Judá se quedó muy quieto. Como si estuviera pensando. Como si el mensaje fuera para él.

Pero Judá se volvió a Maluc y dijo:

—¿Hay algo más que debería ver? ¿Por cuál otra cosa es famosa la arboleda?

—Hay una tradición que dice que quien visita por primera vez la arboleda no debería retirarse sin que le lean la fortuna —respondió Maluc.

—¡Mi fortuna! —respondió Judá—. ¿Qué, debería ir a consultar a una antigua sibila en un templo y recibir una respuesta que no puedo entender?

—No, no, no hay nada tan corriente aquí en la arboleda. Aquí tenemos la Fuente de Castalia. Debe comprarle un trozo de papiro nuevo a un sacerdote y sumergirlo en el manantial. Las letras aparecen inmediatamente sobre él, prediciendo el futuro. En verso.

—Bueno, he escuchado de la fuente. Y me imagino que el verso vale algunas monedas. Sin embargo, no estoy seguro de creer en tales cosas. ¿Esto no se trata de hacerle una pregunta a una deidad?

—No —admitió Maluc—. No funciona de esa manera.

—Está bien —dijo Judá, comenzando a descender las gradas—. ¿Por qué no ver la famosa fuente?

Pero guardó silencio mientras caminaban. Siguiendo el camino, pasaron al lado de una colina empinada, en donde una serie de fuentes vertían agua desde el nivel más elevado hasta un pequeño lago, en el que había botes diminutos que se podían bogar usando hojas inmensas de palma. Judá no pareció darse cuenta. Tampoco prestó atención al grupo de sacerdotisas que caminaba en procesión detrás de dos niñitas que tocaban panderetas. Su interés directo y su placer por los paisajes de la arboleda habían desaparecido, y Maluc se sintió preocupado. En el tiempo breve que habían compartido, se había encariñado con este extranjero. Simónides quería saber lo que el hombre hacía en la arboleda, si se reunía con alguien, cómo reaccionaba. Fueron los caballos, concluyó Maluc, los que habían cambiado su buen ánimo. ¿Estaría considerando aceptar el desafío del jeque Ilderim? El corazón de Maluc se hundió un poquito. A su entender, nadie podía conducir a esos alazanes, y sobre todo en una carrera. La competencia en la carrera de cuadrigas era violenta y las heridas, frecuentes. No era inusual que hubiera incluso una muerte. ¿Era el dinero lo que buscaba este joven?

∗ ∗ ∗

Judá se habría reído si hubiera sabido lo que pensaba Maluc. ¡Dinero! ¿Para qué le serviría el dinero? Como hijo adoptivo de Arrio, era el dueño de tierras y oro en Roma, y la residencia de Arrio en Miseno estaba lista esperándolo, con sirvientes dispuestos a darle la bienvenida en cualquier momento. Gastaría lo que fuera para encontrar a su madre y a su hermana. Esa era su única meta.

¡Y hoy había visto a Mesala! Por lo tanto, mientras él y Maluc caminaban por los encantadores senderos a través de la Arboleda de Dafne, su mente estaba completamente concentrada en su enemigo romano.

Su enemigo que prosperaba. Los años obviamente habían sido generosos con Mesala. Judá sabía cuánto costaban los caballos como esos y también sabía que, además de los cuatro de la pista, habían muchos otros en entrenamiento o recuperándose de heridas. La carroza de mimbre recubierto de oro de la cuadriga de Mesala era ligera pero endeble; era probable que necesitara una nueva casi cada vez que ejercitaba a los caballos. Los establos, los mozos de cuadra, los entrenadores y los arneses, todos eran excesivamente caros. Y Mesala los disfrutaba; eso era evidente. Disfrutaba la admiración del público. Se veía como un hombre que nunca había conocido la duda.

O el dolor. O algún peligro que no había escogido.

Mucho menos la esclavitud.

Mucho menos la espantosa soledad.

La culpa por haber desencadenado una catástrofe sobre su madre y su hermana.

Sin embargo, ¡era Mesala quien había hecho eso! Mesala se había parado en el patio del palacio de Hur en Jerusalén y había acusado a su amigo Judá de asesinato, dejando que lo encadenaran. Mesala, quizás el único que podría saber qué les había pasado a su madre y a su hermana.

Y mientras Judá Ben-Hur caminaba por la Arboleda de Dafne al lado de Maluc, apenas notaba los árboles, las fuentes, el césped, los templos, la belleza y la seducción. Su mente estaba completamente concentrada en la venganza.

Finalmente los dos hombres llegaron a la Fuente de Castalia y el interés de Judá en su entorno revivió. Se unió al público alrededor de la fuente, examinando el rostro empinado de granito desde donde fluía un chorro de agua. Debajo se encontraba un cuenco de mármol negro con forma de concha, en el que el agua remolineaba y hacía burbujas antes de perderse, y a su lado había un anciano que recibía las monedas y arrancaba hojas de papiro, que entregaba al comprador. Aparentemente la fortuna sí aparecía, porque una y otra vez, alguien sumergía una hoja en el agua y leía, luego lanzaba una exclamación y compartía su fortuna con un amigo.

Judá y Maluc se habían acercado al sacerdote, y Judá le entregó unas pocas monedas pequeñas. Aceptó la hoja de papiro y la sumergió en el agua cristalina de la fuente. Pero en ese preciso momento, algo lo distrajo. En la cima del camino que conducía hacia el manantial, un rostro altivo con ojos negros se acercaba con pasos lánguidos. Unos instantes después, apareció un cuello largo, un pecho enorme y un hermoso *houdah*; era el camello blanco más grande que jamás se hubiera visto.

Alto, sedoso, digno, el camello descendió en silencio hacia la fuente, y las personas se hicieron a un lado. Los camellos eran ruines; todos sabían eso. Era probable que este camello, excepcional en todos los demás sentidos, fuera también más ruin de lo normal. Lo guiaba un nubio gigantesco montado en un caballo, quien se mantenía fuera del alcance de esa boca móvil. A medida que el grupo se acercaba, era posible ver a quienes ocupaban el *houdah*. Incluso Judá se quedó mirando fijamente.

El hombre era anciano. Era lo primero que se podía decir de él. Era casi imposible agregar algo más; era muy pequeño y arrugado y parecía muy frágil. Tenía puesto un turbante inmenso de seda verde que se veía como si fuera a aplastarle la cabeza. Pero sus ojos, notó Judá, eran brillantes, tan negros como los del camello y mucho más vivaces.

Los ojos de Judá se posaron en el anciano, pero nadie más le prestó atención porque el otro pasajero era una mujer. Incluso en Dafne, donde el encanto femenino se exhibía sin pudor, ella era extraordinaria. Por regla general, las mujeres de su rango no se veían en las calles. Su belleza estaba reservada para su familia. La madre de Judá nunca había salido del palacio de Hur sin cubrirse el cabello y ponerse un velo sobre el rostro. Pero esta mujer era osada. Estaba sentaba erguida en el *houdah*, observando a las personas con despreocupación; sus ojos viajaron de un rostro a otro, notó la fuente y el sacerdote, aparentemente sin percatarse de las miradas fijas de los demás. El contorno de su rostro estaba enmarcado por su cabello negro-azulado y lacio, que luego se derramaba sobre su espalda y sus hombros. Su piel era pálida y sin embargo cálida; sus ojos, negros; sus rasgos, delicados, enfatizados por la pintura negra alrededor de sus ojos y el carmín sobre sus labios y mejillas. Tenía brazaletes de oro con forma de áspides que se abrochaban con la cola en la boca mucho más arriba de los codos, y pequeñas monedas doradas tejidas en una red reluciente adornaban su cabello, componiendo lo que se podría llamar un velo. Sin embargo, ponía su belleza de manifiesto en lugar de ocultarla.

Ella le dirigió unas palabras al nubio, quien detuvo su caballo y desmontó. El camello se detuvo y luego se derrumbó sobre sus rodillas con una gracia indolente. La mujer estiró la mano, extendiendo un cáliz de oro al esclavo. Alguien tenía sed.

El público que rodeaba el manantial se había callado para disfrutar de ese espectáculo fuera de lo común. Se hicieron a un lado para permitir que el nubio se acercara a la fuente. Incluso el sacerdote lo observó mientras llenaba el cáliz. Pero cuando el nubio dio media vuelta para regresar adonde estaban el camello y sus jinetes, su caballo relinchó y corcoveó.

Ben-Hur giró rápidamente, con el ceño fruncido, y la multitud hizo lo mismo. Todos habían escuchado el mismo sonido, y luego vieron de dónde provenía: una cuadriga se dirigía rápidamente hacia ellos, jalada por cuatro caballos al galope. Dos blancos, dos negros, y el conductor chascando su látigo sobre sus cabezas.

La multitud se dispersó en un instante, pero ningún camello reacciona así de rápido. El nubio soltó el cáliz en la fuente, pero antes de que pudiera llegar adonde estaba su amo, Ben-Hur tomó un paso adelante. Con dos largas zancadas había alcanzado al equipo de cuatro caballos que avanzaba y agarró el arnés del caballo más cercano a él. Afianzó sus piernas y se mantuvo firme mientras el caballo se encabritaba, arrastrando con él a su compañero más cercano.

El yugo de la cuadriga se levantó, volcando la canasta. En una fracción de segundo, el conductor cortó las riendas envueltas alrededor de su pecho y saltó libre del desastre. Echó un vistazo a Ben-Hur y caminó audazmente hacia el camello.

—¡Mis disculpas! —gritó mientras se acercaba—. No los vi entre la multitud. Tenía pensado detenerme a tiempo —Le sonrió a los ocupantes del *houdah*—. Reconozco que esperaba hacerles una broma a estas buenas personas. Al asustarlas un poco, ya saben. Hacerlas correr como gallinas. Por el contrario, yo quedé en ridículo.

Miró a Ben-Hur y agregó:

—Mi amigo, le agradezco su rápida acción.

Luego se volvió hacia el *houdah* y dijo:

—Soy Mesala, y les ruego sinceramente que me perdonen. Señor, siento mucho haberlo perturbado. Y a usted, mi bella dama, más todavía por su belleza. ¡Por favor dígame que me perdona!

Ben-Hur pudo ver cómo los ojos del romano recorrían el rostro de la mujer y se detenían en sus brazos desnudos, pero ella parecía impasible. En lugar de responderle, se dirigió a Ben-Hur, quien todavía estaba de pie delante de los caballos.

—Señor —dijo ella—, mi padre está sediento. —Extrajo otra copa de oro, gemela de la que había caído en la fuente—. ¿Podría llenar esta para él? Ambos le estaremos agradecidos.

Mesala se rió.

—Veo que me ignora. Muy bien, mi belleza. Pero la buscaré y averiguaré más sobre usted. No hay otra mujer más encantadora en Antioquía; lo juro.

Se movió para tomar la brida de su caballo de la mano de Ben-Hur. Los dos hombres quedaron cara a cara, las manos casi se tocaron sobre el arnés por un instante. Maluc estaba lo suficientemente cerca como para ver que Ben-Hur se puso rígido, como si estuviera conteniéndose, y su rostro cuando giró hacia el *houdah* se había endurecido y estaba pálido. Por unos segundos pareció un hombre mucho más viejo. Luego Ben-Hur entregó la brida y se dirigió hacia el camello.

—Es un placer servirla —dijo a la mujer, y tomó la copa.

Maluc se dio cuenta de que mientras Ben-Hur caminaba hacia la fuente, la mujer observaba a Mesala, quien ahora estaba ocupado con el arnés de su equipo. Ella no se veía avergonzada en lo más mínimo por la conducta insinuante de Mesala. Maluc pensó por un momento en la hija de Simónides, Ester, quien nunca actuaría con tanta osadía, y se preguntó de qué país vendría esta belleza.

Cuando Ben-Hur regresó al camello con la copa llena, se la entregó a la mujer. Ella se la pasó a su padre, sosteniéndola mientras él bebía con manos temblorosas. Cuando hubo terminado, la extendió a Ben-Hur diciendo:

—Gracias. La copa es suya, llena de nuestras bendiciones.

A la señal del nubio, el camello desdobló sus patas y se levantó, más imperturbable que nunca, y comenzó a alejarse.

—Alto —dijo el anciano con una voz tranquila pero acerada.

Miró hacia afuera del *houdah* para dirigirse a Ben-Hur:

—Estoy agradecido por su intervención de hoy y le agradezco en el nombre del único Dios. Soy Baltasar el egipcio. Cerca de aquí se encuentra el Gran Huerto de las Palmeras. Mi hija y yo somos invitados del jeque Ilderim en ese lugar. Espero que venga a visitarnos para que pueda expresarle mi gratitud más apropiadamente.

Luego el camello se puso en marcha silenciosamente, siguiendo al esclavo nubio montado en su caballo. Ben-Hur se dio cuenta por primera vez que el caballo era otro hermoso caballo árabe. Se dirigió a Maluc.

—Creo que debo ir al Huerto de las Palmeras, ¿no le parece? Si no por los caballos del jeque, por Baltasar el egipcio.

Maluc sonrió, pero pensó que la mujer tenía sus propios atractivos para su nuevo amigo.

CAPÍTULO 17

OSCURIDAD

Cuando un sentido es inútil, los otros se potencian. Oír, por ejemplo. Uno no creería que la piel desnuda sobre piedra desnuda haría ruido. Pero lo hace.

Respirar. Si uno comparte un lugar pequeño con otro ser humano, conoce la respiración de esa persona. Adentro, afuera. Silencio. Uno puede escuchar cuándo están durmiendo.

Puede escuchar cuándo no lo están.

El cabello tiene su propio sonido. Tirsa no podía estar segura, pero pensaba que el cabello de su madre podría haberse emblanquecido. ¿Cómo podía saber eso? ¿Sonaba más pesado? ¿Más áspero?

El cabello era importante. Trataban de mantenerlo bajo control. No tenían peines, por supuesto. Pero pasaban tiempo todos los días arreglándose el cabello mutuamente. Era algo que hacer. Hacerlo era un consuelo. Cada una de las mujeres se turnaba para recostarse sobre las rodillas de la otra. Usaban los dedos como peines y los pasaban por los mechones enmarañados, trabajando pacientemente para deshacer los nudos y enredos.

¡Pacientemente, Dios mío! ¡Paciencia! Aquí no había razón para apurarse.

Dondequiera que fuera *aquí*.

Habían hablado acerca de eso al principio. Cuán lejos las habían llevado. Cuán grande parecía. El espesor de las paredes. Les habían tapado los ojos mientras las sacaban del palacio de Hur, pero Tirsa casi se rió al pensar en lo mucho que ella y su madre pudieron haber aprendido, si tan solo hubieran sabido cómo. Podrían haber contado los pasos. Podrían haber tratado de escuchar si había ecos. Podrían haber prestado atención a las órdenes.

No las habían montado en caballos. Noemí pensó que había oído cascos de caballos en la calle, pero Tirsa no estaba segura. Después de todo, no habían estado escuchando con atención. ¿Acaso alguien había mencionado la Torre Antonia? ¿No deberían recordarlo? Donde estaban no se sentía como si fuera una torre. Pero todos los recuerdos de ese momento violento eran confusos.

Todo había sido tan repentino, una mañana soleada en Jerusalén, destruida. Vidas cambiadas drásticamente. Sangre en las baldosas. Menos mal que les vendaron los ojos. Después de todo, no importaba dónde estaban. Porque dondequiera que fuera que estaban, nunca saldrían de allí.

Unos pasos se acercaron. Tirsa oyó que su madre se despertaba.

Tal vez las cosas no se oían, sino que en realidad se sentían: cuando la puerta de la celda vecina se abrió, liberó una pequeña corriente de aire a través de la escotilla corrediza que las comunicaba. Tirsa escuchó que Noemí se escurrió, piel sobre piedra, hacia la escotilla y puso el plato de madera en el piso. Y la jarra.

La escotilla corrediza se abrió. El plato se deslizó a través de ella. El olor cambió con el aire de la celda contigua. Y la comida. Sobre el plato de madera que les habían devuelto por la escotilla. Pescado, posiblemente.

Tirsa sintió que la boca se le llenaba de saliva. Era sorprendente, de verdad. Después de todo este tiempo. Por lo menos varios años: habían llegado a calcular eso. Todo este tiempo, y su cuerpo aún quería sobrevivir.

Por sí misma, Tirsa no estaba completamente segura.

Pero todavía no había encontrado la forma de matarse en la oscuridad.

CAPÍTULO 18

SECRETO

Allí donde hay un puerto, hay tabernas. Algunas son alegres, radiantes, limpias. Legales. Otras no. Porque donde hay un puerto, hay dinero que fluye continuamente de una mano a otra. Toma numerosas formas, de las cuales solo una es la moneda. Puede ser una carga que termina en el lugar equivocado. Pueden ser humanos, sus cuerpos o sus mentes, vendidos o que se venden a sí mismos. Puede ser información. Las tabernas proveen un mercado libre de escrutinio. Cualquier hombre puede ir a una taberna y conocer a otro hombre. Como si fuera por casualidad.

Una moneda romana del primer siglo.

Un hombre puede sentarse en una mesa astillada con una copa de cerámica rústica delante de él. Puede recostarse en un rincón, ver sin ser visto. Observar.

Sin embargo, solamente un romano entraría en tal lugar como si fuera el dueño. Solamente un romano se pondría despreocupadamente una capa sobre una delicada túnica de lana para visitar el lado sórdido de la ciudad. En un puerto donde todos podían juzgar la calidad de tela con solo un vistazo. Y reconocían la forma de una daga que se delineaba debajo de la capa. O un anillo de oro. Oro verdadero: nada resplandece como él.

El romano localizó al hombre que buscaba y se abrió paso entre las mesas para alcanzarlo. Se sentó, dando la espalda al salón. El hombre contuvo un suspiro y tuvo la esperanza de que el romano le pagara antes de que lo apuñalaran.

Estaba inquieto. Eso tampoco era bueno. El espionaje es un trabajo que se hace mejor sin emociones, para las personas que se controlan de manera similar. Este romano, Mesala, ya había demostrado ser vanidoso e imprudente. El espía se preguntaba si no era también estúpido.

—Simónides tuvo una visita —declaró el espía.

—¿Eso es todo? De acuerdo a lo que me contaste, tiene visitas todo el tiempo —respondió Mesala con impaciencia.

—Es cierto, pero hasta ahora pude averiguar quiénes eran. Este último fue diferente.

—¿Y?

—Y usted no se imagina lo difícil que es este trabajo. Se lo he dicho en numerosas oportunidades: Simónides es cauto. La mayor parte del tiempo estoy en una habitación en la bodega con mi lista, contando cosas. ¿Qué es lo que usted busca exactamente? Podría hacer mejor mi trabajo si lo supiera.

Sin levantar la mirada, el romano le hizo una seña a uno de los que servían las mesas. Dos dedos: dos copas de vino. Estas llegaron, derramándose sobre la mesa. El mozo se quedó, esperando que le pagara. Mesala levantó la mirada. El hombre era alto, con ojos hundidos y la nariz rota. Mesala sacó unas monedas y las tiró sobre la mesa. Empujó una copa hacia el espía, y luego bebió un trago largo de la suya. Por la cara que puso, el espía pensó que esta no era la clase de vino a la cual estaba acostumbrado.

—Bueno. ¿Entonces quién es este visitante sobre el cual estás haciendo tanto alboroto?

—Un judío alto, posiblemente recién llegado a Antioquía. Tuvo que averiguar dónde estaba la casa. Primero fue al muelle. Luego al depósito. El guardia no estaba en la puerta, y ese perro de Maluc lo reprendió severamente por eso más tarde. Por lo tanto, el hombre entró directamente.

—¿Lo vigilaste? ¿Lo seguiste?

—Claro que lo hice. ¿Acaso no me paga para eso?

—¿Y?

—Solamente se dedicó a mirar. Como si nunca antes hubiera visto una bodega. No tocó nada. Entonces la hija lo encontró. Él le preguntó por su padre, por nombre. Y ella lo llevó al piso de arriba.

—¿Qué hay en el piso de arriba?

—La azotea, en donde Simónides pasa la mayor parte del tiempo. Casi nadie sube allí. No es un tonto, el anciano.

—¿Los seguiste? ¿Escuchaste algo? —Mesala había vaciado su copa y estaba buscando al mozo con la mirada.

—¡No, eso es lo que estoy tratando de decirle! ¡No hay manera de acercarse al hombre!

Mesala giró la cabeza y miró directamente al espía.

—¿De qué sirves entonces?

—¿Quiere esperar y permitirme que le diga lo que sí averigüé? —preguntó el espía—. O tal vez debería pagarme primero. —Terminó su primera copa de vino y tomó un trago de la segunda.

Mesala se movió. Tal vez iba a pararse y retirarse. El espía se quedó inmóvil, pensando. Ahora tenía información nueva. Mesala era un cliente complicado y nervioso. El espía estaba cansado de él. Y lo que Mesala buscaba no parecía que estuviera allí de todas maneras. ¿Oro que no perteneciera al negocio de embarques? ¿Registros relacionados con una empresa en Jerusalén? El espía sabía hacer su trabajo, y esas cosas no existían en la casa del río.

MONEDA ROMANA EN EL PRIMER SIGLO

as	bronce	
dupondio	bronce o cobre	2 ases
sestercio	aleación de metal	4 ases; 2 dupondios
denario	aleación de plata	8 dupondios; 4 sestercios
áureo	oro	100 sestercios; 25 denarios
sestertium		1000 sestercios; 250 denarios

Por lo tanto, ¿qué significaba que este soldado romano estuviera tan...? ¿Estuviera... qué? se preguntaba el espía, observando mientras Mesala vaciaba su segunda copa de vino. ¿Tenso? En realidad, nervioso. Nervioso por el judío alto que había visitado a Simónides. Judío. Jerusalén. Hum.

Estaba sentado sin moverse mientras todos estos pensamientos cruzaban rápidamente por su mente. En realidad no era importante si Mesala lo escuchaba o no; recibiría su paga por lo que había averiguado.

—Usted no es la única persona interesada en él —improvisó el espía. Era mentira, pero una que tal vez le sacaría más dinero a Mesala—. Y él se destaca.

No creía que eso fuera importante, pero Mesala no lo sabía.

—Está bien. —Mesala tiró una moneda sobre la mesa.

El espía la levantó y la sostuvo en un rayo de luz. El rostro del César sobre la moneda. Siempre era bueno recibir la paga en moneda romana, pensó. Dijeran lo que dijeran acerca de los romanos, su dinero siempre tenía valor.

—Este sujeto llegó hoy a Antioquía. Entonces esa fue la primera cosa que hizo, ¿cierto? Fue a ver al comerciante judío. Sucede que estuve afuera cuando se fue. Lo que sea que vino a buscar, no lo consiguió. Salió furioso de allí.

Se detuvo y bebió más vino.

—¿Eso es todo? —preguntó Mesala, empujando el asiento hacia atrás para marcharse.

—No —respondió el espía tranquilamente—. Porque esperé en los alrededores por un rato. Contando los barriles afuera. Mostrándome ocupado. Por lo tanto, cuando Maluc salió cinco minutos más tarde, ni siquiera me vio. Pero salió detrás del judío alto.

—Descríbelo.

—¿A Maluc? No se parece a nada. Honestamente ese sujeto desaparece...

—No, idiota, al judío. ¿Cómo es físicamente?

Una pregunta repetida. Interesante.

—No estuve cerca de él, como sabe, pero en líneas generales: muy alto. Cabello oscuro. Joven, tal vez de su edad. Vestimenta sencilla, túnica de lino y sandalias, pero de buena calidad. Parece rico, pero no le importa, según mi apreciación. Se mueve con confianza. Es fuerte.

—¿Parece rico? —preguntó Mesala—. ¿Qué quiere decir con eso?

—Bueno, como usted. Limpio, fuerte. Se para derecho, camina como si todo a su alrededor le perteneciera.

Mesala se puso de pie.

—No es posible. Ningún judío podría caminar como si todo fuera suyo

—rugió. Miró al espía que permanecía sentado—. Está bien. Avísame si pasa algo más.

El espía asintió con la cabeza y se recostó contra la pared, y observó a su cliente mientras se marchaba. Observó los rostros de los hombres que seguían a Mesala con la mirada. Algunos de ellos entrecerraron los ojos, y uno de ellos escupió. En esta taberna, los romanos no eran bienvenidos. El espía se preguntó si uno, como romano, se acostumbraba a ser odiado.

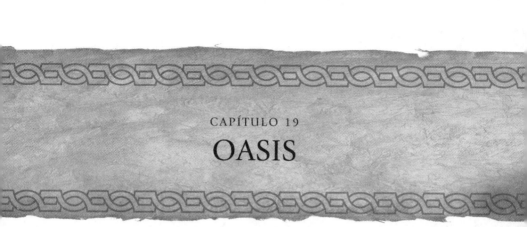

CAPÍTULO 19

OASIS

El Huerto de las Palmeras se encontraba al oriente de la Arboleda de Dafne. Conforme a lo que Maluc le explicó a Ben-Hur, la distancia se podía recorrer en dos horas a caballo o en una en camello.

Ben-Hur miró hacia el cielo.

—Yo diría que cuanto más rápido mejor, ¿no le parece? ¿Nos arriesgamos a que nos caiga la noche?

—Oh, no —dijo Maluc—. Volveré a Antioquía después y llegaré antes de que se oscurezca completamente.

—Pero no puede hacer eso. ¿Por qué iría hasta el oasis, simplemente para regresar inmediatamente?

—Porque nunca lo he visto —respondió Maluc—. No todos son invitados a visitar al jeque. Y además, los judíos se ayudan mutuamente.

Ben-Hur le dio una palmada en la espalda, y Maluc se tambaleó un poco. Aparentemente, el hombre no reconocía su propia fuerza. Cuando llegó el momento de regatear con el hombre que alquilaba los camellos, Ben-Hur con habilidad lo hizo bajar el precio hasta el monto que Maluc sabía que era el correcto. Habilidades beneficiosas, pensó Maluc.

Las dos bestias disponibles eran comunes y corrientes; se parecían al gran camello blanco de la arboleda solamente en los rasgos básicos: ojos grandes, expresión atrevida, y un andar incómodo y cansino. Al principio Ben-Hur se sentó con dificultad en la montura. Maluc lo observó mientras se enfocaba, buscando una posición cómoda, resistiéndose o acomodándose a las zancadas largas y bamboleantes. La mirada de Ben-Hur se cruzó con la suya.

—No se parece en nada a montar a caballo, ¿verdad?

—¿Nunca montó un camello en Roma?

—¿Para qué incomodarse, cuando uno puede sentarse cómodamente en los caballos más rápidos del mundo? Los establos del emperador son famosos, y lo que a él le interesa, le interesa a todos los romanos.

Ben-Hur ajustó su posición en la montura de madera y luego dijo:

—Hablando de caballos, ¿qué más puede contarme sobre el jeque Ilderim?

Maluc asintió con la cabeza. Había estado esperando la pregunta.

—Como podrá imaginar, su pueblo es nómada. Ellos controlan extensiones inmensas de tierra. No son dueños de las tierras de la manera que lo somos nosotros. En realidad, para ellos la tierra tiene valor solamente porque les provee pasto para sus manadas y porque las personas tienen que pagar para cruzarla.

—¿Por qué razón querrá participar Ilderim en esta carrera si no tiene a alguien para conducir a sus caballos?

—Usted hace buenas preguntas —dijo Maluc mirándolo de reojo—. Todos tenemos nuestras debilidades. Si tenemos en cuenta la reputación de Ilderim, él es astuto, y por lo general, las decisiones que toma son para beneficiar a su tribu. Pero cuando se trata de Roma, él es diferente.

—Me pregunto si eso no se aplica a todos en esta parte del mundo —sugirió Ben-Hur.

—Por supuesto que no —respondió Maluc—. A muchas personas les va muy bien bajo el gobierno romano. Los caminos son magníficos; los impuestos se pagan; las pequeñas guerras entre pueblos vecinos se suprimen. El comercio florece. Uno puede conseguir lo que quiera, donde quiera.

No continuó hablando, y ahora Ben-Hur lo miró con curiosidad.

—¿Pero? —preguntó—. A muchas personas les va bien, pero ¿qué? —Maluc no respondió, y Ben-Hur continuó—: Oh, entiendo. ¡He estado viviendo como romano! ¿Entonces usted cree que pienso como romano? —Se rió, pero con un tono amargo—. No, Maluc. Le aseguro que los romanos me agradan menos todavía que a su jeque. Termine su historia. Y luego, si todavía tenemos tiempo, le contaré la mía. Si Roma es su villano, no me sentiré consternado. Ni sorprendido.

—Está bien. Cuando digo que Ilderim controla territorios, parte de ese control implica que él garantiza la seguridad de las personas que los cruzan. En sus oasis, en los pasos entre sus colinas, en los tramos largos y planos del desierto, los viajeros no tienen que temer a los forajidos si están bajo la protección del jeque. Por un precio, por supuesto. Así que desde luego, los cobradores de impuestos romanos viajan por sus tierras si es posible. Ya se puede imaginar la tentación que eso representa: filas de camellos cargados con cajas de oro. Solamente el poder de alguien como el jeque Ilderim los puede mantener a salvo.

—¿Qué pasaría si, por ejemplo, un grupo de partos capturara un cortejo de camellos como ese?

—Ilderim tiene su... No se le puede llamar ejército, porque para mí eso significa filas de romanos marchando detrás de sus banderas. Ilderim arma, entrena y mantiene a estos grupos de, bueno, para ser honesto, son forajidos también. Solo que son forajidos de Ilderim, feroces y disciplinados. Por lo general, la consecuencia de un asalto dentro de las tierras de Ilderim sería un asalto correspondiente, en el territorio de los invasores.

—Eso podría ocasionar una guerra entre territorios.

—Podría. En ocasiones lo hace. Créame, este jeque es despiadado, igual como lo fueron su padre y el padre de su padre antes que él. Usted lo verá con sus caballos, y parece casi ingenuo cuando está con ellos. No verá el armamento que viaja con la tribu, incluso hasta el Huerto de las Palmeras. Hay un número considerable de armas muy afiladas que pueden ser tomadas en cuestión de segundos por personas que saben exactamente qué hacer con ellas.

—Entonces, ¿los romanos?

—Como es de esperarse. Un cortejo de cobradores de impuestos fue asaltado en las tierras de Ilderim y los romanos lo hicieron responsable.

—Lo cual es solo justicia, en cierto sentido —dijo Ben-Hur a regañadientes.

—En cierto sentido —asintió Maluc—. Ilderim devolvió cada sestercio. Incluso a base del cálculo de las pérdidas que hicieron los romanos, el cual era, sin duda, exagerado. Sin embargo, ellos también reclamaron sus caballos. Todos los potrillos de ese año se los llevaron a Roma.

—¿Qué? —Ben-Hur estaba sorprendido—. ¿Cómo? ¿En barco?

—No sé los detalles. Escuché que enviaron a algunos por tierra. Muchos de los que enviaron por mar murieron. Pero llegaron suficientes caballos como para satisfacer al emperador.

Ben-Hur se sentó erguido.

—¡Oh! ¡Ahora me acuerdo! ¡Recuerdo cuando llegaron! Fue un escándalo.

No entendí todo. Era nuevo en Roma. Algunos habían sido maltratados. Pero otros se recuperaron y los usaron para las carreras. Y para cría. Eran magníficos.

—Y algunas de las crías regresan por acá de vez en cuando. Ese conductor romano de hoy, el que trató de atropellar a la multitud en la fuente... Es probable que esos fueran crías de los caballos de Ilderim.

—¡Y ese perro Mesala quiere correr con ellos contra los hermosos alazanes! —estalló Ben-Hur.

Maluc estaba sorprendido.

—¿Ese perro? ¿Lo conoce? ¿O es simplemente porque es romano...?

—Lo conozco, Maluc —dijo Ben-Hur—. Enseguida le contaré.

—¡Pero él lo vio! ¡Cara a cara, estuvo más cerca de él de lo que yo estoy ahora de usted! ¿Qué pasó que no lo reconoció?

—He cambiado —dijo Ben-Hur con amargura—. La última vez que me vio yo era un niño. Y es probable que crea que estoy muerto.

Maluc se retorció en la montura para mirar a Ben-Hur de frente. Los camellos estaban cruzando un campo amplio con pasto verde, alto. En el camino que podían vislumbrar adelante, más allá de una cadena de colinas, el follaje discontinuo de las palmeras anunciaba que se acercaban a su destino.

—Mire, el Huerto de las Palmeras. ¿Ve cómo serpentea el camino? Estará bien vigilado. Ilderim mantiene seguro a su pueblo.

—Y a sus rebaños, me imagino. Después de que los romanos lo humillaron.

—Sí —dijo Maluc—. Creo que esa fue la peor parte de ese incidente. El sello del jeque Ilderim era la protección de lo suyo. Y Roma lo hizo quedar como un mentiroso. Ahora cuénteme su historia, rápidamente, antes de que lleguemos.

Brevemente y sin emoción, Ben-Hur recorrió los eventos de su historia: el desfile, la baldosa, la captura, la separación de su madre y de su hermana. Las galeras, la batalla en el mar, los años en Roma como hijo adoptivo de Arrio. El centinela había dado un paso adelante para bloquearles el camino cuando él terminó su relato.

—¿Y Mesala? —preguntó Maluc—. ¿Cuál es su participación en todo esto?

—Él era mi mejor amigo —dijo Ben-Hur—. Y me traicionó a los romanos.

Los hombres solamente tuvieron tiempo de compartir una larga mirada antes de que el guardia los detuviera. Ben-Hur no se molestó en responder a las preguntas; solamente levantó el cáliz de oro para que el guardia pudiera verlo. Maluc sonrió para sí mismo: era probable que su nuevo amigo odiara Roma, pero había adquirido algunas de las maneras señoriales de los romanos.

CAPÍTULO 20

EN LAS TIENDAS

Incluso el más feroz cacique nómada del desierto puede tener un oasis preferido. Por supuesto, él no admitiría tal debilidad; como nómada, todos los lugares, sean resecos o frondosos, ventosos o protegidos, deben ser iguales para él. Pero cuando la larga caravana de Ilderim, compuesta por sus camellos y su ganado y sus personas, llegaba al camino serpenteante que conducía al Huerto de las Palmeras, siempre había un aire de júbilo. Incluso el mismo jeque, cuando metió su espada a la hierba verde y suave para mostrar dónde se debía plantar la vara de su tienda, sonreía ampliamente a los hombres y las mujeres que estaban a su alrededor. En el huerto podían bajar la guardia. Rodeado de colinas, con una entrada que podía vigilarse fácilmente, asentado al lado del lago, ofrecía protección, agua y forraje interminable para los animales. La vida era fácil en el huerto.

Y este año también resultaba interesante. Tenían las transacciones comerciales habituales en Antioquía; hasta un cacique tribal del desierto tenía que encargarse del dinero, las provisiones y los acuerdos comerciales. Mientras estaba allí, Ilderim pasaría muchas horas con Simónides, planeando las maneras más astutas de trasladar mercaderías desde el Oriente a través de las zonas salvajes bajo el control de Ilderim. Los dos hombres discutían y regateaban con entusiasmo.

También tenía el placer inesperado, este año, de la presencia de Baltasar; aunque la hija, Ilderim pensó, estaba generando cierta tensión en el pueblo. ¡Si solo se cubriera *verdaderamente* con un velo como las otras mujeres! Y dejara de caminar sola por el lago. Con los brazos descubiertos. Parado a la entrada de su tienda, Ilderim se preguntaba si hablar con el padre de la joven ayudaría. Comenzó a formular lo que diría, pero no se le ocurrió ninguna frase que sería útil.

Un aliento cálido le sopló la oreja, y uno de los caballos dejó caer su cabeza sobre su hombro. Eso era lo mejor que tenía el huerto, pensó Ilderim: los caballos amaban el lugar. Todos los años cuando llegaban, se tiraban sobre la hierba y rodaban y rodaban.

¡Pero la carrera! Respiró profundamente, recordando el incidente que había ocurrido en la pista unas horas antes. Los caballos no se hicieron daño. Eso era importante. Sintió un empujón desde atrás; otro de los caballos, curioso, no se quería perder nada. ¿Pero quién los conduciría ahora? Había sido un necio al confiar en ese romano. Pero considerando que su propio conductor se había quebrado una pierna, ¿qué podía hacer? ¡Y deseaba tanto ganar la carrera! Nunca antes había tenido un equipo mejor. Nunca habría un público más numeroso, no fuera de Roma. Y ninguno de sus hombres... Entrecerró los ojos, tratando de decidir cómo decirlo. Ninguno de sus propios hombres se había ganado el respeto de los caballos, decidió. Entrecerró los ojos de nuevo. ¿Visitas? Su visión de lejos se estaba apagando. Otro motivo de preocupación.

Sí, visitas. Dos camellos desaliñados, animales que le habría dado vergüenza montar. Y en uno de ellos, el hombre de Simónides, Maluc. El otro era un desconocido. El guardia los había dejado pasar sin desafío ni mensaje. Interesante.

Así que Ilderim abandonó la entrada de su tienda, seguido por dos de los caballos alazanes, que pisaban con gracia sobre la hierba.

El camello de Maluc se arrodilló, pero el camello del desconocido rehusó hacerlo. El hombre se rió y pasó la pierna sobre la montura, y luego saltó suavemente al piso.

—Nunca más, Maluc, lo juro. No volveré a montar un camello. —Ilderim lo escuchó decir.

—La paz sea con ustedes —dijo Ilderim—. Les doy la bienvenida entre nosotros.

—Y la paz sea con usted también —respondieron los dos hombres.

Luego, para sorpresa de Ilderim, los caballos pasaron lentamente hacia adelante. El hombre alto estiró sus manos y dejó que los caballos pasaran sus hocicos suaves sobre ellas. Uno de los alazanes dio otro medio paso y restregó su cabeza contra el pecho del desconocido.

—Oh, Aldebarán —lo llamó Ilderim—. No hay necesidad de sorprender a nuestros invitados.

—Estoy agradecido —respondió el hombre—. Sentí admiración por estos amigos hoy en la arboleda.

Recorrió con su mano el cuello de Aldebarán, acariciando el pelaje sedoso y murmurando en voz baja. Las orejas del caballo se sacudieron: se entendían mutuamente.

—Su señoría —dijo Maluc, apartando al jeque a un lado—, perdóneme, pero vine solamente para mostrar el camino. Nos encontramos con Baltasar hoy en la Arboleda de Dafne, y mi amigo le hizo un favor. Baltasar le pidió que viniera.

—Mucho mejor —respondió Ilderim—. Por supuesto que un favor que se le hace a uno de mis invitados es también un favor que se me hace a mí. ¿Pero no puede hacerme el honor de entrar a mi tienda?

—Desafortunadamente, no. Me esperan en Antioquía. Pero regresaré mañana al huerto.

—Gracias, Maluc —dijo Ben-Hur—. Estoy muy agradecido de que nuestros caminos se hayan cruzado hoy. ¿Podría abusar un poco más de su amabilidad?

—Por supuesto —respondió Maluc.

—¿Llevaría a esa bestia de regreso con usted a Antioquía? —Ben-Hur señaló al camello con el dedo—. ¿Y tal vez enviaría a un caballo ensillado para reemplazarlo?

—¿No le gustan nuestros barcos del desierto? —preguntó Ilderim.

—Creo que tal vez mi barco se parecía más a una balsa —respondió Ben-Hur—. Nunca he conocido a un animal que me disgustara más, y preferiría regresar caminando descalzo a Antioquía que montarlo de nuevo.

—Estoy seguro de que eso no será necesario —dijo Ilderim—. Ahora, por favor, entre a mi tienda. Aldebarán, Rigel, muéstrenle el camino.

Hizo un chasquido con la lengua y un gesto. Empujando al visitante con sus hocicos, los alazanes lo instaron a que se dirigiera a la amplia entrada de la tienda, donde un sirviente estaba esperando al borde de una alfombra magnífica y amplia.

Los caballos se abrieron paso a través de una cortina que dividía la tienda, mientras los dos hombres dejaron que el sirviente les quitara el calzado y la túnica externa. Una joven se presentó con frescas túnicas de lino blanco y otra con un cuenco con agua. Los hombres se sentaron en el ancho diván que corría a lo largo de tres lados de la tienda, en los cuales había cojines y almohadas apiladas, mientras la mujer les lavó los pies. Ilderim se dio cuenta de que los ojos de su invitado recorrían la tienda.

—¿Es la primera vez que visita la morada de un nómada? —preguntó.

—No —respondió su huésped—. Me gustan mucho los arreglos.

Levantó la mirada hacia la vara central de la tienda y el techo estirado ajustadamente.

—¿Cuánto tiempo lleva desarmarla?

—¿Quiere decir en caso de un asalto? Eso depende de la cantidad de hombres que tenga —respondió Ilderim—. Pero si necesitamos ser rápidos, podemos serlo.

—Y la tela, ¿la tejen con la lana de sus ovejas?

—Proviene de las cabras. Es más duradera. Pero estas... —Sus manos acariciaron la funda amarilla del asiento—. No necesitan ser tan fuertes. Provienen de nuestras ovejas. Las cuales por supuesto no son amarillas. Creo que usan cúrcuma para el teñido.

—Discúlpeme la curiosidad —Ben-Hur continuó—, pero ¿es común compartir la tienda con caballos?

—No —respondió Ilderim—. Pero como parece que usted ya ha entendido, estos caballos en particular son más que animales para mí.

Se volvió a un sirviente y le dijo:

—Ve a la tienda donde se hospeda el egipcio y avísale que ha llegado un invitado. Esperamos que se una a nosotros.

Continuó hablando con Ben-Hur:

—Me sentiría más que honrado si se quedara a pasar la noche con nosotros. En realidad, que se quedara por el tiempo que pueda honrarnos. Pero ciertamente cenará con nosotros. Si debe regresar a Antioquía después del ocaso, enviaré a un grupo para que lo escolte. A caballo.

—Gracias —respondió Ben-Hur—. Su amabilidad me ayuda a comprender por qué la hospitalidad del desierto es famosa.

—Y ahora, si disculpa *mi* curiosidad, ¿puedo saber algo más acerca de usted? Aprendemos a juzgar a las personas rápidamente en el desierto, pero debo admitir que estoy perplejo. Maluc no lo presentó.

Ben-Hur hizo una pausa.

—Me llamo Judá —dijo luego de un instante.

Es probable que el jeque Ilderim esperara más que simplemente un primer nombre, pero fluidamente dijo:

—Entonces es judío. Nunca conocí a un judío que pudiera hacerse amigo de un caballo con tanta rapidez.

—Soy judío —respondió Ben-Hur—. Pero viví los últimos años en Roma, y una buena parte de ese tiempo —agregó con una sonrisa— en los establos. De hecho, en los establos del emperador.

—Ah —respondió Ilderim—. ¿Qué trabajo hacía en los establos?

—Diría que de contrincante.

Ahora Ilderim observó a su invitado con mayor atención. Tenía sentido, por supuesto: estaba constituido como un atleta, alto y ágil, con brazos largos y manos enormes. Las mejores para sostener un puñado de riendas, pensó Ilderim.

Como si estuviera leyendo la mente del jeque, Ben-Hur extendió sus manos con las palmas hacia arriba.

—Sí —dijo—. Puede ver los callos. He corrido en las carreras de cuadrigas en el circo romano.

Ilderim frunció el ceño.

—No recuerdo un conductor judío —dijo.

—No —respondió Ben-Hur—. Mientras estaba en Roma me conocían como Arrio, en honor a mi padre adoptivo. Él falleció hace poco, y yo retomé mi nombre original.

—¿Y qué lo trae a Antioquía? —preguntó Ilderim.

Pero en ese momento, apareció Baltasar en la puerta de la tienda, seguido por su hija. Ilderim se sintió un poco irritado. ¿Acaso las mujeres de Egipto seguían a los hombres a todos lados? Pero se puso de pie al instante, así mismo como lo hizo Ben-Hur. Cuando todos estuvieron acomodados de nuevo y habían colocado un almohadón especial debajo de los pies desnudos de Iras, Ilderim vio con sorpresa que Ben-Hur sostenía un cáliz de oro en su mano.

Cruzó la alfombra y se la extendió a Iras:

—Cuando la vi en la Arboleda de Dafne —dijo—, me tomó por sorpresa su bondad y no pude rehusarme a tomar la copa. Por supuesto no puedo aceptar semejante regalo. Fue un privilegio para mí haber podido ayudarla.

—No acepto que me devuelvan lo que doy —dijo Iras, levantando los ojos para mirarlo—. Si escoge no quedarse con la copa no es asunto mío.

—Valoro su agradecimiento por encima de todas las cosas. —Colocó el cáliz al lado de ella sobre el asiento. Luego, con una dignidad notable, retomó su lugar cerca de Ilderim.

—¿Quién me explicará lo que pasa? —preguntó el jeque.

—Hoy en la arboleda —habló Baltasar con su voz chillona—, casi fuimos atropellados por un romano bruto. Nos habíamos detenido en la Fuente de Castalia para beber agua, y ese sujeto fustigó a sus caballos con el látigo para que se lanzaran en un galope solamente por el placer de asustar a la multitud. El camello, por supuesto, no se podía mover tan rápidamente. Pero este hombre —Hizo un gesto señalando a Ben-Hur— atrapó el arnés del líder y detuvo a todo el equipo de caballos. No muchos hombres hubieran tenido la fuerza y el valor para hacer eso —dijo dirigiéndose directamente a Ben-Hur—. Tal vez haya otra forma de mostrarle mi agradecimiento.

La verdad, señor —dijo Ben-Hur—, le da demasiada importancia al impulso de un momento.

—¿Quién es ese romano bruto? —preguntó Ilderim, con los ojos entrecerrados—. Vi un solo romano en la pista hoy. Conduciendo el equipo de caballos blancos y negros. Es más, me hice la pregunta si no serían caballos de mi estirpe.

—Me pregunté lo mismo —dijo Ben-Hur rápidamente—. Se parecían mucho a los alazanes. No en la elegancia, sin lugar a dudas. Pero en la manera en que levantaban sus cabezas y en la solidez de sus ancas...

—¿Cómo podría el romano llegar a tener caballos del desierto? —preguntó Baltasar.

—Oh, amigo mío, despojos de los romanos —respondió Ilderim—. Usted sabe muy bien cómo son las cosas.

—Es verdad, lo sé —respondió Baltasar, asintiendo con la cabeza. Giró para dirigirse a Ben-Hur—. A pesar de que soy egipcio, pasé un año viviendo con el jeque en los rincones más lejanos del desierto. Los romanos dejan sus huellas incluso allí.

—Entiendo que usted es egipcio —dijo Ben-Hur—. Está muy lejos de su hogar.

—Es verdad. —Baltasar echó un vistazo a Ilderim y sonrió—. ¿Le cuento la historia?

✳ ✳ ✳

Ilderim miró a su joven invitado, y Ben-Hur sintió por un momento que estaba siendo evaluado, aunque no podría decir por qué.

—Sí, creo que debería —respondió Ilderim sonriendo levemente—. Pienso que este es un hombre a quién le gustaría escuchar su relato.

—Hace muchos años... —comenzó Baltasar—. Pero creo que es mejor que comience aún más atrás. Le diré solamente que por algún tiempo había estado buscando sabiduría. Leyendo, estudiando. Investigando los escritos de los griegos y de los egipcios y de otros sabios en busca de la verdad, porque sentía que aún no la había encontrado. ¿Hay un solo Dios? ¿Hay muchos? ¿A qué se deben dedicar los hombres mientras están en la tierra? ¿Hay vida después de la muerte? Los romanos rinden culto a sus hombres prominentes, como dioses. ¿Puede un hombre ser divino o divinizarse? Todas estas preguntas me atormentaban.

»Luego, en un momento determinado, lo supe. No qué era la verdad; lejos de eso. Pero supe que tendría que salir a buscarla. —Se miró las manos, que se entrecruzaban ligeramente sobre su regazo—. Ya era viejo, sabe. Demasiado viejo para aventurarme en una búsqueda como esa. Pero había pasado mucho tiempo preguntándome, y esta meta era tan clara. Por lo tanto partí. —Negó con la cabeza—. Fue la cosa más extraña. Sabía lo que debía llevar, y cómo. Solamente un camello: de hecho, el camello que conoció esta tarde. Ni siquiera es mi bestia preferida; una criatura desagradable incluso para ser un camello. Pero ese era el indicado. Algunas provisiones. Y debía seguir un camino determinado. No sabía exactamente hacia dónde me dirigía: al oriente, por supuesto, y luego al norte, lo supe por el sol, pero no sabía hacia dónde me llevaría el camino al día siguiente. El camello parecía haberlo entendido. Dejé que encontrara el camino. Y así, un día me reuní con dos hombres más. ¿Sabe la expresión que usamos con frecuencia, "en medio de la nada"? Ciertamente era en medio de la nada. Pero allí estaban ellos, cada uno en un camello que podría haber sido el hermano del mío.

Baltasar hizo una pausa y Ben-Hur se dio cuenta de que su hija se había retirado sin que nadie lo notara. Probablemente había escuchado el relato antes.

—Uno de los hombres era griego, y el otro venía de la India. Ninguno de nosotros hablaba la lengua del otro, *pero todos podíamos entendernos mutuamente.* —Baltasar levantó sus manos y las dejó caer sobre su regazo—. No sabíamos cómo. Los tres nos habíamos embarcado en la misma misión. Todos estábamos buscando la verdad. La manera de ser hombres buenos, me imagino. Y de aprovechar nuestras vidas al máximo. Si hay o no esperanza de una vida después de esta. —Asintió con la cabeza, y la pluma de pavo real que tenía en el turbante bajó y subió.

—Es una historia larga —le dijo a Ben-Hur—. Mi hija, Iras, la ha escuchado demasiadas veces. A ella no le gusta pensar acerca de lo necio que fue su padre porque desde la perspectiva del mundo, era locura. Aunque como puede ver, sobreviví.

Baltasar guardó silencio por unos minutos y no se dio cuenta cuando un sirviente entró a la tienda silenciosamente. Ben-Hur miró hacia afuera de la puerta de la tienda, y vio que la luz del sol sobre el lago se tornaba dorada y que las palmeras lanzaban franjas oscuras de sombras sobre la hierba. Ilderim susurró algo al oído del sirviente, y Baltasar miró a su alrededor como si hubiera olvidado en dónde estaba.

PROFECÍAS MESIÁNICAS

Las escrituras judías incluían docenas de profecías acerca del Mesías venidero, tales como que él pertenecería al linaje del rey David y nacería en Belén. Jesús cumplió estas profecías al nacer de una virgen, al tener que huir a Egipto para sobrevivir una masacre en su lugar de nacimiento, al ser llamado nazareno. Otras profecías relacionadas con el ministerio de Jesús también se cumplieron.

—Viajamos juntos, los tres. —Retomó la historia—. Finalmente una estrella vino a guiarnos. A pesar de que suena como algo fantástico, les contaré esta parte de la historia exactamente como sucedió. Una estrella vino y nos guió, y supimos, de alguna manera, que íbamos a encontrar a un salvador. ¿Saben a qué me refiero? —preguntó, mirándolos a cada uno. Al relatar la historia, de algún modo había ganado cierta importancia y autoridad—. Un salvador quien sería nuestro Redentor.

—Pero quiere decir... —Ben-Hur hizo una pausa—. ¿Se refiere al Mesías?

Baltasar asintió solemnemente.

—En Egipto no tenemos esa creencia. Ni tampoco la tienen los griegos, ni los hindúes. Los tres venimos de tierras en donde se rinde culto a muchos dioses. Todos llegamos a creer, sin embargo, en un Dios. Como el Dios de los judíos —añadió, señalando hacia Ben-Hur—. Un Dios, un Dios grande y todopoderoso, quien sentía dolor por su pueblo y quería sacarlo de sus caminos malvados. Nosotros, los tres, fuimos enviados a buscar al nuevo líder que él nos había dado.

»Eso hicimos. Lo creo con total convicción. El Salvador era un bebé, hijo de una pareja de judíos, que acababa de nacer en una posada en Belén. Vimos al bebé. Estaban en un establo. Adoramos al niño. No lo puedo describir. Daría mi vida por estar en su presencia nuevamente.

Hubo otro silencio prolongado. Ni Ilderim ni Ben-Hur se movieron. Entonces Baltasar respiró y dijo:

—En lugar de eso, estoy aquí. En un sueño habíamos recibido un mensaje mientras todavía estábamos en Jerusalén. Debíamos ver a Herodes y preguntarle: ¿En dónde está el rey de los judíos que ha nacido?

—Espere —interrumpió Ben-Hur—. ¿Podría repetir eso? ¿Usted dijo "el que es el rey de los judíos"?

—No. —Baltasar negó con la cabeza—. "El que *nació* rey de los judíos".

—Herodes, quien era el rey de los judíos, fue designado por Roma. ¿Usted dijo eso en frente de él?

Baltasar encogió los hombros.

—Se nos dijo que debíamos hacerlo. ¿Qué otra opción teníamos? Y luego de adorar al niño, nos fuimos.

—¿Cuándo ocurrió todo esto? —preguntó Ben-Hur.

—¿Cuántos años tiene usted? —preguntó Baltasar.

—Veinticinco —respondió Ben-Hur.

Baltasar asintió con la cabeza.

—Debe tener más o menos su edad, este rey de los judíos. Si él es quién nos guiará, ahora es el tiempo, ¿no le parece? Es un hombre maduro, pero lo suficientemente joven como para establecer un reino prolongado. Creo que debe manifestarse pronto, y no podría permanecer en Egipto mientras él podría estar por venir. Iras está furiosa. Ella cree que soy un anciano senil que se está enloqueciendo antes de morir. Vino conmigo para asegurarse de que no hiciera nada ridículo. Pero por supuesto la empresa en sí es ridícula —agregó con una risa chirriante—. Creo que su tiempo se está acercando, el tiempo en que se dará a conocer. Y no sucederá en Egipto. Ocurrirá en algún lugar de Judea. Deseo estar allí. Deseo volver a verlo antes de morir.

CAPÍTULO 21

POLVO

L a oscuridad que se desplegaba a lo largo del Huerto de las Palmeras alcanzó a Maluc en las afueras de Antioquía con los dos camellos desaliñados. En la casa de Simónides las puertas estaban cerradas bajo llave durante la noche, pero el dueño mismo todavía estaba sentado en la azotea, observando los últimos vestigios del resplandor del sol sobre la superficie del río. La calma que se había apoderado de la Arboleda de Dafne se interrumpió con fragmentos de cantos y risas apagadas.

✳ ✳ ✳

A kilómetros de distancia, en Jerusalén, el patio del palacio de Hur estaba casi en silencio. Las aves se acomodaban en sus nidos sobre el techo, pero era una noche sin viento. Ni siquiera las hojas de las palmeras se movían; hasta que en las escaleras sonó un raspado regular.

Para entonces había llegado a ser una rutina para Amira. Cada noche, barrer las escaleras. Solo lo suficiente como para mantener lejos las telarañas de manera que pudiera subir y bajar sin dejar rastro. De vez en cuando una patrulla romana llegaba de la fortaleza a examinar las habitaciones. Rompían los sellos de la puerta del frente, apostaban guardias, recorrían los alrededores gritándose unos a otros y sellaban otra vez la puerta cuando se iban.

Nunca se llevaban nada ni rompían nada. Siempre había un oficial a cargo para asegurarse de eso. Las órdenes a ese respecto debían haber sido muy estrictas. Aparte de los destrozos de ese primer día, el palacio estaba como había estado por años, sin tocar. Casi como si estuviera listo para que alguien se mudara a él.

Solo que, en realidad, no estaba sin tocar. Los soldados no sabían eso. Había áticos y cuartos de almacenaje que ellos nunca habían encontrado y que mostraban cómo era en realidad una casa vacía después de años de abandono. Tenían ese olor a muerto. Los pisos crujían si alguien caminaba por ellos. Las telarañas le cubrirían el rostro de tal manera que pasaría largos minutos tratando de retirarse algo que casi no estaba allí.

Amira no mantenía la casa limpia para la familia. Ella sabía que se requeriría un milagro para traerlos de regreso. Judá seguramente estaba muerto. Nadie sobrevivía en las galeras. La señora y Tirsa, muertas también. O eso esperaba ella.

Pero los romanos no habían reclamado el palacio completamente. ¿Habían planeado venderlo? Si así era, ningún comprador había aparecido. Así que la casa permanecía vacía, excepto por Amira. Solo por si acaso, se decía a sí misma, por si algo cambiaba, se quedó. Para contar la historia, tal vez. Contarle a alguien sobre la familia que había vivido ahí, que había prosperado, que había cuidado a su pueblo, que se amaban unos a otros y que habían sido destrozados por la mano dura de Roma. Ella no se permitía pensar en eso con frecuencia, pero la visión se infiltraba en su mente de vez en cuando. Alguien llamaría a la puerta. No simplemente arrancaría el sello y entraría, sino que llamaría cortésmente. Alguien gritaría «¿Hola?» para no perturbar a quienquiera que pudiera vivir allí. Alguien se pasearía abiertamente y miraría pero no tocaría nada, llamando continuamente.

No como Mesala. ¡Cómo la había asustado hacía todos esos años, infiltrándose de esa manera! Por semanas después de eso, su corazón latía fuertemente cuando se acercaba a la puerta posterior para entrar o salir. Por poco se delató cuando casi se tropezó con él, mientras él subía las escaleras hacia el techo.

Él no había esperado verla, por lo que no la había visto.

De igual modo, en aquel día terrible cuando ocurrió el desastre, un soldado descuidado la había pasado por alto, agachada detrás de una fila de barriles en una bodega. Para entonces él estaba aburrido, ella había notado; ¿cuántas bodegas más habría visto? No habría botín para él, ningún trago de vino escondido ni monedas de plata para recoger. Solo una caminata a lo largo de los corredores interminables de sólidas puertas de madera y una mirada obligatoria hacia adentro para asegurarse de que hubieran sacado a todos los ocupantes del lugar.

Ella había permanecido en esa bodega por varios días. O quizás no. La espera se había sentido larga, pero estaba oscuro. Todo el tiempo. Después de eso, definitivamente había pasado otro día antes de que ella subiera las escaleras. Solamente se atrevió porque necesitaba comer.

Necesitaba comer porque necesitaba permanecer con vida. Eso estaba claro. Comer, beber y seguir escondida. Por si acaso. Afortunadamente, ella no necesitaba mucho. La señora siempre se había reído por lo poco que comía: «Amira, ¡comes como un pájaro!», decía ella. Eso resultó ser algo bueno. Por mucho tiempo vivió con lo que quedaba en la cocina: granos, frutos secos y nueces. Había agua; los romanos no habían envenenado la cisterna. Ella vagaba por el palacio en esos días. Solo veía lo que los romanos habían hecho. Lo que habían roto, lo que se habían llevado. Cosas, en realidad. Nada de eso importaba, comparado con la familia.

Un día, vio una huella en una esquina polvorienta y se aterrorizó, hasta que se dio cuenta de que era suya. Después de eso, su rutina cambió. Vagaba con un propósito. Barría, más o menos, para poder pasar sin dejar rastro. Dejaba que las arañas se salieran con la suya, pero mantenía limpios los centros de los portales. Dejaba que los ratones escarbaran los cojines pero sacaba la mayoría de sus esqueletos.

Con el tiempo, tuvo que salir del palacio. Se había comido la mayoría de las provisiones que quedaban, y su túnica estaba hecha harapos. Salió a hurtadillas justo antes de que amaneciera, asustada por el espacio abierto, el enorme cielo, los ruidos, la ráfaga de aire puro a su alrededor. Visitó un mercado modesto, compró lo que necesitaba con algunas monedas que había encontrado en las esquinas escondidas del palacio y entonces regresó a la casa.

Adentro, afuera, desplazándose tan silenciosamente como una brisa, Amira se acostumbró a su vida invisible. A veces sentía desesperación, pero siempre había algo que hacer. Trató de no esperar nada y de no mirar hacia atrás. Ella simplemente necesitaba estar allí. Por si acaso.

CAPÍTULO 22

SUERTE

Simónides estaba en el lado del ancho río Orontes en el que dominaba el comercio, con sus muelles, bodegas y el tráfico constante de embarcaciones. Al lado opuesto había un enorme palacio, tan imponente como cualquiera del Oriente. Fue allí, naturalmente, que los romanos en Antioquía hicieron su centro de operaciones. Tenía establos y arsenales, un enorme salón para ceremonias oficiales, patios y dormitorios, bodegas y cocinas. Había madera y baldozas, mármol y bronce, y aserrín en la superficie del campo de entrenamiento bajo techo para los caballos.

En un gran salón de un piso superior, había cinco candelabros de bronce que arrojaban un destello caliente desde un alto techo arqueado. Las ventanas altas habrían dejado entrar la brisa, si hubiera habido alguna. Los niños esclavos cargaban abanicos, pero los hombres del salón no se quedaban tranquilos para que los ventilaran. Los soldados tenían que moverse.

Eran un grupo apuesto: jóvenes, saludables, prósperos. Habían pasado el día marchando, entrenando, montando a caballo, conduciendo, lanzando jabalinas, gritándoles a los reclutas o peleando entre sí con sus espadas. Estaba muy de moda ignorar las heridas o las lesiones, pero algunas de las extremidades y rostros bronceados tenían cicatrices o vendas.

También eran ruidosos: las superficies duras del salón devolvían el sonido de sus voces, y eran voces entrenadas para ser oídas a lo largo de un campo de desfile. Hubo algunos cantos, aunque era temprano para eso. Detrás de las voces, el golpe seco de los dados llegaba de las mesas que rodeaban el salón. Los sirvientes circulaban con jarros de vino y platos de fruta, pero la fruta era ignorada en gran parte.

Mesala estaba parado frente a una mesa cerca de la ventana, lanzando un par de dados de una mano a la otra.

—¿Ningún interesado? —dijo—. ¡Vamos, por eso es que se le llama apuesta! ¿Flavio?

El hombre que estaba a su lado dijo:

—Yo podría permitir un denario, pero sé que no te molestarás en lanzar los dados por eso.

—Por supuesto que no; ¿dónde está tu valentía? Mirtilo, tráeme un poco más de vino para Flavio. Estoy decidido a separar a este hombre de su cautela esta noche.

—Separarme de mi insignificante paga de soldado es lo que quieres decir —respondió Flavio.

—Aceptaría ese cinturón de espada con el hermoso broche —ofreció Mesala.

— Primero tengo que recuperarlo del prestamista —le dijo Flavio.

—Lo sé; no confías en tu mano con los dados. Apostemos en cuanto a qué hora llegará mañana el cónsul Majencio. Yo digo que al mediodía, para que a esos presumidos de su guardia les dé un síncope con el calor, mientras esperan que el barco atraque.

Se oyó una ovación de los hombres que lo escuchaban. Las tropas romanas recién llegadas no se habían hecho amigos con los hombres estacionados en el Orontes.

—¡Apostemos sobre cuántos de ellos se desmayan antes de que el cónsul desembarque! —gritó una voz. Hubo risas, pero se desvanecieron cuando un grupo nuevo de hombres se unió a los que estaban en la mesa.

Se veían ligeramente distintos. Menos bronceados, músculos menos abultados. Mesala y sus amigos usaban las túnicas más ligeras con mangas y faldas, tan cortas como fuera decente. Los recién llegados tenían calor; era obvio. No habían imaginado la humedad de Antioquía, y sus túnicas se les pegaban. Eran mayores, en general, y estaban alertas. Sonrieron, pero no con alegría.

—Yo esperaba encontrar algunas apuestas aquí —dijo el más alto, un hombre cuyo cabello ya comenzaba a verse ralo—. Soy Cecilio, del personal del cónsul.

Podríamos apostar a que yo seré el primero en desplomarme con el sol de mañana —Su sonrisa se hizo más amplia, enseñando los dientes.

—Yo no —dijo Flavio—. Ustedes, los hombres altos y flacuchos, pueden soportar cualquier cosa. Estarán parados aquí, rectos, hasta que se ponga el sol.

El grupo que rodeaba a Cecilio se rió. Flavio evidentemente había acertado con la verdad.

—¿Con los dados, entonces? —sugirió Cecilio—. No quiero apostar a la carrera hasta que haya visto un poco de la competencia.

Mesala se enderezó.

—¿Usted conduce? —preguntó.

Cecilio asintió con la cabeza.

—Sí, pero no espero ganar.

Las risas brotaron en todas partes.

—Definitivamente sí espera ganar —dijo una voz discretamente.

—No lo reconozco —dijo Mesala—. Conozco a la mayoría de los conductores romanos.

—¡Ah! ¡Entonces usted debe ser Mesala! —dijo Cecilio—. Le traigo saludos de todos los jinetes de Roma. Dijeron que usted era el hombre a quien hay que derrotar aquí. Llegué a Roma precisamente después de que usted se había ido.

—¿Dónde conducía usted antes?

—En Tesalónica, en Grecia. Tenía mucho que aprender cuando llegué a casa.

La sonrisa volvió a aparecer rápidamente. Definitivamente no de una forma amistosa, pero parecía que Mesala no se daba cuenta.

—¿Está aquí su tiro? —preguntó.

Cecilio asintió con la cabeza.

—Los envié por tierra. Eso es lo mejor de estar entre el personal del cónsul. Cualquier cosa que aumente su importancia, ¡hecho! ¡Sí, señor! ¿Caballos adicionales? ¿Una carroza? ¿Forraje? ¿Unirse a la caravana de carretas para Antioquía? ¡Sí, señor!

—A Cecilio le gusta ser *señor* —agregó la voz discreta. Eso obtuvo una verdadera sonrisa.

Mesala miró alrededor del salón, súbitamente inquieto.

—Bueno, nos encontraremos en la pista, entonces. Tal vez tengamos un galope amistoso o dos antes de la carrera esta próxima semana.

Cecilio asintió con la cabeza.

—Amistoso. Bueno. Es posible que necesite indicaciones.

Mesala intentó su propia sonrisa sin alegría.

—No doy indicaciones. Yo corro para ganar.

Sus amigos se rieron a su vez.

—Qué lástima que Arrio no esté aquí —dijo uno de los recién llegados—. Eso habría sido algo para ver.

—Una carrera digna del cónsul —coincidió otro—. ¡Tres de los mejores conductores del Imperio!

Mesala frunció el ceño.

—¿Quién es ese Arrio? No había ningún conductor con ese nombre cuando yo estaba en Roma.

—¿Cuánto tiempo ha estado en Antioquía? —preguntó Cecilio con cortesía.

—Cuatro años —respondió Mesala—. Demasiado tiempo. Estoy esperando que me transfieran.

—Eso es mucho tiempo para estar tan lejos de Roma —dijo Cecilio con una aparente simpatía—. Deben necesitarlo aquí, entonces. ¿Y antes de eso?

—En Tarraco —dijo Mesala y lanzó sus dados de una mano a la otra.

—¡Hombre valiente! Definitivamente lo regresarán a la capital ahora. Necesitan hombres que hayan visto lo que verdaderamente es administrar un imperio. Pero eso explica por qué no conoce a Arrio. Creo que ustedes dos tendrían mucho en común.

—Hasta se parecen —dijo uno de los hombres de Roma—. Cabello oscuro, físico fuerte, como de la misma edad...

—Como la mayoría de los hombres de este salón —dijo Mesala—. Aun así, estoy sorprendido. Había estado en las carreras durante varios años cuando me fui. Pensé que conocía a todos los conductores, incluso a los jóvenes que comenzaban a entrenar.

—Lo extraño en cuanto a este Arrio —dijo Cecilio—, es que simplemente apareció. Había sido rescatado de algún barco por el duunviro Quinto Arrio. Usted debe acordarse de él.

Mirtilo asintió con la cabeza.

—Algo sobre una batalla en el mar... No recuerdo exactamente; el joven le salvó la vida a Arrio y el duunviro lo adoptó, aunque obviamente era judío. Nunca hizo el intento de esconder eso. Pero aprendió nuestro idioma y nuestras costumbres. Ganó todas las carreras en el circo durante varios años y luego se dedicó a la palestra. Le perdí la pista después de eso.

—Aprendió a pelear como los gladiadores —dijo un joven espigado con una túnica que tenía un amplio borde púrpura en el dobladillo.

—¿Y cómo sabría usted eso? —preguntó Cecilio, riéndose.

El joven se sonrojó.

—Mi padre lo dijo. A todos los gladiadores les caía bien porque era muy valiente. Decían que deseaban que peleara con un león.

—¿Quién es ese ejemplo del que hablan? —preguntó Flavio, que se había alejado en busca de más vino—. ¿Quién debería pelear con un león? Aparte de Mesala aquí, por supuesto.

—¿Alguna vez te enteraste del joven Arrio en Roma? —le preguntó Mesala a su amigo.

—Por supuesto —respondió Flavio—. En realidad era un ejemplo. Lo que es más, está aquí en Antioquía —continuó, complacido por la sorpresa de todos—. Como ven, no soy el mejor conductor ni el mejor espadachín, pero siempre tengo el mejor chisme.

—Bueno, eso casi no importa —dijo Mesala, inquieto. Miró alrededor del salón—. Estamos aquí para apostar, ¡no para chismear! Si no puedo persuadir a ninguno de ustedes que apueste contra mí, tendré que buscar a alguien más.

—Ah, yo jugaré con gusto —dijo Cecilio—. Pero, dígame —Se volteó hacia donde estaba Flavio—. ¿Qué más sabe del joven Arrio? ¿Está aquí para la carrera?

—Esa fue la parte interesante —respondió Flavio—. Él llegó muy silenciosamente en un barco de carga, vestido con túnicas judías. Si hubiera venido con el cónsul, eso no habría sido sorprendente. Pero no se aloja aquí en el palacio.

—Bueno, ¿acaso no murió el duunviro? —preguntó Mesala—. Así que tal vez este tipo que adoptó ha regresado a su pueblo. Aunque, qué caída. Ni siquiera sé por qué hablamos de él, ninguno de nosotros lo ha conocido.

—El asunto —dijo Cecilio—, es que él fue el heredero del duunviro. Podría comprarnos y vendernos a todos juntos. Tengo que decir que envidio al hombre.

Mesala lo miró.

—¿Por qué? Es solo otro judío rico.

—Tal vez —respondió Cecilio y arqueó las cejas—. Pero conduce como un demonio. Admiro su valor.

Mesala agitó los dados otra vez.

—Está bien. El juego llama. ¿Por cuánto jugaremos? ¿Por un sestercio?

Cecilio lo miró sin emoción.

—Decían por ahí que las apuestas eran altas aquí en Antioquía, pero no tenía idea de cuán altas. Usted es un hombre valiente como para arriesgar tanto en la caída de los dados.

Mesala miró a Cecilio a los ojos.

—Mi lema es: nadie se atreve a lo que yo me atrevo. —Y lanzó los dados.

CAPÍTULO 23

CABALLOS

No había dados en la tienda de Ilderim. Ni dados, ni ruido, ni vino, ni gritos, ni borrachera, ni canciones, ni vómitos, ni sangre en el suelo después de que alguien se golpeara la cabeza al caer, ni niños delgados que servían, ni hombres que empalidecían cuando sus apuestas salían mal. La entrada de la tienda permaneció abierta, y la luna se elevó por encima del lago y esparció un listón blanco resplandeciente sobre el agua negra. Se sirvió la cena; la comieron y la recogieron. Baltasar salió de su tienda del brazo del nubio alto, que más fácilmente podría haberlo simplemente cargado.

Ilderim le echó un vistazo a su invitado.

—Generalmente llevo a los caballos al lago para que beban por última vez —dijo—. ¿Le gustaría acompañarnos?

El rostro de Ben-Hur se iluminó.

—Más que cualquier cosa —dijo—. Nuestra conversación de esta noche fue absorbente, pero confieso que también estaba consciente de nuestros compañeros de tienda.

—Sí, son sociables. ¿Vio sus siluetas cuando se acurrucaron contra la cortina divisoria? —preguntó el jeque mientras se recogía su túnica para levantarse.

LOS NOMBRES DE LOS CABALLOS

Todos los caballos del jeque tienen el nombre de una estrella:

Una de las estrellas más brillantes, Aldebarán, es un gigante naranja en la constelación Tauro. El nombre es árabe y significa «seguidor», quizás porque sale cerca, y pronto después, de las Pléyades.

Antares es la estrella más brillante en la constelación Escorpio y a menudo se le denomina «el corazón del escorpión». Ya que eran parte de las «Estrellas reales de Persia», se decía que Aldebarán y Antares, junto con otras dos estrellas, protegían el cielo: Aldebarán cuidaba el oriente y Antares, el occidente.

Rigel es la estrella más brillante de la constelación Orión y la séptima estrella más brillante en el cielo. El nombre se deriva de una frase árabe que significa «la pierna [o el pie] izquierda de Jauza», el nombre árabe de la figura Orión.

Atair, más comúnmente conocido como Altair, es la estrella más brillante de la constelación Aquila, y es una de las estrellas más cercanas y visibles a simple vista. El nombre, de hecho, es una abreviación de la frase árabe «el águila voladora».

—Los vi. Y los hocicos donde la cortina topa con el suelo. ¿Alguna vez los deja entrar aquí?

Ilderim lo miró con una sonrisa pesarosa.

—Sé que no debería hacerlo. Y nunca lo hago cuando tengo invitados. Pero admito que, a veces, cuando estoy solo, se me unen en la cena —Sacudió su cabeza—. Siempre he sido mucho más severo con mis hijos que con estos caballos.

Chasqueó su lengua y desató la correa que encerraba a los alazanes. Uno de ellos relinchó en respuesta, y salieron en manada de la tienda hacia el césped para rodear al jeque.

—Este, el que usted conoció, con la estrella, es Aldebarán. Es el más joven de los cuatro. Todos tienen nombres de estrellas. Aquí con la llama está Antares. Rigel no tiene marca. Y Atair, es difícil ver a la luz de la luna, pero sus puntos oscuros son muy pronunciados.

—Aparte de las marcas, todos son casi idénticos —dijo Ben-Hur caminando alrededor de ellos—. ¿Son todos del mismo semental?

—No, de la misma madre. Ella es Mira. Mis antepasados siempre tuvieron una yegua madre llamada Mira, la más rápida y valiente, y la más bella de la manada.

—¿Los ha hecho correr antes?

—No —respondió Ilderim. Se

volteó y comenzó a caminar en dirección al lago—. No públicamente. Admito que esto fue vanidad. Quería entrenarlos en el desierto, luego aparecer en Antioquía de la forma más pública posible y derrotar totalmente a esos perros ladrones de los romanos.

—¿Quién los dirigió en el entrenamiento?

—Uno de mis hijos. Un buen chico, muy valiente. Pero ahora me pregunto si fue lo suficientemente fuerte. De todas formas, él tuvo un accidente. No quedó terriblemente herido, pero todavía se está recuperando. Su madre está furiosa conmigo. —La sonrisa de Ilderim resplandeció a la luz de la luna.

—¿Cómo eligió a ese conductor que vi hoy?

Ilderim sacudió la cabeza y Rigel dio una patada como respuesta.

—Ah, mire, ahora ya sabe lo peor: yo les enseño trucos tontos. —Sacudió la cabeza otra vez y Rigel volvió a dar una patada—. No muy decoroso.

Ben-Hur se rió.

—No, pero obviamente son inteligentes.

—No tiene idea. Tenemos que cambiar el nudo de la atadura de la tienda más o menos cada semana porque ellos aprenden a desatarlo.

—Aun así corren.

—Sí. Son verdaderos Hijos del Viento. Dóciles como un juguete de niños conmigo, pero les encanta galopar. —Suspiró—. Les rompería el corazón perder esta carrera. Por mucho que yo quiera ganar, me rompería el corazón romperles a ellos el suyo.

—Maluc me dijo que las reglas son de acuerdo a las reglas de Roma.

Habían llegado a la orilla del lago y los caballos se desplegaron en la parte poco profunda a lo largo de la ribera para beber hasta saciarse. Las ondas de su movimiento disolvieron el satín plateado del agua iluminada por la luna.

—Sí. De hecho, todo debe ser exactamente como se hace en Roma. Ya sabe que la carrera es en honor al cónsul Majencio, que llega mañana. Él está armando una campaña contra los partos. Habrá un desfile y otras competencias: lucha, carreras pedestres y lanzamiento de jabalina... Ah, pero usted acaba de llegar de Roma. Sabe todo esto.

Ben-Hur asintió con la cabeza.

—Sí. Algunos miembros de su personal estaban en mi barco, el barco que tomé de Roma. Pero luego me di cuenta de que estaba cansado de los romanos, por lo que bajé a tierra en Rávena y esperé un barco sirio.

—¿No le agradan los romanos?

—Un romano, sí —dijo Ben-Hur—. Pero solo uno, y él murió.

—Perdone mi curiosidad —dijo Ilderim—. ¿Podría contarme su historia? Nunca antes había conocido a un judío que pudiera pasarse como romano tan fácilmente. Ah, mire, allí va Atair. El único caballo que he tenido que le gusta nadar.

Por un momento la cabeza y el cuello del alazano fueron como una flecha a través del agua iluminada por la luna; luego se dio vuelta. Cuando salió del lago, los otros tres caballos se alejaron de él, mientras él se sacudía el agua de la cabeza, lanzando las gotas de su crin al aire. De la nada apareció un sirviente con una manta larga con borlas y comenzó a secar el pelaje de Atair.

Ben-Hur le contó su historia brevemente; observaba el cepillado mientras compartía los mínimos hechos: la amistad con Mesala, la baldosa, la traición, la galera, Arrio.

—Llegué hoy a Antioquía —dijo—. Fui directamente a visitar al hombre de negocios de mi padre, Simónides. Nunca lo conocí cuando era más joven, pero le pedí a alguien que lo buscara. —Miró las estrellas arriba—. Esperaba que él me conociera. O por lo menos que me reconociera. Pero... —Tragó saliva y miró a los ojos de Ilderim—. Él tiene una hija, Ester. Me recordó que son esclavos. Mi padre los poseía. Así que si soy quien digo que soy...

—Usted lo posee. Y a Ester —Ilderim completó la oración.

Hubo una pausa mientras pensaba.

—Conozco bastante bien a Simónides —dijo finalmente—. Y a Ester, por supuesto. También ocurrió la muerte de su esposa después de la segunda golpiza. Esos hombres fueron despiadados. Y tal vez solo es una costumbre para Simónides. Ha protegido la fortuna de Hur por tanto tiempo que no puede comenzar a pensar en otra forma de vivir.

—Posiblemente —respondió Ben-Hur.

—Sabe algo, joven... —Ilderim lo miró de reojo—. Para algunas personas que han sufrido mucho, la esperanza es un asunto terrible. Pueden resistir. Eso requiere de... ¿qué? Una clase de represión. —Ilderim acercó sus brazos a sus costados e hizo que su cuerpo quedara estrecho debajo de su túnica—. Así que, entonces, tener esperanza, respirar profundamente y mirar hacia adelante y pensar en un cambio que podría llegar... es muy difícil. Tal vez Simónides no es lo suficientemente valiente para ese riesgo.

—Tal vez —respondió Ben-Hur con tristeza.

—Eso podría cambiar —continuó Ilderim.

Se volteó hacia la tienda y chasqueó sus dedos. Los caballos chapotearon para salir del lago y se le acercaron. Ben-Hur se sintió conmovido al sentir el bulto cálido de uno de ellos a su lado, Antares, el potro con la llama. Extendió su mano y la puso en la cruz del caballo, y sintió cómo se movían los músculos debajo del pelaje mientras caminaban hacia la tienda.

—Usted los vio hoy en la pista —dijo Ilderim informalmente—. ¿Qué piensa de la forma en que corren?

Ben-Hur dio unos cuantos pasos antes de responder.

—Fue difícil verlo porque el conductor era muy inepto. Ahora que los conozco un poco, creo que el problema es que no corren juntos. Como una unidad. ¿No tenía él a Aldebarán y a Atair como los caballos de afuera?

—Sí —dijo Ilderim—. Así es como los corríamos en casa.

—Tendría que verlos en acción, por supuesto, para ver su ritmo. Pero me pregunto si no debería cambiar a Rigel con Atair. —Le echó un vistazo a Ilderim—. Hay mucho que considerar, ¿sabe? La longitud del paso, por supuesto, pero ahora mismo vemos, cuando están medio dormidos y medio jugando con nosotros, que tienen caracteres distintos. Piense cómo es en la batalla, cuando usted forma a sus guerreros de manera que uno comparta su calma y otro su atrevimiento, uno su experiencia y otro su intensa alegría.

Ilderim asintió con la cabeza.

—Usted sabe, porque lo oyó, que necesito un conductor. Puedo ver cuánto les agrada a los caballos. Tal vez podría hacerme el honor de acoplarlos mañana. Por allá —señaló hacia las colinas— tenemos una pista. Podría mostrarme lo que quiere decir. Tal vez podremos darles una paliza a esos romanos, después de todo.

Ben-Hur le sonrió con una sonrisa que iluminó su rostro y lo hizo verse, por un instante, joven. Ilderim le devolvió la sonrisa amplia. En el cielo de terciopelo que tenían arriba, una chispa blanca pasó como un rayo en el horizonte.

—Mire —dijo Ilderim y señaló hacia arriba—. ¡Un presagio!

—Si usted lo dice —respondió Ben-Hur. Pero todavía sonreía.

CAPÍTULO 24

AL DESCUBIERTO

Iras se despertó temprano. No había razón para no hacerlo. En el campamento de Ilderim los hombres podían hablar en sus tiendas hasta que la luna se pusiera, pero las mujeres se dormían temprano y se despertaban antes de que el sol se elevara por encima de las colinas orientales que rodeaban el oasis. Tenían que encender fuegos y atender a los niños. Moler el trigo, poner el pan plano en las parrillas sobre el fuego abierto. Todas debían tener manos tan duras como de cuero. Inconscientemente, se frotó las manos.

Ella dormía, como siempre, con un camisón de algodón blanco tan fino que la tela era casi transparente. En su casa usaría algo similar todo el día y nadie se escandalizaría. Pero aquí, tenía que cubrirse. Eso le había dicho su padre antes de que salieran.

Ella había pensado que se refería al sol. Resultó ser que él se refería a la gente. No solo los hombres; ella estaba acostumbrada a que los hombres la miraran. Ella era una belleza; era normal. Pero aquí, las mujeres eran peores. Ella podía ver la conmoción en sus rostros si un milímetro de su piel se dejaba ver. Solo en la Arboleda de Dafne podía descubrirse. Y al lado del lago, si salía lo suficientemente temprano.

Había una prenda larga y gris con una capucha sobre el diván en su tienda. Los árabes lo llamaban un albornoz. Cubría todo. Ella lo lanzó sobre su cabeza y pasó por la entrada de la tienda.

Todavía había rocío en el césped. Eso era algo que a ella le gustaba. Nunca se despertaba para ver el rocío en Alejandría. En cualquier caso, ella siempre estaba adentro de la casa. Con un piso fresco de mármol debajo de sus pies.

El aire era agradable; también había eso. Iras tuvo que admitir de mala gana que el lago era bello. A ella le gustaba la tranquilidad y el gran cielo perlado arriba. El albornoz que se arrastraba sobre el césped húmedo hacía el único ruido.

Pero a medida que se acercaba al lago, oyó algo más y frunció el ceño. Chapoteos. Esperaba que no fuera un animal. No podría quejarse; su padre no sabía que se salía de la tienda sola. Pero no podría bañarse donde un animal había revuelto la tierra y posiblemente había ensuciado el agua.

No, no era un animal. Divisó una cabeza afuera en medio del agua. Un humano. Varón, por supuesto. Sobre una roca había una bata arrugada, tejida con rayas. Por un momento ella sintió furia. Podía *sentir* el agua, suave en su piel, levantando del cuello su cabello pesado. A veces ella caminaba en el agua y se acostaba para que el agua la sostuviera. Las mujeres no nadaban, por supuesto, pero ella había visto dibujos de jóvenes que jugaban en las olas. Ella los envidiaba.

Y allí estaba aquel judío guapo, metido en el centro del lago, pero se acercaba a ella sin dificultad. Ella vaciló. ¿Levantaba la capucha para cubrirse el pelo? No. ¿Por qué no dejar que se escandalice? Él estaba nadando en su lago. Ella se volteó y comenzó a caminar de regreso a su tienda. Sus huellas dejaron un rastro oscuro poco definido en el césped húmedo.

Caminó lentamente. Solo para ver qué ocurriría.

En un momento tuvo su respuesta.

Sonaron pasos detrás de ella y él la alcanzó. Se había puesto la bata y todavía goteaba agua de su cabello.

—No es necesario que se vaya. ¿Iba a bañarse? Yo ya terminé.

Ella se detuvo y lo miró.

—Iba a hacerlo. Pero ya no. El sol ya está saliendo. La gente se despertará. Mire —señaló hacia la parte de arriba de las palmeras que estaban cerca del lago, donde el sol coral bordeaba las ramas con ángulos definidos.

—Perdóneme —dijo él—. ¿No tiene una sierva que pudiera ir con usted a alguna parte más lejana a lo largo de la ribera?

—No es lo mismo —dijo ella.

—No —respondió él, mirándola a los ojos—. Lo entiendo.

—Pero regresaré a la orilla del agua —dijo ella—. Solo por algunos minutos.

Él vaciló cuando ella dio unos cuantos pasos; luego ella le dijo, por encima de su hombro:

—Usted puede venir conmigo. O no. No necesito protección a esta hora. Pero la compañía siempre es bienvenida.

Casi lo oyó cambiar de parecer, y con dos pasos largos estaba a su lado.

—¿Cómo...? ¿Eh, usted y...? —Hizo una pausa y comenzó de nuevo—. ¿Qué le pareció la Arboleda de Dafne?

Ella lo miró completamente por primera vez. El sol brillaba en su rostro ahora. ¿Era eso lo que hacía que se viera como si se hubiera sonrojado? Tal vez no. A veces pasaba eso con los hombres del ejército: pasaban tanto tiempo peleando entre sí que nunca le hablaban a las mujeres. Probablemente nunca siquiera miraban a las mujeres, excepto a las que se les pagaba para que les dieran algún servicio.

—Extraordinario —dijo ella—. ¿No le pareció así? Nosotros hemos ido varias veces y yo siempre me asombro.

Ya habían llegado al lago. Iras caminó en el agua poco profunda de la orilla y sintió que la tela de su albornoz tiraba de sus hombros cuando comenzó a absorber agua. Ella miró a Ben-Hur, que estaba a uno o dos pasos detrás de ella. Hasta sonrojado y vestido con una bata arrugada con enormes parches húmedos donde había tenido contacto con su piel mojada, él era extraordinariamente apuesto, pensó ella.

—¿Y aparte de eso? ¿Cómo pasa sus días? —preguntó él—. Solo lo pregunto porque nunca antes he conocido a una princesa egipcia, y esto parece como un ambiente extraño para usted.

Ella asintió con la cabeza.

—Lo es. Estoy... más contenta en mi casa en Alejandría. Estudio; hago música; veo gente. Las mujeres tienen más libertad allá —Le echó un vistazo—. Pero mi padre es muy mayor. Estaba decidido a venir aquí. Sentí que debía estar con él.

Sin darse cuenta, él había disminuido la distancia entre ellos.

—¿Su esposo estuvo dispuesto a dejarla ir?

Ella se rió. —¡No hay ningún esposo! No. No estamos... Con las ideas de mi padre...

Lo miró. Él fruncía el ceño a la distancia.

—Esta idea que tiene mi padre acerca de un solo dios... Incluso en Alejandría, que es tolerante, lo consideran raro. Y a medida que él se pone más viejo, se pone más insistente. Soy su hija, por lo que también me consideran rara. Por lo tanto, no tengo esposo.

En cierta forma era verdad. No había esposo, en todo caso.

—Pero eso parece imposible —exclamó él con una energía que ella disfrutó—. ¡Una mujer con su encanto!

Definitivamente se había sonrojado ahora. Iras volvió a pensar en el otro joven, el que casi los había atropellado, y sus halagos delicados y extravagantes. Había algo adorable en cuanto a la incomodidad de este hombre. Casi sería cruel coquetear con él. Casi.

—Siempre pensé que los egipcios eran conocedores de las mujeres —continuó él—. ¿Cómo podría...? —Hizo un gesto y sacudió su cabeza.

Iras encogió los hombros. Se inclinó y ahuecó sus manos en el agua, luego se levantó el cabello y se frotó el agua en la parte de atrás de su cuello.

—Cada uno de nosotros tiene su destino. Este es el mío —dijo ella—. Tiene su consuelo. He visto más del mundo que algunas mujeres. Tengo más libertad que estas mujeres árabes, que son poco más que bestias de carga para sus esposos. Estoy aquí, hablando con usted. Ninguna de ellas podría hacer eso. Pero oigo que el campamento se despierta, ¿no lo oye usted? Tengo que volver.

Ella levantó el borde de su albornoz del agua y se paró en el césped. Después de dos pasos, se detuvo.

—Espere un momento —dijo ella.

Se inclinó para recoger el borde y escurrirle el agua, asegurándose de que sus tobillos y pantorrillas quedaran visibles. Ella pasó un momento retorciendo cada lado, estrujando tanta tela como pudiera. Ahora se le pegaría. Ellos partieron otra vez. Se tropezó y extendió su mano para estabilizarse en el brazo de él.

—Lo siento —dijo ella y lo miró a los ojos—. Generalmente no soy tan torpe

Parecía ser el único hombre de cien que le creería.

—En absoluto. ¿Puedo ayudarla?

—No, solo es que esta cosa horrible se mojó y eso hace que se arrastre. No mire —lo mandó y se inclinó para recoger el borde, cuidadosa y lentamente, sabiendo que el cuello del albornoz se abriría y revelaría su piel hasta la cintura. Ella se enderezó y lo descubrió alejando su mirada.

—Permítame —dijo él, y puso una mano en el codo de ella.

Ella dejó que se quedara allí por un momento y entonces dijo:

—Mejor no. Usted es amable, pero entre esta gente, podría ser malinterpretado.

Así que regresaron silenciosamente a su tienda, y ella le agradeció y lo vio irse. Era sorprendente lo sencillo que podía ser un hombre.

CAPÍTULO 25

EL HIJO DE HUR

También era sorprendente lo paciente que podía ser un hombre, pero Iras no vio eso. Ben-Hur tenía que hacer que los caballos del jeque formaran un equipo victorioso en menos de una semana. Sabía que como atletas equinos individuales no los superaban, pero todavía no eran un equipo. Por lo que Ben-Hur pasó mucho de ese día simplemente familiarizándose con los alazanes. Lejos, en la parte de atrás del campamento justo frente a la colina, guardaban al resto de los animales del jeque en enormes cercados. Habían preparado una pista polvorienta en algún momento en el pasado; uno de los mozos del jeque le aseguró a Ben-Hur que la pista replicaba exactamente la forma y distancia de la pista del estadio. A lo largo de ese día lento y cálido, el hombre y los cuatro caballos se mantuvieron en o cerca de la pista. Ben-Hur los enganchó a una cuadriga de práctica individualmente y en pares. Cambió los pares. Les puso riendas largas y los hizo galopar alrededor de él en círculos cerrados. Descansaron cuando hizo calor; los caballos cabeceaban cerca de Ben-Hur, quien yacía en un montón de paja limpia. Para su propia sorpresa, se quedó profundamente dormido, y se despertó de repente cuando una paja le hizo cosquillas en la nariz.

Para cuando el sol hubo bajado detrás de la colina, se sentía satisfecho con el día de trabajo. Sabía cómo engancharía a los caballos. El siguiente paso sería hacer que jalaran juntos como uno. Cuando caminaban juntos de regreso por el campamento, el hombre alto y ágil con los cuatro alazanes andando sin prisa detrás de él, la gente sonreía y los saludaban, a él o a los caballos. La gente del jeque estaba orgullosa de los Hijos del Viento, y la noticia circuló rápidamente. Este hombre nuevo haría que todos se sintieran orgullosos.

Ben-Hur miró a su alrededor con agradecimiento. Era un campamento ordenado y próspero. Los niños eran regordetes, las tiendas estaban tejidas ajustadamente y buenos aromas salían de la comida sobre las fogatas. A medida que el cielo se ponía azul oscuro, los grupos se reunían alrededor de las fogatas para la comida de la noche. Ben-Hur se preguntaba si Ilderim habría regresado de sus negocios en Antioquía a tiempo para la cena.

Para sorpresa suya, fue Maluc quien lo recibió en la tienda del jeque con una convocatoria.

—El jeque Ilderim le envía saludos —dijo Maluc—, y le agradecería que se reuniera con él en la ciudad, en la casa del mercader Simónides.

¡Simónides! Ben-Hur estaba sorprendido. ¡Casi había logrado olvidarlo! En su total concentración en la carrera que se avecinaba, había puesto a Simónides muy al fondo de su mente. Bueno, ¿y por qué no? El hombre no había querido tener nada que ver con él. Era mucho mejor pasar su tiempo con los caballos.

Maluc seguramente tomó su silencio como un rechazo, por lo que se disculpó.

—El jeque dijo que lamentaba convocarlo después de lo que estaba seguro que ha sido un día largo con los caballos. Pero hay alguna estrategia en cuanto a la carrera...

Ben-Hur todavía no respondió, y Maluc agregó:

—Debemos tomar prestado el camello de Baltasar.

Los dos hombres se miraron y Ben-Hur sonrió.

—Ah, Maluc, ¡otro camello no!

—Me dieron instrucciones que le dijera —dijo Maluc formalmente— que el *houdah* de Baltasar también está a su servicio. Y que cenaremos en el camino —Con eso, también sonrió—. De todas formas, conseguiremos mejor comida de la cocina del jeque que de la de Simónides. Y, tengo que admitirlo, he querido ver el interior de ese *houdah*.

Ben-Hur se rió.

—Está bien, Maluc. Puedo darme cuenta cuando me ganan la partida. Iré con usted. Pero el orgullo requiere que me quite el polvo de los establos.

EL PRIMERO EN TERMINAR. EL ÚLTIMO EN MORIR.

BEN-HUR

Imágenes de la película *Ben-Hur* de Metro-Goldwyn-Mayer y Paramount Pictures

Tirsa (Sofia Black-D'Elia, izquierda), Noemí (Ayelet Zurer, centro) y Judá Ben-Hur (Jack Huston) observan horrorizados mientras el nuevo gobernador romano es atacado frente a su hogar. ▶

COMIENZAN LOS PROBLEMAS

▲Los soldados irrumpen al palacio de Hur para arrestar a Judá y a su familia, acusándolos de intentar asesinar al gobernador romano.

Judá implora a su amigo de la infancia Mesala (Toby Kebbell), rogándole misericordia para él, su madre y su hermana.

UN ENCUENTRO DE BENDICIÓN

Cuando Judá se desploma y los romanos evitan que la sierva Ester le ofrezca algo de beber, un carpintero llamado Jesús (Rodrigo Santoro) interviene.

Judá pasa varios años como un esclavo de galera, remando al son del tambor del hortador.

CASTIGADO Y SALVADO

Después de que la galera de Judá es atacada y se vuelca, él sobrevive por aferrarse a los escombros.

Cuando Judá llega a tierra, encuentra refugio en el campamento de un hombre rico. Ilderim (Morgan Freeman) está entrenando a sus caballos para una carrera de cuadrigas y necesita un nuevo auriga.

UN REFUGIO

Judá se trepa de un brinco a una cuadriga volcada para evitar que se escape el preciado equipo de caballos de Ilderim.

Judá sale a la carrera al escuchar más sobre el paradero de su madre y su hermana.

DE VUELTA EN CASA

Ester (Nazanin Boniadi) a duras penas se atrevía a tener esperanza de que Judá podría seguir vivo y está alborozada por su regreso.

Judá y Mesala se alinean en las puertas de la salida.

Mesala toma la delantera al inicio de la carrera.

UNA CARRERA ÉPICA

Los aurigas dan la vuelta a la esquina en la primera vuelta alrededor de la pista.

Después de varias vueltas, las cuadrigas de Mesala y de Judá chocan, enredando y acoplando sus ruedas.

LA VUELTA FINAL

Mesala lucha por sacar a Judá de la carrera.

Judá vence a Mesala y logra la victoria, revindicando su honor.

Judá le ofrece a Jesús algo de beber camino a la crucifixión, tal como Jesús le había dado agua a él.

CRUCIFICADO

Ester y Judá se consuelan el uno al otro al pie de la cruz.

—Y la paja de su cabello —agregó Maluc para ayudar.

—Y la paja. Ya iba a mencionarlo. Estaré con usted, y limpio, para cuando el camello esté listo.

No fue así, pero el camello no tuvo que esperar mucho. Los dos hombres se subieron al *houdah*, y el conductor nubio dirigió a la bestia por el camino serpentino a través del huerto de dátiles, y levantó una mano cuando pasaron al centinela en la entrada al oasis. Ben-Hur estaba ocupado investigando un canasto que contenía pan caliente, dátiles, *hummus* y una vasija de barro llena de medallones de carne sazonada con especias. Los dos hombres se enfocaron en comer y no hablaron hasta que el camello había llegado a las afueras de la ciudad y, muy visible, había comenzado a recorrer el camino a lo largo de los embarcaderos. Ben-Hur echó un vistazo al otro lado del río, al enorme palacio romano, y se preguntó dónde estarían estabulados los caballos de Mesala. Entonces el camello se detuvo de repente y dobló sus patas para que pudieran bajarse del *houdah*. Maluc le dijo al nubio algo que Ben-Hur no escuchó, y el nubio se alejó.

—Iremos a pie desde aquí —dijo Maluc templadamente.

—Maluc —dijo Ben-Hur mientras lo seguía—. Me encuentro un poco confundido.

—¿Ah?

—¿Qué idioma es el que acaba de hablar con el sirviente de Baltasar?

—Supongo que lo llamaría un tipo de griego vulgar.

—¿Se habla mucho en Antioquía?

—Pues, ya sabe —respondió Maluc—. En un pueblo como este, la mayoría de la gente habla un poco de muchos idiomas.

—¿Por qué le dijo que volviera al oasis?

—Ah —dijo Maluc asintiendo con la cabeza mientras pasaba alrededor de un barril que estaba roto y abierto en la calle—. Usted también habla un poco de griego.

—También en Roma la gente habla muchos idiomas.

—Por supuesto.

Maluc había estado dirigiendo el camino, pero Ben-Hur lo alcanzó y enganchó un dedo en el cuello de su túnica.

—¿Me está capturando, Maluc? ¿No me habrá sacado del oasis con un propósito que no puedo percibir?

Maluc se detuvo y miró a Ben-Hur a la cara.

—Sí, lo he hecho. Pero no es algo que le hará daño ni interferirá con la carrera de cuadrigas —La luz fue desvaneciéndose y ellos estaban parados en un callejón estrecho, pero aun así podía ver enojo en el rostro de Ben-Hur—. Me disculpo. Estoy siguiendo órdenes. Usted lo entenderá muy pronto. Eso es todo lo que puedo decir.

—¿En realidad estamos yendo donde Simónides?

—Sí, pero pensaron que sería mejor que no vieran al camello —respondió Maluc y se movió hacia adelante para volver a dirigir el camino—. O a usted, en todo caso.

—¿Que quiénes me vieran?

—Los romanos —respondió Maluc—. O sus sobornados.

—Pero...

Maluc se volteó hacia él otra vez y, de repente serio, le dijo:

—Aquí no.

Después de eso, Ben-Hur solo pudo seguirlo mansamente hasta que rodearon una esquina y él reconoció la casa alta de Simónides frente al río.

Era una noche cálida y húmeda, con una débil brisa que hacía poco más que llevar fuertes olores malsanos con el aire. Ben-Hur no pudo evitar mirar los barcos que se bamboleaban suavemente en sus embarcaderos, cada uno con sus velas apretadamente enrolladas y con un farol en medio del barco: una flota bien dirigida.

Para su sorpresa, Maluc no fue a la entrada de la bodega principal, sino que abrió una estrecha puerta lateral y le hizo señas. Sin una palabra, llevó a Ben-Hur por unas escaleras empinadas y en espiral. Arriba, llamó a otra puerta estrecha y entró sin esperar respuesta.

✳ ✳ ✳

Estaban en el espacioso cuarto de trabajo de Simónides. Unas lámparas altas ardían en cada esquina y las largas ventanas estaban abiertas hacia el río. El jeque Ilderim se levantó del diván donde estaba sentado con las piernas cruzadas, y Ester giró la silla de Simónides para que los dos hombres lo vieran. Ella había protestado: era tarde, su padre necesitaba dormir. Pero su viejo amigo Ilderim fue firme en el hecho de que la reunión tenía que llevarse a cabo esa misma noche.

—No hay tiempo que perder, Ester —le había dicho en privado—. Piensa en esto: lo que planifiquemos le importa profundamente a tu padre. Ya lo verás.

Fue Ilderim quien saludó a los dos hombres que llegaban de la escalera privada y fue Ilderim quien preguntó acerca del entrenamiento de los caballos. La cortesía requería que el hombre más joven respondiera amablemente, pero este le lanzó una mirada a Maluc que hizo que Ester se sintiera incómoda.

Su padre le tocó la mano.

—Llévame más cerca —susurró.

Entonces ella rodó hacia adelante su silla. Él palmeó su muñeca otra vez, pidiéndole que lo acercara aún más, y todos se quedaron callados.

—Hijo de Hur —dijo, mirando fijamente los ojos de Ben-Hur.

Esperó por un momento y repitió:

—Judá, hijo de mi viejo amigo Itamar, de la casa de Hur, le doy la paz del Señor Dios de nuestros padres.

✳ ✳ ✳

Después de su largo día con los caballos, y en su confusión, Ben-Hur tardó un momento en entender las palabras de Simónides. Cuando lo hizo, sintió que el rostro se le congeló. Sus ojos miraron fijamente los de Simónides y vio que el anciano sonreía.

—Simónides —respondió solemnemente—, que la santa paz de Dios sea con usted y con los suyos.

Batalló por un momento, y con una mano se frotó el rostro. Entonces se arrodilló al lado de la silla de Simónides y extendió su mano para estrechar muy suavemente las manos estropeadas y torcidas en el regazo del anciano.

—Con usted y con los suyos para siempre. En tanto que esté en mi poder, haré lo que pueda para conservar esta casa, como agradecimiento por los sacrificios que hizo en nombre de mi padre.

Simónides levantó una mano y la puso brevemente en el hombro de Ben-Hur.

—Ah —dijo, con su profunda voz sorprendida—, tenemos proyectos mucho más grandes en mente para usted. Ester, ¿podrías traer los papeles?

✳ ✳ ✳

Ester se dirigió a la mesa de trabajo para alcanzar los rollos de papiro con los que su padre había estado trabajando todo el día. Cuando los puso en sus manos, ella vio que él sonreía.

—Gracias, querida niña —dijo—. ¿Podrías traer un banco para el joven Judá? Ponlo a mi lado.

Mientras ella movía el banco, vio que Ilderim la miraba. Él asintió levemente con su cabeza. ¿Se veía petulante? Tal vez. No importaba. Si su padre estaba feliz, ella estaba contenta. Puso el banco y dio un paso atrás, al lado de Maluc.

—Primero, permítame explicar por qué no lo reconocí inmediatamente —comenzó Simónides.

—No se necesita ninguna explicación —dijo Ben-Hur—. Puedo entender lo cuidadoso que usted tiene que ser.

—No, no lo puede entender —dijo Simónides bruscamente—. Usted ha conocido el lado severo del poder romano, pero es joven y está físicamente completo. Yo no sufrí en manos de ellos para entregar la fortuna de su padre, por un error de descuido, al primer hombre que apareciera a reclamarla. Aunque Ester protestó, y aunque usted es la imagen misma de su padre, yo necesitaba saber más de usted. Por eso envié a Maluc para que lo siguiera.

—¿Maluc era su espía? —preguntó Ben-Hur, y se volteó para echarle una mirada furiosa.

—Me disculpo, hijo de Hur —dijo Maluc—. Yo sirvo a mi amo. Así que, indirectamente, lo sirvo a usted. Como espero hacerlo hasta el fin de mis días.

—Piense en Maluc como mis ojos y oídos en Antioquía —dijo Simónides—. Le pedí que lo siguiera porque necesitaba saber si usted era, en efecto, quien decía ser. Si era así, ¿qué clase de hombre podría ser? Usted debe saber que he estado buscando por todo el imperio para encontrarlo, desde que me enteré que los romanos se habían llevado a su familia. Ya hacía mucho tiempo que me había dado por vencido, cuando usted llegó a mi puerta, ¡con la apariencia exacta de un romano!

—Sí, por supuesto —dijo Ben-Hur—. ¿Pero qué puede haberse enterado Maluc acerca de mí?

—Muchos jóvenes han perdido su camino en la Arboleda de Dafne —dijo Simónides—. Hay muchos caminos a la destrucción entre las mujeres, la música y la adoración pagana. Un hombre que simplemente se queda dormido debajo de un árbol es un hombre con un carácter firme.

—O un hombre con otras preocupaciones —agregó Ben-Hur.

—Efectivamente —coincidió Simónides—. Le pido perdón. De nuevo, fue Ester quien me señaló lo cruel que fue quitarle su última esperanza.

Ella sintió que se sonrojaba cuando el joven levantó sus ojos oscuros para verla. Él se volteó hacia el padre de ella otra vez.

—¿Cómo podría no perdonarlo? —preguntó él.

—¡Ah, usted lo dice antes siquiera de enterarse! —Simónides casi cacareó y le dio unas palmadas al rollo de papiro que tenía en su regazo—. Tome, hijo de Hur, la contabilidad de la propiedad de su padre. Es decir, no la propiedad en sí, ya que los romanos se apropiaron de ella. El palacio, como usted sabe, y todos los bienes, almacenes, animales y barcos que su familia poseía se perdieron. Sospecho que a Grato le fue muy bien con la caída de la casa de Hur. Pero el dinero se guardaba en documentos de cambio que ellos no pudieron encontrar. Cuando los liquidé todos, desde Roma a Damasco y Valencia, la cantidad era de 120 talentos.

Extendió una hoja de papiro que Ester tomó de su mano.

—Me he encargado desde entonces de usar este dinero y hacer que se incremente. Por lo que los bienes que usted posee ahora son como sigue.

Le dio otra página a Ben-Hur, quien leyó en voz alta.

—«Barcos, 160 talentos. Bienes en almacenaje, 110 talentos. Carga en tránsito, 75 talentos. Ganado, 23 talentos. Bodegas, 17 talentos. Dinero en mano, 224 talentos. Menos pagarés que se deben, 53 talentos. Por un total de 556 talentos».

Judá se veía como si tuviera la mente en blanco. Era una suma enorme.

—Si le agregamos a esto los 120 talentos que tenía de su padre para comenzar: ¡el total es de 676 talentos!

Hubo un silencio en la habitación. Hasta Ester sabía que un talento era una cantidad de oro que pesaba tanto como un hombre. La suma de lo que poseía Ben-Hur ahora habría llenado la habitación, la bodega, ¡habría hundido todos los barcos que flotaban abajo en el río!

—Creo que usted debe ser el hombre más rico del mundo —dijo Ilderim desde el otro lado de la habitación.

—Sí —agregó Simónides simplemente—. Lo es. Pero lo importante es que *no hay nada ahora que usted no pueda hacer.*

❋ ❋ ❋

Ben-Hur, muy cuidadosamente, volvió a poner los papiros sobre el regazo de Simónides y se levantó del banco. Con la mirada de todos sobre él, atravesó la habitación hacia el pequeño balcón y salió. Se quedó parado allí por un largo minuto, con su silueta perfilada contra el cielo iluminado por la luz de la luna, de cara al río, con su mente totalmente en blanco. Entonces dio la vuelta y volvió a entrar al salón.

Se arrodilló a los pies de Simónides.

—Amigo de mi padre, nunca podré pagarle por su administración de los bienes de mi padre. La lealtad que usted acaba de demostrar ilumina mi opinión de mi prójimo. Y me gustaría marcar mi gratitud. —Miró al jeque—. ¿Podría usted ser testigo de mi decisión?

VASTA RIQUEZA

De acuerdo a cualquier estimado, una suma de 676 talentos de oro sería insólita. En dólares actuales, cada talento valdría alrededor de $3,15 millones; el total excede $2 mil millones. El concepto de Ester de su volumen, sin embargo, es bastante exagerado. Cada talento de oro llenaría alrededor de cinco litros. La cantidad de oro total sería, aproximadamente, tres metros cúbicos (o 214.000 cucharadas).

—Con mucho gusto —dijo Ilderim.

—Entonces hagamos que esto sea oficial. Tal vez Maluc podría escribir...

—Yo no —dijo alegremente—, yo no puedo leer ni escribir. Ester frecuentemente es la escriba de su padre.

Se fue apresuradamente al otro lado de la habitación y abrió un armario y sacó papiro y tinta.

Tranquilamente, Ester se sentó a una mesa y miró a Ben-Hur, lista con su pincel.

—Todo aquello de lo que acaba de rendir cuentas: almacenes, barcos, ganado y bienes... el íntegro de los 556 talentos en propiedades y dinero que ha ganado a través de los años, se lo devuelvo, Simónides. Yo me quedaré con los 120 talentos que eran originalmente de mi padre. El resto es suyo.

La mano de Ester vaciló, pero Ben-Hur continuó.

—Sin embargo, agrego una condición. No, dos. Primero, que usted siga ayudando a administrar esta fortuna. La mente que la hizo crecer vale más que cualquier suma de capital.

Simónides inclinó su cabeza para aceptar el halago. En esta área, él conocía su propio valor.

—La segunda condición es que usted una sus esfuerzos a los míos para ayudarme a encontrar a mi madre y hermana. Con ojos y oídos como los de Maluc, en Roma o en Jerusalén, seguramente podremos encontrar algún rastro de mi familia. Lo que me ha demostrado hoy —Puso una mano en las cuentas— es extraordinario. Pero no puedo descansar hasta que sepa dónde están mi madre y Tirsa, vivas o muertas.

—Tiene que saber que hemos tratado sin cesar de rastrearlas —dijo Simónides gravemente—. Aumentaremos nuestros esfuerzos. Si hay algún rastro de ellas en alguna parte en el imperio, las encontraremos. —Tomó otro pedazo de papiro de su regazo—. La contabilidad no está totalmente completa. Usted ha visto registros de la mayoría de las posesiones de su padre, pero hay tres más. Leeré el listado. —Lo levantó cerca de sus ojos—. Los esclavos de Hur: uno, Amira la egipcia, residente en Jerusalén. Dos, Simónides, administrador, residente en Antioquía. Tres, Ester, la hija de Simónides.

Ben-Hur se quedó inmóvil, y miró a Simónides y después a Ester.

—¿Ustedes son esclavos? Pues, ya no. Los liberaré. ¿Hay algún proceso legal o simplemente puedo declararlos libres?

—No. De hecho, Judá, usted no me puede liberar. Yo llegué a ser esclavo de su padre voluntariamente para casarme con la madre de Ester, Raquel. Es un estado permanente que nunca he lamentado. Sin embargo, usted puede liberar a Ester, si ella así lo quiere.

—No quiero —dijo ella tranquilamente—. Prefiero quedarme como estoy. Y como está mi padre.

Ben-Hur suspiró.

—Me parece incorrecto. Pensar que tengo el poder sobre sus propias vidas...

LA ESCLAVITUD Y LA LIBERTAD

Según la tradición judía, de acuerdo a Deuteronomio 15, cuando un hebreo se vendía a sí mismo y se convertía en el siervo de otra familia, estaba obligado a servir a la familia por seis años. En el séptimo año, se le debía liberar y despedir con generosos regalos.

Sin embargo, si el siervo se negaba a irse a causa de su gran amor por la familia que servía, uno debía ceremoniosamente usar un punzón para perforar el lóbulo de la oreja del siervo contra la puerta. Después de eso, sería reconocido como un siervo de la familia para toda la vida.

Simónides lo interrumpió.

—Usted posee ese poder en cualquier caso, Judá. Estamos atados por el bien de su padre, al menos. Sin embargo, usted puede hacer algo por mí.

—Cualquier cosa que pida será suya —respondió Ben-Hur.

—Hágame su administrador como lo fui de su padre.

—¡Por supuesto! Lo pondremos por escrito...

—No es necesario —interrumpió Simónides—. Su palabra es suficiente.

—Gracias —dijo Ben-Hur simplemente.

Se volteó y caminó a lo largo de la habitación y regresó.

—Pero ahora... —Miró a su vez a todos: a Ester, a Maluc, a Ilderim y a Simónides—. Heredé la fortuna de Arrio. De repente poseo otra. No tengo interés en el juego ni en construir un palacio, tampoco en las formas en que los hombres usan una vasta riqueza. ¿Qué debo hacer con todo este dinero?

Ilderim y Simónides intercambiaron miradas.

—Bueno —dijo el jeque—, nosotros tenemos una idea.

CAPÍTULO 26

¿QUIÉN?

sa noche el espía se reunió con Mesala en el establo. Se sentía muy inteligente por eso. Hasta entonces todas las reuniones habían sido idea de Mesala, en lugares y tiempos que Mesala elegía. Sin embargo, en esta ocasión, el espía tenía información. Información útil e importante, y pensó que Mesala pagaría mucho por ella. Pero era información que perdería valor si no la vendía lo suficientemente rápido.

A él le gustaban los caballos. Años antes, en otra vida, había crecido en un país donde los caballos salvajes deambulaban en pastizales salinos, pantanosos. Las habilidades que se aprenden de joven son las que no se olvidan, por lo que para él había sido fácil encontrar trabajo en los establos romanos. Nunca habían suficientes manos para cargar agua, estiércol y paja, ya no digamos para limpiar animales asustadizos de pura sangre. Además, los alrededores eran buenos para pasar secretos: oscuros, activos, llenos de movimiento. Las antorchas ardían afuera de los establos, pero un hombre se podía esconder detrás de un montón de paja, desvanecerse en un almacén, inclinarse para reparar arneses, y nunca ser visto.

Mejor aún, la gente hablaba en los establos. El espía sabía muchos idiomas, ya que era mestizo. Sonreía, trabajaba, oía. Y recababa algo de información. Era mucho más fácil que seguirle la pista a los barriles del almacén de Simónides, y aprendía más.

Como la historia del duunviro Arrio, que sobrevivió un naufragio y regresó a Roma con el esclavo de galera que lo había salvado. Un judío al que Arrio había adoptado.

Y la noticia de un extraño que se alojaba en el Huerto de las Palmeras. Cualquier cosa que ocurriera en el campamento del jeque Ilderim era generalmente un secreto, y los hombres que decían los secretos del jeque Ilderim rara vez prosperaban. Por lo que el espía valoraba su porción de conocimiento.

Junto con el rumor que circulaba esa misma noche de que el jeque había encontrado un nuevo conductor para sus alazanes, un romano que se llamaba Arrio.

Pensaba en eso mientras limpiaba el casco de uno de los caballos negros de Mesala. Los caballos eran difíciles. Rápidos para asustarse y rápidos para golpear con su casco o morder. Él se movía lenta y suavemente alrededor de ellos. Tal vez esa sería la forma de manejarse con Mesala también. Al espía le parecía posible que este nuevo conductor de Ilderim fuera el hijo adoptivo judío del duunviro Arrio. ¿Sería el mismo judío que había visto en la bodega de Simónides? ¿Le importaría eso a su cliente?

El caballo le hizo saber que su cliente había llegado. Su cabeza se levantó y jaló con fuerza su casco de la mano del espía.

El espía se puso de pie, con la parte de atrás del caballo entre él y el romano.

—¡Tú! —exclamó Mesala—. ¿Qué haces limpiando a mi caballo?

—Limpio su caballo, naturalmente. ¿Qué tal se ve? —respondió—. Tengo noticias.

—¡Aléjate de él! ¡Este es un caballo de carreras!

—No hay problema. Soy bueno con los caballos. Y usted querrá oír lo que tengo que decirle.

Mesala miró a su alrededor y frunció el ceño, tratando de encontrar algo fuera de lugar en el establo o con el caballo.

—Este lugar de reunión es mejor que la posada —dijo el espía—. Tanto usted como yo tenemos razones para estar aquí. Y nadie puede escucharnos.

—Está bien. Rápido entonces —Mesala se jaló su capa alrededor de su cuello, como para esconder su rostro. Lo cual fue ridículo, si uno lo pensaba.

—¿Es posible que el hombre que vi en la bodega de Simónides pasara algunos años en Roma?

—¡En Roma! Yo no sé quién era ese hombre, y menos si estuvo en Roma o no.

—Pues por ahí anda dando vueltas una historia acerca de un judío, hijo adoptivo del duunviro Quinto Arrio. Solo me preguntaba si estaban relacionados.

—¿A eso lo llama noticia? ¿Solo porque hay dos judíos en Antioquía?

—Bueno, es noticia si son el mismo hombre. El tipo que vi podría haber tirado de un remo poderoso.

—¿Por qué importaría eso?

—Ah, se me olvidaba mencionarlo. Porque el hijo adoptivo de Arrio lo rescató de un naufragio. Así que él podría haber sido un esclavo de galera.

—Los esclavos de galeras están encadenados —dijo Mesala con un gruñido.

—Está bien —dijo el espía y levantó sus manos—. Lo están. Generalmente. Solo le digo lo que he oído. Para eso me paga. Y dos cosas más.

Chasqueó con su lengua al caballo y caminó alrededor de su cabeza, rascándole el copete mientras andaba. Entonces quedó muy cerca de Mesala. Menos de un paso entre los dos.

—¿Y bien? —dijo Mesala agresivamente.

El espía sacó su mano.

—El dinero primero.

—No, dígamelo.

El espía regresó la mano al cuello del caballo.

—Estoy cuidando de sus caballos. El dinero primero.

—¿Me está amenazando?

—No. Simplemente no confío en usted —explicó el espía—. ¿Me equivoco? He oído que tiene deudas.

El caballo, al sentir la tensión, movió sus ancas y sacudió su cola.

—Todos saben que usted apuesta mucho —continuó el espía—. Debería oír mis noticias, pero tiene que pagar mi precio.

—Está bien —dijo Mesala, y buscó una moneda. Se la extendió.

El espía sacudió la cabeza.

—Dos. Es importante.

—Creo que yo decido eso —dijo Mesala con un gruñido, pero le dio otra moneda.

—Bien —dijo el espía—. El hijo de Arrio fue conductor campeón en Roma. El jeque Ilderim tiene un nuevo conductor alojado con él en el Huerto de las Palmeras. Simónides y el jeque Ilderim son amigos. Su judío alto fue a la Arboleda de Dafne ayer, donde...

Habló con un tono insinuante y se quedó callado.

—¡Donde los caballos de Ilderim salieron corriendo con ese idiota de Lucio!

Sí, yo hasta vi a un judío alto en la Fuente de Castalia... —Los ojos de Mesala se abrieron más—. ¡Por los dioses! ¡No puede ser posible! —dijo entre dientes—. Estoy seguro de que él no me reconoció. —Dio un paso atrás y el caballo se alejó de él—. Tendría que haber sobrevivido a las galeras. ¡Imposible!

Dio la vuelta, salió del establo y cerró la puerta al salir. Se alejó con pasos largos y luego regresó.

—Busca otros caballos para limpiar, ¿está bien?

El espía solo arqueó las cejas. Ahora que Mesala se había ido, el caballo se relajó. El espía se inclinó, ligeramente empujó el hombro del caballo, y suavemente tomó otro casco.

CAPÍTULO 27

EL REY QUE VENDRÁ

En la casa de Simónides al lado del Orontes, Ester atravesó la habitación y habló con el sirviente que estaba afuera. Cuando los hombres comenzaban a hablar en cuanto a planes, las conversaciones se extendían y las gargantas se secaban. Ella dio la orden de que llevaran refrescos: *arrack* —la leche agria que ella sabía que al jeque le gustaba—, vino, miel y pastelillos suaves de trigo.

Al volver a entrar al gran salón, ella se dirigió a una mesa que tenía incrustaciones de mármol y la levantó para colocarla entre los hombres. Se sorprendió cuando Ben-Hur atravesó la habitación con dos pasos largos y la tomó de sus manos. Los hombres mayores miraron silenciosamente mientras él ponía la mesa entre ellos.

—Gracias —dijo Ester—. El sirviente subirá pronto con bebidas. Los dejo por ahora.

—Espere —dijo Ben-Hur—. Simónides, este plan ¿lo involucra a usted y los mecanismos de su negocio comercial?

—Definitivamente.

—¿Y Ester no lo asiste de cerca?

—En efecto, lo hace —dijo Simónides orgullosamente.

—Entonces, ¿no debería quedarse con nosotros para oír más de este plan? Seguramente su ayuda será necesaria de alguna manera.

Los dos hombres mayores intercambiaron miradas. Ester vio la leve inclinación de cabeza de su padre y la sonrisa del jeque que respondía.

—En las tiendas de mi pueblo —dijo Ilderim—, algo así no podría pensarse. Pero... —Levantó sus manos de su regazo— lo que tenemos que discutir tal vez es un mundo totalmente nuevo. Ella debería quedarse.

—Ester, querida mía —agregó Simónides— oirás, y si no te agrada nuestro plan, no tienes que ser parte de él. Lo que contemplamos, debo advertirte, no tiene precedentes, pero conlleva gran peligro. Los que se nos unan tienen que hacerlo con los ojos abiertos y con todo su corazón.

—Entiendo, padre —respondió ella.

Oyó que el sirviente llamaba a la puerta suavemente y la abrió. Hubo un ajetreo momentáneo mientras cubrían la mesa con un mantel de lino, llevaban un banco para ella, otro cojín para su padre y retiraban una lámpara para reducir el resplandor.

Simónides comenzó.

—Hijo de Hur —dijo—, me pregunto si vio algo extraordinario en cuanto a la contabilidad que le di antes del dinero que conservé para su padre.

—Sí, en efecto —respondió Ben-Hur—. Me sorprendió. En Roma, Arrio me enseñó a entender el funcionamiento de sus propiedades, y aunque él era muy exitoso, siempre había dificultades: fracasos, rentas impagas, un derrumbe que arruina una viña, esa clase de cosas. Así es la vida. No todo proyecto tiene éxito.

—Exactamente. Pero esos reveses no me han ocurrido a mí. Si había alguna tempestad, pasaba por alto mi barco. Si había un incendio, mi bodega no se quemaba.

—Puedo dar fe de eso —agregó Ilderim—. Cuando las mercancías de Simónides viajaban por mis tierras, los guardias que proporcionábamos eran innecesarios. Los partos no asaltaban; los oasis no se secaban.

—Lo más extraño de todo, ni una persona que trabajaba para mí me traicionó ni me engañó. Yo dependo de los asalariados más que la mayoría de los hombres —continuó Simónides, y señaló brevemente su cuerpo quebrantado—. Pero ningún siervo, ningún agente, ningún capitán marítimo, ningún conductor de camellos se desvió nunca de mis órdenes.

—Eso parece misterioso —comentó Ben-Hur.

—¡Efectivamente, es así! —exclamó Simónides—. Ese índice de éxito va más allá de lo razonable. Por algún tiempo después de mis desgracias pensé que quizás mi suerte había cambiado, pero los judíos no pensamos mucho en la suerte. No. Finalmente llegué a la conclusión de que era obra de Dios.

Ester sintió un pequeño escalofrío. Su padre nunca había compartido eso con ella. Por supuesto que él era devoto, y ella también. Por supuesto que ella veía la mano de Dios en todo. Pero... ¿en la bodega? ¿En la cubierta de un barco?

—Y si era el propósito de Dios —decía Simónides—, ¿para qué?

Se detuvo y miró a su hija.

—He creído esto por años —le dijo como si hubiera oído sus pensamientos—, pero no te lo dije para que no pensaras que mi cordura se estaba desviando. Ya es lo suficientemente difícil cuidar de un padre con un cuerpo quebrantado. Un cuerpo quebrantado y una mente quebrantada, eso es demasiado, incluso para una mujer tan capaz como tú. —Había una gran dulzura en su sonrisa—. Así que solo me lo preguntaba en silencio. Y ahora creo que lo sé.

Ester, que lo observaba atentamente, vio que él miró al jeque Ilderim, quien asumió la narrativa como si se hubieran puesto de acuerdo.

—Hijo de Hur —comenzó el jeque—, usted oyó la historia que Baltasar nos contó en la tienda, de haber seguido a una estrella al otro lado del desierto en busca de un rey.

—La oí —afirmó—. Y ha estado en mi mente. No sé qué creer de eso.

—No —coincidió Ilderim—. Yo tampoco. Pero, a pesar de mí mismo, me doy cuenta de que la creo. Después de que los reyes magos adoraron al bebé en Belén, ellos tuvieron un sueño. Cada uno de ellos, el mismo sueño.

Simónides interrumpió:

—Usted entenderá— le dijo a Ben-Hur— que para los hombres prácticos como el jeque y yo, estos sucesos misteriosos son muy perturbadores. ¿Cómo es que tres hombres tienen el mismo sueño?

Ilderim asintió con la cabeza.

—Pero ellos lo tuvieron. En el sueño, un ángel llegó hasta ellos y les dijo que huyeran de Judea por una ruta nueva. Los camellos los trajeron hasta nosotros y, en efecto, después supimos que Herodes los buscaba por todas partes. Ellos tuvieron razón al esconderse.

—Y los bebés, no lo olvide —dijo Simónides.

—Herodes también asesinó a todos los bebés varones judíos en Belén y los alrededores —dijo Ilderim e inclinó su cabeza con gesto adusto—. Evidentemente, él tuvo su propio sueño. Lo cual me hace preguntarme un poco acerca de este asunto de los sueños. No obstante, los reyes magos nos encontraron en el desierto y se quedaron un año, hasta que supieron que era seguro irse.

—Se les informó de eso en otro sueño —agregó Simónides con un suspiro.

—Así que se fueron. Pero durante ese año frecuentemente hablamos de su visión del bebé —continuó Ilderim—. Cada uno de ellos creía que había visto lo mismo: el nacimiento del único Dios. Del verdadero Dios.

—«El que nació rey de los judíos» —agregó Simónides—. Nació, no fue hecho. No fue nombrado por Roma.

—No es de extrañar que Herodes estuviera asustado —dijo Ben-Hur—. Si esto es cierto, todo el mundo cambiará.

Ester vio otra vez que los dos hombres mayores intercambiaron miradas, y observó que los ojos de su padre brillaban más, a pesar de la hora avanzada.

—Exactamente —dijo—. El mundo cambiará. Ahora, Baltasar interpreta esto como un reino nuevo, no solo de hombres, sino de almas. Un reino de límites más amplios que la tierra. Él no está especialmente apegado a las preocupaciones del mundo en que vivimos. Tal vez porque es muy viejo.

—O porque vive en Egipto, donde el yugo romano es más liviano sobre sus hombros que sobre los suyos o los míos —agregó Ilderim—. Sin embargo, a mí me convenció esta historia que los reyes magos contaron. Cosas extrañas y maravillosas ocurrieron esa noche. Así que pensemos en lo que significa. Si esa noche nació un bebé para ser rey de los judíos, ahora tendría veintiocho años.

—En la plenitud de su hombría —agregó Simónides—. Joven, fuerte, pero lo suficiente maduro como para dirigir. Para reclamar su reino.

—Pero Simónides y yo hemos estado considerando —dijo Ilderim— cómo ocurrirá todo esto.

Ester podía ver, por la forma en que los dos hombres hablaban, que habían tratado este tema una y otra vez.

—¿Cómo llega a ser rey de los judíos un hombre que no es Herodes?

—¿Qué se requiere para ser el sucesor de Herodes? nos preguntamos a nosotros mismos —continuó Simónides—. La respuesta es, por supuesto, seguir la costumbre romana. Con armas. Con ejércitos y leyes. De hecho, con la fuerza. Así que si este nuevo rey de los judíos va a gobernar, nosotros naturalmente necesitaremos ejércitos y leyes. Necesitaremos hacer uso de la fuerza. Pero esto es precisamente lo que los judíos no poseemos.

—Se requiere de tiempo para desarrollar un ejército —continuó Ilderim—. Usted sabe esto mejor que cualquiera de nosotros. Si el rey va a venir a reinar, tendrá que comenzar a desarrollar su poder pronto.

—¡Muy pronto! —agregó Simónides—. Y usted... —La conversación finalmente había llegado a su verdadero propósito—. Usted tiene todo lo que se necesita.

Hubo una larga pausa. Ester podía ver que su padre no había terminado de hablar y que Ilderim lo sabía. Simplemente dejaban que la idea se posara. Ella le dio un vistazo a Ben-Hur. Su rostro no revelaba nada. ¿Entendía lo que ellos proponían?

—Usted conoce a los romanos y sus formas de guerra —continuó Simónides—. La inmensa fortuna que usted me acaba de devolver, yo la dedico a esta causa. A desarrollar un ejército para el que nació rey de los judíos.

—Por supuesto que no se puede reunir un ejército, armarlo y entrenarlo ante los ojos de su enemigo —agregó Ilderim—. Pero el desierto es mío. Mis tierras pueden absorber cualquier cantidad de legiones y mantenerlas a salvo de los ojos espías. Por lo que ofrezco el territorio que controlo.

—Ese es el plan —concluyó Simónides—. Juntos, el jeque Ilderim y yo podemos ofrecer parte de lo que se necesita para que cuando el rey aparezca para liberarnos de la opresión que es Roma, un ejército apto para combatir esa opresión esté listo. Lo que no teníamos, hasta que usted llegó, era un líder. Si es que usted, en efecto, será ese hombre.

Los dos hombres miraron ansiosamente a Ben-Hur. Él se puso de pie y caminó hacia el extremo del salón.

Luego se volteó y miró a los dos hombres. Estuvo callado por un momento, mirándolos fijamente. En ese momento, el poder en el salón cambió palpablemente. Ester pensó después que casi pudo verlo, una clase de nube brillante transparente que se trasladaba de los hombres mayores hasta el más joven. Él era físicamente el mismo: todavía alto, todavía apuesto, todavía elegante. Pero ahora también tenía autoridad.

—Esta ha sido una noche de sorpresas —dijo. Se frotó el rostro con sus manos y agregó—: En realidad, un día lleno de ellas. Hace dos días me desperté siendo nadie, un hombre con un pasado roto. Hoy soy una vez más el hijo de mi padre, con riquezas apiladas sobre riquezas. —Se detuvo y luego continuó—. El dinero para mí es útil solo para lo que hará. Lo que quiero es encontrar a mi familia. O tal vez debería decir, lo que *quería*. Porque sé que usted, Simónides, ya ha hecho todo lo que podía para encontrarlas, y sé también lo amplio que es el alcance de su poder. Podría haber otra... —Se detuvo y respiró profundamente—. Perdónenme. Es difícil renunciar a la esperanza.

—Tampoco debería abandonar su esperanza —interrumpió Simónides—.

He oído rumores de un nuevo procurador para Jerusalén, un hombre llamado
Poncio Pilato. Un nuevo líder, reglas nuevas... a veces la información se escapa.
Tengo gente en Jerusalén. No ofrezco mucha esperanza, pero usted, definitiva-
mente, no debería darse por vencido.

—Aun así —continuó Ben-Hur—, un hombre debe hacer algo más que
esperar noticias.

Se volvió a quedar callado y regresó a su silla. Allí se sentó entre los dos hombres mayores, pero solo miraba el suelo.

Ellos esperaron. Eran hombres ancianos. Estaban acostumbrados a esperar.
Ester vio las manos de Ben-Hur, con los dedos entrelazados; los unía y los sol-
taba. Finalmente habló, después de un suspiro profundo.

—Amigos míos, me siento honrado. Y, al mismo tiempo, abrumado.

Esperaron más, tanto que Ester se preguntó si hablaría otra vez. Simónides
se movió y respiró, pero Ben-Hur finalmente continuó.

—Amigo Simónides, usted mencionó su improbable buena fortuna con el
dinero de mi padre y cómo se preguntaba para qué era.

Dio un vistazo alrededor del grupo y miró a cada uno, de uno en uno.

—Usted creyó que había un propósito antes de que el propósito llegara a
estar claro para usted.

Se puso de pie y caminó unos cuantos pasos. Ester pensó que era casi como
si fuera a dirigirse a una multitud.

—Mi destino ha sido distinto. Tuve una mala fortuna improbable. No me
pregunté cuál era el propósito. Supuse que no había razón. Que la vida no era
un asunto de razón ni consecuencias. Ni siquiera del interés de Dios o de los
dioses. Creí que la vida era un asunto de accidentes, buenos o malos. Tanto para
los hombres como para los animales.

»Y cuando rescaté a Arrio del mar ardiente y regresé a Roma con él, ese cambio de circunstancias tampoco parecía tener sentido. Excepto que me dio, como
me di cuenta con el tiempo, la única oportunidad que quería. La oportunidad
de buscar venganza.

»Yo quería vengarme contra Roma y contra un romano. Pensaba que la mejor
forma de castigar a Roma sería usar sus propios métodos contra ella, y es por eso
que pasé mi tiempo como lo hice, en la palestra para entrenar mi cuerpo, en los
campamentos para entrenar mi mente. Me convertí en un arma.

»Ahora ustedes me han revelado la forma en que se puede usar esa arma. Si
el rey que vendrá es el rey de los judíos, él tiene que derrocar a Roma. Los judíos
nunca prosperarán hasta que Judea sea nuestra otra vez.

»Así que, tal vez, esa es la respuesta a mi propia pregunta. ¿Por qué sufrí así? Si el resultado era ayudar al rey a llegar a su trono, solo puedo estar contento.

—Es un destino lo suficientemente duro —opinó Simónides—. Tendrá que entender esto: es regresar a la plaza de armas y a práctica de espada y a largas horas de marchar bajo el sol del desierto.

—Creo que más que eso —agregó el jeque Ilderim—. Tenemos que asegurarnos de que Judá entienda no solo lo que asume, sino a lo que renuncia. Usted vive aquí con su hija amorosa, con Maluc y su personal que lo cuidan. Yo no voy a ninguna parte sin mis esposas, hijos, sirvientes y seguidores. Si Judá va a ser un líder militar, él dirigirá solo. Esa es la naturaleza de eso. Si él dirige este ejército para el rey que vendrá, se convierte en un forajido.

Se volteó hacia Simónides.

—Para un joven con su vida por delante, esta es una decisión seria. Debemos darle tiempo para que lo piense.

—Yo lo habría pedido de todas maneras —dijo Ben-Hur—. Ustedes no han mencionado el elemento más importante —sonrió levemente—. ¿De dónde saldrán los hombres?

—Usted los reunirá —respondió Simónides tranquilamente.

—¿Cómo puede estar tan seguro? —preguntó Ben-Hur.

—Usted tiene el don. Los hombres lo seguirán —respondió Simónides—. ¿No habló nunca de esos asuntos con Arrio? Él era una figura importante entre los romanos.

—Pero discutirlo no es hacerlo —dijo Ben-Hur.

—Al igual que Simónides —dijo Ilderim—, yo creo que usted será capaz de reunir las fuerzas que necesita. Al igual que usted, creo que las dificultades por las que ha pasado demostrarán su valor. Pero es tarde y nosotros los ancianos necesitamos nuestro descanso. Creo que debemos dejar a Judá con estos pensamientos y hablar otra vez en la mañana.

—Sí, me agradará eso —dijo Ben-Hur—. Pero un asunto más. Yo dije que quería venganza contra Roma, y ustedes me han ofrecido la forma de asegurarla. Pero también quiero venganza contra un romano, Mesala. Lo que es más, gracias al jeque, creo que puedo lograrlo. Continuemos con la discusión después de la carrera. Mientras tanto, yo pensaré en lo que ustedes han sugerido.

CAPÍTULO 28
UN JUDÍO

*¿E*ra Ben-Hur? Seguía preguntándose Mesala. ¿No lo habría sabido él? Prácticamente había tocado al tipo. ¿Cómo podía no haberlo reconocido? ¿Podría verse tan distinto apenas ocho años después? Mesala seguía recordando el caos en el palacio de Hur: las mujeres gritando, la sangre que se acumulaba de la mano del portero, los sirvientes corriendo de aquí para allá y ¿seguramente había habido cabras? En todo caso, él recordaba cabras. Y en medio de todo eso, Judá, con sus ojos muy abiertos, alarmados, en un rostro pálido. Alto, de pelo oscuro. Nada memorable. En realidad no.

Y además, él tenía que estar muerto. Había ido a las galeras. Las galeras mataban a los esclavos; eso se sabía.

Pero ese hijo de Arrio. Había sobrevivido a las galeras.

Una vez más, Mesala regresó a ese momento en la Fuente de Castalia donde había ido a conocer a Iras. A quien todavía no había visto, excepto por un breve vistazo. ¡Hasta ahí había llegado esa cita!

En lugar de eso, allí había estado un hombre alto, de cabello oscuro con una túnica judía. ¡Todo había ocurrido tan rápido! Los idiotas agrupados alrededor del manantial como ovejas, el impulso de dispersarlos, como a ovejas. El hombre moviéndose rápidamente y atrapando el arnés con una enorme mano.

Una enorme mano. Así que, sí, muy probablemente era el hijo de Arrio con la fortaleza y las extremidades de un esclavo de galera. Sin embargo, ¿por qué estaría usando la túnica de un judío? Eso era extraño. Él conduciría los caballos del jeque Ilderim. Era bien conocido en Roma como conductor. Mesala trató de decirse a sí mismo que eso era lo único que importaba. ¡La competencia! ¡Un desafío! Había también un conductor ateneo y uno de Corinto. El hijo de Arrio tendría sus manos llenas con esos caballos de Ilderim que eran casi inservibles con la cuadriga. Sabía lo difícil que era controlar a su propio tiro, y los había estado conduciendo por todo un año.

Podía ganarle a Arrio. Podía ganarle a cualquiera. Especialmente a un judío. Especialmente a Judá, el hijo de la casa de Hur.

✳ ✳ ✳

Pasó un día y otro. Entrenaba; holgazaneaba en sus noches con los otros soldados romanos, cada noche bebiendo más de lo que se proponía. Estaba exento del deber de vigilar. Todos sus compañeros oficiales apostaban por él, especialmente porque el recién llegado Cecilio había retirado a su tiro. Afirmaba que uno de sus caballos estaba cojo, pero Mesala estaba seguro de que simplemente se había dado cuenta de que no podía ganar.

Entonces, tres días antes de la carrera, un joven mugriento caminó a su lado cuando salía del establo. Estaba tan ocupado pensando en la tensión de las riendas —¿Las sostenía demasiado tensas? ¿Necesitaba su caballo exterior un poco menos de tensión?— que no observó al chico ni lo oyó hasta que sintió el toque en su codo.

—Tengo que decirle —dijo el chico—, que definitivamente es Ben-Hur.

Mesala se volteó rápidamente.

—¡Cómo te atreves! ¡Cómo te atreves a tocarme!

—No podía captar su atención, Su excelencia, para darle el mensaje. Debía decirle: «Es Ben-Hur. No hay duda de eso».

La noche caía y la calle afuera del establo estaba llena. Nadie les ponía atención.

—¿Quién te envió? —susurró Mesala, jalando al muchacho para doblar una esquina a un callejón.

—Usted lo sabe. Él dijo que usted pagaría.

—Esto es ridículo. ¿Por qué debería confiar en él? ¿O en ti?

—Él dijo que usted preguntaría eso. Dijo que le dijera: el judío que está en la casa de Simónides es Judá Ben-Hur. Vino a ver si él sabía qué les había ocurrido a las mujeres.

El chico retiró su brazo del agarre de Mesala.

—Espera. ¿Repite eso?

—Él dijo que usted necesitaría oírlo dos veces. Si no tres veces. El judío que está con Simónides se llama Ben-Hur, y vino a Antioquía a ver si Simónides sabía dónde están las mujeres. No dijo qué mujeres. Si necesita que lo diga otra vez, tiene que pagar más.

—¡Qué! Te atreves... —Mesala buscó torpemente una moneda y la lanzó al suelo. El chico puso su pie sobre ella.

—Dos —dijo él—. Y también que él terminó con usted.

—¡Una, y yo terminé con él!

—No —dijo el chico—. Él me dijo que era bueno con los caballos. Y él cuida de los suyos. Dos. En mi mano.

Mesala sabía que lo había vencido. Puso la segunda moneda en la mano del chico y se alejó incluso antes de que recogiera la primera del polvo sucio del callejón.

Pero entonces... A medida que sus pasos lo alejaban del establo, su mente funcionaba furiosamente. No importaban el cómo ni el por qué. Ben-Hur, el pequeño Judá, *estaba* en Antioquía. Lo había avergonzado en la Fuente de Castalia. (¿Y dónde estaba esa princesa egipcia sobre el camello? De alguna manera, ella tenía algo que ver en la situación de Judá. Otro asunto en su contra). Y planeaba correr contra él, Mesala. Un judío, ¿conduciendo un tiro de cuatro caballos? ¡La posibilidad era ridícula!

Aun así, Mesala sabía que los caballos eran una amenaza. Si Judá podía conducirlos... Casi se rió. No importaba lo que dijeran los demás acerca del «hijo de Arrio» y su tiempo en Roma. Judá no tendría el valor ni la astucia para ganar la carrera. Bueno, podría tener la astucia. Pero definitivamente no tendría la crueldad, pensó Mesala. Las carreras de caballos a veces se ponían duras. Para los hombres así como para los caballos. Las colisiones eran comunes; frecuentemente ocasionaban lesiones. Incluso muertes. Había toda clase de posibilidades útiles.

De hecho, era una buena noticia. Cualquier ventaja era útil en una carrera de caballos, y como romano, Mesala estaba en una posición de incrementarla.

Miró al cielo e hizo su plan. Primero visitó el estadio en la Arboleda de Dafne, donde los oficiales de la carrera estaban a punto de crear el aviso general para los participantes: sus nombres, sus colores, sus nacionalidades, los dueños de los caballos. Esperen, —dijo Mesala—, ¡nueva información! El conductor del jeque Ilderim no es romano sino Ben-Hur, ¡un judío!

Imagínenlo, ¡un judío conduciendo en contra de los mejores equipos de Oriente! La temeridad, ¡el disparate! El programa fue cambiado en medio de risas y chistes acerca de perros judíos que conducían caballos. Todos estaban agradecidos con Mesala por la corrección. ¡Qué vergonzoso que un judío se hubiera disfrazado con éxito como romano! ¡Esto definitivamente cambiaría las probabilidades de las apuestas!

Mesala asintió con la cabeza. El hecho no se le había escapado. ¿Y las posiciones de la línea de salida? Los administradores de la carrera intercambiaron miradas. Normalmente habría una lotería. El nombre de cada conductor en una placa de marfil, y las placas se mezclaban y se sacaban de una caja, una por una, al azar... como era usual donde corrían los romanos. Oh, las reglas eran muy estrictas, mucho. Había mucha ventaja para el hombre de la parte interna de la pista, cuyos caballos viajaban la distancia más corta. Ah, no, ¿soborno? ¡Qué pregunta! Nadie intentaba jamás sobornar a los oficiales en un estadio imperial. Pues, ¡los juegos se hacían en honor al cónsul! ¿Qué clase de honor sería si los resultados no fueran escrupulosamente justos? Por supuesto que sería algo maravilloso si un oficial al servicio del ejército imperial ganara. Desde luego.

Cierto, si el conductor romano tuviera la posición interna, eso sería una ventaja. Una forma de demostrar la superioridad de Roma, especialmente en el Oriente. Ah, ¿de veras? ¿Habría recompensas especiales para los oficiales si la carrera era satisfactoria? No, ellos no lo habían oído. Extraoficialmente, por supuesto. Entendido, todos asintieron con la cabeza. Después de que Mesala se fue, encontraron en una mesa un poco de oro en monedas que se dividieron muy bien entre los hombres.

Su siguiente diligencia fue en los establos del estadio. Para examinar los compartimientos para sus caballos, le dijo al mozo principal. Ningún detalle es demasiado pequeño para una carrera tan importante como esta.

El mozo se sintió halagado y quizás influenciado por el ruido de la plata que cayó en la palma de su mano. Sí, el estadio era espléndido. Sí, había suficiente espacio para todos los tiros. Sí, todos pasarían la noche en el establo antes de la carrera. Con sus propios mozos, eso no había ni que decirlo. ¿Alguna petición? ¿Hacer que los caballos del jeque Ilderim estuvieran al lado de los suyos? Eso podría arreglarse. Como lo deseara el oficial.

Mesala estaba complacido.

Estuvo aún más complacido al día siguiente, cuando se publicó la formación oficial de la carrera. Un judío, ¡un judío! ¡Que conduce los caballos de ese jeque del desierto, Ilderim! El chisme voló. Ilderim y sus Hijos del Viento eran muy conocidos en Antioquía. Rápidos e incontrolables, incluso por un romano. Qué broma, ¡que un judío hiciera el intento! ¡Y se formaría al lado de Mesala en la partida! Oh, qué perfecto.

Hombro con hombro. Con los ojos enfocados. Afirmados en las ligeras carrozas, con los brazos estirados para sostener los tiros, Mesala se encontraría con Ben-Hur. Después de todos esos años. Como niños habían peleado con espadas de juguete, habían competido a pie en las calles de Jerusalén. Mesala, el mayor, siempre ganaba. El mayor y un romano.

No había razón por la que no ganaría la carrera de cuadrigas.

CAPÍTULO 29

LOS HIJOS DEL VIENTO

Mientras tanto, Ben-Hur permanecía en el Huerto de las Palmeras. Se decía a sí mismo que no estaba pensando en la propuesta de Ilderim y de Simónides. Estaba seguro de que había abandonado toda esperanza de encontrar a su madre y su hermana. Estaba enfocado en una cosa: ganarle a Mesala en la carrera. Estaba entrenando a los caballos. Estaba decidido. No había espacio para nada más.

De hecho, Iras lo ayudaba con eso. ¡Tan frecuentemente estaba dónde él estaba! Él oía el sonido de sus joyas; luego aparecía, siempre con una sierva, siempre nominalmente cubierta con un velo para que no hubiera nada impropio en cuanto a su reunión. Nada que alguien pudiera criticar específicamente. Si ella frecuentemente se reclinaba cerca de él, ¿qué significaba eso? Él no podía retirarse; ella se reiría de él. Frecuentemente hacía bromas de él por ser mojigato. Tímido, tosco, no acostumbrado a las mujeres: esos eran algunos de los términos que ella usaba. Tenía razón, por supuesto. Él *no* estaba acostumbrado a las mujeres. Aparte de las siervas, casi no había hablado con una mujer desde sus días en Jerusalén. Iras sabía de esa época. Le había preguntado acerca de su niñez. Quería que describiera a Tirsa y a Noemí, curiosa, según decía, de las mujeres judías. Aunque sus preguntas lo ponían incómodo, él no sabía cómo desviar su curiosidad. De alguna manera, a él no le gustaba compartir sus pocos recuerdos valiosos con ella, pero ella seguía preguntando: ¿Cómo se vestían? ¿Cómo se arreglaban el cabello? ¿Cómo pasaban sus días? ¿Podían salir sin velo? ¿Podían reunirse con hombres que no fueran sus parientes? Ben-Hur estaba sorprendido de lo poco que sabía de sus vidas. ¿Cómo había administrado su madre el palacio familiar, con todos sus ocupantes, sus bodegas, los animales y el personal? ¿Había tenido una oficina en alguna parte o un administrador? ¿Era como la hija de Simónides, Ester, modesta pero competente? Probablemente, pero él no había prestado atención. Simplemente había sido un chico en su propio mundo. Esa era la frase que Iras había usado.

Pero ya no estaba en su propio mundo. Pensaba demasiado en ella. Sus ojos se fijaban en la muñeca de ella, en su pelo, en el contorno de su cintura, demasiado visible debajo de las túnicas transparentes que a ella le gustaban. El calor húmedo, decía ella, la hacía sentir mal. Ella levantaba el brillante río negro de su cabello apartándolo de su cuello para dejar que el aire llegara ahí atrás. Ben-Hur pensaba que quizás ella sabía lo atractivo que era el gesto, con sus brazos curvados levantados, que dejaban ver su piel suave...

De todos modos, ¿qué era lo que quería ella? ¿Solamente estaba aburrida? Él volvió a pensar en Tirsa y en su madre. Ellas siempre habían estado ocupadas. Leyendo, creando música, organizando, aprendiendo. Parecía haber muy poco de interés para Iras en el Huerto de las Palmeras. No parecía que leyera o tocara algún instrumento, ni que hiciera mucho además de ventilarse con un abanico y permanecer al lado del lago. Baltasar descansaba mucho. Las mujeres del jeque observaban a Iras con ojos salvajes, como si fuera una criatura ajena. Como, en efecto, lo era.

Ben-Hur entendía a los caballos, a diferencia de a Iras. Pasaba tanto tiempo como fuera posible con ellos. Había demasiado calor como para entrenar a mediodía, por lo que se despertaba cuando todavía estaba oscuro y caminaba descalzo a través del campamento hacia los establos cerca de las colinas. Las estrellas disminuían al tamaño del pinchazo de un alfiler a medida que el cielo se ponía gris y luego violeta. Para cuando los primeros rayos de luz del sol rozaban las cimas de las colinas, él ya tendría a los caballos con arneses.

En el establo y en la pista, no había preguntas. Ni una mujer, ni enemigos, ni rey que pudiera o no pudiera llegar. Él les agradaba a los caballos. Nunca los encontraba dormidos; siempre estaban despiertos, con las orejas inclinadas hacia adelante y sus ojos iluminados cuando él llegaba a su cercado. Él suponía que oían sus pasos. O tal vez conocían su olor, tan distintivo para ellos como el de Iras para él. A veces, cuando los dirigía hacia afuera, él se detenía por un momento en el amanecer fresco, cerraba los ojos y solo los sentía, respirando alrededor de él, con su brillante piel cálida, sus hocicos de terciopelo que lo golpeaban suavemente para mantenerlo moviéndose hacia adelante.

Les encantaba correr. Por mucho que parecían disfrutar de su presencia, él sabía que aún más les gustaba correr. Él estaba casi seguro de que les agradaba porque los ayudaba a correr mejor. Y después resolvió que era un tonto. Eran caballos, no hombres.

Pero persistía el hecho de que ellos confiaban en él. Retrocedían fácilmente a sus lugares, Aldebarán y Rigel, Antares y Atair, y se quedaban quietos a medida que se les abrochaban diversas cuerdas de cuero y ganchos. Al principio, unos mozos habían llegado a ayudarlo, pero ahora ellos ya lo sabían bien: era más rápido dejar que él solo enganchara a los cuatro.

Cuando él saltaba ligeramente a la cuadriga, ellos levantaban sus cabezas, pero no daban un paso adelante hasta que él recogía las riendas. Reunía las ocho cuerdas de cuero, las envolvía en su brazo y luego las aflojaba levemente. Ellos entendían.

Ah, ¡se sentía tan bien! El aire húmedo que a Iras le disgustaba tanto frecuentemente se extendía en una niebla delgada en la tierra, y el olor era maravilloso. Césped, hierbas, caballo: no había nada mejor. Al principio caminaban alrededor de la pista. Dejaba que los caballos jugaran, bufando y resollando, uno empezando a trotar por algunos pasos, otro lanzando su cabeza a una golondrina que pasaba volando hacia su nido. Luego trotarían en serio, alrededor, una y otra vez, más rápido cada vez. La brisa en el rostro de Ben-Hur se hacía más fuerte.

Luego, con una sacudida de las riendas, él los impulsaba a galopar. Para entonces corrían como uno, con las patas moviéndose al mismo ritmo. Aldebarán, al extremo, podía establecer el ritmo, pero Atair era el que tenía la resistencia. Podía seguir interminablemente.

Hacían carreras cortas a gran velocidad, galopando lo más rápido posible a un largo de la pista. Corrían alrededor de las curvas una y otra vez, en la parte interna y en la externa. A veces, Ben-Hur casi se alarmaba al ver que las ancas de Atair rozaban el cerco de la pista, pero sabía que quizás tendría que acercarse así a la orilla de la pista en la carrera. Si iba a haber un desastre, mejor aquí, sin que los tiros se amontonaran detrás de él. Mejor aquí que a la vista del público.

Y por mucho que estaba entrenando a los caballos, Ben-Hur también se entrenaba a sí mismo. El equilibrio que se requería era estupendo. Las cuadrigas tenían

CONSTRUCCIÓN DE CUADRIGAS

Los cuadrigueros romanos querían que sus cuadrigas fueran lo más ligeras posible, por lo que usaban mimbre, cuero y madera para construir lo que, en esencia, sería una canasta rodadora. Los cuadrigueros a veces se balanceaban en un mero eje. La mayoría de las carreras involucraban *quadrigae*, o cuadrigas jaladas por cuatro caballos.

barandas para sujetarse, por supuesto. Algunos hombres envolvían las riendas alrededor de sus cuerpos para dejar una mano libre para la baranda y una para un látigo. Pero Ben-Hur necesitaba sentir las bocas de los caballos, y ellos necesitaban el contacto con él. ¿De qué otra manera podrían comunicarse?

Así que sus piernas tenían que ser fuertes. Y su espalda, para sujetarse fuertemente contra los caballos. Sus manos volvieron a encallecerse, como se habían puesto en la galera, y su rostro se puso café, y dos veces al día nadaba en el lago para quitarse el polvo por haber dado vueltas a la pista de tierra detrás de cuatro caballos galopantes.

Todo era muy satisfactorio.

Ilderim le había dejado el entrenamiento totalmente a Ben-Hur. Ellos se reunían en la noche para cenar, pero la conversación era general y, Ben-Hur frecuentemente sentía, poco interesante. Solo la presencia de Iras le daba algún interés a las conversaciones. Ilderim le preguntaba cada noche acerca del progreso de los caballos, y Ben-Hur sabía que él los visitaba a diario en los establos cerca de la pista. Entonces, dos noches antes de la carrera, Ilderim invitó a Ben-Hur a caminar con él al lado del lago después de la cena.

—Tengo noticias —dijo en voz baja tan pronto como estuvieron lejos de la tienda—. Usted aparece en el programa con su propio nombre. Nosotros lo habíamos inscrito como el hijo de Arrio. ¿Hay alguien más en Antioquía que pudiera conocerlo?

—No —dijo Ben-Hur, sorprendido—. ¡Entonces tiene que ser obra de Mesala! Supongo que sí me reconoció en la Arboleda de Dafne.

—Tal vez —respondió Ilderim—. También supongo que nos ha estado espiando. Así como nosotros lo hemos hecho con él. A propósito, si hay cualquier información especial que usted quiera y que yo no haya considerado, debe hacérmelo saber.

—¿En serio? Entonces debe averiguar las medidas de la cuadriga de Mesala. Cada medida: el tamaño de las llantas, la altura del piso, del eje, la longitud del polo, cualquier detalle del arnés... ¿Se puede hacer?

—Desde luego —le aseguró Ilderim.

—Es porque uno nunca sabe cuándo puede surgir la oportunidad —agregó Ben-Hur silenciosamente—. En el calor de la carrera. El contacto entre las cuadrigas no es desconocido.

—No, es bueno saber tanto como sea posible. Agregaré que las posiciones de inicio también se han publicado, y usted tiene que formarse al lado de Mesala.

Ben-Hur se detuvo y tomó del brazo a Ilderim.

—¿De veras? ¿Cree usted que él hizo que eso ocurriera?

—Posiblemente —respondió Ilderim—. Tenga la seguridad de que si él puede sacar ventaja de eso, lo hará.

—Sí —agregó Ben-Hur y asintió con la cabeza.

Los dos hombres reanudaron su lenta caminata por el césped a la orilla del lago.

—Me pregunto si hay alguna manera de que esta noticia nos dé una ventaja.

—Pues yo creo que la hay —respondió Ilderim—. Si usted no la objeta. Aparentemente, hay mucha risa en Antioquía porque le permito a un judío que conduzca a mis alazanes. Se me considera un anciano tonto. Eso, por supuesto, es una buena noticia. Mientras más débiles y tontos nos veamos, menos cuidadoso será Mesala.

—Es cierto —dijo Ben-Hur—. Podemos sorprenderlo.

—En la pista, naturalmente —dijo Ilderim—. Pero también es posible que podamos extender nuestra ventaja con las apuestas. Al saber que usted es judío, la gente estará mucho más dispuesta a apostar por Mesala.

—Por supuesto —respondió Ben-Hur—. ¡Las probabilidades en contra de que yo gane serán inmensas!

—Sí. Se podrá ganar una fortuna o perderla. Mejor aún, esto podría hacerse muy públicamente. Ahora bien, es conocido que Mesala tiene deudas —continuó Ilderim—. ¿Cree que él apostará por sí mismo?

—Ah, definitivamente. Y si pierde suficiente dinero, y suficientemente en público, eso será una fuente de gran vergüenza.

—Sí, podría quedar arruinado, de una manera que la mitad del imperio sepa la historia. Con el nuevo cónsul aquí, todos los ojos están sobre Antioquía. Yo puedo manipular las apuestas, pero usted tiene que prometerme que ganará la carrera.

—Ah, no se preocupe en absoluto. —le dijo Ben-Hur—. Ganaré la carrera o moriré en el intento.

—Entonces Simónides y yo haremos el resto —dijo el jeque.

CAPÍTULO 30

PROBABILIDADES

Faltaba un día para la carrera. En las calles de Antioquía crecía el entusiasmo. Todo el día sería feriado. El desfile en dirección al estadio, que recorrería las amplias calles bordeadas de columnas, sería al mediodía: caballos, soldados, efigies de los diversos dioses, músicos, estandartes, bailarines y todo lo llamativo, brillante, ruidoso y espléndido pasarían por Antioquía camino al estadio. Una vez allí harían primero las ofrendas a los dioses, luego los deportes normales: carrera, lucha, salto, boxeo, lanzamiento de jabalina, todos los elementos de batalla que podían reducirse a habilidades personales. Los premios, en honor al nuevo cónsul, eran sumas magníficas. Los competidores habían llegado de todo el imperio.

Pero esos no serían los eventos más importantes. Ciudadanos que no tenían ningún interés en carreras de obstáculos se apiñaban en las esquinas de las calles discutiendo sobre la carrera de cuadrigas. Niños recorrían las calles vendiendo lazos de cintas o bufandas con los colores de los competidores. Las canciones subidas de tono de las tabernas habían sido adaptadas con letras nuevas que apoyaban a Cleantes el ateniense o a Mesala. Aunque en algunos barrios se podían ver los colores blancos de Ben-Hur junto con el verde de Cleantes, predominaban el rojo y dorado romano.

En el interior del gran salón del palacio gubernamental a la orilla del río no se veía ningún otro color, y si un hombre dejaba ver una franja de su túnica blanca, se le arrojaba una tela escarlata para ocultar el blanco. Desde luego Mesala ganaría —se daba por sentado. La única pregunta era por qué Ilderim, quien era conocido por ser astuto, había permitido que ese judío tomara las riendas de sus tan queridos alazanes.

No es que fuera muy importante. La victoria estaba asegurada, y en la sala se oía el siseo del nombre de Mesala. Las apuestas iban y venían sobre las otras competencias atléticas, naturalmente favoreciendo a los competidores romanos. Pero sobre la carrera de cuadrigas había pocas apuestas. Sobre el margen de victoria, claro, los hombres apostarían algunos sestercios. ¿Un cuerpo? ¿Seis? ¿Podría terminar primero Mesala por una vuelta completa? Se podía apostar que el judío no terminaría la carrera, pero las probabilidades no eran satisfactorias. Nadie se arriesgaba a apostar contra el triunfo de Mesala. Sería como apostar que el sol no saldría al día siguiente.

En efecto, pronto los hombres comenzaron a sentirse impacientes. ¡Tan temprano en la tarde y tan poca emoción en perspectiva! Había algo de murmullo, y también bostezos. Trajeron más vino y aparecieron los dados, pero parecían triviales. Mesala mismo holgazaneaba en un diván, visiblemente aburrido.

—¿Qué se siente ser tan favorecido que nadie apostaría contra ti? —dijo bromeando Flavio—. Podría resolver todos mis problemas económicos apostando una suma importante contra ti... ah, pero en ese caso tendrías que perder. No, no es un buen plan.

—No es de sorprender que siempre estés endeudado —comentó Mesala, sacudiendo el recipiente con los dados—. Ojalá pasara algo. Se hará larga la velada sin algún entretenimiento.

—Estoy seguro de que podríamos conseguir algunos bailarines o bailarinas.

—Sí, pero eso no tiene nada de divertido si uno debe mantenerse sobrio.

—Tú podrías conducir ebrio. Tengo una idea —continuó alegremente Flavio—, ponte ebrio públicamente. Espectacularmente, detestablemente ebrio. Insiste en conducir de todas maneras. Entonces, al menos, la gente apostaría en tu contra.

—O simplemente apostarían conmigo —dijo una voz profunda.

Los dos romanos, tumbados uno junto al otro en el diván, se sentaron para examinar al alto desconocido. A diferencia de todos los demás hombres del salón, vestía de blanco: la larga túnica blanca de un judío, confeccionada de grueso lino que se ajustaba al cuerpo, dándole toda una vuelta alrededor. También a diferencia de los romanos de cabeza descubierta, llevaba un turbante plegado, y en un largo dedo brillaba un gran ópalo engastado en oro. Pero lo más importante, llevaba un par de tablillas de marfil. Tablillas para llevar un registro. ¿De las apuestas, tal vez?

—¿Y quién eres tú?

Flavio pensó que el tono de Mesala era insolente, pero no le dio importancia. Un judío, como era obviamente ese hombre, jamás se ofendía. Especialmente un judío rodeado de romanos.

—Soy Sanbalat. Tal vez algunos de ustedes me conocen como el proveedor del ejército romano. —Miró alrededor del salón en busca de rostros familiares—. No, no veo conocidos aquí, aparte del héroe del momento, Mesala.

—¿Y por qué has venido a perturbar nuestras festividades? —preguntó Mesala.

—¿Festividades? Qué desilusión. Había oído mucho acerca de las orgías romanas, pero aquí los veo tan solemnes como el sanedrín.

Alguien del montón agrupado se rió por lo bajo, contra un fondo de murmullos. ¿Acaso este hombre los estaba comparando con el concilio judío?

—No obstante —continuó—, entiendo que soy más tolerado que bienvenido aquí. De manera que permítanme hacer lo que tengo que hacer. Afuera, en las calles, hay la misma falta de entusiasmo. En esta noche antes de las grandes festividades de Antioquía, las calles deberían estar atestadas de gente gritando y apostando y discutiendo. En lugar de eso, hay acuerdo general: Mesala ganará la carrera. Ya se sabe.

Mirando alrededor, Flavio vio que todos asentían en acuerdo. Sin duda, este Sanbalat era inteligente.

—Así es que les ofrezco mis servicios —continuó Sanbalat—. Como hombre de negocios, este es mi fuerte. Veo una necesidad y la suplo. La necesidad aquí, como yo la veo, es aceptar las apuestas de que Mesala ganará, ya que claramente nadie más está tomando esas apuestas. —Desenvolvió sus tablillas y extrajo una pluma mientras miraba a su alrededor animadamente—. ¿Caballeros? Estoy a su disposición. Primero digan sus probabilidades, luego el monto.

Más murmullos. ¿Había una trampa? ¿Acaso este Sanbalat no comprendía que estaba regalando su dinero?

—No me quedaré para siempre —dijo—. Voy en camino a ver al cónsul. Solo me detuve aquí para la conveniencia de todos —Miró alrededor, moviendo la pluma—. ¿Nada? ¿Nadie apuesta?

—¡Dos contra uno! —dijo alguien.

—¿Solo dos contra uno? ¿Siendo su auriga un romano? No —dijo, guardando sus tablillas—, no vale la pena apuntarlo.

—Cuatro contra uno —dijo un hombre muy joven, ruborizándose.

—¿Debo recordarles que mi auriga...? ¿Comprenden? Estoy apostando a Ben-Hur. Un judío. ¿Quién ha oído jamás de un judío que ganara una carrera de cuadrigas?

—¿Por qué haces esto? —preguntó Flavio—. Vas camino a perder todo.

—Considérenlo un sacrificio a los dioses —dijo tranquilamente Sanbalat—. No mi Dios, claro está, pero... —Señaló con la mano hacia las ventanas—. Hay muchos dioses ahí afuera. Algunos de ellos estarán complacidos. ¡Pero no con un cuatro contra uno! No he oído otra cosa más que el nombre de Mesala hoy, ¡no he visto otra cosa más que rojo y dorado en toda la ciudad! ¿Dónde radica la nobleza en apostar solo cuatro contra uno? ¿Qué honor le hace eso a Roma?

Mesala se irguió, pasando la mirada de uno a otro.

—¡Mírense! —dijo finalmente, poniéndose de pie de un salto—. ¡No sabía que eran cobardes! Yo apostaré por mí mismo, ¡seis contra uno! ¡Me dan ver-güenza todos!

—Salvo yo —dijo Flavio, arrastrando las palabras—. Todo el mundo sabe que jamás tengo dinero.

Sanbalat ignoró su intervención y siguió esperando.

—Escuchen todos entonces: Mesala de Roma apuesta a Sanbalat de Antioquía que le ganará al judío Ben-Hur en la carrera de cuadrigas. La apuesta, seis a uno. El monto, veinte talentos.

—¡Veinte talentos! —exclamó Mesala—. Pero...

✳ ✳ ✳

Cayó silencio y se mantuvo. Mesala era un líder, admirado por sus habilidades y su coraje. Pero su arrogancia también le había acarreado enemigos. Del fondo del salón se levantó una voz, desafiando la frase de Mesala: «¿Quién se atreve a lo que yo me atrevo?», seguida de risas.

Mesala movió la cabeza de un lado a otro mientras buscaba al que había hablado, a la vez que luchaba por hallar una respuesta para Sanbalat.

Ganaría la carrera, lo sabía. Pero si, que los dioses no lo permitan, perdía, quedaría debiéndole a Sanbalat 120 talentos. No tenía ni cinco talentos en ese momento, y ninguna manera de conseguir 115 más. Pero ya no podía echarse atrás. No soportaría la vergüenza. ¿Cómo podía haberse dejado mani-pular así?

—No —respondió finalmente a Sanbalat con firmeza—. Veinte no. Tú estableciste las probabilidades. A mí me corresponde establecer el monto. No quiero establecer un mal ejemplo para los más jóvenes aquí —Hubo un estruendo de risas, pero con buena disposición—. Sabemos que algunos de ellos viven por encima de sus medios —agregó, hincándole el dedo a Flavio—. Así que apostaré cinco talentos.

Sanbalat lo miró inexpresivo y luego asintió.

—¿Supongo que tienes la suma?

Mesala hubiera dado cualquier cosa para no sentir que se le ponía roja la cara.

—La tengo —dijo—. ¿Envío a alguien a buscar los recibos? ¿O aceptas mi palabra de honor?

—Oh, desde luego, la palabra de honor, ya que eres romano —dijo Sanbalat, escribiendo los términos de la apuesta—. En cuanto a ustedes —prosiguió, elevando el volumen de la voz—, estoy apostando al judío, Ben-Hur. Les ofrezco una apuesta colectiva contra él, de dos contra uno. Cinco de mis talentos dicen que ganará.

Hubo otra sonora carcajada y un grupo de hombres sacudieron en el aire los colores rojo y dorado, pero nadie se adelantó para ofrecer su dinero.

Flavio dijo a Sanbalat:

—Escribe la oferta y fírmala y déjala aquí. Estoy seguro que todos estaremos de acuerdo en aceptar la apuesta.

Sanbalat se puso de pie y asintió, inclinándose para firmar el documento.

—Está bien. Estaré en el estadio mañana, junto al cónsul. Si me lo entregan antes de que comience la carrera, la apuesta será válida.

Envolvió las tablillas y se inclinó ante Flavio y Mesala.

—La paz sea con ustedes, y con todos aquí. No debo hacer esperar al cónsul.

El grupo abrió paso cuando Sanbalat se retiró, con su túnica blanca flotando detrás de él.

CAPÍTULO 31

MULTITUDES

Ester nunca había lamentado el patrón de su vida. Sabía que era indispensable para su padre. Siempre estaba ocupada, y todos los días veía cuán importantes eran sus esfuerzos para el negocio que los alimentaba a todos. Hasta la llegada de Ben-Hur, había pensado poco en el futuro. Jamás recordaba que era una esclava.

Pero ahora, siendo tambaleada sobre el camello de Baltasar en el *houdah* de seda verde, con Iras a su lado, se sentía incómoda. Estaba contenta de asistir a la carrera de cuadrigas y agradecida de circular por las calles de Antioquía a una velocidad (y una altura) diferente a la de la enorme multitud. Baltasar había sido muy amable con ella, pero ahora parecía estar dormido, a pesar del modo de andar del camello. Iras la había saludado con una sonrisa, pero no dijo nada más; simplemente se abanicaba y miraba a su alrededor con calmo descaro. Cuanto más se le deslizaba de los hombros el velo de lentejuelas a Iras, más se apretaba Ester su velo de lino gris sobre la cara. Aunque en realidad no importaba. Los hombres en la multitud abajo miraban a Iras, le echaban una ojeada a Ester y luego volvían a mirar a Iras.

Lo cual estaba bien. Había solo un hombre cuya atención quería recibir Ester. Y para él, ella era invisible.

Suspiró. Invisible. Era lo correcto. Lo apropiado. Él era su dueño. Ella era su propiedad tanto como las sillas en las que se sentaba y los barcos anclados afuera de los depósitos de su padre.

Además, iba a ser un soldado. Si sobrevivía a esta carrera, desaparecería en el desierto y se dedicaría a luchar a favor del rey venidero.

—¿Estás emocionada, pequeña Ester? —irrumpió la voz de Iras en sus pensamientos.

—Supongo que lo estaré —respondió Ester—. Nunca he visto una carrera de cuadrigas.

—¿Sabes algo de las reglas?

—No. ¿Son complicadas?

Iras se rió.

—No, no. Pero las carreras pueden ser brutales, sabes. Son muy peligrosas.

—Sí, me imagino —dijo Ester con gravedad—. Los choques y todo lo demás.

—Sí —Iras sofocó un bostezo tras uñas rosadas—. En una oportunidad vi una carrera en Alejandría en la que el yugo de la cuadriga se astilló y atravesó a... ¡Oh! Perdón. Probablemente prefieres no saber.

—Sí, es cierto. ¿No es opresivo el calor? Creo que seguiré el ejemplo de su padre y descansaré hasta que lleguemos al estadio.

Ester se cubrió la cara con el velo y se inclinó sobre uno de los almohadones rellenos de plumón. Era una lástima que todo oliera tan intensamente a sándalo, pensó. Un perfume más suave hubiera sido más atractivo en Iras. Se entretuvo el resto del viaje creando en su mente un perfume para la egipcia con base en las especias y resinas aromáticas del depósito de su padre.

Pero una vez que llegaron, el ruido que provenía del estadio era tan fuerte que se liberó de tener que conversar con Iras. Para cuando subían los escalones para llegar a sus asientos, las competencias atléticas habían terminado. El alto nubio extendió una sombrilla sobre Iras, y Ester estaba consciente de que, siguiéndola, seguramente se veía como una sirvienta. Le habría gustado fingir, con tranquilidad, que había visto todo antes, pero su curiosidad fue más fuerte.

El estadio era inmenso. Construido de piedra, se elevaba empinado sobre el nivel del suelo. Alojaba a más gente de la que jamás se había imaginado que existiera. Los rostros en la distancia no eran más que miles de puntos. Bajo un toldo púrpura amplio, justo sobre la *porta pompae*, estaban los asientos para el cónsul y los romanos de alto rango. Allí los bancos estaban cubiertos de almohadones y mantas, y se abanicaban hojas de palmeras por encima de los espectadores vestidos de toga, quienes todos anunciaban su afinidad con Mesala con cintas de escarlata y oro.

La *porta pompae* estaba en una curva del estadio, con una excelente vista de las dos secciones rectas de la pista. Ester descubrió, mientras seguía al nubio por un corredor empinado, que el lugar escogido por Simónides e Ilderim estaba próximo a la primera fila. El cónsul romano seguramente veía la totalidad del estadio desde la distancia, pero ella podría ver una parte del mismo desde más cerca. Al sentarse junto a su padre, cuya silla con ruedas había sido llevada de alguna manera al interior del estadio, el desfile de los ganadores pasó por abajo, tan cerca que pudo ver el cabello del color de paja y los ojos azules redondos del luchador sajón, seguido por el luchador bajo y fornido de Damasco a quien el primero había derrotado.

—Fue una lucha muy buena —dijo su padre mientras Ester se instalaba a su lado—. El sajón tiene la ventaja de la altura y el alcance, pero el damasceno conocía algunos golpes muy interesantes.

Ester lo miró sorprendida, y él se rió, con un sonido extrañamente áspero.

—Mucho tiempo atrás, yo era admirador del deporte. Veo que no ha cambiado mucho. Supongo que no hay muchas maneras de hacer caer a otro hombre al suelo. ¿Disfrutaste del viaje en camello?

—Moderadamente —dijo Ester, consciente de que sonaba remilgada.

Su padre extendió la mano y le dio una palmadita en el brazo.

—Regresarás conmigo en el barco. Olvidé que tendrías que venir con Iras. No me agrada esa mujer, y creo que tiene los ojos puestos en Judá.

Ester miró a su alrededor, desconcertada por la franqueza de su padre, pero con el ruido que los rodeaba, Iras no habría escuchado.

—Bueno, eso no funcionaría jamás —respondió ella, aunque con un tono un poco cortante.

—Ester —dijo él—. Mírame. —Ella se dio vuelta con desgano, consciente de que se estaba poniendo colorada—. Oh, mi niña. Lo lamento. Nunca imaginé que...

Ella se secó una lágrima con su pulgar.

—No pasa nada —murmuró.

—No —dijo, mirando nuevamente el estadio, pero esta vez tomándola de la mano—. Sí pasa algo. Judá es un buen hombre. Tal vez un gran hombre. Pero ahora no tiene tiempo para pensar en mujeres.

—Iras parece pensar...

—Iras está jugando con él. Como un gato con una lagartija. El jeque Ilderim me ha dicho que Baltasar está horrorizado, pero no puede hacer nada. De todos modos, después de hoy, Iras no lo volverá a ver.

—Tampoco yo —dijo ella, pero era una pregunta.

—Eso no lo puedo decir. —Él miró el espectáculo ruidoso y espléndido, iluminado por el sol que tenía al frente, y continuó—: No podemos saberlo, Ester. Lo que tenemos en mente es demasiado grande para comprender. Tengo confianza en lo que hacemos, pero me asusta. La fe de Baltasar se basa en un reino de las almas; no sueña con una guerra. Pero Ilderim y yo creemos que correrá sangre antes de que venga el rey. Los romanos no se rendirán con nada menos.

—¿Y Judá está de acuerdo? ¿En organizar un ejército para el rey?

—Nos dará su respuesta final después. —Movió el brazo en dirección a la pista que tenía al frente—: Primero quería ganar la carrera. Creo que para él esta será la primera batalla.

—No sé si estoy preparada para ver una batalla —murmuró Ester.

—Creo que te será difícil no mirar —dijo su padre—. ¿Ves ese mástil rayado directamente debajo de nosotros? Es la línea de llegada. La carrera terminará aquí.

CAPÍTULO 32

VELOCIDAD

Los caballos estaban nerviosos. Naturalmente. Tan solo el ruido: mientras Ben-Hur revisaba los arneses, se lamentaba de no haberlo pensado. Jamás habían corrido ante un público tan grande. Debía haber hecho algo para prepararlos, tal vez haber organizado que algunos amigos del jeque vinieran a las prácticas y gritaran agitando cosas. Se apartó un paso de Rigel, el más seguro de los cuatro, y miró al alazano a los ojos. Rigel volteó la cabeza, azotando el aire con sus negras crines, y la sacudió antes de volver a su posición. Junto a él, Antares relinchó, y volvió el relincho otro caballo en la línea de establos. Ben-Hur pensó que tal vez era del equipo del corintio, tres de color castaño y uno gris moteado. Más altos que los alazanes. Y más pesados. ¿Importaría eso?

Era una carrera larga: siete vueltas. Tal vez debería haber hecho correr a los alazanes contra otros caballos. Esta carrera no se ganaría solamente por velocidad; también contaba la resistencia. Igual que la estrategia. En siete vueltas podía pasar cualquier cosa. Lo había visto muchas veces en Roma. Los mejores caballos, los más cuidadosamente entrenados, las cuadrigas más resistentes, las tácticas más astutas... todo podía quedar en nada por un golpe de mala suerte. En ocasiones ocurría lo opuesto: de vez en cuando cuatro caballos y un hombre llegaban a un nivel que nunca antes habían alcanzado y ganaban cuando no se lo merecían. Los romanos decían que eso estaba en manos de los dioses. Era difícil imaginar al Yahveh judío, con sus tablas de piedra y sus duras sentencias, preocupándose por el resultado de una carrera de caballos.

El llamado de advertencia sonó en el amplio corredor y, desde afuera, resonaron las trompetas. Había llegado la hora.

Los equipos estaban en diferentes recintos de acuerdo a la posición de partida, con el equipo externo más cerca de la entrada. Cada auriga llevó a su equipo al pasillo y, mientras los mozos de cuadra sujetaban a los caballos, cada auriga se trepó a su cuadriga. Ben-Hur pudo oír las ovaciones cuando el auriga de Sidón entró al estadio, el primer competidor en aparecer. Hubo silencio y penumbra en el largo túnel bajo las filas de asientos; resplandor y clamor afuera. Sintió una sacudida de emoción.

Luego entró el corintio, con sus tres castaños y el gris. A continuación, el ateniense, que había corrido con frecuencia en Antioquía y cuyos partidarios vestidos de verde lanzaron un poderoso grito cuando su equipo salió a la luz del sol. El auriga de Bizancio le siguió, saliendo del túnel de golpe, casi fuera de control. Ben-Hur se trepó a su cuadriga.

Se movió con soltura. Se percató de todo y de nada. La elegante curvatura hacia adentro de las orejas de Atair, las sonrisas alentadoras de los mozos de cuadra de Ilderim, el momento eterno en que sus magníficos caballos —guarnecidos, ansiosos, listos— esperaban su señal para avanzar. Esperaban aunque no querían otra cosa más que correr. Esperaban aunque podían ver la luz del sol, podían *sentir* el ruido desde la cabeza hasta las patas. Esperaban porque él era el amo. Esperaban su señal.

Aflojó una fracción la tensión del brazo. Lo sintieron y avanzaron ordenadamente, caminando, caminando, caminando, luego un trote, y entraron en el inmenso y bello estadio lleno de seres humanos, todos esperándolos.

Hubo una explosión de sonido. ¡Era asombroso que las voces humanas pudieran producir tanto revuelo! Ben-Hur entendió algo de lo que los caballos probablemente sentían: la vibración del sonido atravesando todo su cuerpo. Levantó la cara al sol por un instante, luego se detuvo suavemente frente a la *porta pompae*, donde, igual que todos los conductores, saludó al cónsul. Entonces avanzó.

Detrás del estadio, había altos cipreses que arrojaban sombras alargadas y gráciles sobre las gradas superiores, modelando los rayos del sol de la tarde. La pista estaba en perfectas condiciones, suave y pareja. A su izquierda, toda una amplia sección gritó y agitó algo, todos de blanco.

Detrás oyó otro bramido: Mesala, el último auriga en entrar al estadio. Del otro lado de la pista podía ver las masas de rojo y dorado que titilaban en los asientos sombreados. Cuando el equipo de Ben-Hur llegó a la curva de la pista, dejó ir a sus caballos a medio galope. Ahora podía ver todo el estadio. ¿Cuántas decenas de miles? Todos atentos, todos mirando y esperando. Se veían vestimentas verdes. Ropa apagada de uso diario en Antioquía. Más del escarlata y dorado romano. Los partidarios de Mesala superaban a los suyos. Pero había suficientes. Suficientes para ver la derrota de Mesala.

Ruido de cascos detrás suyo, demasiado rápido. A su izquierda, al interior. Un grito:

—¡A un lado, judío!

El equipo de Ben-Hur jaló las cuerdas, pero no los dejó acelerar el paso. Los pares blanco y negro de Mesala lo alcanzaron y luego lo pasaron a todo galope. Ben-Hur observó la cuadriga de Mesala, cuyos accesorios de bronce reflejaban la luz, casi volando detrás de sus caballos. Solo lo sujetaban al suelo las máscaras de los leones de bronce que sobresalían de las ruedas, pensó Ben-Hur. Todo ese peso, solamente por decoración: Mesala en pocas palabras.

Los jueces de salida, a medio camino de la recta, estaban en su lugar. La multitud se apaciguó y se fue quedando en silencio. Los equipos ocuparon sus puestos, cada uno en su carril, casi rueda con rueda. A la derecha de Ben-Hur, el bizantino captó su mirada y lo saludó con un gesto de la cabeza. Casi podían darse la mano. A su izquierda, Mesala.

El piso de esa cuadriga era más alto que el de Ben-Hur; las ruedas eran ligeramente más grandes, de manera que Mesala bajó la cabeza para mirar a Ben-Hur a los ojos.

—Pensé que estabas muerto, Judá —dijo, levantando la mano para saludar a la multitud—. No importa. Ya estás prácticamente muerto.

Ben-Hur no reaccionó. No era el momento de pensar en Mesala, el hombre, su antiguo amigo, que lo había traicionado. No era el momento de preguntarse qué sentía o pensaba Mesala. Era el momento, finalmente, para derrotarlo. Todo se había preparado para este momento. Los caballos, el entrenamiento, las apuestas que enfocarían toda la atención en su duelo: todo el mundo en el estadio sabía que para el romano y para el judío era un combate a muerte. Solamente uno de los dos sobreviviría. ¿Por qué gastar su energía en Mesala ahora?

Sonó una fanfarria de bronces y los caballos arrancaron. Los jueces comenzaron el conteo. Era la primera prueba de habilidad para los aurigas: los jueces sostenían una cuerda embebida en tiza a la altura del pecho de los animales y la dejaban caer a una cuenta establecida. Golpear la cuerda demasiado pronto era un desastre: a veces fatal. Pero alcanzarla demasiado tarde era ceder la ventaja. Los caballos de Mesala galoparon hacia adelante, apenas bajo control, y Ben-Hur comprendió inmediatamente que el romano había arreglado la partida. Los jueces soltarían la cuerda para él, incluso si llegaba antes de terminar el conteo. Ben-Hur aflojó las riendas y los alazanes ganaron velocidad, pero ya se había iniciado el caos delante de él.

Cada conductor debía cruzar la cuerda en su propio carril, pero de ahí en adelante era libre de cambiar de carril. Mesala, del lado interior, sabiendo que estaba seguro, había permitido que sus caballos alcanzaran toda su velocidad antes del poste de partida y lo pasó como un rayo. Pero el bizantino vio una oportunidad; atravesó repentinamente en dirección al carril interior mientras llegaba a la línea de partida, cruzando el carril de Ben-Hur unos segundos detrás de Mesala. Se había esforzado demasiado. Sus caballos estaban fuera de control. Jaló las riendas echando su peso hacia atrás contra los miles de kilos de los caballos al galope, incapaz de frenarlos, incapaz de dirigirlos, consciente de la tropa que venía detrás de él.

Ben-Hur no vio el impacto. Solo alcanzó a ver fugazmente algo incorrecto delante de él, una formación que se descarrilaba, y sin pensarlo dirigió a sus alazanes hacia la derecha. A su izquierda, aullidos. ¿Un hombre que gritaba de dolor? ¿Un caballo? Acabado. Terminado.

✳ ✳ ✳

Ester se tapó la cara con las manos. En la pista hombres saltaron las barandas para despejar los restos del desastre. Arneses enredados, cuadriga aplastada, carne destrozada.

—¿Cómo pueden...? —susurró Ester horrorizada—. Dime cuando hayan terminado.

—Obsérvalos cuando pasen nuevamente y comprenderás —respondió Simónides—. Hay gloria en eso. ¿Quieres que te diga lo que veo? Mesala está al frente, manteniendo su puesto al interior. Judá está en el exterior. Se están alejando de nosotros ahora. No veo bien... Sí, parece que va último.

—¡Último! —Ester bajó las manos. Se protegió los ojos del sol y miró a la pista—. No, no es el último. Es... Bueno, no, creo que el ateniense...

—Correrán siete vueltas, Ester, Judá tiene tiempo —le dijo su padre.

✳ ✳ ✳

En el palco del cónsul, Sanbalat miraba plácidamente.

—Creí que habías apostado dinero al judío —dijo el cónsul.

—Lo hice —estuvo de acuerdo Sanbalat—. Aunque no lo suficiente.

—¿Crees que ganará?

—Oh, sí —respondió Sanbalat—. Y si no lo hace, ganaré dinero con los hombres de Mesala.

—¿Y si gana algún otro? Veo cinco equipos en la carrera.

—Yo veo dos, Su señoría. Y tres extras.

✳ ✳ ✳

Esa no era la perspectiva de Ben-Hur acerca del asunto. Para él había cuatro equipos que lo desafiaban, y todos iban delante de él. Justo donde los quería. Típico de Mesala tomar la delantera: fanfarrón, nervioso, corto de vista. Desde el frente, Mesala no podía ver que una de las ruedas del ateniense parecía bambolearse ligeramente. Ni que los caballos del corintio daban la impresión de no resistir mucho más a ese ritmo. Al frente, Mesala solo podía saber de su propio equipo. Podía sufrir una sorpresa.

Tal vez era hora de proveerle más información a Mesala, pensó Ben-Hur. Más de la que obtendría de sus espías o de las habladurías en Antioquía. Era hora de permitirle a Mesala un buen panorama de los Hijos del Viento. Ahora, al comienzo de la carrera. Darle una oportunidad para preocuparse.

De todos modos, a sus caballos no les gustaba correr detrás.

Aflojó mínimamente las riendas y cambió su peso hacia el lado externo. Como uno solo, los alazanes apuraron el paso y giraron ligeramente hacia la derecha. Comenzaron a pasar al sidonio.

✳ ✳ ✳

—Mira, Ester, se está adelantando —dijo Simónides—. ¿Puedes verlo?

—¡Sí! —afirmó ella—. ¡Del lado exterior!

—Del lado exterior —la voz de Iras apareció por detrás, junto con una parte de su gasa dorada fina—. ¿Puedo sentarme aquí?

—Por supuesto —dijo Ester y movió su manto más cerca de ella.

—Es una movida insensata —afirmó Iras—. Los caballos tendrán que cubrir una distancia mayor. Claro que cuando estaba entrenando en el campamento del jeque, dedicó muchas horas de cada día a correr con los caballos. Siempre terminaba exhausto. Pero me pregunto si es la estrategia adecuada.

—¿Eres versada en carreras de cuadrigas? —preguntó Simónides cortésmente.

—En Alejandría vamos con frecuencia a las carreras. El estadio es mucho más bello que este. Y el público... bueno, naturalmente es más sofisticado. Son conocedores de caballos magníficos.

—Como tú —dijo Ester.

—Bueno, no pretendo eso —respondió Iras—. Mira, Ben-Hur de verdad ha pasado a alguien.

✳ ✳ ✳

Había sido muy fácil, pensó Ben-Hur. El sidonio nunca debió haber participado en la carrera. Vio la línea en la superficie donde la pista estaba en sombras y la pasó a todo galope, casi estremeciéndose en el aire ligeramente más fresco. El equipo ateniense corría con firmeza. Les echó una mirada, observando la facilidad con que se manejaban. Un equipo con resistencia, pensó. Pero tal vez no con suficiente velocidad.

El centro de la pista estaba divido por la espina (arriba), una plataforma larga y estrecha que incluía monumentos a los dioses romanos. La espina quedaba protegida de las cuadrigas por postes cónicos llamados metas (izquierda).

✳ ✳ ✳

En el lugar donde había comenzado la carrera estaba el espía en el suelo, llorando. Las cuadrigas venían tronando por la pista y los restos de la cuadriga bizantina ya se habían retirado, junto con el amasijo teñido de rojo del cuerpo del auriga. Tres de los caballos, que corcoveaban y se paraban en las dos patas de atrás, habían sido dominados y llevados de regreso al establo, pero el espía estaba agachado junto al último caballo, cuya pata derecha yacía formando un extraño zigzag en el suelo.

—¡Hazlo! ¡Ya llegan! —gritó un oficial de carreras junto a él—. ¡No tenemos tiempo!

Había mucho que lamentar, pensó el espía. ¿Por qué se había hecho mozo de cuadra? ¿Por qué era mejor que ser espía? ¿Por qué había hecho alarde de sus experiencias? ¿A quién había hablado de su tiempo en el matadero? ¿De dónde había salido ese cuchillo, y estaba lo suficientemente afilado para la tarea? Extendió la mano izquierda, ubicó el punto, cerró los ojos y se encontró... ¿deseando? ¿Orando? Pensando en el valiente caballo y despidiéndolo mientras sus manos se bañaban con el flujo de la sangre, caliente y con olor a hierro.

—¡Rápido! ¡Rápido! —gritaba todo el mundo. El cuerpo fue arrastrado hacia afuera, arrojaron tierra sobre la mancha mojada, después más tierra, y la restregaron para que los caballos que ya venían por la pista no percibieran el olor a muerte de uno de los suyos.

✳ ✳ ✳

En el centro de la pista había dos series de tres columnas, altas y sólidas. Cada serie terminaba en un entablado horizontal ornamentado. En el extremo del estadio, cerca de Ester y Simónides, el entablado terminaba en siete enormes bolas labradas. En el extremo opuesto, en siete delfines labrados. Ahora que las cuadrigas terminaban la curva y entraban a la recta, un hombre se trepó al entablado.

—Mira, Ester —dijo Simónides—. Quitan una bola cada vez que pasan las cuadrigas, y lo mismo al otro lado, con los delfines. De esa manera sabremos cuánto queda de la carrera. ¿Lo ves? ¡Ahí va!

Pero Ester no tenía interés en una bola arrojada al suelo. Estaba totalmente concentrada en Ben-Hur. Ahora comprendía qué buena era la ubicación de sus asientos: podía ver claramente la expresión de su rostro: atento, concentrado; sus ojos oscilaban entre su equipo y el de Mesala, y de allí a la rueda de la cuadriga de Mesala a medida que se acercaba cada vez más. ¡El ruido era ensordecedor! Los cascos de los caballos, incluso amortiguados por la tierra de la pista, pasaban tronando, y las cuadrigas generaban un traqueteo y un repiqueteo metálico tan fuerte como el de una caravana comprimida en un pequeño espacio. Pero luego llegó un sonido leve, extraño e inoportuno: era el silbido y el chasquido de una fusta. La fusta de Mesala, sobre el lomo de los alazanes de Ilderim. De nuevo, y esta vez Ester ahogó un grito. El látigo de Mesala había dado en el rostro de Ben Hur.

✳ ✳ ✳

Ben-Hur apenas lo sintió. Una punzada, una leve quemadura, ¿qué importaba si cada músculo de su cuerpo ya estaba gritando al máximo para mantenerlo en pie, para sujetar los caballos... y sujetar los caballos después del latigazo de Mesala? Estaban momentáneamente enloquecidos. Jamás habían sentido el toque de una fusta, y el instinto de cada uno era sencillamente escapar. Su armonía flaqueó en tanto que cada uno corría lo más rápido que podía. Rigel, el más lento, apenas podía seguir el ritmo, mientras Antares, el más fuerte, tiraba la cuadriga hacia el centro de la pista. Ben-Hur sujetó las riendas con todas sus fuerzas, inclinándose para contrarrestarlos. Por un instante recordó las galeras, la lucha con los remos. Luchaba contra nada menos que el inmenso océano. La espalda, el pecho, las piernas, los brazos, todos jalando: lo había hecho una y otra vez durante años. Lo podía hacer una vez más. Pero luego algo le nubló la vista. Peor. Se le oscurecía, se le borraba, le quemaba con el sudor: seguramente era la sangre de la herida que Mesala le había causado.

No se atrevió a mover las riendas de su mano izquierda mientras los caballos seguían galopando aterrorizados. Ni siquiera se atrevió a levantar el brazo izquierdo para limpiarse la ceja, ¿quién sabe qué señal entenderían los caballos por el movimiento de las riendas? Dejó caer la fusta de su mano derecha con la esperanza de que fuera quitada de la pista antes de la siguiente vuelta para que no se enredara en las patas de los caballos. Levantó su muñeca derecha hasta su ceja, limpió la sangre en el pecho de la túnica y repitió el gesto. Estaba perdiendo mucha sangre.

Y estaban entrando en la curva con demasiada velocidad.

Observó que Mesala refrenaba su equipo y a regañadientes admiró su pericia. Los cuatro caballos aminoraron el paso levemente, acortando su zancada uniforme, y luego, momentos después, volvieron a ampliarla, tomando velocidad, como si se hundieran levemente en la tierra en la medida que sus cuerpos se aplanaban. Ben-Hur sabía lo que se sentía, ese suave aumento de velocidad.

Pero los alazanes ya estaban bajo control. La curva atrajo su atención, y se sintió agradecido por las horas de entrenamiento con ellos. Fue como si se liberaran de la distracción del latigazo para enfocar su atención en la tarea por delante. Se limpió la frente una vez más. ¿Estaba pegajosa? ¿Acaso el viento en su rostro le estaba secando la sangre?

✳ ✳ ✳

El jeque Ilderim estaba sentado, tan quieto como una piedra. Sus manos se aferraban al banco a cada lado de su cadera, y se inclinaba hacia adelante como si tratara de acortar la distancia entre él y los alazanes. ¡Fustigados! ¡Ese perro romano se había atrevido a fustigar a los Hijos del Viento! Esas bellas criaturas a las que apreciaba más que a sus hijos, que conocían su voz, su tacto, su aroma, que venían a su llamado y captaban su ánimo, ¡fustigados!

Pero al menos se había evitado el desastre. Había sido un mal momento. Desde atrás, cuando las cuadrigas se disparaban por la pista hacia la curva, parecía que Ben-Hur perdería el control. Pero ahora entraban a la recta y los alazanes corrían como uno solo.

Pero habían perdido terreno. Nuevamente estaban últimos. Todavía corrían con fuerza, se dijo a sí mismo Ilderim. Ordenadamente. Había suficiente tiempo.

El segundo delfín cayó al suelo.

✳ ✳ ✳

El ruido en el palco del cónsul era ensordecedor. «¡Me-sa-la! ¡Me-sa-la!», gritaban los jóvenes, saltando y agitando banderas de color rojo y dorado cuando pasaban las cuadrigas. Toda la sección cercana de asientos estaba igual de ruidosa, pero también lo estaban otras partes del estadio. No habían muchas reglas en las carreras de cuadrigas. Como los demás deportes, era similar a un combate. Lo que tenía éxito en el campo de batalla, tendría éxito en el campo de la competencia. Pero golpear a los caballos de otro hombre era ir demasiado lejos. Eso por lo menos era la opinión en los palcos llenos de frigios y cilicios y sirios y chipriotas y toda la miscelánea cultural de Antioquía. Tal vez no habían comenzado apoyando al judío. Seguramente tenían dudas de a quién defender. La mayoría de ellos tenían negocios con Roma, y tener negocios con Roma implicaba adecuarse visiblemente a los hábitos romanos. Hacer lo que Roma quería. Pero ese día, en ese lugar, ver al judío conduciendo esos caballos árabes —y los caballos del jeque Ilderim eran famosos en toda la mitad oriental del imperio— no era solamente una novedad. Era una nueva idea. ¿Podía Roma, efectivamente, ser derrotada? Si lo era en una pista, ¿podría serlo en una batalla? ¿En el mercado?

Tal vez hasta la misma Roma lo pensaba. Tal vez por eso el auriga romano había azotado a los caballos árabes.

¿Era posible que hubiera aumentado el público con banderas blancas? ¿Acaso no había más que antes? Sanbalat así lo creía. Hacía cuentas en su cabeza a la velocidad del rayo. Si esto, entonces aquello. Si Ben-Hur gana, tanto dinero. Si gana Mesala, otra suma. ¿*Podía* ganar Ben-Hur? Las pérdidas de Sanbalat estaban garantizadas por Simónides, de manera que en lo tocante solamente a su cartera, no importaba quién ganara. Pero comenzó a pensar en esa posibilidad: una victoria judía. Una derrota romana.

✳ ✳ ✳

Cayó la segunda bola. Cuando las cuadrigas pasaron como un rayo, Ester alcanzó a ver la cara de Ben-Hur nuevamente. Iba al último salvo por el sidonio, cuyos caballos ya estaban comenzando a flaquear. Frente a Ben-Hur corrían el ateniense y el corintio, con sus equipos galopando zancada con zancada; y al frente iba Mesala, apuesto, orgulloso y solo.

—Es magnífico, ¿verdad? —susurró Iras al oído de Ester.

Ester se volvió y se sorprendió al ver que Iras hablaba de Mesala, no de Ben-Hur. Iras percibió la mirada de Ester y se encogió de hombros.

—Ambos son apuestos —explicó—, pero yo prefiero un héroe.

Yo también, pensó Ester pero se mantuvo en silencio. Sin embargo, el heroísmo de Ben-Hur era de otro tipo; eso era todo. Es fácil ser un conquistador si otra persona ha hecho la conquista por ti. Más difícil si estás corriendo al final, con sangre en el ojo y la cara llena de polvo. Se veía tranquilo. Parecía... ¿podía ser? ¿Contento?

✳ ✳ ✳

Curiosamente, Ben-Hur *estaba* contento.

Siempre le pasaba en una carrera, ese momento de bienestar. Salvo que fuera una de esas carreras en las que absolutamente nada había salido bien. Esta no era una de esas carreras. A pesar de la pérdida de la fusta, a pesar de Mesala, a pesar de la sangre que le caía al ojo. La sangre había disminuido. Ardía menos. Y los Hijos del Viento galopaban como música. Dos vueltas terminadas; faltaban cinco. Tiempo suficiente. Los alazanes podían correr y correr. El aire pasaba de prisa apagando todo sonido, salvo el constante ruido rítmico de los cascos. Anticipó la transición a la sombra, cuando la visión se confundía por un momento. Pasó los delfines. Ahora la curva, una leve presión en las riendas. Los alazanes se serenaron. Frente a ellos, el ateniense y el corintio corrían uno al lado del otro. ¿Sería este el momento? ¿Debería pasarlos? ¿Poner fin a esta etapa de la carrera?

Los caballos le leyeron el pensamiento. Tomaron la decisión por él. Al final de la curva, cuando se acercaban a su paso más veloz, hicieron un movimiento hacia afuera. ¡Ah! Era magnífico sentir esa fuerza y esa unión. La voluntad de ellos y la suya iban y venían por las tiras de cuero de las riendas, moviéndose y hablando solo por el tacto. En la curva, los cipreses arrojaban sombras parpadeantes sobre el estadio. Con cada vuelta que daban, la sombra era más profunda. Algo en qué pensar para la próxima vuelta.

✳ ✳ ✳

Pasaron galopando frente al palco del cónsul nuevamente. Mientras pasaban frente al toldo púrpura y los aristócratas romanos, Flavio se preguntaba si Sanbalat aceptaría una apuesta a favor de Ben-Hur. Una apuesta considerable. Si el judío ganaba, pensó Flavio, sus problemas financieros estarían resueltos por un largo tiempo. Se puso de pie y vitoreó con los demás, gritando «Me-sa-la» a la vez que observaba al equipo de caballos árabes conducidos por el judío. Corrían suavemente, pero con entusiasmo. Flavio miró de reojo a Sanbalat. No, concluyó; un aristócrata romano no apostaría a favor de un judío a plena vista del cónsul romano.

La tercera bola cayó al suelo.

✳ ✳ ✳

Cleantes el ateniense se puso delante del corintio. Ahora iban todos en fila, cada cuadriga en la pista del lado interior, con espacio entre ellos. El espía estaba de pie en el lado interior de la pista, mirándolos acercarse. El equipo de Mesala, ¿se estaría cansando un poco? Observó la forma en que sus patas tocaban el suelo; se volvió y miró sus cuartos traseros, captando fugazmente el rostro de Mesala. Cuánto odiaba a ese hombre.

Lo habían enviado a levantar la fusta de Ben-Hur de la pista, y estaba en el suelo a un lado. ¿Podría usarla? ¿Tal como Mesala la había usado? ¿Un golpe rápido al rostro de Mesala? Era una idea agradable, pero estúpida. Lo habrían atrapado, maniatado y matado antes de la próxima vuelta.

Además, tal vez no sería necesaria una intervención así. Los árabes parecían tener energía para correr todo el día.

✳ ✳ ✳

Pero Cleantes sintió un temblor. ¿O tal vez era otra cosa? ¿Fricción? Algo había dejado de moverse en forma pareja, y a su codo, con horror, vio lo que era: la rueda. Ya no giraba derecha. Miró hacia adelante, luego volvió a echar una mirada hacia abajo. ¿Sería cierto?

Lo era. La rueda se bamboleaba. Y mientras la observaba, el bamboleo se amplió. Intentó moverse hacia fuera, procuró jalar las riendas para aminorar la marcha de sus caballos y sacarlos del paso de las otras cuadrigas. Podía sentir al corintio pisándole los talones, gritando; luego vio los hocicos de los tres caballos castaños y el gris. Estaban a su codo. Al lado de esa rueda. Sus caballos sabían que se acercaban y se inclinaron contra las riendas, obstinados y furibundos.

El auriga corintio estaba junto a él, señalándole la rueda. Cleantes tiró con más fuerza del arnés, pero la rueda viraba de un lado a otro y se saldría en cualquier...

Miles de gargantas tomaron aire al mismo segundo, seguido por gritos de horror. La rueda se soltó y rodaba salvajemente a través de la pista. El cuerpo de la cuadriga dio contra el suelo con fuerza y se desarmó, arrojando trozos de metal y madera por el aire. Cleantes salió disparado y yacía, atónito, en la tierra de la pista mientras su equipo arrastraba los restos destrozados de la cuadriga a lo largo de la baranda. Los caballos estaban aterrados, desesperados por escapar de ese bulto deforme y ruidoso que tenían atrás.

El corintio había logrado seguir adelante, pero unos metros atrás Ben-Hur y el sidonio se precipitaban contra los restos. Cleantes rodó, se sentó y saltó hacia el costado, donde las manos del espía y de otros asistentes lo sacaron rápidamente del camino.

✳ ✳ ✳

Ben-Hur apenas lo notó. Su campo de visión se había reducido. Estaba consciente solamente de sus caballos y de la pista por delante. En algún punto a la derecha, el equipo ateniense se había detenido, estremeciéndose y parándose en dos patas, sus pecheras salpicadas de espuma. Pero la pista estaba llena de restos. ¿Cómo lograr que los árabes pudieran atravesarlos?

Miró hacia adelante. Había un paso, casi despejado. Ya llegaba. Las patas de los caballos no debían enredarse. A esa velocidad, una pisada en falso podría quebrarles una pata. Pero había una manera... Galopando juntos, por instantes parecían elevarse del suelo. Tal vez podían saltar; había solamente una tabla, plana, no tocaría el piso de la carroza, si la encaraban bien... No había tiempo... Las ruedas...

Las ruedas golpearon la tabla. La cuadriga voló. Ben-Hur se sujetó en la baranda y saltó con la cuadriga. Aterrizó tan suavemente como pudo.

Los árabes continuaron galopando hacia adelante.

✳ ✳ ✳

Ester escondió la cabeza en el hombro de su padre, olvidándose por una vez en la vida su fragilidad. Él logró ponerle el brazo alrededor y le dijo al oído:

—No te preocupes. Judá está bien. El único daño fue para la cuadriga del ateniense. El auriga se salvó.

—¡Detesto esto! —le susurró Ester a su padre—. ¿Por qué viene a verlo la gente?

—Ansían la emoción, supongo —dijo—. Y los distrae de sus peleas y desilusiones.

Ester se acomodó en el asiento y se ajustó el velo sobre los hombros.

—La gente es horrible.

—Sí —respondió Simónides—. Así es, con frecuencia.

✳ ✳ ✳

Cayó el cuarto delfín. De los seis equipos que empezaron, solo quedaban cuatro. Mientras Mesala, el corintio, Ben-Hur y, muy lejos atrás, el sidonio corrían por la curva, cada fragmento de la cuadriga del ateniense fue retirado de la tierra. Al espía lo enviaron a ayudar a calmar a los caballos griegos, lo que hizo con tanta eficacia que pronto estuvieron libres de sus arneses y entrando por el túnel para que les revisaran para ver si estaban heridos. Para cuando los competidores llegaron a la altura del palco del cónsul, la pista estaba despejada.

—Solo quedan cuatro cuadrigas ahora —le dijo el cónsul a Sanbalat.

—Dos, y dos extra —respondió Sanbalat—. Seguramente estará de acuerdo conmigo en que el sidonio ya está fuera de la competencia.

En efecto, estaba media pista atrás.

—Estoy de acuerdo en que, sin otro desastre, no puede ganar —dijo el cónsul.

—Y otro desastre sería extraordinariamente desafortunado —comentó Sanbalat.

—La suerte tiene su parte en estas carreras —replicó el cónsul—. Como en la guerra. Se sabe que la diosa Fortuna es caprichosa.

Sanbalat solamente inclinó la cabeza. Hay que ser cortés con los clientes, pero no hace falta estar de acuerdo en todo.

Cayó otra bola.

✳ ✳ ✳

Cuando los árabes corrían por la curva, la mente de Ben-Hur también pensaba en la suerte. Dos de las cuadrigas estaban fuera de la carrera. El sidonio no era una amenaza. El corintio, bueno... había estado delante de Ben-Hur toda la carrera. Pero no había nada particularmente notable en él, en su equipo o en su cuadriga. Ya había transcurrido más de la mitad de la carrera. Era hora de comenzar a ganar.

✳ ✳ ✳

El equipo de Mesala galopaba al frente. Sus caballos preferían llevar la delantera. Algunas personas pensaban que no comprendía a sus caballos, pero sí lo hacía; era un excelente jinete. A esas criaturas no les gustaba que la tierra levantada por los cascos de otros caballos les diera en la cara. Y tiraban de las riendas de su conductor. Había que admitirlo, eran un equipo apropiado para un hombre: no cualquiera podía controlarlos. Pero una vez en el carril, llevándolos por delante de la tropa, todo andaba bien. Ganaría dinero de esa ridícula apuesta con Sanbalat. ¡Qué lamentable apuesta para el judío!

Llegó a la curva. Serenó a sus caballos, y luego liberó levemente las riendas para dejarlos ganar velocidad mientras la rodeaban. ¿Parecía que respondían un poco menos? Tal vez se estaban cansando. Aunque no deberían. Estaban tan en forma como cualquiera de los caballos en la pista, eso lo sabía.

De todos modos, había poco más de dos vueltas para correr. Hizo chasquear su fusta cerca de la oreja del caballo blanco que estaba junto al yugo. Solo para recordarle lo que era ese dolor. Ya, entonces todos apuraron el paso.

Pero ¿le pareció sentir algo nuevo? ¿U oírlo? Otro equipo. Bueno, el corintio siempre se había mantenido cerca. Tal vez este era su último esfuerzo. Mesala se inclinó levemente hacia adelante y volvió a azotar la fusta. No había por qué facilitarle la carrera a nadie.

Cinco delfines en el suelo.

✳ ✳ ✳

A medida que los equipos se acercaban a la *porta pompae*, un romano muy joven con la túnica impecable se acercó a Sanbalat.

—¿Es muy tarde para apostar contra el judío? —preguntó—. ¿Cien sestercios?

Flavio se levantó y puso una mano sobre el hombro del joven:

—Perdóname, Sanbalat, por intervenir. Soy el oficial al mando del joven Tercio y siento la necesidad de ofrecerle una lección en esto. ¿Es tu primera carrera de cuadrigas? —preguntó.

—Sí —respondió el joven, poniéndose colorado.

—Como yo sé cuál es tu salario, y conozco las circunstancias de tu padre, pienso que alguien te ha persuadido de que esa apuesta es una buena idea. De que es seguro que el judío perderá. ¿Es así?

El joven asintió con la cabeza.

—Es lo que todos dicen.

—Y puede ser que tengan razón —respondió Flavio—. Pero mira ahora, a medida que se acercan. Dime lo que ves. ¿Se ven lozanos los caballos de Mesala? ¿Los está frenando él?

—No, ha utilizado la fusta. Dos veces.

—Y este Ben-Hur. Aquí viene. ¿Qué ves?

Todos los que oyeron miraron hacia abajo, como había sugerido Flavio, y observaron lo mismo: los alazanes árabes corrían parejo, con entusiasmo, y Ben-Hur, con su túnica manchada de sangre, se inclinaba hacia atrás, todavía refrenándolos.

—Entiendo —respondió el joven, desalentado—. Los caballos del judío parecen muy lozanos.

Flavio asintió con la cabeza.

—Se adelantará al corintio. Queda solo el romano. Y, como parte de tu educación militar, te diré la lección que debes aprender aquí. Un buen soldado nunca subestima al enemigo.

—Pero no piensa que el judío podría ganar... ¿o sí?

—Pienso que quedan dos vueltas y que es una carrera muy reñida. Si estás arriesgando tu mensualidad, considera apostar menos en los dados esta noche.

Cuando Flavio se sentó nuevamente, Sanbalat asintió con la cabeza.

—Eso estuvo bien. Yo no necesitaba sus sestercios.

Flavio sonrió:

—Solo lo estoy ayudando a alejarse de mis propios malos hábitos.

✳ ✳ ✳

Todos los aurigas se estaban cansando. Se les estaban ampollando las manos; las ampollas se hinchaban y se reventaban, sangrando. La espalda y los hombros les dolían del esfuerzo de sujetar las riendas contra los equipos. El corintio había logrado evitar los restos del desastre de Cleantes, pero de alguna manera una astilla de madera se le había clavado muy profundamente en el talón del pie izquierdo. El sidonio, Ben-Hur y el corintio estaban cubiertos de polvo: polvo en los ojos, en el cabello, en la boca, arenoso entre los dientes. El sudor les corría por el pecho y la espalda, les bajaba por las piernas. Hasta los músculos de la cara estaban cansados por la mueca natural: los ojos entrecerrados por el sol y el polvo, la frente arrugada por la concentración.

Y seguían. Cinco bolas. Seis delfines. Seis bolas.

¿Ahora? Era la pregunta inevitable en las carreras. ¿Es este el momento de darle con todo? ¿Y si el que va adelante se apura y queda fuera de alcance? ¿Y si se pone todo el esfuerzo y luego no queda nada para el final? ¿Qué pasa si se toma velocidad y es demasiado pronto? Ben-Hur observó a los alazanes, asimilando información. Las orejas apuntaban al frente. Estaban sudando. No sacudían su cabeza. Corrían parejo: ninguno se cuidaba una pata. Todavía mostraban entusiasmo. Por las riendas, de sus bocas hasta su mano percibía... apetito. Los Hijos del Viento eran competidores. Todo el entrenamiento en el Huerto de las Palmeras no había puesto a prueba esa cualidad.

Ahora querían pasar al corintio. Dudó en dejarlos. Ya habían tenido que correr por el lado de afuera más de lo que él hubiera querido. Una vez más tendrían que moverse al carril exterior. No había otra forma. Tenía que eliminar al corintio. En definitiva, la carrera se convertiría en un duelo entre él y Mesala.

¿Acaso no era eso lo que venía esperando desde el comienzo?

Así que bajó la mano que sujetaba las riendas. *Ahora*, pensó, inclinándose hacia adelante, como si pudiera hablarle a los caballos en voz alta. *Nacieron para correr. Adelante. Corran tan rápido como su Creador quiso al diseñarlos. Muéstrenles a estas personas lo que significa ser Hijos del Viento.*

De alguna manera lo oyeron. Tirando hacia la derecha, pasaron a los castaños y al gris del corintio. El auriga saludó cuando Ben-Hur lo miró. Sus caballos estaban acabados. Las últimas vueltas serían una competencia entre el romano y el judío, y le parecía bien. Su tarea ahora era llevar a sus caballos a salvo al establo. Y si se presentaba la oportunidad, darle una mano al judío. No tenía ningún afecto por los romanos.

Siete delfines en el suelo. Media vuelta. Nada de tiempo. Una eternidad.

✳ ✳ ✳

Todo el público en el estadio estaba de pie, incluso Simónides, sostenido por Ilderim y el esclavo nubio de Baltasar. El ruido era atronador, casi sólido en el aire. Ester se trepó a un banco y estiraba el cuello. En el palco del cónsul, el protocolo había desaparecido por completo. Los soldados más jóvenes y los oficiales daban el codo a sus superiores y se inclinaban sobre las barandas. Un almohadón color escarlata y un abanico de plumas de águila cayeron al suelo de la pista, donde yacían inadvertidos. Ningún caballo pasaría por ahí, estaban lejos del disputado interior de la pista.

Los oficiales de la carrera, los mozos de cuadra y los que hacían el mantenimiento de los carriles, incluyendo al espía, se dispersaron a lo largo de la baranda interior, estirando la cabeza para ver las cuadrigas que se aproximaban.

Ben-Hur había pasado al corintio sin problemas. La cuadriga de Mesala estaba a solo dos largos por delante del suyo. ¡Pero eran dos largos que se acortaban con demasiada lentitud! Estaba ganando terreno, cada vez más, pero Mesala había comenzado a usar su fusta nuevamente. Su cansado equipo respondía cada vez que el látigo los tocaba. Alargaban el paso, el ritmo aumentaba, y luego volvió a decaer.

Venía la curva.

✳ ✳ ✳

Había un arte en eso. Un arte vivo. El toque de las riendas, el control de la velocidad, la renovación del impulso.

Mesala no tenía tiempo para el arte. Judá le pisaba los talones. Volteó la cabeza por primera vez en toda la carrera. ¡Tan cerca! ¡Y los árabes todavía con energía! Volvió a azotar a su equipo. Los caballos dieron un salto hacia adelante.

Pero fue en el lugar equivocado. Al rodear la curva, el impulso tiraba de la cuadriga hacia afuera. Mesala sintió la desviación. Jaló con fuerza hacia la izquierda, pero el equipo galopaba sin frenos.

Y a la derecha, Judá. Se volteó otra vez. Judá, su doble. De niño lo habían consentido, mimado, tratado como a un príncipe. Era incapaz de ver el hecho fundamental: los judíos eran la plebe. De cualquier manera, ahí estaba, muy cerca. Mesala escupió.

Después volvió la mirada al frente. Pero en esa fracción de segundo vio su error. La baranda estaba a un ancho de caballo de él: demasiado lejos. Judá venía por su derecha con una velocidad pareja y asombrosa. Un hocico negro, cuatro hocicos negros, los tenía junto al codo. Las crines flotaban detrás de ellos. En algún lugar de su interior, lo mejor del hombre encontró bellos a los caballos árabes. Corrían gozosos.

Ya casi finalizaban la curva. El toldo púrpura del palco del cónsul arrojaba una delgada capa de sombra sobre la pista. El sol sesgado se reflejaba en cada punto metálico de los arneses y del broche de oro de la túnica de Mesala.

✳ ✳ ✳

Las puntas de hierro del eje de la cuadriga de Ben-Hur no brillaban al sol. El metal oscuro absorbía la luz; su única función era ser fuerte, pesado, durable; era un refuerzo.

Ben-Hur sabía que ahí estaba el hierro, pero lo había olvidado. Días atrás había desarmado la cuadriga con un carretero en el campo de Ilderim. Habían inspeccionado, reforzado o reemplazado cada junta, cada pieza de madera. Su cuadriga no lo traicionaría.

Ahora la recta. Era el momento. Las dos cuadrigas iban prácticamente a la par. Mesala aflojó las riendas y azotó a su equipo nuevamente. Saltaron adelante con un tirón.

Lo mismo hicieron los árabes. El mero sonido de la fusta, tan nuevo para ellos, tan aterrorizador, puso alas en su patas.

Y fuera de la vista, entre las dos cuadrigas que volaban, el hierro rozó marfil.

¿Se desvió la cuadriga de Mesala hacia fuera, contra la de Ben-Hur?

¿Viró Ben-Hur su cuadriga para golpear a su enemigo?

De cualquier manera, el efecto fue el mismo. La punta de hierro del eje dio con los rayos de colmillo de elefante de la rueda exterior de la cuadriga de Mesala y los rompió... uno... por... uno.

La rueda de Mesala se desmoronó.

Mesala estaba ahí, y luego no estaba. Ben-Hur miró a su izquierda desconcertado. ¿Dónde estaba? Miró hacia atrás y vio el caos. El equipo galopaba enloquecido. El corintio estaba demasiado cerca para esquivar el desastre. Oyó el grito sofocado de miles de voces, luego el terrible aullido de un caballo en agonía. ¿O de un hombre?

Los árabes seguían corriendo. Ben-Hur cerró sus oídos. Ahora la carrera les pertenecía. Había que dejarlos correr.

QUINTA PARTE

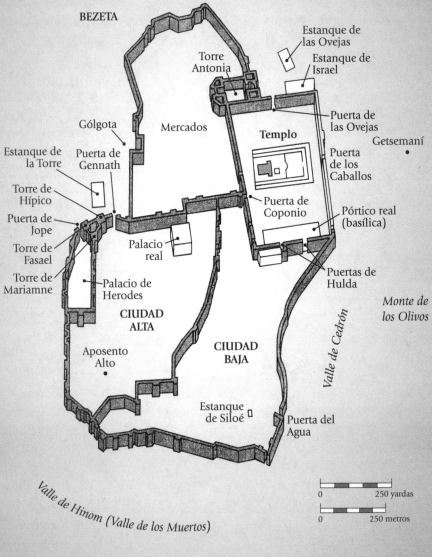

CIUDAD DE JERUSALÉN

BEZETA

Estanque de
las Ovejas

Estanque de
Israel

Torre
Antonia

Puerta de
las Ovejas

Gólgota

Mercados

Templo

Getsemaní

Estanque de
la Torre

Puerta de
Gennath

Puerta
de los
Caballos

Torre de
Hípico

Puerta de
Coponio

Pórtico real
(basílica)

Puerta de
Jope

Torre de
Fasael

Palacio
real

Torre de
Mariamne

Puertas de
Hulda

Palacio de
Herodes

CIUDAD
ALTA

Monte de
los Olivos

Valle de Cedrón

Aposento
Alto

CIUDAD
BAJA

Estanque
de Siloé

Puerta del
Agua

Valle de Hinom (Valle de los Muertos)

0   250 yardas

0   250 metros

CAPÍTULO 33

UN MENSAJE

Hubo una ceremonia, por supuesto. Y fue demasiado larga. ¿Qué ceremonia no lo es?

Pero todos los ganadores deben recibir sus coronas de laureles, sus pesadas bolsas de monedas de oro. Todos deben desfilar alrededor de la pista, saludando y gritándole a los amigos.

Ben-Hur se quedó parado en su cuadriga, consciente por primera vez de lo cansado que estaba, y miró la multitud. La sangre de su túnica se había secado y pudo ver, echando una ojeada hacia abajo, que su mejilla, también cortada, estaba hinchada y con una costra de sangre. Los caballos, sin embargo, caracoleaban. Mantenían sus cabezas en alto como si tuvieran sus propias coronas de laureles.

El cónsul se puso de pie en el frente del palco y saludó con una reverencia a los competidores. Algunos de los ganadores eran romanos. Los invitados del cónsul tiraban sus capas escarlatas sobre ellos.

Los cuernos sonaban en algún lugar, y los tambores, pero eran solamente una capa en medio de la algarabía. Ben-Hur deseaba estar en el establo. O de regreso en el Huerto de las Palmeras, haciendo caminar a los caballos árabes por la pista para ponerlos tranquilos. Nadando con ellos en el lago.

A la izquierda, cerca de la línea de llegada, vio al jeque Ilderim. Qué grupo tan extraño: el diminuto Baltasar, visible solamente gracias a su turbante de seda azul adornado con una joya inmensa. Iras, una figura reluciente, y Ester, cuyo rostro se veía como si hubiera estado llorando. Simónides sonreía y el jeque Ilderim movía ambos brazos.

Luego una sección de los judíos, agitando sus pañuelos, saltando y gritando, ovacionando su nombre. Llegó a escuchar la palabra *héroe*.

Pero eso no estaba bien. Había ganado una carrera. Nada más.

Trató de no pensar en Mesala, apartando de su mente los sonidos que había escuchado mientras la cuadriga se hacía pedazos en el suelo. ¿Habían sido esos los gritos del corintio? ¿Quién había lanzado un gemido mientras los alazanes seguían empujando hacia adelante? ¿Podía ese sonido haber salido de él? ¿Había lágrimas mezcladas con la sangre y el sudor en su rostro?

Levantó un brazo y saludó a los miles de puntos diminutos, cada uno de los cuales era un rostro en la multitud. ¿Qué había hecho? Esos pobres caballos. ¿Cómo podía la gente vitorear luego de una carrera como esa? Una flor le golpeó el rostro y él se estremeció, luego continuó saludando. Las trompetas sonaban en alguna parte, haciéndose escuchar entre las voces.

El humor en el establo estaba más apagado. Dos de los caballos del corintio habían muerto, así como el que le pertenecía al bizantino. La mitad de las cuadrigas que habían participado en la carrera habían sido destruidas. El corintio había muerto. Mesala podía morir también. Sin lugar a dudas no volvería a caminar nunca más. Incluso para este deporte, que se caracterizaba por ser el más peligroso, era una pérdida terrible.

Ben-Hur se puso a trabajar con los mozos para refrescar a los caballos, cepillando sus crines para remover el sudor de su pelaje y frotándolos con paja trenzada hasta que recuperaron el brillo. Estaba palpando una de las patas de Aldebarán buscando algún hinchazón cuando el caballo movió la cabeza hacia arriba y relinchó, seguido por sus compañeros de equipo. El jeque había venido a compartir su triunfo.

Ilderim sujetó a Ben-Hur por los hombros y lo abrazó sin decir una sola palabra. Luego se movió hacia atrás y tocó la túnica ensangrentada de Ben-Hur.

—¡Debería estar aseándose a sí mismo, no a mis caballos! —exclamó.

—No —respondió Ben-Hur—. Los caballos hicieron todo el trabajo.

—No todo. De ninguna manera todo el trabajo —respondió el jeque.

Antares metió su hocico debajo de la mano de Ben-Hur y resopló.

Por primera vez desde la carrera, Ben-Hur sonrió.

—Para ser honesto, jeque, no comparto la alegría de todos. Fue una carrera horrible. Pero los Hijos del Viento corrieron como para merecer su nombre. ¿No piensa que ellos saben lo que hicieron?

—Por supuesto que lo saben. Mire con qué orgullo sostiene Aldebarán su cabeza en alto. Le digo, Judá, habrá júbilo en las tiendas negras esta noche y durante muchas noches más. —Hizo una pausa—. ¿No vendrá con nosotros? Sabe que la caravana está a mitad de camino hacia Moab. No tiene sentido quedarse a cosechar la ira de los romanos. Los alazanes y yo estaremos muy lejos de Antioquía antes de que se den cuenta de que nos fuimos, y tal vez sería sabio que usted viniera con nosotros.

—Entiendo eso. Pero es más fácil esconder a un solo hombre que a la caravana de un jeque. Me uniré a usted pronto.

Ilderim sostuvo la mirada de Ben-Hur.

—Los hombres con frecuencia se sienten abatidos luego de la batalla, según lo que me dicen. Lo que pasó en esa pista hoy fue una clase de batalla.

Ben-Hur asintió con la cabeza.

—Sí. Entiendo eso. Gracias.

Ilderim hizo una pausa antes de decir:

—Está bien. ¿Y le gustaría llevarse a su caballo, o lo dejará con sus hermanos por ahora?

Ben-Hur frunció el ceño.

—¿Qué caballo?

—El que usted escoja —dijo Ilderim con una amplia sonrisa—. Nunca más volverán a correr una carrera. Ya logré lo que quería, y mi orgullo, que es lo más importante, quedó satisfecho. Ahora mi reputación está segura por muchos años, tan al sur como Áqaba y tan al oriente como el mar de los escitas. Todos los aliados que estaban pensando abandonarme se quedarán, y muchos más se unirán a ellos. Ahora puedo jactarme verdaderamente de que controlo el desierto, y todos los que quieran cruzarlo tendrán que pagarme por el privilegio de hacerlo.

—Todo gracias a una carrera —comentó Ben-Hur.

—Nosotros los pueblos de los lugares hostiles requerimos líderes fuertes —respondió el jeque—. Hay muchas maneras de mostrar fortaleza. Las competencias como estas son una de ellas. Sabe que no habría logrado esta victoria sin usted. Le daría oro, pero ya lo tiene y parece que no le interesa mucho. Por lo tanto, le regalo uno de mis caballos. Necesitará una buena montura si escoge reunir este nuevo ejército para el rey misterioso. No es necesario que escoja su caballo ahora.

Pero Aldebarán, como si entendiera, había colocado su cabeza sobre el hombro de Ben-Hur y estaba resoplando sobre la mejilla herida.

Ilderim asintió con la cabeza.

—Por otro lado, es posible que el caballo lo haya escogido a usted.

Se alegró cuando escuchó la carcajada de Ben-Hur.

—Entonces solo me resta agradecerle, jeque.

—Bien. ¿Lo dejará conmigo por ahora, hasta que usted se una a nosotros?

—Sí, por favor. No estoy seguro de lo que me espera en los próximos días.

Después que el jeque se retiró, Ben-Hur se quedó en el establo. Terminó de cepillar a Aldebarán y luego visitó a cada uno de los otros tres caballos; todos estaban descansando, tranquilos, y no mostraban ningún signo del gran esfuerzo que habían hecho. El establo estaba en calma. Había voces murmurando; dientes fuertes que hacían crujir el grano; el agua corría a un abrevadero. Afuera, él lo sabía, las calles de Antioquía estarían atestadas de personas llenas de entusiasmo. Habría música. Danzas. Peleas, probablemente.

Se dirigió nuevamente a la casilla de Aldebarán y se recostó sobre una pila de heno; de repente se sentía exhausto. Demasiado cansado para pensar.

✳ ✳ ✳

El espía, dando la vuelta en una esquina, se detuvo. ¿Esto era la victoria? ¿Esta figura abandonada, desfalleciente, aún manchada con sangre? El caballo que estaba detrás de él había sido cepillado, había bebido agua, había recibido alimento, y ahora estaba parado radiante de satisfacción y soñando con un casco doblado y los ojos entrecerrados. El espía pensó que al hombre mismo le habría venido bien una limpieza. Tosió.

Ben-Hur miró hacia arriba y se enderezó.

—¿Sí?

—Tengo un mensaje para usted —dijo el espía. Miró de nuevo hacia el caballo—. Pero, ¿puedo decirle primero que fue una gran victoria la que obtuvo?

—Gracias —respondió Ben-Hur gravemente.

—Los caballos árabes son magníficos.

Ben-Hur se volvió para mirar a Aldebarán y su expresión intimidante se suavizó.

—Lo son. ¿Cuál es su mensaje?

El espía volvió a toser. No le gustaba esto. Aborrecía al romano. Había sido una sorpresa recibir la nueva orden. Pero con la orden había venido un recordatorio:

el romano podía ponerlo en evidencia. Una vez que cumpliera con esta última tarea desagradable, se aseguraría de desaparecer. Tal vez incluso podría unirse a la caravana del jeque; había escuchado que estaban en camino al desierto, un lugar adonde un hombre podía desaparecer. Y todos necesitaban mozos de cuadra.

—Es de Iras, la egipcia. Su padre, Baltasar, se quedará por algunos días en el palacio de Idernee. A ella le gustaría verlo allí, mañana cerca del mediodía. Quiere felicitarlo en persona.

El espía encontró divertido el hecho de que Ben-Hur se sonrojara mientras respondía:

—Gracias. ¿Necesita que le dé una respuesta?

—No. Parece que ella espera que usted cumpla.

Podría haber dicho más, por supuesto, pero este joven, digno héroe en la cuadriga, parecía encantado por la invitación de la mujer egipcia, que tenía la reputación de ser una cortesana o tal vez una hechicera, y que verdaderamente sería un problema para un joven judío incauto. El espía se encogió de hombros. Había cumplido con su tarea. Por lo tanto, se alejó y desapareció entre las sombras.

✳ ✳ ✳

Las calles de Antioquía estaban tan alegres como Ben-Hur había esperado, el ruido muy alto, las antorchas igual de brillantes. Con una capa liviana que cubría su túnica ensangrentada, caminó solo y con discreción por las rectas calles romanas mientras la multitud disminuía, y después se internó en las calles más estrechas a medida que se acercaba a la costa.

¿Qué querría Iras? Felicitarlo. ¿Y luego? Durante la última semana no había pensado en otra cosa que no fueran la carrera y los caballos: la velocidad, el equipo, los oponentes, los posibles resultados. Iras no había pasado por su mente.

Ni siquiera sabía lo que era posible con ella. Lo que era normal. ¿Entre un judío y una egipcia; entre un judío rico romanizado y la hija de un sabio egipcio? Había pasado su vida entre hombres durante los últimos años. Las mujeres tuvieron su lugar, pero Iras no encajaba en ningún rol que él conociera. Madre, esposa, hija... concubina, sirvienta... ¿Qué más había? Bueno, esperaría y vería, se dijo a sí mismo. Pero mientras caminaba, seguía recordando cómo se había visto al lado del lago, con el lino mojado pegado a sus piernas.

Entonces sintió una especie de sorpresa cuando Ester abrió la puerta de la casa de su padre. Ester la hija. Ester el ama de casa. Con la mirada equilibrada y la voz baja, musical.

—Estaba esperando escucharlo llegar —ella dijo suavemente—. Mi padre se cansó mucho en la carrera, y no quería que la campana lo despertara. —Cerró la puerta gigante—. Venga al despacho de mi padre. Es más fresco allí, y además le preparé algo de comer. Pensé que tendría hambre.

—Tienes razón —respondió él, sorprendido al darse cuenta de cuán hambriento estaba—. ¿Está bien tu padre?

—¡Oh, sí! —respondió del escalón que estaba por encima de él—. ¡Estaba encantado! Nunca lo he visto tan... tan *bien*. Fue como si su victoria le hubiera hecho olvidar su dolor. Olvidar de verdad, quiero decir. —Hizo una pausa por un instante, y él se dio cuenta de cómo la lámpara de la pared resplandecía sobre su cabello suave—. Fue fantástico. Ni siquiera sé qué decir. Excepto felicitarlo. —Continuó subiendo la escalera—. ¿Y usted? ¿Está contento?

Contento. ¿Estaba contento? Había ganado la carrera y herido a Mesala. ¿Eso lo hacía feliz? No, pensó. Lo que sea que sintiera en ese momento, no era felicidad. Se sentía más como repugnancia.

Llegaron al descanso y ella abrió la puerta. En medio de la habitación había una mesa, servida con fuentes de carne y frutas, una jarra de agua y una de vino.

Ester jaló hacia atrás la única silla.

—Yo le serviré. Todos los sirvientes están durmiendo.

Mientras él pasaba por debajo de una lámpara colgante, ella contuvo la respiración.

—Espere un momento. Siéntese y déjeme mirarle la cara. —Lo tomó del brazo con firmeza y lo obligó a sentarse en la silla; luego lo tomó de la barbilla y le giró el rostro de tal manera que la luz brillaba en sus ojos—. Quédese quieto ahí —le ordenó con su voz suave—. Pero cierre los ojos. Tiene suerte. Podría haberlo dejado ciego.

Él escuchó movimientos apagados, luego sintió un dolor punzante que lo hizo encogerse.

—Estoy limpiando la herida —le explicó—. De otra manera no sanará adecuadamente. Supongo que se encargó del cuidado de los caballos pero no pensó en ocuparse de usted mismo.

—Tienes razón. Pero los caballos hicieron todo el trabajo duro.

—Oh, no estoy de acuerdo. —Sus manos continuaron ejerciendo presión y dando toquecillos—. Lo único que tuvieron que hacer fue correr.

La compresa húmeda se detuvo por un minuto. Él abrió los ojos y vio que ella la escurría en un plato. Cuando lo miró, ella estaba frunciendo el ceño.

—¿Las carreras son siempre así de violentas? —preguntó.

Él respiró profundamente.

—Sí. No. No como esa.

Ella lo tomó de nuevo de la barbilla y le echó la cabeza hacia atrás. Sus dedos estaban frescos.

—Ya estoy terminando. Tengo un ungüento que lo ayudará. Mañana tendrá un moretón espantoso.

Hubo un silencio.

—Soy yo el que tuvo suerte —él dijo finalmente.

—Sí. —Las manos se detuvieron—. ¿Tuvo la intención de hacer eso?

—¿Destruir la cuadriga de Mesala?

Ella no respondió, pero acercó la compresa a los ojos de Ben-Hur.

—No lo sé. Estuve pensando en eso. A veces en una carrera, pasan cosas... Todo sucede tan rápido. Las intenciones se llevan a cabo incluso antes de que uno mismo se dé cuenta cuáles son. No me siento orgulloso por lo que hice, si a eso te refieres.

—Él le había pegado con el látigo. Y a los caballos.

—Esto es lo que sé con certeza, Ester: le pedí a Maluc que averiguara la altura de sus ruedas. Sabía que el eje de mi cuadriga había sido reforzado con hierro. Y que podía cortar esos ostentosos colmillos de elefantes como un cuchillo corta el queso.

—Y que, si la cuadriga se averiaba, podía ser pisoteado por el equipo que viniera detrás. Lo cual sucedió —ella dijo con firmeza, pero su voz tembló levemente.

Él abrió los ojos y vio los de ella, cerca de él. Llenos de lágrimas. Ella retrocedió y se apartó

—Fue muy desagradable ver lo que sucedió.

Él se enderezó.

—Lo sé.

—No —dijo con firmeza—. Usted no lo sabe. Está acostumbrado a eso. ¿A cuántos hombres ha visto morir? —Él no respondió—. ¿Se da cuenta? Ni siquiera lo sabe. Para las mujeres es diferente. Escuchamos acerca de lo que los hombres hacen, de ejércitos y espadas y todo eso. Pero verlo en la carrera, en un instante es un hombre y al siguiente un... ¡un pedazo de carne! ¡Y se lo hacen los unos a los otros! ¡Como un juego, por un premio!

Ahora se había puesto de pie, retorciendo la tela húmeda en sus manos. Se dirigió al balcón y salió.

Él se levantó lentamente y cruzó la habitación para seguirla. Una brisa húmeda que venía del río le rozó la herida abierta de su rostro. Se paró junto a ella, con sus manos sobre la baranda, mirando hacia el puerto.

—Ya pasó —dijo ella con calma—. Simplemente fue un choque.

—Lo sé. —Hubo silencio entre los dos mientras el agua de abajo golpeaba contra el muelle—. Sin embargo, puedo decirte esto: creo que me siento más seguro ahora, teniendo en cuenta que Mesala está fuera de acción.

—¿Quiere decir que él habría tratado de matarlo? —preguntó ella levantando la voz, y se envolvió con el chal como si la brisa del río de repente se hubiera tornado fría.

—Matarme, lesionarme, secuestrarme... ¿Quién sabe? Es un hombre poderoso. Es romano. Me aborrece. Quiso deshacerse de mí. Eso se puede hacer con facilidad. Tal vez quiso hacerlo hoy, de manera pública y permanente. Tal vez esperaba que yo perdiera el control de los Hijos del Viento, y que ellos se desbocaran y estrellaran la cuadriga contra la pared. Tal vez trató de hacer que eso sucediera. Pusimos guardias cerca de la cuadriga y ellos notaron que había un hombre con herramientas husmeando por el establo. ¿Era un hombre de Mesala? Es posible.

—¿Pero usted tenía la intención de matarlo?

—¿Acaso importa? Tú sabes lo que dicen nuestras Escrituras. Ojo por ojo, diente por diente. Él destruyó a mi familia. Mi madre y mi hermana desaparecieron por su causa. ¿No es justo que tenga mi venganza, a pesar de lo desagradable que fue?

Mientras escuchaba sus propias palabras, Ben-Hur se dio cuenta de lo mucho que deseaba tener una respuesta a esa pregunta.

—No lo sé —respondió Ester con un suspiro. Dio la vuelta y regresó adentro—. Venga, necesita comer.

—¿Podrías sentarte conmigo? —preguntó mientras se sentaba en la silla que ella le alcanzaba.

—¿Yo?

—¿Por qué no?

—Porque soy una mujer. ¿Acaso las mujeres comen con los hombres en Roma?

—Estamos en Antioquía —respondió él—. Y estamos solos en esta habitación. —Se levantó y le ofreció la silla—. Siéntate. Me niego a comer hasta que lo hagas.

Ella se sonrojó pero se sentó mientras él arrimaba un taburete hacia la mesa.

—Además soy su esclava —agregó ella—. No es correcto que me siente.

Él sirvió una copa de vino y la deslizó a través de la mesa hacia ella.

—¿Quién lo sabrá?

—Maluc. Él sabe todo siempre.

—Tu padre es afortunado por tener a Maluc.

Ella asintió con la cabeza.

—Como dijo cuando estaban discutiendo sobre el rey que vendrá, él ha sido muy afortunado en algunos aspectos. Una vez que su desgracia terminó. —Ella lo observó mientras él cortaba un pedazo de cordero y partía un pedazo de pan.

—¿Lo hará?

—¿Comandar su ejército? —Él comió un poco, pensando—. Todavía no lo sé.

—¿Por qué lo haría?

—Por las razones que ellos nombraron: liberación de Roma, apoyo al rey. Para liberar Judea; eso no tendría precio, ¿no te parece?

—¿Entonces por qué no se ha decidido todavía?

Él escupió una semilla de dátil en su mano y la puso en el costado de su plato.

—Renuencia egoísta, tal vez.

La miró y le ofreció un dátil. Ella lo tomó con una pequeña sonrisa.

—Cuando fui a Roma, Arrio me dijo que podía hacer lo que quisiera, ser lo que quisiera. Si hubiera querido ser un poeta o un político, él se habría encargado de que me prepararan, que tuviera lo que necesitara, que conociera a las personas indicadas.

»Pero yo estaba enojado. Es cierto que Roma me rescató, pero antes de eso me había tenido prisionero durante tres años. No quería ser otra cosa más que soldado. Pensaba que eso era lo mejor que podía hacer por mí mismo. Estaba tan lleno de ira que apenas podía respirar, y lo único que quería era entrenar. En la palestra, donde se aprende a fortalecer el cuerpo y a pelear hombre a hombre, me convertí a mí mismo en un arma. El próximo paso iba a ser entrenarme con el ejército, aprender a comandar. Y entonces Arrio murió.

—Y quedó libre.

Él asintió.

—Libre para buscar a tu padre. Y algún rastro de mi familia.

—En lugar de eso, Mesala lo encontró a usted.

—Sí. Y ahora, si no me uno a tu padre y al jeque Ilderim... ¿Qué haré conmigo mismo? Pero si lo hago... ¿De verdad quiero la vida que tenía planeada? —Se puso de pie y estiró los brazos sobre su cabeza—. Tendré que dejar todo de lado. Seré un forajido. Por encima de las leyes de Roma, las cuales llegan a casi todos lados. Es un paso terrible.

Ester también se levantó.

—Entonces, ¿no cree en este rey? ¿No se supone que él derrocará a Roma del poder? "Nacido rey de los judíos"... ¿Qué más podría significar eso?

—Sí, por supuesto. Pero no sucederá de inmediato. Podría llevar años.

—Y usted duda debido a los años que le esperan como forajido —dijo Ester—. Nadie podría culparlo. El problema de ser un arma es que las armas no son humanas. Es una decisión muy difícil teniendo en cuenta que involucra toda la vida.

—Sí, estoy comenzando a entender eso —dijo él lúgubremente.

CAPÍTULO 34

SORPRESA

Por alguna razón, Ben-Hur no quería preguntarle a Ester cómo llegar al palacio de Idernee. Eso hubiera implicado tener que dar alguna explicación. Por lo tanto, a la mañana siguiente simplemente salió de la casa sobre el muelle con una excusa vaga, confiando en que alguien podría guiarlo. Parecía un buen comienzo que se dirigiera hacia el palacio inmenso al otro lado del río.

Un niño con un burro le señaló el camino correcto. Echó un vistazo al cielo. Lo habían invitado para el mediodía. ¿Estaba el sol lo suficientemente alto en el cielo? ¿Qué pasaría si llegaba demasiado temprano? ¿Pensaría Iras que era un ingenuo? Pero no quería llegar tarde. Su mano, por vigésima vez, subió hasta la herida en su mejilla. El ungüento de Ester había ayudado, pensó, pero aún estaba hinchada. Apenas podía ver más allá de la hinchazón cuando miraba sus pies, calzados con sus mejores sandalias. Deseaba haber traído mejores vestimentas a la casa de Simónides, incluso una de sus túnicas romanas.

Bueno, ella lo había llamado. Y aquí estaba, magullado y vestido con sencillez. Se dirigió al vestíbulo exterior del palacio que supuso era su destino. Verdaderamente parecía egipcio, con su considerable piedra negra y una fuente con la forma de un ibis. Sus escaleras gemelas estaban vigiladas por esculturas de leones alados, pero no había ningún indicio de presencia humana.

Subió las escaleras, perplejo. En la parte superior había un corredor angosto que llegaba hasta una puerta alta, cerrada. Esperó por un instante, buscando una campana o una aldaba, pero no encontró nada, por lo que empujó la puerta y la abrió.

Allí en el interior había un atrio semejante a los de las villas romanas. Ben-Hur sonrió. Era una idea ingeniosa, esconder este esplendor detrás de la adusta fachada egipcia. Caminó hacia el rectángulo de luz que el sol derramaba en el centro, en donde el techo se abría al cielo. Desde allí, el interior parecía estar en penumbras. Se quedó parado escuchando. Era extraño que nadie lo hubiera recibido. Y extraño que la casa estuviera tan silenciosa. ¿Dónde estaban los sirvientes? Alguien tendría que haber salido a darle la bienvenida, a lavarle los pies, a ofrecerle una copa.

Bueno, Iras no era un ama de casa como Ester. Trató de imaginarse a Iras lavándole la herida. No, imposible. Pero su mente comenzó a divagar y a imaginarse lo que ella podría decir. Felicitaciones, estaba seguro. ¿Admiración? ¿Le diría lo valiente que era? Probablemente no. Ella siempre tenía una actitud ligeramente desafiante.

Se apartó de la luz del sol y regresó a la parte sombreada del atrio. Era amplio, llegando a lo profundo de la casa, y sumamente lujoso. Las mesas y las sillas estaban decoradas con figuras grabadas y los almohadones tejidos les hacían juego. Candelabros complejos recubiertos de oro colgaban de cadenas, y las columnas que sostenían el techo estaban talladas en mármol de colores, aquí verde, allí rojo, allí blanco con rayas grises.

¿De quién era este palacio? En todo caso, ¿por qué se estaban alojando aquí Iras y su padre? Sabía que no irían al desierto con Ilderim. Pensaba que tal vez Iras había insistido en disfrutar un poco de comodidad. Él se sentó para probar el almohadón del sillón. Lo suficientemente suave incluso para Iras, pensó.

Sus ojos se posaron sobre el mosaico que estaba cerca. Todo el piso estaba cubierto de miles de diminutas teselas colocadas en diseños y escenas, y pulidas de tal manera que los muebles parecían flotar sobre un espejo. Solo cuando uno se paraba cerca de ellas podía percibir las escenas.

A los pies de Ben-Hur estaba recostada una mujer hermosa con cabello dorado, semicubierta por un cisne inmenso. Por supuesto: Leda, dándole la bienvenida a Zeus con la apariencia de un ave. Se veía... Se inclinó. Ella se veía bastante feliz.

¿Fue ese un ruido? Se levantó del sillón y se quedó de pie, tenso. No. Nada.

Cruzó la habitación, mirando el piso. Hércules, con su capa de piel de leopardo, abrazando a... ¿Cuál era el nombre de la ninfa? ¿Ónfale? Otra rubia desnuda recostada debajo de una lluvia de oro. Ben-Hur retiró la mirada. La escena era muy detallada.

¿Podía haberse equivocado? No. El mensaje del hombre pequeño había sido muy claro: Iras lo esperaba en el palacio de Idernee. Ella simplemente se había retrasado. Con frecuencia llegaba tarde a las comidas en el Huerto de las Palmeras. Se estaba preparando para verlo. Poniéndose o sacándose algo. Un brazalete, un velo. Colorete de un frasco de alabastro.

Pero valdría la pena preguntarle a alguien dónde estaba Iras, si pudiera encontrar a algún sirviente. Cruzó el atrio y se dirigió a la puerta por la cual había ingresado. El ruido de sus sandalias se oía como el sonido de unas bofetadas sobre el mosaico. Bofetada, y pisó la cola de una sirena. Bofetada, y la cuadriga de Apolo bajo sus pies. Bofetada, sobre el borde ornamental cerca de la puerta... la cual no se abrió. Empujó, jaló. Nada.

Respiró profundamente, y lo intentó de nuevo con determinación. Empujó la puerta con su hombro, pero se mantuvo tan sólida como la pared. Tiró de la manija elaborada, la cual ni se movió. Había entrado por esa puerta y ahora, claramente, estaba trabada.

Antes de incluso pensarlo, sus dedos estaban desatando sus sandalias. Sea lo que sea que estuviera pasando, quería ser silencioso. Su cuerpo lo había decidido, y su mente tardíamente estuvo de acuerdo. Ese era el resultado del entrenamiento militar.

Dejó las sandalias al lado de la puerta y merodeó al borde externo del atrio. En la mayoría de las lujosas casas romanas allí estarían las habitaciones para dormir, para comer, tal vez los corredores a la cocina. Pero todas las puertas estaban trabadas. Gritó una vez, pero su voz retumbó de una manera extraña.

Era verdaderamente extraño. Su mente había reaccionado despacio al principio pero ahora había llegado a una conclusión tras otra.

Esto era una trampa.

Nadie sabía dónde estaba.

Si le pasaba algo, no habría testigos.

Y si lo atacaban, no tendría ninguna ayuda.

Había armas por todos lados, si le daban tiempo para usarlas. Podía arrojar muebles, lanzar los candelabros. Incluso podría derribar las puertas.

Había una conclusión a la cual no podía llegar: ¿Estaba involucrada Iras?

No había forma de saberlo.

Reanudó sus pasos, caminando silenciosamente de una columna a la otra. Por suerte eran gruesas. Un hombre se podía esconder detrás de ellas. Y el silencio podría ser su aliado. Cuando vinieran, estaría preparado. Podría sorprenderlos.

Quienquiera que *ellos* fueran.

Pasaba el tiempo. El sol se movió, y con él las sombras. Nuevas escenas en el piso salían de las sombras: Apolo persiguiendo a Dafne; Diana sorprendida mientras se bañaba. Las columnas dibujaban barras de sombra sobre los mitos en el piso. Ben-Hur pensó que podría haber algo útil allí. Tirar a un oponente de la oscuridad al resplandor, o viceversa, aprovechar la confusión producida en sus ojos...

Pero tal vez no. Tal vez no había oponentes. Se sentó en un sillón y levantó las piernas. Tal vez lo habían encerrado por error. Tal vez debería haber permanecido en el vestíbulo. Tal vez había malentendido el mensaje.

Sin embargo, no había entendido mal el mensaje. Repitió de nuevo el mensaje en su cabeza: Iras, al mediodía, en el palacio de Idernee. ¿Pero... mañana, tal vez? ¿Se habría equivocado de día?

No. Escuchó pasos. Se paró de un salto y puso el largo de la habitación entre él y la puerta por la cual había entrado. Escuchó dos pares de pasos ahora. Dos hombres pasando por la puerta donde él había entrado. Hablando.

No era una lengua que conociera. Dura y gutural, provenía del fondo de la garganta. Y las sandalias, pudo darse cuenta por el sonido, eran pesadas. Se deslizó alrededor de una columna para mirar a los hombres.

Se pararon al lado de una silla, señalando a la madera tallada. Uno se sentó en ella y se rió con placer. El otro hizo un gesto hacia el piso, y ambos se agacharon para pasar las manos sobre una imagen, maravillados por la suavidad del mosaico. Cuando se pusieron de pie, Ben-Hur entendió todo.

Eran asesinos que habían venido a matarlo. El más alto era el sajón con cabello del color de paja que había ganado la lucha el día anterior. El otro tenía el cabello oscuro, y era un poco más bajo pero igual de musculoso que el sajón. Mientras se alejaban de él para mirar la estatua de una mujer con una jarra con agua, el hombre oscuro le acarició las suaves caderas de mármol blanco como si fuera una mujer de carne y hueso. El gigante rubio lanzó una carcajada y Ben-Hur estuvo más seguro de quién era.

¡Thord, quien le había enseñado lucha en Roma! Había visto al hombre el día anterior en el desfile de la victoria con sus rasgos medio escondidos por la corona de laureles. Algo en él le había llamado la atención, pero Ben-Hur no lo había reconocido.

Ahora la situación estaba clara. Como él, los asesinos no conocían la casa. Como a él, les habían dado instrucciones pidiéndoles que las siguieran. Para él, la carnada había sido Iras. Para ellos, se imaginaba que sería dinero. ¿Pero quién tendría tanto interés en su muerte? Ciertamente no podría ser Mesala, no en su estado actual.

No estaban apurados. Caminaban sin prisa por el atrio, examinando, tocando, admirando. Thord se recostó en un sillón y simuló que roncaba. Ben-Hur lo observó y trató de pensar.

Ellos eran dos. Él estaba solo. No había escape.

Eso era lo único en que podía pensar. Ellos eran dos, él estaba solo.

Si quería vivir, tendría que atacar. Ellos eran dos; uno tendría que morir.

¿Cómo?

Se arrastró hacia atrás para alejarse de ellos, considerando sus opciones. Ellos habían entrado por la puerta, la cual él no había podido abrir porque estaba trabada. Por lo tanto, tenían las llaves o alguien los había ayudado. Se preguntaba si habrían visto sus sandalias, pero pensó que no. Actuaban como hombres que creían que estaban solos.

Los observó por un instante mientras examinaban uno de los candelabros más pesados, una columna de bronce gigante, que se bifurcaba arriba, descansando sobre un juego de rodillos. Naturalmente tenían que probar su movimiento. ¿Rodaba con facilidad? ¿Podría moverla un hombre solo? ¿Con qué rapidez podría moverla?

No lo suficientemente rápido como para usarla como arma, determinó Ben-Hur.

Consideró su vestimenta, sus sandalias. ¿Podría llegar a la puerta, lanzar una sandalia, distraerlos, atacar a un hombre, inutilizarlo...? No. No con luchadores de ese calibre. Tendría que separarlos, entonces. Matar a uno y luego al otro. Comenzó a mirar alrededor del lugar de nuevo. ¿Podría trepar una columna, saltar sobre la espalda de uno de los hombres...?

Thord le dijo algo al hombre de pelo oscuro, quien se limpió las manos con la túnica y asintió. Se separaron y comenzaron a buscarlo.

Ben-Hur decidió tomar la iniciativa. Se apartó de su columna, y se dirigió al cuadrado iluminado por la luz de sol.

—¿Quiénes son? —preguntó en latín.

Ellos giraron y se acercaron a él.

—Extranjeros —respondió Thord. Hizo una mueca, aunque podría haber sido una sonrisa. Mientras se acercaba a Ben-Hur, sus moretones de la competencia del día anterior se hicieron más visibles. Uno de sus ojos estaba negro e hinchado mientras que un mechón de su cabello color paja había sido arrancado del cuero cabelludo.

LUCHA ROMANA

La lucha era un deporte popular en el mundo antiguo. Los romanos dividían la competencia en dos partes. En la lucha erguida (*orthia pale*), los atletas intentaban azotar al otro al suelo; tres azotes significaban una victoria. En la lucha de suelo (*kato pale*), dos hombres luchaban en el suelo hasta que uno reconociera su derrota.

—Lo conozco —dijo Ben-Hur—. Lo vi ayer en los juegos.

—Y yo lo vi a usted —respondió Thord—. Pero sus caballos no están aquí ahora.

Su amigo soltó una risita.

—Pero lo reconozco de antes. Enseñaba lucha en Roma. Me enseñó a mí, de hecho.

—No —dijo Thord, riéndose—. Nunca le enseñé a un judío.

—Pasaba por romano en esa época.

Thord lanzó una carcajada.

—Eso es imposible. No lo creo.

—Le diré algo más —continuó Ben-Hur—. Lo enviaron a matarme.

—Eso es verdad —asintió Thord—. Y no nos pagarán hasta que lo hagamos; por lo tanto, creo que deberíamos empezar.

—Permítame hacerle una pregunta: ¿ganó mucho dinero ayer?

—Oh sí, algo —respondió Thord.

—¿Lo suficiente como para hacer una apuesta conmigo?

—¿Sobre qué?

—Le apuesto que puedo probarle que fui su alumno en Roma. Tres mil sestercios.

El rostro de Thord se iluminó.

—¡Acepto! ¿Cómo lo probará?

Ben-Hur salió del sector iluminado y comenzó a sacarse la túnica.

—Ese hombre que lo acompaña, ¿es amigo suyo?

Thord miró al hombre de cabello oscuro y le habló en su lengua gutural.

—No.

Ben-Hur se descubrió la cabeza y colocó su ropa sobre una silla.

—Se lo mostraré luchando contra él.

—¡Oh, muy bien! —dijo Thord.

Habló nuevamente con el hombre de cabello oscuro y entre los dos empujaron un sillón, dejando un amplio espacio libre sobre el piso.

—Esperen hasta que les diga que comiencen. —Se recostó en el sillón—. ¡Qué chistoso! ¡Ustedes dos son muy parecidos! ¡Podrían ser dos hermanos peleando!

Los dos hombres, quienes ahora estaban descalzos y tenían puestas solamente sus túnicas interiores, se analizaron mutuamente. Era verdad.

—Muy bien, comiencen —dio la orden Thord.

El oponente levantó las manos. Ben-Hur dio un paso adelante. Hizo un amague con la mano derecha. El oponente levantó el brazo izquierdo para bloquear el golpe. Ben-Hur le agarró ese brazo por la muñeca. Empujó el brazo hacia adelante sobre la garganta del hombre, ejerciendo presión sobre la tráquea. Al mismo tiempo, hizo girar el cuerpo del oponente, dejando expuesto su lado izquierdo. Con el costado de su mano izquierda, Ben-Hur golpeó al hombre precisamente debajo de la oreja izquierda y le quebró el cuello. Hecho.

Mientras el hombre se desplomaba sobre el mosaico, Ben-Hur dio un paso atrás. Vio, debajo de la rodilla de la víctima, la serpenteante cabeza cortada de Medusa. Thord se levantó de un salto.

—¡Ni yo podría haberlo hecho mejor! ¡Yo inventé ese ataque!

—Y yo lo aprendí de usted —dijo Ben-Hur, mirando hacia el piso en donde yacía el hombre al que acababa de matar.

Thord se arrodilló y suavemente movió la cabeza del hombre muerto de un lado al otro.

—¡Un chasquido! ¿Lo escuchó? Nítido —levantó los ojos y miró a Ben-Hur—. Pero juro que nunca le enseñé a un judío.

—Me conocían como Arrio en ese tiempo —dijo Ben-Hur. Deseaba que el hombre dejara el cadáver en paz—. ¿Quién lo envió?

—Mesala —respondió Thord mientras cerraba los ojos del cadáver.

—Pero... ¿puede hablar?

Por alguna razón, Ben-Hur no se había imaginado eso. Pensó que había neutralizado a su enemigo. Por el contrario, según parecía, Mesala y su odio habían sobrevivido.

—Gemidos, por lo general. —Thord se puso de pie—. De verdad lo aborrece.

Me pagará seis mil sestercios por matarlo —Su rostro se demudó—. Pero no lo he hecho... —Giró hacia Ben-Hur con las manos levantadas, como si estuviera listo para atacar.

Eso era lo que Mesala podía hacer: seguir amenazándolo. Como Simónides demostró claramente, un hombre puede lograr muchas cosas desde una silla. Si Mesala vivía, Ben-Hur sabía que nunca estaría seguro. Un puñal por la espalda, veneno en una copa, una emboscada en un callejón... Nunca. Sus ojos se posaron sobre el cadáver sin nombre. Cabello oscuro, alto, de contextura fuerte. Una idea comenzó a formarse en su cabeza.

Antes de que Thord se acercara más, le dijo:

—Sí, aquí estoy, vivo aún. Y usted me debe tres mil sestercios, debido a que le probé que fui su pupilo.

Las manos de Thord cayeron mientras trataba de encontrar una solución. Ben-Hur esperó.

—Lo mataré como estaba planeado y cobraré el dinero de Mesala —dijo finalmente Thord, dándose la razón a sí mismo.

—O puede ganar más dinero.

—¿Cómo haría eso?

—De una manera muy fácil. Usted dijo que este hombre y yo parecíamos hermanos. Quiero engañar a Mesala para que piense que estoy muerto. Si me ayuda a hacerlo, le pagaré.

—¡Ah, ese es un buen truco! ¿Cómo lo haremos?

—Es muy fácil. Le pondré mi ropa y yo me pondré la de él, y usted y yo saldremos juntos del palacio. El que los dejó entrar vio que eran dos, alguien lo verá salir con el mismo hombre. Solo que ese hombre seré yo.

—¿Cuánto me pagará?

—Mesala le pagará seis mil... ¿Qué haría con diez mil sestercios?

—Con diez mil, abriría una vinatería —respondió Thord rápidamente—. Cerca del Gran Circo en Roma. Sería la mejor vinatería de la ciudad. Pero ¿de dónde vendrán los cuatro mil?

—Yo se los pagaré.

—¿Cómo me los pagará?

—Esta noche enviaré a un mensajero con el dinero. Pero si alguna vez se sabe que este hombre es un impostor, sabré que me traicionó. Y lo buscaré. Iré a su vinatería en Roma, destruiré todos los barriles que tenga y la incendiaré.

—Oh, eso no sucederá nunca. Sin embargo, podría pasar que algún día usted visite mi vinatería y me ofrezca derribarme como hizo con este hombre, y yo le serviré una copa del mejor vino de la ciudad —respondió Thord—. ¡Este ha sido un buen día para mí!

Ben-Hur miró al hombre que estaba tirado sobre el piso.

—No para él —añadió Thord.

No fue agradable desnudar al cadáver. La piel se estaba enfriando y la túnica interior estaba bastante sucia. Ben-Hur se sorprendió por su repugnancia. Sin embargo, la conmoción fue mayor cuando él y Thord tuvieron que manipular el cadáver para vestirlo con la ropa de Ben-Hur y lo acomodaron sobre el piso. Con la túnica con correa de Ben-Hur, y un kipá tirado al lado, el cuerpo se veía extrañamente familiar.

—Podría ser usted —dijo Thord con satisfacción. Se inclinó para acercar el kipá al cuerpo.

—Podría *haber* sido yo —dijo Ben-Hur en voz baja.

CAPÍTULO 35

DUDA

L a imagen permaneció en la cabeza de Ben-Hur todo el día. O tal vez era la idea. Él, muerto. O ¿una versión de él? ¿Podía un hombre convertirse en hombres diferentes durante su vida?

Claro que sí. Ben-Hur mismo ya había logrado eso, se dio cuenta. Había sido el hijo de un príncipe, el esclavo de una galera y un aristócrata romano.

¿Había creído que simplemente con ponerse una túnica judía y recuperar su nombre se convertiría en una persona nueva otra vez?

Parecía que sí. Tal vez se había estado imaginando la clase de perfil que podría asumir. Se había imaginado a sí mismo como un judío próspero, respetable. La clase de hombre que había sido su padre. Viajando a Jerusalén a hacerles preguntas a personas de la alta sociedad y descubriendo... ¿Qué? ¿Había creído, en el fondo de su corazón, que su madre y Tirsa todavía estarían allí, esperándolo?

Tal vez esa idea se había mantenido en algún lugar de su ser, a pesar de todo lo que le había pasado. Una idea escondida detrás de lo que él pensaba que eran sus planes y razones.

Ahora había llegado el tiempo de dejar de lado la visión de reencontrarse con su familia y ser felices.

De todos modos, él ya no era ese hombre. Había pasado todos esos años en Roma aprendiendo violencia; no podía simplemente borrarlos. La violencia estaba allí, era parte de él. Ese hombre muerto en el palacio de Idernee era una clara prueba. Y Mesala, lisiado para siempre. De manera espontánea, vino a su mente la imagen de un cuerpo flotando en el mar ardiente: el primer hombre que había matado. Según parecía, el número estaba aumentando.

Eso era algo a lo cual tendría que acostumbrarse. Golpear primero. Fríamente. Carnicería con un propósito. Cuando había matado antes, lo había hecho en defensa propia. Incluso haber herido a Mesala había sido un acto de venganza. Pero la matanza de ese hombre desconocido, su doble, fue un acto de agresión despiadada.

Pero el cadáver ahora llevaría su nombre, lo cual le permitiría desaparecer.

Era extrañamente inquietante. Oh, entendió lo beneficioso que era. Simónides lo buscaría públicamente e insistiría en que el nuevo cónsul, Majencio, investigara su desaparición. Mesala se enteraría rápidamente de que su peor enemigo, Ben-Hur, estaba muerto. Después también escucharía la noticia el procurador en Jerusalén. Nadie lo buscaría. Sería libre.

Libre, pero sería nadie.

Y cuando uno es nadie, ¿cómo se convierte en alguien?

Se separó de Thord cuando llegaron al hervidero de personas bulliciosas en el ónfalo, el centro mismo de Antioquía. Nadie se fijaría, entre la multitud, en dos hombres con ropa común que estaban juntos y luego no lo estaban. Aun así, Ben-Hur no estaba listo para regresar a la casa de Simónides. ¿Qué tal si alguien enviado por Mesala estuviera vigilando la casa? ¿O vigilándolo a él?

Una vez más, como en su primer día en Antioquía, se encontró a sí mismo siguiendo a la multitud. ¿De regreso a la Arboleda de Dafne? ¿Por qué no?

Por supuesto, todo se veía diferente a su primera visita. Ben-Hur se dio cuenta de que, en el corto tiempo que había estado en Antioquía, se había acostumbrado a su exuberancia y diversidad. No estaba sorprendido por la variedad exótica de los visitantes o la alegría desenfrenada de los sirvientes del templo. Se sentó debajo de un árbol, deambuló cerca de un arroyo, y decidió no visitar el estadio.

No estaba totalmente sorprendido de encontrarse a sí mismo en camino a la Fuente de Castalia, donde había visto por primera vez a Mesala, y a Iras. Estaba por leer acerca de su fortuna ese día, con Maluc, pero no había tenido la oportunidad. ¿Por qué no ver qué decía el oráculo, después de todo?

La fuente estaba tan atiborrada de gente como el día que la visitó por primera vez, y tuvo que abrirse paso entre la multitud para llegar al sacerdote. Por un momento sintió náuseas cuando se dio cuenta de que tendría que usar el dinero del muerto para pagar por la fortuna, y habría renunciado a hacerlo si no hubiera sido por una mujer que lo empujaba y le decía que se apurara. Por lo tanto, metió la mano en la cartera del muerto y sacó unas monedas.

El sacerdote sumergió la hoja de papiro y se la entregó, mirándola mientras lo hacía. Frunció el ceño y la sumergió de nuevo.

—A veces pasa —explicó con un susurro.

Pero no apareció nada escrito. Por lo tanto, escogió una hoja nueva y la introdujo en el agua que burbujeaba alrededor de sus becerros.

También salió sin nada escrito.

El sacerdote le hizo una señal a Ben-Hur para que se corriera y sumergió la hoja de la mujer impaciente. Ben-Hur vio que las letras aparecían, aunque ella se llevó la hoja antes de que él pudiera leer lo que decía.

—Una vez más —propuso el sacerdote.

Sumergió una tercera hoja y se la entregó a Ben-Hur con una mirada penetrante.

—De vez en cuando pasa esto —dijo.

—¿No tengo fortuna? ¿No tengo futuro?

El sacerdote se encogió de hombros.

—Yo solamente las leo. No sé qué quieren decir. Siempre pienso, cuando no aparece nada escrito, que ni los dioses saben lo que le depara el futuro a esa persona.

Ben-Hur dejó caer la hoja mientras se alejaba. Entonces, allí no había ayuda para él.

Finalmente llegó la noche y sintió que sería seguro regresar a la casa de Simónides. Había tenido la esperanza de entrar sin hacer ruido, lavarse y cambiarse la ropa antes de ver a Ester o a su padre, pero ella salió a su encuentro en el piso bajo mientras él entraba.

Miró la túnica y las sandalias rústicas con sorpresa. Luego le miró el rostro, y sus ojos se entrecerraron. Finalmente dijo, como si se hubiera dado cuenta de que había sido descortés:

—La paz sea con usted. Estamos contentos de que haya regresado.

—Y también contigo —respondió él.

Era difícil saber qué más decir. *¿Maté a un hombre hoy? ¿Ya no existo? ¿Quién soy? ¿Qué seré?* En lugar de eso, trató de sonreír.

Ester extendió la mano y tocó la túnica, luego sacudió la cabeza.

—Venga conmigo a la cocina —dijo—. Le limpiaré el rostro otra vez.

La siguió hasta la gran habitación en el fondo de la casa, donde ella encendió numerosas lámparas de aceite y las colocó en lo alto de una alacena para crear una nube de brillo.

—Siéntese —le indicó, mientras llenaba un cuenco con agua.

Se sentó en una banqueta baja y permitió que ella le limpiara el rostro con toquecitos. Hacía mucho que había dejado de dolerle. Sabía que la herida se estaba curando. Pero la habitación estaba en penumbras y silenciosa. Le gustaba la sensación que le causaba la preocupación de Ester.

—Esta no es su ropa —declaró ella.

—No.

—¿Puedo quemarla?

—Una vez que me la haya quitado, sí —respondió Ben-Hur.

—Espere aquí.

Salió de la habitación y escuchó que le daba órdenes a una sirvienta.

—Dina le traerá una túnica limpia —Ester se inclinó sobre una mesa y lo miró—. ¿Qué pasó hoy?

Él no respondió. Bajó los ojos y se quedó mirando fijamente sus manos.

Ella se alejó de la mesa y vació el agua del cuenco en una cisterna, exprimiendo después el trapo.

—Nada bueno, parece —dijo Ester mientras regresaba hasta donde él estaba—. Nunca antes había conocido a un campeón de los juegos romanos, pero me atrevo a decir que no creo que haya pasado el día celebrando su victoria.

—No —levantó los ojos para mirarla. Los ojos verdes firmes le mantuvieron la mirada.

—Mi padre estaba preocupado —dijo ella sin involucrarse.

—Tenía que hacer... algo. Que no resultó de la manera que pensaba.

—¿Para bien o para mal? —preguntó Ester. Su tono se había suavizado.

—No lo sé. —Se encogió de hombros—. Más violencia. Maté a un hombre. —Ella se mantuvo impávida—. El hombre iba a matarme. Mesala lo envió.

—¡Mesala! ¿Tuvo las fuerzas?

—Y el odio, parece.

—Pero usted no puede... —Frunció el ceño a medida que entendía las implicaciones—. Él podría encontrarlo... ¿Es por eso que estuvo fuera todo el día?

Ben-Hur asintió con la cabeza.

—En parte. Se sabe que me estoy alojando aquí. Parece que su poder todavía tiene brazos largos.

Se puso de pie y se estiró, y su sombra saltó en la pared de la habitación. Caminó hasta la puerta y miró hacia afuera, luego volvió a entrar.

Seguía moviéndose por la cocina mientras hablaba; levantó un tazón como si nunca antes hubiera visto uno y lo colocó de nuevo en el estante con suavidad.

—Pero ahora Ben-Hur está muerto. —Miró de reojo a Ester mientras decía eso—. El hombre que Mesala envió a matarme podría haber sido mi hermano gemelo, por lo que me puse su ropa y lo vestí con la mía. Le pediré a tu padre que me haga buscar públicamente. Tal vez encuentren el cuerpo. En todo caso, habrá un escándalo. El cónsul tendrá que involucrase debido a la carrera de cuadrigas. La noticia llegará a Roma, y Mesala creerá que estoy muerto.

—Bueno, eso es ciertamente algo bueno —sugirió Ester.

—Más que eso, necesario. —Él regresó a la banqueta y se sentó, mirándola de nuevo—. Ahora estoy libre para viajar a Jerusalén a buscar a mi familia. Habría sido peligroso hacerlo mientras el hijo de Hur estaba vivo. A decir verdad, no espero encontrarlas. Pero debo saber que hice el esfuerzo. Y además, deseo volver a ver Jerusalén.

—¿Y después de eso? ¿Se unirá al plan del jeque Ilderim y de mi padre?

Él levantó las manos de su regazo.

—Creo que debo hacerlo. Las circunstancias me llevan a eso. Como Judá Ben-Hur, ya no existo. Pero debo hacer algo, y eso es algo que puedo hacer. Creo.

—Con base en lo que dijo anteriormente, tiene el entrenamiento —le recordó Ester.

—Sí.

—¿Cree que el rey realmente vendrá?

—No lo sé— confesó—. Pero no creo que eso sea importante, por lo menos no para mí. Me convertí en un guerrero para vengarme de Roma. El pueblo judío no tiene ejército, y es posible que yo tenga los medios para ayudar a armar uno. ¿Cómo puedo negarme a eso?

—Suena muy solitario —dijo Ester—. Si tuviera el consuelo de la fe, podría resultarle más fácil de soportar. —Se levantó y sacudió su túnica—. Dina regresará en un momento con su ropa. Le diré a mi padre que ha vuelto, pero dejaré que usted le cuente el resto. —Hizo una pausa—. Sé que no me corresponde a mí decir esto. Soy joven, mujer y su esclava. Pero se ve triste. Por lo tanto, podría ayudarlo escuchar lo que mi padre me dijo en cierta ocasión, luego de la segunda vez que los romanos lo golpearon. Le pregunté por qué seguía haciéndose cargo de los negocios de su familia, y me dijo que a veces el mejor curso de acción es simplemente aquel que se presenta. Eso tal vez también se aplique a usted.

CAPÍTULO 36

EL REGRESO

Ben-Hur dejó que Simónides se encargara de hacer los arreglos para su viaje. Había un barco que navegaría a Jope, lleno de especias del Oriente. Lo ubicaron en un pequeño camarote que olía ricamente a clavo de especia. Desde Jope viajó montado en una magnífica mula, rechazando la oferta de un camello. Las orejas largas de la mula lo desconcertaban constantemente después de haber conocido las orejas cortas arqueadas de los caballos árabes, pero era una criatura afable. Sintió mucho tener que dejarla en la Puerta de Jope, afuera de Jerusalén. Había sido una buena compañía durante el viaje.

Se encontró a sí mismo vacilando afuera de la puerta alta e imponente. Las piedras amarillentas del muro de la ciudad se levantaban por encima de él, elevándose al cielo en niveles regulares, mientras que la puerta misma estaba rodeada del tumulto habitual. Un par de perros escuálidos peleaban por un hueso, un pescadero afilaba su cuchillo, dos mujeres cubiertas con velo cargando canastos de compras discutían por un par de granadas. El sol castigaba, caliente y seco, pero las sombras se estaban alargando. ¿Qué estaba esperando? Distinguió a un niño desgarbado levantando polvo con sus pies mientras mordisqueaba una tira de carne seca. Pelo oscuro, una túnica que había comenzado el día siendo blanca, manos demasiado grandes para los brazos que terminaban; Ben-Hur movió la cabeza. Sabía que él había sido como ese niño. Observó al niño, quien observaba todo lo que pasaba a su alrededor: sus ojos recorrían la multitud, notando cada detalle, escuchando fragmentos de diálogos.

Siguió al niño a través de la puerta y entró a su pasado. Las calles eran lo suficientemente anchas como para ser cómodas pero, a diferencia de las avenidas rectas al estilo romano de Antioquía o de Roma, no habían sido construidas para alarde. Todo estaba colgado en los angostos canales de aire entre las paredes doradas. ¡El ruido! Voces que se levantaban en una discusión, cumplido, insulto, saludo, disputa, queja; Ben-Hur entendía cada una de esas palabras sin pensar siquiera que eran palabras. ¡Los olores! Polvo, animales, un olor penetrante a resina que descendía de las colinas, un brasero de carbón, una punzada de cítrico mientras un vendedor cortaba una tajada de naranja... Ben-Hur se sorprendió a sí mismo sonriendo. Estaba en casa.

Por accidente le dio un empujón a un carpintero y se disculpó. El carpintero lo entendió y lo perdonó con una sonrisa rápida. Ayudó a colocar un cántaro sobre los hombros de una mujer. Ella lo bendijo. Un par de rabinos pasaron a su lado empujándolo, ensimismados en un debate; sus pasos estaban sincronizados mientras se dirigían al templo sin siquiera echarle una ojeada al camino. Un vendedor de palomas obligó a un pájaro completamente blanco a entrar de vuelta a su jaula de mimbre, guardó algunas monedas y se lo entregó a un cliente. ¡Estaba en casa!

De repente tenía que verlo todo; por lo tanto, mientras el sol sobre las colinas se ponía aún más rojo, caminó por su ciudad de un extremo al otro, por callejones que nunca había visto y a través de los jardines del palacio donde se había encontrado con Mesala hacía muchos años. Entró a los patios del templo, pero salió rápidamente, motivado por su inquietud. Finalmente, cuando terminaba la tarde, se encontró sentado sobre un peñasco a mitad del camino al monte de Olivos. Sus pies estaban doloridos y el borde de su túnica estaba polvoriento. En su mente zumbaban las cosas que había visto y oído. Una palabra predominaba sobre las demás: *Shalom*. Paz. El saludo convencional de Judea. «La paz sea con usted». La respuesta amable era: «Y también con usted».

Paz. ¿Qué significaba eso para los judíos? ¿Para él? ¿Era siquiera posible la paz? Mesala había hablado sobre la *Pax romana*, la paz que traía el Imperio romano a las tierras que conquistaba y ocupaba. ¿Era esa realmente la paz? Si lo era, ¿paz para quién?

¿Podía de verdad romperse la paz? Sentado aquí en la tarde brillante, mirando hacia la ciudad donde había nacido, Judá se lo preguntaba. Simónides y el jeque Ilderim habían sido muy convincentes, pero, ¿tenían razón? ¿Había llegado el tiempo de sacudirse el yugo romano?

Se echó hacia atrás y colocó sus manos sobre la ladera polvorienta que estaba detrás de la roca en la cual estaba sentado. Arriba, el cielo había perdido su brillo y estaba desvaneciéndose en un color rosa plateado. Cerró los ojos y sintió el piso rocoso debajo de sus palmas. Cada piedra tenía un significado particular. Dejó caer la cabeza hacia atrás y perdió la noción del lugar en que estaba su cuerpo. Pies, manos, trasero, cerca de la tierra. Enraizado. Rodó por el peñasco y se tiró boca abajo sobre la ladera, con la mejilla apretada contra el suelo arenoso que todavía mantenía el calor del día. Sintió como si estuviera abrazando la tierra. Judea; su casa.

Sin embargo, no podía ser su casa porque Judá Ben-Hur era un forajido. Para ese momento, era probable que su historia se supiera por todas partes. Todos sabrían que el hijo de Arrio, el niño judío arrojado a las galeras y el ganador de la carrera de cuadrigas eran la misma persona. Estaba claro que tenía amigos poderosos y rencor contra Roma. El cuerpo muerto sobre el piso del palacio en Antioquía causaría confusión, pero Ben-Hur sabía que nunca estaría seguro si usaba su propio nombre.

A menos que expulsaran a los romanos.

¿Y quién mejor que él para hacerlo?

Se sentó, luego se puso de pie y sacudió su túnica antes de comenzar a descender por la colina. La senda era angosta y la noche se acercaba. Frente a él, la silueta de Jerusalén había perdido su nitidez por la puesta del sol, y la Torre Antonia se levantaba orgullosa, un rectángulo negro en relieve pronunciado. La encargada de hacer cumplir la *Pax romana*. Se decía que era la prisión de cientos de judíos. Desde Antioquía, Maluc había hecho preguntas acerca de su madre y de Tirsa. Pero él mismo no había ido a la torre. Esa era la tarea de Ben-Hur para el día siguiente. Mientras tanto, haría lo más difícil. Visitaría el palacio de Hur, el hogar de su familia dentro del hogar de su pueblo. No podía postergarlo más.

CAPÍTULO 37

IMPURO

Algunos actos se hacen mejor en la oscuridad. Otros, a la luz del día. Cuando Poncio Pilato sucedió a Valerio Grato como procurador de Jerusalén, lo hizo sin el desfile militar. Por el contrario, su guarnición reemplazó a los soldados salientes durante la noche, discretamente. Sin desfile, sin gritos de protesta, sin agitación. Parecía sensato.

Luego Pilato analizó la administración de Grato y pensó de qué manera podría la suya ser considerada diferente. «Las prisiones —le susurró un consejero—. Tal vez encuentre que hay detenidos a los que podría liberar. Esa es siempre una medida popular».

Una medida para la luz del día. Portones que se abren con un chirrido; criaturas delgadas, temerosas, se arrastran afuera, a veces se reúnen con familiares sollozantes que desde hacía mucho tiempo creían que estaban muertas. La culpa caía sobre la administración anterior. Pilato era la escoba nueva, que ponía todo limpio.

Incluyendo la Torre Antonia en la misma Jerusalén. Se encontró un mapa de las celdas. Se verificó la lista de los prisioneros contra el mapa. Visitaron las celdas. Les llevó días. Fueron liberados muchos individuos. Las celdas se internaban cada vez

PONCIO PILATO

Como gobernador de Judea, Poncio Pilato tenía el control de todas las fuerzas de la ocupación romana, así como el control del templo y sus fondos. A veces abusaba de su autoridad. Se apropió de fondos del templo para construir en Jerusalén un acueducto de cincuenta y seis kilómetros de largo, lo cual provocó una gran protesta. En respuesta, Pilato ordenó que soldados disfrazados infiltraran a la multitud y golpearan hasta la muerte a los instigadores. En otra ocasión, asesinó a unos galileos mientras ofrecían sacrificios en el templo. Pilato también intentó traer a Jerusalén imágenes del César para ser adoradas.

En el 36 d. C., Pilato fue despedido de su posición como gobernador después de que aniquiló a peregrinos que seguían a un falso profeta samaritano.

más debajo de las murallas de la prisión, al punto de que ni el alcaide sabía cuán profundo llegaban. La marca de preocupación que tenía entre las cejas se acentuaba cada vez más a medida que pasaban los días y aún tenía que descender más escaleras. Cuando trató de imaginarse el informe que le daría al tribuno, quien le informaría directamente a Pilato, sintió náuseas. No había ningún registro en absoluto de lo que estaba descubriendo.

La noche era eterna en esas celdas. De alguna manera, los prisioneros habían recibido alimento y agua. Otro resquebrajamiento en la organización. ¿Cómo había podido pasar desapercibido algo como eso? Pero era un resquebrajamiento por el que debían estar alegres. Muchas veces, las puertas de las celdas se habían abierto para revelar nada más que esqueletos vestidos con fragmentos curtidos de piel. ¡Vergonzoso! Roma era rígida, pensó el alcaide, pero no se suponía que fuera despiadada.

Valerio Grato, sin embargo, no había sido un romano modelo. En los niveles más bajos de la prisión, el alcaide y sus subordinados, conmocionados, encontraron prisioneros cuyas lenguas habían sido cortadas. O que habían sido cegados. O ambos. El alcaide ya estaba preguntándose cómo devolver a esos pobres infelices a sus familias, lo cual había sido la promesa de Pilato. Ya había subido la mitad de las escaleras, llevando su propia antorcha, cuando uno de los carceleros lo llamó.

—Él no quiere irse —dijo el carcelero, señalando a lo que parecía un esqueleto animado.

Salían ruidos de él, de algún lugar detrás del cabello y de la barba apelmazada sobre su rostro. Señalaba hacia el interior de su celda, haciendo gestos.

—Quiere que entremos. Debe querer mostrarnos algo.

—¿Él entiende? —preguntó el alcaide—. ¿Entiende que le estamos dando la libertad?

—Sí. Pero sigue arrastrándonos hacia atrás. Debe ser importante.

—Me temo que tiene razón —dijo el alcaide.

✳ ✳ ✳

Era la hora equivocada para los ruidos. Por lo menos, en la medida en que podían saber qué hora era. Era siempre difícil, y se hacía cada vez más duro. Pero ¿seguramente el plato había sido empujado a través de la ranura hacía apenas unas horas atrás?

Como si las horas significaran algo.

Aun así, era un cambio. Escuchar ruido a través de la escotilla.

Luego sucedió la cosa más extraña. Incluso después, Tirsa siempre recordaría el profundo choque.

Luz. Un resplandor dorado, ¿de dónde había venido esa palabra? Sobre el piso. A través de la escotilla.

—¡Madre! —siseó.

Su madre no había hablado por un rato, pero Tirsa la había escuchado moverse. Suavemente, con sumo cuidado. Solamente rozando la parte de encima de una mano contra el piso. Porque los dedos...

Escuchó un movimiento. Luego un susurro cercano. Cerca del piso.

—¿Qué es?

El resplandor se retiró.

—¿Hola? —lo reemplazó una voz. ¡Una voz! ¡La voz de un hombre! ¡Un hombre saludable, fuerte!— ¿Hay alguien aquí?

Tirsa se sintió empujada. Su madre la impulsaba a moverse hacia adelante. Se arrastró hasta la escotilla.

—Sí —dijo. O trató de hacerlo. Fue un graznido—. ¡Sí! —repitió—. Somos dos.

—¿Quiénes son?

—Mujeres de Israel. ¿Quiénes son ustedes?

—Oficiales romanos. Vinimos a liberarlas.

—Alabado sea Dios —Tirsa escuchó respirar a su madre—. ¿Agua?

—¿Agua? —susurró Tirsa.

—Sí, por supuesto —respondió la voz masculina—. Inmediatamente. Solo...

—¿La luz? —preguntó Tirsa—. ¿Puede dejarla?

—Sí. Sí. —El resplandor regresó.

Ella se retiró. ¡Luz! La luz... ¡mostraba cosas! Un semicírculo en el piso cerca de la escotilla, pulido tan suave como el mármol. Por ellas, se imaginó. Por ella y su madre durante todo el tiempo que habían estado allí. El plato. De madera. Sencillo. Apartó la mirada. Sus ojos ya estaban cansados. El resto de la celda se veía más oscuro ahora. No podía ver a su madre.

—¿Dónde estás? —susurró.

—Aquí.

Fuera del resplandor, un movimiento parpadeante.

—Madre... —Se deslizó hasta ella—. ¡Madre! ¿Es esto...? Es real ¿verdad?

La luz se desvaneció.

—Agua —dijo la voz—. La estoy pasando. Y también comida. Pero ¿dónde está la puerta?

El sonido conocido: un cuenco de agua pasando por la escotilla. Seguido de un plato.

Noemí se arrastró hasta la escotilla.

—Gracias —dijo con un susurro.

—¿Qué dijo? No la escuché.

—Gracias —repitió tan fuerte como pudo—. No hay puerta.

—Por los dioses —dijo la voz, retirándose de la escotilla. La luz regresó, mostrando el agua. Y en el plato...

—¡Uvas! Madre, ¡uvas!

—Despacio —le advirtió Noemí—. Una. Ha pasado tanto tiempo...

—Lo sé.

Cada una comió una uva, despacio. Bebieron un poco de agua. Afuera se escuchaban golpes. Martillos, tal vez.

—¿Otra? —preguntó Tirsa.

—Creo que sí. —Comieron otra uva cada una.

Una piedra cayó en el fondo de la celda. En el lugar donde dormían. Hacía mucho tiempo lo habían llamado el dormitorio, haciendo un esfuerzo por levantarse el ánimo. Siguió una pequeña lluvia de escombros.

Tirsa se recostó, de repente exhausta. Cerró los ojos y puso sus manos sobre ellos para que la luz no les llegara. Luego las quitó, girando su cabeza hacia la escotilla. Para asegurarse de que la luz todavía estaba allí.

* * *

Demoró horas. Originalmente había habido una puerta, pero la habían sellado con piedras y argamasa. A toda prisa, le contaron los obreros al alcaide. Muchos años atrás, pero no cincuenta. Menos de diez. ¿Había prisioneros allí? ¿Mujeres? Entonces tenían que hacerlo despacio. ¿Y si por apurarse las enterraban bajo una lluvia de escombros?

El alcaide se quedó. Por alguna razón, sentía que no podía dejarlas. Aunque tenía la sensación de que la lluvia de escombros podría ser la solución más fácil. La historia que estas mujeres tenían para contar no dejaría bien parada a Roma.

Estaban muy calladas. Seguía pensando en la mujer que le había agradecido. *¡Agradecido!* Por un cuenco de agua y unas cuantas uvas.

* * *

Finalmente abrieron un hueco arriba de la puerta.

—¡Mira! —susurró Tirsa, pero su madre no respondió. ¿Estaría durmiendo? Más luz se filtró a través del hueco. La habitación era más alta de lo que Tirsa había pensado.

Después de eso, el trabajo se aceleró. Los obreros encontraron el marco de una abertura. Las piedras y la argamasa eran arrastradas hacia afuera, al pasillo. Desde arriba la luz comenzó a filtrarse en la celda.

Finalmente, el alcaide tuvo que hablarles de nuevo. Tomó la antorcha de la ranura.

—Manténganse alejadas de la pared. Las piedras todavía están cayendo. Pronto habremos atravesado la puerta. ¿Quieren más agua?

—No —respondió Tirsa—. Pero... ¿frazadas? Nuestra ropa... No tenemos ropa.

Escuchó los murmullos mientras él se alejaba y le daba órdenes a alguien que estaba afuera.

* * *

—Frazadas. O mantos; lo que encuentren —les dijo a los carceleros—. Estarán débiles.

—¿Qué haremos con ellas? —preguntó el carcelero principal.

—No lo sabré hasta que las vea —respondió el alcaide—. Búscales una celda limpia en el piso de arriba, con una ventana y un recipiente grande con agua. El olor... No podemos simplemente mandarlas afuera en estas condiciones. Necesitarán asearse. Probablemente alimentarse. Tal vez por unos cuantos días. Envíe médicos a que las revisen. Averigüe por qué estaban aquí. Y solo entonces, trate de encontrar a su familia.

—Una mujer de Israel, se llamó a sí misma —dijo el carcelero—. Sonaba culta. La liberación de estas mujeres ocasionará problemas.

—Para Valerio Grato, no para Pilato. Pilato recibirá el crédito por liberarlas.

—¡Eh, hemos terminado! —gritó uno de los obreros—. Usted necesita...

Entonces soltó sus herramientas, que resonaron estrepitosamente. A la luz de la antorcha parpadeante, el alcaide vio que el obrero se tropezó con la pila de escombros y casi cayó hacia atrás.

Con los ojos muy abiertos, se volvió al alcaide:

—¡Son leprosas! —gritó y corrió hacia las escaleras.

—Impuras —un hilo de voz cruzó la entrada—. ¡Impuras, impuras!

A pesar de sí mismo, el alcaide se inclinó para mirar, y al instante se arrepintió de haberlo hecho. Sabía que recordaría para siempre lo que había visto.

Nunca antes había visto leprosos tan de cerca. Bueno, nadie lo hacía. Un toque era suficiente para que la enfermedad se esparciera; y qué enfermedad tan horrible. Parecía que la piel se consumía a sí misma, decían las personas. Los dedos y la nariz se caían. Los párpados se encogían o se partían o desaparecían. Algunos leprosos eran ciegos. La mayoría tenía voces extrañas, rasposas, agudas... como las mujeres de la celda. Finalmente, sus órganos internos se endurecían y dejaban de funcionar. Era una muerte en vida, lenta. Y las mujeres de la celda eran más de mitad cadáveres.

La bendición era el cabello. Sus cabellos habían crecido y crecido. Ásperos, con rizos, y con un extraño color amarillo y blanco, pero lo suficientemente largos para ocultar... mucho. Estaban de espaldas, pero, aun así, sus pies eran apenas humanos. Una de ellas extendió su mano para acercar el cabello a su rostro, pero lo que él vio era casi una garra. No era una mano, de ninguna manera.

—Impuras —dijo de nuevo una de ellas—. No toquen nada en la celda. Ni el piso ni la pared. Y asegúrense de que todo lo que hayamos tocado sea quemado.

El alcaide se alejó de la celda.

—Estoy fuera de su alcance —dijo—. Pero debo saber quiénes son y por qué están aquí. Si tienen la fortaleza para contarme.

La que tenía la voz más rasposa habló. Quiso que hubiera sido la otra: era más fácil entenderla. Pero esta, evidentemente, era la mayor.

—Soy la viuda del príncipe Itamar de la casa de Hur, de esta ciudad. Era un hombre de negocios, amable con los romanos de aquí e incluso con el César. Esta es mi hija. No sabemos por qué estamos aquí. ¿Por qué no le pregunta a Valero Grato? Fue el día que él llegó que nos sacaron de nuestro hogar.

—No sabemos cuánto tiempo hemos estado aquí —agregó la hija.

—Grato ya no es el procurador —dijo el alcaide—. Es su sucesor, Poncio Pilato, quien decidió investigar las prisiones de Judea.

—Entonces que la bendición sea sobre su nombre —dijo la más joven.

—Haré que les traigan agua y ropa. Agua para que se laven, también. Pero no puedo hacer nada más. Haré que las saquen a la puerta de la fortaleza y las liberen esta noche. ¿Pueden comer algo más?

—Sí, tal vez. Pero ¿puedo hacerle una pregunta, debido a que parece ser un hombre bondadoso? ¿Ha escuchado algo en Jerusalén sobre mi hijo? Ese mismo día se lo llevó una cohorte de soldados. ¿Hay alguna posibilidad de que pudiera estar en una de las celdas? ¿Tal vez usted incluso lo liberó hoy?

Apenas pudo escuchar sus últimas palabras, eran tan bajas. Pasaron unos minutos antes de que pudiera formular una respuesta.

—Lo siento —dijo—. No encontré ningún prisionero, ¿dijo que el nombre es Hur? —La cabeza con cabellos blancos asintió—. Vi todas las listas. Ese nombre no estaba en ellas.

La noticia pareció haberla castigado como un golpe, porque se desplomó contra su hija. Había algo monstruoso en el gesto de afecto y ternura con el cual la hija asentó amablemente a su madre sobre el piso.

—Gracias —dijo la hija—. Son noticias duras. Pero estoy segura que es mejor saber que tener la duda.

El alcaide hizo lo que había prometido; generosamente, en realidad. Buscaron vestidos, velos, sandalias, —¿acaso podrían usar sandalias en esos pies? se preguntó—; y envolvieron dos juegos de todo para cada una. Llenaron una canasta con pan y frutas secas junto con un odre de agua. ¿Cómo vivirían? Un día a la vez, se imaginó, hasta que la muerte viniera a reclamarlas.

CAPÍTULO 38

LIBRES

La enorme puerta de la Torre Antonia chirrió al cerrarse tras ellas, y dio un golpe final que se repitió en un eco. Se quedaron a la sombra de los muros, tomadas de la mano. Tirsa sintió que debía cargar el canasto, pero los dedos de su mano derecha eran apenas muñones, de manera que la cargó Noemí.

Todo era muy extraño. Sentía la aspereza del manto contra la piel y de las sandalias en los pies. Su cabello hacía ruido como si silbara y crujiera alrededor de sus oídos. El aire mismo se agitaba a su alrededor como una cosa viva, trayendo aromas y sonidos que no lograba identificar.

No se atrevía a mirar a su madre. Ya era suficientemente difícil ver, bajo la fría luz de la luna, la piel de sus propias muñecas cubierta de gruesas escamas plateadas o, lo que era peor, los verdugones rojos que supuraban. Lo mismo con los pies, excepto que los verdugones a veces sangraban. Sin embargo, sabía que eso no era lo peor. Jamás volvería a admirarse el rostro reflejado en una piscina o en una fuente de agua; estaba segura de eso. Sea como fuere que se veía provocaba horror. Todos los que la habían visto desde su liberación se habían estremecido y quedado sin aliento. Sabía que tenía algo malo en sus ojos; no parecían cerrarse completamente. Y su boca. Podría haber usado los dedos sanos para tocársela, pero tenían poca sensibilidad, y no estaba segura de querer saber. Temía que sus labios hubieran desaparecido.

Se quedaron ahí, temblando, durante varios minutos, esperando recobrar las fuerzas para moverse. Al final, Noemí dijo:

—No podemos quedarnos aquí.

—No —respondió Tirsa con un susurro.

—Tenemos que salir de la ciudad antes de que amanezca.

—Lo sé —dijo e hizo una pausa—, no tengo muchas fuerzas.

—No, yo tampoco. De manera que nos iremos ahora. Y nos mantendremos en las sombras. Levántate el velo.

Comenzaron a andar. Estaba entrada la noche; el guardia las había retenido intencionalmente puertas adentro hasta después de la medianoche, hasta el cambio de guardia de la ciudad. Eran tan frágiles que no las podía imaginar llegando a su destino. Y una vez allá, ¿de qué vivirían? ¿Tendrían que mendigar para comer? ¿Andar por las calles de Jerusalén con una canasta para obtener unas monedas pequeñas? ¿Quién se les arrimaría lo suficiente como para darles algo? Morirían de hambre.

O de su enfermedad. De cualquier manera, morirían.

Las dos mujeres avanzaban lentamente. Se deslizaban cerca de las paredes, apoyándose en ellas con frecuencia; sus arruinados pies les hacían perder el equilibrio. Las calles estaban desiertas, aunque en la Torre Antonia se veían luces. Tirsa pensó comentarlo. Tomó aire, pero era demasiado esfuerzo.

—¿Sabes dónde estamos? —susurró Noemí.

Tirsa no lo sabía. De niña casi nunca había salido de su casa, y ciertamente nunca sola. Nunca había conocido las calles de la ciudad.

—Mira —dijo su madre señalando a la vuelta de una esquina.

Había una larga pared con un techo de baldosas. Una palmera indicaba un patio interior. Sobre la pared se levantaba una estructura pequeña... Tirsa tomó aire.

—¿Nuestra casa?

—Era nuestra casa —respondió Noemí—. Debemos pasar por delante.

Tirsa se quedó quieta, mirando hacia arriba en dirección a la glorieta.

—¿Estamos en la calle donde ocurrió?

No hacía falta explicar a qué se refería.

—Sí —dijo su madre—. Pasaremos justo por el lugar.

—Entonces hagámoslo —dijo Tirsa—. Yo llevaré la canasta un rato.

Les llevó varios minutos avanzar a tropezones la corta distancia hasta la esquina del antiguo palacio de Hur. Una vez allí, Noemí miró hacia arriba. La luna llena bañaba de plata todas las superficies. En contraste, las sombras eran profundas. Las hojas de la palmera susurraban, pero nada más se movía aparte de las dos mujeres de túnicas y cabellos blancos.

—Las paredes —susurró Tirsa—. ¿Qué es eso? —señaló una fisura en el enlucido con uno de sus dedos acortados.

—La han descuidado —respondió Noemí—. Supongo que nadie vive aquí. No han reparado nada —Tocó un montón de restos de baldosas con la sandalia—. ¿Ves? Las baldosas se están desprendiendo del techo.

Avanzaron lentamente hasta el portón.

—¿Y qué es eso? —preguntó Tirsa. Dejó la canasta a un lado y se adelantó—. Parece un sello. ¿Han sellado nuestra casa?

—Para mantener alejados a los ladrones, supongo. Pero mira, Tirsa. ¡Oh, mira el cartel!

Unos treinta centímetros por encima de sus cabezas había un letrero de madera. Alguna vez había sido fuerte. La pintura había sido fresca unos ocho años antes cuando alguien había escrito: *Propiedad del emperador*. Ahora la pintura se había desvanecido, pero el mensaje permanecía.

—¿"Propiedad del emperador"? —preguntó Tirsa. Tendría que entenderlo. Lo sabía. ¿Qué significaba? ¿Que ahora el emperador era el dueño de la casa?

—Se han llevado todo —dijo Noemí con una voz apenas audible. Volvió la espalda al enorme portón y se deslizó hasta quedar sentada—. ¡No ha quedado nada para Judá!

Tirsa dio cinco pasos vacilantes hacia atrás y estudió lo que podía ver de la amplia fachada. Luego volvió con tropezones y se sentó junto a su madre.

—No la recordaba... Es tan grande. Tan espléndida. No lo sabía. Vivíamos con esplendor, ¿verdad?

Noemí asintió.

—En ese momento, solo parecía comodidad. Y, por supuesto, alojábamos a todos los sirvientes. Y teníamos inquilinos. —Escondió el rostro entre las manos—. Nunca pensé... —Subió el tono de su voz—. ¡Nada para Judá!

—Madre —dijo Tirsa entre dientes, repentinamente enojada—. ¡Judá está muerto! Tiene que estar muerto, ¡de lo contrario nos hubiera encontrado!

Noemí dio un suspiro.

—¿Qué recuerdas de ese día? —preguntó.

Tirsa también suspiró.

—Muy poco. Al principio recordaba más, pero se ha ido desvaneciendo. Siempre me lo repasaba, preguntándome si podría haber cambiado algo. Tal vez si no le hubiera hablado a Judá acerca de los soldados, él no se habría inclinado sobre el parapeto. Recuerdo que lo desperté con música. Y recuerdo a nuestro portero, Sadrac, cómo simplemente lo... La sangre. —Sacudió la cabeza—. Nunca antes había visto la muerte. Y las capas rojas por todas partes. Y los petos. Todo ese brillo y los bordes duros. Y los gritos.

—¿No recuerdas nada de lo que dijeron?

—No —dijo Tirsa—. Fue tan confuso. ¿Dijeron algo?

—¿Recuerdas que fue Mesala quien acusó a Judá? —preguntó Noemí.

Tirsa se volvió para mirarla y sintió conmoción, otra vez, al ver la cara ruinada de su madre. Pero lo que había dicho era igual de sorprendente.

—¿Mesala traicionó a Judá? ¿Su *amigo*?

Noemí asintió.

—Ordenó que lo llevaran a las galeras. ¿Sabes lo que es eso?

—¿Barcos?

—Sí. Con remeros esclavos. Judá fue llevado a remar en un barco romano.

—¿Es por eso que crees que está vivo?

Hubo una pausa.

—No —admitió finalmente Noemí—. Los esclavos de las galeras... —Hizo pausa—. No puedo... —Elevó la voz más de lo que había hecho hasta ese momento—. No puedo pensar en mi hijo de esa manera. En todo este tiempo no lo he hecho, y no lo haré. ¡No lo haré! —clamó. Habría sido un grito en una mujer saludable.

—Si está vivo, es un esclavo de las galeras, madre —dijo Tirsa—. ¿Es así? ¿Te conviertes en un esclavo de las galeras de por vida?

—De por vida —asintió Noemí, apoyando la cabeza contra el portón—. Nunca los liberan.

—Entonces, ¿qué importa? Está tirando de un remo en un barco romano en alguna parte. No nos puede ayudar. No necesita esta casa. ¡Está tan muerto como nosotras!

—No, Tirsa —dijo su madre. Suavemente puso sus manos retorcidas sobre ambos lados del rostro atroz de su hija—. No estamos muertas. Mientras estamos vivas, debemos tener esperanza.

Tirsa volvió el rostro.

—¡Esperanza! —susurró—. ¿Esperanza de qué? Todo lo que espero es la muerte, ¡y cuanto antes, mejor! ¿Has *pensado* madre? Tú sabes mucho más que yo. Tú sabes dónde viven los leprosos. Sabes lo que pueden o no pueden hacer. Todo lo que yo sé es lo que veo en ti, y lo que siento en mí. Madre, ¡no sobreviviremos! ¿Dónde hallaremos comida? ¿Quién nos dará agua? Les has dicho a todas las personas con quienes nos cruzamos que somos impuras. ¿Debemos decírselo a todo el mundo? ¿Debemos anunciarlo donde vayamos?

—Sí —susurró Noemí.

—¿Podemos ir al templo en busca de bendición, consuelo o sabiduría?

—No.

—¿Por qué no?

El suspiro de Noemí fue apenas una débil respiración que movió algunos de sus largos cabellos plateados.

—Porque no estamos limpias. Llevamos enfermedad y corrupción a todas partes. Y no debemos llevarlas allí, donde se reúne el pueblo de Dios en su presencia. —Hizo una pausa—. Se nos considera muertas vivientes.

—Muertas vivientes —gimió Tirsa—. ¡Muertas vivientes! Entonces, ¿por qué no sencillamente terminar con la vida? ¿Para qué vivir? ¿Por qué no ser verdaderas muertas? —Golpeó su cabeza contra el portón como para aplastarse el cráneo, pero estaba demasiado débil para que el gesto fuera significativo.

—Dios tiene nuestros días contados —respondió Noemí. Miró hacia arriba al cielo nocturno—. No nos corresponde interferir.

Tirsa se puso de pie lenta y torpemente.

TODOS NUESTROS DÍAS

Dios está a cargo de cada aspecto de nuestra vida. Aun en medio de gran angustia, podemos encontrar consuelo en el hecho de que él camina con nosotros a través de ella, y sabe cómo resultará.

«Me viste antes de que naciera.
Cada día de mi vida estaba registrado en tu libro.
Cada momento fue diseñado antes de que un solo día pasara».
(Salmo 139:16)

«Tú has determinado la duración de nuestra vida.
Tú sabes cuántos meses viviremos, y no se nos concederá ni un minuto más».
(Job 14:5)

—¿Qué es lo que esperas? —preguntó, mirando a su madre—. ¿Que las cosas vuelvan a ser como antes?

Noemí se levantó del polvo de la calle hasta quedar de pie.

—No pretendo predecir la bondad de Dios para conmigo —dijo—. No espero entenderlo más de lo que Job o Abraham lo entendieron. Tal vez su misericordia para nosotras sea la muerte. O algo que jamás podríamos imaginar. Esperaré en él.

Tirsa se inclinó para levantar la canasta.

—Bien. ¿Y dónde haremos esa espera? ¿Cómo se llama ese lugar?

—Debemos salir de la ciudad por la Puerta del Agua. Bordearemos la pared de nuestra casa hasta el lado opuesto; luego tomaremos el sendero cuesta abajo. Conozco el camino.

—Bien, pero ¿dónde se supone que vamos?

—Nunca he estado allí. Solamente oí hablar del sitio. Hay un pozo, y a su alrededor hay cuevas en la montaña. Viviremos en una cueva.

No se atrevió a decirle a Tirsa que aquellas cuevas alguna vez habían sido tumbas, y que el lugar se conocía como el Valle de los Muertos.

CAPÍTULO 39

EN CASA

Les llevó mucho más de lo que hubieran imaginado llegar hasta el otro lado del palacio. Incluso Noemí, que creía haber conocido cada rincón del edificio cuando era el hogar familiar y el centro de los negocios de la familia, quedó asombrada de su gran tamaño.

También quedó horrorizada por su estado de deterioro. El enlucido de las paredes exteriores se había pelado y en ciertos lugares se asomaban los ladrillos. En el techo faltaban muchas hileras de baldosas y de unos nidos de pájaros despuntaban ramitas afiladas. Abajo, las paredes estaban manchadas de estiércol. La vista de la alta palmera en el patio central las acompañó en su lento viaje alrededor de la pared, y, a medida que la luna se fue inclinando, Noemí observó que sus hojas estaban secas y enmarañadas. Hasta le pareció que olía a descomposición a través de las paredes, pero sabía que eso no era posible. Estaba segura que buena parte de su nariz había desaparecido. Ciertamente eso haría imposible percibir los olores.

Se quedaron en las sombras. Cuando llegaron a la esquina del palacio, ambas cruzaron la calle hasta otra mancha de sombra porque la pared sur estaba muy iluminada, salvo por el portón, instalado del lado interior de la pared. Noemí miró desde el otro lado para ver si tenía el mismo cartel que la puerta norte. Sus ojos captaron una figura acurrucada. Un vagabundo, pensó, cobijado en el portón. En eso había terminado la casa: un refugio para los marginados de la ciudad. No es que ella fuera algo muy diferente.

Pero la figura se movió y levantó un brazo. A Noemí le pareció escuchar que el hombre hablaba. Pues era un hombre; de eso estaba segura. Se acercó levemente. Algo... algo la atraía. ¿Era su aspecto? ¿Cómo podría saberlo? Apuró algo sus pasos. No podía ser...

No podía ser, pero lo era. Sabía que lo era. Estaba en las sombras, pero lo reconoció. Sintió que Tirsa la seguía, vacilante.

—¿Qué pasa, madre? —Tirsa se acercó, tratando de mirar sobre su hombro—. Madre, ¡es Judá!

Noemí se volvió y se escondió la cara en el hombro de Tirsa. Hubiera llorado, pero sus ojos hacía tiempo que ya no le producían lágrimas. En lugar de eso, apretó a Tirsa contra su pecho.

—¡Es Judá! —logró decir oculta en el velo y la túnica de su hija—. ¡Es Judá! ¡Está vivo!

—¿Qué está haciendo aquí? ¿Crees que vino a buscarnos? ¿Por qué no ha entrado?

Tirsa se separó de su madre, tranquilizándola con una mano en cada brazo. Se inclinó y se estiró para tocar el hombro de Ben-Hur.

—¡*No*! —graznó Noemí—. ¡No debes! ¡Somos impuras! ¡No debemos tocarlo! Tirsa retrocedió y miró a su madre horrorizada.

—¡No... ay! —habría sido un alarido, pero le faltó el aire. Se sentó en cuclillas, sujetándose los codos—. ¡No podemos tocarlo! —repitió lo mismo que su madre.

—No solo eso —susurró Noemí, arrodillándose junto a Tirsa—. Debemos dejarlo. No puede saber que estamos vivas.

Tirsa la miró aterrada y luego comprendió.

—No, claro. Si se entera...

—Nos encontrará —dijo Noemí suavemente, mirando a su hijo—. Nos encontraría e intentaría salvarnos...

—Y se contagiaría de nuestra enfermedad. No tendría cuidado.

En cierta forma, era un pensamiento consolador.

—Se sacrificaría —continuó Noemí, de acuerdo—, por quedarse con nosotras.

¿Por qué era tan reconfortante? La visión de algo que ni siquiera podía pasar les trajo consuelo. Las dos mujeres se quedaron de rodillas una junto a la otra, mirando al hombre dormido. La luna se fue moviendo, amablemente deslizando la sombra fuera de su rostro como para que lo pudieran ver claramente. El hijo y el hermano, el héroe que necesitaban y al que no despertaron. Yacía de espaldas con un brazo sobre la cabeza, más apuesto de lo que jamás se hubieran imaginado, y sus ojos se deleitaron mirándolo. Se tomaron fuertemente de las manos. Él estaba ahí. Estaba vivo. Era hermoso. Podría salvarlas... si se lo permitían.

Pero no se lo permitirían. Eso era lo que podían hacer. Eso era lo que podían darle. La idea las hizo sentirse fuertes.

Después de un tiempo, Judá se movió y murmuró algo. Noemí miró al cielo y se estremeció.

—Mira, debemos irnos; ¡están desapareciendo las estrellas! Tenemos que salir de la ciudad antes de la salida del sol, ¡o seremos apedreadas!

—¿Apedreadas? —preguntó Tirsa.

—Es lo que ocurre. La gente les arroja piedras a los leprosos para alejarlos.

Tirsa se puso de pie y extendió la mano a su madre.

—¡Qué crueldad!

Noemí no respondió. Se inclinó y besó la suela de la sandalia de su hijo, y apoyó la mejilla allí por un largo momento. El calzado sucio, que siempre se dejaba en el umbral de la casa porque se consideraba que había estado en

LA LEPRA

La lepra, un término utilizado en la Biblia para distintas enfermedades, era muy temida en el mundo antiguo. Algunos de estos males, a diferencia de la enfermedad que hoy llamamos lepra o Enfermedad de Hansen, eran altamente contagiosos. Los peores de ellos lentamente arruinaban al cuerpo y, en la mayoría de los casos, eran mortales. Según Levítico 13, aquellos que sufrían de una enfermedad grave de la piel debían «rasgar su ropa y [...] cubrirse la boca y gritar: "¡Impuro! ¡Impuro!"». Eran aislados de su familia y sus amistades y quedaban confinados a las afueras de la ciudad. Ya que los sacerdotes eran responsables de la salud del pueblo, era su deber expulsar o readmitir a los leprosos. Si la lepra de alguien parecía desaparecer, solo el sacerdote podía decidir si esa persona en verdad había sido curada.

la tierra y la suciedad, era lo más cerca que la madre podía llegar a su hijo, ya que ella misma era impura. Tirsa sintió que tendría la imagen en la cabeza para siempre y sintió asombro por un momento. Luego, Noemí se volvió hacia ella, y Tirsa la ayudó a ponerse en pie. Tirsa recogió la canasta, y cruzaron la calle con dificultad, otra vez hacia las sombras.

Pero no podían irse, no todavía. ¡No cuando Judá estaba tan cerca! Se apoyaron en la pared y lo observaron.

—Se le ve bien —susurró Tirsa—. No como hubiera pensado... Como un esclavo...

—Lo sé. Está saludable, alabado sea Dios —Noemí hundió la cara en lo que le quedaba de las manos—. ¡Esto hace tanta diferencia! ¡Saber que vive! ¡Haberlo visto!

—Pero... nunca más —sugirió Tirsa.

—No. —La respuesta de su madre fue poco más que una exhalación.

—Sufrirá por nosotras.

Noemí solo asintió, pero Tirsa continuó hablando mientras pensaba.

—Y si nos encontrara, se nos uniría. Se volvería como nosotras. —Finalmente agregó—: debemos estar muertas para él, para que él pueda vivir.

—Sí, querida —confirmó su madre.

Pasaron unos minutos. La luna seguía moviéndose. Las hojas de la palmera susurraban.

—¿Debemos irnos? —preguntó Tirsa finalmente—. ¿Está lejos?

—Sí —dijo Noemí, pero no se movió.

—Yo pensaba que estaba muerto —dijo Tirsa—. Todo el tiempo que estuvimos en la prisión. ¿Pero tú pensabas que estaba vivo?

—Pensaba que hubiera sabido si estaba muerto —respondió Noemí—. De alguna manera.

Hubo un largo silencio. Luego Tirsa preguntó:

—¿Por qué no me dijiste lo de Mesala? ¿Por qué nunca hemos hablado sobre aquel día?

—No lo sé —replicó Noemí—. Al comienzo tú no hablabas absolutamente nada. ¿No lo recuerdas?

Tirsa solamente sacudió la cabeza.

—Te sostenía. No encontré heridas. Pero todo lo que te decía o te preguntaba no recibía ni una sola palabra tuya en respuesta. Hasta metí mis dedos en tu boca para ver si todavía tenías la lengua, por si los romanos te la hubieran sacado sin que me diera cuenta, aunque creía que te había cuidado en todo momento. Luego, cuando finalmente hablaste, tuve miedo.

—¿Qué dije?

—«Judá». Preguntaste por tu hermano. Y tuve que decirte que no sabía dónde estaba. Después, no volviste a hablar por muchos días.

Volvió a caer el silencio. Del otro lado de la calle, la figura acurrucada se movió. Ben-Hur giró sobre su costado y puso las manos bajo la cabeza.

—¿Es muy doloroso ser apedreado? —preguntó Tirsa.

—Creo que sí.

—¿Podríamos esperar un poco más?

—Sí. Pero debemos partir antes de que se despierte. Jamás debe vernos.

—Probablemente no nos reconocería, madre.

—No, pero estoy segura de que es un buen hombre. Intentaría ayudarnos. Yo... Verlo y escucharlo hablar, sin poder responder... No estoy segura de ser lo suficientemente fuerte.

—Entiendo —dijo Tirsa. Acarició el cabello de su madre—. Nos iremos pronto entonces.

—Cuando nos llegue la sombra de la palmera —dijo Noemí. La larga barra de la sombra del tronco daba en la polvorienta calle algunos centímetros más allá.

—Está bien —susurró Tirsa. Pero, un momento después, vio que su madre se tensaba a su lado. Noemí levantó una mano retorcida como advirtiéndole algo.

Tirsa agudizó el oído. Ahí estaba, un crujido regular y suave. Pisadas. Venían por el costado del palacio. Un par de pisadas. Una sola persona.

Noemí tiró de Tirsa hacia su lado, acercándola a la pared contra la que se apoyaban. La sombra que las cubría se había corrido, de manera que habían quedado un poco expuestas. Tirsa levantó la canasta y la dejó cuidadosamente junto a la pared. Las dos mujeres apenas respiraban.

Las pisadas eran suaves y cortas. Entonces no era una persona grande. Tampoco era una persona furtiva. Finalmente, la figura dobló la esquina y vieron a una mujer bajita, cubierta con un velo, que también llevaba una canasta. Iba a mitad del camino hacia la puerta cuando vio a la figura que estaba durmiendo, lo que la hizo dar un salto con la mano sobre el pecho.

Volvió a la calle, más cerca de Noemí y Tirsa, para evitar pasar cerca del hombre que dormía.

—¡Madre! —dijo Tirsa en la voz más baja que pudo—. ¿Podría ser...?

Sintió la mano de su madre sobre la boca.

—¡Ni un ruido! —Noemí le dijo al oído—. Quieta, ¡no debe vernos!

Pero mientras miraban, la figura se detuvo y les dio la espalda. En puntas de pie, se acercó al portón, y se le cayó la canasta. Mientras se arrodillaba, una naranja rodó sobre la tierra inadvertida, y las dos mujeres oyeron un llanto ahogado.

—¡Es Amira! —susurró Tirsa sin poder contenerse.

Su madre solo sacudió la cabeza. Ambas observaban desde el otro lado de la calle.

El que dormía se movió. Giró la cabeza y dobló las piernas. Después, las dos concordaban en que supieron exactamente el momento en que se despertó. Se quedó quieto por un momento y luego se llevó las manos a la cara.

—¡Judá! —se oyó el grito, y él se sentó.

La pequeña mujer se cayó al suelo y le arrojó los brazos al cuello.

—¡Judá! —repitió con su voz aguda—. ¡Judá, estás vivo!

—¿Amira? —preguntó él.

Noemí y Tirsa se aferraron la una a la otra. ¡Oír su voz!

—Amira, ¡eres tú! —Sus largos brazos la rodearon—. ¡Ay, Amira! ¡Después de tanto tiempo! ¡He estado buscando! ¡Pensé que no encontraría a nadie! —La apartó un poco y le corrió el velo suavemente—. Has envejecido.

—Y tú eres un hombre, Judá —respondió ella con el mismo tono de asombro—. Eres la viva imagen de tu padre, ¡y estás vivo!

—¿Y mi madre? ¿Y Tirsa? He venido a buscarlas. ¿Sabes algo?

Amira sacudió la cabeza.

—No sé nada, Judá. He estado aquí desde ese día. Pensaba que si estaban vivas, tal vez volverían por aquí.

—Pero ¿cómo? ¿Acaso no han tomado la casa los romanos?

—No conocen la casa como la conozco yo. Me escondí. Solían venir a hacer búsquedas. Los observaba mientras buscaban. Tenía la esperanza de que alguno mencionara a tu familia, pero nunca lo hicieron. Y hace tiempo que nadie me ha molestado.

—¿De manera que nadie sabe donde están mi madre y Tirsa?

—Los romanos tal vez. Yo soy solamente una sirvienta. Nadie me lo diría.

Ben-Hur estiró los brazos sobre su cabeza y gimió.

—Acabo de volver a Jerusalén justo este día. Estaba tan feliz de haber regresado que caminé por todas partes. ¡Que tontería quedarme dormido aquí! Pensaba solo sentarme a descansar.

—Ahora dormirás adentro —dijo Amira con firmeza. Se puso de pie y levantó la naranja de la tierra—. He mantenido tu habitación más o menos limpia. Puedes dormir en tu propia cama esta noche. ¿Tienes hambre? —Lo miró mientras se ponía de pie—. No pareces haber pasado hambre. Alguien te ha estado cuidando, por lo menos. —Puso la canasta en el piso y lo abrazó; sus brazos le rodearon la cintura, pero la cabeza apenas le llegaba al pecho—. ¡Ay, Judá, has sobrevivido! ¡Este es un día maravilloso!

Él le dio unas palmaditas en su hombro y recogió la canasta.

—Lo único que podría mejorarlo sería tener noticias de mi madre y Tirsa —dijo él—. Pero las seguiremos buscando mañana. Ahora, muéstrame tu entrada secreta a la casa.

Los dos se voltearon y desaparecieron en la sombra. Del otro lado de la calle, Tirsa y Noemí se estrecharon más. Habrían llorado si hubieran podido. Así como estaban, solo sus hombros se sacudían, las comisuras de sus bocas estaban inclinadas hacia abajo y su aliento salía en jadeos entrecortados. Después de unos minutos, recuperaron el control y, sin hablar, giraron hacia el sendero angosto que se alejaba del palacio de Hur.

CAPÍTULO 40

PIEDRAS

No pudieron caminar lo suficientemente rápido como para llegar a la puerta de la ciudad antes del amanecer. Mucho antes de eso comenzaron a encontrar gente a medida que Jerusalén iba despertando. Se turnaban para gritar: «¡Impuras! ¡Impuras!».

La mayor parte de la gente las dejó tranquilas. Después de todo, los leprosos eran comunes, y todo el que estaba afuera antes del amanecer tenía que trabajar o transportar algún cargamento o estar en alguna parte a tiempo. Estaban demasiado ocupados como para tener en cuenta a dos viejas leprosas. En el mercado, un vendedor de frutas que estaba acomodando una mesa en la oscuridad puso un puñado de caquis magullados en el camino frente a ellas y luego retrocedió.

Pero ese fue el único gesto amable que recibieron. Una vez que salió el sol, las calles se llenaron de gente. Las leyes sobre la lepra tenían algo de sentido, incluso fuera de las Escrituras: caminar en Jerusalén implicaba contacto físico. Si rozar a un leproso podía producir infección, los leprosos debían ser exiliados.

Noemí y Tirsa continuaron su paso. Descansaban brevemente solo cuando estaban solas. Noemí intentó escoger calles que recordaba como tranquilas, pero los ocho años pasados en la Torre Antonia le habían embotado la memoria. Las seguían unos perros, gruñendo y ladrando. El sol estaba cada vez más fuerte. La gente les arrojaba cosas. Ramitas, para acompañar una advertencia: «¡Váyanse!». Escuchaban eso a menudo. Fruta podrida. Alguna cosa podrida se aplastó en la tierra frente a Tirsa, lo que la sorprendió tanto que prácticamente se cayó, pero sabía que debía seguir andando.

Las piedras sí dolían. Incluso una pequeña, si era certera. Los muchachos no tenían piedad. Andaban en grupos, desafiándose unos a otros a la crueldad. Los mayores y más fuertes también eran más malvados. Para cuando divisaron la Puerta del Agua, Tirsa ya desesperaba.

Pero Noemí la arrastraba hacia adelante. No se decían ni una sola palabra. Era sencillamente la voluntad de Noemí lo que mantenía en pie a Tirsa, arrastrando los pies hacia adelante.

Para entonces ya habían atraído a un grupo que las seguía. Parecía que cada pillo aburrido y malicioso de Jerusalén se había enterado del deporte que ellas proveían. Las rodeaba un círculo de burlones que avanzaba con ellas, hostigándolas y arrojándoles piedras. Finalmente, había tantos muchachos gritando que el guardia de la puerta debió intervenir.

—¡Están obstaculizando la calle, muévanse! —gritó, blandiendo su lanza.

Evidentemente, un romano alto y con casco era menos entretenedor que dos miserables mujeres leprosas. Los muchachos se dispersaron, desapareciendo en los callejones en busca de otra diversión.

El guardia acompañó a Noemí y a Tirsa el resto del camino hasta la puerta. Noemí había gritado la advertencia «¡Impuras!», a lo que el guardia asintió como si comprendiera. Mantuvo la distancia, pero las escoltó a salvo hasta afuera de la ciudad.

Todavía tenían que caminar. Hacía calor. Estaban sedientas. Comieron los caquis. Bebieron de la petaca que había en la canasta, pero no se atrevieron a terminar el agua. No sabían cuándo ni cómo encontrarían más.

Fuera de los muros de la ciudad comenzaba la campiña. Las colinas se sucedían unas a otras, algunas desnudas y otras con viñas. Había angostos senderos que trepaban y bajaban de ellas.

Noemí no estaba segura de qué sendero tomar, pero, manteniendo la distancia, preguntó a alguien con quien se encontraron. Un labriego con su guadaña las puso en el camino, y un pastor que cargaba una oveja lo confirmó. Cuando el sol estaba en el cenit, tuvieron la suerte de pasar por una huerta abandonada. Los árboles, dijo Noemí, estaban demasiado viejos para dar fruto. Se sentaron y descansaron a la sombra por un rato, pero todavía hacía calor cuando reanudaron la marcha.

—No falta mucho —dijo finalmente Noemí. Estaban en la falda de una colina, mirando abajo hacia el valle—. Hay un pozo allá abajo, que se llama En-rogel. Ahí vamos.

Tirsa asintió. El dobladillo de su túnica estaba manchado con la sangre de sus pies, pero su madre tal vez pensaría que fuera de la fruta podrida que le habían arrojado más temprano. Más temprano. En el día más largo del mundo.

Había soñado con esto. Con ser libre. Al comienzo, había pensado constantemente en ello, cuando eran nuevas en la prisión. Se había quejado continuamente; ahora lo comprendía. Lloriqueaba mucho. Sabía que había llorado. Su madre había sido paciente. Si Noemí había llorado, lo había hecho en secreto. Tal vez mientras Tirsa dormía.

Cuando las liberaron, Tirsa se había sentido feliz. Solo había pensado en las cosas fáciles: luz, comida y ver el mundo afuera.

Había olvidado que era una leprosa. Y al pensar en la libertad, lo hacía recordando su antigua vida.

¿Cómo podría haberse imaginado esto? Aun si se lo hubieran advertido, ¿qué sentido hubiera tenido? *Serán parias. Estarás enferma. Te odiarán y te temerán, y la gente te arrojará piedras. Te verás horrible; cada movimiento te causará dolor.*

¿Quién podría imaginar tal cosa?

¿Y quién podría soportarlo?

¿Por cuánto tiempo?

Miró hacia abajo, al pozo, y vio un valle rocoso y seco. Había una especie de estructura en el centro. Algún tipo de casa de piedra que se estaba viniendo abajo.

No obstante, no había movimiento. No había sombra. No había futuro.

Solamente sol y rocas y la descomposición de su cuerpo. Luego la muerte.

Tal vez sería rápido. Era lo único que podía esperar.

Dio un paso, y otro, y siguió caminando. No tenía otra opción. Cuando finalmente llegaron al valle, las sombras habían comenzado a trepar por las laderas de las colinas. No había rastros de otras personas. Noemí había dicho que las colinas estaban llenas de cuevas y que las personas salían antes del amanecer o después de la puesta del sol. Mientras tanto, intentarían hallar una cueva vacía. Eso sería su hogar.

Fue la peor parte del día. Trepaban hasta la entrada de una cueva y llamaban: «Saludos», o bien: «La paz sea con ustedes». Noemí pensaba que si no recibían respuesta, podían esperar que la cueva estuviera vacía. Pero en varias oportunidades alguna voz cascada les respondió: «La paz sea con ustedes. Esta es nuestra casa». En una oportunidad, no hubo respuesta, pero en cuanto pusieron un pie en la entrada de la cueva, vieron una ...criatura. Una criatura muda sin género descifrable, echada en el suelo, haciendo gestos incomprensibles. Salieron huyendo. Lo peor fue en la siguiente cueva que entraron, pensando que estaba desocupada. De hecho, ya se habían sentado, dejando la canasta en el suelo, cuando una mujer entró y les siseó, furiosa. O tal vez era un hombre cuya voz se había vuelto aguda por la enfermedad. La persona era alta, y atemorizadora.

Terminaron en una cueva baja cerca de la base del valle.

—Será conveniente para ir al pozo —dijo Noemí.

Tirsa, en cambio, pensó que debía tener un terrible defecto; de lo contrario no estaría vacía. Pero estaba tan cansada que no habló, sencillamente se recostó al fondo del espacio y se durmió.

CAPÍTULO 41

LAS CUEVAS

Judá se negó a pasar la noche en el palacio de Hur. Maluc venía en camino a Jerusalén para iniciar las averiguaciones sobre la suerte de las mujeres Hur, y parecía imprudente arriesgarse a ser visto y hasta reconocido por los romanos cuando estuvieran prestándole atención a su familia. En lugar de eso, Ben-Hur le había prometido a Amira visitarla cada día cuando oscureciera. Se alojaría en una posada en el modesto vecindario periférico de Bezeta, al norte del templo.

Pero Amira durmió poco las primeras noches después del regreso de Ben-Hur; la alegría la mantenía despierta. Finalmente, una noche, se levantó de su angosto catre y comenzó a deambular por la casa, observando el deterioro con los ojos que podría verlo Judá, y lamentando que él le hubiera prohibido incluso barrer.

—Has sido muy inteligente en dejar que la casa parezca abandonada —le había dicho—. Cuando comencemos a preguntar a los romanos sobre mi familia, es posible que regresen por aquí. Tienen que ver una casa que ha estado deshabitada por muchos años.

—Y que está embrujada también —había agregado Amira—. Oigo eso a veces en el mercado. Hay relatos de fantasmas. Tal vez por lo que ocurrió aquel día. El emperador iba a vender la casa, creo. Pero no hubo compradores. Seguramente pensaban que estaba maldita.

—Eso es excelente —le había dicho Ben-Hur—. Con el tiempo, tal vez yo pueda comprarla secretamente, y entonces, Amira, podrás limpiar y lustrar cuanto quieras. Pero, por ahora, deja a un lado tu escoba.

No obstante, no le había dicho que no cocinara para él. Hasta le había dejado dinero para comida, y para una nueva túnica y velo; más dinero del que ella había visto en los últimos ocho años. De manera que partió al mercado, sabiendo que estaría abierto al amanecer. Allí tenían la mejor miel. A Judá siempre le habían gustado las cosas dulces.

No solía ir con frecuencia a ese mercado. Estaba demasiado cerca de la casa, no lejos de la Torre Antonia. Era un pequeño negocio del barrio con unos pocos vendedores, el tipo de lugar donde la gente notaba qué pasaba en la vida de los demás. Amira no había querido que la reconocieran.

Esa mañana había un bullicio inusual. Notó la agitación y casi siguió caminando, pero el vendedor de miel levantó la vista de sus cuencos mientras ella pasaba.

—¿Ha oído? —preguntó.

—¿Oído qué? —preguntó ella, haciendo una pausa.

—¡El más recién de los horrores romanos! ¡Aquí mismo en nuestro barrio! ¡Impresionante!

—¿Y cuál es esta vez? —preguntó Amira.

Seguramente era algo que Judá querría saber.

—Bueno, ya sabe, el nuevo procurador Pilato ha estado vaciando las prisiones —dijo el vendedor de miel—. Resulta que allí había presos de los que nadie sabía. —Señaló con el dedo en dirección a la torre que se alzaba imponente detrás de ellos—. ¡Decenas! Así que los han estado liberando. Durante la noche, claro. Algunos han sido torturados.

Amira se quedó quieta, muy atenta.

—Pero, espere, ¿quería comprar miel? Disculpe, estoy tan enojado que no puedo pensar.

—Yo... Sí, por favor. Un vaso pequeño. ¿Es de sus propias abejas?

—Sí, claro. Todo es de mis abejas. —Pasó la mano sobre un vaso pequeño, pero miró a Amira, y luego eligió otro más grande—. Tome, por el mismo precio. Siento necesidad de hacer algo amable esta mañana, después de lo que oí.

Ella asintió y le agradeció:

—¿Eso... eso es todo? ¿Había mujeres entre los presos?

El hombre puso el vaso cuidadosamente en el fondo de la canasta.

—Sí. Eso es lo peor. ¿Conoce el palacio de Hur, aquí cerca? ¡Había dos mujeres de esa familia! Princesas, nada menos, ¡presas de los romanos durante ocho años!

Amira sintió que el corazón le palpitaba con fuerza:

—¿Y ellas... Fueron torturadas?

—No —respondió con tristeza—. Peor que eso. Son leprosas. Las pusieron en una celda infectada y tapiaron la puerta. ¡Qué gran maldad!

Repentinamente, la canasta pareció pesarle mucho; Amira la depositó en el suelo, y luego se encontró sentada junto a ella. ¡Leprosas! ¡Su señora y su hermosa pequeña Tirsa!

El vendedor de miel corrió a su lado.

—¿Está bien? Perdóneme; tal vez fue demasiado fuerte. ¿Conocía a esas mujeres?

—No, no —murmuró—. Pero el solo pensarlo. ¡Esas pobres mujeres! ¿Qué fue de ellas?

El hombre la ayudó a ponerse de pie.

—Las liberaron en mitad de la noche. Hay solamente un lugar para la gente así, ya sabe. Seguramente habrán ido al Valle de los Muertos, donde viven todos los leprosos.

Ella buscó en el canasto unas monedas para pagarle, pero él levantó la mano.

—Discúlpeme, buena mujer. No quería afligirla. Llévese la miel. Que le provea algo de dulzura.

Amira volvió al palacio por un camino indirecto, agradecida de que el sol no asomaba todavía por las colinas. La sombra era su amiga. Se deslizó por la puerta postigo y llevó la canasta por la escalera hasta la pequeña habitación que había hecho suya. Una vez allí, en su pequeña madriguera, se sentó en el piso acurrucada en una esquina.

¿Sería cierta esa terrible historia?

¿Por qué no podría serlo? Relatos nefastos de los delitos romanos circulaban constantemente en Jerusalén. Rabinos golpeados, niños muertos, mujeres virtuosas asaltadas: los mismos relatos una y otra vez. Sin embargo, esto era algo nuevo. Y había nombres asociados al relato. Y un período de tiempo real: ocho años. Desde luego que era cierto.

Amira dejó caer la cabeza hacia atrás en el ángulo entre las paredes y cerró los ojos. Sentía que se partía en dos por la presión de la emoción. Todavía estaba tratando de asimilar el regreso de Judá, y ahora este horror que recaía sobre ella... y sobre Judá.

Si era cierto. Respiró profundamente y se puso de pie. Había una sola forma de saberlo, y cuanto antes, mejor.

Mientras se preparaba, intentó no adelantarse a los hechos. En la casa había algo de pan y un poco de carne. Una jarra para agua; si allá vivía gente, tenía que haber agua. Se puso un velo más grueso y tomó nuevamente su canasta. La mañana ya lucía luminosa cuando salió por la puerta postigo, pero las calles todavía se veían tranquilas.

Prestó atención a la ruta por la que salía de la ciudad. Trató de no pensar en lo que hallaría afuera. Trató de no recordar a Tirsa, la hermosa y amada niña que estaba a su cargo, ni a Noemí, su bondadosa ama. En lugar de eso, miró cuidadosamente a cada lado para registrar el camino, observando dónde se bifurcaban las calles y marcando las distancias. Así, le sería más sencillo volver a la casa después. Con cualquier dato que hubiera podido obtener.

Sin saberlo, siguió los pasos de Noemí y de Tirsa. Había un romano diferente de guardia en la puerta, y nadie pensó en molestar a una sirvienta de aspecto respetable. Halló los senderos correctos y llegó al pozo de En-rogel justo cuando el sol se asomaba sobre la cima de las colinas y bañaba el valle con su luz dorada.

Había un hombre en el pozo, no un leproso, sino el encargado de extraer el agua. Amira se le acercó.

—¿Me deja llenar su jarro con agua, señora? —preguntó él.

—Todavía no, gracias —respondió—. Pero tal vez me pueda contar algo sobre este lugar.

—Es el Valle de los Muertos —dijo—. Los que viven aquí son leprosos. ¿No sabía?

—Sí —respondió con calma—. ¿Hay algunos recién llegados?

Él se encogió los hombros.

—De noche, tal vez. O al mediodía. Los que viven aquí salen solamente cuando el sol está bajo en el cielo, por eso yo vengo al amanecer y cuando se pone el sol.

—¿Y dónde viven?

—En las cuevas, por supuesto —respondió como si fuera algo obvio.

Ella miró la ladera de las colinas y vio que las superficies rocosas estaban surcadas por oscuros cortes. Uno de ellos, no muy distante, se abría hacia el este. Debe ser muy caliente al mediodía, pensó.

Se tapó los ojos con la mano y miró con más cuidado. Estaban saliendo de allí dos figuras de blanco.

Detrás de ella oyó el sonido del agua cuando el hombre sumergió el jarro en el pozo. Se volvió y vio una figura fantasmal a cierta distancia del pozo. ¿Era hombre? ¿Mujer? Era alto, de manera que posiblemente era un hombre. La figura estaba envuelta en varias capas de prendas harapientas, como si se hubiera puesto una capa sobre otra en el esfuerzo por cubrir su cuerpo. Tenía la cabeza cubierta con un pañuelo, pero debajo del mismo colgaban mechones de cabello blanco largo y áspero. Inclinó la cabeza y murmuró algo. El cargador de agua pareció entender.

Había un jarro en el suelo entre ellos. El cargador de agua utilizó su propio jarro para llenarlo y luego retrocedió hacia el pozo. El leproso asintió, caminó hacia adelante y levantó su jarro. Amira temió que se cayera por el esfuerzo, pero se las arregló para recogerlo en sus brazos. La manga de la capa se corrió y, antes de que se volviera, ella pudo ver la masa de ampollas protuberantes que le cubrían el brazo.

Luego oyó un grito detrás de ella y unas pisadas leves. Las dos figuras de la cueva se habían acercado al pozo con su jarro.

—¡No se acerquen! ¡Son impuras! —gritó el hombre del pozo. Dejó caer un puñado de piedras al suelo—. ¡No deben acercarse tanto!

Amira observó a las dos figuras. Era evidente que no habían estado en el valle por mucho tiempo. Sus túnicas eran nuevas, y no parecían conocer las costumbres. Se puso rígida. No, no era posible. Eran viejas, ¡ancianas! ¡Ambas tenían el cabello blanco hasta las rodillas! Se movían con lentitud, vacilantes, como si cada paso les causara dolor y el suelo disparejo pudiera hacerlas tropezar. No podían ser...

Pero luego oyó un hilo de voz que le decía:

—¿Es... Amira? ¿Eres tú?

Se les acercó, ignorando las advertencias del cuidador del pozo.

—¡Somos impuras! —gritó frenéticamente una de las mujeres—. ¡No te acerques, Amira!

Pero todavía no podía reconocerlas. Ellas la conocían. La razón le decía que tenían que ser su ama y Tirsa. Pero ¿adónde estaban esas mujeres? No había ni rastro de ellas en este par de viejas.

—¿Mi señora? —preguntó, titubeando.

—Soy yo, Amira —dijo la de la izquierda—. Soy yo, Noemí, princesa de Hur. Así como me ves.

—Entonces, ¿Tirsa? —Amira miró a la otra figura.

El rostro era poco más que una máscara, una cubierta con aspecto de piel deforme y engrosada sobre un cráneo. Los ojos miraban desde profundas cuencas, y de la mandíbula sobresalían dientes amarillos.

Pero esa aparición movía la cabeza, asintiendo. Y de ella emergió una voz que decía:

—Sí, Amira. Soy Tirsa.

Ellas no podían llorar, pero Amira pudo. En ese pedregoso lugar, bajo los fuertes rayos del sol, sintió que las lágrimas le corrían por la cara, por el mentón y por el cuello. Todo el dolor que había estado conteniendo durante años, la tensión y la angustia, el temor y la culpa, afloraron en un torrente de emociones. Pero momentos después, la voz de Noemí la volvió en sí.

—Amira, ¿has venido para ayudarnos? —Amira asintió, todavía sollozando—. Entonces tráenos un poco de agua —dijo Noemí—. ¿Tienes algo de dinero?

—Creo que suficiente —dijo—. ¿Cuánto? —preguntó al encargado del pozo, sosteniendo en la mano algunas monedas. El hombre tomó la más pequeña y llenó el jarro de Amira.

—¿Trajiste comida? —preguntó Tirsa.

—Claro que sí —respondió Amira—. No mucha. No sabía que las encontraría.

—¿Puedes venir todos los días, Amira? ¿Puedes venir sin que Judá lo sepa?

Estuvo a punto de dejar caer la jarra.

—¿Saben?

—Los vimos hace dos noches —explicó Tirsa a medida que comenzaban a trepar la colina. Noemí había recogido la canasta. Amira, con la jarra, las seguía metros atrás. —Acababan de soltarnos. Vimos a Judá dormido.

—Pero no lo tocamos, Amira —agregó Noemí—. Y no debes decirle que nos viste.

Con eso, las piernas de Amira le fallaron, y al tropezar casi derramó el precioso contenido del jarro.

—Pero, señora, ¡Judá las está buscando!

—Me alegra saberlo —dijo Noemí—. Me alegro de que no haya olvidado a su familia. Pero no debe encontrarnos.

—Señora, está sufriendo mucho —dijo Amira con firmeza—. ¡Su hijo anhela verla!

—¿Crees que yo no anhelo verlo a él? —replicó Noemí—. Pero piénsalo, Amira. ¿Qué pasaría si viniera?

—Querría abrazarlas, desde luego —respondió lentamente Amira.

—Amira —dijo Tirsa—, imagina cómo nos sentimos aquella noche. En nuestro estado, impuras. Ver a Judá dormido, saber por primera vez que estaba vivo... y no poder tocarlo. Mamá solo besó su sandalia. La suela. No debe contagiarse. ¡Seguramente lo comprendes!

Las voces de ellas habían cambiado tanto por la enfermedad que Amira no las habría reconocido. Pero, de alguna manera, podían expresar su agonía y su desesperación.

—Comprendo —dijo lentamente—. De verdad. Pero les repito, estará desesperado.

—Desesperado, pero con salud —dijo Noemí—. ¿Acaso no es mejor que estar exiliado entre los muertos vivientes?

—Desde luego, señora —dijo Amira, encorvándose sobre el jarro—. Ay, señora, ¡me parte el corazón!

Noemí se detuvo y miró a su antigua sierva. Negó con la cabeza:

—También a mí. Pero este será mi consuelo: me sentaré en aquella roca en la entrada de nuestra cueva, y miraré sobre la colina hacia nuestra antigua casa. Cuando Judá esté en Jerusalén, tú me lo harás saber, y yo imaginaré sus días, ¿sí?

—Sí, señora. Vendré todos los días. El hombre del pozo dice que saca agua al amanecer y a la puesta del sol. Estaré aquí, con mi jarra y comida para ustedes. Me dirán lo que necesitan y lo conseguiré.

—Y tú nos hablarás de Judá —agregó Tirsa—. Dónde ha estado y lo que está haciendo.

—Claro —asintió Amira—. Ahora les diré que está a punto de iniciar una gran búsqueda de ustedes. Tiene un hombre que hablará con los romanos. Habrá un escándalo, por la casa y porque las encarcelaron. Oí sobre ustedes en el mercado; hay mucho enojo contra los romanos por lo que les hicieron.

—¿Vendrá aquí a buscarnos? —preguntó Tirsa.

—No creo que lo haga él mismo —respondió Amira—. Creo que enviará a otros hombres. No las descubrirán si deciden no darse a conocer.

—Porque ya no somos nosotras mismas —agregó Tirsa, y aunque su voz no era expresiva, las palabras mismas eran amargas.

CAPÍTULO 42

LOS MUERTOS VIVIENTES

Volver a casa rara vez es como uno espera. En todos sus años de exilio, Ben-Hur había mantenido una idea fija de cómo estaba el palacio de Hur cuando lo había dejado. ¡Y muy poco había cambiado en Jerusalén! Reconocía tantas cosas en sus calles, su luz, sus sonidos, sus aromas, que imaginaba que su antigua casa estaría igual. No fue hasta que acompañó a Amira al interior que verdaderamente lo comprendió: el hogar de su infancia había desaparecido. Solo los espacios seguían iguales, el mismo número de pasos entre una puerta y una ventana, el mismo largo de un corredor o la altura de un techo. Pero el silencio, el moho y el polvo insistían en recordarle la verdad. El palacio de Hur no era otra cosa que una cáscara para los recuerdos.

Peor todavía, era peligroso. Tal vez el nuevo procurador no sabría del episodio con Grato, pero algunos entre el personal de la Torre Antonia lo sabrían. Ben-Hur no podía estar a salvo tan cerca de la base de operaciones romana. Roma tenía espías en todas partes. Eso fue lo que le dijo a Amira. También era verdad que no podía sentirse cómodo en un lugar que lo ponía tan triste.

Por otra parte, hasta la tristeza tenía que ser resistida, y tal vez no la percibiría tanto disimulándola bajo la ira. Después de todo, la ira era fuerte. Incitaba a la acción. Un hombre podía usar la ira como una fuente de energía, especialmente cuando iba acompañada de años de disciplina. Un esclavo de las galeras no hace lo que quiere. Y un judío misterioso salvado de un mar ardiente y presentado como hijo adoptivo en Roma también tenía que abrirse camino.

De manera que cuando Maluc llegó de Antioquía con unos mensajes de Simónides, Ben-Hur ya tenía un plan. Continuó visitando a Amira al caer la noche, más que nada por bondad. Ella no tenía nada que decirle sobre su familia, él ya lo sabía. Pero arreglaría para que Maluc le suministrara provisiones y un pequeño ingreso para que pudiera continuar cuidando el palacio.

Pronto llegaría el momento de ir al desierto para formar un ejército para el rey venidero. Ben-Hur sabía que sería una tarea completamente absorbente. También sería arriesgada. Sería más fácil enfrentar el peligro si sabía que no era responsable de nadie más que de sí mismo. En su corazón, tenía pocas esperanzas de encontrar a Noemí y a Tirsa.

Maluc se había negado a asignar un lugar para encontrarse. Sencillamente le había asegurado a Ben-Hur que lo encontraría. Ben-Hur tenía dudas: ¿cómo podría Maluc, un extranjero, encontrar a un hombre en una ciudad tan grande? Pero en la tercera mañana que despertó en la posada, salió al patio y encontró a Maluc sentado ante una mesa con un plato de pan árabe, levantándose la cara al sol. Abrió los ojos cuando Ben-Hur se acercó y sonrió.

—La paz sea con usted —dijo corriéndose en el áspero banco.

—Y también contigo —respondió Ben-Hur—. ¿Cómo me encontraste?

—Con suerte, sobre todo —afirmó Maluc—. Llegué ayer. Supuse que querría estar en la periferia de la ciudad. Y no hay tantas posadas adonde los extranjeros puedan ir y venir. Tendría que estar en alguno de ellos, por prudencia. Entonces pregunté por un extranjero alto y sin barba —sus palabras eran afables, pero desgranaba nerviosamente el pan árabe.

Ben-Hur se tocó el mentón con la mano y se rió.

—Recién hoy comprendí que debo dejar de afeitarme si quiero parecer un nativo.

—Y no hay mucho que pueda hacer en cuanto a su altura —agregó Maluc.

Miró hacia abajo y, al observar el montón de migas en el plato, estiró la mano para cubrirlas, pero Ben-Hur se sentó y le sujetó la muñeca. Maluc intentó liberar su mano, pero Ben-Hur se la ciñó. Como un grillete.

—Sabes algo acerca de mi familia —dijo Ben-Hur. Maluc sacudió suavemente la cabeza. Ben-Hur tiró un poco de la muñeca—. Dime. *Dime.*

—No aquí —siseó Maluc.

Ben-Hur se puso de pie de un salto, levantando a Maluc con él. La decena de hombres que circulaban por el patio, comiendo, conversando, cargando un burro, se quedaron inmóviles. Era el tipo de lugar donde solían desatarse peleas, pero generalmente no tan temprano por la mañana. El hombrecito sacaría la peor parte, eso estaba claro.

Pero el alto echó una mirada a su alrededor y captó algunas miradas de soslayo. Soltó al pequeño hombre. Ambos volvieron a sentarse. Nadie estaba lo suficientemente cerca como para percibir la tensión en el cuerpo del hombre alto ni que sus manos, apoyadas sobre la mesa áspera, temblaban.

—Dímelo —le susurró a Maluc—. *Ahora*.

✳ ✳ ✳

Maluc puso su propia mano sobre la de Ben-Hur. Miró directamente al hombre más joven y dijo simple y tranquilamente:

—Son leprosas. Fueron liberadas de la Torre Antonia hace varias noches.

Inclinó su cabeza, y con su otra mano cubrió la mano agarrotada de Ben-Hur. No había consuelo que pudiera acompañar a una noticia como esa. Pero había que intentarlo.

—¿Leprosas? —repitió Judá suavemente. Sus ojos buscaron los de Maluc—. ¿Leprosas? —Su voz era solo un hilo—. Eso no puede ser cierto —Sacudió la cabeza—. No. Hay un error.

—No hay error. El nuevo procurador, Pilato, vació la prisión y encontró celdas secretas. Su madre y su hermana estaban...

—No —insistió Judá—. Mi madre y mi hermana no. No es posible.

—Lo es, Judá —insistió Maluc—. Las princesas de Hur. Encerradas entre paredes durante ocho años. No había registro; esos eran calabozos secretos. —Mantuvo su voz calmada. Las palabras eran lo suficientemente malas.

Ben-Hur se puso de pie otra vez.

—No puedo estar sentado aquí. Necesito...

Miró a su alrededor el recinto modesto y polvoriento, los viajeros andrajosos, el plato de migajas de pan, pero Maluc sabía que no veía nada de eso.

—Venga, vamos a caminar. —Tomó el codo de Judá y guió suavemente al hombre alto alrededor de la mesa—. Saldremos y caminaremos. Le diré lo que he averiguado.

Judá Ben-Hur, el atleta delgado y gallardo, apenas parecía capaz de controlar sus extremidades. Se tropezó con una banca al salir y rozó la entrada de la posada de manera que su túnica se trabó en la madera astillada, por lo que Maluc tuvo que liberarla mientras Judá esperaba parado pacientemente como un niño.

—Estaban en la Torre Antonia —dijo, repitiendo la información—. Fueron liberadas en la mitad de la noche. Les dieron túnicas y algo de comida, y las echaron. El alcaide no quería que se supiera que habían estado allí.

—Que habían estado allí —repitió Judá—. ¿Por cuánto tiempo? —Miró a Maluc a los ojos.

—Ocho años —respondió Maluc.

—Ocho. —Judá asintió con la cabeza—. Ocho. Tres mientras yo estaba en las galeras. Cinco mientras estaba en Roma.

No hubo respuesta a eso.

Ya estaban en la calle, si se le podía llamar así. En realidad era un camino amplio con casas aquí y allá. Las colinas rocosas se elevaban ante ellos. Una cabra estaba atada cerca de una pared larga, y los miraba con sus ojos amarillos. Ben-Hur soltó su codo de la mano de Maluc. Estaba caminando más firmemente.

—¡Son *leprosas*! —gritó al cielo—. ¡Mi familia es leprosa!

No había nadie alrededor para oírlo y la cabra estaba inmóvil.

—¿Cómo puede ser eso? —Se volteó hacia Maluc—. ¿Dónde están ahora? ¿Lo sabes? ¿Podemos ir a buscarlas?

Esa era la parte difícil. Maluc caminó hacia adelante pesadamente, tratando de estar tranquilo y de establecer un paso firme. Como si eso ayudara.

—Deben estar en el Valle de los Muertos. Allí es donde viven los leprosos.

—Deben estar. ¿Entonces, no estás seguro?

—No podrían estar en otra parte. Las apedrearían —le recordó Maluc.

—Está bien. Entonces iremos. Ahora.

Maluc miró al cielo.

—Podríamos. Pero... ¿por qué?

—¿Por qué? ¿No tienes corazón? ¡Para verlas! ¡Para rescatarlas!

—No. No hay rescate. Usted lo sabe. Podría verlas, solo darles un vistazo, pero no las puede tocar, Judá. No puede. O usted mismo morirá. ¿Quiere eso?

—¡Sí! ¡En este momento, sí, lo quiero! ¿Por qué tendría que vivir, fuerte y rico, cuando esas mujeres que amo son...? —Sacudió su cabeza—. Tú lo sabes. Ni siquiera puedo imaginarlas. Cada vez que veo a un leproso que mendiga, me alejo. No sé lo que están sufriendo.

—Y ellas no sabían lo que usted sufrió —respondió Maluc—. Menos mal, ¿no cree?

Hubo silencio mientras sus pasos crujían sobre el camino empedrado. Comenzaba a hacer calor.

—Sí —dijo Ben-Hur finalmente—. Me alegra que mi madre y mi hermana nunca vieran la galera. Pero me avergüenza haber vivido por cinco años en Roma en tanto que ellas... —Se inclinó y levantó una piedra, luego la lanzó contra una pared—. ¡En tanto que ellas se pudrían debajo de la tierra!

—No es su culpa.

—No —Ben-Hur pateó un palo—. Lo sé. Es Roma. Otra vez. —Se enderezó—. Otra vez. Esa mano pesada de la justicia romana. Que nos aplasta.

Maluc no tenía respuesta para eso.

Siguieron caminando. Se dirigieron al sur a través de la ciudad. Pasaron la Torre Antonia. Pasaron el palacio de Hur. Ben-Hur se lo señaló a Maluc. En la fuerte luz de la mañana, su mal aspecto lo hizo avergonzarse. Pasaron el templo, inminente sobre su plataforma. Bajaron a la Ciudad Baja. Las calles se ponían más llenas de gente, y a veces los hombres eran separados. No lejos del Estanque de Siloé se detuvieron.

—¿Conoces el camino? —preguntó Ben-Hur.

Maluc asintió con la cabeza:

—Pero debo preguntar: ¿qué cree que puede hacer?

Ben-Hur miró las laderas de las colinas con la vista desenfocada.

—Nada —miró otra vez a Maluc—. Así es, ¿verdad? No puedo hacer nada por ellas.

—Muy poco. Si logramos encontrarlas, tal vez asegurarnos de que tengan comida y agua.

—¿Y no crees que las encontraremos?

Maluc encogió los hombros.

—La enfermedad... Puede ser que sus rostros no...

Judá apretó los puños.

—Está bien.

—¿Todavía quiere ir a ver?

—Necesito hacerlo.

Caminaron hacia adelante. Un poco después, como si tratara de terminar su pensamiento, Ben-Hur dijo:

—Si voy a desarrollar este ejército...

Hubo otro lapso largo mientras bajaban por la colina.

Finalmente agregó:

—Este ejército para el rey que ha de venir... este ejército para derrotar a Roma... Debo saber que hice todo lo que pude para encontrar a mi familia.

✳ ✳ ✳

La Puerta del Agua estaba tranquila durante esas horas de calor. El guardia romano caminaba de un lado al otro, arrastrando los pies en el polvo. Todos los demás: vendedores, mendigos, conductores de camellos, camellos... estaban sentados o acostados a la sombra que hubiera, moviéndose tan poco como fuera posible. Por unos cuantos metros más allá de la puerta, los dos hombres caminaron lado a lado, pero pronto el camino se hizo más angosto, por lo que Maluc tuvo que dirigir el camino. Bajaron las colinas, pasaron los huertos, siguieron marchando hacia el valle. Ben-Hur se jaló su pañuelo más abajo, sobre su frente, pero era poca protección contra el calor y el resplandor. Cuando hicieron una pausa breve para beber de la petaca de Maluc, los únicos ruidos eran el traqueteo de las ramitas que se movían con una brisa ligera y el zumbido de miles de insectos. Sus propios pasos, cuando reanudaron su caminata, se oían muy fuertes.

Finalmente, el sendero comenzó a bajar al valle. A la distancia, el aire resplandecía con el calor, pero la mayoría de los detalles eran claros: la estructura sólida de piedra que rodeaba el pozo, las capas de roca y de vegetación, las grietas más oscuras que podrían ser entradas de cuevas, los pequeños arbustos y árboles resistentes que lograban aferrarse a la ladera empinada sin dar sombra ni vegetación.

No hablaron hasta que llegaron al pozo, pero entonces Ben-Hur se volteó hacia Maluc y dijo muy suavemente:

—¿Dónde debemos comenzar?

—Allá, creo —respondió Maluc, y señaló a la izquierda—. Iremos de cueva en cueva, arriba y abajo en la colina. De esa manera los veremos a todos.

Ben-Hur asintió con la cabeza y comenzó a caminar en la dirección que Maluc había indicado.

La primera cueva a la que llegaron estaba deshabitada. O si había habitantes, estaban escondidos tan atrás en las profundidades de la cueva que no se podían ver. En la segunda cueva, un montón de trapos al lado de la pared resultaron ser dos personas de género imperceptible, que solo sacudieron las cabezas a las preguntas de Maluc. En la tercera cueva, un hombre sin nariz les dijo que se fueran de su casa.

—Porque es mi casa, ¿saben? —agregó, y los siguió hasta la apertura—. Es lo único que me queda. Puede que ustedes quieren noticias de esas mujeres a toda costa, pero no pueden simplemente entrar a las cuevas. Por un lado, se arriesgan a enfermarse ustedes mismos. Y por otro lado, es descortés.

—¿Pero las ha visto? —preguntó Maluc.

—Es posible que haya un par de mujeres nuevas por aquel lado. —Señaló al otro lado del valle.

Ben-Hur no podía apartar su vista de la mano, escamosa como la pata de un pollo y sin tres de sus dedos.

—En la cueva de abajo. Aunque es posible que no puedan hablar —agregó.

—¿Por qué no? —preguntó Ben-Hur, sorprendido.

El hombre puso su mano horrible en su cuello.

—La enfermedad a veces le quita a uno la voz. —Se retiró la mano—. Finalmente quita todo, por supuesto. Es solo un asunto de tiempo. —Les dio la espalda y volvió a entrar a su cueva.

Se alejaron de allí, y Maluc dio unos cuantos pasos hacia el otro lado del valle, pero Ben-Hur lo detuvo.

—Todavía no —dijo—. Tu plan es bueno, ir de cueva en cueva. No puedo volver nunca más aquí. Estar aquí, hacer estas preguntas, llamará la atención. Necesito saber que las he visto todas. —Así que siguieron buscando.

Se pararon en la apertura de cada cueva y llamaron. Algunas veces los ocupantes salían a verlos, parados siempre a una distancia segura.

—Los días tienen que parecer interminables para ellos —susurró Maluc después de que se alejaron de una de esas personas.

Había sido una mujer que los había mantenido allí parados por largos minutos mientras se preguntaba en voz alta sobre los diversos ocupantes de las diversas cuevas. Aunque con la misma frecuencia, nadie respondió a sus saludos.

—Cuando hayamos terminado, todavía no sabré si estuvieron aquí —dijo Ben-Hur con frustración mientras bajaban a gatas de una roca empinada—. Pueden estar durmiendo. Tal vez estén escondidas. Es posible que no hayan salido cuando alguien pudiera verlas.

—El hombre del pozo ha de saber más —respondió Maluc.

—Debimos haberle preguntado primero.

—Tal vez, pero aquí estamos ahora. Y no podemos volver.

—Entonces, ¿de qué sirvió que viniéramos? —dijo Ben-Hur bruscamente—. Estoy perdiendo mi tiempo y el tuyo.

Maluc dijo tranquilamente:

—Usted habrá hecho lo mejor posible. Si me permite decirlo, creo que es un hombre que no elude una tarea que ha asumido, no importa lo imposible que sea. Seguramente su madre, si estuviera consciente de lo que ha hecho, estaría contenta con eso.

✳ ✳ ✳

Y lo estaba. Noemí y Tirsa habían estado viendo el progreso de Ben-Hur desde que los hombres llegaron al pozo.

—¡Está aquí! —había dicho Tirsa casi sin respirar, palabras que su madre no pudo oír. Trepó hasta donde yacía su madre, en la parte de atrás de la cueva—. Madre, ¡él está aquí! ¡Judá ha venido!

Noemí se levantó.

—¿Judá? ¿Aquí?

—¡Sabíamos que él vendría, madre! O lo esperábamos. —Tirsa dio unos cuantos pasos y se tapó los ojos al frente de la cueva—. Entró a otra cueva. Está con otro hombre. Ah, espera, salen otra vez. Ven a ver.

Noemí se unió a ella y luego tiró de su hombro.

—No tan cerca del frente —murmuró—. Ellos no deben vernos.

Tirsa se volteó y miró a su madre a los ojos. Entonces vio, en realidad vio, el rostro arruinado de su madre: el cabello largo, áspero, blanco amarillento que caía sobre sus hombros como una capa; los hombros encorvados y la columna encorvada.

—Lo sé —dijo Noemí, quien entendió la mirada de su hija—. Él no nos reconocería. Pero tenemos que fingir que no sabemos nada. Él no debe acercarse; él no debe sospechar en absoluto.

Tirsa rodeó a su madre con sus brazos, suavemente.

—Y no lo hará. Haremos lo correcto, madre. ¿Pero no es de algún consuelo saber que nos siguió hasta aquí? —Sintió que su madre asentía con la cabeza sobre su hombro—. Gracias a Dios que nos tenemos la una a la otra —susurró ella. Y su madre volvió a asentir con su cabeza.

✳ ✳ ✳

En sus años como representante de Simónides, Maluc había estado en muchos países y había visto muchas clases de gente. Había visto a los poderosos y a los desdichados. El Valle de los Muertos, sin embargo, lo aterrorizaba. Seguía recordándose a sí mismo, mientras iban de cueva en cueva, que ellos eran *personas*. Se veían como deshechos móviles. Definitivamente Jerusalén los había rechazado.

Algunos apenas estaban vivos, por supuesto, pero otros, como el hombre sin nariz, estaban alertas. Tenían ideas. Sin duda, también sentimientos. Y allí vivían todos, si podía decírsele así, simplemente esperando la muerte.

Él miró de reojo a Ben-Hur, cuyo rostro se había puesto como de piedra. No había señal allí que le diera esperanzas de encontrar a su familia. Simplemente llevaba a cabo su intención. Y, pensó Maluc, le resultó mucho más doloroso de lo que había esperado.

Era difícil diferenciar a los hombres de las mujeres, porque sus rasgos estaban tan distorsionados, y porque muchos de ellos tenían el cabello largo y alborotado. En algunas cuevas, horriblemente, vieron lo que debían ser niños, aunque solo se les podía identificar por su tamaño. Los dos hombres se abrían camino metódicamente de arriba abajo en la montaña, hasta que llegaron a la cueva profunda y amplia, cerca del pozo, donde dos mujeres recientemente habían establecido su residencia. O eso fue lo que el hombre sin nariz les había dicho.

Se pararon en la apertura y Ben-Hur gritó: —La paz sea con ustedes —Y esperó.

Una voz cascada respondió:

—Y con ustedes también. Somos impuras. No se acerquen más.

Luego se oyó un ruido de arañazos mientras las dos figuras que estaban contra la pared se levantaron. La cueva era bastante baja y estaba enclavada en una piedra de color pálido, por lo que era sorprendentemente brillante. Y cálida. Era difícil diferenciar las siluetas de los leprosos. Sus túnicas eran blancas, o lo habían sido. Y también su cabello. Se disolvían en el fondo pálido como figuras dibujadas con un pedazo de tiza.

✳ ✳ ✳

Para Tirsa y Noemí, Judá estaba allí como silueta, con su rostro oscuro por las sombras que lanzaba el sol de la tarde. Ellas estaban paradas juntas, con las manos entrelazadas estrechamente. El corazón de Tirsa latía agitadamente en su pecho, y se preguntaba qué podría sentir su madre en este momento.

—Perdonen por entrometernos —dijo Judá con su profunda voz. Tirsa deseaba poder agarrarla y sostenerla, el sonido haciendo eco para siempre en su cabeza—. Buscamos a dos mujeres de Israel que recientemente llegaron a este lugar. ¿Saben algo de ellas?

Tirsa esperó que su madre respondiera. Pero Noemí no lo hizo. Respiró. Hizo un pequeño ruido en su garganta. Tirsa la miró. Ese era el privilegio de su madre, enviar lejos a su hijo, para siempre, a la protección. A la vida. Noemí sacudió la cabeza y apartó la mirada. Levantó su mano y se la puso en la boca y volvió a sacudir la cabeza. Su voz le falló.

Se cruzaron las miradas de las mujeres. Noemí le hizo señales con la cabeza a su hija.

—Nosotras... —comenzó Tirsa. Su propia voz sonaba aguda. Comenzó otra vez—. Nosotras no. Lo siento.

Eso debería ser suficiente. El otro hombre, cuyo rostro ella nunca vio claramente, ya había comenzado a irse. Sin embargo, Judá no se movió. Ella quería clamar: *¡Nosotras somos aquellas que estás buscando! ¿No nos reconoces? Somos las mismas por dentro, ¡tu amorosa madre y tu hermana!* En lugar de eso, dijo:

—Este es un lugar donde nos dejamos en paz los unos a otros.

Judá miró alrededor de la cueva. Vaciló. *Una palabra más*, pensó Tirsa. *¡Que nos deje con solo una palabra más!* Ella podía sentir que su madre temblaba a su lado. Sabía que Noemí se estaba reprimiendo. El impulso de reclamar a su hijo tenía que ser casi abrumador.

—Perdónenme —dijo Judá, y las dejó.

CAPÍTULO 43

ESPADA Y ESCUDO

l sol todavía brillaba cuando salieron de la última cueva, y no esperaron al hombre que sacaba el agua. Ben-Hur se mantuvo callado mientras volvían sobre sus pasos y entraban de nuevo a la ciudad. Él y Maluc se separaban de vez en cuando por las multitudes mientras seguían hacia el norte, a la posada en Bezeta. Sin discutirlo, evitaron el palacio de Hur por un margen amplio. Maluc observó que Ben-Hur no miró ni una sola vez en dirección de la Torre Antonia, que dominaba el cielo.

Ben-Hur todavía no había hablado cuando llegaron a Bezeta. Pero había un tumulto que se acercaba, un zumbido bajo que se convirtió en voces fuertes, a medida que un grupo de hombres que discutían doblaron una esquina. Maluc sabía cómo identificar, con una ojeada, a muchos de los tipos de hombres del Imperio romano, pero no pudo identificar a este grupo. Eran gente de campo, corpulentos y robustos, con barbas espesas y vestidos con túnicas ásperas. Algunos tenían varas; algunos estaban descalzos. Todos estaban enojados. Murmuraban y gritaban, pero todos se dirigían al mismo lugar, con una meta en común.

Ben-Hur entró a la orilla del grupo.

—¿Hay noticias? —preguntó moderadamente.

315

LOS GALILEOS

Galilea era una región judía al norte de Judea, apartada por la región de Samaria. Tenía mayor terreno, pero su población era más pequeña y su influencia, menor. Las dos regiones judías estaban bajo distintas jurisdicciones políticas, y la enemistad entre los judíos y los samaritanos impedía el tráfico entre ellas, por lo que Galilea terminó siendo una zona estancada y rústica. Los líderes religiosos en Jerusalén despreciaban a los galileos, tomándolos como incultos, poco refinados y flojos en seguir la ley. Sin embargo, a la región también se le conocía como semillero de fuertes opiniones en contra de Roma, y los galileos a menudo eran expresivos y apasionados en cuanto a su odio hacia el poder que los ocupaba.

—¡Claro que sí! —respondió un hombre pelirrojo—. ¿No se ha enterado?

Varios otros del grupo se reunieron alrededor.

—Es Pilato, el nuevo procurador —dijo uno—. Va a construir un acueducto. Dice que para traer agua a la ciudad.

—No que eso vaya a ayudarnos —agregó un anciano delgado pero fuerte.

—Nosotros tenemos nuestra propia agua —agregó alguien más—. No necesitamos que Roma la provea.

—¿De dónde son ustedes? —preguntó Ben-Hur.

Destacaba por encima de ellos, más alto por una cabeza, pero Maluc pensó que había algo más que lo hacía verse como líder de ellos. ¿La compostura, tal vez?

—Somos hombres de Galilea —afirmó el hombre con barba roja—. ¿Quién es usted?

—Un hijo de Jerusalén —les dijo Ben-Hur—. Acabo de regresar del extranjero. ¿Hay algo malo con este acueducto?

—¡Él está robando del templo! —dijo una voz.

Otros interrumpieron: «¡Usando los fondos del templo!», «¡Fondos sagrados!», «¡Robando!», «¡Robándonos!». Las voces se aumentaban en volumen, y varias de las varas golpearon la tierra.

—¿Adónde van ahora y por qué? —preguntó Ben Hur.

—Vamos al palacio de Herodes a

protestar —respondió el pelirrojo, que parecía ser el líder—. Los rabinos ya están allí. ¡Tenemos que hacerle saber a este Pilato que el pueblo judío no permitirá semejante robo! ¡Y no nos vamos a quedar aquí parados hablando! —Levantó su vara en el aire y le dio la espalda a Ben-Hur—. ¡Al pretorio, donde veremos a Pilato! —gritó.

—¿Puedo ir con ustedes? —preguntó Ben-Hur, y mantuvo el paso con sus largas trancadas.

—¡Si quiere ver cómo defienden los hombres de Galilea lo que es correcto! —respondió otro hombre.

Todo el grupo avanzó, lleno de furia justiciera.

Maluc había oído de los galileos. Eran independientes, francos, revoltosos. Vivían al norte de Jerusalén en un lugar montañoso salpicado con pequeñas aldeas. Algunos eran agricultores, muchos criaban ovejas, otros pescaban en el enorme lago, pero pocos se metían con Jerusalén.

Aun así, alguien de esa multitud estaba lo suficientemente familiarizado con la ciudad para dirigir al grupo infaliblemente hacia el pretorio. Maluc permaneció en la parte de atrás, pero Ben-Hur estaba a la vista en el centro. No se unió a los gritos, pero Maluc podía decir que oía de cerca las quejas de los galileos.

Pronto hubo otros grupos de hombres congestionando las calles estrechas, y todos fluían hacia la misma dirección. La mayoría de ellos eran más urbanos que los galileos: más pálidos, más delgados, menos ruidosos, pero igual de preocupados por el mal uso de Pilato de los fondos del templo.

La información, fuera exacta o no, circulaba mientras se apresuraban. Los rabinos y los ancianos del templo ya estaban en el palacio de Herodes. Pilato no había salido a hablar con ellos. No, se había *rehusado* a salir. Los romanos habían duplicado la guardia en el palacio. No dejaban entrar a nadie. No, el patio estaba lleno de judíos enojados. Esperaban ver a Pilato y presentar su caso.

El patio, cuando llegaron allí, solamente estaba parcialmente lleno, pero definitivamente, los hombres que estaban allí estaban enojados. La guardia de la puerta, en efecto había sido duplicada y los soldados estaban parados rígidamente, codo con codo; sus cascos y sus petos resplandecían con el sol de la tarde. Maluc vio que el sudor corría por muchas de las mejillas romanas.

Cuando Herodes construyó el palacio, había quebrantado una ley judía al plantar filas de árboles en el espacio cerca de la puerta. Maluc pensó que la sombra de hojas, con asientos colocados aquí y allá, se veía atractiva, pero ese día nadie pondría un pie debajo de los árboles. Todos los manifestantes se agolparon frente a la resplandeciente fachada de mármol del palacio. Estaba en una plataforma elevada, donde los rabinos del templo se agruparon al lado de una puerta cerrada. Acababan de enviarle un segundo mensaje a Pilato, exigiéndole que hablara con los líderes del templo.

Pasaron unos minutos largos. La puerta del palacio permaneció cerrada. Más judíos se abarrotaron en el patio mientras se corría la noticia en la ciudad. La guardia romana se mantuvo inmóvil. El sol golpeaba. Los galileos deambulaban, inquietos y enojados.

Ben-Hur se volteó hacia el líder pelirrojo.

—¿A qué vinieron? —preguntó tranquilamente.

—A pelear, por supuesto.

—¿Y usted va a dirigir la pelea?

—No, cada hombre está por su cuenta —explicó el galileo.

—¿Contra quién esperan pelear?

—Siempre hay alguien —respondió el galileo.

—Eso, amigo mío, es definitivamente cierto. Pero ¿ha pensado que podrían ser más efectivos si permanecieran juntos? ¿Si pelearan como una unidad?

—¡Usted no conoce a los galileos si espera que hagamos algo juntos!

—No conozco a los galileos —dijo Ben-Hur—, pero sí conozco a los romanos. Sé cómo pelean. ¿Me seguirían sus hombres?

—Pregúnteles —dijo el galileo.

Así que, cuando la multitud estaba allí, esperando a Pilato, Ben-Hur fue de hombre en hombre. Maluc no podía oír lo que decía, pero seguía los intercambios a través de los gestos y las expresiones: Ben-Hur se presentaba, explicaba su idea, oía objeciones. Algunas veces, muchas objeciones. Aun así, cada conversación terminaba cordialmente, con un asentimiento de la cabeza.

La tarde avanzaba. El calor no menguaba. Los rabinos enviaron a un tercer mensajero. Ben-Hur apareció al lado de Maluc.

—Algo pasará pronto —dijo—. Es posible que quieras irte.

—Yo soy judío —respondió Maluc—. El robo de Pilato del templo también me concierne. Voy a correr el riesgo de que los romanos me pasen por alto. ¿Está seguro de que es sabio ofrecer dirigir a estos hombres? ¿Qué pasa si hiere a un romano y se lo llevan bajo custodia?

—No me importa —dijo Ben-Hur con una especie de énfasis despiadado, y Maluc de repente entendió.

Por supuesto que no le importaba. Aunque lo disimulaba bien, Ben-Hur estaba encendido de ira. Ansiaba una pelea, y la pelea se había entregado a él.

Los galileos iban a ser su herramienta para castigar a los romanos por lo que le habían hecho a su familia.

—¿No está arriesgando las vidas de otros hombres? —preguntó Maluc, pero el sonido bajo de un gruñido llegó del centro del patio, donde los hombres estaban amontonados más apretadamente.

—Ellos estarán más seguros conmigo de lo que estarían sin mí —respondió Ben-Hur—. Creo que sus vidas ya están en riesgo.

Maluc no entendía lo que quería decir, pero un momento después, Ben-Hur había impulsado a un galileo sobre sus hombros para que tuviera una mejor vista.

—Hay hombres peleando —gritó el galileo—. Veo palos... ¡oh! ¡Derribaron a un anciano! ¡A un rabino! ¡Lo están golpeando!

—¿Quién? —preguntó el líder pelirrojo—. ¿Quién está dando los golpes?

—No puedo distinguirlos. Hombres con palos... ¡No! Son romanos, ¡disfrazados de judíos!

Tan pronto como Ben-Hur oyó eso, bajó al hombre de sus hombros. Miró a su alrededor y llamó con una voz fuerte:

—¡Hombres de Galilea! ¡Síganme! ¡No debemos dejar que los romanos lastimen a nuestros líderes y le falten el respeto al pueblo de Judea! Parece que ellos piensan que no hay ninguno aquí que los resista. Los sorprenderemos con nuestra fuerza.

Maluc no era un hombre de conflicto, y su instinto era desaparecer entre la multitud, abrirse camino hasta la puerta y salir del palacio de Herodes antes de que la sangre comenzara a fluir en serio. Pero *era* un hombre curioso, y quería saber qué pasaría después.

Para su sorpresa, Ben-Hur dirigió al grupo lejos del frente del palacio, de regreso hacia la puerta. La multitud había aumentado mucho más desde que ellos habían llegado, y al centro del patio había una muchedumbre que crecía, agresiva y ruidosa.

—¡Todavía no! —gritó Ben-Hur cuando varios hombres trataron de apartarse para unirse a la multitud que batallaba—. Los romanos están armados con palos, y nosotros estamos desarmados. ¡Volveremos con armas y los sorprenderemos!

¿Había logrado esconder una provisión de dagas en alguna parte? ¿Planeaba desarmar a los guardias de la puerta? Maluc estaba confundido, hasta que Ben-Hur dirigió al grupo a los árboles y alcanzó una rama fuerte.

—Estos serán nuestros palos —le gritó al grupo—. Jalen y pelen las pequeñas ramas y hojas. ¡Entonces les demostraremos a los romanos quiénes somos!

Los galileos se pusieron a trabajar. Algunos de ellos tenían huertos y sabían cómo ejercer presión para quebrar las ramas macizas; uno tenía un pequeño cuchillo que usó para pelar rama tras rama. Ben-Hur fue de hombre a hombre, dando instrucciones:

—Los atacaremos por detrás. Estarán totalmente sorprendidos. Apunten a la cabeza. Golpeen duro. Derríbenlos si pueden y tomen los palos de ellos. Permanezcan juntos. ¡Pero dejen espacio para que sus hermanos agiten sus ramas!

En unos minutos se habían vuelto a formar como una masa compacta y empuñaban sus armas improvisadas. Con Ben-Hur como guía, irrumpieron a través de la multitud. La muchedumbre había comenzado a moverse, muchos de ellos huían de los palos de los romanos, pero los galileos empujaban y estrujaban, mejilla con hombro.

—Usted no está armado, amigo mío —dijo un hombre canoso que estaba a la par de Maluc.

—No tenía la intención de pelear —respondió Maluc.

—Yo tampoco, pero el hombre alto es un buen comandante, ¿verdad? Parece arder con ira justa. Y tuvo una buena idea. Por eso es que lo sigo. Venga, tome mi rama. Yo voy a recoger un palo del suelo.

Entonces Maluc se encontró lanzado por la multitud, blandiendo una rama y pensando en la ira justa. Roma había encarcelado a la familia de Ben-Hur, y la había convertido en leprosas. Su conmoción y dolor después de visitar el Valle de los Muertos había instigado su necesidad de vengarse. Allí estaba su oportunidad.

Los romanos disfrazados de judíos habían despejado un espacio en el centro del patio, a medida que los curiosos se alejaban a empujones del peligro. Había cuerpos en el suelo de azulejos elegantes y su sangre manchaba los patrones geométricos del mármol suave. Algunos de los atacantes estaban parados jadeando, con sus pañuelos hacia atrás y sus rostros afeitados brillando de sudor, cuando los galileos irrumpieron entre la multitud y cayeron sobre ellos, gritando de ira.

Ben-Hur lanzó el primer golpe y derribó a un hombre con un porrazo que le abrió el cuero cabelludo. Maluc pensó después que él siempre tendría esa visión en su memoria: la tosca corteza de la rama del árbol que se encontraba con la frente del romano y la instantánea salpicadura de sangre en el aire. Maluc se encogió al verlo y se preguntaba qué hacía en esa turba volátil sosteniendo la rama de un árbol. Pero en el siguiente instante sintió el giro de un palo cerca de su oído, e hizo lo único que podía hacer. Volteó y lo recibió con su rama de árbol, que se dividió con el impacto. El golpe viajó por las manos de Maluc y hacia sus hombros, pero casi ni se dio cuenta. El romano había dado un paso atrás, y se preparaba para otro golpe. Maluc empujó su rama hacia el rostro del hombre. Había unas cuantas ramitas y hojas en el extremo. Siguió golpeando; se impulsaba hacia adelante cada vez, y enceguecio a su oponente y le raspo el rostro. El hombre grito y solto su palo detras de el. El palo rodo por el suelo; el hombre lo piso y cayo hacia atras. Su codo dio con el marmol y tuvo que haberselo destrozado, porque Maluc lo vio sujetarlo instantaneamente con su otra mano. Pero el verdadero dano ya estaba hecho. Uno de sus ojos era un desastre rojo en su cuenca.

Maluc se quedo paralizado. ¿Habia hecho eso el? Miro a su alrededor. ¿Lo habia visto alguien mas hacer eso? Dejo caer la rama. Pero otro romano se dirigia hacia el con un palo elevado sobre su cabeza. Maluc se agacho y agarro el palo que rodaba en el suelo. Cuando el romano dio el ultimo paso para cerrar la brecha, Maluc arremetio el palo hacia arriba, esperando entrampar las piernas del romano. El hombre cayo hacia adelante, encima de su compatriota, y Maluc dejo caer el palo.

Se limpio la frente con su brazo y miro a su alrededor. La multitud de hombres que estaban de pie habia disminuido, pero los cuerpos eran muchos en el suelo. Muchos gemian y se retorcian, en tanto que otros estaban tirados inmoviles. Muertos, o casi muertos.

—¡Hombres de Galilea! —grito Ben-Hur—. La guardia ya viene. Tenemos que irnos.

—No, no, ¡debemos quedarnos y luchar! —dijeron algunos, oponiendose.

Pero Ben-Hur los domino.

—Los romanos tienen espadas y nosotros solo tenemos ramas. Hemos hecho lo que pretendiamos hacer. Retiremonos para que podamos luchar otro dia. ¡Vamos! ¡Siganme!

Y lo hicieron. Maluc observo como dejaban caer sus ramas con expresiones mezcladas de lamento y satisfaccion. Unos cuantos patearon los cuerpos romanos mientras se apresuraban hacia la puerta. La guardia romana se movia rapidamente hacia ellos, cadera con cadera, con lanzas preparadas.

—¡Ahora corremos! —grito Ben-Hur, y los galileos salieron disparados.

Sus sandalias daban bofetadas al marmol y sus cabellos largos volaban detras de ellos. Todos jadeaban cuando llegaron a la puerta, a una distancia segura de la guardia romana.

El centurion que los dirigia grito:

—¡Eso es! ¡Huyan como los perros judios que son!

Ben-Hur giro y le grito de regreso, con su latin fluido:

—Es posible que seamos perros, ¡pero ustedes son chacales que asedian a los debiles y heridos!

—¡Espere! —grito el centurion mientras el grupo huia por la puerta—. ¿Es romano? ¿Y se junta con esta basura de Galilea?

Una gladius, la espada romana estándar de aproximadamente dos pies de longitud.

—¡Soy un hijo de Judá, y me enorgullezco de eso! —respondió Ben-Hur.

—Si está tan orgulloso de ser judío, demuestre su destreza. ¡Luche conmigo!

Los galileos que permanecían en la puerta ovacionaron. Todavía estaban llenos de la furia de la batalla y dispuestos a prolongar su emoción.

Así también lo estaba Ben-Hur.

—¿Pelear con usted mano a mano?

—Sí —respondió el centurión, dando un paso más cerca. —Solo usted y yo. Por la honra de nuestras naciones.

Ben-Hur miró a su alrededor. Las colinas que rodeaban el palacio de Herodes estaban cubiertas de gente que había salido a ver la confrontación por los fondos del templo. De igual manera, cada azotea vecina estaba llena de espectadores. Los galileos ovacionaban. La guardia romana estaba parada detrás del centurión, relajada, con sonrisas entusiastas en sus rostros. Maluc, que estaba cerca de Ben-Hur, lo vio decidirse.

—Por supuesto —dijo él—. Pelearé con usted. Por la honra de Israel, con muchos del pueblo observando. —Hizo un gesto al anfiteatro natural que rodeaba el patio del palacio—. Pero no tengo espada ni escudo.

—Use los míos —ofreció el centurión—. La guardia me prestará los suyos. De esa manera, cada uno usará armas desconocidas.

Habían despejado un espacio para ellos precisamente ante la puerta. Los galileos se habían formado adentro para observar, en tanto que la guardia romana formó un cordón humano, reteniendo a la multitud que quedaba de la protesta.

El centurión y Ben-Hur se pararon en el centro. La túnica de Ben-Hur estaba rasgada en el hombro y manchada de sudor y savia de árbol. Una tira ancha y rojiza marcaba la parte de atrás de la prenda, pero él no se movía como si estuviera herido. Tomó la espada corta del centurión y la levantó.

—Esto servirá —dijo.

—¿Quiere una coraza? ¿O un casco?

—No —dijo Ben-Hur—. Pelearemos sin ellos, si está de acuerdo —y sonrió ferozmente.

Maluc se dio cuenta, impactado, que Ben-Hur ansiaba la pelea.

—Oh, definitivamente, judío, estoy de acuerdo —dijo el romano. Aceptó una espada y un escudo de uno de sus hombres—. ¿Le parece bien el escudo?

Ben-Hur lo volteó para ver el diseño en el frente, luego deslizó su brazo por las correas internas.

—Sí —dijo y tomó su posición, pie a pie con su oponente—. Lo que no le dije antes es que frecuentemente he peleado como romano. Soy judío y creo en el único Dios, pero no desconozco a su dios de la guerra, Marte, a quien veo en este escudo. ¡Y ahora usted *va a morir*!

La pelea duró solo un momento. Las espadas cortas resplandecieron una vez, dos veces. El romano apuntó al rostro de Ben-Hur, luego retrocedió, pero Ben-Hur se hizo a un lado. Amenazó con golpear la cabeza del romano y esquivó el contragolpe. Entonces levantó su escudo. El borde alcanzó el brazo derecho del romano. Utilizando su enorme fuerza, Ben-Hur empujó hacia arriba, y deslizó el borde del escudo hacia la parte de abajo del brazo, dejando una franja sangrienta. Se movió hacia la izquierda, arremetió hacia arriba, y soltó la espada cuando el hombre cayó hacia adelante sobre el mármol estampado. Un charco de sangre brillante fluyó debajo de él, y la multitud en las azoteas y las colinas irrumpió en ovaciones. Ben-Hur puso su pie en el cuerpo y levantó su escudo sobre su cabeza, como un gladiador en Roma, y enfrentó la mirada de la guardia en la puerta.

Se inclinó para recoger la espada de debajo del cuerpo del centurión, luego se puso de pie para dirigirse al oficial, quien se acercó a él en el silencio que lo rodeaba.

—Fue una pelea justa, ¿no dirá?

—Sí. Lo suficientemente justa.

—Me quedaré con la espada y el escudo —le informó Ben-Hur—. Un recuerdo de Roma.

—Es su derecho —respondió el soldado.

Entonces Ben-Hur se volteó hacia los galileos en la puerta. La espada goteaba sangre brillante sobre el mármol.

—Vamos —dijo—. Tenemos que irnos. Por ahora estamos a salvo, pero no por mucho tiempo.

Encontró al líder pelirrojo.

—Tengo una propuesta para todos ustedes, o para cualquiera que quiera pelear por Israel. Reúnanse conmigo en la posada de Betania esta noche. Traigan la espada y el escudo para que yo los reconozca. Prevalecimos hoy. Les demostramos a los romanos nuestra fortaleza. ¡Luchando juntos podemos hacer mucho más! —Le entregó las armas al líder galileo y luego desapareció entre la multitud.

Maluc, que se abría camino para regresar a la posada a través de las angostas calles abarrotadas, oyó que los transeúntes contaban y volvían a contar la historia del triunfo de los judíos sobre los romanos en el palacio de Herodes. Hacían énfasis en el papel de Ben-Hur, incluso se exageraba; se convirtió en el héroe del episodio. Pero Maluc estaba perturbado. La muerte del centurión romano había sido solamente una muestra de sangrienta espectacularidad. ¿Qué clase de hombre mataba de forma tan informal? ¿Qué clase de líder sería en realidad Ben-Hur?

SEXTA PARTE

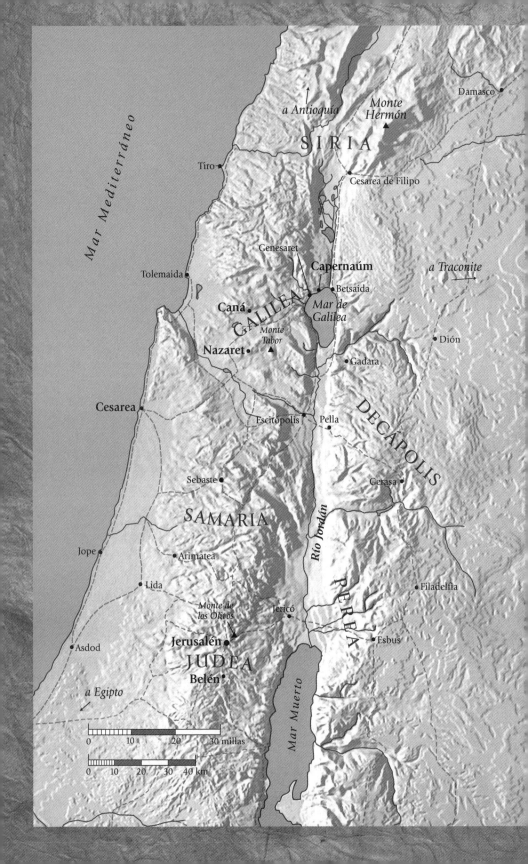

CAPÍTULO 44
EL DESIERTO

En muchas ocasiones durante los seis meses siguientes, Ben-Hur se arrepintió de esa demostración de poder impulsiva y ostentosa en el patio del palacio de Herodes. En el momento se había dicho a sí mismo que necesitaba mostrarle al público que estaba sobre las azoteas y las laderas cómo resistir a Roma. Ben-Hur sabía que ser líder significaba que lo mirarían y que actuaría en público. Pero ¿había matado impulsado por la ira luego de ver la colonia de los leprosos? Un líder que actuaba impulsado por las emociones era un peligro para todos. No había lugar para la ira en el proyecto que tenía por delante.

En verdad, armar un ejército compacto de guerreros demandaba paciencia y dominio propio. Establecer el campamento en el desierto había sido la parte fácil; los hombres del jeque Ilderim habían escogido un lugar muy escondido con acceso a agua. Había espacios amplios para entrenar a los grupos de hombres en formación de infantería y laderas empinadas para simular emboscadas. Simónides e Ilderim suplían todas las provisiones necesarias, y Ben-Hur estaba agradecido todos los días por no tener que preocuparse por la comida, las armas o los detalles de las tiendas.

Los galileos presentaban el mayor desafío. Venían; se iban. Discutían. Traían sus rebaños con ellos. Los pescadores se deprimían al estar rodeados del desierto. Apenas Ben-Hur terminaba de escoger y entrenar una cohorte y designar oficiales, un tercio de ellos decidía irse porque necesitaba cosechar uvas o atrapar a un carnero extraviado o reemplazar el techo de una cabaña. Ben-Hur siempre se preguntaba cómo llegaban esas noticias a su campamento supuestamente secreto, pero cuando les mencionaba esto a los galileos, juraban que no le habían dicho a nadie dónde estaban.

Lo que a Ben-Hur le resultaba más frustrante era que los galileos eran guerreros maravillosos. Lo que les faltaba en disciplina y delicadeza lo compensaban con su fortaleza y brío. Ben-Hur descubrió poco a poco que respondían mejor a los simulacros de batallas. Les enseñaba algunas cosas básicas sobre el manejo de las armas, dejaba que escogieran sus propios líderes y los enviaba a las colinas a atacarse mutuamente; a veces volvían ensangrentados, pero siempre volvían entusiasmados. Y, solo entonces, Ben-Hur pudo formarlos al estilo de las cohortes romanas, hacerlos marchar con precisión, enseñarles a usar las armas y a obedecer las órdenes romanas.

Por lo tanto, de manera gradual, formó un ejército. Durante el invierno, identificó a los oficiales confiables. Estos eran hombres que contaban con el respeto de sus pares, pero que a la vez entendían el valor de la disciplina y hasta de la obediencia. Poco a poco, Ben-Hur les asignó más poder. Cuando el frío del invierno comenzó a ceder, algunos de ellos volvieron a Galilea para reclutar más hombres. Pronto habría tres legiones completas. Comenzó a llegarles la noticia de que en algunas de las aldeas de Galilea, los hombres habían adoptado el entrenamiento militar como pasatiempo.

Cuando llegó la primavera, él llevó a algunos de los oficiales al oriente, a los ásperos y peligrosos lechos de lava negra de Traconitis, donde el terreno en sí era un enemigo. Aquí, por largos días, entrenó con sus mejores oficiales en el manejo de la jabalina y de la espada corta romana que se sostiene siempre en el puño y se clava desde muy cerca. Por primera vez desde que salió de Jerusalén, pensó que tal vez sería posible formar un ejército digno del rey venidero: una fuerza de ataque que podía derrotar a Roma y establecer un estado judío renovado. Por primera vez, pensó que podría estar listo.

Entonces, sintió curiosidad y una sensación de expectativa cuando, una mañana poco después de que saliera el sol, observó a un mensajero a caballo cruzando los montículos rocosos del antiguo cauce de lava. El aire estaba tan claro y seco que Ben-Hur pudo identificar que el caballo que venía era uno de los de Ilderim; por lo tanto, se adelantó para recibirlo.

—¿Ha hecho un largo viaje? —preguntó, abriendo el sello del paquete que le había entregado el mensajero.

—Vengo de Jerusalén —dijo el mensajero, echando una ojeada a su alrededor con los ojos bien abiertos—. Toda mi vida escuché historias sobre este lugar. No es muy acogedor, ¿verdad?

—Uno no siempre puede escoger adónde va a pelear —respondió Ben-Hur, encogiéndose de hombros.

Luego se centró en la carta, la cual tenía el nombre de Maluc al pie.

Apareció un profeta, decía. *Estuvo en el desierto durante años, pero ahora está predicando ampliamente en la banda oriental del Jordán. Dice que viene otro hombre, superior a él. Fui al Jordán a escucharlo, y creo que se refiere al rey que usted espera. Jerusalén es un hervidero, y la ribera del Jordán está colmada de personas. Debería venir, tan pronto como le sea posible.*

Era el llamado que Ben-Hur había estado esperando. Para cuando llegó el final del día, había entregado el mando y escogido a un guía para que cabalgara con él a través del desierto. No vieron a nadie; viajaban rápido durante la noche y descansaban en oasis escondidos durante las horas de luz. Dos días más tarde, el guía con la mirada aguda se detuvo en la cima de una colina y miró detenidamente a la distancia. Ben-Hur no vio nada. En cuestión de minutos, sin embargo, se formó una mota, y al cabo de una hora estaba mirando, con asombro, un camello blanco inmenso con un *houdah* verde, conducido por un esclavo nubio alto.

¡Tenía que ser Baltasar! ¿Quién más tendría un camello como ese y un *houdah* como ese? Y si era Baltasar... Ben-Hur se acarició el mentón, sintiendo la arena incrustada en su barba. Sin embargo, seguramente no; ¡Baltasar no expondría a su hija a los rigores de un viaje por el desierto!

Sin embargo, cuando los viajeros se encontraron, Iras salió del *houdah* antes que su padre, asentando los pies sobre la alfombra que el esclavo había tendido debajo de ella como si estuviera entrando a un palacio.

—Saludos, hijo de Hur —dijo ella con calma—. Estamos felices de verlo. Mi padre estaba seguro de que no sufriríamos ningún daño debido a que lleva el sello del jeque Ilderim, pero a decir verdad yo no estaba tan segura como él. Me alegré cuando lo reconocí. Aunque sí reconocí al caballo primero.

—La paz sea con ustedes —respondió Ben-Hur—. ¿Qué están haciendo solos por aquí? El sello del jeque Ilderim no significa nada para algunas de las criaturas más salvajes del desierto. Sin mencionar la falta de agua.

—¡Hijo de Hur! —llegó la voz débil desde el *houdah*—. ¡Suba! ¡Usted es bienvenido!

Ben-Hur se encontró con los ojos de Iras y ella le hizo un gesto señalando hacia el *houdah*.

—Está más frágil que la última vez que lo vio —susurró—. Vaya y hable con él.

Era difícil ver los rasgos de Baltasar en la sombra del *houdah*, pero en verdad se veía más pequeño, y su turbante parecía todavía más abrumador. Pero saludó a Ben-Hur cálidamente y agregó:

—Escuché que preguntó por qué estamos solos. Estamos viajando con una caravana hacia Jerusalén, ¡pero estoy tan ansioso! ¡Y ellos son tan lentos! Darme, mi esclavo, dijo que conocía una ruta más rápida que pasaba cerca de un oasis donde podíamos descansar. Pero no ha podido encontrarlo.

Ben-Hur miró hacia donde estaban el nubio y su propio guía árabe, hombro con hombro, mirando hacia el oriente, ambos haciendo gestos.

—Él y mi guía parecen estar de acuerdo. ¡Pero fue muy arriesgado lo que hicieron! ¿A qué se debe la prisa?

Una mano pequeña como una garra salió de la túnica de Baltasar y se cerró sobre la muñeca de Ben-Hur.

—¡Oh, hijo de Hur, he estado teniendo sueños! Sueños tan claros y poderosos como los que tuve hace mucho tiempo atrás. ¡Él está aquí, sé que es el Salvador que he estado esperando!

Un cosquilleo de emoción descendió por la espalda de Ben-Hur. ¿Cómo podía ser?

—¿Pensó que lo encontraría en Jerusalén?

—No —dijo Baltasar con firmeza—. Cerca del Jordán. No en la ciudad. Escucho que la voz dice: "¡Rápido, levántate! ¡Ve a encontrarte con él!". Y veo una multitud al lado de un río.

Ben-Hur metió la mano en su túnica y sacó la carta de Maluc. El hablar de visiones le provocaba inquietud y emoción. ¿Realmente había llegado el tiempo de la batalla? Desenrolló el papiro y resumió su contenido para Baltasar:

—Apareció un profeta y dicen los hombres que es Elías. Estuvo en el desierto durante años, y dice que después de él viene alguien verdaderamente superior. Está predicando y bautizando cerca del Jordán y dice que todos debemos arrepentirnos.

Estaba observando a Baltasar mientras decía las últimas palabras. El anciano entrelazó sus manos, y una lágrima se deslizó por su mejilla arrugada.

—Gracias, Dios, por traerme aquí. Ruego que me permitas vivir lo suficiente para adorar al Salvador nuevamente. Luego tu siervo estará listo para irse en paz.

—Se expresó con libertad y desenvoltura, como si hablara con un amigo a quien solo él podía ver, y Ben-Hur sintió una punzada de tristeza anhelante.

—Pero solo si podemos encontrar a ese profeta, padre —dijo la voz clara de Iras mientras ingresaba al *houdah*—. Tenemos suerte. Hay agua cerca, según el guía de nuestro amigo.

—Todo está bien, hija mía —dijo Baltasar—. El Señor provee para los suyos. Nunca lo he dudado. ¿Les parece que continuemos nuestro viaje?

Mientras él e Iras cambiaban de lugar, Ben-Hur sintió que la mano de ella subía por su brazo mientras le susurraba al oído:

—Si yo hubiera orado, habría sido para encontrarme contigo, hijo de Hur. Tendremos mucho de qué hablar en el oasis.

Él casi se cayó al descender del lomo del camello y después se sintió un poco mareado durante algunos minutos. El aire cargado del interior del *houdah*, las monedas ruidosas del collar de Iras y la historia del sueño de Baltasar, todo contrastaba con el paisaje limpio e inhóspito que tenía frente a él. Seguía mirando hacia atrás para asegurarse de que el camello realmente estaba allí. ¿Y esa mano? ¿Esa boca? ¿Lo había... lo había besado? ¿O había soñado ese toque de mariposa, de la manera en que Baltasar había soñado de su Salvador?

CAPÍTULO 45

IRAS

Cuando llegaron al oasis, el sol estaba casi sobre sus cabezas y los animales flaqueaban mientras caminaban trabajosamente sobre las dunas formadas por el viento. Las colinas se levantaban nítidas y poco atrayentes delante de ellos; sin embargo, una línea oscura en la superficie de la roca se ensanchaba mientras se acercaban. Resultó ser lo suficientemente ancha para los caballos; incluso lo suficientemente amplia para el camello. En el otro lado brotaba un manantial rodeado de palmeras de dátiles y lleno de hierbas.

—Desde aquí —dijo el guía mientras él y Ben-Hur desensillaban los caballos—, hay solamente pocas horas hasta el Jordán. Incluso podríamos dormir aquí durante la noche y partir nuevamente en la madrugada, si le parece bien. Entiendo que el dueño del camello está apurado.

—Es verdad —vino la voz de Iras detrás de ellos—. Descansaremos ahora. ¿Tal vez podríamos discutir nuestros planes una vez que se haya puesto el sol? Acepte nuestro agradecimiento por su guía —le dijo a Ben-Hur, encontrando su mirada—. Mi padre casi no distingue en estos días entre lo que podría ser y lo que es probable. En cuanto a mí, creo que su presencia aquí es bastante milagrosa. He estado pensando en usted.

Ella había estado pensando en él. Mientras él dormía en cuevas y les gritaba a los galileos, ella había estado pensando en él. Ben-Hur se recostó en un sitio con sombras, escuchando cómo susurraba la brisa entre las hojas de palmera, y se entregó a ese pensamiento. Los caballos pastaban cerca. El sirviente nubio había sacado una elegante tienda sedosa de algún lado y yacía frente a ella mientras Baltasar e Iras descansaban. ¿Qué podía pensar ella acerca de él? ¿Con qué frecuencia? ¿De qué manera? ¡Él sabía tan poco sobre las mujeres! Si Iras hubiera sido una joven judía devota como su hermana, Tirsa, o una matrona respetable como las que había conocido en Roma, al menos habría sabido qué esperar de ella. Pero ella se parecía a Tirsa como un camello se parecía a un caballo o a una pantera. Eran criaturas completamente diferentes, con propósitos diferentes en la vida. Pero si Tirsa había sido educada para ser una mujer amante de su hogar que respetaba los mandamientos de su fe, ¿cuál era exactamente el propósito de Iras?

Ben-Hur no había pensado que dormiría, pero las duras cabalgatas durante la noche lo habían desgastado, y lo próximo que supo fue que un insecto estaba asentándose sobre su rostro. Medio dormido, lo apartó, pero aterrizó de nuevo, en la punta de su nariz, y luego sobre la boca. No fue necesario que la viera para darse cuenta que Iras estaba allí; su perfume intenso viajaba por el aire.

No le gustaba que lo sorprendieran de esa manera.

—Si hubiera sido un enemigo —dijo ella, inclinándose sobre él—, podría haberte apuñalado. Si yo, por ejemplo, fuera un guardia romano en el templo de Jerusalén.

Sus ojos se abrieron totalmente.

—¿Quién... ? ¿Qué? —quiso sentarse, pero el rostro de ella estaba muy cerca del suyo.

—El que mataste.

—¿Cómo lo supiste?

—Sé cosas —respondió, retrocediendo. Se puso de pie y se acomodó el cabello—. Muchas cosas.

Él se puso de pie y se estiró, tratando de ganar tiempo.

—¿Descansaron bien tú y tu padre?

—Hasta donde se puede, teniendo en cuenta esa tienda diminuta —respondió, moviendo una mano lánguida—. No estaré satisfecha hasta que lleguemos a Jerusalén. El desierto no es lugar para un hombre tan anciano como mi padre. —Se apartó de él y dio algunos pasos hacia el manantial—. ¿Recuerdas el lago en el Huerto de las Palmeras? Desearía que estuviéramos allí de nuevo. Extraño el agua.

Estaba decidido a obtener una respuesta de ella, a pesar de que lo distrajo el recuerdo de Iras saliendo del agua con una túnica húmeda.

—¿Sabes cosas? ¿Qué más sabes?

—*No* sé cómo es con los judíos —dijo—. Pero he escuchado el dicho romano: "La suerte favorece a los audaces". Ganaste la carrera de cuadrigas. Mataste al guardia romano enfrente del pretorio, a la vista de miles de personas de tu pueblo. Creo que se te debe un poco de buena fortuna, ¿no te parece?

Ahora estaban de pie uno junto al otro, tan cerca que Ben-Hur pudo sentir que una capa de la delicada vestimenta de Iras le rozaba la pierna.

—¿Y qué es la buena fortuna para ti? —logró preguntar.

—Tú también vas a ver a ese profeta —dijo ella, ignorando la pregunta—. O lo que sea que es. Escuché que se está formando un ejército misterioso en lo más recóndito del desierto. Un ejército que estará al servicio del rey que vendrá a Judea. Escuché que el jeque Ilderim autorizó el uso de sus tierras para este proyecto. —Giró para mirarlo de frente—. El jeque Ilderim, por supuesto, te debe muchísimo. Y escuché que se están invirtiendo cientos de talentos para levantar y equipar a ese ejército. —Una pequeña mueca apareció entre sus cejas arqueadas—. Y sé que el hijo de Arrio heredó una fortuna romana. ¿Dónde, me pregunto, está ese dinero ahora?

Él se quedó quieto. ¿Cómo *podía* saber ella todo eso? ¿A quién más se lo habría contado? ¿Qué significaba?

La mano de Iras se deslizó alrededor de su brazo a la altura del codo; con su dedo pulgar le acariciaba los bíceps.

—Veo que estás preocupado. No hay necesidad. Caminemos un poco. Me acalambro mucho en el *houdah*.

Ben-Hur echó una mirada al campamento, pero nadie estaba despierto. Incluso el camello tenía los ojos cerrados.

—Por supuesto —respondió—. ¿Tu padre no te necesitará?

—Mi padre —respondió con cierta amargura en la voz—, no necesita nada de mí en estos días. Vive para ver a ese Salvador que está esperando. Esa es toda su vida.

—¿Y tú? —preguntó Ben-Hur—. ¿Qué esperas?

—Espero muy poco —dijo—. Pero tengo esperanza en un rey. —Soltó su brazo y trepó a la cima de un montículo—. Es tiempo de que el Oriente se levante de nuevo —dijo, mirándolo desde arriba—. Roma ha gobernado demasiado tiempo, y *puede ser desplazada*. Ahora. Con el líder que viene. Con el ejército que has formado. —Estiró la mano hacia él—. Sé que sientes lo mismo que yo.

Con dos largas zancadas, ya estaba a su lado. Incluso la leve elevación cambiaba la vista: se podía ver el valle más ampliamente y el lugar del campamento se veía más pequeño.

—¿Qué ves? —susurró ella—. Has conocido a Roma y su poder. ¿No podría nacer aquí un imperio nuevo? ¿Puedes ver los ejércitos nuevos, y tú al frente? ¿En una cuadriga, tal vez? ¿En tu propio palacio? ¿Con tu esposa? —Con una mano se levantó el velo transparente. Su cabello resplandecía con un color negro azulado a la luz de la tarde, derramándose sobre sus hombros. Un mechón largo cayó hacia adelante sobre su rostro, y Ben-Hur estiró la mano para meterlo detrás de su oreja. Una vez allí, su mano no se movió; acarició su mejilla con una delicadeza que no sabía que poseía.

Se inclinó para besarla, sumergiéndose en la sensación de la piel de ella contra la suya. Calor, humedad, movimientos, suavidad... Él sentía que su corazón martillaba en su pecho. Sus brazos la rodearon, y ella se acurrucó habilidosamente contra su hombro, con ese río de cabello sedoso sobre su cuello.

—Verás —dijo—, desde la primera vez que te vi, supe que eras un héroe.

CAPÍTULO 46

EL JORDÁN

Partieron antes del amanecer al día siguiente. Durante la noche, Ben-Hur había escuchado voces que provenían de la pequeña tienda y a Baltasar que declaraba:

—Hija, debo ir. Podrías haberte quedado en Antioquía. No era necesario que vinieras conmigo. Mi vida está llegando a su fin, pero creo que viviré para ver al Salvador. Los sueños son fuertes y hermosos. No puedo perder más tiempo aquí. Partiremos en la mañana.

Después las voces disminuyeron hasta convertirse en murmullos, y él se durmió de nuevo.

No fue hasta que se alejaron del pequeño valle que Ben-Hur comenzó a pensar sobre esas palabras. Si Iras no estaba viajando a Jerusalén para cuidar de su padre, como le había dicho, ¿había venido a ver al rey? O... ¿a verlo a él?

Ella y su padre estaban dormitando en el *houdah*, y él cabalgaba solo detrás del guía. Aldebarán pisaba ágilmente entre las piedras en un lecho de río seco, y Ben-Hur dejó las riendas sueltas sobre su cuello. El ritmo constante del paso del caballo lo ayudaba a pensar con calma.

Era posible que estuvieran viajando para darle la bienvenida a un rey. Baltasar, sin embargo, pensaba que verían a un Salvador, una idea completamente diferente. Un rey gobernaría como lo había hecho Herodes o como lo hacía César. Un Salvador no estaría preocupado por el poder terrenal. Un Salvador, según la perspectiva de Baltasar, redimiría a los fieles para la vida eterna, por amor. Podía ocurrir que no encontraran a ninguno de los dos; la carta de Maluc simplemente mencionaba a un profeta. Sin embargo, Ben-Hur tenía la sensación de que algo importante los esperaba.

Sus sueños, a diferencia de los de Baltasar, habían sido confusos. El anciano escuchaba declaraciones claras en sus sueños; Ben-Hur había visto imágenes incompletas. Coronas. Ejércitos relucientes. Salas de trono inmensas, consejos de hombres poderosos; poderosos como Arrio, pero hombres del Oriente con brocados brillantes y barbas negras pulcras. Él mismo nunca estaba presente en esas escenas. No comandaba las tropas ni hablaba en el consejo. Iras también había aparecido, aunque nunca pudo escuchar lo que decía, a pesar de lo mucho que trataba. De repente Aldebarán echó la cabeza hacia arriba y dio un respingo al ver a un lagarto grande, y la mente de Ben-Hur volvió a la realidad que lo rodeaba.

Recordaba Betábara como un cruce insignificante del Jordán; por lo tanto, se sorprendió cuando el guía señaló hacia una mancha polvorienta en el horizonte y dijo:

—¡Mire! ¡No somos los únicos viajeros que vinieron a visitar este lugar!

Al poco tiempo comenzaron a encontrarse con hombres que iban en la misma dirección o que volvían. Pronto las multitudes se hicieron más numerosas. Su velocidad disminuyó a la de un paseo, y la mano de Iras levantó las cortinas del *houdah* para que ella y Baltasar pudieran mirar hacia afuera.

La emoción era evidente. Los ojos de Ben-Hur recorrían la multitud tratando de identificar al hombre que todos habían venido a ver, pero lo único que se veía era simplemente un mar de cabezas oscuras y vestimentas polvorientas. Le entregó las riendas al guía y se deslizó del lomo de Aldebarán.

Mirando entre la multitud, distinguió a un hombre alto, barbudo, con un báculo de pastor que se aproximaba hacia donde él estaba. Le interrumpió el paso y dijo:

—La paz sea con usted. ¿Acaba de venir del río?

Los ojos del hombre se iluminaron.

—¡Sí! ¿Vino a ver al profeta? Está predicando a la orilla del río. ¡Lo verá pronto!

—¿Qué está diciendo? —preguntó Ben-Hur—. ¿Qué atrajo tanta cantidad de seguidores?

—¡Cosas asombrosas! —respondió el hombre, alzando sus manos—. Habla de arrepentimiento. Dice que debemos bautizarnos. ¡Y que Dios, nuestro Dios, nos ama, a cada uno!

Otro hombre que estaba cerca preguntó:

—¿Es él el Mesías?

—Dice que no, aunque todos le preguntan. Solamente dice que alguien superior viene. Y... algo más... —Frunció el ceño, tratando de recordar—. Oh, ya sé: "Soy una voz que clama en el desierto: '¡Abran camino para la llegada del Señor!'".

—"¡Abran camino para la llegada del Señor!" —respondió otra voz—. ¡Yo también lo escuché decir eso!

Los dos hombres asintieron con satisfacción.

—¿Qué dijeron? ¿Todavía está allí? —llegó una voz como un hilo hasta Ben-Hur, quien miró hacia arriba y vio a Baltasar inclinado hacia abajo en el *houdah*.

—Sí, sigue allí. Está predicando. Lo escucharemos pronto —respondió Ben-Hur y montó su caballo.

Pero en cuestión de minutos, la multitud comenzó a desplazarse. Ben-Hur pudo ver que la figura solitaria que había estado parada sobre un banco de arena en el río dejó de hablar. La aglomeración de personas que estaba en el lado oriental del Jordán se dividió, dejando lugar para que él caminara por la orilla.

—¿Qué ves? —dijo Baltasar.

—Dejó de predicar —dijo Ben-Hur—. Se dirige hacia acá. Creo que si nos quedamos aquí, lo veremos con claridad.

Tenía razón. La multitud, murmurando en voz baja, se abría delante del hombre, y en cuestión de minutos se estaba dirigiendo directamente hacia ellos. ¡Qué impacto!

—¿Ese hombre? —susurró Iras—. ¡Parece un animal salvaje!

Su cabello era largo y amazacotado, caía hasta la mitad de su espalda y sobre sus grandes ojos oscuros. Tenía puesto lo que parecía ser una piel de animal, o tal vez numerosas pieles cosidas juntas, para cubrir su cuerpo esquelético. A unos cuantos metros del camello, él se detuvo, clavó su cayado y miró a su alrededor, mirando a los ojos de hombre tras hombre.

—¡Preparen! —dijo con una voz estruendosa—. ¡Preparen el camino del Señor!

La multitud retrocedió. El profeta tenía una actitud fiera y resuelta, como si él pudiera lograr que los hombres hicieran su voluntad.

Sin embargo, un hombre con túnica de escriba tomó un paso hacia adelante.

—¿Es usted el Mesías? —preguntó.

—Pronto viene alguien que es superior a mí —dijo el profeta—, ni siquiera soy digno de ser su esclavo y desatarle las correas de sus sandalias.

—Pero usted bautizó, ¿verdad? —insistió el escriba.

—Yo los bautizo con agua —replicó—, pero él los bautizará con el Espíritu Santo.

Luego levantó su cayado y caminó hacia adelante. Algunos pasos después, señaló a un hombre entre la multitud.

—¡Miren! —gritó—. ¡El Cordero de Dios, que quita el pecado del mundo!

La gente no se movió hacia adelante, sino que retrocedió, dejando a un hombre solo en un círculo de tierra aplastada. Ben-Hur lo vio con claridad. Todos los que estuvieron allí ese día dirían lo mismo en los años venideros: que lo habían visto, que lo recordaban. Sin embargo, nadie podría describirlo con exactitud. Era un hombre; eso era todo. Vestido con una túnica blanca, como muchos de los hombres que estaban allí. No dijo nada. Habría discusiones sobre su expresión: ¿Sonrió? ¿Miró a alguien a los ojos? ¿Hizo algún gesto? ¿Por qué fue, entonces, que cada uno de los hombres que lo vio ese día se sintió bendito?

Especialmente Baltasar. El camello, respondiendo como siempre a alguna compulsión propia, se arrodilló. Baltasar descendió del *houdah* y caminó algunos pasos hasta que pudo ver con claridad al hombre de blanco. Él, al igual que el camello, se arrodilló con una gracia que no había tenido en años. Y Ben-Hur vio en su rostro gozo y gratitud, y reconocimiento. Hubo un momento de quietud; luego, la voz del Bautista dijo con una claridad absoluta:

—Este es él... Este es el Hijo de Dios.

El Hijo de Dios. El silencio se apoderó del lugar. Incluso parecía que el aire había dejado de fluir. El sol todavía brillaba. Tal vez resplandecía con mayor brillo sobre la cabeza del hombre de blanco. Tal vez hubo un sonido, un acorde de voces sobrenaturales. O simplemente una sensación de majestuosidad, esperanza, calor, fe. Por un instante.

El momento pasó. El hombre de la túnica siguió su camino. El Bautista desapareció entre la multitud. Baltasar cayó a la tierra, y para cuando lo cargaron de regreso al *houdah*, no quedaba nada más que una multitud que deambulaba; pero una multitud que había visto algo extraordinario. Mientras se dirigían hacia el cruce del río, Ben-Hur se agachó para preguntarle a un desconocido:

—¿Quién era ese hombre de blanco?

El hombre se encogió de hombros y respondió:

—Tal vez sea el Hijo de Dios. Pero otros dicen que es el hijo de un carpintero de Nazaret.

Y entonces Ben-Hur recordó. El rostro del hombre le había resultado conocido, y el sentimiento que le despertó ese rostro. Era un sentimiento de paz y paciencia y fortaleza. Y la última vez que lo había sentido había sido cuando un extraño le dio agua en una pequeña aldea, cuando iba en camino a las galeras.

CAPÍTULO 47

JERUSALÉN

altasar no murió de inmediato. De hecho, haber visto al modesto hombre de Nazaret renovó su vitalidad. Se rehusó, sin embargo, a regresar a Alejandría. Por el contrario, insistió en quedarse en Judea para estar más cerca del hombre a quien llamaba el Salvador.

Adonde Baltasar iba, también iba Iras. En los días después del encuentro con el Bautista, eso se volvió evidente. También fue claro para Ben-Hur que ahora este par de alguna manera era su responsabilidad. Baltasar afirmaba que viviría en una cueva sin quejarse, y lo decía con total honestidad. Pero era inconcebible alojar a Iras en una cueva, o, más bien, en cualquier cosa que no fuera un palacio.

Por suerte había un palacio disponible. Con la eficacia ingeniosa que lo caracterizaba, Simónides se las había arreglado para comprarle el palacio de Hur al gobierno romano. Pero tal vez sería mucho más beneficioso para ellos si los demás creyeran que el palacio le pertenecía al sabio egipcio. Por lo tanto, Baltasar e Iras se trasladaron al palacio. Baltasar, satisfecho, pasaba el día leyendo y orando. Iras descubrió que Jerusalén ofrecía pocas oportunidades para una mujer independiente y sofisticada como ella; por lo tanto, enfocó su energía en renovar la casa de Ben-Hur. Todo debía ser espléndido, digno de un rey.

Ben-Hur mismo sabía poco de eso. Sentía que Jerusalén era demasiado peligrosa para él, y todavía más el palacio de su familia. Regresó a Galilea a reclutar más soldados, a instruir a más oficiales, a inventar nuevos ejercicios y estrategias de entrenamiento para que los jóvenes de todas las aldeas pudieran levantar en una hora una cohorte armada, equipada con armas y provisiones para marchar cinco días. Así, cuando el rey se proclamara a sí mismo, ellos estarían listos.

Y, sin embargo, el rey era desconcertante. Pasó un año, y otro, y un tercero. El rey, o por lo menos el hijo del carpintero de Nazaret, vagaba por toda la región. Si él *era* un rey, su séquito estaba lejos de ser impactante. Hizo pocas afirmaciones sobre sí mismo, pero muchas afirmaciones acerca de Dios. Era paciente y amable, pero firme. Las personas se sentían atraídas hacia él, era verdad. Se acercaban a su lado para escucharlo hablar algunas palabras, y nunca se

CRONOLOGÍA DEL MINISTERIO DE JESÚS

He aquí una lista selectiva de algunos de los eventos en la vida de Jesús que influenciaron a los personajes y los eventos de *Ben-Hur*.

El Sermón del monte (Mt 5–7

La boda de Caná (Jn 2:1-11)

El bautismo (Mc 1:9-11)

La sanación del paralítico (Mc 2:1-12)

La resucitación de Lázaro (Jn 11:1-44)

La sanación de los die
leprosos (Lc 17:11-19

iban. A veces, después de escuchar a este Jesús, un hombre dejaba su arado en medio de un surco y se marchaba y no regresaba jamás. O dejaba sus redes de pescador. O reunía a sus hermanos y primos para escuchar hablar al nazareno aunque fuera una vez más. Había algo en su mensaje que provocaba el anhelo de escucharlo una y otra vez.

Hacía que los hombres, y las mujeres también, se sintieran fuertes y bien. Los ayudaba a creer que el mundo tenía un propósito. Hacía que se vieran los unos a los otros, que realmente *se vieran* los unos a los otros con bondad y compasión. Las multitudes en Judea con frecuencia implicaban conflictos, pero no las multitudes que rodeaban a Jesús. Compartían la comida. Los niños corrían alrededor de sus pies, y él ponía sus manos bondadosas sobre sus cabezas.

Cuando concluyó el tercer año, el ejército estaba listo. Ben-Hur sabía que no

«Jesús también hizo muchas otras cosas. Si todas se pusieran por escrito, supongo que el mundo entero no podría contener los libros que se escribirían» (Juan 21:25).

La expulsión de Legión (Lc 8:26-39)

la resucitación del joven de Naín (Lc 7:11-17)

La alimentación de los cinco mil (Mt 14:13-21)

la entrada triunfal (Mt 21:1-11)

La Crucifixión (Mc 15:24-41)

La resurrección (Mt 28:2-15)

La gran comisión (Mt 28:16-20)

podía hacer más. Había estado viajando a intervalos con Jesús, con la esperanza de tener una percepción del hombre que los lideraría. ¿Prefería la caballería? ¿Qué estrategia le gustaba más? ¿Escogería atacar a los romanos en Jerusalén o lanzaría su campaña en otro lugar?

Todas estas preguntas parecían razonables cuando estaba en el desierto observando a sus tropas o analizando tácticas alrededor de la fogata en el campamento. Simónides, a quien visitaba regularmente, mostraba una comprensión sorprendente de los asuntos militares y un gran placer por la violencia. Ilderim tenía una forma muy particular de presentarse en el campamento en un remolino de jinetes beduinos, llegando al galope con estandartes flameantes y lanzas relucientes simplemente porque era emocionante. Se quedaba algunos días y luego se marchaba al galope, dejando algunos caballos nuevos en el campamento, llevándose otros, y siempre ofreciéndole una despedida afectuosa al alazano de Ben-Hur, Aldebarán.

Entonces Ben-Hur visitaría una aldea galilea como Caná y escucharía sobre el banquete de la boda donde Jesús convirtió el agua en vino. ¡De verdad! ¡Todos lo habían visto! O encontraría a los seguidores acampados en grandes números, escuchando pacíficamente las prédicas del nazareno, que eran muy sencillas pero producían escalofríos en la espalda. Siempre se sentía un triste anhelo cuando estaba entre los seguidores. Ellos parecían entender algo que para él todavía era un acertijo. Era mucho más fácil estar en el campamento del ejército, en donde las metas eran conocidas. Matar personas era una habilidad tan vieja como el hombre.

✳ ✳ ✳

Ester se mantenía informada sobre Ben-Hur a través de su padre. Ella sospechaba que Simónides sabía más de lo que le decía. Desde el día de la carrera de cuadrigas, cuando ella había traicionado sus sentimientos, su padre no había podido hablar de Judá sin timidez. A veces a Ester esa actitud le parecía adorable, pero la mayoría de las veces simplemente la irritaba. Ella sabía que Iras había cautivado a Judá. Sabía que su propio atractivo, si tenía alguno, quedaba eclipsado al lado del de la egipcia. Estaba resignada a pasar desapercibida. Pero parecía que no había manera de convencer a su padre de eso.

Por lo tanto, se sintió nerviosa cuando su padre anunció que irían a Jerusalén para la fiesta de la Pascua. Al menos en Antioquía sus obligaciones la mantenían ocupada y, en general, contenta con su vida. ¿Qué haría en Jerusalén? Incluso pensó que tal vez Iras se las ingeniaría para hacerla trabajar. No sabía nada sobre palacios, excepto que eran inmensos. Ella era una esclava; los esclavos trabajaban. ¿Trataría Iras de ponerle una escoba en las manos? Enrojeció de ira de solo imaginar el encuentro.

Sin embargo, Judá estaría allí. Trató de ponerle límites a su imaginación, trató de no inventar escenas en las cuales Judá le daba una bienvenida cálida, aprecio sincero y miradas de admiración. Todo eso, ella lo sabía, sería para Iras. Pero, a pesar de lo práctica que era, no podía dominar sus esperanzas obstinadas e ingenuas.

El viaje fue largo y difícil. Simónides viajó en una litera suspendida entre dos camellos, y Ester sabía que casi todo el tiempo estuvo dolorido. Sin embargo, a medida que se acercaban a Jerusalén, él estuvo más calmado y alegre. Una noche, mientras la caravana descansaba cerca de un oasis, les dijo a Ester y a Maluc que había perdido la esperanza de volver a ver Judea alguna vez.

—Había olvidado —dijo— cuán clara es la luz. Solo por eso vale la pena pasar por todos los inconvenientes e incomodidades. —Miró a Ester con cariño—. Sé que es una carga pesada sobre tus hombros, y en ocasiones me he arrepentido por mi resolución de venir. Pero tengo la esperanza de que una vez que lleguemos entenderás la razón por la cual insistí.

—Estoy segura que será así —respondió Ester. Era mentira, pero ¿qué más podía decirle?

Sin embargo, algunos días después, cuando el sol se deslizaba hacia la orilla del cielo, ella estuvo de pie en la azotea del palacio de Hur, y entendió la insistencia de su padre. A su alrededor, los pliegues de las colinas amarillentas abrazaban la ciudad amurallada. En el aire seco, los gloriosos edificios del templo resplandecían mientras el cielo brillaba como un maravilloso domo azul por encima, con matices rosado y coral en el occidente. ¡El templo! ¡El Lugar Santo estaba tan cerca! La ciudad estaba comenzando a llenarse de peregrinos que venían a la fiesta sagrada de la Pascua e, incluso desde la azotea, Ester podía notar el gozo sobrio que llenaba las calles.

Apartó sus ojos del paisaje cuando escuchó un graznido y la ráfaga de alas. La llegada de Maluc había espantado a una bandada de loros de la palmera donde se posaban, cotorreando y soltando vainas de semillas. Él se sacudió una pluma azul del hombro mientras saludaba a Ester, diciendo:

—La paz sea con usted, hija de mi amo. Me enviaron a decirle que el hijo de Hur está en camino.

—Gracias —dijo Ester, con la esperanza de no haberse sonrojado—. Estoy segura de que mi padre se pondrá contento de verlo.

—Igual que todos nosotros —se oyó la voz de Iras, acompañada por el tintinear de sus collares mientras salía a la azotea —¿Estás evaluando la cuidad, Ester? ¿Qué te parece?

Ester titubeó por un momento y luego dijo:

—Compacta.

Iras se rió.

—¡La ciudad santa de tu fe, y la llamas "compacta"! ¡Tan práctica! Pero supongo que esa es tu función en la vida.

—¿Y cuál considera que es la suya? —preguntó Ester cortésmente.

—Oh, creo que escucharemos bastante sobre eso pronto —dijo Iras, mirando hacia el piso de mosaico—. ¿Te dijo Maluc que Judá está en camino?

—Sí, gracias —respondió Ester—. Pero iré ahora a contarle a mi padre.

Captó la atención de Maluc, y él asintió suavemente como si estuviera aprobando lo que decía. ¿Por qué tenía la sensación de que para él Iras era tan complicada como para ella?

* * *

—¿No puedes hacer algo con esos pájaros? —dijo Iras mientras Maluc observaba a Ester descendiendo las escaleras.

—¿Los pájaros? —preguntó, enfocando su atención nuevamente en la egipcia—. Hemos tratado, posiblemente lo recuerde. Usamos veneno y el halcón y las redes. Tal vez podría preguntarle al hijo de Hur, cuando llegue, lo que su familia solía hacer para mantenerlos alejados. A mí se me acabaron las ideas.

—Oh, olvídalo —dijo Iras—. Tendremos cosas más importantes de qué hablar. Solo es que los pájaros hacen un desastre. Ensucian todo. Quiero que Judá disfrute cómo se ve todo.

—Enviaré a alguien para que limpie —dijo Maluc.

—No, no te molestes. —Iras caminó lentamente hacia el sillón en la glorieta—. Quiero estar sola. Cuando llegue Judá, puedes decirle que suba a verme.

Maluc simplemente asintió con la cabeza, observando cómo ella se arreglaba el vestido de tal manera que sus tobillos quedaran expuestos.

—Eso es todo —dijo ella, mirándole a los ojos—. Oh, podrías mandar algo para beber también. Tal vez Ester podría traernos una bandeja. Estoy segura de que Judá estará feliz de volver a verla.

Maluc tuvo un arranque de ira y bajó los ojos mientras la imaginaba pisando con los pies descalzos una descarga fresca de los pájaros.

Pero la próxima vez que vio a Iras, ella tenía puesto un par de sandalias doradas y una expresión petulante mientras se aferraba al brazo de Judá. El joven príncipe había pedido a los miembros de la casa que se reunieran en la habitación central con techo alto. Maluc empujó a Simónides en su silla con ruedas y encontró a Baltasar apuntalado con almohadones en un sillón. Ester entró detrás de ellos y cogió una banqueta acolchada, la cual colocó al lado de su padre. Cuando Ben-Hur los vio, se liberó de las manos de Iras y cruzó la habitación.

—¡La paz sea contigo, Simónides! —exclamó—. Y también contigo, dulce Ester. ¡La bendición sea sobre ambos! —Sonrió mientras Ester se levantaba para saludarlo y negó con la cabeza—. Por favor, siéntate. Me hace muy feliz verlos a ambos en la casa de mi padre. Espero que el viaje desde Antioquía no haya sido muy difícil.

—No fue fácil —respondió Simónides—, pero valió la pena. Estoy muy contento de haber vuelto a nuestra tierra. Estuve lejos demasiado tiempo. Y también me alegra que Ester tenga la oportunidad de ver la tierra de sus padres.

Ben-Hur se volvió a ella, y Maluc, quien observaba atentamente, creyó ver que Ester se ruborizaba.

—¿Qué piensas de la tierra? —preguntó Ben-Hur.

Ella se tomó un tiempo antes de responder y luego dijo con calma:

—Es muy emocionante estar en el centro de nuestra fe, entre tantos otros judíos.

—¿Ya has ido al templo? —él preguntó.

—Todavía no. Tal vez cuando haya menos gente, después de los días sagrados, iré con mi padre.

—Espero estar aquí todavía —respondió él—. Me gustaría ir con ustedes.

—Y también deberían ir al pretorio, para que le muestres a la pequeña Ester dónde asesinaste al romano —interrumpió la voz de Iras.

—No —dijo Ben-Hur con voz cortante—. No afligiré a Ester con ese incidente.

—¡Pero cuéntanos la noticia! —dijo Baltasar con voz aguda—. Nos reuniste a todos aquí. Seguramente tienes algo que contarnos.

—Pues, sí, lo tengo.

Ben-Hur observó a cada uno del grupo, luego levantó los ojos al techo distante.

✳ ✳ ✳

Ester entendió su titubeo. El amplio espacio de la habitación era abrumador. Se puso de pie y dijo:

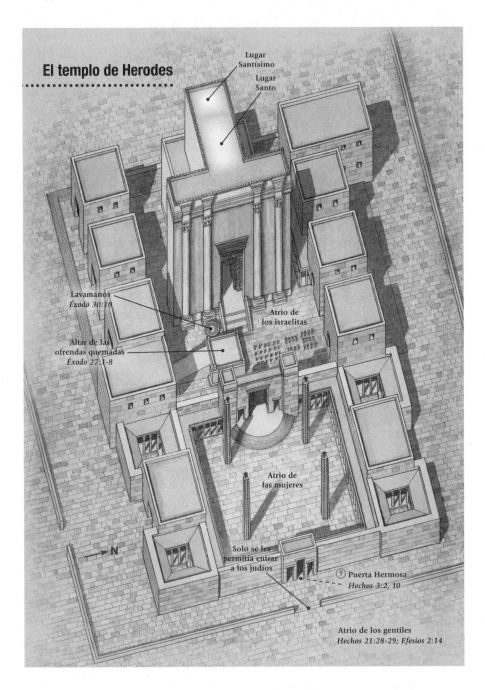

El templo de Herodes

Lugar Santísimo

Lugar Santo

Lavamanos
Éxodo 30:18

Atrio de los israelitas

Altar de las ofrendas quemadas
Éxodo 27:1-8

Atrio de las mujeres

➜ N

Solo se les permitía entrar a los judíos

⑦ Puerta Hermosa
Hechos 3:2, 10

Atrio de los gentiles
Hechos 21:28-29; Efesios 2:14

—¿Por qué no se ubica allí, cerca del hogar? Vea, acercaré la silla de mi padre.

Pero antes de que ella pudiera mover a Simónides dos pasos, Ben-Hur la había desplazado, levantando sus manos del respaldo de la silla con ruedas. En cuestión de minutos estuvieron todos acomodados en un círculo con el fuego del hogar resplandeciendo sobre sus rostros. El fuego brillaba todavía más en el brazalete en forma de serpiente de Iras y en el bordado de oro del turbante de Baltasar. Ester se sentó ligeramente detrás de su padre, con su mano en la de él sobre el apoyabrazos de la silla.

Ben-Hur echó una mirada a sus rostros y respiró profundamente. Luego movió la cabeza y dijo:

—Ustedes saben lo que estuve haciendo durante los últimos tres años. Todos creemos en la importancia de este hombre a quien llamo el nazareno. —Miró directamente a Baltasar—. Todos creemos que él es el futuro líder de Judea. Nacido, como saben, para ser el rey de los judíos. Él se dirige a Jerusalén ahora. Estará aquí mañana. Algo sucederá; no sabemos qué. Se refiere al templo como "la casa de mi Padre". Tengo la impresión que hemos llegado al momento culminante, al momento que todos hemos estado esperando.

Hablaba, pensó Ester, con la seguridad de un hombre que con frecuencia necesita convencer a los demás.

—He invertido la mayor parte de los últimos tres años en la tarea que concebiste, Simónides, con el jeque Ilderim: proveer a este futuro rey el ejército que necesitará para derrocar el dominio romano. Pero no he centrado toda mi atención en formaciones de la tropa y estrategias de batalla. También, creo, me dediqué a conocer al nazareno mientras él viajaba por los alrededores, predicando y enseñando. Hay una cosa que les puedo decir con toda seguridad: él es un hombre, como yo, como ustedes. Come; duerme; siente calor y frío.

—¿Puedes decirnos, en pocas palabras, lo que predica, hijo de Hur? —preguntó Baltasar—. Durante todo este tiempo he deseado saber exactamente qué es lo que dice.

—Sí, lo haré. Pero, antes de hacer eso, tengo que decirles, además, que aunque es un hombre... también es algo más.

—¿Algo más? ¿Qué quiere decir con eso? —la voz de Iras sonaba brusca.

Pero Ben-Hur no le respondió de inmediato porque Amira, quien había estado en el mercado cuando él llegó, entró corriendo a la habitación. Parecía preparada para abrazarlo, pero, en lugar de eso, se arrodilló a sus pies. Debido a que él había evitado ir al palacio de Hur, ella no lo había visto desde que encontró a su madre y a su hermana. Mañana iría a verlas y les contaría lo espléndido que estaba él, pero, por ahora, la emoción la sobrecogió.

—¡Amira! —dijo—. ¡Estoy tan contento de verte! ¡Ha pasado mucho tiempo! —Colocó sus manos debajo de sus hombros y la puso de pie—. ¡Te ves muy bien! ¿Pero... qué?

Ella había escondido su cabeza en el pecho de Ben-Hur y había estallado en llanto. Aunque Ester y Simónides eran recién llegados a la casa, Ester ya sentía mucho cariño por Amira, y se levantó rápidamente para abrazar a la anciana niñera. Amira solo lloró todavía más, pero se apartó de Ben-Hur y permitió que Ester la sacara del círculo de luz.

—¿Estás bien, Amira? —preguntó Ben-Hur—. Ester, ¿puedes averiguar qué es lo que le preocupa?

Ester asintió con la cabeza e hizo que Amira se sentara a su lado en un banco bajo. Por un momento se pudo escuchar el susurro de las dos voces; entonces Iras dijo: —Continúa, hijo de Hur. Este rey, que llegará a Jerusalén mañana según dices, ¿es algo más que un hombre? ¿Un guerrero extraordinario, tal vez? ¿Un jefe? ¿Un sabio? ¿Un mago?

—Ninguna de esas cosas —respondió él luego de un breve silencio reflexivo—. Por ejemplo —observó sus rostros expectantes—, esto tal vez lo haga parecer un mago... pero escuché que, en una boda, transformó el agua en vino.

Iras se rió.

—¿Qué beneficio tendría eso para un rey que debe gobernar?

—Si puede convertir el agua en vino —dijo Simónides, claramente desaprobando el comentario de Iras—, entonces tal vez nada en el mundo es fijo para él. ¡Podría convertir una legión romana en... una bandada de patos!

Todos se rieron brevemente ante la idea de los romanos convertidos en patos, pero Ben-Hur continuó, diciendo:

—De hecho, Simónides tiene razón. No estuve con él cuando sucedió este otro incidente pero... Esto pasó muy lejos, en Gadara. El grupo se encontró con dos hombres poseídos. Y el nazareno echó fuera a los demonios, los cuales entraron en una piara de cerdos. Los cerdos se precipitaron al mar y los hombres se fueron, restaurados.

—Entonces dirías que tiene poderes extraordinarios —dijo Baltasar—. ¿Pero cómo los usa? Seguramente eso es todavía más importante, ¿verdad?

—Estoy de acuerdo con usted. Pero la manera como vive es diferente a la de cualquier gobernante que haya conocido. Por ejemplo, viaja con un grupo de hombres humildes. Cuando van por el camino, van hablando; cuando llegan a un poblado, el nazareno le habla a cualquiera. Es amable con los débiles, con los niños, con las mujeres. Predica sobre la paciencia, la humildad y la compasión. Los hombres toscos que están con él muestran una bondad increíble los unos a los otros. Incluso en las reuniones más numerosas no hay enojo, ni hurtos. Comparten su comida, se cuidan mutuamente. Esto, Baltasar, se debe completamente a su influencia. Y... —Hizo una pausa y sacudió la cabeza—. Él sana.

Ester, desde el otro lado de la habitación, dijo en voz alta:

—¿Sana? ¿Es un sanador?

—No en el sentido convencional —respondió Ben-Hur—. No con hierbas y pociones. Lo vi una vez... Estábamos saliendo de Jericó y había dos hombres ciegos mendigando al lado del camino. Ellos lo llamaron, y él se acercó y les tocó los ojos. Y ellos vieron. Tan simple como eso.

Hubo silencio en la gran habitación y se podía oír el crepitar del fuego.

—Y después sanó a un paralítico. Le dijo al hombre: "Ponte de pie, toma tu camilla y vete a tu casa", y el hombre, que había estado temblando y retorciéndose y que apenas podía moverse... se puso de pie y se fue caminando.

—¿Pero eso cómo nos ayuda a nosotros? —preguntó Iras—. Por supuesto que el paralítico estará feliz, pero ¿de qué manera ayuda eso a derrocar a Roma?

Ben-Hur solamente levantó la mano.

—Incluso, en repetidas ocasiones, ha curado a personas de las peores lacras. Estuve con él cuando eso sucedió: se le acercó un leproso en Galilea. Todos estábamos dispuestos a echarlo, pero el nazareno no nos dejó. Caminó hacia el hombre. ¿Alguna vez han estado cerca de un leproso? —preguntó al grupo—. ¡Qué maldición es! ¡Como si el cuerpo se devorara a sí mismo! Y estaba vestido con harapos mugrientos, cojeando con una muleta; verdaderamente la clase de mendigo que cuando nos cruzamos con él en el camino nos apartamos para no tocarlo ni siquiera con la ropa. Lo cual de hecho demandan las Escrituras. Pero el leproso dijo, con voz apenas audible: "Señor, si tú quieres, puedes sanarme y dejarme limpio". Y el nazareno extendió la mano. Tocó al hombre con su mano y dijo: "¡Queda sano!". Y... lo fue.

En la penumbra, Ester sintió que los delgados hombros de Amira se ponían tensos, y la anciana sirvienta se enderezó.

—Esa no fue la única vez que sanó leprosos —continuó Ben-Hur—. En una oportunidad, un grupo de diez leprosos se acercó a él. Y les dijo que se presentaran al sacerdote en el templo para la purificación, y que serían sanados antes de que llegaran allí. Y así fue. Tiene un poder extraordinario. Esos son milagros, ¿verdad?

Amira le susurró algo a Ester y abandonó la habitación, pero pareció que solamente Ester se había dado cuenta.

—Sí —respondió Baltasar con satisfacción—. Esos son milagros.

—Estoy de acuerdo —dijo Simónides—. Pero este poder, ¿qué más puede hacer con él?

Ben-Hur se alejó del hogar hacia el otro extremo de la habitación. Sonrió distraídamente a Ester y regresó a su posición original.

—Tuve dudas de decirles esto porque suena demasiado excéntrico. —Miró fugazmente a Iras—. Puede vencer a la muerte.

Todos dieron un grito ahogado, y Baltasar murmuró rápidamente en una lengua que ninguno de ellos reconoció, una oración o alguna clase de conjuro.

—Lo vi. Levantó a un joven de su féretro, cerca de Naín. La madre del hombre había estado llorando sin consuelo, y el nazareno tocó el cuerpo y dijo: "Levántate". Y el cadáver, el hombre, se levantó.

—¡Solo Dios es tan bueno! —exclamó Baltasar, levantando sus manos por encima de su rostro—. ¡Solo Dios puede hacer cosas como esas!

Ben-Hur sacudió la cabeza.

—Tal vez. Es posible que Baltasar tenga razón. No lo sabemos todavía. En Galilea, hace un tiempo, tratamos de coronarlo rey. Ustedes saben cómo son los galileos; son impacientes. Habíamos estado trabajando arduamente; estábamos orgullosos de nuestro ejército; queríamos...

—¡Conquistar! —aportó Iras.

Él asintió con la cabeza.

—Sí, conquistar. Por lo tanto, marchamos hacia el mar de Galilea, donde él estaba enseñando, y lo rodeamos, gritando y... se esfumó. No quiso tener nada que ver con nosotros ni con nuestras armas y gritos. No quiso nuestra corona.

Ester levantó la mirada al escuchar desconcierto, e incluso decepción, en la voz de Ben-Hur.

—¿Y él está en camino hacia aquí? —dijo Simónides.

—Sí. Llegará mañana. Habrá una especie de procesión; en este momento, el grupo que lo sigue es bastante grande.

—Y mañana sabremos con seguridad quién es y qué es lo que pretende hacer —manifestó Iras—. Se proclamará rey. ¡Seguramente es por eso que tiene que venir a Jerusalén!

—Él es nuestro Mesías —dijo Simónides con seguridad—, vino a restaurar a los judíos al poder que tuvieron alguna vez. ¡Los profetas han dicho que todo esto pasaría!

Baltasar meneó la cabeza.

—Él es el Salvador de almas —insistió—. Puede devolverle la vida a los hombres, pero, hija, él no será coronado. Su dominio no será del mundo terrenal.

Ben-Hur se encogió de hombros.

—No lo sé. Lo conozco tanto como la mayoría de los hombres que estuvieron con él, y todavía no estoy seguro. Pero pronto habrá terminado la espera.

Luego de un instante de silencio, Ester se levantó de su banqueta y salió en silencio de la habitación para preparar el dormitorio de su padre. La imagen que seguía agolpándose en su mente era la de un hombre amable, caminando con sus amigos y sanando a los enfermos. No podía imaginarse a ese hombre aceptando una corona. Sospechaba que tampoco podía imaginarlo Ben-Hur, a pesar de todo su discurso de victoria.

CAPÍTULO 48

LIMPIAS

Había una cosa de la que Ben-Hur estaba seguro: la entrada del nazareno a Jerusalén atraería una multitud. La ciudad ya estaba por explotar por la cantidad de peregrinos que habían llegado por la Pascua. Las tiendas moteaban las laderas más allá de los muros, y por las calles, siempre congestionadas, apenas se podía circular.

Las emociones estaban a flor de piel en tiempos como esos. Estallaban los conflictos. Los soldados romanos patrullaban, preparados y ansiosos por reprimir a alguien. El nazareno necesitaría protección, y Ben-Hur estaba decidido a proveérsela. Pasó la noche en la posada de Bezeta, donde había dejado una cohorte de sus guerreros galileos entrenados. El nazareno entraría a Jerusalén desde el oriente, con sus seguidores. El grupo había crecido constantemente y ahora se contaba en cientos. Al mismo tiempo, había llegado la noticia a Jerusalén que un gran líder estaba viniendo. Sin lugar a dudas, las personas se abalanzarían afuera de los muros de la ciudad para conocerlo. Creyeran lo que se decía de él o no, su venida causaría cierta agitación. Y para un hombre militar como Judá Ben-Hur, grandes aglomeraciones de civiles emocionados eran una amenaza.

Esa mañana, los galileos estaban vestidos con las túnicas y mantos cotidianos

LA PASCUA

Cuando Dios liberó a su pueblo de la esclavitud en Egipto, él les proveyó una manera en que la décima plaga pasaría de largo a los hebreos. La Pascua, o Pésaj, conmemora esta liberación con el sacrificio de un cordero y con una comida ritual tradicional. Históricamente, los judíos en toda Judea viajaban a Jerusalén para Pésaj, el Pentecostés y el Festival de los Tabernáculos. Los judíos en la diáspora no regresaban cada año, pero estos festivales a menudo eran una época de peregrinaje y de gran celebración.

de los habitantes de la ciudad. Habían recibido la orden de mezclarse con la multitud y de no permitir nunca que se vieran sus espadas cortas. Estaban allí solamente para mantener el orden y para proteger al nazareno. Ben-Hur cabalgó una corta distancia afuera de las puertas de la ciudad hasta la cumbre de una pequeña colina. Detrás de él, saliendo de Jerusalén, había un cuerpo numeroso de hombres, miles. Agitaban hojas de palmeras, y cuando la brisa cambiaba, Ben-Hur podía escuchar los himnos que la multitud cantaba casi a gritos, acompañados de pequeños tambores y címbalos. Los jóvenes danzaban a la orilla del camino, aparentemente ebrios de alegría.

Y desde el otro lado de la colina, subiendo la cuesta, venía el nazareno, rodeado por una multitud similar. Ben-Hur identificó algunos de los rostros: los dos pescadores hijos de Zebedeo, y Pedro, quienes caminaban fatigosamente detrás del nazareno, observando a la multitud con el ceño marcadamente fruncido. El hombre que venía al frente del bullicio iba sentado tranquilamente sobre un burro; vestido con su túnica blanca, parecía estar pensando en otra cosa.

No parece muy feliz, Ben-Hur pensó. Era como si Iras hubiera hablado dentro de su cabeza: «No parece un líder. Y ciertamente no parece un rey».

Alguien arrojó una rama de palmera sobre el camino delante del burro e inmediatamente otros hicieron lo mismo. La superficie angosta y pedregosa rápidamente quedó cubierta de verde. En diversos lugares, algún alma extravagante tendió su manto también. El burro avanzaba trabajosamente sobre la nueva superficie, tan ausente como su jinete.

Esa no es la forma de hacer las cosas, continuaron los pensamientos de Ben-Hur. Había visto desfiles. Los romanos sabían cómo montar un espectáculo. Eso era parte de gobernar: uno tenía que demostrar su poder. Tenía que sentarse erguido sobre la montura, de manera que las personas pudieran verlo. ¡Tenía que saludar!

¿Dónde estaban las banderas y las trompetas? ¿Dónde estaban el brillo y la fanfarria, la evidencia de poder?

Cien metros más adelante, el nazareno llegó hasta donde estaba la multitud que había salido de Jerusalén, y los gritos retumbaron en las colinas. Muy lejos, bandadas de pájaros se elevaron de sus árboles y volaron en círculos, confundidos. Incluso Aldebarán se movió incómodo, disgustado por el ruido. Lo cual era extraño, teniendo en cuenta lo tranquilo que había estado en el alboroto de la carrera de cuadrigas. Ben-Hur buscó al mozo árabe que lo había acompañado. Se deslizó de la montura y llevó a Aldebarán de las riendas hasta donde estaba el hombre, quien se había quedado en una mancha de sombra con su propia montura.

—Sostén las riendas hasta que yo regrese —le ordenó.

El camino se internaba en lo que habría sido un riachuelo hacía mucho tiempo atrás. Cuando llovía, sin duda el agua descendía por las pequeñas colinas a ambos lados y formaba un arroyo. Ahora era un raudal de personas que se movían alegremente, pero muy despacio, bajo el sol de la mañana.

Ben-Hur vio el apiñamiento de personas en el camino y decidió avanzar por las laderas rocosas para alcanzar a Jesús. No tenía razón para preocuparse, se dijo a sí mismo. Pero... solamente quería ver. ¿Hablaría el nazareno? ¿Asumiría... el mando?

¿Diría: «¡Ha llegado el momento, mi pueblo! ¡Vamos a liberarnos del yugo romano!» o «¡Jerusalén será libre!»? ¿Se erguiría repentinamente sobre el burro, levantaría sus brazos, y haría un llamado a la victoria?

No. Ben-Hur rodeó un árbol raquítico y divisó al nazareno. La multitud seguía avanzando lentamente, pero el burro y algunos de los discípulos se habían quedado a la orilla del camino donde Jesús había desmontado. Ben-Hur no estaba lo suficientemente cerca para oír por encima del ruido de la multitud, pero la escena le era conocida. Era lo que hacía el nazareno: los que sufrían dolores se acercaban a él, y él les quitaba la carga. Y ahora, mientras estaba haciendo su entrada triunfal a la cuidad principal de su fe, se había apartado de la multitud que lo ovacionaba para escuchar a otro suplicante.

A una corta distancia del costado del camino, al lado de una roca blanca brillante, estaba parada una mujer pequeña vestida de negro, una especie de sirvienta, y dos leprosos. Era imposible definir la edad y el género de esas personas. Una de ellas debía haber clamado a gran voz para llamar la atención del nazareno. Él estaba quieto, escuchando. Les habló, pero Ben-Hur estaba demasiado lejos para escuchar lo que dijo. Una de las criaturas desesperadas hacía gestos con las manos levantadas. Jesús asintió y habló de nuevo. Luego levantó la mano y bendijo a los leprosos. Solo por un instante se vio feliz. Luego se dio vuelta y montó de nuevo el burro.

Leprosos, pensó Ben-Hur, y algo parecido a la desesperación le recorrió el cuerpo. Esa es la clase de rey que es: la clase que se aparta de una entrada triunfal para curar a un par de leprosos. ¿Cómo derrocará eso a Roma?

Pero luego, la pequeña sirvienta vestida de negro cayó de rodillas, y él la reconoció. Ella extendía las manos hacia los leprosos, como si quisiera abrazarlos. ¡Él había sentido con frecuencia ese abrazo! Pero ¿qué estaba haciendo Amira con un par de leprosos?

Antes de que pudiera pensar, sus pies estaban en movimiento. Saltó sobre rocas y maleza sin apartar sus ojos del trío. Los leprosos habían caído sobre sus rodillas, las manos sobre sus rostros, mientras Amira seguía al nazareno con la mirada, aunque él era escasamente visible ahora en medio de la masa de hombres que avanzaba muy lentamente. No escucharon los pasos de Judá.

Se detuvo a tres metros de distancia, por costumbre. Nadie se acercaba a los leprosos. La llamó:

—¿Amira?

Ella se dio vuelta y lo reconoció.

—¡Amo, amo! —gritó, y se trepó sobre las rocas y los arbustos que los separaban—. ¡Amo! —dijo de nuevo, y extendió sus manos para apretar las de Ben-Hur.

Él retrocedió de manera automática, con el ceño fruncido.

—Amira, ¿qué estás haciendo? —preguntó—. Te vi con esos dos leprosos. ¡Eres impura ahora!

Entonces escuchó su nombre, casi como un susurro. A pesar del bullicio de la procesión, lo escuchó. Venía de uno de los leprosos. Parecía que eran mujeres. Ambas lo eran.

—¿Eres realmente tú, Judá? —dijo la otra. Su voz era más fuerte, más audible. Se volvió a Amira.

—Pero ¿quiénes son? —preguntó—. ¿Por qué me llaman por mi nombre?

Ella lo miró con los ojos llenos de lágrimas, y no podía hablar.

Una de ellas se le había acercado. Se veía mejor, de alguna manera. Estaba más erguida y su piel parecía estar curándose en ese mismo momento bajo su mirada.

—Judá —dijo—. Soy tu madre.

Judá miró a Amira, buscando que lo confirmara, luego de nuevo a la leprosa. Segundo a segundo, ella estaba cambiando. Él extendió la mano hacia la rama espinosa de un árbol que estaba a su lado y se aferró a ella. De repente, sentía que el piso se movía debajo de sus pies.

—¿Madre? —trató de decir, pero era como tratar de hablar en un sueño con la garganta cerrada y la lengua paralizada.

—¿Tirsa? —se las arregló para graznar.

Miró a la otra leprosa. Su cabello ya había perdido la textura tosca y enredada y había recuperado algo de su color. Ella lo miró a los ojos y... sonrió.

—¡Tirsa! —gritó.

Y luego todos estaban llorando. Estaban parados en un círculo, solamente mirándose mutuamente porque Amira había mantenido la cordura.

—Todavía no deben tocarse —dijo con firmeza—. Es posible que la ropa esté contaminada. Judá, no te acerques.

—Oh, Amira, ¿no debo? —dijo—. ¡Si tan solo supieras cuánto anhelo abrazar a mi madre y a mi hermana!

Las miró con desesperación, a solo un brazo de distancia.

Ellas parecían resplandecer. Lo miraban con tanto gozo que el aire a su alrededor parecía centellear. Segundo a segundo sus cuerpos estaban cambiando, y ahora las podía ver como las recordaba, las mujeres de su familia, a quienes había amado y ahora podía amar de nuevo.

Gracias al nazareno.

Había visto esas sanaciones anteriormente. Lo habían maravillado. ¡Pero ahora! ¡Ahora ese toque sanador había alcanzado su propia vida! Lo que quería por sobre todas las cosas era caer sobre sus rodillas. Habría besado el borde del manto de Jesús. Habría levantado sus manos al cielo, como lo había hecho Baltasar. ¿Gloria? ¿Había pensado que la conquista era la gloria? ¡Ciertamente esta era la verdadera magnificencia!

—Judá, ¿quién es él? ¿Crees que él es el Mesías? —preguntó su madre. Dio un paso hacia él, luego otro, y el instinto maternal sobrepasó su curiosidad—. Creo que estaremos seguros a esta distancia, ¿no te parece? —preguntó—. ¡Aunque de verdad tengo tantas ganas de abrazarte! ¡Estás tan grande, Judá!

Le sonrió, con una sonrisa amplia, divertida, que se sentía rara.

—Creo que soy un adulto ahora —dijo.

—Y tan atractivo —agregó Amira, que no podía quedar fuera de la conversación.

—Si me parezco en algo a Tirsa —dijo él con alegría—, ¡debo ser verdaderamente atractivo!

—Sí —dijo Noemí, girando para abrazar a su hija—, Tirsa es una belleza.

Eran ellas de nuevo. Cabello largo, lustroso, piel suave, ojos claros. Noemí seguía pasándose una mano sobre la otra, comprobando que todos sus dedos estaban en su lugar, incluyendo las uñas. Tirsa se agachó para examinarse los pies, delgados y hermosos en sus sandalias toscas.

—Pero no me respondiste —dijo Noemí—. ¿Quién es ese hombre? Amira no estaba segura. Solamente dijo que escuchó las historias que contabas sobre sus sanaciones increíbles.

—Les contaré en el camino, ¿les parece? —respondió—. Tengo un caballo muy cerca de aquí y un guía con otro caballo. Las tres pueden montarlos, y el guía y yo caminaremos.

—¿Adónde iremos? —preguntó Tirsa.

—Les conseguiremos una tienda —dijo Ben-Hur—. Una tienda cómoda. Y ropa nueva. Deberán ser presentadas en el templo y, no sé, tal vez deban tomar el baño de la purificación. ¡Porque ahora están limpias!

—¡Limpias, madre! ¡Nunca más tendremos que decir la otra palabra de nuevo!

—¿Qué otra palabra? —preguntó Ben-Hur.

—*Impuras* —dijo Tirsa—. Porque éramos leprosas. Sabes que se les exige a los leprosos que griten para advertir a las personas. —Pasó sus manos por sus brazos—. ¡Limpias!

—¡Pero, Judá, el hombre sobre el burro! —dijo Noemí—. Cuéntame sobre él.

Por lo tanto, mientras se dirigían por la ladera hacia los caballos, Ben-Hur les contó lo que sabía sobre el Bautista en el río Jordán, los seguidores, los milagros. Era mejor, pensó, dejar de lado a su ejército de galileos. No quería contarle a su madre sobre venganza y violencia, no en este día.

—Entonces, él es el Mesías —dijo Noemí con certeza.

—Algunos creen que sí —respondió Ben-Hur—. Escogió venir a Jerusalén ahora, luego de estar tres años en los alrededores. Algo está por suceder, pero solamente él sabe qué.

—¿Y cómo te convertiste en uno de sus seguidores? —preguntó Noemí—. Si es que eres uno de ellos.

—¡Oh, los caballos! —exclamó Tirsa mientras doblaban en una esquina y veía al guía árabe con Aldebarán y una delicada yegua gris. Aldebarán levantó la cabeza y relinchó cuando pudo percibir el aroma de Ben-Hur en el aire seco—. ¿Nos permitirán que los montemos? Son tan hermosos. ¿Son tuyos?

—Me había olvidado de lo mucho que te gustan los caballos —dijo Ben-Hur.

—Yo también —respondió Tirsa, sonriéndole—. Aunque, para ser honesta, ¡todo se ve tan encantador hoy!

—Así es —agregó Noemí—. ¡Este es un día bendito para todos nosotros!

CAPÍTULO 49

LA PASCUA

Les llevó solamente unos minutos hacer los arreglos. Ben-Hur envió al mozo a Jerusalén con instrucciones para Maluc. Él se encontraría con ellos en un lugar específico en el valle de Cedrón, con tiendas y comida y sirvientes y ropa limpia para Noemí y Tirsa.

—Estará allí cuando lleguemos —les aseguró Ben-Hur a las mujeres—. Ahora, madre, ¿podrás montar si acerco a Aldebarán a esta roca?

Su madre y su hermana treparon al alazano, que se sometió valientemente a la carga inusual. Ben-Hur y Amira, que había rehusado montar, caminaban a ambos lados del caballo, rodeados por los seguidores de Jesús cuyo número iba disminuyendo. Hablaron durante todo el trayecto, y cuando llegaron al lugar que Ben-Hur había especificado, Maluc estaba parado sonriendo al frente de tres tiendas montadas en un pequeño parche de hierba debajo de un par de olivos.

Pasaron cuatro días juntos. Las mujeres recuperaron sus fuerzas. Compartieron sus historias. El valle comenzó a atiborrarse de peregrinos que llegaban de toda Judea para la Pascua, y esa noche, el primer día de la fiesta, Ben-Hur dejó a su familia para regresar a la ciudad.

Las puertas de Jerusalén estaban abiertas de par en par. El estratega en

Ben-Hur se dio cuenta de lo vulnerable que parecía la ciudad: los ciudadanos y los visitantes se apiñaban en las calles descuidadamente, trasladándose de un patio al otro, cantando y comiendo porque todos los corderos sacrificados según el ritual, que se estaban asando en miles de fuegos, debían consumirse completamente esa noche. Las puertas de todas las casas estaban abiertas, y de adentro salían voces que gritaban: «¡Venga, únase a nosotros!», pero Ben-Hur seguía caminando, levantando una mano y sonriendo para disculparse.

Había pasado demasiado tiempo con su familia, pensó con una punzada de temor. Con Noemí y Tirsa, había sido muy fácil dejar que pasaran las horas mientras se redescubrían mutuamente. Tan fácil y tan urgente, a la vez. Había sentido como si, por fin, estuviera bebiendo abundantemente de un arroyo fresco.

Ellas habían hecho todas las preguntas al principio. Le había resultado extraño: nadie, en los años anteriores, había querido saber tantos detalles de su pasado. Era un alivio poder compartirlo: la baldosa, la captura, la marcha forzada a las galeras. No les había contado todo acerca de las galeras. Había ciertas cosas que nunca debían saber. Por el contrario, se extendió sobre los años en Roma y la bondad de Arrio.

La historia de ellas fue más corta.

—El aburrimiento era lo peor —declaró Noemí, pero Tirsa la contradijo.

—No para mí —dijo—. Fue la ira. Quería matar.

—¿De verdad? —Noemí estaba sorprendida—. ¿A quién?

—A ti, por misericordia. A mí misma, por desesperación.

—Pero... todos nuestros días están en las manos de Dios —dijo Noemí, aún conmocionada—. Debemos soportar lo que él nos envía.

—Lo sé —dijo Tirsa suavemente, tomando la mano de su madre—. Y todo el tiempo estaba consciente de lo que creías. Fuiste un ejemplo para mí. Nunca olvidaré tu valor.

—Saber que estabas vivo hizo que todo fuera más fácil —dijo Noemí a Ben-Hur. Ella y Tirsa intercambiaron una mirada—. Todavía puedo verte, esa noche, acostado bajo la luz de la luna al lado de la puerta de nuestro palacio. Una vez que supimos que estabas bien, pudimos aceptar nuestro destino.

—Tú siempre fuiste más paciente que yo —argumentó Tirsa.

—Tú fuiste la que habló con Judá cuando él vino a la cueva —remarcó Noemí—. Y le pediste que se fuera. Fuiste muy valiente también.

El intercambio había causado que Ben-Hur se sintiera humilde. La clase de valor que él conocía impulsaba a la acción, y pensó que tal vez actuar era más fácil que resignarse. La imagen de Jesús, silencioso en su burro, le vino a la mente.

Mientras se abría paso a empujones entre la animada multitud de la Pascua en la ciudad, se preguntaba acerca de la prueba que estaba por delante. Ciertamente se necesitaría valor. ¿Pero qué clase de valor?

El momento culminante de la historia del nazareno se estaba acercando. Un relevo constante de mensajeros había llegado a Ben-Hur en el valle, manteniéndolo informado sobre los movimientos de Jesús desde que ingresó a Jerusalén. Una cohorte de guerreros galileos, bien disfrazados, había seguido a Jesús a todos lados, con órdenes de protegerlo. Pero lo único que hizo Jesús fue ir al templo, como había prometido. Sin embargo, esta era la gran noche del año judío. ¿No era este el momento ideal para que Jesús, como líder, se declarara a sí mismo rey?

Cuando llegó al palacio de Hur, le dijeron que Simónides y Baltasar habían salido a las calles a ver los festejos. Iras, sin embargo, estaba en el gran salón.

¡Iras! ¡Sola! Ben-Hur se detuvo por un instante. ¡Se había olvidado de ella! De alguna manera, los cuatro días con las mujeres de su familia habían distorsionado la imagen que tenía de ella. ¿Era el contraste que había entre la egipcia y su hermana lo que lo hacía vacilar? ¿El encanto seductor de Iras, su ambición, el destello de crueldad que percibía en ella?

¿Crueldad? A medida que subía las escaleras, evaluó el pensamiento. Sí, concluyó, Iras podía ser cruel, incluso malvada. Era despectiva con su padre y con Ester también. ¿Se le podía culpar por eso?, se preguntó. Era una mujer muy ambiciosa, frustrada por la lealtad que le debía a su anciano padre. Al fin y al cabo, ¿qué había para ella en Jerusalén?

Iras también era, Ben-Hur lo reconoció, una mujer intensamente atractiva. Mientras corría la cortina que colgaba delante de la puerta de la habitación alta, su corazón se aceleró. Una lámpara de siete brazos estaba ubicada en el centro de la habitación, e Iras estaba sentada en un sillón al pie de la lámpara dando la espalda a la puerta. Su fino velo se movió levemente con la corriente de aire cuando la cortina volvió a su lugar.

Ella no se dio vuelta para mirarlo. La vista de su columna no tenía nada de sumiso o receptivo. Por lo tanto, Ben-Hur cruzó la habitación, se paró frente a ella y le dijo:

—La paz sea contigo, hija de Baltasar.

—¿Paz? —dijo inexpresivamente—. No pensé que eso fuera lo que el héroe Ben-Hur estaba buscando. O... espera. Tal vez no eres un héroe.

El tono de su voz era algo nuevo.

—No creo haber afirmado alguna vez que lo fuera —argumentó Ben-Hur.

MALINTER~ PRETACIONES MESIÁNICAS

El pueblo judío esperaba que su Mesías fuera un líder carismático que expulsaría a la ocupación romana y restablecería la independencia judía (Salmo 132:11) con un poderoso y próspero reinado (Salmo 72:10-11). Había incluso una noción de cuándo este gobernante se anunciaría a sí mismo (Daniel 9:25). Pero estos conceptos no tomaban en cuenta otras profecías, de Isaías en particular, que indican que el ungido sería despreciado, rechazado y hasta asesinado. El Mesías venidero no era un campeón militar; era un redentor y restaurador.

—¿No? Definitivamente nunca me contradijiste cuando *yo* te llamé heroico —dijo—. Después de la carrera de cuadrigas, por ejemplo.

Ben-Hur suspiró. Buscó una silla en la habitación, pero Iras se puso de pie.

—No necesitas sentarte. No me quedaré en la misma habitación que un cobarde. No. ¡Tal vez debería llamarte embustero!

Él retrocedió, sorprendido.

—Sí, un embustero —continuó—. ¡Me engañaste! ¡Ese hombre, el nazareno... me hiciste creer que él sería el rey! El rey de los judíos, ¿no es eso lo que dijiste?

Ella pasó bruscamente a su lado, dirigiéndose a grandes zancadas hacia el otro extremo de la habitación.

—Creí que me entendías. Aborrezco a Roma incluso más que tú. Ese hombre, dijiste, nació para ser rey. ¡Estabas armando un ejército para él!

—Estuve. Lo hice —interrumpió Ben-Hur.

—¡No para *ese* hombre! —escupió—. Lo vi, ¿sabes? Mi padre insistió, así de frágil como está. La procesión fue impresionante, supongo, para los que admiran a los campesinos que mueven ramas y lloran. Esperaba ver a una cohorte de galileos comandados por un príncipe de Judea, pero no vi nada tan glorioso.

—Me detuve...

Ella no lo dejó continuar, sino que gestionó con la mano.

—¡De hecho, no había *nada* de majestuosidad! Había miles de judíos mugrientos en túnicas polvorientas. Algunas eran grises y otras eran marrones y otras quizás alguna vez fueran blancas. Y el supuesto rey, ¡trotaba sobre el lomo de un burro en medio de la multitud! ¡Con cara triste, en el mejor de los casos! Oh, mi corazón desfalleció —continuó—. ¡No hay gloria aquí! ¿Dónde están las espadas y las corazas? ¿Los tambores? Ni siquiera había una bandera, ni un banderín, ni un estandarte. ¿Y sabes lo que hizo tu hombre cuando llegó al templo?

—No, no me contaron —respondió Ben-Hur—. Me alegra que me lo puedas decir.

—Yo estaba en el pórtico. Todos los patios estaban llenos de personas. Los sacerdotes, por lo menos, con sus atuendos, prestaron algo de esplendor a la escena, pero tu hombre, el nazareno, entró al templo caminando. Miró de aquí allá como cualquier inculto deslumbrado. Luego, sin decir ni una palabra, sin levantar siquiera una mano, simplemente avanzó fatigosamente y salió por la puerta del otro lado. Entonces, ¿qué tienes que decir acerca de eso?

Se arrojó de nuevo sobre el sillón, dándole la espalda, y Ben-Hur guardó silencio por un largo rato.

Ella tenía razón, por supuesto. En cierto sentido. Podía imaginarse la escena tal como ella la había descrito: al nazareno entrando al patio del templo, mirando a las multitudes congregadas, las paredes inmensas, los mosaicos, las torres, la presencia sólida de la fe establecida. Él lo había llamado «la casa de mi Padre». Y el nazareno lo había visto y había seguido su camino. Había seguido caminando hacia algo más. A algo diferente. Nuevo.

Pero por supuesto que eso no era lo que Iras había querido. Ben-Hur la miró de nuevo, sintiéndose estúpido y aliviado a la vez. Lo que sea que el nazareno tuviera en mente, Ben-Hur sabía que no era algo que Iras valoraría.

—Estoy esperando que me respondas —le recordó—. ¿A qué clase de rey estabas apoyando todo este tiempo?

—Aún no lo sé —dijo—. Tu padre cree que él es el Hijo de Dios y que gobernará en un mundo venidero, en un reino eterno para nuestras almas. Simónides, el jeque Ilderim y yo pensábamos, como tú, que él planeaba el derrocamiento de Roma. Una rebelión como las que el mundo ya ha conocido.

—¿Y qué crees ahora, en este preciso momento? —Ella se volteó con una curiosidad genuina en su rostro—. ¿La fábula? ¿Una historia elaborada para los ingenuos como mi padre, a quien la edad lo confunde? Pensé que tenías más sentido común.

Él respondió con sinceridad:

—Me siento dividido. Pero he visto que el nazareno puede hacer maravillas. Podría hacer que el mundo hiciera su voluntad, si quisiera. Esta noche es la noche para que él declare su soberanía sobre la tierra. Pero es posible que esté esperando una clase de reino diferente.

—¡Oh, tonterías! —exclamó ella—. No hay nada aparte del mundo terrenal. —Se puso de pie y sacudió su túnica—. Mesala tenía razón acerca de ti desde el principio —dijo, mirándolo para ver su reacción.

Él sintió que sus ojos se agrandaban y su corazón se detenía.

—¿Mesala? ¿Qué tiene que ver él en todo esto?

—Él es el verdadero héroe —dijo—. Nos conocimos en Alejandría. Fuimos amantes. Posteriormente, lo trasladaron a Antioquía. Adonde sea que él vaya, yo voy. Mi padre es tan viejo, tan necio, que puedo convencerlo de lo que quiera. Como encontrarme con Mesala en la Fuente de Castalia. —Se rió mientras veía cómo Ben-Hur conectaba los hechos.

»¿Y el palacio de Idernee? —continuó—. Nunca pudiste descifrar quién contrató a esos asesinos, ¿verdad?

Ahora Ben-Hur sentía que se le erizaba la piel.

—¿Tú? ¿Y Mesala?

Ella asintió con calma.

—Él nunca volverá a caminar. Es tu culpa.

Ella cruzó la habitación hacia él, más y más cerca. Él trató de no retroceder, pero no pudo evitar inclinarse hacia atrás. De todos modos, ella le puso una mano en el hombro. La deslizó por su cuello hasta la nuca. Se estiró y lo besó en los labios, larga y profundamente.

—Pensé que sería tuya —dijo finalmente—. Nunca podría. Sábete esto, hijo de Hur: Iras la egipcia es la consorte adecuada para un líder poderoso. Y tú no eres ese hombre.

Su salida liberó una corriente de aire que hizo parpadear las luces del candelabro, y él dio un paso hacia el sillón, con las rodillas a punto de colapsar.

Iras y Mesala. Todo el tiempo. Pensó en los encuentros que tuvo con ella, y vio con claridad la sombra de Mesala. ¡Todo ese tiempo! ¡En la Arboleda de Dafne, en el Huerto de las Palmeras, incluso aquí, en el palacio de su familia; Iras había estado viviendo en Jerusalén como los ojos y oídos de Mesala! Todo su discurso de derrocar a Roma, ¿había sido una trampa? ¿Lo habría entregado a las autoridades romanas una vez que él hubiera movido su ejército?

¿Lo haría ahora? Un escalofrío descendió por su espalda. Claro que lo haría, si pudiera. Iras no iba a dudar. Sin embargo, en la noche más importante, con

Jerusalén en el clímax de la fiesta, Ben-Hur sintió que estaba fuera del alcance de las garras de Roma. Déjala ir, si podía. Que tratara de abrirse paso a codazos entre la multitud hacia la Torre Antonia y que buscara al capitán de una legión e informara que conocía a un traidor. La ignorarían. Los guardias y los soldados del Imperio tendrían otras preocupaciones.

Se estremeció. ¡Gracias a Dios no le mencionó nada acerca de su familia! Se había imaginado compartiendo con ella la buena noticia, su alivio y su gozo, pero ahora el solo pensamiento de relacionarlas le parecía inapropiado.

—¿Judá? ¿Estás solo aquí? —dijo la voz de una mujer, y él giró rápidamente.

—Lamento haberte sobresaltado —continuó Ester—. Me pareció haber escuchado voces y me pregunté si mi padre había regresado. ¿Qué haces aquí? Pensé que estarías con el nazareno.

—Estoy saliendo —respondió—. Pero acabo de venir de... —Hizo una pausa y la miró.

¡Qué diferente era a Iras! pensó. Su piel era como la leche y su cabello marrón tenía un brillo caoba. Se veía vivo con el resplandor de la lámpara.

—Entra, siéntate —dijo, dirigiéndose hacia el sillón—. ¡Tengo noticias maravillosas! ¡Encontré a mi madre y a mi hermana! Amira todo el tiempo supo dónde estaban, pero ellas le rogaron que guardara el secreto.

Extendió sus manos y tomó las de ella, atrayéndola a su lado en el sillón. Para su sorpresa, los ojos de ella estaban llenos de lágrimas.

—¡Oh, Judá! —dijo—. ¡Estoy tan feliz por ti! ¿Pero por qué mantendría Amira algo como eso en secreto?

—Eran leprosas —dijo amablemente, evitando asustarla—. Pero el nazareno las sanó.

Ella retiró sus manos sorprendida.

—Esa noche, cuando estabas contando la historia, Amira estaba sentada a mi lado. ¡Y ella te escuchó hablar de él!

—Sí, por supuesto. Y luego salió de la habitación.

—¿Fue a contarles?

—¡Sí, y ellas se encontraron con él cuando venía a Jerusalén! Mi madre gritó. Y yo lo vi todo, Ester. Vi como la enfermedad se retiraba de sus cuerpos. Minuto a minuto volvían a su condición normal.

Ella guardó silencio por un momento mientras se limpiaba las lágrimas. Luego asintió con la cabeza.

—¡Qué bendición! —dijo.

—Lo es. Están en tiendas en el valle de Cedrón. En unos cuantos días más se presentarán ante los sacerdotes en el templo para la purificación, y luego regresarán aquí. Estoy seguro de que te amarán, Ester —dijo, para su propia sorpresa.

—Y yo las amaré a ellas —añadió ella, sonrojándose profundamente. Luego se puso de pie y alejó la mirada de él—. Pero seguramente debes salir esta noche para hacer guardia. Es posible que el nazareno lo necesite.

—Sí, eso es precisamente lo que haré ahora. —Se levantó y acortó la distancia entre ellos.

—Entonces te veré mañana. —Extendió su mano hacia la de él—. Que Dios vaya contigo esta noche, Judá —dijo.

Judá no pudo evitarlo. Por segunda vez esa noche, en el mismo lugar, sus labios se encontraron con los de una mujer. Pero esta vez, pensó, era la mujer indicada.

CAPÍTULO 50
GETSEMANÍ

E ra un choque estar afuera en las calles otra vez. La mente de Ben-Hur zumbaba con imágenes: Iras, Mesala, su madre, Ester, Tirsa. El nazareno. Trató de enfocarse. ¡El nazareno! Necesitaba noticias: ¿dónde estaba el hombre ahora?

Cuando estaba en el palacio de Hur, las multitudes de la Pascua habían llegado a ser ruidosas. El movimiento en la calle estrecha se arremolinó y se detuvo como el agua en una corriente atascada. Más adelante, la obstrucción abarcaba un cruce. Ben-Hur estiró el cuello. ¿Una procesión? Sí, había antorchas. Y brillando al lado de ellas... ¿eran esas puntas de lanzas? Comenzó a empujar, abriéndose camino entre la multitud, ignorando las protestas. Las lanzas no auguraban nada bueno; este era un festival únicamente judío y los romanos no tenían razón para llevar armas a las calles.

Aun así, allí estaban. Y con ellos, curiosamente, los sacerdotes del templo. De alto rango, según sus túnicas y barbas. Lo más extraño de todo, lo más perturbador, era que estaban *saliendo* del templo hacia el muro de la ciudad. En esta, la noche más santa de todas, ¿por qué?

Se abrió camino a empujones, utilizando su altura y peso despiadadamente hasta que estuvo cerca del frente, donde las llamas agrupadas lanzaban su resplandor naranja sobre los rostros barbados sombríos, uno de los cuales le era familiar. Era uno de los seguidores del nazareno, Judas Iscariote, que caminaba entre un jefe de los sacerdotes y uno de los guardias del templo. Tropezándose, en realidad, con una expresión de desesperación en sus ojos vidriosos.

Ben-Hur se había detenido, conmocionado, y un hombre grande con una pesada vara de madera lo codeó.

—Este asunto no le incumbe a usted —murmuró—. Siga adelante.

¡Siga adelante! Ben-Hur estudió el lugar. Estaban en la orilla del muro de la ciudad, cerca de la Puerta de las Ovejas. A medida que el grupo se disgregaba por la puerta abierta, muchos de los hombres regresaron para unirse a las celebraciones del día festivo. No habría canciones ni cordero asado en las laderas rocosas que daban al oriente de la ciudad. Los hombres que permanecieron en la marcha improvisada ahora eran de dos clases: el gentío que no tenía nada más que hacer y la banda del templo. Ben-Hur dejó que sus pasos disminuyeran velocidad y se desplazó a la parte de atrás del grupo. ¿Adónde se dirigían? ¿Y por qué Judas no estaba con el nazareno y los otros discípulos?

Más allá de las puertas de la ciudad, la luna parecía más fuerte y derramaba una capa de luz pura y blanca que atenuaba el brillo amarillo de las antorchas y linternas. Ben-Hur pudo distinguir el camino polvoriento, la ladera cubierta de maleza, los olivos dispersos. Adelante, el hilo plateado de un riachuelo pasaba por debajo de un puente de madera, y el sonido de los pasos desordenados casi se ahogaba por el traqueteo de docenas de varas y lanzas. El grupo estaba bien armado, pero ¿para qué?

Dos caminos como cicatrices blanqueadas en la ladera convergían frente a ellos. Había un muro en el lado ascendente del cruce que restringía el oscuro follaje de un huerto de olivos. Había figuras paradas en la puerta. La procesión hizo un alto irregular y hubo silencio.

El nazareno dio un paso adelante enfrente de sus discípulos. La luz de la luna brillaba especialmente fuerte a su alrededor, o tal vez era un truco de su túnica blanca. De cualquier manera, Ben-Hur no podía distinguir ningún rostro excepto el de Jesús. Se veía triste. Estaba de pie perfectamente inmóvil, con las manos colgando a sus costados.

¿Era este el momento, entonces? ¡Seguramente que sí! Por lo menos esta era una confrontación entre Jesús y la autoridad terrenal. ¿No se revelaría ahora? «Yo soy el que nació rey de los judíos». ¿Lo diría por fin?

Ben-Hur se acercó cautelosamente. Tenía que estar listo. ¡Debería haber hecho un plan! ¿Y si el nazareno requería ahora las tropas? Ben-Hur miró hacia atrás y calculó: ¿qué tan rápido podría llegar a Bezeta, notificar a su grupo y enviar mensajes para crear una legión?

Pero tal vez ese *no* era el momento. Tal vez el nazareno tenía un plan distinto. Ben-Hur contó en secreto una docena, tal vez dos docenas de hombres con armas. Él mismo podría encargarse de varios de ellos. Y los discípulos, ¿seguramente usarían varas y lanzas si alguien los dirigiera?

Si alguien los dirigiera. ¿Quién? ¿Cómo exactamente sonarían esas palabras? Ben-Hur trató de encajarlas en la boca de Jesús: «*¡Hombres, a las armas!*» o «*¡Tráiganme una legión!*». No, eso no; por supuesto que no.

Pero posiblemente... Ben-Hur rebuscó en su mente las órdenes plausibles. «*¡Ataquen la Torre Antonia con fuego!*» o «*¡Rodeen el palacio del procurador!*». No. Ese hombre solitario que estaba parado tan quieto a la luz de la luna nunca diría esas palabras, ni nada remotamente parecido a ellas.

Aun así, no era demasiado tarde. Ben-Hur sabía que él podía dirigir a los hombres. Sabía estrategia militar; ¡podía crear un plan que expulsaría a los soldados con capas rojas de Jerusalén una vez para siempre! Pero este momento doloroso no podía continuar más. Los sacerdotes movían sus pies y se susurraban unos a otros. Vio los nudillos de un romano que se ponían más blancos sobre el mango de su lanza mientras la tensión seguía aumentando.

¡Un encantamiento, entonces! Un hechizo, un milagro, cualquier cosa podría ser. El nazareno había dado salud; podía quitarla. Había restaurado la vida, ¿no podría también terminarla? ¡Un rayo del cielo! Ben-Hur había visto eso una vez a bordo de un barco: un rayo que había caído sobre un mástil y había matado a un hombre que estaba de pie. ¡Ahora! ¡Este sería el momento! O un miasma invasor; una muerte tranquila, constante y arrolladora ¡que arrasaría con estos hombres como trigo que cae ante la guadaña! ¡Algo para que acabe este silencio!

—¿A quién buscan? —dijo la voz. Firme, suave, ni siquiera curiosa. El nazareno frecuentemente sonaba así. Ben-Hur pensó que era una voz bella. Una voz cálida, llena de consuelo. Incluso ahora.

—A Jesús de Nazaret —resonó el sacerdote principal.

—Yo soy.

Los discípulos se agitaron detrás de él, tocándose los brazos. ¿Tenía que haber dicho eso? ¿Debería haberse adelantado uno de ellos?

Pero no. Allí estaba Judas Iscariote, que surgió del grupo armado.

—Saludos, Rabí —dijo, y le dio un beso en la mejilla al nazareno.

—Judas —dijo Jesús con su voz cargada de dolor—, ¿con un beso traicionas al Hijo del Hombre? —Miró alrededor a los sacerdotes y los guardias—. Ya que soy la persona a quien buscan, dejen que los demás se vayan. —Hizo un gesto hacia los discípulos.

El grupo del templo dio varios pasos hacia adelante y, finalmente, los discípulos se movieron, demasiado tarde, pero con vigor. Uno de ellos le arrebató de alguna manera una espada a uno de los guardias y la blandió salvajemente. Hubo un grito, una riña, la sangre salpicó a varios hombres: le había cortado la oreja a un esclavo.

Pero Jesús no huyó. Más bien, se acercó y tocó la oreja del hombre. En un instante, fue restaurada. Y al siguiente minuto, la mano que había sanado fue atada detrás de su espalda, a su otra mano. El nazareno estaba cautivo.

Él habló otra vez, esta vez con un toque de severidad:

—Mete tu espada en la vaina —le dijo al discípulo detrás de él—. ¿Acaso no voy a beber de la copa de sufrimiento que me ha dado el Padre?

Entonces, sin cambiar su tono, se dirigió a sus captores.

—¿Acaso soy un peligroso revolucionario, para que vengan con espadas y palos para arrestarme? ¿Por qué no me arrestaron en el templo? Estuve allí todos los días, pero este es el momento de ustedes, el tiempo en que reina el poder de la oscuridad.

Oscuridad, en efecto. Algunas de las antorchas se habían apagado, y varias linternas se habían roto y habían lanzado humo aceitoso al aire. O posiblemente la luna, que todavía estaba arriba, ¿se había atenuado? Hasta la túnica de Jesús parecía menos blanca, aunque podría haberse ensuciado en la riña. Ben-Hur dio un vistazo al huerto, pero ya no podía ver a los discípulos. ¿Adónde habrían ido?

Mientras tanto se formó una procesión desordenada para el regreso a Jerusalén. La atmósfera de emoción había disminuido. El esclavo con la oreja restaurada caminaba solo al final; su cuello y su hombro todavía estaban manchados de su propia sangre y tenía una expresión asustada en sus ojos. Ben-Hur los vio irse y luego se quitó la manta y la dejó, con su pañuelo, en el muro del huerto. Vestido solo con su túnica interior, esperando pasar desapercibido, alcanzó al grupo mientras ellos volvían a atravesar el pequeño puente.

Entonces un gran conjunto de nubes se movió a través de la luna y el camino quedó invisible. Ben-Hur solo podía decir dónde estaba Jesús por el grupo de antorchas intermitentes. Él se adelantó cautelosamente. Tenía que ver.

¿Qué había ocurrido? ¿Cómo era posible que el nazareno pudiera someterse al cautiverio después de restaurar, de pasada, la oreja del esclavo? Si ayudaba al esclavo, ¿por qué no se ayudaba a sí mismo?

¿Y cuál era esa discusión de una copa? Era casi como si hubiera tenido un plan.

Pero si hubiera un plan, pensó Ben-Hur, no tenía nada de familiar.

Ya estaba más cerca. Jesús caminaba en el centro del grupo con su cabeza inclinada. Unos cuantos pasos delante de él, los sacerdotes murmuraban con urgencia, pero Jesús no les prestaba atención. Se tropezó y casi se cayó, pero un guardia tiró bruscamente de la cuerda con la que tenía atadas sus muñecas.

Ben-Hur de repente recordó cómo se sentía eso. Hacía muchos años, él había sido el cautivo, entumecido por el desastre y tropezándose con sus propios pies entre una guardia hostil. El recuerdo estaba claro en su mente: una agonía de desesperación y dolor. Fue Jesús, en ese momento, ¡quien le había dado esperanzas! Avanzó hacia adelante un poco más, para poder caminar justo al lado del nazareno.

El rostro de Jesús estaba escondido entre su cabello, y no miró hacia arriba cuando Ben-Hur siseó: «¡Maestro!».

Habían llegado al cruce en el camino y el grupo se esparció por un instante.

—Maestro —repitió Ben-Hur—, si le traigo hombres para rescatarlo... ¿aceptaría nuestra ayuda?

No hubo respuesta de Jesús. Una voz dijo abruptamente:

—¿Quién es este hombre? ¿Es uno de nosotros?

Ben-Hur dio un paso atrás dentro de la multitud, pero se habían fijado en él.

EL HOMBRE NO NOMBRADO DE MARCOS 14

En la historia bíblica sobre los eventos en el jardín de Getsemaní, el Evangelio de Marcos incluye el registro de un incidente que no se menciona en los otros relatos. «Entonces todos sus discípulos lo abandonaron y huyeron. Un joven que los seguía solamente llevaba puesta una camisa de noche de lino. Cuando la turba intentó agarrarlo, su camisa de noche se deslizó y huyó desnudo» (Marcos 14:50-52).

La tradición considera que este joven pudo haber sido Juan Marcos, el escritor de este Evangelio, pero Lew Wallace optó por meter a su héroe ficticio.

—¡No! ¡Es uno de ellos! —gritó otra voz—. ¡Captúrenlo; tráiganlo con nosotros!

Él sacudió la mano que estaba en su hombro y dio un salto sobre el pie que alguien habían sacado para hacerlo tropezar. Alguien agarró el borde de su túnica, pero él rasgó la prenda desde el cuello y dejó el pedazo de tela atrás mientras corría desnudo por el campo abierto.

—¡Agárrenlo; síganlo! —gritó alguien, pero una voz más profunda disolvió el alboroto.

—Tenemos que llevar a este hombre ante Pilato —declaró el sumo sacerdote—. Cierren la distancia entre los guardias, que nadie se acerque a él, y muévanse. ¡Rápido, ahora!

Así que continuaron. Ben-Hur regresó al pequeño huerto, y escogió su camino a través de la oscuridad. Vio al grupo alejarse de él y acercarse al muro de Jerusalén. Pronto pudo ver solo las antorchas, chispas en la oscuridad, y las voces se desvanecieron completamente.

Encontró el muro del huerto al tacto y avanzó lentamente a lo largo de él hasta que alcanzó su manta, que lanzó por encima de su cabeza. Entonces se quedó parado inmóvil, por un tiempo, donde Jesús había estado parado. Los grillos sonaban en los árboles detrás de él y las criaturas reptantes nocturnas se movían a través del césped cubierto de maleza. El aire estaba perfectamente quieto.

Ya no podía ver al grupo alrededor de Jesús. Probablemente habían entrado por la puerta de Jerusalén. No en triunfo esta vez, pensó.

Aun así, ¿había parecido real el triunfo? se preguntaba Ben-Hur. ¿Era el triunfo de Jesús? ¿O una celebración que pasó por alto su naturaleza real? El Jesús sobre el burro no era tan distinto al Jesús con sus manos detrás de su espalda: melancólico, pero resuelto.

¿Era posible que hubiera sabido todo el tiempo qué pasaría? Ben-Hur sacudió su cabeza. ¿De qué servía eso? ¿Qué sentido tenía ir a Jerusalén y visitar el templo y animar a masas de gente para que tuvieran esperanzas, solamente para terminar en cautiverio? Los guardias lo llevaban ante Pilato, y la historia de Jesús terminaría, una vez más, con Roma a cargo.

Casi por costumbre, Ben-Hur comenzó a calcular. Había una legión de galileos en y alrededor de Jerusalén; él podía llevarlos a la ciudad y asaltar el palacio de Herodes... No, necesitaría más hombres; estaría bastante protegido. Tal vez se necesitaría otra legión; podrían llamarlos y llegarían a Jerusalén en dos días más o menos...

¿Y el nazareno? Ben-Hur se apartó de la cerca en la que se había apoyado. ¡El nazareno! Él no quería ejércitos. No quería ayuda de ninguna clase. Esto se trataba de otra cosa.

El grupo de nubes había pasado la luna y ahora una neblina leve la rodeaba. El brillo claro de unos cuantos minutos antes estaba cubierto, pero Ben-Hur podía divisar el camino de regreso a la Puerta de las Ovejas. Comenzó a caminar y, mientras lo hacía, admitió para sí mismo que había fracasado.

Él había fracasado. O, tal vez, todos habían fracasado. O malentendido. Jesús nunca había pedido un ejército.

Pensó en el esclavo, que nerviosamente se toqueteaba la oreja que le habían amputado y que se le había restaurado igual de rápido.

Restaurado, como Lázaro en Betania. ¿Qué había dicho Jesús entonces? «Yo soy la resurrección y la vida». ¿Qué podría significar? Pero Ben-Hur había estado allí cuando Lázaro salió tambaleante de la tumba, despojándose de sus fétidos envoltorios sepulcrales, y las mujeres gemían de miedo, así como de alegría.

Esto era algo así, algo extraño. Incluso esta noche, incluso en su abatimiento, Jesús había sido resoluto. Su obra, o como fuera que la llamara —su enseñanza, su guía—, estaba inconclusa mientras que él todavía estaba en el camino, avanzando fatigosamente hacia la presencia de Pilato.

Y Ben-Hur se dio cuenta, mientras caminaba por los pasos del nazareno, de que solo podía esperar. Permanecer listo. Posiblemente ofrecer su ayuda otra vez. Y una vez más, decidió. Hasta que fuera claro que el nazareno ya no la necesitaba.

CAPÍTULO 51

GÓLGOTA

Pasó lo que restaba de la noche con su madre y su hermana en sus tiendas del valle de Cedrón. No había podido enfrentar el palacio de Hur después de la confrontación en Getsemaní. ¿Cómo le diría a Simónides y a Baltasar lo que había ocurrido? ¿Cómo podría soportar la burla de Iras? En lugar de eso, durmió en las afueras de la ciudad y acababa de despertarse cuando dos de sus oficiales galileos llegaron a medio galope en un par de ponis peludos.

—¡Tiene que venir! —gritó uno— ¡El nazareno morirá hoy si usted no lo salva!

—¿*Morirá*? —respondió—. ¿Qué ocurrió?

—Lo capturaron anoche y lo juzgaron. Los sacerdotes lo hallaron culpable de blasfemia y lo llevaron ante Pilato. Pilato trató de no juzgarlo, pero los sacerdotes y el pueblo estaban tan determinados que Pilato lo condenó. ¡Así que ya están preparando la cruz!

—¡Oh no! —gritó Ben-Hur. Chasqueó los dedos a un sirviente—. El cinturón de mi espada, mi escudo. Ensillen a Aldebarán. —Miró hacia atrás a los mensajeros—. Esto no debe ocurrir. Pelearemos.

¡Todo parecía tan claro ahora! Jesús debía ser rescatado. Habría multitudes en el Gólgota. Pero a caballo, él y un grupo selecto de hombres podrían entrar rápidamente, cortar las ataduras de Jesús, llevárselo...

—No, señor —uno de los galileos interrumpió su fantasía—. No podemos luchar.

Ben-Hur levantó la vista del broche de su cinturón.

—¿Por qué?

Los dos galileos intercambiaron miradas, y el que no había hablado hasta entonces dijo:

—Nosotros somos los únicos hombres que quedan.

—¿Qué quieren decir? ¡Había cientos!

—El resto se ha puesto del lado de los sacerdotes. Han desaparecido. —El hombre se sonrojó por debajo de su barba—. Me avergüenza decirlo.

Las manos de Ben-Hur cayeron a sus lados.

—¿Todos ellos?

Asintieron con la cabeza.

—Todos.

Se fueron, pensó. ¿Todos se fueron? Los hombres que él había reclutado. Él había recorrido una aldea tras otra para encontrarlos. Había persuadido y convencido. Había hablado de un líder nuevo en el camino, y ellos le habían creído. Se habían entrenado juntos, y él había pensado que los había convertido en una fuerza fuerte y leal. ¿Ahora se habían dispersado? ¿Desaparecido entre las multitudes furiosas abarrotadas en Jerusalén?

Y sin embargo, ¿quién podría culparlos? Habían reaccionado humanamente. El hombre que había predicado a multitudes acerca de la mansedumbre y la misericordia había sido condenado a ser ejecutado. Por supuesto que sus seguidores habían desaparecido; se les vería como traidores. Los sabios entre ellos se desharían de su corta espada de estilo romano y negarían cualquier conocimiento del nazareno. Pero esos dos que estaban parados allí ante Ben-Hur eran leales.

—Gracias por hacérmelo saber —dijo—. Volveré con ustedes.

Así que unos minutos después iban de regreso a Jerusalén cuando la mitad del valle de Cedrón todavía estaba en la sombra.

No hablaron. El aire estaba frío, por lo que hicieron que los caballos trotaran rápidamente. El sol puso doradas las paredes de la ciudad, que se acercaban, y Ben-Hur pensó en la lealtad. Él no podía culpar a los galileos por dispersarse. Pero él mismo no se escondería. Se sentía llamado a presenciar la muerte de Jesús. No les había dicho a su madre y a su hermana dónde se iba porque no podría haberles explicado sus razones.

Tal vez necesitaba estar presente para expiar su fracaso en ayudar al nazareno. O, tal vez, simplemente necesitaba entender lo que Jesús había pretendido todo el tiempo. Porque mientras más cerca cabalgaba de Jerusalén en esa mañana soleada, más seguro estaba Ben-Hur de que Jesús había sabido cómo terminaría su historia. Él podría tener el poder sobre la vida y la muerte, podría ser el mismo Hijo de Dios, pero moriría. Hoy. En una cruz.

$$* \quad * \quad *$$

La noticia se había esparcido en Jerusalén. ¡Una ejecución! Dos ladrones y ese agitador de Nazaret. Las cruces ya se habían hecho, decían. Los criminales se dirigían al Gólgota. «¡Rápido, rápido, si te apuras puedes verlos tropezándose en el camino y cargando las vigas!». ¡Tanta alegría por presenciar la humillación de otra persona!

Las calles pronto se atoraron de gente. Los guardias dirigían la procesión con varas para despejar el camino. La gente llevó cosas para lanzar. Los adoquines se pusieron resbaladizos y los olores, nauseabundos, pero incluso eso era parte de la diversión. Un sacerdote puso su talón sobre una hoja de repollo podrido y se cayó con un aullido... ¡Qué chistoso! La crueldad compartida intoxicaba a la multitud.

Ben-Hur se abría camino a lo largo de los muros de los edificios, tratando de alcanzar la procesión. ¡Qué contraste tan horrible! Ni una semana antes, el nazareno había cabalgado a la ciudad con júbilo, y ahora salía caminando desequilibrado al sonido de un coro de burlas e insultos. El movimiento de la procesión se detuvo y un rectángulo angosto de madera se elevó por encima de las cabezas de la multitud. Las voces rugieron. ¡Se había tropezado! ¡Se había caído! ¡Había soltado su propia cruz! ¡Estaba debajo de ella! ¡Con el rostro en el suelo!

Ben-Hur empujó hacia adelante firmemente.

Un judío robusto dio un paso adelante y apoyó la cruz en su hombro. El nazareno se impulsó para ponerse de pie y se tambaleó hacia adelante. Ben-Hur lo vio y se sintió vacío. Alguien le había puesto a Jesús una corona de espinas en la cabeza, la había presionado fuertemente y había dejado largos arañazos en su frente, por lo que la sangre corría hacia sus ojos. Lo habían golpeado. Su piel estaba manchada con moretones frescos. Sus manos y rodillas sangraban por la caída. Las heridas eran lo suficientemente malas, pero además le llovían insultos: personales, ruines, ingeniosos, vulgares. Él no daba ni una señal de oírlos ni de siquiera sentir dolor físico. Era su desesperación lo que Ben-Hur compadecía.

Había visto hombres así en las galeras. Él mismo había estado así, reducido a resistir. La vida existía como nada más que este paso y el siguiente. El único alivio posible llegaría con la muerte.

Jesús moriría. En ese momento, Ben-Hur asimiló la verdad. El hombre que había admirado y seguido, que había dado tanta esperanza a mucha gente, caminaba tambaleándose hacia una muerte pública vergonzosa. Había demostrado, una y otra vez, que tenía el poder sobre la muerte. Aun así, él mismo se sometería a ella.

Esta era la copa de la que había hablado, el destino que su Padre le había dado.

Ben-Hur de repente sintió el muro en el extremo de su espalda y dio dos pasos atrás inadvertidamente. Miró a su alrededor, desorientado; era un pequeño patio, con la sombra de una casa alta vieja, cuyas contraventanas estaban cerradas. Dio unos cuantos pasos más hacia la sombra y se acuclilló con las manos sobre su rostro.

Todas sus esperanzas se habían echado a perder. ¡Las esperanzas de todos, de hecho! ¡Jesús no era el rey de los judíos! Era un maestro que se había ganado la enemistad de Roma, e incluso la de los sacerdotes judíos. Estaba a punto de morir por sus enseñanzas y liderazgo. ¿Qué sería de sus seguidores? ¡Seguramente también estaban en peligro! Sin duda habían desaparecido como los galileos. Se habían salvado a sí mismos.

Aun así, a medida que parte de la mente de Ben-Hur consideraba a los discípulos, no podía hacer a un lado la imagen del rostro de Jesús mientras caminaba ardua y dolorosamente a través de la multitud. Una desolación total. Y resignación. Pero Ben-Hur suspiró profundamente y se puso de pie. Sería prudente que se fuera. Pero no podía hacerlo. No podía dejar que Jesús muriera rodeado de enemigos. Nada había sido nunca tan urgente para él. Debía seguir al nazareno a la cruz y ser testigo. Volvió a meterse entre la multitud que se movía lentamente.

Todo era tan extraño que le pareció natural ver a Maluc delante de él en la multitud. Por supuesto que Maluc estaba allí. Por supuesto que a Simónides y a Baltasar los llevaban en una litera improvisada. Por supuesto que Ester caminaba al lado de ellos, con la cabeza cubierta y los ojos rojos con lágrimas. En esta mañana de pesadilla, ¿qué era más probable que encontrarlos a ellos en una multitud de miles?

Se coló entre la multitud al lado de Ester y le dio un toque al hombro de Maluc. Él se volteó y asintió con la cabeza. No se necesitaban palabras. Naturalmente, Ben-Hur los había encontrado. Naturalmente, se dirigía al Gólgota. Así era como terminaría la historia del nazareno, y todos ellos se sentían obligados a estar allí.

En la litera, Simónides y Baltasar yacían en sentidos opuestos, con un toldo que les daba sombra, sin palabras por la desdicha. Ben-Hur se detuvo para saludarlos, y Baltasar lo miró a los ojos.

—Este es un día terrible —dijo, apenas más fuerte que un susurro—. Todos lo lamentaremos. Nos dirigimos a matar al Hijo de Dios, ¿sabes?

Simónides yacía con sus ojos cerrados y hacía muecas cuando le daban empujones a la litera.

—¿Qué será de nosotros? —dijo con un gemido.

No había respuesta para eso. Caminaban lentamente al ritmo de la multitud. El sol se puso más fuerte. Ben-Hur sentía que el sudor le corría por la espalda, pero el sudor no era nada. Nada comparado con lo que el nazareno estaba sufriendo.

El estado de ánimo de la multitud cambió. Las burlas altaneras se habían desvanecido. Los rostros ahora estaban sombríos. Mientras la multitud pasaba por la entrada, se hizo silencio. Las burlas se habían sentido seguras antes, pero ahora, con las barras de las cruces verticales visibles, prevaleció el temor.

—¿Por qué estamos aquí? —preguntó Simónides. Luego respondió su propia pregunta—. Porque tenemos que estar aquí, supongo.

—Estuve presente justo después de su nacimiento —respondió Baltasar. Ben-Hur tuvo que inclinarse para oírlo—. Siempre lo he seguido, incluso de lejos. Tengo que estar aquí cuando muera.

—Es lo menos que podemos hacer por él —dijo Ester tímidamente—. ¿No lo crees? —Miró a Ben-Hur.

Él se encogió de hombros.

—No estoy seguro. Pero estoy de acuerdo con tu padre. Tenemos que presenciar lo que ocurrirá ahora.

✳ ✳ ✳

La pequeña colina, con la forma y el nombre de una calavera, estaba cubierta espesamente de seres humanos, pero en la cima, un círculo de soldados romanos mantenía retirada a la multitud. El espacio abierto que tenían cercado estaba más abajo, como si un pulgar gigante lo hubiera presionado para crear un teatro natural en la cima de la colina. Los tres condenados estaban parados al lado de sus cruces, cada una al lado de un agujero profundo.

Roma y Jerusalén trabajaron juntas ese día. El sumo sacerdote del templo, con su vestimenta reluciente, instruyó al centurión cuyos hombres llevarían a cabo la sentencia de muerte.

—Adelante —ordenó con un tono de voz que llegaría a las multitudes—. Deben estar muertos y enterrados para la puesta del sol. Comiencen con el blasfemo. Si es el Hijo de Dios, será capaz de salvarse a sí mismo.

Un estremecimiento corrió por la multitud. Los travesaños fueron encajados en los maderos verticales de las cruces. Bruscamente colocaron a los hombres con los brazos extendidos y los pies cruzados.

—Ester, ven aquí —dijo la voz de Simónides—. No mires.

Ella se inclinó y apoyó su cabeza en el hombro de él, y sus lágrimas pronto mojaron su túnica. Ella nunca le dijo a él que con cada golpe del martillo, sentía que él se sobresaltaba.

—Levántenlo primero a él —instruyó Caifás, el sacerdote.

—¿Mirando hacia qué lado? —preguntó el soldado, como si estuvieran hablando de un letrero.

—Hacia el templo —respondió Caifás—. Él dice que es la casa de su Padre. Quiero que él vea que no la ha dañado con sus delirios.

Levantaron la cruz con su carga, la acarrearon unos cuantos pasos y la dejaron caer con un golpe en el agujero que habían preparado. Las manos se rasgaron alrededor de los clavos, pero Jesús solo dijo: «Padre, perdónalos, porque no saben lo que hacen».

¿Cómo pudo? En ese momento, ¿cómo pudo suplicar perdón... para sus asesinos?

Una vez que la multitud vio que la cruz se elevó, se rompió el silencio. Primero se quedaron con la boca abierta, luego hubo una ovación tímida. Alguien leyó el cartel que habían clavado encima de la cabeza de Jesús: «¡Rey de los judíos!» y otro repitió las palabras. Después hubo un clamor. Tal vez eran burlas, tratando de expulsar el presentimiento.

Elevaron y plantaron las otras dos cruces, pero a nadie le importaba un par de ladrones comunes. El hombre que había hecho las grandes afirmaciones era quien tenía que ser derrocado. ¡Casi los había persuadido de que la vida podía ser distinta a lo que era! Algunos de ellos incluso lo habían escuchado; habían considerado un sistema de bondad, compasión, paciencia y perdón. ¡Habían escapado por un pelo! ¡El mundo no funcionaba así! La fortaleza, la violencia y la venganza gobernaban, ¡por supuesto que lo hacían! Era aterrador saber que casi habían cambiado de manera de pensar. El hombre que lo dijo tenía que ser castigado.

Por eso ya había alarma entre la gente que se había reunido. Algunos temían lo que casi habían creído. Algunos temían la retribución de Dios o de Roma o de ambos. Algunos, porque había seguidores del nazareno en esa ladera, lamentaban sus meses como discípulos. ¿Quién sabía adónde podría llevarlos? Aun así, mientras duró, ¡la ilusión de una nueva clase de vida había parecido muy atractiva!

Entonces llegó la oscuridad. Avanzó lentamente entre ellos, sombra tras sombra de luz reducida. Los rostros se desvanecían. Las siluetas desaparecieron. «¿Estás allí?», le susurró Ester a su padre aunque todavía lo estaba tocando.

La multitud se quedó en silencio. Lo único que se podía oír era el movimiento de los pies. Uno de los ladrones gemía. No dejaba de hacerlo.

Tal vez disminuía. Tal vez sus ojos se ajustaban. A medida que una hora desapareció en otra, podían ver que la multitud disminuía; y a pesar de la renuencia de Ester, su pequeño grupo se acercó a las cruces. Baltasar salió lentamente de la litera e insistió en arrodillarse en el polvo, de cara al nazareno.

De poco a poco, algunos de la multitud recuperaron su confianza y volvieron a burlarse de Jesús. Incluso uno de los ladrones le gritó:

—¿Así que eres el Mesías? Demuéstralo salvándote a ti mismo, ¡y a nosotros también!

Pero el tercer hombre protestó:

—Este hombre no ha hecho nada malo.

Entonces, dirigiéndose a Jesús, le dijo:

LAS PALABRAS AUSENTES DE JESÚS

En *Ben-Hur*, vemos que Jesús solo hace cinco declaraciones desde la cruz, en vez de las siete registradas en los Evangelios:

«Padre, perdónalos, porque no saben lo que hacen». (Lucas 23:34)

«Te aseguro que hoy estarás conmigo en el paraíso». (Lucas 23:43)

[A su madre:] «Apreciada mujer, ahí tienes a tu hijo». [Al discípulo con ella:] «Ahí tienes a tu madre». (Juan 19:26-27)

«Dios mío, Dios mío, ¿por qué me has abandonado?». (Mateo 27:46; Marcos 15:34)

«Tengo sed». (Juan 19:28)

«¡Todo ha terminado!». (Juan 19:30)

«Padre, ¡encomiendo mi espíritu en tus manos!». (Lucas 23:46)

—Acuérdate de mí cuando vengas en tu reino.

Hubo un murmullo, y Simónides se puso tenso. Entonces todos oyeron la respuesta de Jesús con una voz de consuelo:

—Hoy estarás conmigo en el paraíso.

Baltasar hizo un ruido y entrelazó sus manos apretadamente. Ben-Hur se inclinó y vio que los ojos del egipcio estaban cerrados, pero que por su rostro corrían las lágrimas. Murmuró en un idioma que Ben-Hur no conocía, pero no se veía triste.

Por encima de sus cabezas, Jesús gimió. Los guardias se amontonaron nerviosamente, y uno de ellos recogió del suelo la túnica de Jesús para arrojarla lejos. Habían tirado dados por ella, pero las cosas habían salido de forma tan extraña que para entonces nadie la quería. Otro jadeo sacudió el aire, y todos los que estaban abajo se quedaron perfectamente inmóviles. Incluso los que estaban más lejos pudieron oír cuando él dijo: «Dios mío, Dios mío, ¿por qué me has abandonado?».

Ester sollozó en voz alta.

Ben-Hur divisó un tazón en el suelo, al lado de la cruz. Estaba lleno de un líquido, mitad vino y mitad agua. Había una esponja en ella, sujeta al extremo de un palo largo. Era una extraña pequeña medida de misericordia que se ponía a disposición de los moribundos.

Jesús tenía que saber que no había sido abandonado. Tenía que saber que había algunos que quedaban que se compadecían de él. Unos años antes, él le había dado agua a un prisionero harapiento en Nazaret. Ben-Hur tomó el palo y humedeció la esponja. Él podía ofrecerle eso, tal vez, como un gesto final de bondad.

Pero por encima de su cabeza se oyó un grito terrible. Todos oyeron las palabras: «¡Todo ha terminado!».

Ben-Hur levantó la cabeza para ver el rostro del hombre moribundo. Jesús levantó sus ojos y, por un instante, se vio contento. «Padre, ¡encomiendo mi espíritu en tus manos!». Y cayó su cabeza.

Ben-Hur soltó el palo y la esponja. Se apartó de la cruz, incapaz de retirar sus ojos. «Padre», seguía escuchado. «Padre...».

Pero Jesús estaba muerto.

Como en son de protesta, la tierra misma comenzó a temblar. Ola tras ola hicieron que la tierra se moviera como agua, y los dos ladrones clamaron desde sus cruces. Las multitudes de espectadores huyeron de la colina. La luz regresó en el momento en que Jesús murió, y todos pudieron ver su cuerpo, pero nadie podía estar parado cerca de él, excepto el pequeño grupo de dolientes. La madre del nazareno se arrodillaba a los pies de la cruz junto con uno de los discípulos. Ben-Hur y su grupo se reunieron alrededor de otro cuerpo porque Baltasar había muerto al mismo momento que el nazareno. Finalmente, ellos regresaron su cuerpo a la litera y Simónides regresó con él a Jerusalén.

—Él era más sabio que yo —dijo Simónides—. Y tal vez la muerte fue su recompensa.

Cuando regresaron al palacio de Hur, Ben-Hur fue a ver las habitaciones de Iras. Se sentía obligado de notificarle personalmente de la muerte de su padre. Pero las habitaciones estaban vacías. El único rastro de ella que permanecía era el tenue olor de su perfume. Él dejó las ventanas completamente abiertas.

Epílogo

Ben-Hur y Ester se casaron, por supuesto. Decidieron dejar sus recuerdos amargos atrás en Jerusalén y vivir en la elegante villa de Arrio al lado del mar en Miseno. Allí, Noemí y Tirsa los ayudaron a criar a sus hijos. Toda la familia seguía las enseñanzas del nazareno, e hicieron todo lo posible para nutrir la fe creciente. Al igual que otros, comenzaron a llamarse «cristianos».

Ester no trató de persuadir a Simónides para que se uniera a ellos. Ella entendía que la alegría de su padre provenía de sus negocios; era imposible imaginarlo floreciendo en la brisa fresca que pasaba por las amplias habitaciones de mármol de la casa. En lugar de eso, ella y Judá tomaban turnos para enfrentarse al viaje por mar a Antioquía cada cierto tiempo. Poco cambiaba en la casa que estaba encima de los muelles: los barcos todavía llegaban con banderas amarillas en sus mástiles como señal de viajes exitosos. Simónides, que envejeció antes de tiempo por la tortura romana, ahora parecía ser intemporal. Solo Maluc dejó ver los años gradualmente; se puso corpulento y su cabello se tornó gris.

Pero, finalmente, la vista de Simónides comenzó a fallar y anunció que vendería sus barcos. Mandó a llamar a Ester y a Judá a Antioquía, y durante muchos días ellos fueron sus ojos y sus manos. Había marineros a quienes debían pagarles su liquidación y ganado para vender, carga para despachar, y un flujo constante de detalles que Ester manejaba con su usual y tranquila capacidad. Ben-Hur se topó con ella una mañana en la bodega, barriendo con una escoba vieja, y no pudo evitar reírse.

—¡Te ves igual que la primera vez que te vi! —exclamó, y la rodeó con sus brazos.

Ella le sonrió.

—Creo que esta es la misma escoba también. A Maluc nunca le importaron los pisos.

—¿Estás triste?

—Por supuesto. Pero mi padre no. Por lo que voy a tratar de seguir su ejemplo.

Él descansó su mejilla en su cabello.

—Es un hombre muy valiente.

Sintió que ella asentía con la cabeza. Luego ella le dio un golpecito en la espalda con la escoba.

—Estoy segura de que te envió a alguna diligencia —dijo ella—. Deberías irte.

Él la soltó.

—Sí. Tengo que ir a ver a un arriero de camellos. Quisiera que Maluc estuviera aquí. Lo enviaría a él en mi lugar.

—Maluc está muy metido en la bodega del barco allá afuera —le dijo Ester—. Podrías cambiar de lugar.

—No —respondió Judá y se estremeció—. Dada la opción, prefiero los camellos.

✳ ✳ ✳

Ese fue el último barco en llegar al muelle de Simónides, y para el final del día, su carga de aceite de oliva griego y trigo egipcio se habían trasladado a la bodega. Mientras el sol se ocultaba en una niebla coral, Ben-Hur, Ester y Simónides estaban sentados en el salón de trabajo, observando el barco que se mecía en su anclaje. Cada superficie plana del salón estaba cubierta de rollos o tablas; muchos tenían encima fragmentos raros como una pieza de sándalo o una vasija de alabastro o el mango enrollado de una daga a la que nunca se le había fijado una cuchilla.

—Hasta yo estoy sorprendido —comentó Simónides, mirando alrededor de la habitación—. Ester, alcánzame aquel pequeño paquete que está allá, el que tiene el sello.

Mientras ella lo buscaba en la mesa más cercana, él continuó:

—Creía que tenía un cálculo claro en mi cabeza, pero soy mucho más rico de lo que pensaba. Y tú también, Judá —agregó con una mirada penetrante—. Había olvidado esto hasta ahora —dijo, mientras recibía el paquete de su hija—. Un árabe trajo esto hoy temprano y lo puse a un lado. ¿Puedes leer la inscripción?

—Es para Judá —dijo Ester—. Con el sello del jeque Ilderim. —Por un momento, ella examinó la pequeña imagen de un caballo que corría velozmente—. No lo he visto en años.

Le pasó el paquete a su esposo, quien deslizó su dedo índice por encima de la cera brillante antes de romperlo. Leyó rápidamente la carta y levantó una tira de papiro amarillento, tan desvanecido que tuvo que caminar hasta la ventana abierta para distinguir las palabras. En la luz menguante que se reflejaba del río, leyó el corto mensaje y dejó caer los hombros.

—¿Malas noticias? —preguntó Ester, y se acercó a su lado.

Él le entregó el papiro.

—Sí. No, no malas. Tristes. El jeque Ilderim, nuestro jeque, ha muerto —dijo—. En una batalla.

—Como él lo habría querido —comentó Simónides.

—Sí —coincidió Ben-Hur—. Los partos reunieron sus tribus para un ataque. El joven Ilderim, hijo de nuestro jeque, escribe que él reconquistó el territorio que su padre había perdido y recuperó los caballos. Todavía hay un Ilderim gobernando en el desierto.

Simónides inclinó su cabeza.

—Voy a extrañar al padre. Él fue un buen amigo para mí.

Ben-Hur regresó al banco, al lado de su suegro.

—Y para mí. —Extendió su mano y tomó una de las manos torcidas de Simónides con las suyas—. Me dejó el Huerto de las Palmeras. ¿Cómo lo dice él, Ester?

Ester leyó:

—"El oasis cerca de Antioquía se le entregará al hijo de Hur, quien nos dio gloria en el circo de allí. Le pertenecerá a él y a sus descendientes para siempre".

Judá suspiró profundamente.

—¿No te alegra tener el oasis? —preguntó Simónides.

—¿Qué voy a hacer con él? —respondió Judá—. No necesito un oasis.

—Véndelo de vuelta al joven Ilderim —sugirió Simónides—. Eso es lo que yo haría.

—¿Venderle qué a Ilderim? —la voz de Maluc llegó desde la puerta.

—El Huerto de las Palmeras —respondió Ester—. El jeque Ilderim, que murió en un asalto de los partos, se lo dejó a Judá.

—Apuesto a que se llevó a unos cuantos partos con él —dijo Maluc—. Es posible que quiera leer esto antes de que decida algo —le dijo a Ben-Hur, y le entregó un rollo—. Siento llegar tan tarde. Una caja de la cabina del administrador casi se quedó a bordo.

Ben-Hur ya estaba leyendo. Ester vio que fruncía el ceño, y cuando él le entregó la carta a ella, la línea de expresión no se le quitó.

—Solo dinos qué dice —sugirió ella.

Él asintió con la cabeza y entrelazó sus manos, luego inclinó la cabeza casi como si estuviera orando. Frecuentemente se paraba de esa manera antes de adorar, para organizar sus pensamientos, pensó Ester, y escuchar al Señor.

—La carta trae malas noticias de Roma —dijo él—. Antes de que nos fuéramos de Miseno oímos hablar de ello. La comunidad en Roma ha crecido, gracias a Dios. Allí hay muchos seguidores que viven de acuerdo a los mandamientos de nuestro Señor. Pero...

—Espera —interrumpió Simónides—. Ya sabemos cómo sigue la historia. Las autoridades romanas han comenzado a buscarlos y a prohibir sus reuniones. Tal vez, incluso...

Hubo silencio. Todos en el salón recordaron la brutalidad que sufrieron Simónides y Judá.

—Sí. Han habido episodios... —Clarificó—: Ha habido violencia.

—Los romanos, violentos —soltó Simónides—. ¿Nada cambiará nunca?

Ben-Hur extendió el rollo otra vez, pero sus ojos no vieron la escritura.

—Nerón... Él debe percibir una amenaza seria —dijo—, para haber adoptado la clase de medidas que se describen aquí. Nuestros hermanos de la capital deben estar prosperando. Y tienen que ser muy fuertes en la fe, para persistir ante... Pero tienen que tener lugares para reunirse y adorar. Han destruido iglesias —explicó, haciendo un gesto con el rollo—. Los servicios de adoración se han interrumpido y...

—No digas más —ordenó Simónides—. Lo entendemos.

Hubo silencio en el salón mientras los cuatro recordaban la crueldad romana de una forma u otra.

Ester observó a su esposo ansiosamente. ¡Los romanos otra vez! ¿No terminaría nunca el peligro? ¿Podrían ellos olvidar alguna vez la amenaza que representaba el Imperio? Judá todavía soñaba con las galeras de vez en cuando. Se despertaba jadeando, gritando y lanzando golpes, y durante varios días después tenía que esforzarse por controlar su mal genio. Era su fe, pensó ella, lo que lo mantenía fundamentalmente bondadoso, pero siempre batallaba para ser pacífico. Había experimentado demasiada violencia demasiado temprano en la vida.

Él golpeaba el rollo con sus dedos mientras pensaba.

—Estas dos noticias que llegan juntas... —dijo—. ¿Y si están relacionadas? Simónides, ¿se vendería el oasis por una suma considerable?

—Oh, sí —dijo Simónides—. ¿Una magnífica fuente de agua, tan protegida y tan cerca de Antioquía? Considerable, en efecto. —Miró detenidamente a Ben-Hur a través del salón que oscurecía—. Y no lo olvides, Judá. Mis posesiones serán tuyas pronto.

Silenció la protesta de Ester.

—Me voy feliz de esta vida, y voy a reunirme con tu madre, querida mía. Tengo mucho que esperar.

Ester atravesó el salón y se paró al lado de su silla para besarlo en la mejilla. Las manos de él se levantaron para cubrir las manos que ella había colocado ligeramente sobre sus hombros.

—Tendrás más de lo que cualquier hombre podría necesitar, Judá. ¿Qué vas a hacer con todo eso?

Ben-Hur se puso de pie y recogió la hoja de papiro de la mesa donde Ester la había dejado. Sostuvo el rollo en una mano y el papiro en la otra.

—El Señor da. El Señor quita. Tal vez lo que el Señor me está dando ahora es la respuesta a una oración. Ester y yo hemos trabajado para ayudar a los seguidores de Jesús en Miseno. Damos limosnas y hemos construido una casa de adoración. Siempre hemos querido y deseado hacer más, ¿no es cierto? —Se volteó hacia Ester para que lo confirmara. Ella asintió con la cabeza—. Pero las cantidades que he llegado a poseer son demasiado grandes como para dispersarlas de esa manera.

Se quedó callado por tanto tiempo que Simónides dijo:

—¡Dinos, entonces! ¿Qué estás pensando?

Ben-Hur respondió:

—Estoy pensando en Roma. Que se encuentra en sus colinas, con sus caminos rectos y edificios de mármol. Templos y santuarios por todos lados. Y debajo del suelo, catacumbas, construidas con igual cuidado. —Miró alrededor del salón y atrajo la atención de todos, uno por uno—. Los romanos respetan a los muertos. Sus lugares de entierro son sagrados para ellos. ¿No podrían ser también sagrados para los seguidores romanos de Jesús? ¿Podrían usar las catacumbas los cristianos?

—Maluc, necesitamos un poco de luz —dijo Simónides—. No es necesario que todos estén tan ciegos como yo. ¿Qué es exactamente lo que dices, Judá?

Mientras Ester y Maluc encendían lámparas, Ben-Hur explicó:

—Los cristianos necesitan reunirse a salvo. Necesitamos bautizar, adorar, partir el pan *juntos*. Este dinero que me ha llegado tal vez podría usarse con ese propósito, para crear lugares seguros para la fe. Estas cantidades podrían pagar palas, obreros, guardias y ladrillos, hombres que hagan planes y hombres que construyan túneles. —Miró a Ester—. ¿Qué te parece?

Ella se acercó a su lado.

—Creo que es un plan maravilloso.

—A mí también me agrada —dijo Simónides—. Me agrada pensar que le des tal uso a mi dinero y al precio del oasis de Ilderim, en el suelo romano. Debajo de la tierra. Debajo de sus propios pies —agregó con una risa.

Judá se mantuvo inmóvil, parado en el centro del salón.

—Sí —dijo—, vale la pena dedicarse a eso. A veces es demasiado difícil saber qué es lo correcto.

Respiró profundamente y miró a Ester a los ojos.

—¿Te hablé alguna vez —le preguntó a Simónides— de la última vez que vi a Jesús?

Ester le sonrió afectuosamente.

—Todos lo vimos juntos —dijo Simónides—. Lo vimos morir.

—Sí. Pero yo lo vi otra vez, después.

—¿Y nunca me dijiste? —preguntó Simónides, sobresaltado.

—No. Te acuerdas cómo fueron esos días. Solo se lo dije a Ester después. Fue demasiado extraño, casi como un sueño.

—¡Demasiado era extraño en esos días, Judá!

—Eso es definitivamente cierto —comenzó Judá, mientras Ester se acomodaba en el suelo, a sus pies—. Teníamos que enterrar a Baltasar e Iras había desaparecido, y todos en Jerusalén estaban en ascuas.

Simónides asintió con la cabeza.

—Nadie se sentía a salvo —dijo.

—Todos los judíos que habían llegado para la Pascua se dispersaron de regreso a sus hogares —continuó Ben-Hur—. Los romanos duplicaron sus patrullas en las calles, y vigilaban a todos. Sin embargo, los discípulos de Jesús lograron reunirse. ¿Alguna vez escuchaste la historia? —le preguntó a Simónides—. Jesús los visitó en una habitación cerrada con llave.

—Me enteré de eso —dijo Simónides—. Y hubo algo más, ¿no es cierto? ¿Acerca de un discípulo que no creía que era él?

—Tomás —dijo Ester—. Jesús lo entendió. Dejó que Tomás metiera su mano en la herida de su costado. Frecuentemente contamos la historia en la adoración. Es un gran consuelo.

—Para los que necesitan ayuda para creer, supongo —sugirió Maluc—. Porque por supuesto que es imposible.

—Sí. Nosotros creemos en lo que es imposible —coincidió Ben-Hur—. Esa es una buena manera de decirlo. Pero es algo difícil de hacer. Después de algunos días en Jerusalén, yo quería... bueno, sentía la necesidad de encontrar a los discípulos. No sabía por qué exactamente. Pero ustedes recuerdan que había pasado todo ese tiempo formando un ejército. Y luego fue tan difícil comprender que todos lo habíamos entendido mal.

—Baltasar no —opinó Ester.

—No —dijo Simónides—. Pero él tenía dones inusuales. El resto de nosotros solo veía el mundo como lo había sido, un mundo de poder y violencia, y nos preparábamos para eso. Baltasar sabía desde el principio que era algo nuevo.

—Yo todavía pensaba en armas y en estrategias militares —dijo Ben-Hur—. Incluso después de Getsemaní, cuando Jesús permitió que lo capturaran. Yo no podía dejar de creer que la fuerza podría rescatarlo. Pero... —suspiró—, Roma me había enseñado a pensar en términos de venganza. Sin embargo, esa no era la lección de Jesús. Yo fui más lento que los demás para entenderlo.

—La mayoría de nosotros tenemos que aprender sus lecciones una y otra vez —dijo Ester.

Judá asintió con la cabeza.

—De todas formas, después de algunos días fui a Galilea. Quería ver cómo se las estaban arreglando los discípulos. Pensé que podía aprender algo de ellos. O tal vez oír algunas de las palabras que el Señor había dicho cuando se les había aparecido. Era de noche cuando llegué. Fui a la orilla del lago, pensando que ellos podrían estar allí. Eran pescadores. Pensé que el agua podría llamarles la atención y, en efecto, cuando llegué a la playa, había una barca que acababa de partir. Pude reconocer a algunos de ellos: a Pedro, a Santiago y a Juan. Estaban pescando. Me senté a la orilla y observé.

»Era consolador. La noche era bella. ¡Las estrellas estaban tan brillantes! Hasta podía ver la barca, aunque estaba lejos en el agua profunda. Pude distinguir que no habían pescado nada. Lanzaban y lanzaban. Nadie se veía desanimado.

—A veces simplemente hacer lo conocido es un consuelo —dijo Simónides.

—Y entonces llegó el amanecer. Ellos se dirigían de regreso a la orilla. ¡Y vieron a alguien! Pude ver cuando todos lo divisaron, aunque el sol no había salido. Él gritó: "¿Pescaron algo?".

»Ellos respondieron: "No".

»Él dijo: "¡Echen la red a la derecha de la barca y tendrán pesca!". Y por supuesto que lo hicieron. La red se llenó inmediatamente y ellos casi no podían levantarla hasta la barca. Yo corrí a ayudarlos cuando llegaron a la playa, y batallamos para controlarla. Eran los pescados más bellos —agregó Judá.

»El hombre era Jesús. Todos lo reconocimos inmediatamente. Yo sabía que los discípulos se sentían igual que yo: nos sentimos apaciguados. ¡Había vuelto! Él nos amaba, a todos. Incluso a mí, aunque yo no era uno de ellos. Y aún nos dirigiría. De alguna manera.

Hubo silencio en el salón mientras esperaban que él continuara.

—Había una fogata encendida y pan, fresco y caliente. El Señor dijo: "¡Acérquense y desayunen!", por lo que lo hicimos. Cortamos los pescados y los asamos. Fue una mañana espléndida. Nunca lo olvidaré. Ya no había brisa, y la superficie del lago reflejaba el cielo. Era como si hubiéramos estado sentados en un tazón de luz, encima y debajo. Jesús nos sirvió. Él nos habló; nos tocó. Las heridas de los clavos todavía estaban allí, pero no parecía que él tuviera dolor. Todos sentíamos un gran consuelo.

Judá respiró profundamente.

—Y, entonces, Pedro le hizo la pregunta. Es la pregunta que nosotros nos hacemos una y otra vez: *¿Qué debemos hacer ahora?* Les cuento la historia porque yo tuve la respuesta incorrecta durante mucho tiempo en mi vida. Pero ahora trato de hacer lo que Jesús dijo, de la mejor manera posible. Él le dijo a Pedro y a todos nosotros: "Alimenta a mis corderos. Cuida de mis ovejas. Sígueme".

Ultílogo

El 6 de abril de 1862, fue el peor día de la larga y ajetreada vida de Lew Wallace.

Fue un día trágico para miles de familias estadounidenses: casi veinticuatro mil soldados de la guerra civil, del lado de la Unión o de los Confederados, fueron heridos o muertos en un campo de batalla pantanoso en el suroeste de Tennessee, cerca de una iglesia llamada Shiloh.

Y también fue un día calamitoso para los comandantes de esos soldados, quienes se dieron cuenta de lo destructiva que sería esta guerra. Las batallas previas de la Guerra de Secesión habían involucrado contingentes más pequeños de hombres armados; en Shiloh se encontraron dos ejércitos enormes, causando muerte y destrucción a gran escala, y se apartaron debilitados sin que ningún lado lograra una ventaja clara. Allí murieron más soldados que en todas las batallas estadounidenses anteriores *combinadas*. Los que habían pensado que la guerra entre los Estados se solucionaría con una sola confrontación decisiva tuvieron que cambiar su forma de pensar después de Shiloh.

Lew Wallace nunca olvidaría esa jornada. Cuando amaneció, era el teniente general más joven del ejército de la Unión, una figura elegante y delgada sobre un alto alazano, comandando una división de reserva de ocho mil hombres llenos de brío y confianza. Cuando cayó la noche y su tropa empapada finalmente se unió a los regimientos maltrechos y reducidos que habían peleado todo el día, supo que su comandante, Ulysses S. Grant, estaba furioso. A las 9 a.m., Grant le había ordenado a Wallace que llevara a su división para reforzar el flanco de la Unión.

Y Wallace... bueno, Wallace y sus hombres no llegaron hasta muy pasadas las 6 p.m., dejando a las fuerzas de Grant desprotegidas, cansadas y al borde de la retirada.

La batalla continuó por un día más y la Unión (apenas) prevaleció, pero las bajas estuvieron en los titulares del norte y del sur. ¿Cómo pudo la Unión ejecutar tan mal la operación?

Grant tenía una respuesta: fue culpa de Wallace.

Wallace tenía un descargo: las órdenes de Grant no habían sido claras.

Esas eran las posiciones de los dos hombres después de la batalla, y ninguno cedió ni un centímetro hasta después de más de veinte años, cuando aparecieron nuevas evidencias y Grant cedió, concediendo que tal vez Wallace había tenido razón todo el tiempo.

Para esa época, a mediados de la década de 1880, se podría pensar que a Lew Wallace ya no le importaría el asunto. Era rico y famoso más allá de lo que podría haber esperado. Pero sintió hasta el día de su muerte que su honor había sido mancillado, y él era un hombre a quien le importaba profundamente este pensamiento tradicional.

En muchos sentidos, Lew nació un poco tarde, fuera de sintonía con la época en que vivió. Durante toda su vida buscó lo vívido, lo exótico, lo aventurero, en un período en que la vida estadounidense se volvía cada vez más y más constante, predecible y monótona. En última instancia, el anhelo de Lew por las hazañas de gloria lo ayudó a lograr su fortuna de una manera que no podría haber imaginado. El episodio de Shiloh también contribuyó. Y tal vez lo más extraño de todo fue el aporte de un encuentro casual en un tren.

El encuentro ocurrió en septiembre de 1876, casi quince años después de Shiloh. Los años intermedios habían sido conflictivos para Lew. Lo habían relevado de su comando poco después de Shiloh, y pasaron meses antes de que pudiera comandar nuevamente tropas en la batalla. Y, a pesar de haber tenido éxito en Fort Donelson y Monocacy, no volvieron a promoverlo. (En realidad, eso fue el resultado del buen sentido común del comando de la Unión: como soldado, Lew tenía la tendencia a ser insubordinado e impulsivo). Debido a que era abogado en su vida civil, había servido en los tribunales militares que juzgaron a los asesinos de Lincoln y del comandante de Andersonville, el infame campo de prisioneros de la Confederación. Luego hubo un período confuso cuando Lew fue a México a tratar de formar y entrenar a un ejército para que se rebelara contra los franceses que habían ocupado México en un descabellado intento colonizador. Lew regresó hablando español pero endeudado hasta el cuello, debido a que lo estafaron con armamentos y provisiones para las tropas que nunca se materializaron.

Finalmente, las aventuras se agotaron. Lew tuvo que establecerse en Crawfordsville, Indiana, y someterse a una práctica legal rutinaria que para él seguramente se sentía como un fracaso. Y ahí estaba —un hombre que había huido de su hogar a los doce años para unirse a una guerra mexicana anterior; un hombre que había reunido seis regimientos de tropas de Indiana y los había persuadido a que se entrenaran y se vistieran como los zuavos de Argelia, con chaquetas cortas y bombachas largas y sueltas, todo en nombre de la eficacia militar; el hijo del sexto gobernador de Indiana y cuñado del décimo tercero—, y estaba defendiendo casos en las sofocantes cortes judiciales de un pueblo pequeño en un esfuerzo por pagar las cuantiosas deudas que tenía con su cuñado banquero.

Por el lado positivo, tenía una esposa bonita e inteligente con un mordaz sentido del humor, un hijo considerado, y el mejor pasatiempo para un hombre que necesitaba escaparse de la vida cotidiana. Lew Wallace, en su tiempo libre, escribía novelas.

En esto, así como en su personalidad, Lew era un hombre fuera de época. En los años 1870, la ficción estadounidense estaba en la etapa del realismo. Las novelas de moda sumergían a los lectores en la pobreza urbana, la situación difícil de los inmigrantes, los personajes y los diálogos que se podían encontrar en la vida diaria. Lew, entretanto, había investigado y escrito una epopeya acerca de la conquista de México por Hernán Cortés en 1519, con un lenguaje que sonaba arcaico. *The Fair God* (*El dios rubio*) fue publicado en 1873, y fue bien recibido, pero no tuvo tanto éxito como para que Lew pudiera renunciar a la práctica legal. Aun así, entendió con claridad que su tendencia a la ficción era un hábito constructivo que le permitía escaparse mentalmente del trabajo legal monótono con el que pagaba las cuentas de la familia Wallace. Disfrutaba investigar tanto como escribir y, de hecho, después de *El dios rubio* escribió una novela corta acerca de los reyes magos. No era un hombre religioso, pero en los Estados Unidos de 1870, todos más o menos absorbían los Evangelios a través de la cultura. Lew el viajero, el buscador de aventuras, quedó fascinado con los tres hombres de diferentes creencias que partieron de sus hogares lejanos para seguir a una estrella en busca del Redentor de la humanidad. Era algo que él mismo quizás hubiera hecho.

Sin embargo, en 1876 Lew tenía casi cincuenta años. Saludable, pero claramente estaba envejeciendo. ¿Qué más podía esperar de la vida? ¿Por cuánto tiempo más podría soportar enfrentarse con la polvorienta sala de juzgado con un juez que mascaba tabaco y un acusado con poca higiene, recibiendo sus honorarios al final del día solo para dedicarse a un viaje incómodo de regreso a casa y a una sucesión interminable de días similares?

Con razón había planeado ir a la reunión de los soldados de la Unión en Indianápolis en septiembre de ese año. Habría discursos y música, posiblemente algo de bebida, y un desfile a lo largo de las hermosas calles del centro. Habría una campaña política, lo cual le interesaba a Lew, a pesar de que sus campañas para el congreso en 1868 y 1870 no habían tenido éxito. Apoyaba a Rutherford B. Hayes, el candidato republicano a presidente, y en la reunión hablaría el orador más impresionante de los Estados Unidos de la época, Robert Ingersoll.

Eso suena extraño hoy en día, pero Robert Ingersoll era una superestrella en 1876. Antes de la televisión, antes de la radio, antes de la música grabada, las funciones en vivo eran una forma básica de entretenimiento, y créalo o no, los estadounidenses se juntaban en grandes números para escuchar discursos. Se debe reconocer, al leer algunas de las obras de Ingersoll, que el hombre tenía una forma extraordinaria de usar las palabras. Pero incluso más que eso, tenía un punto de vista notable, porque Ingersoll fue el agnóstico más conocido de Estados Unidos.

También era un provocador natural. Uno de sus pasatiempos favoritos era involucrar a personas desconocidas en un debate sobre la divinidad de Cristo, que él negaba completamente. Y sucedió que Ingersoll estaba en el tren en que viajaba Lew Wallace a la reunión de los soldados de la Unión el 19 de septiembre de 1876. Ingersoll invitó a Lew a su compartimento privado, y mientras el tren traqueteaba en las vías camino a Indianápolis, los dos hombres comenzaron a hablar.

Básicamente, Ingersoll desarmó a Lew. ¿Lew creía en Cristo? Sí. ¿Por qué? No lo sabía. ¿Había leído los Evangelios? Este... algunos de ellos. ¿Creía realmente en esos milagros? Este... tal vez. ¿Por qué? ¿Creía Lew realmente que Jesús había resucitado de entre los muertos? Toda esa tontería acerca de Lázaro, tres días muerto y medio descompuesto; ¿cómo podría un hombre culto creer una cosa semejante?

Lew no lo sabía. Se dio cuenta que no sabía lo suficiente. Su charla con Ingersoll lo avergonzó. La fe era un tema esencial en esos días, y aunque Lew no iba a la iglesia, reconocía que el cristianismo era fundamentalmente importante. ¿Cómo podía él, un hombre culto, inquisidor, haber llegado a esa edad sin nunca haber pensado seriamente acerca de su fe?

Entonces, así como era Lew Wallace, decidió investigar el asunto, lo cual significaba escribir un libro sobre eso. De hecho, mientras caminaba esa noche por las calles tranquilas de Indianápolis hacia la casa de su hermano, se dio cuenta de que ya había comenzado a escribirlo. Su novela corta sobre el viaje de los reyes magos, ¿qué más podría ser sino el comienzo de una novela sobre Jesús? Ya había escrito la sección de la Natividad, y obviamente tendría que terminar con la crucifixión. El material intermedio traería a la vida el mundo antiguo de la época de Jesús, y a Jesús mismo. El desafío y el placer serían inventar personajes e incidentes que personificaran los conflictos del mundo antiguo. El poder y la magnificencia del Imperio romano en su máxima expresión quedaron representados finalmente en Mesala, el joven romano privilegiado, mientras que la población judía oprimida de Judea se personificó en el joven príncipe Judá Ben-Hur. La acción de la novela se enfocaría mayormente en los años antes y durante el ministerio activo de Jesús, y llevaría finalmente al encuentro de Ben-Hur con el Salvador.

Un factor que popularizó a *Ben-Hur* fue la fe evidente de Lew. Escribió acerca de Jesús y de su ministerio con una reverencia genuina, y llevó a sus lectores junto con él a la imaginaria presencia del Señor. Otro componente fue la devoción que Lew profesaba por las novelas de aventura pasadas de moda. *Ben-Hur* no sería famosa hoy sin la carrera de cuadrigas y la batalla en el mar. La enemistad sin cuartel entre los viejos amigos Mesala y Judá Ben-Hur contribuye a la intriga de la trama.

Pero hubo un elemento más que le dio poder emotivo a *Ben-Hur*. El momento crucial de la historia, cuando el héroe, Judá Ben-Hur, es arrebatado de su placentera infancia en Jerusalén, es un accidente. Judá deja caer por accidente una baldosa del techo del palacio de la familia Hur, y hiere a un oficial romano. La reacción rápida y violenta hace pedazos el mundo de Judá, lo separa de su familia y, finalmente, lo convierte en esclavo. Su anhelo de volver a reunirse con su familia es lo que impulsa el resto del libro, junto con su deseo de venganza.

Esto es ficción, por supuesto. Lew Wallace nunca estuvo cerca de una galera romana, y con su amadísima esposa y su hijo, Henry, formaban una familia feliz, unida. Pero Lew entendía el agravio y la injusticia. La necesidad ardiente de Judá Ben-Hur de reponer las injusticias de su juventud hacía eco de la larga búsqueda de Lew de limpiar su nombre de una falsa acusación: la desgracia de Shiloh. A través de Judá se imaginaba la venganza que podría infligir a sus enemigos, los burócratas militares sin carácter que rehusaban limpiar su nombre. Hay violencia real en *Ben-Hur*, y nuestro héroe judío devoto quebranta los mandamientos en numerosas oportunidades al matar, haciéndolo con gran energía. Seguramente es la vergüenza y la ira de Lew lo que impulsa a Judá Ben-Hur cuando se acerca temerariamente a la cuadriga de Mesala en la última etapa de la famosa carrera. Así como es la fe de Lew lo que hace que Ben-Hur al final del libro abandone con renuencia sus planes de violencia y acepte el camino de una clase diferente de Salvador.

Lew Wallace usó su tiempo libre para hacer investigaciones y escribir *Ben-Hur*. Lo que es muy sorprendente es que le llevó tan solo cuatro años, que fueron muy ocupados para él, debido a que el encuentro con Ingersoll había dado lugar a una nueva etapa en su vida. Luego de la nefasta reunión de los soldados de la Unión, Lew tomó un tiempo libre de su práctica legal en Crawfordsville para ayudar activamente en la campaña de Rutherford B. Hayes y, finalmente, la política lo sacó de Indiana. Era la práctica común de la época recompensar a los aliados de campaña con designaciones en el gobierno. Lew evidentemente estaba entre los últimos de la lista, porque no fue hasta 1878 que Hayes finalmente le ofreció un puesto, uno bastante desgastado en ese momento: podía, si así lo deseaba, convertirse en el gobernador del problemático y violento Territorio de Nuevo México.

El salario era bajo y el trabajo era peligroso: Nuevo México era prácticamente un pueblo sin ley en esa época, con facciones enfrentadas de criminales involucrados en la Guerra del Condado de Lincoln. Para Susan Wallace, sin embargo, lo peor era la naturaleza primitiva de Santa Fe, la capital del territorio. Pero Lew necesitaba una aventura, y Susan tenía más valor del que aparentaba; por lo tanto, la familia Wallace ocupó el amplio Palacio Real, de un piso, construido en 1610 y que no había tenido muchas mejoras desde entonces. Lew hizo enemigos inmediatamente. Este era, después de todo, el Viejo Oeste de las armas a la cadera, y su función allí era restaurar la ley y el orden. El forajido más famoso era Billy the Kid, quien juró que mataría al general Wallace. Una amiga le dijo a Susan que ella y Lew nunca debían dejar abiertas las persianas durante la noche en habitaciones que tuvieran lámparas encendidas; era muy probable que algún criminal disgustado les disparara.

Cuando Lew no estaba poniendo entre rejas a Billy the Kid o tratando de aplacar los conflictos entre las facciones de ganaderos, estaba trabajando largas horas de la noche escribiendo *Ben-Hur*. De hecho, terminó el primer borrador y lo copió completamente a mano con tinta púrpura. En marzo de 1880, pidió licencia en su trabajo para entregar personalmente el manuscrito a Harper & Brothers, la editorial, en la ciudad de Nueva York.

Lo aceptaron, pero con reservas. El éxito discreto de *El dios rubio* y la reputación de Wallace inclinaron la balanza, pero la editorial no estaba segura de querer publicar una novela en la cual Jesucristo aparecía como un personaje. Sin tener en cuenta cuán reverente fuera la representación de su figura, sin importar que el autor hubiera tomado el diálogo de Jesús directamente de los Evangelios, Harper & Brothers temía que *Ben-Hur: Una historia del Cristo* se considerara blasfema. Sin embargo, se arriesgaron, y el libro se publicó el 12 de noviembre de 1880, justo para la Navidad.

El instinto político de Wallace a veces estaba equivocado, especialmente cuando se trataba de la batalla de Shiloh, pero tuvo la buena idea de enviar copias de *Ben-Hur* a algunos de sus amigos, quienes ahora ocupaban cargos importantes. Uno de ellos era James Garfield, el presidente electo, quien prometió leerlo cuando tuviera tiempo. Lo sorprendente es que realmente lo hizo, unos meses después. El presidente a cargo leyó la novela de 550 páginas en seis días y, con base en la representación sensible que Wallace había hecho del Oriente Medio, le ofreció un nuevo cargo diplomático como representante de los Estados Unidos en el Imperio otomano. El salario sería tres veces más alto que el que Lew recibía en Nuevo México.

Quizás fue mejor así, porque las ventas de *Ben-Hur* eran decepcionantes; Wallace percibió en regalías por los primeros siete meses de venta menos de 300 dólares. Teniendo en cuenta los años invertidos en la composición de la novela, eran ganancias magras. Poco tiempo después, Lew le escribió a su hijo, Henry, especulando que, con suerte, las regalías combinadas de *El dios rubio* y *Ben-Hur* podrían alcanzar 1.000 dólares por año.

Pero, en cierto sentido, escribía sus novelas como un pasatiempo. La vívida imaginación de Lew contribuyó para que sus extensas investigaciones fueran tan animadas para él como un viaje real. Con frecuencia decía que sus personajes eran seres vivos para él; hablaban, actuaban, tenían voluntad propia y, aunque amaba a algunos, aborrecía a otros.

En la actualidad, podríamos considerar a *Ben-Hur* de una manera diferente. Sabiendo lo que sabemos sobre la vida de Lew Wallace, podemos ver cómo sus preocupaciones más profundas se plasmaron en lo que resultó ser su obra maestra. No solamente su sensación de vergüenza y conmoción por la batalla de Shiloh, sino su respeto hacia las mujeres, su idealización de la familia, su constante preocupación por el dinero, e incluso su lucha con los problemas de venganza y perdón. Lew vivió sus años formativos como soldado. La violencia era un concepto fuerte en su definición de hombría, y él le imprimió ese atributo a su héroe, Judá Ben-Hur.

Estas eran preocupaciones que compartía con numerosos estadounidenses de la época, y que deben haber contribuido al éxito gradual de *Ben-Hur*. Para 1880, el país estaba buscando a tientas el camino hacia la reconciliación entre el Norte y el Sur, tratando de dejar atrás el legado amargo de la guerra, así como Judá Ben-Hur tuvo que aceptar que el liderazgo de Jesús no sería uno de violencia, sino de paz y redención. También en 1880, la Era Industrial estaba en pleno desarrollo, y las riquezas comenzaban a ser respetables, incluso glamurosas. Lew Wallace arrancó a su héroe de la comodidad del palacio de un príncipe mercante, lo lanzó a la brutalidad de una galera romana y, finalmente, dotó a Judá de una fortuna que no se había ganado; no, de dos. Y, en un país en donde la esclavitud estaba fresca en la memoria de demasiadas personas, un héroe que había sido esclavo proveyó una perspectiva nueva, pero prudentemente indirecta, de las condiciones terribles de la esclavitud.

Como podemos ver ahora, *Ben-Hur: Una historia del Cristo* tenía todo: aventura para los que buscaban diversión, sentimiento para las damas, una historia de mendigo a millonario, incluso romance. Las descripciones, basadas en investigaciones meticulosas, les dieron imágenes vibrantes del Oriente Medio a los lectores que nunca habían visto una palmera y que nunca la verían.

Lo que diferenció a *Ben-Hur*, sin embargo, fue la cruzada al meollo de la idea original de Lew Wallace: tratar el tema de la divinidad de Jesús. Los cuatro años que invirtió en investigar y escribir el libro convencieron a Lew de que el agnóstico Robert Ingersoll estaba equivocado. Lew creía, y *Ben-Hur* lo demuestra. Las escenas de la Natividad y la crucifixión fueron obras de un cristiano seguro. Escribirlas dentro de un contexto ficticio fue un gran riesgo, y en un principio, los lectores estaban preparados para sentirse escandalizados. Pero la honestidad de Wallace se hizo visible. No tenía la intención de ofender a los devotos, y no había razón para ofenderse.

Sin embargo, eso no implicó que a los críticos les gustara el libro. Se burlaron del lenguaje poco natural y de la trama fuera de moda. Algunas de las críticas mordaces seguramente irritaron a Lew, y para 1883, *Ben-Hur* le había aportado una ganancia de solamente 2.800 dólares en regalías.

Pero para entonces había disfrutado unos años de un ingreso más holgado como representante de Estados Unidos en Constantinopla, y había tenido una vida más exótica que la que el colegial soñador de Indiana podría haber imaginado jamás. Él y Susan viajaron extensamente por Europa y por todo el Oriente Medio; Lew incluso tuvo la oportunidad de comprobar la precisión de sus descripciones en *Ben-Hur*, y alegremente hacía alarde de que todas eran fidedignas.

Se las ingenió para fomentar una relación amistosa con el sultán Abdul Hamid II, gobernante del decadente Imperio otomano. Fue un interludio estimulante y satisfactorio, y cuando regresaron a los Estados Unidos, Lew se sentía contento con jubilarse como abogado para tener la tranquila libertad para enfocarse en su próxima novela.

En lugar de ello, su éxito más contundente estaba a las puertas, debido a que *Ben-Hur* se puso de moda. A pesar de las críticas, a pesar de sus ventas inicialmente lentas, la novela encontró a sus lectores mediante la promoción que hacían ellos mismos con sus comentarios. La moda literaria marcaba una tendencia hacia las historias rudas de la sociedad contemporánea, pero las descripciones coloridas de Lew del mundo antiguo cautivaban a sus seguidores, y a más y más seguidores. Lo que era más importante, sin embargo, es que el riesgo literario más grande que había tomado estaba redituando sus frutos. El paso tan osado que había dado al retratar a Jesús en una novela podría haber excluido a la audiencia de feligreses, la cual era dominante en los Estados Unidos del siglo XIX, pero al contrario, esos lectores fueron conquistados. Lew comenzó a recibir cartas de confesiones sinceras de lectores que habían sido conmovidos, cuya fe había sido renovada gracias a la forma en que había presentado a Jesús. Los pastores recomendaban *Ben-Hur* a sus congregaciones. Muchos estadounidenses no habían leído una novela jamás; la ficción no solamente se consideraba una pérdida de tiempo, sino, peor, una representación de mentiras. Eso generaba que la mayoría de las novelas fueran cuestionadas moralmente, pero la devoción de *Ben-Hur* y su fidelidad a la doctrina cristiana la hicieron irreprochable desde el punto de vista religioso.

✳ ✳ ✳

Lew Wallace regresó de Constantinopla en el otoño de 1885. Seis meses después, su retrato estaba en la tapa de la revista de tirada nacional *Harper's Weekly*. Por el resto de su vida sería una celebridad estadounidense, uno de los primeros autores superestrella.

Su vida había dado un vuelco increíble teniendo en cuenta que prácticamente había tocado fondo solamente diez años antes. En 1876, cuando se encontró con Robert Ingersoll en ese tren, Lew estaba frente a lo que parecía un futuro gris, caracterizado por el trabajo legal, al cual llamaba «abominable», y las preocupaciones financieras de las que no podía escapar. Peor aún, para el apasionado aventurero era como si lo emocionante de la vida se hubiera acabado. Las reuniones de soldados parecían ser las que probablemente proveerían las emociones a partir de ese momento.

Por el contrario, las ventas de *Ben-Hur* continuaron aumentando cada año, lo mismo que las oportunidades. Las revistas y las editoriales aceptaban lo que fuera que escribieran Lew, o incluso su esposa, Susan. Le encargaron que escribiera la biografía de la campaña del futuro presidente Benjamín Harrison. No solamente comenzaron a llegar las regalías en gran cantidad; las deudas de los malos negocios que hizo cuando estaba en México fueron pagadas, y Lew pudo comenzar a ahorrar. Viajó para dar conferencias, hablándoles a públicos de miles de espectadores. Sus temas eran «México y los mexicanos», «Turquía y los turcos, con unos vistazos al harén» y, por supuesto, *Ben-Hur*. Leyó la secuencia de la carrera de cuadrigas en Siracusa, Nueva York, a ocho mil personas. Sus viajes, los cuales se extendieron por cerca de seis meses, le significaron una ganancia de casi doce mil dólares (aproximadamente trescientos mil en la actualidad).

Mientras estaba de viaje, Lew conoció un flujo interminable de lectores que querían decirle lo mucho que *Ben-Hur* había afectado sus vidas. Los que no podían verlo personalmente le escribían: alcohólicos que habían dejado de beber, jóvenes que se habían reconciliado con sus familias, escépticos que habían regresado a la iglesia de su juventud. Algunos lectores querían que supiera que encontraron la novela tan apasionante que no pudieron dejar de leerla; el viejo enemigo acérrimo de Lew, el presidente Grant, devoró el libro en treinta horas. La editorial Harper & Brothers volvió a imprimir el libro una y otra vez y, para 1886, *Ben-Hur* era un éxito de ventas impresionante. Era el libro del cual todos hablaban. Las familias leían el libro en voz alta; lo recomendaban en las escuelas dominicales; damas sofisticadas se disfrazaban y representaban obras y pinturas vivientes inspiradas en el libro.

Poco tiempo después, *Ben-Hur* se convirtió en algo más que un libro. En la década de los años 1880, muchas obras de éxito fueron adaptadas para el teatro. Lew mismo, con su gusto por lo teatral, había escrito una obra que terminó publicando él mismo. (Nunca pudo lograr que la produjeran). Ya en 1882 comenzaron a llegar los pedidos de permiso para adaptar *Ben-Hur*, pero al principio Lew los rechazó. Le preocupaba que no se preservara el tono reverente de su novela; después de todo, el teatro, por definición, era un medio más sensacionalista que un libro. Finalmente, Lew produjo un libreto para una producción de pinturas vivientes que fue montada con éxito en toda América. A una serie de telones de fondo pintados le incorporaron lecturas de la novela y breves interludios musicales, incluyendo una secuencia de danza exótica.

Pero para 1899, la tecnología teatral se puso a la altura del alcance de *Ben-Hur*, y comenzaron las negociaciones para una producción a gran escala que solamente podría ponerse en escena en los teatros más grandes y sofisticados. Lew, quien había administrado su dinero pésimamente cuando no tenía nada, regateó al máximo; se quedó con el control creativo y con una gran porción de la regalías. Tuvo la ventaja en las negociaciones: *Ben-Hur* era, en ese momento, la novela mejor vendida del siglo xix (superando fácilmente en veinte años a *Uncle Tom's Cabin* [*La cabaña del tío Tom*], que había aparecido en 1852). Lew también exigió una condición inusual: Jesús nunca sería representado por una persona. Por el contrario, el Cristo sería representado por un poderoso haz de luz.

Los efectos especiales de la producción teatral de setenta y cinco mil dólares en Broadway fueron extraordinarios. La escenografía estaba conformada por múltiples capas de telones de gasa y construcciones complejas. Los barcos destrozados de la batalla en el mar desaparecieron del escenario a través de escotillones, y la carrera de cuadrigas se desarrollaba sobre una cinta rodante con caballos reales. Los animales ensayaron durante seis semanas, y el primero que aprendió a ingeniárselas en la cinta fue un caballo árabe de tres años llamado Monk, que le pertenecía al mismo Lew. Cuando la producción cerró finalmente veinte años después, Monk era el único miembro del elenco original que permanecía en la obra. Charles Frohman, un importante productor teatral trasatlántico, se sentó a observar uno de los ensayos finales y comentó cuando se iba que «el público norteamericano nunca aceptará a Cristo y a una carrera de caballos en la mismo obra».

Desde luego, Frohman estaba equivocado. De hecho, puso el dedo en el punto exacto que hizo a *Ben-Hur* un éxito tan grande: el público americano no se cansaba de ver a Cristo y a una carrera de caballos en la misma obra. O, más exactamente, a Cristo y una carrera de caballos representados con una honestidad absoluta tanto en el escenario como en las páginas. Y aunque la producción de Broadway fue un éxito arrollador, fueron las presentaciones ambulantes las que hicieron que *Ben-Hur* formara parte del léxico de la familia. Si las novelas eran consideradas moralmente dudosas entre los grupos religiosos más estrictos, el teatro era todavía más escandaloso. La actuación, subir a un escenario por dinero, era considerada peligrosamente cercana a la prostitución. Sin embargo, debido al contenido inspirador y al trato reverente de Cristo, *Ben-Hur* era admisible. De hecho, como sucedió con el libro, los líderes de las iglesias animaban a sus feligreses a que vieran la obra. Se organizaban trenes especiales para llevar a los espectadores de los pueblos pequeños a las ciudades donde se exhibía la obra. Para 1904, una producción de *Ben-Hur* se presentó en la Feria Mundial de San

Louis, mientras que en el Circo Barnum & Bailey y en el Torneo de las Rosas en Pasadena se presentaban versiones de la carrera de cuadrigas. La versión teatral de la novela de Lew estuvo en escena por más de veinte años en los Estados Unidos y fue vista por aproximadamente veinte millones de espectadores.

Naturalmente, esa clase de publicidad vendió muchísimos libros. Los que iban al teatro, o las personas que simplemente habían escuchado sobre el espectáculo, estaban ansiosos por leer la historia. Para el año 1908 había a la venta aproximadamente un millón de copias de la edición de tapa dura de *Ben-Hur*, y el comerciante nacional Sears, Roebuck & Co. hizo a Harper & Brothers un pedido sin precedentes de un millón de copias de una edición económica, al precio de solamente cuarenta y ocho centavos cada una. Fue el pedido más grande de una obra hasta esa fecha.

Lew no vivió para enterarse de esto, ni tampoco para disfrutar del tiempo prolongado que se mantuvo en escena la versión teatral de su novela. Murió de cáncer del estómago en 1905, y las banderas del Capitolio del Estado de Indiana flamearon a media asta durante todo un mes. El proyecto del magnífico Salón Nacional de las Estatuas en el Capitolio de Estados Unidos estaba en progreso, y a cada estado se le dio la oportunidad de nominar a dos de sus ciudadanos célebres para que fueran inmortalizados en mármol en la rotonda. Indiana escogió a Lew, el único escritor del grupo. La figura de mármol lo muestra en su uniforme de la guerra civil, y la sobria base de granito lo identifica simplemente como «Soldado. Escritor. Diplomático».

Henry Lane Wallace, el único hijo de Lew y Susan, estaba desde hacía mucho tiempo a cargo del negocio de *Ben-Hur*, lo cual era un trabajo de tiempo completo. Una preocupación constante era proteger el derecho de autor. Mientras que en los años 1880 las preocupaciones habían sido las pinturas vivientes o las lecturas de fragmentos acompañadas de proyecciones de las «diapositivas de linterna», para la época en que Lew murió, las amenazas al derecho de autor provenían de una nueva forma de arte: las películas. Una película rudimentaria fue lanzada en 1908, presentando una carrera de cuadrigas filmada en una playa de la ciudad de Nueva York con escenas interiores en las cuales los actores usaban vestuarios prestados por la Ópera Metropolitana. El negocio de las películas estaba en sus inicios; por lo tanto, los productores no se habían sentido obligados a comprar los derechos de autor para hacer una película de *Ben-Hur*. Ese fue un error enorme: Henry Wallace unió fuerzas con la editorial del libro y con los productores de la versión teatral de *Ben-Hur*, y demandaron a la compañía productora de la película.

Fue una situación sin precedentes: los productores de la película, Kalem Company, afirmaban que la película en realidad hacía publicidad para el libro y la obra de teatro. Luego de tres años de apelaciones, el caso llegó a la Corte Suprema, y el equipo de Wallace ganó el juicio. Kalem tuvo que pagar veinticinco mil dólares, más las costas, y el caso de *Ben-Hur* dejó establecido que la protección del derecho de autor se extendía también a las adaptaciones para películas.

No era que la idea de Kalem estaba equivocada: sin lugar a dudas, *Ben-Hur* era ideal para una película. Pero Henry Wallace quería esperar hasta que la tecnología cinematográfica hubiera madurado para vender los derechos. Parte del atractivo del libro de su padre era el potencial para el espectáculo puro; Henry quería asegurarse de que la eventual película le hiciera justicia al espectáculo. Finalmente, en 1919, luego de esperar más de una década, vendió los derechos para la película por seiscientos mil dólares (casi 8.5 millones actuales). Una de las cláusulas originales de Lew se mantuvo: Jesús no podía ser representado por un actor humano. En vez de eso, su presencia sería inferida mediante una mano o un pie o una pisada.

Llevó siete años y cerca de cuatro millones de dólares hacer la película, que resultó la película muda más cara de la época. El estudio, MGM, terminó perdiendo un millón de dólares por ella, pero el prestigio del proyecto fue tan grande que quedaron satisfechos. Sin embargo, el lapso de vida de las películas mudas era corto, y para la década de 1930, la película en blanco y negro de *Ben-Hur* (protagonizada por Ramón Novarro) se veía pintoresca y anticuada. Fue también en la década de los 1930 que el libro de Lew fue finalmente desplazado de la lista de los éxitos de mayor venta de Estados Unidos, reemplazado por otra colorida saga histórica, *Gone with the Wind* (*Lo que el viento se llevó*), de Margaret Mitchell.

Sin embargo, *Ben-Hur* siguió siendo parte del léxico familiar en Estados Unidos, no solamente por las millones de copias del libro en los estantes en todo el país, sino por la variedad de productos de consumo que habían tomado prestado el nombre. Cubrían la gama desde seguros de vida hasta harina, desde cigarrillos hasta bicicletas, desde perfumes hasta cercas. La empresa de mudanzas Ben Hur todavía existe, mientras que las especias Ben-Hur se pueden adquirir fácilmente en eBay. El libro de Lew había alcanzado una audiencia enorme en el mismo tiempo en que aumentaba la cultura del consumismo en Estados Unidos. Por lo tanto, los publicistas y los comerciantes encontraron que era beneficioso relacionar a sus productos con *Ben-Hur* para crear una asociación positiva en la mente del público. Los jabones y los productos para el cabello podrían relacionarse con Iras, la mujer fatal egipcia (quien, en la película muda, fue retratada de manera inverosímil como el ideal del encanto, una rubia platinada). Bicicletas, autos, arneses, trineos, e incluso el aceite y el combustible se relacionaban claramente con la carrera de cuadrigas. La empresa de tiendas de campaña Ben-Hur resulta particularmente ingeniosa, a pesar de la tremenda diferencia que hay entre una tienda de campamento y las tiendas de los beduinos que se presentan en la novela.

Para la década de 1950, la tecnología cinematográfica había avanzado a pasos gigantescos, pero la audiencia de las películas estaba siendo atraída a la televisión. Naturalmente, Hollywood respondió con lo que la televisión no podía ofrecer aún: epopeyas grandes y coloridas. MGM volvió a *Ben-Hur*, y el resultante éxito de ventas protagonizado por Charlton Heston rompió todas las marcas: por el costo de producción, por la venta de entradas anticipadas, por las nominaciones al Óscar. Ganó aproximadamente cuarenta millones de dólares en el primer año y fue relanzada comercialmente en 1970. Desde entonces, las transmisiones por televisión han sido habituales, a pesar de que es una película de 213 minutos de duración.

Y ahora, más de cincuenta años después, *Ben-Hur* vuelve a la pantalla gigante, aprovechando las innovaciones en cuanto a la filmación y retomando la historia original de dos jóvenes de diferentes trasfondos que toman decisiones diferentes. Y un tercer joven, Jesús, cuya función en la tierra no se parece en nada a la de ellos, pero que motiva la decisión que finalmente toma ese héroe duradero, Judá Ben-Hur.

Acerca de la autora

Luego de graduarse de la Universidad de Princeton en 1977, Carol Wallace aceptó un trabajo en una editorial de Nueva York. Luego de un poco más de dos años en el negocio se convenció de que los escritores se divertían más que los editores, y renunció para unirse a sus filas. Una de sus primeras tareas fue coescribir un pequeño libro de humor llamado *The Official Preppy Handbook* (El manual oficial de lo *preppy*).

Siguió *To Marry an English Lord* (Para casarse con un lord inglés), que escribió en coautoría con Gail MacColl. Se publicó por primera vez en 1989, y volvió a ser de interés público en 2012, cuando Julian Fellowes lo citó como una inspiración para *Downton Abbey* (La abadía de Downton). En febrero del 2013, *To Marry an English Lord* apareció en la lista de libros de mayor venta del *New York Times*. Otras publicaciones incluyen más de veinte libros y docenas de artículos para revistas, que se enfocan en el humor, la historia social, la crianza de los hijos y la ficción. Su título más reciente es una novela histórica, *Leaving Van Gogh* (Dejando a Van Gogh), publicada en abril del 2011.

Carol es tataranieta de Lew Wallace, autor de *Ben-Hur: Una historia del Cristo*. Adaptar la novela original para los lectores contemporáneos fue un honor y una emoción para ella.

Créditos para las imágenes

«Quiero un estudio, una casa de placeres para mi alma...»

El general Lew Wallace, autor de *Ben-Hur*, deseaba crear un espacio singular cerca de su hogar en Crawfordsville, Indiana, donde podría dedicarse a sus empeños creativos. A lo largo de su vida adulta, él consideró que Crawfordsville era su hogar, aunque su carrera en las fuerzas armadas y su trabajo como abogado lo enviaron a todas partes del mundo. Wallace fue un oficial en la Guerra de independencia de México, un general en la Guerra civil estadounidense, un abogado, un juez militar, el gobernador del estado de Nuevo México y el ministro de los Estados Unidos al Imperio otomano.

A pesar de todos estos logros, él consideró que *Ben-Hur* fue su mejor desempeño.

Desde su finalización en 1896, el estudio de Lew Wallace ha sido un hito local en Crawfordsville, y en 1976, fue nombrado un hito histórico nacional por el Departamento del Interior de los Estados Unidos. Construido de ladrillos rojos singularmente resistentes y de caliza de Indiana, este edificio ecléctico muestra las experiencias y los gustos variados del general Wallace. Wallace fue su propio arquitecto para esta combinación única de influencias del estilo griego, el románico y el bizantino. El interior ha sido completamente renovado a su aspecto de la época de la residencia del general Wallace, incluyendo los frescos, la vidriera y la compleja iluminación. Está completamente amueblado con las pertenencias originales de Wallace.

El General Lew Wallace Study and Museum está abierto para tours los días martes a sábado, de las 10 de la mañana hasta las 5 de la tarde, entre febrero y mediados de diciembre. Para más información, marque (765) 362-5769 o visite www.ben-hur.com.